山西现实题材长篇作品丛书

杜学文 / 主编

王建和 著

晨雾里的炊烟

山西出版传媒集团　北岳文艺出版社
BEIYUE LITERATURE & ART PUBLISHING HOUSE

·太原·

图书在版编目(CIP)数据

晨雾里的炊烟 / 王建和著. —太原：北岳文艺出版社, 2021.9

（山西现实题材长篇作品系列 / 杜学文主编）

ISBN 978-7-5378-6408-4

Ⅰ.①晨… Ⅱ.①王… Ⅲ.①长篇小说—中国—当代 Ⅳ.① I247.5

中国版本图书馆 CIP 数据核字（2021）第 105936 号

晨雾里的炊烟
王建和◎著

出品人
郭文礼

项目负责人
陈学清

责任编辑
高海霞

书籍设计
张永文

印装监制
郭 勇

出版发行：山西出版传媒集团·北岳文艺出版社
地　址：山西省太原市并州南路 57 号　邮编：030012
电　话：0351-5628696（发行部）　0351-5628688（总编室）
传　真：0351-5628680
经销商：新华书店
印刷装订：山西新华印业有限公司
开　本：787mm×1092mm　1/16
字　数：337 千字
印　张：23.5
版　次：2021 年 9 月　第 1 版
印　次：2021 年 9 月　山西第 1 次印刷
书　号：ISBN 978-7-5378-6408-4
定　价：78.00 元

本书版权为本社独家所有，未经本社同意不得转载、摘编或复制

山西现实题材长篇作品丛书 编辑委员会

主　任：杜学文

副主任：罗向东　张锐锋　李骏虎

编　委（按姓氏笔画排序）：

　　　　吕　新　朱　凡　刘慈欣　杨　遥　杨占平
　　　　张卫平　高晓勇　郭建丽　黄　风　续小强
　　　　韩思中　鲁顺民　潘培江

编委会办公室

主　编：张锐锋

副主编：王　姝　朱　凡

编　辑：李金山　吕轶芳　常艳芳　潘培江

目 录

第 1 章　春山如笑　　　　　/ 001
第 2 章　舆情涌动　　　　　/ 012
第 3 章　欲擒故纵　　　　　/ 028
第 4 章　快刀乱麻　　　　　/ 063
第 5 章　喜忧参半　　　　　/ 085
第 6 章　一走了之　　　　　/ 111
第 7 章　发包之惑　　　　　/ 125
第 8 章　爱情资质　　　　　/ 144
第 9 章　容颜时差　　　　　/ 164
第 10 章　各谋前程　　　　 / 183
第 11 章　夜色撩人　　　　 / 200
第 12 章　起心动意　　　　 / 215
第 13 章　生死之间　　　　 / 231

第 14 章	天性使然	/ 251
第 15 章	收获季节	/ 275
第 16 章	秋日私语	/ 296
第 17 章	各领风骚	/ 311
第 18 章	天冷心焦	/ 329
第 19 章	年头岁尾	/ 344
第 20 章	梦随春归	/ 356

第1章

春山如笑

河从源头开始

那些年金圪槽里还有溪水流淌，那溪水是金黄色的，所以叫金圪槽。那种水叫矾水，不能食用，用于洗蔬菜衣服等也不行，最多就是洗洗粪桶和沾了泥土的锄头镢头等农具。矾水往南流一会儿，就汇入沁河。沁河可是一条很好的河，从源头到华岩村也就是三五十里，清澈得能看清河床里的石头和小鱼。即使金圪槽的水掺和进来，被搅黄的水也蒙混不了几步远，就被清透见底的河水化没了。河边常有女人洗衣服，后生们到河南边干活经过沁河边，常把那里当作一个浪漫之地，不论嫁了的还是待嫁的女人，都是他们撩逗的对象。人家正撅着屁股吭哧吭哧埋头洗衣服，他们就远远地朝人家面前投去一块石头，水花溅人家一身，而后美滋滋地享受一顿劈头盖脸的臭骂，就心里美滋滋地干一上午活。沁河水据说是一种很硬的水，说是汇入黄河也不与浑浊的黄河水同流合污，始终保持一条半寸宽的豆青色水线，一直就这么洁身自好地流到海里呢。还有，那河水的流淌声永远是哗哗哗哗的，像是伴随着东西华岩村每一个人成长的节奏，尤其夜深人静以后，那流淌声就更清晰了。沁河水就那么在我们这个山涧的村庄里响啊，响啊……唔，不响了已经二十多年了。

我们还是得回到金圪槽。就因为这个金圪槽，就像棋盘上的楚河汉界一样，将一盘棋分割成红黑两方，东华岩村和西华岩村就成了天造地设的对局双方。之前的大乡绅都在东华岩村，干什么都是东边人说了算，全村七座庙就有五座在东边，大庙里唱戏也在东边，而那边唱戏等于文化中心就在那边。西华岩村的人多是清末民初的外地移民，都很穷，都靠给人扛活维持生计。望着长袍短褂的东边人总有点愤愤然。后来，在宋拴喜父亲宋旺财们的闹腾下，西华岩村人才算活出点眉目，挺起了腰杆，一家伙，贫协主席、农会主席、武委会主任等村政领导全成了西边人。

这都是先话了，我们这个时代的人对这些扯不清的，我们还是说现在吧。现在的大队支书是宋光明，都说他是几任支书里干得最出色的一个。

宋光明上过西旬中学。虽然中学扎在西旬公社，却算得上是县里正式中学呢。弗瑞县原来只有县城一所中学，"大跃进"年代一下子就增加到五所中学，好处是扩大了招生名额，宋光明就是沾了时势的光。可东边的韩新惠、张三牛、邱粉娥们却吃了大亏，本该上正儿八经的县一中，却因划片招生，被招在羊圈房拾掇的校舍里，校舍不好不说，还上不成课，成天不是拿锤子捣铁矿石，就是帮助西旬村收秋割庄稼。学是没学成，但比起后来的七年制村办学校却要正式得多，毕业证上面盖着弗瑞县教育局的大红章呢。几位西旬中学的学生自成为华岩村社员的那一日，一下子就使得华岩村整体文化水准提升了一大截。太岳山旮旯的村子里有了认识去痛片上APC的人，几乎就成了历史划段的标志性人物，就像"鲁郭茅巴老曹"们可以成为中国现代文学的符号一样，宋光明们几位初中生的介入，也使得华岩村历史文化一下子升华到一个崭新时段。

华岩村之前从来没有过持有文凭的中学毕业生，东边马家和韩家老辈人里虽然出过秀才，但据说只相当于完小毕业生，都不认识去痛片上的APC。能不能认识APC也就成了区分有文化和没文化的一个硬杠杠。宋光明不但有了初中毕业证，而且还根红苗正，还不像其他几位西匋中学毕业生那样不喜欢当社员，所以，他顺顺当当地就当上了小队会计，这就算仕途正式起步了。

华岩大队在腾飞

宋光明当支书时还不时兴一人一票选，他是由西匋公社党委书记林汉星选定的。林汉星是华岩村包村领导，他对华岩村情况很熟悉，对许多人的名字都能叫得出。他还是西匋公社革委主任时就在华岩村蹲点了，这前后也差不多十多年了，吃派饭差不多家家都吃了个遍。这样逐门逐户地把华岩村所有的人比较了一遍，就选定了宋光明。

林汉星跟宋光明谈话时，宋光明拍着胸膛表了态，不光保证不让华岩村人饿肚子，还要让华岩村人每个劳动工分挣到一块钱。当时是大队核算，他能干不能干，决定着全村一千多口人能不能吃饱饭。宋光明先干小队会计，而后干大队会计、大队副业主任，可以说也算从基层一步一个脚印走过来的。该怎么做，他心底很清楚。他上任第一件事就是把多年的老生产队长全部撤换，第五生产队用了上中农韩新宝，第四生产队甚至启用了割资本主义尾巴时处分过的马金贵。有公社大领导林汉星撑腰，天塌下来也能顶得住。

宋光明跟生产队长们签了军令状，一年下来必须保证人均口粮360斤，每个劳动工分平均到一块钱。刚刚接任的队长们都注意到，有线广播里的音调不再那么杀气腾腾的了，割资本主义尾巴也不怎么叫喊了。马金贵这个习惯投机倒把的家伙首先有了动静，他不知用什么鬼方法和县公路段拉上关系，承包了二百多公里铺路基用的800吨石灰。韩新宝毫不示弱，你马金贵用白面子发财，我用黑面子赚钱。他也打通了县化肥厂的门路，把大队煤矿主焦煤烧成焦炭，一顿也赚了不少差价。西边三个队长，虽没创意，但华岩村有句俗话，不怕会干的，就怕会看的。你们烧石灰，我们也烧石灰，你们烧焦炭，我们也烧焦炭。沁河边一下子红火起来了，焦炭窑，石灰窑，烟雾缭绕，红红火火。林汉星不时来到华岩村，在宋光明的陪同下，沿着沁河沿挨个儿参观那些生钱的火烧窑。更确切地肯定了自个儿的眼光，拍拍宋光明的肩膀说，光明子，好好干哇，给咱把华岩村干成个"大寨村"。宋光明很低调地点着头，嘴里不说，心里却在描绘着华岩村的宏伟蓝图。他在哪方面都要超过前几任，前任的前任段武茂也就是把旧社会韩家早已废弃了的小煤窑修整了一下成了大队煤窑；修了八间教室，还拆了好端端的两座庙。前任宋拴喜干了七八年，就给大队粮食加工厂添置了一个碾谷机，把油坊手工榨油改成机器压榨油，还买回四个大喇叭安装在大队办公室房顶上，开启了大队干部在大喇叭里叫喊的新局面。

宋光明在公社书记大手掌暖暖的抚摸中，远望着汩汩流向东方的沁河水，远景蓝图已然激荡在胸膛里：河两岸筑两道砂石坝，再干它两行垂柳树，再修东西两座桥……透过石灰窑和焦炭窑的滚滚浓烟，仿佛望见华岩村灿烂的明天了。

展望明天重要的是抓住今天。新官上任三把火，第一把火烧不旺，再想提升领导威望就难了。宋光明要对得起公社林书记，对得起华岩大队全体社员，对得起办公室围墙上红彤彤的大标语：华岩村在腾飞。这一年下来，华岩村还真真切切地腾飞了，口粮分得比哪一年都多，重要的是历史性地实现了每个劳动工分突破了一块钱，而且呢，所得的钱还不是挂在社员往来账上，还都兑了现。发钱那天，劳动力多的户主们信心满满地涌进大队办公室，从会计段志忠手中接过号码不乱的一叠钱，指头上舔了唾沫，很笨拙地将崭新的钞票点了一遍又一遍。宋光明和五位生产队长都坐在依墙的长条凳上，乐呵呵地看着社员们把一叠一叠的钱深深揣进怀里，比把钱揣在自己怀里还幸福。有社员一边揣钱，一边过来奉承，不赖不赖，都像今年就可以。宋光明依旧很低调地绽着笑说，这不算个啥，这样下去一年更会比一年好。

还真是一年更比一年好地过了几个年，这一年刚开春，形势却一下子不对劲了，说要把好端端的集体解散了。

宋光明领着五位生产队长兴致勃勃到县里开一年一度的"三干会"，会议的内容却不像往年那样强调今年粮食"过黄河，跨长江"，三年变成大寨县了。去年"三干会"上，还在县城北面的大王垴埋了"决心桩"。那是一根直径一米多三米高的槐木桩，上面刻着全县学大寨的宣誓词。全县三级干部举着拳头在"决心桩"前宣誓说，全国学大寨，大寨在山西，山西怎么办，誓死三年建成大寨县。那信誓旦旦的豪言壮语，还时不时地鼓舞着宋光明和他的队长们，可是突然间，不但不再强调建成大寨县了，还要把好端端的集体解散了。还说公社不再叫公社而叫乡或者镇了，大队也不叫大队而叫村了。队长们受不了，宋光明受不了。林汉星心里受不了却还得装模作样给西訇公社的两级干部做思想工作，别瞎说，别瞎说啊，中央有中央的考虑，这怎能叫解散集体呢，这叫联产承包，联产承包记住了哈，回去还要给社员们传达的哈。

宋光明们往县城走时兴致勃勃的，散会后坐在回西訇公社的拖拉机拖车斗里，一人耷拉着一颗脑袋，一人苦楚着一张脸。

这一年正月，华岩村社火闹得很红火。三里长的一条街上，搭起九个松树枝牌楼，西边五个，东边四个。松树枝牌楼上挂起花花绿绿的牌楼灯，每晚牌楼灯点起，耺街的锣鼓就"隆冬锵隆冬锵"地从西华岩响到东华岩，再从东华岩响回西华岩。从初三就开始耺街了，耺街的锣鼓叫"风搅雪"，是华岩村独有的一种锣鼓乐，镲、钹、锣、鼓一齐敲打起来，震得南北山都哆嗦。铜器响耺村街，既驱邪又招财，除了有几年叫过革命化春节，从初二就开始挑着篓子去送粪外，闹不闹社火，耺街是年年正月都要耺的。今年的锣鼓声音比往年都响亮，那是因为宋光明让新买了崭新的锣鼓家伙。

　　宋光明认为集体有点积蓄了，时势又宽松了，可以痛痛快快大闹社火了。但他这个初中生对自己的时势分析还是不太自信，就打电话请示了公社林汉星书记，林书记迟疑了一会儿说，《告御状》《李慧娘》这样的鬼戏都能唱了，农民们辛辛苦苦受一年，正月天闹个社火就咋了，能，大胆闹吧。宋光明即刻就拍了板，我宋光明就这，要么不闹，要闹就闹最好。

　　正月十二上午，办公室屋顶的大喇叭里响起宋光明的吆喝声：现在通知下列文艺骨干，听到广播到办公室开会，张三牛、马明煦、韩新柱、韩新惠、韩守义、韩守仁、宋茂堂、韩圪蛋……

　　全村人听着听着都支棱起耳朵，这些人里居然有东边的马明煦。马明煦之前被大喇叭叫喊，不是去参加挨批斗的会就是勒令去扫街道，一个年就过得没有阶级阵线了？前几年演样板戏还怕人家玷污了革命舞台嘛，闹个社火就不怕弄脏了村街道？西华岩村老榆树底饭市上，宋拴喜、宋银禄们嚷嚷得成一锅粥了。宋拴喜擎大碗的手哆嗦着，解不下了，解不下了，这时年越来越解不下了，马明煦都成文艺骨干了？宋宝禄一副不负责任的样子问，拴喜叔，宋光明是你培养的徒弟嘛，你咋不站出来制止他。宋拴喜越发气愤了，尾巴巴翘起来了嘛，翅膀膀硬挣了嘛，脑袋仰到天上了嘛，眼里还有栽培他的这些人哪？段四虎表情怪怪地看着宋拴喜说，老前辈哎，马明煦摘掉帽子也好几年了，看你这态度，还把人家当管制分子哪。宋拴喜愤愤地说，哼，解不下了，解不下了！段四虎说，换换脑袋就解下了呀，党员会你也不去开，跟不上时势了呀。宋拴喜两眼一瞪，死死盯住段四虎，全身就哆嗦开了，他娘的胎毛儿刚蜕了，竟敢用这口气跟老领导说话？宋拴喜到了这份儿上又该摔碗了。宋来喜又凑过去透漏内部消息，拴喜哥，这你倒接受不了啦，你猜咋，还要"血马子"出山哪。几个依墙圪蹴吃饭的人，都惊得眼睛鼻子都移位了，啊！"血马子"要出山了？那"血马子"还能出了山吗？庙没了，老道也没了，那开了"山"的脑袋咋收拾？再说了，这不是大搞迷信了吗？

华岩村的社火早在明代就有名了,不光有震塌天的"风搅雪",还有龙灯狮子、八抬扛妆、晃竿穿心,最最轰动的就是社火队前头打道的"血马子"。

"血马子"自从庆祝抗战胜利那年弄过以后就成了一个越传越神秘的神话了,宋光明们这一代人甚至不相信在华岩村这块老实巴交的土地上能发生那样不可思议的事儿。怎么可能哪,自己疯癫到天齐庙前,自己将额头对着铡刀刃"咚"的一声血喷上天,社火闹完庙里老道用香灰一抹,额头皮肤就好端端的连一丝儿疤痕都留不下,这、这、这可能吗?不过那几年人证物证还都在,那把铜座铡刀还在天齐庙鼓楼上锈迹斑斑地存放着,扮过"血马子"的马存心还吊儿郎当地存活着。年轻人不止一次地追问过马存心,铡刀刃上碰破脑袋,你真不疼?马存心凹了脸不答,直到往他白布腰带里塞上一盒烟,才一字千金地说,不疼。你当过几回"血马子"?就刚抗战完那一回。真的是从初七你的魂魂就不是自己的了?可不哪,七八天不吃饭也不知道,只觉得全身嗖嗖嗖地往起飘,两只脚也不由自己,脑袋开了"山"我也不知道,事完了人们才告我,说我是那年的"血马子"。

"血马子"要出山的事儿从华岩村嚷到西訇村,从西訇村嚷遍全公社,最后嚷得全县都知道了。西华岩村饭市上的嚷嚷声压低成耳语声,今年这个"血马子"是谁呀?马存心那老光棍已经死了一年多了,村里七座庙就毁得只剩下残墙断壁了,刀刃开山的天齐庙也就剩下一个高土墩了,庙里的神圣家早没影儿了呀,脑袋上割上血口子难道找医生给缝好吗?西华岩村大槐树饭市上,天天就是这话题。宋拴喜擎大碗的手持久地哆嗦着,哆嗦着。

"血马子"出山了

正月十五那天,一大早就满街熙熙攘攘的人,村口上停着载人的拖拉机,街巷旮旯里到处停放着横七竖八的自行车。不少外村人顺便走亲戚，提着装麻糖和白馍馍的竹篮东张西望地穿行在村街上。热情的东道主们，都立在街门口眉飞色舞地迎接客人。化着妆扮着相的男男女女，从熙攘的人群里走过来走过去，脸上洋溢着华岩村文艺骨干的自豪微笑。办公室屋顶的大喇叭里播放着李谷一的《春之歌》《拜年歌》和《问声祖国好》。华岩村洋溢着多少年没有过的节日气氛，南北山之间弥散着满满的喜气。

突然有人低了脑袋急匆匆地从散乱的人群里穿过，有人拽住胳膊问，"血马子"在哪边？急匆匆走的人咿咿呀呀的回答很含糊，好像泄露了秘密就会把该得的宝贝被别人抢了去似的。谁想到这些人的遮掩反倒更加引起人们的注意，谁又能瞒了谁呀，都是来看社火的，你不就是去抢占好位置吗？你去哪儿我们跟到哪儿就是了。后面的人跟了前面的人走，后面的人又有后面的人跟了走，少数人带动多数人，多数人带动得整个人流涌向一个目标去。

庙坡底的铁排炮隆隆地响起来，奔涌的人流越发明确他们的前方就是天齐庙废墟处。有人在神秘兮兮地低声惊呼了，吸魂台，吸魂台，天齐庙虽然没有了，可那个土墩还高高地坐落在一片瓦砾里，土墩上用木料和黑布搭建起一个大棚，远远地望过去，也是阴森森的很有神秘感。人流里一片耳语声，"血马子"就在那里脑袋撞刀刃哩，就在那里喷血哩。天齐庙塌毁了，可天齐爷的职能还在哪。

高台上的黑色大棚两侧各站一个红衣壮汉，就像旧戏里行刑的刽子手，守护着高台中央的一堆大红布。人们交头接耳猜测说，红布底下定是那把铜座铡刀了。

铁排炮停止了，整个世界突然静得如同死了一样。天很冷，一大片圆张的嘴巴，一大片大瞪的眼睛，都像冻结了一样。接下来就要看到传说中的场面了……

一位老道模样的人，早有人认出是唱须生的韩新惠。他拿着个拂尘四面晃荡一阵儿，然后对着红布嘟囔一阵儿，双手捏住了红布的双角，最后一抖，那把神秘的铜座铡刀果然凶巴巴地呈现在天光下了。

远处突然有了响动，那响动像一股暗潮一样嗡隆隆地朝高台涌来，而后又嗡隆隆地将拥挤的人分在两边，分出一条空荡荡的通道，通道的那端，果然有个人走过来了，一身破衣，一头乱发，走得跌跌撞撞，疯疯癫癫，走得摇摇晃晃，踉踉跄跄……人潮一层层地嗡隆隆涌过来，涌向通道，涌向目标。通道两边的人就像无缝焊接的铁墙，人海的大浪山呼海啸地扑过来，铁墙坚固得纹丝不动，连铁墙组成要素的人都奇怪得不行，自己的身板儿并不壮实，却坚如磐石地挡住了后面汹涌的浪潮。

这时，高台上一面大锣咚咚咚连响三声，就见红衣大汉"叮当"一声将铡刀打开，亮铮铮的刀刃在黑色大棚内明晃晃地闪着寒光……

天空凝结了，南北山凝结了，人海也凝结了。整个世界没一丝儿响动。众目所盯的那人已经走向高台前的木梯，一身破衣，一头乱发，走得疯疯癫癫，跌跌撞撞，走得摇摇晃晃，踉踉跄跄，像醉汉一样一步一步，一级一级，走向高台，走向直立着的亮铮铮的铡刀，迎着明晃晃的刀刃，一下子跪倒在地，额头正正对准明晃晃的刀刃"咚"的一声撞了上去……

整个社火队像一条长龙，缓慢地在华岩村街道上行进着，前面是震塌天的"风搅雪"，后面有龙灯狮子、八抬扛妆、晃竿穿心、高跷旱船，还有韩狗小的"丑媳妇生娃"。社火队就像一篇文章，"风搅雪"算文章的凤头，韩狗小的"丑媳妇生娃"就算豹尾，属于华岩村社火的点睛之笔。韩狗小在蒲剧戏班里是唱三花脸的，《窦娥冤》里扮演张驴儿，《辕门斩子》里扮演穆瓜。这家伙一听说要闹秧歌就像中了魔，只要华岩村秧歌队里有了韩狗小，他一个人就红火半条街。

那几年闹社火，龙灯狮子旱船都不许占领文艺阵地，社火不让叫社火而叫街头文艺宣传队。队伍里扮演过日本鬼子、狗汉奸，扮演过地主黄世仁、狗腿子穆仁智，后来还扮演过座山雕、滦平、胡传奎、刁小三。丑角是丑角，却不怎么逗人笑，后来还是韩狗小自己发明创造，扮起了这个临产"丑媳妇"。这家伙演起孕妇来,能把半条街笑翻天。头上箍着花毛巾,毛巾里垂下麻做的假辫子,大辫子咬在嘴里,痛苦地呻吟着:生生那死鬼,俺就说不哇不哇,他就说不怕不怕,这不是冷不防又有了,呀呀呀,疼死俺了,光管一时时好活呢,你看这会儿难活不难活,俺是再也不啦,再也不啦,呀呀呀。这家伙双手叉住后腰,假装的肚子高高地挺着,后面两个妇女搀扶着,前面一个男扮女装的"接生婆"挽起袖子将双手夸张地比画着……也没人追究这有啥积极意义,只顾追着撵着看,嘻嘻哈哈笑得两眼热泪,呛声岔气。这也成了四邻八村人纷纷来围观的经典节目。可是今年不一样了,韩狗小的"丑媳妇生娃"点击率一下子下降了,人海的浪潮波涛汹涌地涌向了"血马子"。

一直等在街上的人没有看到高台上那一幕,都眼睛睁得大大的,脖子探得长长的,望眼欲穿地巴望着沿街道缓慢行进过来的社火队。

血马子,血马子,很惊悚的嘀咕声像行军队伍传口令一样传了过来——哇,看见了,看见了,看见那颗血糊糊的脑袋,血糊糊的肉口子了。鲜红的血不住地往下流,流得漫过眉毛,漫过眼睛,漫过鼻子嘴巴,又从下巴滴洒到衣服上。哇,鲜红的血好恐怖好恐怖,带血的脸好恐怖好恐怖,带血的脸上阴森森的目光更恐怖啊!那眼光就像两束激光,瞄到哪里,哪里就会融化就会消亡。人们像逃命一样拼着命向两边闪开。你说这人怪不怪,拼着命挤到前面要看,可又拼着命地往后躲。挤得水泄不通,人海喻隆隆地向两边分开,"血马子"就像一个排山倒海的推土机,将拥挤得铁板一块的人群推开一条通道。有了这条通道,长龙一样的社火队才能从通道上载歌载舞地行进过来。

社火队过去了,观众们还不散,还要等着"血马子"返回天齐庙抹香灰,等着看那么长的刀伤咋就能立马愈合。可是等到半下午了还没见"血马子"返回来。一打听,才知道"血马子"已经从后街绕到临时天齐庙了,人们又潮水一样涌到搭建的黑大棚高台附近,等啊等,直等到日头偏西了,人们才看见一个人从黑大棚里走出来,观众里立刻有人喊,血马子,

血马子,那人就是血马子。人们追着撵着要看看那人额头刀伤长好没有,可是人群又一层层地簇拥成一大堆了,外围的人跳起来看不到,挤又挤不进去,只有等里面的人退出来,才得到消息,说是额头皮肤已经长好了。华岩村人还透露了"血马子"的姓名,那人就是半人半仙能掐会算的老光棍宋茂堂。

第2章
舆情涌动

"七年制"们也认识 APC

社火闹完了,村街一下子灰塌塌地静下来,过来过去的人依然满脸大正月的慵懒,各家的对联依然那么红彤彤的,过年穿的新衣服依然亮汪汪的。办公室屋顶的大喇叭播放着《向祖国问声好》和《春之歌》。只要那些死队长们不吆喝,社员们就还沉浸在乐呵呵的幸福里。

西华岩村大槐树底下又聚了一堆玩"片钱"的人,一会儿发出激奋的欢呼声,一会儿发出失望的嘘叹声,那热闹劲儿一点也不亚于观看世乒赛冠亚军争夺赛。"片钱"的庄家将拿铁毂子的手直直伸出去,一只眼紧闭着,另一只眼瞄着远处一摞铜钱或五分硬币,铜钱摞在地上画的大方格里,确信瞄准以后,就将手中的铁毂子朝铜钱"啪"的一声砸过去,几个铜钱应声飞出方格,随之爆发出一阵儿欢叫。庄家将砸出方格的铜钱或硬币一个个捡起装入衣兜里,嘴角露出赢家的笑意。

东华岩文昌阁废墟的月台上,围着一堆丢色子的中老年人,这可是赌钱的，虽然只以毛票计算，可要说你算赌博也就算了。可是这些家伙们，一个个捶胸顿足地将六颗色子狠狠撒在涩碗（丢色子专用的碗）里，要命似的叫喊得肆无忌惮。年轻人们伸长脖子看得眉飞色舞。玩的人和看的人都像是孩子一样单纯地乐呵呵地憨笑着，不再担心有谁动不动就把你说成这坏人那敌人了。

宋云飞、宋向前、宋金宝、段世凯、段学东、宋二平、韩翠子们对片钱和丢色子都勾不起兴趣，这个年一下子把他们推到命运的转折点了。年前他们几个就从华岩村七年制学校毕业了（那时毕业时间都在年末十一月、十二月），西匋中学办在公社所在地比到县城念书更方便了，现在的七年制学校就办在华岩村家门口，一天也不用离开家就可以把个初中念完，这可省事多了。不过七年制学校比起西匋中学到底差了一截，软不拉几的毕业证上盖着华岩村七年制学校的章，这样的毕业证件咋能拿得出手去呢？但是去痛片上的APC他们还真的可以认下来的。

宋云飞将胳膊使劲一挥，崭新制服袖口上吐露的破棉絮在风里索索地抖动着，像高高举起的招兵旗帜似的将一帮子"七年制"凝聚在身边。宋向前将手深深探进衣服里，掏出一盒"处处红"香烟，一人散去一支，其余就都归了宋云飞。宋云飞将半盒烟揣起，揣得理直气壮，因为那盒烟就是他怂恿宋向前偷他爹的，横竖他家的烟很可能不是用自家钱买的。年前宋云飞就知道他爹将一条"处处红"送到宋光明家，想让人家把二儿子推荐到大学里，没想到宋光明却哈哈笑着说，宝禄叔，上大学不时兴推荐也好几年了，你咋连这都不知道哪。宋宝禄这才知道不关心时势把一条烟白送了。临走时宋光明虽然让他把烟拿走，但是送给人的东西咋能再拿走哪，只是临走时朝柜子上的烟包深深地看了一眼。

宋云飞学习成绩最不好，所以在同学中很有号召力。现在七年级毕业了，念书的路子也就算到头了，推荐上学的路子也堵死了，还好，想立志成为一名人民公社社员就省事多了，不用政审不用填表不用体检，用不着一丁点儿努力，小队长就领着会计到各家把他们几个"七年制"统统登记在华岩大队社员花名册里了。韩翠子一听说不知不觉就成了社员了，都急得哭了，说是咋也不问问人家愿意不愿意呢，招工参军干什么都得自愿嘛，为什么成为一名公社社员就不管人家愿不愿意呢？宋二平也被韩翠子说得发了愁了，嘟嘟囔囔说，呀，还真是呀，成了社员就跟村里人一样了呀，啥社员呢，就是个受苦人嘛，就是个老百姓嘛。宋云飞们到底是男人，就不像女同学那样对成为人民公社社员那么不情愿。正月的休闲还在延续着，他们还都懵懂着，对即将开始的命运还有点摸不准。直到过了老填仓节，队长们的破锣嗓子喊出他们的名字指派营生了，宋云飞们才猛醒，啊呀，敢情华岩大队某小队社员身份就这样石板上钉钉了？

宋云飞眯缝着眼嘶嘶吸着烟，看着多愁善感的女同学说，你俩谁先嫁人呀？谁先嫁我就娶谁，说嘛，谁先嫁人呀？两女生愣了，一圈男生也愣了。宋向前推了推身边的段世凯，段世凯会意，嘿，你咋一下就想到要娶婆姨了呢？宋云飞很沧桑地将一口痰吐在华岩村大地上，很沧桑地咳了一声，说，找个好工作参个军也是为了娶个好婆姨，能直接娶上好婆姨，何必绕那么多弯路哪。他还对两位女同学指点迷津，你俩也不用发愁当社员，嫁个好汉也不会让你俩受了苦。宋二平怔怔半天，说，倒也是呢，俺娘也说嫁汉嫁汉穿衣吃饭嘛。韩翠子却越想越恐惧，不屑道：切，嫁汉三年，老了容颜，现在就嫁人，那还不如死了呢。其他几个男孩看着韩翠子快哭的样子，嚷嚷说：这么不想当社员啊，这么不爱劳动啊，你这上中农子女就是思想有问题啊。宋云飞声音铿锵地宣布：咱们年级女生必须嫁给咱年级男生，谁也别想离开华岩村，就这。

宋云飞在队长段建生的吆喝声中，扛起他爹给他准备好的铁锹，哼哼着小曲儿就走向了广阔天地里。宋二平跟他在一个生产队，天天一起干活能见面，刚成为社员都是半劳力，派的农活都不费力，就是拿铁锹给马车装粪，粪圪洞的粪都冻结得铁一样，全劳力们用镢头刨半天才能刨起一小堆。效率低是低，但刨得少，装车也消停，马车装满打发走，就可以将铁锹横倒，坐在锹柄上晒太阳。宋云飞有时也埋怨命不好，遭遇了个倒运队长段建生，不光丑得跟猪一样，蠢得也跟猪一样，还成天拉着北瓜脸训斥人。

这天刚吃罢早饭，队长们的破嗓门就此起彼伏地在东西华岩吆喝起来了。最最难听的就数段建生，又沙哑又打远，跟挨刀的猪嚎叫一样。宋云飞不光扛着自己的铁锹，还扛上宋二平的铁锹，肩并着肩地走向粪圪洞。一双决心扎根农村的新社员，这样地迎着初春的朝阳，踏着大喇叭里播放的音乐节奏，说着话儿走在了村边的大道上，幸福感还是满满的哩。

可是这一天，办公室屋顶的大喇叭突然响起宋光明的声音：社员同志们，社员同志们，现在马上到办公室院开全体社员会，今天就都不动弹了，各生产队队长们，负责把所有社员通知到，今天的会议内容很重要……宋光明被放大了的声音在南北山之间萦绕着，走着的人就都站住了，前几天还吆喝打好春耕大会战，惊蛰前把粪全送完，太阳红艳艳的大好天，有啥要紧事儿值得耽误上整工开个啥会呀？

宋云飞可没有资深社员们那么把一天工分看得那么重，一听说可以大放宽心不动弹，满脸都高兴得大放光芒了。他斜眼看看身边的宋二平，宋二平也笑盈盈地很激动。当然了，新社员是不需要开会的。

宋云飞扛着锹，后面跟着宋二平，他们无须走向粪圪洞了，该走向哪里呢？他们自己也不知道，脚下有条马车道可供人成双成对地任意走下去。让人讨厌的是环境很不优美，山上的树木还没有泛出一点儿绿，也听不见任何山鸟鸣叫声，只有大喇叭的声音还在铺天盖地地叫喊着，不过太阳倒是晒得有点暖和了。

抬头看时，已经是大队煤窑的简易门框，两棵没脱皮的松木柱子立在两边，上面顶个松枝搭建的棚顶，一边还挂个很寒酸的牌子，白漆底色黑漆字：华岩大队煤矿。煤窑还没开工，窑场子里静塌塌的，背阴地方还有没化完的雪。

宋云飞和宋二平探头探脑地走进窑场子，走进窑庵里，官话应该叫华岩大队煤矿办公室，看见宋银禄嘴巴大张着，眼睛大瞪着，正支棱着耳朵听大喇叭里广播的内容，发现有人溜进来，突然瞪住宋云飞恶狠狠说，还说是人们瞎嚷嚷哪，城里不知道乡里瞎叫喊哪，敢情是他娘真的了？宋云飞莫名其妙地愣住了。

宋二平急忙解释，俺俩啥事也没有，俺俩不想去开会，就相跟着走到这里了。宋云飞拽拽宋二平，银禄叔不是说咱俩。宋银禄继续支棱着耳朵听广播，脸色越听越动容，眉眼越听越愤怒。突然说，你俩在这给我看住门，我不回来你俩不能走。说着走出煤矿办公室，走向沁河北岸村子里。

宋云飞望着银禄叔走出窑场子，也觉出一点不对劲儿，就也支棱起耳朵认真听了一会儿广播，喇叭里好像在说队里的牲口财产什么的。他估计银禄叔的愤怒一定与广播里的内容有关，但到底为什么，他这样的新社员又是"七年制"脑袋，一时弄不清咋回事。宋二平更弄不清咋回事，就问宋云飞，今天这个大喇叭是咋的了，把银禄哥气成那样子？宋云飞笑了笑说，咱管他们哪，咱俩说会儿话吧。宋云飞先脱鞋上了炕，宋二平迟疑一会儿也脱鞋上了炕。煤窑上有的是大块的炭，把个炕烧得烫烘烘的。二人背靠着窗台坐好，宋云飞盘起腿，宋二平却把两条腿长长地伸出去，平行地摆放在亮汪汪的炕席上。宋云飞撇撇嘴讥笑，怕把涤卡裤子盘上圪皱呀？宋二平笑了笑没理他。宋云飞就把腿也横穿出去，与宋二平的两条腿成平行状。宋云飞说，咱俩的腿一样样的长哈。宋二平只是笑，没理他。宋云飞就把挨宋二平的腿使劲往她腿上蹭了蹭。宋二平笑了笑，就将腿往相反方向躲了躲。宋云飞又把腿往宋二平的腿挨过去。宋二平又躲了躲。宋云飞就将那条腿一下子勾搭在二平腿上，并死死地控制住。宋二平脸红红地说，好赖呀，你还该叫我姑姑呢。

大喇叭的声音突然乱哄哄的了，嚷嚷声里好像是宋光明在叫喊，宋拴喜的尖叫间杂在里面，后来就混吵吵得听不清了，后来又有个驴叫一样的声音嚷起来，嚷嚷的话还能隐隐约约听得清，这是哪家司令部的政策，这是哪条路线的政策，贫下中农同志们，这可是真真切切考验我们的时候了，我们应该擦亮眼，不能让资产阶级复了辟呀同志们啊。这声音有点像宋银禄的。

宋云飞勾搭在宋二平腿上的腿一下子失去了感觉，一骨碌坐直身子说，像是吵架呢，走咱们看吵架去。宋二平扑扇扑扇眼皮说，银禄哥不是说他回来才叫咱们走嘛。宋云飞说，唔，可不是哪。就把腿很规矩地盘回到屁股底下了。

雷声在云里闷着

第二天早饭时，天还阴着，宋拴喜的脸色比天还阴沉。大海碗里的炒面被筷子搅拌得翻江倒海，西饭市老槐树根横躺的青石碑本来是他约定俗成的定点座位，可是已经被屁事不懂的宋云飞占据了，但是屁孩子一点也不值得他去嫉恨，一窝蜂地瞎叫喊也不值得他去嫉恨，整个西华岩村没一个能把话说到点子上的人，没一个能对国家形势分析透彻的人，这很让他苦恼，很让他倍感孤独。没办法，面对一片糨糊脑袋瓜，一肚子透彻道理说给这些人跟说给猪差不多，可是不说气鼓鼓的胸膛就快憋破了。

段建生、段毛孩和宋全海三位生产队长正嚷嚷队里的固定财产该咋分，十几间畜圈该咋分，骡子该咋分，牛该咋分。宋拴喜是无论如何听不下去了，当时一大块炒面刚刚塞进嘴巴里，积压的话语一下子就从胸腔喷发而出，满嘴炒面随之成扫帚状喷了出来，喷洒在西饭市槐树底的空气里。分，分，分，就惦记着分，这么多年闹了个啥？成天喊热爱集体，热爱了个啥？这一股笼统不都白弄了吗？社员家里有了骡子有了马，这成啥了，啊？我是老不死了，你们不是跟时势吗？啊，你们给我说说这成啥了？

西饭市顿时就静悄悄的了，就在这个尴尬的空当里，宋云飞对簇拥在他周围的段世凯、宋向前、段学东、宋金宝低声说：等着看哇，拴喜爷又要摔碗了。

西饭市的人越聚越多，有才端着第一碗饭刚到场的，有已经吃完饭提溜着空碗等着看热闹的。第一生产队长段建生，丝毫不懂维护老领导话语的震慑效果，眯缝着眼看了看东天日头说：这倒好，大好天的，也不用吆喝送粪了。段建生的话虽然没说在点子上，但是打破了沉寂，另开启了话题。顿时就嚷嚷开了。有说地都下户呀，还惦记送粪哪。有说哪是惦记送粪哪，是不能吃五喝六，喉咙眼就发痒痒哪。有说生产队解散了，队长们可咋活呀……嗡嗡嗡的场面等于把宋拴喜的质问给覆盖掉了。宋拴喜老眼瞪住段建生，拿碗的手越哆嗦越厉害。段四虎又火上浇油地挑唆，嗨，嗨，嗨，说啥哪说啥哪，放老领导问的话不回答，说啥哪你们。屹蹴在段四虎跟前的董厚德低声说，这老汉家也是，质问这些人哪，你咋不去质问你接班人嘛。宋全海朝窄巷伸长脖子看了看说，咋不见光明子出来吃饭哪，是不是怕人们问这问那说不上来哪。段四虎一下提高了声音，这你说错了，宋光明要出来，就没人敢问了，不信咱等等看，宋光明要在，他谁要敢把刚才的话说再一遍，算他是咬钢吃铁的。

宋拴喜把糨糊脑袋们一下子都问傻后，本来表情已经松动了，可被震慑得安安静静的场面却被乱嚷嚷的声音给搅和了，最后又被段四虎们的话越发把老人家给激怒了。宋拴喜先是怒目瞪住段建生，而后将目光扫过董厚德、段毛孩、宋全海，最后瞄准段四虎，你说啥，你刚才说啥？你说宋光明来了我不敢把刚说了的话说一遍？段四虎却呵呵笑着说，没有呀，我是说全海子呀，你老人家那么高的威望，我哪敢说您老人呀。宋拴喜陡然举起的饭碗就又缓缓搁在了街边石头上，脑袋拧转得拨浪鼓一样，切，有天没日头了，我不敢质问他宋光明，没有我宋拴喜培养哪有他宋光明的今日家，还真是有天没日头了哪，你问问他宋光明，我不隔三岔五指教指教他，能有今日家成绩吗？

就在这当儿宋光明就从窄巷走出来了。西饭市所有眼光齐刷刷盯住宋拴喜。宋拴喜就将怒目平移向宋光明，开始发问了，光明子你来得正好，你给大家解释解释，你这政策是从哪里来的？是不是从资产阶级司令部来的？党员会上我一天价教育你反修防修，防止资本主义复辟，你倒好，明目张胆领着大家往资本主义道上走，毛主席说得好，走资派还在走，我看你就是个真真切切地走资本主义道儿的当权派。你是党的领导，关键时候应该擦亮眼，要舍得一身剐敢于顶歪风，誓死捍卫集体利益的。光明子呀，这是变天了呀，复辟了呀，咱们贫下中农要吃二遍苦受二茬罪了呀，这事儿只有东边那些人才高兴得蹦高高哪。

宋光明很沉稳地掏出一支"处处红"烟朝宋拴喜递过去，又打着打火机恭恭敬敬伸给他栓喜爷。宋拴喜嘶嘶吸着烟，侧目扫了一眼段四虎。

宋光明自己也点了一支烟，说，拴喜爷哎，你报纸也不看，党员会你也不参加，办公室屋顶的大喇叭，各家有线广播里也天天说，你咋还是这思想呢。你不光是老党员还是老支书，还得带头执行党的政策呀，可不敢再说这话呀，可不敢成了执行政策的绊脚石呀。宋光明又在他拴喜叔脊背上轻轻拍了拍说，一般老百姓跟不上时势可以理解，你拴喜爷跟不上可不行呀。

宋光明朝大家伙点点头，而后步履平稳地离开了西饭市。事情到此本来已告结束了，可段四虎又盯住开始得意的宋拴喜，看看，还是你徒弟厉害呀，几句话就说得你哑口无言了。宋拴喜老眉又竖起了，就要冲段四虎发作了。段四虎赶紧接腔说，老人家哎，徒弟厉害也是你厉害呀，有了厉害师父才能培养出厉害徒弟来呀。按说，宋拴喜听了这解释，就可以理解为夸奖自己了，可是宋拴喜还是气炸了，拿碗的手在哆嗦，夹烟的手也在哆嗦，脸也越来越青紫，只见他将纸烟头一吐，胳膊一挥，就听啪嚓一声响，就见青石板街面上瓷片儿飞溅。这个大瓷碗以它自身的粉碎，换来了西饭市肃然的寂静，寂静得跟史前一样了。

亲眼看宋拴喜摔碗，由传说变成现实，宋云飞们就像先看了电影广告画上的介绍而后又看了电影一样觉得很有趣，但他们还不能将宋拴喜摔碗与社会变迁联系在一起。宋拴喜每一次摔碗,都是华岩村时代变迁的一个节点。宋拴喜在西饭市不知摔了多少碗,他从初级社一直摔到高级社,又从高级社摔到公社化。时势有动荡西饭市就有争论,有争论就有宋拴喜摔碗。之前摔碗,都是因为他宋拴喜超前而社员落后,县里开会的精神他自己领会了,却说服不了不可理喻的落后群众。他是嘴笨,越着急越不会说,肚子里的气儿只能使在胳膊上,每到这时刻,好端端的大瓷碗就该粉身碎骨了。

坐在饭市边沿地带的宋云飞们只觉得这个拴喜爷实在是有意思,自己的声音吓唬不住大家伙,就靠把瓷碗摔出啪嚓的声音吓唬人,这跟学生在教室里嗡嗡嗡地吵,老师用教鞭猛地敲一下黑板吓唬人是一个套路。

西饭市的人陆陆续续地走了,只剩下老槐树底还在喘气的拴喜爷了。宋云飞手掌一挥说,走,去东边,找咱们韩翠子同学去。

夜袭前的绸缪

宋云飞们远远就看见了韩翠子坐在高高的石塄上,她吃饭不用筷子而用勺勺,小口地喝着小米饭。宋云飞撇下段世凯、宋向前、宋金宝、段学东,只顾自己蹑手蹑脚地蹿往韩翠子身后,大叫一声:哒。韩翠子并没有被吓了一跳,微微笑了笑说,早就看见你们几个鬼了。宋云飞说,好多天也不见你,这些天都干什么来?韩翠子说,能干啥哪,吃了睡,睡了吃呗。宋云飞盯着韩翠子看了一会儿说,嘿,你咋变得更好看了?韩翠子说,都成农村妇女了,只能越变越丑吧,还能变好看啊。宋云飞说,就是变好看了嘛。啊,你把辫子披散开了啊?韩翠子笑了笑说,才看出来啊。说着就低头吃饭了。宋云飞又问,马兆飞呢。韩翠子说,你见马兆飞啥时候还端着碗出来吃过饭呢,自过了年闹社火时见了一面还一直没见呢,说是复习呢，准备考学校呀。啊，考学校？几个西边"七年制"惊得双眼大瞪叫喊开了，啊，打算考学校？就知道那狗日的不热爱劳动嘛。他娘的，还真有想登天的人哪。韩翠子说，报纸上说今年中专师范招生扩大名额了，看马兆飞那样子，一门心思想吃国家供应呢。宋云飞很不高兴地说，哼，看来拴喜爷说得对，这世道又该你们东边人高兴得蹦高高了。段世凯一脸讥讽地说，你不是佩服马兆飞嘛，马兆飞复习你咋不复习哪？韩翠子说，咱是啥人呢，还跟人家比呢。宋云飞恶狠狠说，吆吆，听你这话，倒像他马兆飞是人上人似的，人家人家的，把他捧得天来高。韩翠子歪了脑袋看了看宋云飞气歪了的脸，说，咋就恼了呢，就是嘛，一个班你还不知道啊，人家回回出榜是第一名嘛。宋云飞说，可不是呢，人家回回是第一名，你倒过来看，咱家不也是第一名吗？段世凯说，就是嘛，他第一你第二嘛，你常常紧跟着他嘛，他准备复习考试，你也跟着复习考试才对嘛。韩翠子吃完了碗里的饭，愣怔了一会儿，叹了一口气。宋云飞说，看你这样子，就知道你也准备复习考试呀，马兆飞走到哪儿，你也跟到哪儿。韩翠子又叹了一口气说，是就是哇，谁不想脱离开农村呢，以前征兵也好，招工也好，都是你们西边人的份儿，老天爷也主持一回公道呢，轮也该轮上俺们成分不好的了吧。你也别接受不了，有了好事儿，光你们西边人独占了就对啊。宋云飞狠狠说，哼，拴喜爷真说对了，该你们高兴得蹦高高了。说着一挥手说，咱走，回西边，他娘的，亲不亲，阶级分。

宋云飞并没有率领兵马返回西边，他与几位头碰头密谋一会儿，想瞅机会揍马兆飞一顿。他们在马兆飞土墙院外游走几遭，也没见马兆飞走出街门。几经研究，就决定采取夜袭行动了。

夜袭行动必须将环境侦测好，像李向阳他们一样，白天就得伪装进了城。这一天，早早吃了饭，宋云飞就率领着队伍向东华岩进发了。

按说太阳出山是先照东华岩的，可是东饭市吃饭却比西饭市迟，西饭市人已经快散尽了，东饭市的人才擎了碗陆续走出来。这个饭市原本也有一棵古槐树，说是比西边槐树还粗还高，五几年建小学时宋望财就决定砍倒给孩孩们做了上课的桌凳了。树虽没了，可人们擎了碗还是习惯聚集在老地方。东饭市人比西饭市人看上去很稳当，很悠闲，一人一副对时势漠不关心的样子。对当前社会变革这么大的事儿不过问，不争论，更不像西边人一样吵破天。只是气定神闲地一边吃着饭，一边情态慵懒地说着话。

他们居然在说唱戏，马明煦说起他家供戏班子的事很有点自豪感，他说要想生气，闹窑供戏，就是说他家在旧社会开过煤窑，养活过戏班子，意思是这两件事都不容易。马明煦说着说着还唱了起来，好像他唱须生还很有名气。韩新惠则说马明煦的须生实在是不行，要不是你家供戏，你想唱啥角儿你挑着唱，你那嗓门唱老旦都不如韩守仁。马明煦倒也不生气，连说，你们韩家当然行呀，方圆百里都知道你们韩半台嘛，戏班子就是靠俺马家出钱，你们韩家出人嘛，要不须生、大黑、正旦全是你们韩家占了哪。韩狗小时不时插话发感慨，华岩村戏班子实在是好戏班，到晋南唱一个多月都台口不断，新惠哥的《空城计》，一连戏，香烟往台上扔多少哪，晋南家都叫活诸葛哪。韩新柱满脸红彤彤地说，要能把戏班子恢复起来，老了老了还能赶上再过过戏瘾哪。韩新柱斜眼看了看只顾低头吃饭的韩守义，摇了摇头，唉，辰鼎伯要活着，那打板真是没得说的，守义子哎，你要能顶住你辰鼎爷的一个小拇指头，俺孩你也能凭这一手吃饭了。韩守义不屑地拧着脖子，行呀，我打板有人管咱饭，那咱就学呀，切，世上就没咱韩守义学不会的手艺。韩新柱正要接话，韩守义故意大声朝走过来的韩圪蛋喊，嘿，圪蛋子，来给咱接着说《呼延庆打擂》吧。韩圪蛋像被风吹着一样飘过来，圪蹴在饭市中心位置，等着更多人求他开讲。韩新柱愤愤地说，听说书的人再咋也没有看戏的人多。韩狗小跟着说，可不是哪，戏园子里有唱戏的，说书说得再好也没人听。韩守仁接着说，世界上哪还有比蒲剧好听的东西哪，世上哪有像蒲剧板胡水滑粼粼动心动肺哪。韩狗小频频点着头说，要能恢复了戏班子，那敢情好了，说梦话都是张驴儿的台词。韩守仁走到韩新惠跟前说，新惠哎，大喇叭里早就放京剧老戏了，蒲剧老戏也该能唱了，你给咱把戏班子弄起来吧。韩新惠摇摇头说，搞戏班子，嘿嘿，谁养活哪？韩守仁说，以前明煦哥一家还能养活起嘛，现在全大队还养活不起个戏班子？新宝哎，他大队养活不起咱五队养活吧？韩守仁热辣辣的建议没想到碰了个大钉子。韩新宝听这些人的话，像西边宋拴喜听到糨糊脑袋们说瓜分集体财产一样让他皱起眉头，但他不屑于搭理他们，只用一脸的鄙视屏蔽着周围嘈杂音。偏偏韩守仁将话头儿问到他，不给这些人泼点冷水也不行了。韩新宝音调冷冷地说，你们咋像些小孩儿一样哪，尽说些没情由的话，什么大队小队养活戏班子，养活个戏班子叫干啥哪？大队都没核算了，小队也转眼就没有了，马上就各家闹各家的了，养活个戏班子？见过洋憨的也没见过你们这么洋憨的。韩新宝一说话，顿时就静悄悄的了。宋云飞早听人说过，华岩村就两个厉害人，一个是西边的宋光明，一个是东边的韩新宝。韩新宝平平稳稳的一句话，就抵得上拴喜爷摔了大瓷碗的震慑效果了。韩新宝镇住了场面，也镇住了宋云飞。宋云飞像是恍然彻悟做人的玄机了，唔，韩新宝不笑，宋光明也不笑，原来不笑就可以成为厉害人？

　　宋云飞们已经潜伏在东饭市马家塄底下半天了，可是东饭市烦人的话题遏止住了，烦人的人还迟迟不散去。就在这时候，出现了新情况，段世凯捏着嗓子惊呼起来，快看快看，马兆飞。

　　顺着段世凯眼光的指向看去，马兆飞正走向了韩翠子的家，是的是的，是走向韩翠子的家。宋云飞怒火燃烧在胸膛里，杀气喷发在眼睛里。段世凯问，追上打狗日的吧？宋云飞一挥胳膊，就要下达冲杀令了，看了一眼饭市上的人，即刻冷静下来，将下巴朝左右摆了摆，说，不行，咱是搞偷袭，要干得神不知鬼不觉。

文艺沙龙东饭市

宋云飞这些"七年制"们的到来与离去，一点也没有引起东饭市人们的注意。太阳已经老高了，沁河滩的雾也快散完了，东饭市的人还不散去。受了韩新宝的不体面，不再说蒲剧了，你看看我，我看看你，一下子也找不出个好话题。这时，韩新宝气吞山河地吁了一口气，说，唉，要不是这一耽搁二耽搁的，这几天粪就快送完了。大家伙说的话他不爱听，他说的话大家伙也不爱听。本来还都笑嘻嘻地看着他，现在却都把脑袋扭一边去了。气氛继续尴尬着，一直将指头伸进嘴巴里剔牙的韩守义，从牙缝里抠出最烦人的饭渣儿，蠕动蠕动嘴巴说话了，新宝子哎，那叔叔我问你，你刚才还说小队都没了，咋还老惦记着个送粪哪？这句话把大家伙都逗笑了，韩守义更来劲儿了，我看你不是惦记送粪吧，是惦记队长位位哩吧！哈哈哈哈……韩守义说着就带头笑了起来，可是其他人却都不笑了。韩守义也立刻止住笑，奇怪地看看这个看看那个。韩新宝依然石雕像一样凝固着，眉头紧紧皱着，眼睛冷冷地望着南山即将化完的冬雪。

韩新宝对本家叔的调侃，并没咋反感，说他惦记着生产队长位位是瞎说，但惦记着生产队一大堆事儿倒是真的。好端端的一个生产队咋能说没就没了哪，一大片房产，一大堆固定资产，一大群牲畜，库房里还有那么多粮食，往来账面上还堆着多少年小队转大队，大队又转小队的长款欠款，还有更难的是，集体了这么多年的土地咋分下户，好地赖地产量可是天上地下，怎么搭配呀！比老百姓家子女分家还要难上加难，要把一个生产队的东西分给全队社员该有多伤脑筋呀。满满一脑子的乌七八糟事儿，心烦得要死哪，哪有心思听你们逍遥自乐地谈蒲剧哪。大喇叭里倒是天天广播要尽快推进联产承包，可都是些囫囵话，具体咋样操作谁也说不清。

宋光明也是会上一套会后一套，光说是生产队不存在了，可又开会不许生产队自行处理财产，要等大队统一拿方案，统一调配，还吓唬队长们谁自作主张把生产队财产分光吃尽拿谁是问。他娘的，宋光明打着什么小九九谁不知道啊，他们一队的财产连五队的五分之一都没有，要按了全村统一方案，五队社员就吃大亏了呀！还洋憨憨地唱蒲剧哪，到时候怕你们哭干鼻子嚎干泪哪！

太阳又高了一大截，天地间已有了暖暖的春意，可是小队没活计，家里没营生，东饭市人们就这样懒洋洋地坚守着。饭市就像是村里的政治沙龙和新闻中心，好坏消息都从不知什么地方传到这里，再从这里播扬得全村都知道。你说西边人没文化，嘿，还脸红脖子粗地爱争论个国家大事儿，喇叭里广播珍宝岛，他们骂苏修勃列日涅夫。喇叭里广播中美建交了，他们还知道美国往日本扔了原子弹。"四人帮"被收拾了，他们就嚷嚷早就看出那几个人是奸臣眉眼。韩新宝自从当了五队队长，常常乘吃饭时到西边找宋光明商量事情，才发现从来没放在眼里的西边人，敢情还一人长了一颗政治脑瓜哩。难怪印把儿都叫西边人一统了哪，是不是人一成了戏疯子，对政治就啥也不懂了？

韩新宝深深叹了一口气离开东饭市，他刚走进韩家旮旯就听见身后嗡嗡嗡嗡地又活跃起来了，不光是说，还唱起来了哪。韩新柱使劲咳了一声，韩守仁就念起锣鼓经了，哒哒，咣才以才咣，咣，咣……就听见韩新柱开唱了，余贤婿贩马回把我探望，临别时留书信言语不当。上写着婚别二字实费猜想，无奈何送女回家细问端详……接着就是韩狗小的叫喊，好，好，新柱子《送女》拿手戏啊，一片叫好声掌声响彻了东饭市，响彻了韩家旮旯和马家塄。

韩新宝离开饭市闷闷不乐地往家走，发觉后面有人跟了过来，扭头看是张水明。张水明说，你看这些人好哇，天塌了也不知道砸脑袋。韩新宝只顾低头走，张水明也跟着走，一直走到韩新宝家里。

张水明问，新宝叔，你说队里东西咋弄呀。韩新宝扔给张水明一支烟，自己点了一支，一口一口吸着没说话。张水明叹了一口气，又问，知道是这去年真不该投资固定财产来，畜圈数咱队的好，办公室数咱队的好，牛驴骡马也数咱队的多，还有那四套大马车，去年秋天才做得新灿灿的。韩新宝摇了摇头，叹了一口气。韩新宝上了厕所，韩变玲提着暖壶过来，笑盈盈给张水明倒水。张水明眼光鬼熠熠地盯住韩变玲。韩变玲还穿着过年衣裳，裤子直挺挺的，袄儿合身身的，脸白通通的，辫子黑油油的。张水明直勾勾盯住韩变玲的腿间，这裤子好看吧？韩变玲朝窗外看看，低声说，你买的裤子还能不好看吗？张水明低声说，就是好看，一条裤子把你穿成城里人了，不过，有好裤子还得好腿呢，女孩身材好不好，全靠有两条好腿呢。韩变玲说，以前我也在城里买过裤子，都没有这条好看。张水明说，这是去年冬天刚在弗瑞县城流行开的裤子，说是叫直筒裤，我一看女孩们都抢着买，就给你买下了，你也不晓得感谢感谢我。韩变玲说，光谢谢也不知说了多少遍了，还说没感谢呢。张水明把嘴巴又往韩变玲耳边凑了凑，嘴巴里的气息吹得韩变玲耳朵痒痒的，就嘴上说个谢谢就算感谢了啊。韩变玲说，那还咋感谢呢。张水明眼皮眨巴眨巴声音更低了，你说呢。韩变玲狠狠推开张水明，快起开哇，裤子钱就说给你，你咋也不肯要么，好端端的个人咋也学得这么不刮眼了呢。

张水明跟韩变玲是比宋云飞们高两届的华岩村七年制毕业生。张水明学习好，还是体育委员，天天站队都是他喊立正向右看齐，六一儿童节时还在军鼓队里捣大鼓。班里的女生还很神秘他，韩变玲也以能和他厮跟着上学放学为荣呢。原来都以为他将来不知要上天呀入地呀，不想也跟她一样齐刷刷成了第五生产队社员了，比同学们高级的就是当了第五生产队会计，还是她爹赏识提拔的呢。生产队会计不也是个华岩村社员嘛，跟你相好了可咋弄呀？嫁给你？那不是彻彻底底成了个生产队女劳力了吗？

韩新宝进到屋里，张水明急忙坐回地上太师椅里。韩新宝皱眉思考了半天说，要不咱这吧，乘大队还没插手，先把粮食分了吧，昨天开会，听宋光明的意思要全村一个标准平分。张水明吃惊道，全村一个标准？他们咋能那样做呢，那咱们亏大了，不行，不能叫其他队占咱们便宜，要分就赶紧分吧，必须赶在宋光明插手前分下户，分了也就分了，他不可能到各家收去吧。韩新宝说，你赶紧跟连虎儿清清底，看一人能均多少，悄悄地不要让任何人知道。张水明问，光分粮食？韩新宝想了想说，先分了粮食再说。张水明又问，地呢，分不分？韩新宝摇摇头，你也是文化人了，这事还问我呢，为啥叫土地革命哪，为啥叫土改哪，为了个土地闹那么大动静，哪是咱个生产队能决定了的。我看他宋光明也在为分地发愁哪，处理土地得等大政策下来哪。张水明说，粮食光按人头呢还是按大小口哪？韩新宝直到把一支烟吸完，抿了烟头才说，就按人头分吧，凡是五队社员，人人有份儿。

第 3 章
欲擒故纵

帝国主义都不怕还怕你官僚主义吗

宋银禄去年腊月死了婆姨，倒也没咋悲伤，可到底有点不适应。两个儿子正像架子猪一样特能吃，三条愣后生一天三顿饭一下成了问题，宋银禄就思谋和南凤仙拼了灶一起过。他估计南凤仙也该没啥不愿意的，两个儿子应该也不会反对的，他们早就盼有人给他们做饭缝补衣服哪。南凤仙的女儿才十多岁，带过来就是了，最大的问题是南凤仙是他本家婶婶，侄儿娶婶婶这样的事儿华岩村人还他妈的有点接受不了，人们骂他宋银禄他是不怕的，可就怕南凤仙扛不住。

南凤仙的男人叫宋见喜，是那几年学大寨炸石头查哑炮被炸死的，一开始宋拴喜还说要按烈士对待，南凤仙每年还能从大队领三十块钱的抚恤金，可是后来那三十块钱就不给发了。宋拴喜不干支书了，他自己制定的政策没法保证延续到下一届。宋光明也有宋光明的道理，是不是烈士只有县民政局说了才算，咱个村支书把某某说成烈士是不合法规的。南凤仙还跟宋光明哭闹过几回，宋光明只好拿自己的钱给了她五十块算了事。

可以肯定南凤仙是急需个男人的，这不，吃水母女俩抬，烧炭母女俩抬。宋银禄常常碰见母女俩抬着个水桶晃荡晃荡从村街上走，总有点替这娘俩可怜。南凤仙领着瘦小的根花儿到煤窑上买炭，一驮车炭一百五十斤母女俩得爬坡淌河地抬两回。南凤仙给开炭钱时，宋银禄看她从衣襟底扣扣掐掐地往出拿钱，就将眼珠一转一转地示意她抬上走。南凤仙没弄明白，傻愣愣地瞪着老侄儿。宋银禄只得将嘴巴凑在婶婶耳朵边低语：快抬上走哇。南凤仙更愣怔了。宋银禄声音更低地说：以后没炭烧了就来抬哇，快点走快点走嘛。

宋银禄不光免了买炭钱，还时不时给南凤仙挑几趟水。侄儿给婶婶挑个水，有什么不可以的，挑水可以帮别的也没什么不可以，逢年过节的宋银禄也给婶婶送点钱。婶婶好感动好感动，可也没什么报答的。有时宋银禄挑来水她就很感激地说，在这吃饭哇。可是说了就后悔了，老侄儿真留下吃饭可咋弄呀。见宋银禄没有在这吃饭的意思，越发觉得这老侄儿是个很好的人。可是去年中秋夜，宋银禄突然提着两个肉罐头一瓶酒来了，来了就脱鞋上了炕，准备在这吃饭的样子已经摆弄得稳稳当当的了。南凤仙慌得气都出不上来了。宋银禄说，没事，我告孩们说我在煤窑上看场子呢。宋银禄就在炕上拿着菜刀开罐头，他在罐头盖上十字切开个口子，将两个肉罐头里面的鱼肉牛肉倒在盘子里。十多岁的根花儿看到罐头很高兴，对拿来罐头的人也很友好，就说，叔叔，叔叔，这不用炒就能吃吗？南凤仙红了脸说，你尽是瞎叫呢，该叫哥哥呢。宋银禄倒也没在乎，孩想咋叫就咋叫吧，叫啥也就是个音声儿，来哇，上炕来一起吃哇。南凤仙没有上炕，她把她炒的一个粉皮煸肉片，一个炒白菜端在炕上，与两个罐头凑成四个菜。又将自己炒的菜往小碗里拨了一点点，端给孩子吃。再往大碗里扒了一些儿，自己坐在锅台根的小板凳上小口小口地吃得一点声响也没有。宋银禄劝她喝点酒，她说，倒还做啥呢。宋银禄只好自己倒上自己喝，没有酒杯，就用茶缸喝，一瓶酒几下就倒完了。南凤仙一会儿到街门口探望一回，神情紧张得似乎血脉都不流了。可她又不好意思赶老伾儿快走，直到眼巴巴看着一瓶酒再也淋不出一点了，谢天谢地可算喝完了，酒喝完了就该走人了吧，谁知这个老伾儿却四仰八叉地躺在被子上睡着了。

宋银禄醒来时天已经快亮了，他一骨碌爬起来，一愣怔，吆，我咋在这里？一看南凤仙还在地上椅子上端坐着打盹儿，说了声，啊呀，这可是尽胡来，尽胡来。一骨碌跳下地，一溜烟小跑着出了街门。

这一次很失败，有点太莽撞，可是这种事情不莽撞怎么能搞成呢。宋银禄是参加抗美援朝的荣退军人，说起话来哇啦哇啦的还像传达军令似的。当时的支书宋望财看他有魄力，就让他当了个小队长，让他用大嗓门吆喝社员动弹。社员们倒是被他吆喝得顺眉顺眼的，可就是粮食产量上不去。全队社员嚷嚷得不行才把他的队长撤换掉。宋银禄干小队长算重用也算考验，考验不及格，就没人推举他升任大队领导了，可是硬邦邦的党员兼荣退军人，让当个纯社员实在是不像话，恰恰大队开了煤矿，恰恰宋银禄正没着落，宋望财就推举他到华岩煤矿当了窑掌柜，那时候还不时兴叫矿长、经理什么的。

不知是煤窑比种地好管理，还是他适合当窑掌柜，一干就是十几年，业绩不明显可也没有丢了人。皮子养得白白的，头发梳得光光的，中山服上衣兜兜里还亮闪闪地别着水笔，活脱脱就是个干部了。可是宋银禄越像干部越活得不满足，他婆姨是他后半辈子最大的包袱，天天想着要把婆姨更换一下，可孩子生了一个又一个，到底也没有更换掉。婆姨是他爹给他搞定的，放村里好看的女人不给他娶，偏偏给他弄来个八斗瓮，刚娶过来时他跟他爹大吵了一架，你娶来你跟她睡去。一气之下才雄起赳气昂昂跨过了鸭绿江。

苍天不负有心人，南凤仙到底在他的纠缠下愿意了。消息刚传出，华岩村像炸开了锅，西饭市先是耳语嘀咕接着就嚷嚷成一片。宋银禄最大的能耐就是能沉得住气扛得住事儿，饭市上都责骂成一锅粥了，宋银禄却没事人一样擎了大碗乐呵呵走进舆论旋涡里。宋拴喜喊破喉咙骂：猪狗都不如，儿马叫驴还知道不跟生它的母驴配种哪。宋银禄呼噜噜噜喝了一口汤，咕咚一声咽下说，拴喜叔哎，不要吃上自家的饭，操别人家的心。宋拴喜声音扯得更高了，人要是活得不要狗脸了，跟畜生还有啥两样。宋银禄又喝下一口汤，嗯，拴喜叔说的是，人除了会说话，啥也跟畜生一样样的。宋拴喜声音再也高不上去了，难怪人家笑话姓宋的没好人哪，一疙瘩烂肉坏了满锅汤。宋银禄哼哼笑着说，是满锅烂汤把一疙瘩好肉糟践了，还是一疙瘩烂肉把满锅汤糟践了还不好说哪。宋拴喜就要摔碗了，你这话啥意思，你是说华岩村村风不好把你习性染坏了是吧？宋银禄歪着脑袋反驳，你刚才说姓宋的没好人嘛，整个儿姓宋的都没好人了，可不就是满锅汤都烂了。宋拴喜拿碗的手又哆嗦了，但他绝不会为这么个事儿摔碗的，只有在社会变革的大是大非上才值得将他拿自己的钱买的饭碗摔碎。而且这一回民意是站在他这一边的，大家伙都在用眼光鼓励着他。宋拴喜就更加理直气壮了，人跟畜生最大的不一样是，人活脸畜生不活脸。宋银禄的脸反倒扬得更高了，啥叫活脸啥叫不活脸哪，全村人都反对硬要死皮赖脸坐在村里头把交椅上不下来，才是真正的不活脸哪。这下子可把宋拴喜激恼了，手中的饭碗眼看就要为些些小事粉身碎骨的关键时刻，才被宋拴福和宋来喜连拉带拽地搀扶走。宋银禄朝着宋拴喜远去的窄巷唾了一口说，就是嘛，在华岩老百姓头顶上牛逼哄哄的十几年哪，领导得叫个屁，还敢人模狗样地数落人哪，我宋银禄还尿你这根黄蔫葱哪。

西饭市的舆论阵地被宋银禄坚守到了最后，不论啥事儿，坚守到最后就是胜利者，完全一副干自己喜欢干的事儿任别人说去吧的派头。宋银禄用讥讽的目光将宋拴喜送到窄巷深处，回过头来就大声向全世界宣布，哼哼宋拴喜，当干部时就见不得穷人过年，都下台这么多年了还是见不得别人有好事儿，大家想一想，那几年招工的，推荐上学的，他宋拴喜作废了多少指标啊，坑了多少人的前程啊，他家的子女呢，不是一个一个都出去了吗。我告诉大家，要不是南凤仙怕姓宋的说三道四，我俩早就合灶过了，我娶南凤仙只是个迟早的事儿，告你宋拴喜老东西，我结婚的新铺盖都备办齐了，结婚房子都拾掇好了，只等阴阳拣个好日子过门了，气不死你个老东西。

可是，就在宋银禄把煤窑上两间房子收拾得亮汪汪的准备迎娶南凤仙时，办公室屋顶大喇叭里却念文件了，说是集体企业都要承包给个人了。

宋银禄可不是怕承包不了大队煤窑自己失了业，他不是那种自私自利的家伙。宋银禄看了《艳阳天》和《金光大道》后觉得自己很有这两个电影里村干部的胸怀，他常想，他要当了华岩村领导，不出三年定叫华岩变成大寨村。可他娘的西訇公社干部统统是猪眼，林汉星更他娘的瞎了眼，放他这样的人才不用，却重用了个宋光明。打小儿看大的本家侄儿，能吃几碗干饭谁不知道谁呀，见了面叫个叔叔都别别扭扭地叫不响亮，自己觉得自己实在本事天来大哪。老侄儿呀，给你叔叔拾脚后跟还嫌你不利索哪。宋银禄最恨牛逼哄哄的家伙了，一个不足两千口人的村干部抖着县长的大架子，什么东西呀。怎样才能将这个牛逼家伙搞得灰溜溜的哪？要是再来一次运动，他一定带领群众把这个牛逼家伙赶下台，将印把子夺手里，让他狗日的也点头哈腰来求求他老叔。可是等来等去，不但没等来运动，反而等来"资本主义复辟"了，集体面临散伙了，煤窑摊子眼看就守不住了。

那天宋银禄冲进社员大会，指着宋光明嚷，谁手里解散了集体，谁就是走资派，谁就是反革命。宋光明居然没被他的话吓到，诡辩什么不是解散集体，是联产承包。什么联产承包呀，这明明就是包产到户嘛，就是三自一包嘛。宋光明不认罪反而笑话老叔不看书不读报不听广播，跟不上时势。他娘的这话气死人气不死呀？当着这么多人羞老叔，这还了得，一不做二不休，宋银禄一撸袖子，叮咚叮咚冲上主席台，一挥胳膊呼开了口号，坚决击退翻案风，坚决保卫集体化，谁胆敢把集体经济搞垮台，革命群众一千个不答应，一万个不答应。

宋银禄的叫喊并没唤起群情激奋气吞山河的口号声，却感动了视他如猪狗的宋拴喜。宋银禄在台上将胳膊挥出一个半圆弧，宋拴喜在台下将攥紧的拳头擦着地面挥出一个大圆圈。宋银禄的大嗓门喊得震塌山，宋拴喜的破喉咙喊得冲破天。宋银禄脑袋里储存的口号喊完了，宋拴喜在台下接着高喊，拥护好党员，拥护好同志，关键时候站出来，带领人民顶歪风。宋银禄对台下冷冷清清的反应很失望，东边人一人一副笑嘻嘻的样子让他气恼，西边人一人一脸的麻木更让他气愤。就在宋银禄失落尴尬的当儿，老叔老领导的口号给予了他支持，给予了他勇气，给予了他温暖。为了缓解窘迫，为了挽回面子，为了让老叔的拥戴立马见效，宋银禄朝宋拴喜点了一下头，直直就冲向了宋光明，一手就抓住"走资派"胸脯，另一只手掣劲儿抡圆就要照宋光明的脸扇过去。要不是连虎儿、段志忠几位村干部连推带拉地把宋银禄推出办公室院子，还真怕闹出个事儿呢。

　　宋银禄大闹群众会，成了华岩村东西饭市好多天的新话题，观念对不对先不说，敢跟宋光明叫板，这就很让华岩人高看一眼，有人还当面给他竖大拇指，呀呀，到底是参加过抗美援朝战斗的大英雄啊。宋银禄就脖子直挺挺地一拧说，老子帝国主义都不怕，会怕他个官僚主义吗？只有南凤仙私下里低声劝他，呀呀，那么大年纪了咋跟个孩子一样呢，你以为人家光明子怕你呀！你就是莜麦秸秆儿点火，烘烘烘烘一股儿，肚子里不长牙，咋你敢那样说人家光明子呢，人家咋你了，煤窑上叫你干不叫你干，还不是人家一句话的事啊！哎呀呀，以前还觉得你是个稳当人，咋越来越觉得你是个没脑子呢！他光明子也得听公家政策呢，瞎叫喊的"文革"时的一些话话，台底的人都是看你笑话呢，还高兴呢，亏你还是党员呢，你当你是骂人家光明子呢，你那是骂公家的政策呢！南凤仙一个劲儿唠叨着，宋银禄憨憨地笑着频频点着头，心里暖暖的，这是关心，这是管束，这是婆姨对汉的劝诫，这是一家人内部才说的话啊。好啊，跟宋光明闹翻虽然有点后悔，可是能得到南凤仙这样的关照也算值得了。但是大男人咋能让一个婆姨人家说服呢，宋银禄直挺挺的脖子拧了拧说，帝国主义都不怕，还怕他个官僚主义哪，我还就骂他宋光明了，他宋光明敢要了谁的命。南凤仙就有点急了，咋你这么不听人劝呢，求你了呀，赶紧给光明子赔个不是去，以后用着人家的地方多呢，你跟人家弄成个这，谁还敢跟你靠近呢？

宋银禄黑着眉眼继续绷得恶狠狠的，心里却早在偷笑了，这还用得着托媒纳聘吗？南凤仙这一颗心不已经都给咱宋银禄了吗？

这消息是烟幕弹

电影《青松岭》和《艳阳天》里的大队办公室文件柜顶上总放着一个红彤彤的鼓，导演们还真是了解生活的，华岩大队办公室里也放着一个红彤彤的鼓，不过这个鼓比电影里的要大好几倍，文件柜顶上根本搁不下，闹完社火就搁在办公室大炕上了，宋光明催了保管宋来喜几次让放回库里，这么个事儿这么多天了也办不了。宋光明就拧开扩大器叫喊，来喜叔，来喜叔，来把办公室炕上的锣鼓入了库，来把办公室炕上的锣鼓入了库。可是他对着话筒喊了几次，宋来喜还是没来。宋光明关掉扩大器想，看来村领导的威慑力是难与往日相比了。

宋光明盯着正面墙上去年刚刚绘制的远景规划图凝视一会儿，就从枣红色办公桌上拖过电话机拨打，总机吗，给我要雪河村，喂，雪河村吗，老王吗，嗯嗯嗯，是我，宋光明，你们开始了没有？开始了？还是你呀，上面的什么政策下来你都是带头人，那年割资本主义尾巴全公社就你最积极，今年联产承包你还是走在前啊，到底是先进党支部啊……啊，你们已开始丈量土地了？好快呀……当然啦当然啦，弄迟了耽误下种呀，啊，粪咋弄呢，也分下户呀，牲口呢，固定财产呢，嗯，是的是的，我啊，哪一回不是你先做出样子，咱再照猫画虎地按你的先进经验做哪，咱这脑子不行，对这形势更是摸不准，等等看看再说吧，哪像你老王啊，理解政策快，行动也快……嗯嗯嗯，是的是的，叫老王你说对了，就是不忍心啊，你说积累了这么多年的摊子，啥都铺排得好好的，打得好好的基础，啥也理顺溜了，按我的打算，今年下来更要好哪，可是一下子就叫散伙了……宋光明给雪河村干部打了电话，又给杭村打，给杭村打了又给王壁村打，整整打了一个多钟头电话，就这个内容的话题，问了又问，说了又说，说罢挂了电话，觉得脑袋里越发空落落的，像走在前不着村后不着店的阔野里，越发弄不清该往那个方向走了。

老茂堂打扫办公室，侧目看看宋光明凶呼呼的脸色，想说什么也不说了，只顾拿块抹布仔仔细细抹办公桌。宋光明说话了，茂堂爷，你也得找个地方住了，看这光景，办公室也不需要专门一个人照料了。老茂堂低头抹着桌面说，我也就是想问你这呢，我的房子昨天就收拾好了，你说让哪天搬我就哪天搬，我就想问问你自打去年结算后这两个月的工钱还能不能算哪。宋光明说，这哪有不算的道理呢，去年咋算这一段时间也给你咋算，大队的账还在嘛，学校老师和保健站医生的工资，都还得集体给发嘛。老茂堂将已经抹得亮汪汪的桌面又抹了一遍，直抹得枣红色桌面映出天花板的倒影来。

宋光明端详了一会儿老茂堂满脸的忧伤问，茂堂爷，慢慢就适应了，自家种自家的地，你一个人吃饱全家不饥，不一定比在办公室当个跑堂的难活呀。老茂堂摇了摇头说，我不是难活我自家，我，我，我是觉得这样一来，你可咋弄呀？宋光明说，什么我可咋弄呀？老茂堂说，这么大的村，咋能没个府堂坐镇的，那天听你们干部会上说，分给你的地，也得你自己种了？宋光明笑着说，这茂堂爷也是的，分给我的地我不种谁给种呀？宋茂堂叹了口气说，呀呀，寻思寻思你这么个人，土牛木马地在地里动弹，那不成了个受苦人了？宋光明就笑了，哈哈哈哈，茂堂爷呀，你以为我是人家公家的干部啊，我一直也就是个人民公社社员嘛，也就是你说的受苦人嘛。啊，你是见我这些年蹲办公室多吧，那是因为集体事儿多嘛，上面常常隔三岔五有人来，总得有个蹲班的嘛，这以后可就事儿少了，用不着专人蹲办公室了。茂堂爷你听我给你说，种地有种地的乐趣呀，我可想安安心心地种地哪。老茂堂还是一个劲儿摇着头，这么大的村，府堂里咋能没个人守着哪。宋光明就又哈哈哈笑了，茂堂爷呀，我问了其他村了，他们办公室也不打算留个专人管理了，咱华岩村也不例外，你这人浑身手艺，一手好厨艺，又会择日算卦，又会选坟定宅，公家正鼓励勤劳致富哪，有你发财的机会哪。正说着，段志忠就抱着一摞账本进来说，昨天晚上，有个省电视台的记者打电话，说要来采访"血马子"的事儿哪，你说接待不接待哪？宋光明想了想问老茂堂，咱村的"血马子"这下出名了，省电视台要来采访哪，你茂堂爷肯定是重点采访对象。老茂堂斩钉截铁说，不管啥人，只要他是来问"血马子"的事，我就躲南边煤窑里了。宋光明就对段志忠说，给公社打电话，把省电视台拒绝掉。

段志忠从账本里抽出一摞表格递给宋光明，你再仔细看看，哪家的地还需要调整的，咱倒是好地赖地尽量搭配的，也还是有人叽叽喳喳地说长道短。宋光明接过表格翻了翻又递给段志忠，就按这分吧，不满意也只得叫人家不满意了，沟沟梁梁的这么些地，老天爷也难分得家家户户都满意了。

院子里响起急促的脚步声，进来的是三队队长段毛孩。段毛孩喘着气说，你们当领导的说了话咋不算数呀，开会说的是要分什么都以全村一个标准分嘛，咋就答应五队分粮食了？

宋光明愣了，段志忠也愣了，连正在抹窗台的老茂堂也愣住了。宋光明问，这是唱的哪一出？段毛孩越说越气愤，分了也得收回来，按全大队一个标准分，要是有的队把粮偷分了，我就组织俺队社员入户抢，这简直有天没日头了，真真的啥时也是撑死胆大的饿死胆小的啊，他韩新宝眼里还有没有大队领导啊，你第五生产队不是华岩村领导呀，都是一样样的华岩大队社员，为啥你就可以多分粮食哪？宋光明问，是不是呀，你搞清楚了？段毛孩说，这事我能瞎编啊，这么大的事你们咋还这么消停哪。正说着，一队队长段建生，二队队长宋全海都嚷嚷着进来了。段建生叫喊道，你说你这集体解散了没有，要是解散了，俺就啥话也不说了，只要集体还没解散，他这就算抢分大集体的财产哪。宋全海说，这简直就是抢劫嘛，挖集体经济墙脚嘛。

宋光明皱眉想了想，就头也不回地走出办公室院子，三位西边队长和段志忠也都气冲冲跟在后面。路过金圪槽石桥时，宋光明让三位队长回去，只领了会计段志忠，走进了东华岩村街巷里。

东华岩村街上不少人悠闲地溜达着，碰到村支书宋光明都微笑着打招呼，宋光明也回敬几句初春的问候。宋光明走上马家塄，邱粉娥正蹲在塄边纳鞋底子，老远地就朝着宋光明喊，宋领导哎，来俺东边视察哪。宋光明声音也老高地喊，嗯，视察哪，先视察视察老同学身子肥了瘦了。邱粉娥又喊，吆，宋领导还能看起老同学这身肉哪，给你准备好，快来视察来哇。宋光明喊，那得脱了衣裳才能视察出肥瘦来哪。邱粉娥说，行了行了，要脱，咱回家里给你脱，咋啦，全村婆姨都轮完了才轮到俺这里啊。宋光明走到邱粉娥身后，使劲在邱粉娥屁股上拍了一巴掌说，肉嗒嗒的还行了，还没有叫张三牛吸干了。邱粉娥用拳头狠狠在宋光明肩膀上砸一下，还当干部呢，啥水平呢，只有婆姨吸干汉哇，还有汉吸干婆姨的。宋光明正了脸色低声说，说正经的，我问你个事，你们五队把库里的粮食都分了？邱粉娥愣怔道，没有呀。宋光明说，我知道你给队里保密，可以理解，这没啥，分了也就分了，队里的东西分到户，只是个迟早的事儿，我也就是了解了解情况，时势就是这嘛，要不他韩新宝也不敢私分的。邱粉娥很认真地说，真的没分嘛，要是分了，我咋一丝丝也不知道哪。宋光明问，真没分？邱粉娥说，真没分，要是真分了，瞒别人吧，还能瞒了你老同学。宋光明嘀咕，这就奇了怪了，那咋就都嚷嚷说你们队把粮食分了呢？邱粉娥左右看了看没有人，压低声音说，我看就是韩新宝怕队里人冷落了他呢，鬼说社员们哩吧。宋光明深深点了两下头。

天上起了一层薄薄的云，日头成了淡红色。半上午了，东饭市上还聚集着不少人扯闲话。宋光明远远打招呼，嚯，今年春天可消停了。马明煦早早把笑嘻嘻的表情朝向村支书，虽然已经摘帽了，但依然一副管制分子习惯性的谦卑样子。不过宋光明总觉得马明煦的笑里掩藏着一种怪怪的东西，像得意又像讥讽。这家伙的两个哥哥都是高干，一定是听到让他更得意的消息了。同样是摘帽管制分子，韩辰熙的表情却明显地目中无人，只顾低头看着手中报纸，明知道宋光明走进了他视线范围，仍然假装没看见他这个人物。但宋光明还是主动打招呼了，老韩看报看得这么专心啊。韩辰熙稍稍抬了一下头，眼光从眼镜上边框直直觑住宋光明，说，噢，是光明子啊。宋光明很大度地问，老韩看得这么专心，一定有啥让你感兴趣的消息吧。韩辰熙抬起头来，好像才醒悟过来眼前站着的可是华岩村说一不二的人物，急忙把报纸双手捧给宋光明，说，是说一部小说的，小说名叫《太子村的秘密》，是说状告太子村党支书的事。宋光明一愣，状告党支书？这家伙话里一定有话的。宋光明瞥了一眼报纸上密密麻麻的字，眼光继续盯住韩辰熙问，状告这个党支书干啥坏事了？韩辰熙在报纸上指了指说，这文章不是说状告党支书的事，是评说状告党支书这篇小说的，这个小说我也没看到，说是在啥大型文学刊物上登着的，咱华岩村没人订那种刊物。宋光明问，报纸上说这个小说好还是不好哪？韩辰熙说，好像是说好的，说题材有突破，说艺术视角有新意，还获了年度奖什么的。宋光明接过报纸看了看又还给马明煦，一边说，不管报纸是说好还是说不好，你当支书的只要身子正，就不怕他告黑状。韩辰熙震了一下急忙说，我也没啥意思，也就是我正看到这内容了，正好就让你撞上了，你问呢，我也就照实说了。宋光明表情继续和善着，眼光习惯性地覆盖着现场所有人，说，老韩叔到底有文化啊，以后看到啥好消息，多给咱村里人说道说道哈。一直龟缩在角落里的马金贵突然插话说，还文化文化的，文化能吃哪还是能喝哪，这都快雨水了，下种的事儿咋还这般静悄悄的？宋光明把脸转向马金贵，老马说得对，你们急我也急呀，这不正研究方案哩嘛。不过，我向大家保证，一定不会耽误大家下种的。说着朝身后跟随的段志忠挥了挥手，快步离开了是非之地。

宋光明脸色阴沉沉地进了韩新宝家，韩新宝也把脸阴下来，说，我就知道你会来的，你听我给你说，先斩后奏是我的不对，可是不先斩后奏这事就肯定弄不成。哪个队收入多分红多，多劳多得，少劳少得，大队绝不搞平均，这是你动员我当队长时一再说的。我们五队的粮食是我们五队社员吃苦劳累打下的，我们的粮食你搞了全村平均，你交代不了你一再跟队长们说的话，我也交代不了我们第五生产队的社员们。再说了，我这也是为你考虑，我要不瞒着你让你决定，实际是难为你，你想嘛，你搞了平均是你自己打了自己嘴巴，说了话不算数；你要是让各队自己把存粮分了，量你不敢做这样的决定。宋光明眉心一拧说，嗷，敢情你真把存粮分了？韩新宝语气平平地说，是呀，咋啦？宋光明说，你这叫私分，叫趁火打劫，叫挖集体经济墙角。韩新宝说，看你说的还把人吓死呢，这可不是前几年了，社员们自己苦干实干打下的粮食，自己分着吃，这既符合社会主义多劳多得原则，也符合自你上台以后的政策呀，以前你也说过呀，分成这么几个小队，就是为了相互之间有竞争，就是要让劳动报酬有区别，就是为了调动社员积极性，自己打的粮食自己吃，这么天经地义的事儿，咋扣下那么多帽子哪。宋光明将韩新宝扔给他的一盒烟，拆开，抽出一支点燃，深深吸了一口，呼呼吐出个袖珍蘑菇云，说，你可真胆大啊，韩新宝。韩新宝说，你看你，我说我上中农不想干，你五次三番来让我放开胆子干。我放开胆子了你反倒嫌我胆子大了，敢情是官字底下两个口啊，咋说咋是你的理啊。宋光明说，我让你放开胆子干是让你领导生产，不是让你放开胆子违法乱纪。韩新宝说，这咋叫违法乱纪了，这是政策大趋势呀，听说你迟迟没动静，还挨了公社批评哪。你想啊，地都让分了，地里打的粮食分了有啥错？宋光明气哼哼地，分是肯定要分的，到底咋分，也得等大队拿出个方案来，可你，你说你这不是钻政策空子吗？韩新宝说，你还没政策，咋叫钻政策空子哪。宋光明说，就是呀，没有政策依据，你凭啥这么干哪？韩新宝说，没有你宋光明的村政策，可有国家的大政方针呀，我韩新宝也是了解了全县情况才敢依着葫芦画个瓢哪。反正分已经分了，想咋处理我任你处理就是了，横竖这个队长位位也就没几天了。宋光明说，哼，说了半天，这才是你真实的想法呀，快没命的人趁活着把家当抖擞个干干净净，是吧？韩新宝说，这恐怕也是你这时候的想法吧，你不这样想咋能这样说哪？宋光明愣了一下，又点了一支烟。韩新宝说，弄不好你还得感谢我哩，我要不分，你还得熬眼开会订方案，方案订不合适，也是你的麻烦，我这给你开了头，你就顺水推船让各队照着我们干了，等于脱了你的一顶愁天帽，剩下的土地下户、村企业下户都够你折腾了。我韩新宝做事有分量有尺寸，我也是天天听广播看报纸的，我要拿捏不好政策，我敢这么干吗？韩新宝说着瞅瞅窗户外面，压低声音说，你不要再张闹了，你宋光明抬举我，我还能心里没你啊，给你留着一份哪。又对一边的段志忠说，你也一样有一份，俺队社员咋分，给你们几个村干部也咋分的。宋光明立刻双眉倒竖呵斥，什么意思，想贿赂村干部？任宋光明发作，韩新宝依旧按着自己思路往下说，不用你来亲自扛，神不知鬼不觉给你们送家里就是了，你快悄悄的哇，咋呼得全村都知道了可不好。宋光明气愤道，你你你，给我少来这一套！韩新宝说，你也给我少来这一套吧，今中午在吧，你俩都在吧，过罢年还没在一起坐坐哪，三请还不如一遇，有瓶好酒哪，别说你没喝过，怕你连听也没听过的。说着从箱柜里拿出一瓶酒。宋光明拿起酒瓶看了一下说，贵州茅台嘛，笑话和尚没丈母娘了，听说过的。韩新宝说，正月在马明煦家打牌时，狗日的拿出来显摆说是去年到云南看他哥时拿回来的，我一把抢过来揣在怀里，说非法所得一律没收，狗日的急得快哭了，说就这一瓶，他还一直舍不得喝呢。段志忠接过茅台酒瓶看了正面又看反面，一个劲儿感叹，哎呀呀，这就是传说中的茅台酒啊，什么个味儿哪。韩新宝说，什么味儿，喝了不就知道了吗？宋光明说，你说得对，非法所得就该没收。宋光明从段志忠手中夺过酒瓶，往怀里一揣，非法所得，没收了。说着快步走出韩新宝家。

走到马家塄底时，邱粉娥还在那里纳鞋底子。宋光明不客气地说，一点也不诚实，明明分了粮食了，还说没分哪。邱粉娥惊得眼睛大瞪起，就是没分嘛，龟孙子才哄你呢，真的没分嘛。宋光明点点头，哼，不错，你是刘胡兰，不是王连举，赶紧写申请下一个就培养你入党。邱粉娥大瞪的眼睛眨了眨，你说啥呀，俺解不下你说的是个啥，老同学哎，人咋一当干部就都成这了，阴阳怪气的变了个人似的。

夜袭行动进行时

宋云飞刚吃完晚饭，就听见外面自行车铃声响了三声，这是连志红的联络信号。连志红与宋云飞们都是去年的七年制毕业生，他虽然是东边人，却喜欢与西边同学混。宋云飞问，什么情况？连志红把嘴巴凑在宋云飞耳朵上说，下午就整整一下午在一起，吃完饭又把韩翠子叫走了，走到没人处还拉着手。宋云飞问，你看清了？连志红说，我到现在还没吃晚饭呢，一直在韩翠子家周边巡逻守候着。宋云飞一听气坏了，说，这狗日的，今晚有他好果子吃。

到了约定的时间，段世凯、宋向前、宋金宝、段学东齐刷刷集中在老槐树下。宋云飞简单做了战前动员，领着兵将们就直奔东边。走到金圪槽石板桥上，宋云飞望见东华岩还是灯火通明的，就让队伍停止了前进，命令说，嗯，一是战斗前需要壮行一下子，二是太晚了怕天冷，谁身上有钱快给咱买酒去。石板桥头就是供销社，虽然关了门可敲开窗户就可以买东西。宋向前一会儿就提溜回一瓶酒，宋云飞指挥大家潜入桥洞里，一边挨个儿对着瓶口喝，一边做了战斗部署。

夜深了，人静了，宋云飞率领大部队走出桥洞，冲向马明煦家院子。

马明煦家的土院墙不很高，但没有梯子也还是爬不过去，街门紧紧关着，虽然个个咬牙瞪眼摩拳擦掌的，却也没什么办法穿墙而过。几个人潜伏在围墙根黑影里，任战前的热血在身体里奔涌着。天色越黑了，周围各家的灯都相继熄了，不会再有夜行的人了。他们几个站了起来，沿着围墙转悠了几个来回，围墙里的事儿一点也侦察不到，唯一的办法就是等待狗男女从街门里走出来捉奸拿双了。

可是通往马明煦家的巷道里，突然出现了一个夜游鬼，探头探脑，鬼鬼祟祟，敲开这家街门嘀咕一会儿，又敲开那家的街门耳语一会儿，行动很是诡诈，很是值得怀疑。宋云飞立刻就想到一个词，阶级斗争新动向，是的，是阶级斗争新动向。西边拴喜爷们不是说东边人蠢蠢欲动了吗，果然是蠢蠢欲动了呀，果然在搞秘密串联了呀，果然……那家伙朝马明煦家走来了，走来了，并且敲响马明煦家街门了。宋云飞的神经越绷越紧，心快跳出来了，呼吸都停止了。黑沉沉的春夜里，木门板吱吱嘎嘎一声怪响，街门缝由窄到宽，透出的光柱也由窄扩开一个扇面，照出马明煦的半边脸，还照出敲门鬼的黑背影。直等到两个家伙嘀咕完，搞联络的家伙掉过头来，才看清那家伙脸庞，原来是第五生产队库房保管连虎儿。为什么是连虎儿？蠢蠢欲动的家伙咋是连虎儿？宋云飞吃惊，连志红更吃惊，他们连家都是下中农，这个本家叔叔为啥也蠢蠢欲动了？

夜越静了，连虎儿与马明煦告别的声音听得很清楚，老马叔啊，行动千万小心啊，决不许让其他人知道啊。说着扭身离开马家潜入黑魆魆的暗夜里。马明煦也转身进到院子里，但是，马明煦刚刚关闭的街门又吱吱嘎嘎地打开了，走出来的正是马兆飞和韩翠子，接下来就该实施作战计划了。

所有讨厌家伙都退场了，戏剧的中心人物就凸显在场景里。马兆飞和韩翠子只在门洞的光区里闪了一下，就窜入街巷的暗夜里了。宋云飞们眼睛瞪得再大也看不见所发生的细节，全身力量只能使在耳朵上。韩翠子说，不算呀，我脑子太笨了。马兆飞说，你行了的，主要是咱们在学校就没学成。韩翠子说，可不呢，这哪是复习呢，都跟刚学一样，可佩服你呢，咋你一看就会了呢，人跟人真是不能比，我越学越没信心了。马兆飞说，不是的，这些题只是我比你提前看了，要不把书给你吧，我让我云南二伯再给我寄一套。韩翠子隔了半天说，就这吧，我回俺家呀，你也回哇。马兆飞说，我送你哇，黑天半夜的你个女孩子家。韩翠子说，不用不用呀。马兆飞说，走吧走吧，让你一个人回，我不放心。后来就听不见说话了，只有沙沙的脚步声，狗日的是不是拉手了？是不是亲嘴了？宋云飞将手一挥，战将们就开始向狗男女迂回合围。他们踮着脚，提着气，一步一步走向目标，包围圈迅速地缩小着……啊呸，好家伙，狗男女居然搂抱着……

宋云飞大喝一声，偌，干得好啊！段世凯紧跟一声，别分开，继续亲继续亲。其他几个也跟着嚷，耍流氓，耍流氓啊，亲不亲阶级分啊。

韩翠子着着实实吓了一跳，你们要咋呢？宋云飞说，我们不咋，就是抓流氓，抓阶级斗争新动向。韩翠子说，我让他辅导我数学，天太晚了，他送俺回家嘛，咋就是流氓了？段世凯说，你们搂搂抱抱就是耍流氓。宋云飞拽拽段世凯说，这不怪咱韩翠子，咱韩翠子是被玩弄，被欺骗，这事的罪魁祸首是马兆飞。马兆飞倒是很冷静，语气不冷不热地说，你们这是奉了谁的命令。宋云飞被问住了，其他几个更不知道这种捉奸拿双的事儿还需要奉个啥命令。宋云飞只得自己来担责，想了想说，就奉我的命令，咋，你搞流氓还有理了呢，你地主羔子搞流氓，这就是阶级斗争新动向，我们就是要斗争到底。马兆飞却哈哈哈地笑了，你们要是奉了村支部或者民兵连或者治保委员会命令，我服，奉了你宋云飞命令，你就是假传圣旨，真要追究，你这才是犯罪呢。哼，走，翠子，咱们走咱们的。马兆飞拉起韩翠子的手冲出包围圈，走向暗夜里的韩家旮旯。

宋云飞一愣怔间，狗男女已经给走掉了，急忙喊，打，给我打，赶快追，追，追。战将们追向韩家旮旯，追向飞奔的目标，很快就将两男女堵截在一个死角里。宋云飞一手抓住马兆飞胸脯，另一只手攥紧拳头做好了痛击的准备。其他几位有的挽袖子，有的撸胳膊，只等宋云飞一声令下就动手，可是很讨厌，恰恰又有人走来了。这个夜晚是咋了，老有夜游鬼来干扰，一切行动只得等那家伙离开再进行了。可是那家伙不但没离开，反而走到他们跟前站定了。宋云飞已经看清又是那个连虎儿。连虎儿气哼哼大声斥责，谁家这些鬼孩子，黑天半夜地不回家睡觉干啥哪？我前脚走，就听见身后有动静，咋，想打人？打吧，去打啊，咋怂了哪，狗东西们，还不快滚，滚呀。翠子，兆飞子，走，我送你俩回，这倒有天没日头了，你们西边人老的厉害，小的也想欺负人呀，啊，咋还有志红子，咋你也跟上西边这伙鬼们瞎混哪，跟好人出好人跟上野鬼丢了魂，明天告你爹揍不死你。连虎儿一手拉起韩翠子，一手拉起马兆飞，又朝连志红喝叫一声，跟我走。就听见一阵儿叮咚叮咚的脚步声响进了韩家旮旯里。

段世凯问，今晚就这了？宋云飞说，什么就这了，没完，打不了马兆飞，就朝马兆飞睡觉的屋子扔石头，但是必须等连虎儿走掉后再行动。为了不再遭遇连虎儿，宋云飞率领战将们先潜伏到东华岩村后天齐庙废墟里。

可是又有情况了，远处传来了粗哼哼的喘气声，喘气声渐渐走近了，接着就看见有个影子在向这边移动。段世凯惊叫，看鬼。之前就听老人们说这天齐庙常闹鬼，现在天齐庙虽然只剩了一片破砖瓦了，可是神圣家还在这里住着的，老人们说人死后鬼魂都要来这里报到的，这里要不是住着神圣家，"血马子"铡刀砍破脑袋在这里一抹香灰咋就可以长好哪。

宋云飞只觉得两只胳膊被两边的几只手抓得紧紧的，几个稀松蛋争着往他身后躲，把他推到直面恐怖的最前列。那个鬼果真要拿刀杀过来，第一个死的就是他宋云飞。黑魆魆的天空不知什么时候升起一弯细细的月牙儿，恰好照出那个鬼影一晃一晃地走过来。啊呀，果真是个鬼吆，脑袋那么大吆。宋云飞觉得抓他的手都在哆嗦了，接着就觉得自己的胳膊也在哆嗦了。这当儿，鬼就走近了，战将们这才看清了鬼影原来是扛着麻布袋的一个人。啊，原来是个贼？这下子，宋云飞来了勇气了，虽然没有捉了奸，可抓个贼更让人热血奔涌。宋云飞直直堵在贼前面，大喝一声，站住。那贼就稳稳地站住了，并将口袋放下，口里还哼哧哼哧喘着气。这个关键时刻有个手电筒该多好呀，还在学校上晚自习时就立志要买个手电筒了，可直到毕业成人民公社社员了还是没个手电筒，当学生可以没手电筒，都成大人了没个手电筒怎么行呀？这不，盗窃分子都站在面前了，却辨认不清是个谁。幸好，那家伙说话了，咋，村干部派你们来的？要咋你们找韩新宝理弄去，他说出了啥问题他负责，跟俺们没关系。说话的是韩守仁，韩翠子的爹。

宋云飞蒙了，说，你你你说啥？韩新宝负责？负责什么？宋向前在那口袋上捏了捏说，啊，是玉米颗儿，前天听我爹说有生产队偷分粮食了。宋云飞说，偷分粮食？韩守仁说，我也解不下，你们问韩新宝去哇，他这会儿还在五队库房哪。说着扛起口袋，吭哧吭哧消失在天齐庙废墟的拐角处。

宋云飞们跑到五队库房大院侦察一回，终于搞清东边人是在偷着分粮食，哇呀呀，私分集体财产，这才是真真的阶级斗争新动向啊，拴喜爷们说得对呀，东边人果然在挖社会主义墙脚啊，把集体粮食扛回家当然高兴得蹦高高啊。

宋云飞们兴冲冲地跑到宋光明家报告敌情，被惊了觉得宋光明听完他们夸大其词的叙述后，睡眼惺忪地问，你们看清了？宋云飞说，看清了。宋光明却没有夸奖他们是少年英雄刘文学，反而骂他们半夜三更的不睡觉游门串户的干啥呀，说着照宋向前后脖颈扇了一巴掌骂，跟上好人咥白面，跟上小鬼进了阎王殿，你就成天跟上些败家孩子瞎混哇。华岩村这些年治安可是好好的，咋一下有了你们几个村不安哪，还不滚上回家睡觉去。

宋云飞们蔫蔫地走出院子，又被宋光明叫回去斥责，出去别跟任何人瞎说这事。宋云飞们走出街门老远了，还听见宋光明在责骂宋向前。

社员变身村民了

韩新宝跟着段志忠往办公室走，心里毕竟有点不踏实。他低声问段志忠，是因为分粮的事吧？段志忠说，除了这还能有啥事，光明叔正在火头上哪，你可小心着点啊。韩新宝进了办公室，宋光明正单手叉着腰踱步，只顾呲呲地吸着烟，看也不看韩新宝一眼。韩新宝堆出一脸笑说，叫我做啥？宋光明继续呲呲地吸烟不理他。韩新宝也给自己点上一支烟，鼻子里哼哼笑了一下。段志忠倒了两杯水，摆放在枣红色办公桌上说，喝水哇。

宋光明朝墙根的一个口袋指了指说，给我扛回去。韩新宝进门就一眼看到写着第五生产队五个毛笔字的大口袋。韩新宝说，拒腐蚀永不沾？宋光明开腔了，我宋光明真真瞎了眼了，抬举了你这么一个人，我咋就没看出你韩新宝还是个阴谋家啊，先造出谣说你们分了粮食，然后试看我的态度，见我态度不强硬，你就钻了这个空子，连夜抢分。你韩新宝够天胆了啊，集体还没解散啊，大队班子还在啊，华岩村党支部还在啊，咋，没人管你了吗，你就这么无法无天了？韩新宝耐心等宋光明说得没话了，侧目瞥了一眼宋光明，说，那天你要是这态度，我就不分了嘛。宋光明一听气又上来了，那天，那天我进了你狗日的迷魂阵了，狗日的一肚子阴谋诡计啊，啊呀呀，防不胜防啊。韩新宝说，是呀，那天分完也是分，今天分完也是分，这不一样的嘛？宋光明说，你这叫啥？欲擒故纵吗？投石问路吗？对你这个人真真的认不清摸不透啊。我满以为你狗日的只是发牢骚放冷风，只是说说罢了，不敢行动的，不曾想你这么天胆，这么狂妄啊。我真是瞎眼了抬举了你这么个人。韩新宝说，你这是咋回事，那天你到我家，看你态度模棱两可的嘛，我想你只是睁一只眼闭一只眼罢了，你要把话说死，那我也得等等看啊，那天你含含糊糊软不拉几的，我以为你那是默许哪。宋光明说，我宋光明从来是有话说在明处，从来不会跟人玩阴的。默许，我宋光明还不知道默许是个啥东西哪。韩新宝，那你说咋办吧，分已经分了，你要不同意，那我就让社员们把粮食退出来，你说吧，要杀要斩一句话。宋光明又接了一根烟，呲呲地吸了半天说，退吧。韩新宝说，算话吧？宋光明说，算话。韩新宝随即起身就要走，那我这就通知人，要退今天就退，等吃在肚子里可就吐不出来了。说着大步流星地走出办公室，走向大街门。宋光明突然又叫喊说，回来你。韩新宝又返身回到办公室，等着宋光明整整抽完一根烟，说，先不要全退，等按全村标准核算下来该退多少再退多少。韩新宝哼哼笑了几声说，我要是你，就不是你这样处理事情，你这是放着没事揽麻烦呢，我那天就给你说清了，各队的粮食各队分，这是天经地义的事情。既兑现了你去年在群众大会上的话，又符合按劳分配原则，哪个队存粮多，那是人家那个队劳力们受死受活打下的，他谁也不会有意见的。是的，有人嚷嚷着要全村一个标准分，你要分析一下这是些什么人，就是存粮少的生产队队长嘛，说白了就是你们西边这些人嘛，你屁股坐在这边嘛，当然你偏向他们嘛。唔，也许这就是你要全村统一分的原因吧？宋光明气得拧了一下脑袋反问，嗷，我宋光明在你眼里就是那么个本位主义的人？韩新宝说，不是把屁股坐在你们西边，那就是想把权把子紧紧抓在你手里，想让全村人知道啥事也还得你宋光明说了算，是不是？我的大领导哎，华岩村虽然是我韩新宝带头分了队里的粮食，但我韩新宝会告诉俺社员们，这是人家党支书皇恩浩荡才下旨让咱分光吃尽的，人家领导要是不放话，别看是你自己打的粮食也照样不让你吃就是不让你吃的。我这样说行了吧？见宋光明不说话，脸色缓和了一点儿。韩新宝换了一种语气说，要我说，你还得感谢我呢，粮食的事儿我已经给你开了头，你也不提倡也不管，各队就照着办了，省下心专心考虑土地下户的事儿吧。队里粮食分多分少不就是这一季子嘛，土地一下户可是多少年的事儿呀，那你可得好好动动脑筋的，周边好多村因土地下户跟村干部砸门捣窗的多了，你也该听说了吧？我把我的话说了，听不听你看着办，你要决定全队一个标准，也行，该退多少你下条子就是了，就这吧。韩新宝说着就往外走。宋光明说，把你的东西给我扛走。韩新宝说，你能从家扛在办公室，就扛不到第五生产队库房去？

　　韩新宝刚刚回到家，就听到大喇叭里响起宋光明的叫喊声，喂，喂，社员同志们，社员同志们，请注意了，请注意了，大家天天盼的土地下户方案定出来了，基本上还以小队为单位，各队的土地分给各小队社员，不过个别地块也要在全大队统一调配的，为啥这个方案出来迟呢，因为这事涉及各家各户的根本利益，今后大家吃饭问题基本上就靠这次分定的土地了，所以的话，大队对这事很慎重，我们参照了其他村许多成功经验，再结合华岩村具体情况，又经过反复研究才拿出办法来的。对了，有个事必须给大家讲清楚，虽然今后种地的事儿是以各家各户为单位了，但是，这并不是说就土地私有化了，土地还是公家的，这叫联产承包，集体的地承包给农户，只是换了一种经营模式，是为了明确责任，是为了充分发挥农民的积极性。口粮田、责任田，只要你种好了，完成了国家任务，自家还能过好日子，种不好你饿肚子别再怨大小队干部了。还要强调一个事，有些人造谣说小队解散了，大队也要散伙了，极小部分人甚至以为要变天了，这些人我告诉你们，村级党支部永远是存在的。村级领导机构永远是存在的。对了，还有个事需要说一下，为了兑现大队去年向各生产队和全体社员说的话，为了体现党的多劳多得政策，为了不挫伤多产粮食生产队社员的积极性，经大队班子研究决定，各生产队粮食就由各生产队自行决定处理了。联产承包政策是为了鼓励勤劳社员，各队多打的粮食分给各队社员也等于是鼓励了勤劳社员，存粮少的队你不要看见人家多分了粮食就眼红了，给你分下的地你再种不好更有你眼红的时候哪。

　　为分地不满意的人快把办公室吵塌了，宋光明几次要解释，都被嚷嚷的潮水淹没了，电话铃响了几次都没听见。宋光明接起电话，嚷嚷声才静下来。电话是公社办公室打来的，电话里说要各村领导严格按照全县各级干部培训精神办，培训的内容是进一步学习国家农业政策，继续巩固家庭联产承包责任制，学习外地集体存粮存款如何合理分配农户的经验等。宋光明很生气地对着电话喊，我宋光明就是个闹世务的，这种砸锅卖铁的事儿我干不了。公社办公室那边继续说他的，土地下户工作必须在清明前完成，按时完不成就接受公社党委问责。宋光明在这边喊，不就是拆毁集体摊子嘛，要搞好难吧，要拆毁还不容易啊。公社办公室电话里说，既然容易，就该干在其他村前头啊，你宋光明不是不甘落人后嘛。宋光明这边喊，是的，容易，容易你们咋也不下来指导指导啊！哪一年春耕大会战你们下乡督促检查跑了一趟又一趟，今年咋鬼也不来一个哪？

公社的电话像一道突然横出的大坝，把吵嚷的洪水拦腰堵截了，大坝一消失，洪水就决口了一样奔涌狂泻。为啥偏偏把那块地分给俺家？你们这分地是按啥标准分？你们好地赖地就是这样搭配的？既然南河滩的地跟村前麻地产量一样，那就给俺换成村前平地呀！嚷嚷声里最凶的是宋拴福，啊，光明子哎，你拴福爷好歹也算咱宋家的人哇，也算是朝里有你这个人是哩吧，你不看僧面也得看佛面吧，你不能这样欺负你爷爷吧，他宋启禄，段四虎跟俺家人口一样样的，为啥他们就分在连家坪平地里？俺家就分在野虎沟干砂地，啊？坡地就坡地吧，人家不把你当人看嘛，你爷爷这张脸不值钱嘛，坡地还是干砂地呀。光明子，这事你说吧，你良心上能下去，那你拴福爷就一拳头砸肚里了。还没等宋光明回话，连大虎就开口了，呀呀，不能这样吧，俺爹俺娘都是六十多的人，老两口共满一亩多的一块地，你们就分在马家凹半山上啊，你们干部们还让不让他老两口活哪？连大虎喘气的当儿，南凤仙就抹泪擦鼻涕地哭诉开了，光明子哎，他宋银禄那件事做得是对不起你，但他是他，俺是俺，你不要把俺跟他扯在一起，你即是对俺有啥，也不至于在这上面坑人吧，孤儿寡母的好欺负是吧？挨上谁欺负也挨不上光明子你欺负吧，一个活生生的人为集体命都没了，一年三十块钱的补贴都被你光明子克扣了，连这养命的地你也要坑一坑人呀。光明子，你好歹也是咱宋家掌权的嘛，他就东边人掌了权，也落上个这落尽了吧，俺一个婆姨人家，孩子还不满十岁，你把地分在那么远的山圪梁上，还叫俺娘母子们咋种呢？你要实在对你这本家奶奶我看不惯，你让宋家的人卖了寡妇倒也省心了。宋光明费了半天嘴舌才把嚷嚷声稍稍平息下来，韩守义就摇摇晃晃闯进来了，一手提溜着酒瓶，一手直直指住宋光明，你娘的你快成没主子的狗了，还要最后咬人一口哪，别以为你还像以前一样，拉在头上擦了，尿在身上干了，今天老子不吃你这一套了。你对我韩守义有啥你说在明处嘛，你在土地上坑人哪。连家圪槽的干砂地，你给我估产一亩三百斤哪，那可是责任田呀，是给公家交任务粮的地呀，按亩产三百斤交粮，我把核桃树沟口粮田的粮全交了也顶不够呀，宋光明呀，你是想活活把俺一家饿死哪？啊，你宋光明从来就是说一套做一套，你在大喇叭里说的啥标准？你分到各户头上又是啥标准？你说是各队的地分给各队社员，既然这样，各队自己分就行，你咋又要大队统一调配哪？为啥要你们把套子都弄现成了才让全村社员往里钻？为啥呀，为了把土地分配权掌握在自己手里吧，没权了怕分不上好地吧？没权了怕坑不了你讨厌的人吧？是不是啊宋光明，是就是吧，掌权的占点便宜可以理解，你在天上活我在地下也得活呀。就那一亩估产三百斤的干沙地，年年不是种莜麦就是种荞麦，一亩地打一百斤都有问题，你让我按三百斤交任务粮，你这就是不想叫俺一家活嘛。你让大家伙评评理嘛，这是成心想饿死俺一家嘛，饿死也是死，迟死早死都是死，倒不如今天就是今天。说时迟那时快，韩守义一把抓住宋光明衣服，一拖又一推，弄得宋光明趔趄了一下，差点被推得倒在墙根。

关键时候考验人，大是大非面前宋拴福旗帜鲜明地站到了村领导这一边，他从围攻宋光明的队伍里调转枪头杀了出来，气势汹汹地立在韩守义身后，青筋鼓暴的胳膊使劲一箍，就死死地将韩守义抱住了，又用劲一提，韩守义的两脚就一蹬一蹬地离了地球，小身子就失去自我控制，手中的酒瓶"啪"的一声摔在地上。宋光明拽拽弄皱了的衣服，说，拴福爷你别理他，让他尽兴发飙吧，好好地表现表现。宋拴福不但没有松手，反而往胳膊上加劲了，直箍得韩守义脸色青紫，气息短促了才将韩守义提溜出办公室，狠狠一扔，就把个枯干瘦小的韩守义摔在地下，说，韩守义哎，宋光明再稀松也轮不到你姓韩的来糟践，俺爷孙俩再争吵也是打破脑袋打不破心的，韩守义哎，不要以为宋光明管不住地就管不住人了，嗨嗨，实话告你韩守义，就再变了天，天还在云上头哪，想在俺光明子跟前发威，门儿都没有。韩守义一手扶着屋前明柱使劲才站稳了，缓了口气说，你宋拴福算你根葱不长，算你瓣蒜不圆，哪里蹦出这么一只看家狗来哪，你这是舔宋光明屁眼吗？维护你们宋家政权吗？真他娘的笑死人了，狗再咋看门咬客，狗也是狗，宋家在华岩村掌这么多年权，哪一轮有你宋拴福的份儿了？哪件事上宋家人把你当个人看了？人家不把你当人，你自己把自己当狗，我真害你脸上臊得掉皮哪。我韩守义分不上好地怨我不是宋家人，你他娘的好歹也算朝里有人哪，咋也分不上好地哪？昨天不是还在沁河滩日娘操祖宗地骂宋光明吗？你有力气就以为我怕你了吗？队里的牛比你力气大得多了，照样是人扬着鞭子叫它往东不敢往西。因为啥呀，因为牛有力气没有脑子呀。宋拴福被奚落得动了真火，挽起袖子就要揍韩守义，才被围过来的人强拉开。韩守义一边往后躲，一边说，叫我怕你吗，人是不怕畜生的，我找宋光明理论，是因为他宋光明是讲道理的人，值得我去跟他说道理。对不起，光明子，我喝酒了，不对的地方请你原谅，我只要你答应我把那块干砂地给我调整了，咱弟兄俩没说的。宋光明撕开一盒烟，给抽烟的每人递过一支烟。宋拴福接过烟的手还在哆嗦着，韩守义接烟的动作却做作得很优雅，划火柴的姿势也很绅士，他将划燃的火柴先奉献给了宋光明，而后自己才点上。宋光明就着韩守义的火柴点上烟，深深吸了一口，长长吐出来，说，大家的意见班子里都会考虑的，地分得不合适，可以提，我们想办法调整，要想每家每户都分得心满意足是不可能的，你们说哪个干部家的地分得都好，给我指出来，立刻调整。分地的具体工作我没参加，我只主持把方案制订出来，就让班子里其他人具体给弄了，关于我家分什么样的地，我提前就安排了他们，我在的一队我让他们把其他社员全分剩下了才给我分定的。我知道大家对班子里个别人家的地有意见，只要是事实，我们立马就纠正。但是有一条。宋光明的脸一下子拉下来，眉间一皱，眼睛一觑，说，有意见好好提，提出来能调整我们尽量给调整，要是有人借此想挑事，那我老实告诉你，想和宋光明炝蹶子，没有你们好果子吃。宋光明顿了顿，又换了一种语调说，志忠你把大家的意见记一下，四虎子你一手搞的还得你负责解决，不过我强调一下，咱们班子里的人，你们谁家分的地引起社员们议论，趁早自觉退出来。要说我宋光明别的能耐没有，决不多吃多占、眼小手长，我还是能把握住自己的！

宋光明刚当支书时不会说话，当着当着就会说了，这不，几句话就把几个闹事的家伙抚弄得服帖了。当然会说还得占理，要占理就不能多占便宜。那天段志忠把土地下户表拿给宋光明看，宋光明看着五大本密密麻麻的表格就皱起眉头，说，不看了不看了，告你们说让你们全权负责嘛，又让我看个啥呢。段四虎说，这事太难弄了，分不好全村人能反了天，你还是看看吧。宋光明抽出一队的表格先看了看分给自己的那块地。段四虎低声嘀咕，给你分在倒座庙前那块好麻地了。宋光明眉毛一皱说，干啥呀你这是，尽是瞎弄呢，你这不是成心害我嘛，赶快给我换成一般地。段四虎哼哼哈哈答应说，好好好给你换，赖地换好地难吧，好地换赖地还不容易啊。宋光明又问，你们几个班子成员家的地也给我把握好，别让社员们有意见，就你刚才的话，这事儿弄不好能反了天。土地下户情况公布前两天，宋光明问段四虎，给我换成那块地了。段四虎说，给你换成南河滩的地了。宋光明这才让把土地下户表分发到各生产队去。

给各户丈量土地那几天，几个生产队就都吵翻天了，分了不好地的不满意，分了好地的也有说法，这些都是在宋光明意料之中的，这么些年过来了，谁不知道谁是什么人呀，眼前这几个更是他意料之中的挑刺客，分好分赖都要来闹一闹的，只要自家屁股底干净，就不怕脱裤子亮腚。至于班子其他成员，他都一一过问了，也不怎么过分，电视里慈禧对自己的手下贪腐官员还得放一马呢，要不人家谁跟你死心塌地地干哪。

办公室里最后就剩下韩守义。宋光明说，韩守义呀，连家圪槽的地也不只是你一家呀，为啥别人就没你这么难缠哪？韩守义说，别人不敢嘛，怕你宋光明嘛，我韩守义跟你一茬儿长大的，又是小学同学，别人怕你我不怕你嘛。宋光明鼻孔里哼哼了两声，可不，官高还怕民刁哪。韩守义说，敢张口说话的在你们当官的眼里就是刁民？老百姓呀，不到伤着自家利益万不得已，谁没事了去招惹当官的呀？宋光明看了看枣红办公桌上的自鸣钟已经快十二点了，说，走吧，有啥也得先吃饭吧。韩守义说，给我把连家圪槽的地调换了。宋光明说，调换是不能调换的，给你一家调换了，都提出要调换咋办？地是不能调换，但可以把产量调整一下。韩守义想了想说，行，但必须调整到一百斤以下。宋光明问，还有啥？韩守义说，你说的话算数吧？宋光明说，我什么时候说话不算数了？韩守义说，那好，只要给我把产量调整了，咱该弟兄还是弟兄。宋光明阴沉着脸说，都一茬茬长大的，谁不知道谁呀，真是的，本来是个恓惶人，生得恓惶硬学得可恶哪，没人怕你呀韩守义哎，就靠说个扎人刺眼话，耍个酒疯，吓唬住谁呀。韩守义震了一下，脚步沉重地走出办公室。

寡妇我好恓惶

　　南凤仙走出办公室就直奔煤窑上，已经是午饭时候了，空荡荡的世界里就走着她一个人。过了沁河爬上山坡就是刚分的那块地，现在她看也不想看那块倒运地了。前天队长段毛孩指给她这块地时，心里还有点暖暖的，那么一大块地成了自家的了，自家种上自家收，收多收少不怕人家捉哄孤儿寡妇的。在队里分粮食就靠那个牛逼哄哄的烂会计董厚德在算盘上瞎扒拉成多少算多少，到底是咋算的，又是大口小口又是基本粮劳动粮的老天爷也弄不清啥是啥，这下可好了，不用再跟烂队长烂会计们打交道了。

　　南凤仙看着董厚德在土地下户表格自家名字那一栏上打了个勾，突然心里就疑惑开了。南凤仙看出董厚德打勾时脸上奇怪地笑了一下子，段毛孩又用那样一种口气问她，还有啥？她随即答，没啥。回答完越觉得更不对劲儿了，他们为啥要问她还有啥呢，这块地肯定是有啥问题的。南凤仙很快就想起来了，前年在这块地里割过莜麦，啊，莜麦是不往好地里种的，种莜麦的地叫懒田地。南凤仙急忙朝已经走出地堰的段毛孩喊，毛孩哥，这块地不是懒田地嘛？段毛孩扭回身子说，不算懒田地吧，是按二沿地估产的。南凤仙说，前年还种莜麦嘛咋不算懒田地呢，反正俺不要这块地。段毛孩笑着说，这块地不赖呀，那年种莜麦是因为春天种的谷子苗不全返种的，弟媳妇哎，在咱三队两口人的地里，你这算是不赖的哩。南凤仙越听越觉得这些人在合伙捉哄她，就恼悻悻说，反正俺不要这块地，你给俺换了吧。董厚德插话道，想换也行，那你得找村干部，这都是村干部们弄好的，俺们只管按人家弄好的给各户丈量好就行了。段毛孩也嬉皮笑脸地说，就是的，媳妇子哎，小队干部就是跑腿腿的，哪有权给你调配哪。段毛孩的这句话把等着认领土地的三队社员都逗笑了，嘻嘻嘻，呵呵呵，哈哈哈，各色的笑声从周边高处地塄上发出来，形成个围观南凤仙的半包围圈。南凤仙越感到全世界都在欺负她，都在讥笑她。南凤仙心里一酸，眼泪就咋也止不住了，越想越伤心，越哭越恓惶，孤儿寡母的没个靠山就是这样的让人不当个人呀，不当个人呀，呕呕呕⋯⋯

小队干部推大队干部，大队干部也是哼哼哈哈光答应不调整，远远地看到这块地就又伤心起来了，这块地成了小寡妇的心病了，她越觉得自个儿孤零零的好恓惶，不远处就是孩儿他爹的墓地了，南凤仙像被魂勾了似的走向那块墓地。墓堆上半人高的蒿草还没泛绿，天不刮风，蒿草一动不动。南凤仙一下子扑倒在坟墓前面就哭嚎起来了，他爹呀他爹，你倒好啊，歇心心的光管你在这里睡你的，也不管俺母女们是死呀是活呀的，没个做主的这哪是个活呀，这哪是个活，没个做主的，这孤儿寡母的可咋往下活呀，孩他爹呀，呜呜呜⋯⋯

南凤仙在孩他爹墓前哭嚎得很恓惶，远处却有人唱着过来了：寡妇我今年三十三，三十岁上离开俺男子汉，守寡守了我整三年嗯呀，寡妇的日子实在艰难。这是沁河谷地的一种古老曲调，其中的一首叫《小寡妇上坟》。南凤仙听得近处有人唱，止住哭声四处看时，哼哼着走过来的是东边的韩圪蛋。南凤仙用袖子擦了擦泪，准备站起来走。韩圪蛋继续往完唱：开春我寡妇的地没人翻，夏天价地里禾草没人锄挽，秋天里割倒没人往回担。嗯呀，冬天价烧火没啦柴炭。韩圪蛋唱着走到南凤仙身边，圪蹴在墓堆前，说，有啥你不寻大活人说嘛，跟死人诉说顶个屁呀。南凤仙把腰身狠狠扭了一下，扭头就走。韩圪蛋伸手一把拉住南凤仙说，你等等，我有正经话跟你说，那天俺们四队分地，我就在你这地上面地塄上，你哭成那样，看得我难受得不行，你今天又嚎上了，就过来劝劝你。南凤仙心里的伤疤又被戳疼了，一屁股跌坐在坟墓前，又哭开了。韩圪蛋说，你看你又哭又哭。南凤仙哭着说，我哭我的，你唱你的哇，你管我呢。韩圪蛋说，我是难受才唱哪，女人伤心一声哭，男人伤心一声唱嘛。南凤仙说，去去去该去哪儿去哪儿去哇，我不想听你说，我肚子里的苦还想跟孩儿他爹说道说道呢。韩圪蛋说，你看我那块地咋样。南凤仙说，你还能分上赖地，鬼还怕恶人呢，哪个干部敢惹你。韩圪蛋说，你要看我那块地好，那咱换了，别看是一个人的地，马金贵给我多量了一倍还多哪，肯定比你这块地大。南凤仙说，咋换呢，我在三队嘛，你在四队。韩圪蛋说，切，还三队哪四队哪，地都分给个人了，只要户主愿意调换，他玉皇大帝阎王爷也管不着。南凤仙愣怔了，使劲擦了擦眼角的泪痕，眼睛瞪得大大地盯住圪蹴在男人墓前的这个人。这个人名声不好，好吃懒做赌博喝酒，快四十岁了还是光棍一根。南凤仙问，你拿好地跟我换赖地图个啥呢？韩圪蛋问，咋，不愿意？南凤仙说，不愿意。韩圪蛋问，为啥呢？南凤仙说，你这人神三鬼四的，谁知道你安的什么心呢。韩圪蛋苦笑了一下，说，想跟你相好哪。南凤仙一下凹下脸来，啥人呢，没了主的寡妇也不是官道的茅厕，谁想圪蹴就圪蹴的。韩圪蛋继续挂着苦笑，我这样跟你说哇，宋银禄指望不上了，你想哪，集体没有了，煤窑也就没有了，煤窑没有了他宋银禄屁也不是。南凤仙说，他宋银禄是啥不是啥跟俺有啥干系呢，真是的呢，姓宋的真是没好人，一个个红眼烂嘴地想说啥就说啥呢，宁叫做损事还不叫说损话呢。韩圪蛋苦笑转换成讥笑，瞧你吧，姓宋的不说哇，世人都长着眼哪，都到谈婚论嫁了还怕人说哪，宋银禄都领着你到二道河买了暖壶洗脸盆了还不承认哪。南凤仙叹了一口气说，买个暖壶洗脸盆就是谈婚论嫁呀，他想是他想呢，俺是谁也不跟的，俺才不给俺孩儿找后爹呢。

韩圪蛋说，你这是瞎说呢，你当你孩儿吃饱饭穿暖衣裳就行了，小学中学的给你念一念就你个婆姨人家你能供起？念完书还得给娶婆姨，要娶婆姨还得给修房子呢。南凤仙说，俺是女儿，又不娶媳妇。韩圪蛋顿了一下说，女孩咋，穷养儿子富养女嘛，朝廷女儿不愁嫁嘛，你们婆姨人果真是头发长见识短，照你这说法，你孩儿这辈子就糟践了，就跟我一样了，我为啥娶不上个婆姨，正是娶婆姨的年龄俺爹死了，孤儿寡母的别说娶婆姨了，自家还饿得不行呢，我饿行，看俺娘饿得气儿也没了，就偷撒了队里一布袋玉茭棒子，叫巡田的抓住游了几回街，他娘的这名声就坏了，也就破罐子破摔的就这样活过来了。韩圪蛋伤感的样子，看上去不咋像个赖人了，甚至看着还有点恓惶哩。南凤仙的眼里就又泪汪汪的了。韩圪蛋看南凤仙不说话，拿出旱烟袋点了一锅烟，呲呲地吸起来。南凤仙突然嘻嘻嘻地笑起来。韩圪蛋说，笑啥呢笑？南凤仙笑着说，你娘真洋相，骂大街骂那样的话，嘿嘿嘿笑死人呢。后面的话就笑得说不下去了。韩圪蛋说，那一回不怨俺娘骂，王壁村的那个寡妇都快说成了，有人给说了坏话散伙了，俺娘骂大街是轻的，要找出这个人我一刀就捅死狗日的了。南凤仙笑得止也止不住，韩圪蛋说，咋，俺娘说得有啥不对，俺儿娶不上婆姨，你狗日们家婆姨的屄窟窿不用想安生。南凤仙呵呵呵笑着说，你娘真洋相呢。韩圪蛋叹了口气说，唉，俺娘到死也没见上儿媳妇。南凤仙也叹了口气说，光棍汉也好呀，一个人吃饱全家都不饿。韩圪蛋正了脸色，说正经的，换还是不换？南凤仙说，不换，换了就算答应跟你好了。韩圪蛋说，你咋是这脑筋呢，连个玩笑话也解不下，就你说的光棍活惯了，黄花闺女嫁我，我都不想养活她，要你个拖儿带女的做啥呢。南凤仙说，谁给俺分的不好，俺跟谁说就是了，村里给俺换了，俺心里踏实，你这人神三鬼四的谁晓得你兜的个啥圈子呢。韩圪蛋说，我要不是个神三鬼四，还肯把好地换给你？南凤仙想了想说，唔，那你是不想苦打实熬地种地了？韩圪蛋鬼眼一下子放了光，哎，算你说对了，我韩圪蛋才不想叫一亩三分地拴住呢，你问问四队的社员看我韩圪蛋在队里受过几天苦。南凤仙说，你要是不想种，换了不也得种嘛。韩圪蛋愣了一下，一拍大腿说，嘿，还真是的，干脆把地给了你算了，我一听说要分地给个人种，就发愁死了哪，好，干脆给你算了，收多收少跟我半毛钱关系也没了哈，按亩数该交的任务粮和农业税都你管起来就是了。南凤仙愣了一下，啥呀，还要按亩数缴任务粮跟农业税哪？韩圪蛋说，呀，你当分的地成了你私有财产了？这是承包，前几年队里上缴国家的粮都摊在亩数里了。南凤仙瞪着眼想了半天说，那俺不要了，辛辛苦苦受上一年都交了公家，那不等于白受了，要是这，我连分给俺的也不想要了。韩圪蛋说，也不是你说的那样的，地种好了，除了缴公家的剩下的就是口粮了，地也不要，队里也不分了，你两口人喝西北风呀？南凤仙问，那你不要地咋活呢？韩圪蛋说，人跟人不一样，我没地能活得更好，你没地就活不了。南凤仙又瞪着眼睛想了半天，突然说，你是当真吗？给俺地。韩圪蛋说，我韩圪蛋说的话跌地下砸个深圪洞。南凤仙说，行，俺要了。韩圪蛋说，那就这。

分粪啦，分粪啦！

段四虎请示宋光明，这些人家的地调整不调整？宋光明说，你答应他们调整就是。段四虎说，要调整就得赶紧调整，过了谷雨就耽误下种哪。宋光明说，行，那你们赶紧给调整吧。段四虎说，呀，这要是调整了一家就不愁十家，十家动了就不愁百家，这要是谁来闹事就给谁家调整了，那成啥了。宋来喜说，闹事的就没一个好人，你给他分得再好也有说辞，地嘛，啥叫个好，啥叫个不好，给了勤谨人赖地也能种好，给了懒人好地也能种坏的。段四虎说，唉，好地赖地还是有区别的。宋来喜说，有区别是有区别，可闹事的这几家的地并不算华岩村最不好的，还有不如他们的呢，人家也没闹。段四虎说，那这地调整还是不调整呢，季节不饶人啊。

宋光明说，再有人找你调整地，你让他们找我就是了。

季节是个硬杠杠，要等领导给重新调整了土地就耽误下种了。闹事的毕竟是少数人，大多数人家对分给自家的地没意见，比自留地大得多的一块地一下子成了自家的，高兴还顾不过来呢还嫌好嫌歹呢。人心真是没尽。勤谨的人们刚刚认领了土地就吭哧吭哧地在地里忙活开了，生产队糟践了几十年的地塄不是塄堰不是堰，修修这里，补补那里，刚解冻的土坷垃打得面粉粉的，坑洼的地方扒拉得平坦坦的，受苦人的地就像艺术家手里的艺术品，有多少工夫也能没完没了地用在上面。

队长们也不管谁家土地调整了没调整，土地刚刚下了户就接着开始分粪了，春天的地就像饭时的人等着吃东西，得赶紧把粪送到地里，等哪天下种就一切都现成了。前几年大喇叭里把这叫备耕工作，备耕工作里有一项最费事的工作就是送粪。前几年过革命化春节，从正月初二就闹腾送粪了。现在粪分下来，一家一大堆，都得送到各家地里的，有用筐担肩挑的，有用平车拉的，各自都低了脑袋，凹下黑脸，脚步匆匆，气喘呼呼，人们相互碰了面，也顾不得站下来打个招呼，好像说句话也怕落在别人家后面，比给生产队干活时就像是变了一个人，用不着队长吆喝，用不着工分刺激，天还不亮，就听见各家街门吱吱嘎嘎打开，满街道响起了踢踢踏踏的脚步声，整个村子就像办公室大喇叭里播放坏了的唱片，曲不成调地呜哇呜哇的转悠了几年，一下子音调节奏都正常了。

四队粮食没有五队存粮多，可是粪堆却比五队大得多，一年庄稼二年闹，去年马金贵带领社员上西山割了十来天蒿，都是背着韩新宝和五队社员们偷偷干的。马金贵吩咐大家碰到村里人就说是到老西山买干山药蛋疙瘩的。老西山高寒地带，盛产山药蛋。好山药蛋社员自己吃，烂山药蛋晒干喂猪吃。这种干山药蛋疙瘩碾成面，饿急了的人也可以拿来糊弄肚子的。前几年华岩村人一过清明节就大多没粮吃了。要解决饥饿问题只有一条路，就是上西山赊欠干山药蛋疙瘩，一是没钱买粮，有了钱也满世界没个卖粮的。夏天赊上，答应秋天分了玉茭子一斤兑一斤还人家，可是到秋天西山人下山讨要玉茭子时，全村人就都同仇敌忾地翻了脸，说是要粮没有要命拿上走，你拿走粮食还叫不叫我们活，现如今可不是旧社会，容不得黄世仁讨债逼死人命。西山人就异口同声骂华岩村没好人。老西山的特点是地广人稀，村与村之间相距甚远，交通不便，信息隔绝。华岩村的坏名声传不到另一个村去。第二年没吃的了去赊干山药疙瘩，再找一个村就是了。华岩村人得意地相互鼓励，这就对了，团结一致才能得胜利，人太实诚了就等于自取灭亡呀，天不灭耐羞耐臊的人呀，厚脸皮人才能活得很好呀，一年骗一个村，一辈子都骗不完的呀。

　　四队社员们按马金贵的吩咐把镰刀和捆绳放到布袋里，见人就说上西山买干山药疙瘩去，听的人也不怀疑，年年青黄不接的时候，华岩村上西山赊干山药疙瘩的人就是这样成群结队的。等四套胶轮大车把一车车蒿草拉到四队粪圪洞，韩新宝和五队社员才傻了眼。韩新宝恶狠狠骂马金贵，你狗日的真不够意思。马金贵还击道，你他娘的见不得穷人过年哇，你们多分钱多分粮就没说的，俺多弄点粪就眼红了。韩新宝说，你说的笑死人了，有眼红粮食眼红钱的吧，没听说还有眼红粪的人呢。马金贵说，巧耕巧种不如痴汉上粪，等明年收倒秋，叫你眼红眼红。一年庄稼二年闹，粪堆有多大，粮堆就有多大啊。韩新宝哼哼笑着就走开了。马金贵看出韩新宝眼里永远不把他当个人，又生气，又不服气。马金贵也是个好强的人，干什么都不想落别人后面，西边三位队长他一点也没放在心上，就这个韩新宝，不知狗东西咋日鬼的，秋天下来人口粮、劳动粮工分值都比他四队多。去年腊月兑现那天，各队社员都到大队办公室领款，虽然东边两个队的工分值都比西边三个队高，可五队一工一块三，四队一工一块一，虽然只差两毛钱，可是就把人的高低拉开了。韩新宝扬着脑袋板着个脸，牛逼哄哄的偌大的办公室都放不下了。正好那天公社书记林汉星也在场，听宋光明介绍了华岩村粮食副业双丰收的情况，挨个儿跟队长们握手，握住韩新宝的手就多握了好大一会儿，还拖着老长的声音说，人才啊。把个马金贵看得很憋气，心里暗暗骂道，人才个屁哪，等明年秋天咱再看看啥才叫人才吧。马金贵憋着一股劲要超过第五生产队,韩新宝你就等着瞧吧,这比你大几倍的粪堆就是明年亩产的保证,粮食能超你,钱也不会比你少,到时候咱看谁牛逼吧。闹完社火刚开始动弹,东边两个队的社员都扛着镐头到粪坑刨粪,两个队的粪坑就在村口并列着。马金贵站在又高又大的粪堆上,居高临下鄙视着五队的小粪堆,脸上美滋滋地焕发着荣光,情不自禁地单手叉起腰来,很谦虚地说,啥弄多了也是麻烦,单送一送这些粪也得比你多费好多个工。而后死死盯住韩新宝,他的的确确看出韩新宝脸上泛了一股红,的的确确有些嫉妒眼红了,只可惜当时公社书记林汉星不在场啊。

可是辛辛苦苦搞了这么一大堆粪都他娘的白折腾了,都一小堆一小堆地分给社员了,分起来还比人家费事,人家三天就分完了,他足足分了五天半。分粮食用秤称,分粪用秤称能笑死人,先按一亩地二十五平车,后又一亩地加了六平车才分完。那天马金贵不光烦心还很伤心。五队社员分了存粮都对韩新宝感激得要命,四队社员一家分了一大堆粪连句感激的话也没有,倒好像这堆辛苦粪本该他们得似的,他们也不想想,你分的地是祖祖辈辈就在那里搁着,可这些粪可是我马金贵带领你们辛辛苦苦干下的呀。马金贵对自家分得的一堆粪不咋放在心上,而是背着双手在各家粪堆前转悠。转到韩新惠跟前说,蒿粪是好粪啊。韩新惠就冷汤淡水地说了个,嗯,好粪。他又转悠到韩守明跟前说,一亩上这些些粪,这么多年头一回吧? 韩守明一边汗水涔涔地往筐子里装粪,一边说,也许吧,年年亩均多少粪咱这一般社员哪能知道哪。马金贵走到邱粉娥跟前说,这么些粪你咋送呀,就你张三牛那露水汉子挑个小筐子啥时候才能送完啊。邱粉娥倒是说了句人话,可不呢,自分下地就天天发愁下了,这又分下这么一大堆粪,哪年哪月才能送完呀,就你哇,给咱队人们弄了这么些粪。

有一堆粪跟前没有人,马金贵走过去说,这是谁家的? 韩新惠用下巴朝已经走远的韩守义扬了扬,马金贵就朝韩守义喊,咋啦,等给你调整地哪,等他们给你调整了也过了立夏小满了,就那样种哇,有这么多粪上地里，一样能多打粮食呀。韩守义站住说，你悄悄的哇，不太差了咱们换。马金贵低声嘀咕道，啥人呢。但他还是走到韩守义跟前很有点语重心长地说，不要硬撑，硬撑没好处，针过去线也过去了，吃亏人常在世，如今的干部你还不知道，你寻他答应得好，那你等着哇，就怕你耽误了下种呢。韩守义又拧了一下脖子说，切，耽误了我下种，他狗日的给我包产。马金贵说，这些话光能嘴痛快痛快，我劝你不要闹腾了，赶紧该送粪送粪哇，要是下种时候忙不过来，你跟我说就是了，虽然不当队长了，也还能吆喝几个人给你帮个忙。韩守义不拧脖子了，也不说话了，只把右手食指中指长长地伸出去，微微勾动了一下。马金贵急忙拿出抽剩的半盒烟给了韩守义。韩守义抽出一支自己点上，而后将皱巴巴的烟盒深深揣在中式棉袄衣襟里。马金贵看他拗劲过去了，说，粪可没给你少分，我还让给你多倒了三平车哪。韩守义说，粪都给你吧，我不要了。马金贵吃惊道，为啥呀？韩守义说，都啥年代了还上蒿土粪哪，我上化肥呀，比你这蒿粪好多了。马金贵惊问，全上化肥呀？韩守义说，到供销社扛一袋，抵你这十平车。马金贵眼睛瞪得更大了，底肥也上化肥呀？韩守义抿嘴笑着，嘶嘶吸着烟卷儿，很鄙夷地看着分粪担粪的人们说，嘻嘻嘻，看看分了一堆粪还高兴哪，分得越多，送粪误工越多。马金贵摇摇头感叹，世上真是啥人也有呀，这么绒沌沌的好粪，还有白白给都不要的人哪。

  南凤仙挑着一副小筐子到了一个粪堆前，见四队担粪的人都用奇怪的眼光朝着她看，她朝大家笑了笑，就弯下腰往筐里装粪。马金贵走到南凤仙身后问，嗨，媳妇子哎，你这是咋回事？南凤仙的脸一下红到脖子根说，韩圪蛋让我把他的粪担了呢。马金贵更奇怪了，他咋让你担他的粪呢？南凤仙心里想，地都给我了，粪可不也给我了呢。口里却说，不知道，光说是把粪给了我了。马金贵说，败鸟都来了四队了，这么绒沌沌的好粪就给人了，不是自家受死受活得来的东西到底不心疼。已经走了老远的韩守义，不知什么时候就鬼一样站到南凤仙身边了，也斜着两眼说，嗷，你来俺四队收粪来了，那好，那把我的也收去哇。南凤仙只顾低了脑袋装粪没理他。韩守义把脖子歪着弯到南凤仙脸前问，咋，不要？马金贵对南凤仙说，他给你你就要上嘛，人要吃饱先得把地吃饱，地里不上好粪，今年下来饿狗大张口，吃屎哇。韩守义知道马金贵这句话是冲他说的，也不在意，只粘着南凤仙说，听听这粪有多金贵，上不了好粪就得吃那东西哪。南凤仙直起腰喘了口气，突然把装在筐里的粪倒在粪堆上，挑着空筐子快步流星地离开了四队粪坑。马金贵冲着南凤仙喊，嘿，你看这媳妇子，不要韩守义的吧！咋连韩圪蛋给你的也不要了，这么绒沌沌的好粪咋都是这人哪。

第 4 章

快刀乱麻

这刁民是老本家

韩守义的承包地虽然没被调整了，但把亩产下调成了二百一十斤，这就意味着任务粮可以少交七八十斤了。可韩守义还是不满意，又喝得醉醺醺找宋光明咋呼，要么亩产调整到一百斤以下，要么换地。宋光明说，单为你一个人专门开会研究了一晚上才给把亩产下调了，换地是不可能的。韩守义就质问，这就是你们开会的最后决定？宋光明说，是的，不可能再专门为你开第二次会了。韩守义就将手中提溜的酒瓶倒竖在口上，咕咚咕咚咕咚，多半瓶白酒一口气就喝干了。而后将酒瓶在窗台上使劲一磕，"啪嚓"一声巨响，玻璃碴子飞溅了半院，酒瓶就变作一个闪耀着玻璃碴的凶器。韩守义挥舞着凶器就朝宋光明直逼过去了。宋光明婆姨吓坏了，叫喊着跑出街上喊，快来人呀，快来人呀，韩守义在俺家耍赖呀，要行凶杀人啦……宋向前从街上跑回家，操起铁锹抡得圆圆的就要朝韩守义脑袋拍下去，被酒壮起胆的韩守义面对拍下来的铁锹居然毫无惧色，甚至冲着宋向前喊，王八羔子，你拍，你拍，拍，拍，拍呀，你王八羔子一锹拍死我也比活活饿死好死得多。宋向前划了半圈的铁锹即刻就定格在距离韩守义脑袋一尺多远的空中。宋光明没被韩守义的短兵器吓坏，却被宋向前的长兵器吓坏了，一把夺过宋向前手中铁锹骂道，你干什么，干什么，给我滚，滚一边去。这期间院子里陆续涌进来不少人，大都是西边人，倒也不一定都是站在村领导一边的，有态度悠闲的，有惊眉诧眼的，当然也有坚决捍卫被威胁者的。宋来喜、段四虎、宋拴福、段志忠、宋云飞、段世凯几个人已经把韩守义成包围成圈控制起来。韩守义的酒劲儿正潮水一样地晕晕乎乎往上涨，大喊一声，来，你们朝廷里的人都过来，你们姓宋的都过来，我不怕，不怕，不怕的。口里说不怕，声调却一出溜往下低，明明像是要退却了，突然一激灵，又张扬起来了，将尖嗖嗖的玻璃碴瞄准半包围过来的所有胸脯肚子，直直地捅向正前方……只听"呀"的一声，那个包围圈瞬间就四散了。玻璃碴刺向的目标正是宋拴福，宋拴福动作还是很敏捷的，本能的呼叫声，还没喊完，身子就跳出危险区了。

　　这一回韩守义几乎可以算作是胜利了，几乎可以归属于单刀赴会鸿门赴宴、荆轲刺秦等英雄壮举系列了。朝廷中人都吓退了，皇亲国戚都吓傻了。手中酒瓶玻璃碴儿在阳光下闪闪发光，熠熠生辉，韩守义手执利器以胳膊根为圆心划了个半圆，几乎跟机关枪呈半弧形扫射是一样的效果。是的，韩守义名副其实地胜券在握了……但是，最最可惜的是酒精的作用却未能有效地发挥下去，就在宋来喜、段四虎、宋拴福、段志忠、宋云飞、段世凯们构筑起的血肉长城崩溃的那一刻，宋光明那铁骨铮铮的汉子也连连摇头，好像要对亡命之徒做出让步的当儿，韩守义身子开始摇晃了，眼睛也开始迷茫了，说话也不利索了，一个劲儿叫喊着，宋光明，宋光明，宋光明……一边喊着，一边跌跌撞撞迈动双脚，宋光明，你你你狗日的躲哪了，躲哪了呀，你不是厉害嘛，咋躲起来了，我，我，我韩守义与其被饿死，不如今天跟你们一家子同归于尽，同归于尽……喊着喊着，身子一摇晃，就软软地倒地了。

醒来时已经在自家炕上了，婆姨见他迷迷瞪瞪往起坐，就满脸恐惧地埋怨，你就喝上口马尿水子给我闯祸吧，生得不可恶学得可恶哪，肚子里不长牙咬不着人呀，你五眉三道地跟宋光明闹了多少回了，哪一回闹下个明和黑了，屁事也不顶一丝丝，就能恶一顿人，你去恶下人还得我去给人家说好话。韩守义使劲睁了睁眼说，罢唠唠唠哇，给我倒碗水哇，你那是去给宋光明说好话哪，你那是去宋光明跟前损我哪。韩守义婆姨把一碗水狠狠搁炕上，接着说，真是的，比俺孩儿还费心哪，俺孩天天去学校也没因为跟孩们吵嘴打架，叫我去跟人家家长求情道歉过哪，你说你算个啥男人哪，孩孩一样跟人家闹腾上半天，一点点事儿也不抵，回回得我去给人家说好话哪。这不是，昨天黑将来了，东院二婶子就大呼小叫地来叫我了，说你家守义子又跟宋光明闹腾了，快去看看哇，我一听腿都软了哪。我跑去宋光明家一看，你还在院子里朝天躺着哪，叫了几个人才把你扶架回来。啊呀呀，给人家宋光明真正地说了多少好话，我说韩守义就那么个人，你们一把把长大的你还不知道他啊，小和尚念经有口无心呀，你大人不记小人过呀，千万千万别跟他见过呀。啊呀呀，我都快给人家跪下磕头了呀，啊呀呀，阎王好见小鬼难见哪，宋光明倒也好说，说是没事的，他就那样个人，我要跟他见过我不也成二愣子了嘛。我说对对对，他就是个二愣子呀，你把他看成个二愣子就是了呀。宋光明就笑了。嘿嘿，他那婆姨不行呀，口口声声地说差一点就出血案了呀，让宋光明告公安局呀，叽叽喳喳说个没完没了。啊呀呀，你说你这可闹腾的是个啥哪。

韩守义咕咚咕咚喝完一碗水，酒劲儿完全过去了，头脑也彻底清醒了。顿了顿说，鳖势你吧，就你去给他说好话说得他不怕我了，自古道，一家麻狐两家怕，他不怕我这个人还怕我去找他闹腾哪，我他娘的舍得一身剐敢把皇帝拉下马，你说他不怕？他不怕是假的，我去跟他闹腾，他在那里多尴尬，多失态。切，糊涂的不怕精明的，他要脸的最怕不要脸的哪。婆姨打断他的话说，去去去哇，你这是自家安慰自家哪，你闹腾了人家给你办了事，这算是人家怕了你了，地哪，给你调换了吗？韩守义说，他狗日的不是给我下亩产了吗？韩守义婆姨说，对呀，人家已经给你下亩产了，你又去瞎闹腾啥呀？韩守义说，他狗日的没给我下到一百斤以下呀。韩守义婆姨说，人家给你下调了一百来斤，已经给你面子了，你再找人家就是无理取闹了。韩守义拧着脑袋说，你晓得个屁，东风吹战鼓擂，世上到底谁怕谁，我韩守义还就盼着他不给我办哪，他狗日的不按我说的亩产下调，今年秋天下来，任务粮也别想跟咱要一颗。

韩守义婆姨到底不放心，跑去问了一回先前的小队会计韩六儿，老汉子硬说是一亩连一百斤也打不下，要是按二百六十斤任务粮交，就把口粮田自留地里的粮食都得贴进去了呀。韩六儿说，唉，你家的地不算好，也不算赖呀，只是那几年队里种了莜荞麦，都以为是懒田地了，听老人们说，以前马家种的那会儿，亩产三百来斤是不成问题的，分地估产会各小队干部都参加了，一块地一块地估了五六天哪，都是按丰产减产取中间估的，要是种得好，除了上交任务，自己还有盈余的，每块责任田估产都要给各户有盈余，相当于给你耕种一年的误工补贴吧。韩守义婆姨说，别人家种上人家有盈余，叫俺家韩守义种上，别说盈余了，恐怕连估产也打不够的。韩六儿说，给你们下到二百六十斤了，也算给了守义叔面子了呀，快别叫守义叔去瞎闹啦。

婆姨回家数落韩守义，人家六儿说，只要种好了不说打二百六十斤了，还能足够种地的工钱哪。韩守义小眼睛一瞪说，行呀，既然那么合算，那咱换呀，趁他刚说了，你这会儿就去问他去，看他说啥呀。切，十个婆姨九个怔，剩下一个好日哄。

春天里的崭新农民

自分了地分了粪宋云飞就再也不能消停了，先是打土坷垃打玉茭茬子，刚刚把地拾掇平整了，这又开始担粪了。他爹宋宝禄很有预见性地去年就给他置办了很好的扁担和筐子。他爹虽然见了宋光明就一支接一支地递烟，并语调绵绵地央求本家侄儿照顾咱云飞子出外边念个书或者当个兵什么的，可他又对自己的奢望不是很自信，总觉得自己儿子注定是个受苦人。一边期盼着儿子活出个人样儿来，一边又将那新灿灿的扁担和筐子购置回家，摆放在楼门口。宋云飞看到光溜溜的扁担和很结实的筐子，倒也没反感，甚至还觉得很有新鲜感。宋云飞第一次挑起筐子时，像刚刚到手的新玩具一样满心里美滋滋的哩。直到把他爹给他装得满满的粪筐挑起时，才觉得很是不好受，不足一百斤的担子，把个崭新的小农民压得不成个样子了，腰身也挺不舒展，脚步也迈不潇洒，肩膀更是被扁担压得生疼生疼。宋云飞想放下歇息，他爹就恶下脸说，不敢歇，越歇越难过"三"。他爹说的过"三"就是刚刚挑担子的人，肩膀再疼也必须咬着牙硬坚持过三天以后就打了老茧不疼了，也就是老农民说的三日肩肩四日腿。宋云飞挑着担子走得吭哧吭哧，他爹在后面跟得死死的，就像个犯人被押着失去了自由。宋云飞这才感觉到给自家动弹不如给生产队干活好，给生产队动弹又消停又能听大人们说笑，还能跟宋二平说说话。

　　宋云飞担粪到底是遗传胎教自会三分，第三天不光是肩膀不疼了，还找到挑担子的感觉了，走一步，晃一下，一步一晃地和着节奏走，才能走得像模像样，走得潇洒自如，才能像个合格受苦人。宋宝禄看着儿子担粪担得这么专业，也就放松了监督。宋云飞挑着粪一晃一晃走在节奏里，远远地看见了宋二平。宋二平也在她家地里干活，她在把他爹宋来喜担在地里的粪一锹一锹扬在地里。宋云飞站着换了个肩，朝宋二平喊，嗨。宋二平说，哎。宋云飞喊，你受苦能受行了啊？宋二平说，受不行又有啥法子哪。宋云飞说，要在队里动弹，咱们还能天天在一起哪。宋二平说，在一起哇能咋哪。宋云飞说，能咋哪，你说能咋哪，能天天在一起还不好啊。宋二平说，再好哇能咋哪。宋云飞说，在队里动弹就像二道河机械厂的工人上班一样，热热闹闹去了，热热闹闹回来。宋二平说，比得没比的了，比人家二道河机械厂工人呢，人家机械厂工人公家给发劳动布工作服呢，可牛呢，咱受苦人谁给发劳动布衣裳呢。宋云飞想了想说，咱也弄一身劳动布衣裳嘛。宋二平说，人家那工作服上还印着"二机"两个字呢，咱弄上劳动布衣裳，上面印上个啥字呢？宋云飞想了想说，咱就印上个"华岩"嘛。宋二平就哈哈哈哈笑起来，笑死人呢，你把村名印在衣裳上，怕人家一眼看不出你是个华岩村受苦人呢。宋云飞说，咱就是个受苦人嘛，还怕人知道哪。宋云飞尽管把步子放得很慢很慢，但还是走得与宋二平越离越远，将扁担换了个肩就又站住了，没话找话地说，都说你家的地分得好嘛，平展展的就是好啊。宋二平说，谁说俺家的地分得好来？宋云飞说，饭市上的人都说哩嘛，说是来喜爷是班子里的人嘛。宋二平说，饭市上的人可能损人呢，俺爹才不是那种以权谋私的人呢。宋云飞还要说话，他爹就挑着粪担嘎吱嘎吱过来了，恶狠狠骂道，日你娘的，动弹看你腰软肚硬的，说话倒是怪腾云驾雾的哪。

宋云飞眼看着一大堆粪一担一担地总算送完了，长长松了一口气，就想叫上几个"七年制"同学到二道河镇美美地耍一天，可是他刚刚用一大盆热水一大撮碱面洗了脑袋，正要换上过年的新衣裳准备集中人去二道河了，他爹就从楼上拿下两把镢头搁在他跟前，今天刨瓜地。宋云飞的脸早气成了茄紫色，扛起镢头走出院子，热水冲洗得白白净净的脑袋也只能在瓜地里任凭风吹日晒尘土覆盖了。

宋云飞家的瓜地不是刚分的地，也不是之前的自留地，那是宋宝禄开的小片荒地，属于前几年一直查处的资本主义尾巴。说是小片荒地，要算面积快有他家自留地大了，自留地是按他家四口人分定的，可小片荒地却没有人口限制，只要选好地盘，只要有好力气，拿镢头吭哧吭哧将生土翻成熟地就是了。春天刨开种了，秋天收回家里藏好，就可以喂嘴填肚子。党员会上检查是年年要做的，反复做检查积蓄了一肚子现成文章，一样样的内容重复了再重复就是。做检查时把胸脯拍打得咚咚咚地响，说党的政策没学好，后悔得肠子肚子都要翻出来了，说着就一把鼻涕一把泪地说要痛改前非了。还领着下乡领导到地里指认罪恶田，你们看哪，这块这块，还有这块都是我私刨的资本主义尾巴地。那认错态度深刻得不得了，把蹲点的下乡干部都说得感动了。表扬宋宝禄说，到底是老党员啊，狠斗私自挖得深啊，挖到错误思想根源上了啊。宋宝禄当场表态，这辈子要再搞资本主义尾巴，玷污了党员二字，这张脸就不要了，宋字就头朝下写了，可是第二年，宋宝禄照样扛着镢头走到年前指认了的资本主义尾巴罪恶田地里，在原来面积基础上又向周边无节制地蚕食开垦了。有人远远地朝他喊，呀呀，你这老党员可真是说一套做一套啊。宋宝禄头也不抬，一副只管做自己的事任别人唾沫淹不死的老样子。现在大喇叭里不再喊叫割资本主义尾巴了，宋宝禄越发野心勃勃向荒坡肆无忌惮地扩张了。宋云飞看他爹的镢头一股劲地向山坡植被侵犯，皱了眉说，行了，够种了就行了，弄这么多干啥呀。宋宝禄狠狠地瞪了儿子一眼，日你娘的动弹不想动，吃死食倒是不嫌多，别人家孩都吃糠咽菜吃烂山药蛋疙瘩面呢，吃的糊糊和屙的屎一个颜色，你吃过没有，没你爹起早贪黑种这些坡田薄地，你狗日的咋长这么大个儿哪。宋云飞没办法，满肚子的怒火只得使在镢头上，恶狠狠刨入土地里。

宋云飞一边刨地一边嘟囔，人家都用拖拉机耕了，咱呢？比牛拉犁还落后哪！这一镢头一镢头地刨到哪年哪月哪！他爹早刨得远远地超过他了，任他怎嘀咕横竖听不见。刨到第五天，就听见办公室屋顶喇叭里广播牲口和其他固定财产下户的方案了。宋云飞又嘟囔，等牲口下来用牲口耕吧，原始人才一镢头一镢头地刨哪。宋云飞望着前方挖山不止的爹，寄望他悔悟放弃原始耕作方式，宋宝禄的脸却黑得铁板一块，一副炸弹都炸不醒的固执样子。直到收工时才圪蹴在地塄上，一边磕鞋里的土一边骂，日你娘的懒人就是想的懒法子，牲口它再耕得好能有人一镢头一镢头刨下的好？也不说他有了拖拉机，他就是有了飞机该用镢头刨还得用镢头刨。

财产分户第一场景

瓜地刨完了，还有刚分的五亩多一大块地，宋云飞又一脸愁苦地问他爹，那五亩地也一镢头一镢头刨呀？没想到他爹的回答足足把宋云飞吓得要了命，不是告了你犁耕的没有镢头刨的长庄稼嘛，告你几遍才能记住哪。宋云飞脸都气变形了，呀，那么大一块地，这一镢头一镢头刨完得哪辈子哪？宋宝禄脖子一拧说，还哪辈子哪，赶下开种就得刨完哪。宋云飞望着宋宝禄铁铸了一样的黑眉眼，死的心思都有了，要怨只能怨自己命不好，遭了个倒运爹就是了。那倒运爹面对如此规模的开垦规划，不但不愁得掉脑袋，甚至又买回两把更宽大的镢头，在院子里叮叮吧吧地安装上柄把，鼻孔里还哼哼着沁河谷地流行的曲调调哩。

还好，苍天不负苦命人，就在宋云飞望着宽大镢头，绝望至极的时候，命运有了转机，生产队牲口就要下户了。

依据往来账上多年拖欠的长款数额，宋宝禄家足足可以牵回家一头大犍牛。宋宝禄和大儿子宋云茂两个全劳力，婆姨和儿媳妇两个半劳力，宋云茂虽然已经婚后分了家，但分家前的劳动工还都在宋宝禄户头上。工分挣得多，年年有长款，就是宋光明当支书以前没一年能兑现了。宋宝禄常在饭市上调侃，他娘的你说没钱账上挂着数数哪，你说有钱一分也花不上，这工票真正发明得好，纸片片上盖上队长段建生的名戳戳就能顶工资发，工分一年挣一堆，年底折算成钱只是个数码码。宋宝禄仗着资深老党员瞪着牛眼训段建生，这受的是他娘的个啥，年年死人账，年年死人账。段建生附和他，宝禄叔哎，不怕的，人不死账不烂呀，你也不寻思寻思，你当队长那会儿的工钱不也还在账上挂着哩嘛。宋宝禄这前任生产队长跟前任村支书宋拴喜一样，对自己政绩永远自信满满的，永远回味起来美滋滋的，但对后任却一千个不放心，一万个不满意。自己手里多年欠社员的款是他有理，接任者把欠款挂往来账上兑不了现还是他有理。对解散集体虽没像宋拴喜一样义愤填膺，可也是满腹牢骚，直到听说生产队的财产可以拿来顶往来账上长款时，老党员的观念几乎一瞬间，就跟上时代步伐了。段建生像以往隔着篱笆墙喊他干活一样喊，老宋叔哎，今上午到咱队畜圈分东西啦。宋宝禄立刻激动得满脸泛红光，一边趿拉鞋一边好好好地答应着，就直奔生产队畜圈了。

畜圈槽头拴着七大八小十来头牛，宋宝禄一眼就看中那头白脑囟大黄牛，那是一队最好的一头牛，他看了看牛角上挂着硬纸片上的标价是三百整，而他家的长款还有三百七十多。他把牛从生产队畜圈里解开缰绳牵出来让宋云飞牵着，他又去一大堆固定财产里挑选了一个犁，一个耙，看了看往来账上的钱还没顶完，就又从库房里扛了一副平车轴轮。段建生看着宋宝禄睁着红突突的两只眼，横着挑了竖着挑，挑了最好牲口，又挑最好的大件农具，憋屈了一肚子的话，不得不说出来了，老宋叔哎，差不多了吧，长款户也不是你一家，咱队就这点家当，也得给别的长款户留一点吧。宋宝禄对现任生产队长用这样的口气和自己说话，很是难以接受。一拧脖子，瞪住段建生，你这孩也是的，我这是拿我该拿的哪，这队里的房房屋屋东东西西，哪一件上没我宋宝禄的血汗哪。这个队长我宋宝禄干了多少年，孩你才干了几天哪。我宋宝禄在华岩村活这把年纪，还没做过过分事哪，我干队长多少年了，还从来没多吃多占过哪，你这孩跟你叔说这话，咋你是这么个没大没小的孩哪。段建生只得把语气再绵善了一点，老宋叔，话不能那样子说哎。宋宝禄说，不能这样子说，那你叫我咋样子说哪。段建生说，老宋叔我知道你是咱队的功臣，你也是灵动人，可咱事情一码是一码，你听我把话说完。老宋叔哎，咱队长款户还有十几户哪，还有比你长得多的哪，咱这点东西得好赖搭配着分哪，我的意思是说，最好的牛本该长款最多的户哪，可你老宋叔一来就牵你手里了，你牵了就牵了，你老资格了，我是跟你商量，别的东西你可不可以先不要拿，咱按表上对应的号号该你拿啥你拿啥，咱等最后下来再找补，咱队这点家当，咋能把所有长款户的款额都顶够哪。宋宝禄牛眼更瞪大一圈，嗷，咋就是最好的牛哪，你说，咋就是最好的牛哪！你估价估了三百块就是最好的牛？嗷，那你的意思这头牛想给谁哪？你说，你要说叫给谁，只要你说得对，我现在给他也不迟呀，你说吧，给谁？段建生噘了个通红脸，有三户比你长款多嘛，这表上已经把牛跟户主搭配了嘛，不说了不说了，这牛你牵了就牵了，其他东西你先别拿，就咱这点东西尽量把长款户都照顾到。宋宝禄似乎被说服了一点，气哼哼地吸了一根烟，把已经归放到属于自家私有财产堆里的平车轴轮，双手抓住轴杆，像举重运动员一样一下子举了起来，又狠狠一扔，那一套平车轴轮就被扔在固定财产大堆里。一边恶狠狠嘀咕，哼，你当我不知道你狗日们鬼心思，怕都分完你狗日们没便宜占了，牛是身子大，牛要是身子小也藏在库里不见天日了。段建生知道宋宝禄在嘀咕他，但那些上不了台面子的话听见也只能当听不见，作为最后一届生产队长，他还想把公道主持下去哪。他眼睛盯着白脑囟牛跟前的犁和耙，又把语调拿捏得更温和了一些说，老宋叔哎，这犁耧耙耱的不一定谁家的就是谁家用，碾磨主家置，置上千家使，这犁耧耙耱的也一样，凭你老宋叔在华岩村的威望，谁家拿上也会让你用的呀。宋宝禄刚缓和了的情绪又发作了，牛眼瞪到最极限说，你这孩真是人心没足尽啊，我都让再让了，咋还跟你老叔说完没了哪，你嫌我多拿了，我已经按你说的给你退了，咋你还跟我过不去哪，我问你孩，你是要咋？啊，你是要咋？要杀要剐你就动刀子。说着把枯干的脖子伸出去，杀啊，杀啊，杀啊，咋，不杀了？哼，还真是有天没日头了哪！哼，你段建生的名戳戳都快作废了，还牛哪！

　　段建生再也不敢多说了，只得眼睁睁看着宋宝禄父子俩牵着白脑囟老黄牛，扛着最好的大农具理直气壮地离开濒临消亡的第一生产队院子。

　　宋宝禄把白脑囟老黄牛拴在院子里桃树上，笑嘻嘻地围着老黄牛这里拍拍，那里摸摸。大儿子宋云茂也过来拿个扫帚清扫牛身上的草末尘土，一边说，小时候念书时唱过个歌歌叫老黄牛啊肥又大，土改以后到我家，干起活来呱呱叫，哎，我就给它戴上一朵大红花……宋云飞皱着眉问，啥意思？宋云茂说，俺们念小学时唱过的歌歌。宋宝禄对已经独立的大儿子的话还是当话的，不光把表情和声音准确无误地对准宋云茂，而且态度也绵善，你光记得你唱这歌歌，分马家的东西你哪记得哪，还真是日怪了，先是你爷爷牵回马家的牛，后来牛又入社了，这又把牛牵回来了。宋云飞问，要还是那头牛，那不老得不能动了，咋你还抢着往家牵哪。宋宝禄说，日你娘你啥也解不下，还初中毕业哪，还不如你哥哥完小毕业的哪，你也用脑子寻思寻思，这么多年了咋能还是那头牛哪！

宋云飞却依然深陷在镢头开刨五亩地的恐惧中，他想试探一下究竟，就朝靠在窗台根的木犁踢了一脚说，这不牛也有了，犁也有了，再用镢头刨让人笑话死了呢。宋宝禄只顾很心疼地抚弄着已然属于自家的白脑囟老黄牛，一边叨叨，这么好的牛喂他娘的叫个啥，哼，足足的饲料都喂狗日的饲养员肚子里了，可得好好扎养扎养哪。宋云飞继续追问，那五亩地哪，还用不用一镢头一镢头刨哪？宋宝禄不理小儿子只管对牛说，恓惶的瘦成啥了，可得好好调养调养哩。

最后还是宋云茂为弟弟解除了多日来的心理困扰，老问问问，问个啥哪，这还不是明摆着嘛，有了牛有了犁了，哪还用人一镢头一镢头刨哪。宋云飞还是不放心，那为啥又买回两把大镢头哪？宋云茂解释说，老二呀，你果真是傻呀，你也不寻思，不说镢头了，以前的那些农具家什都得换哪，你当还是糊弄队长们哪？宋云飞舒舒坦坦吁了一口，屁颠屁颠就往外跑，一边跑，一边放开嗓子喊，啊，啊……倒像是被压迫已久的农奴终于翻身把歌唱似的。

财产分户第二场景

马明煦因为劳动管制，不准随便误工，所以往来账上长款全村最多，虽然自从韩新宝当了队长年年兑现，但以前积累了好多年的长款韩新宝不管。五队处理固定财产那天，张水明一念马明煦长款数额，一千二百六十一块二毛三时，五队社员都惊得眼睛瞪大了。按当时的固定财产作价，这么大的款额，可以牵走三头牛或者一头骡子绰绰有余。恰好五队有的是牛和骡子，可耕地的大犍牛六头，可产犊的母牛五头，半大牛八头，又高又壮的骡子四头，母马母驴还不算在内。

但马明煦可不能像宋宝禄在一队那样尽由他横着挑了竖着挑，倒不是因为之前是专政对象不敢放肆，主要是他遇上韩新宝这个队长把这个事儿搞得太死板。他把长款户按款额多少分了类编了号，把牲口和大农具也按作价多少也编了号，然后让同一类长款户抓纸弹，谁抓到几号就是几号，抓得满意不满意只能怪运气了。第一类牲口里的四头骡子，挨个儿拴在畜圈大院最显眼的地方。骡子跟人一样，虽然都是畜生，但区别很大，驾辕骡和审套骡像人群里的彪形大汉一样，高高地扬着脑袋，居高临下，目中无人；其他两头把边梢骡则是一副低眉顺眼的样子，矮人一头地侧目看着围观的人群。连虎儿也在一类长款户里，他虽是副队长兼保管，却抓了个四号骡子，就是最矮小的那头把边梢骡。连虎儿气得不行，可也不能怪别人，牲口下户的方案还是他们几个小队干部熬了几个黑夜制订出来的呢，憋了一肚子怨气只能集中在那头骡子身上，他解开缰绳没拉上骡子走，却拿缰绳使劲抽打那头骡子，骡子只得乖乖挨揍。遭遇了这样不明事理的新主人，只能忍气吞声认命了。

马明煦是一类长款户里最后一个抓纸蛋的，也不是别人抢在他头里抓,是他自己不敢去抓,他说他一直运气没好过,怕抓不上好的,他伸手捏起大碗里唯一的一颗纸蛋,不需要选择,不需要左右犹豫,也不需要打开纸蛋,结果已经明白得不能再明白了。拴骡子的木桩上,只剩下体态最轩昂的驾辕骡了。但马明煦还是哆哆嗦嗦把纸蛋打开,纸片上是张水明的字体,一类一号。马明煦将拴在木桩上的缰绳解开,在自己手掌上盘绕了两匝,怕骡子不认他这个新主人似的。骡子很驯顺,他拉着走就乖乖跟着走。走了几步,马明煦发觉有一双眼睛,红钻钻地瞪着他和骡子,那是赶马车的徐启程。马明煦朝徐启程笑了笑,像偷了他家的牲口似的很有点对不起人家。徐启程没笑,不但没笑甚至像是快哭了,后来就真哭了,他走到马明煦跟前,一手拉住缰绳,一手在骡子高大的脑袋和脖子上抚摸了又抚摸。马明煦知道光棍汉徐启程没个让他爱的人,所有的爱都集中在这几头骡子身上,对这头驾辕骡更是爱得要命。五队的四套大马车赶在大街上,那派头一点也不亚于现在的宝马、奔驰。骡子额头上装点着红缨,徐启程鞭子上装点着红缨,骡子皮毛跟缎子一样光鲜,马车也装饰得漂漂亮亮,骡子脖子上的铜串铃"嚓啦嚓啦"地响过来,常引得人们啧啧赞叹。徐启程呢,盘腿打坐在马车前面,类似汽车司机的位置上,身子一晃一晃地就唱起来,正月里来,正月正哼哼,我去你家串门门。你有心来,我有意哼哼,咱们两个格伙计。格伙计来倒也可以,就是怕你男人回来碰住。碰住他也不敢作声,他要作声就跟他离婚……可是,现如今他娘的好端端的一辆大马车,就这样散摊了。徐启程眼睁睁看着那几户人家把骡子一头一头地牵走了,连他最喜欢的驾辕骡也立马就被牵出畜圈院子了,与他徐启程没一点干系了。徐启程一下一下抚摸着驾辕骡,眼里转着泪花儿。骡子脑袋一歪一歪地接受着原主人的爱抚,眼睛里也好像盈着泪。马明煦发觉队里许多人都围过来了,有几个眼软的人也被这场面感染得泪盈盈的了。韩新宝没有哭,可脸色比哭还难看,他在骡子光溜溜的屁股上抚摸了一会儿,长叹一声说,好骡子,好骡子呀。徐启程突然说,新宝老弟,我能不能贴上些钱牵上这头骡子。韩新宝说,唉,队里的钱还得分,你贴钱往哪里贴哪,你放开缰绳让牵上走哇。徐启程攥缰绳的手缓缓松开,泪汪汪的两眼直愣愣地望着马明煦牵着高大骡子离开第五生产队畜圈院子。

徐启程对心爱的驾辕骡被牵走,有点目不忍睹,背对着驾辕骡走远的方向圪蹴了一会儿,吸了一支烟,神情缓和了一点。抬起头时,见韩新宝也圪蹴在他跟前,也在呲呲呲地吸烟。他朝韩新宝那边挪了挪,问道,骡子分了,车呢?韩新宝说,车你愿意要了你要上。徐启程说,没骡子要上车叫烧火哪,要是一套车也许有人要,四套骡子的大马车,没人要呀。韩新宝说,队里的东西啥都有人要,就这辆车没人要。徐启程问,那车咋处理呀。韩新宝说,实在没人要,只好叫木匠拆得当柴分了。徐启程一听急了说,啊,那我要了,你折价多少钱。韩新宝问,你往来账上还有多少钱。徐启程说,才有不到一百块,才够一头牛犊子。韩新宝想了想说,你要待见了你就拿上哇。徐启程说,可我那点钱抓纸蛋已经抓了牛犊子了。韩新宝说,那你把牛犊子退了,就按一百块钱,连车带套绳都给你,光车轮车轴也值一百块的,那四套牛皮套绳也值几十块的。徐启程说,可我牛犊子也想要哪。韩新宝又呲呲呲吸了一顿烟,低声说,那这吧,牛犊子你也要上,车你也先经管起,好歹时势再有变化,说不定那时又要集体呢,但你不要声张,车不给你算钱。徐启程说,那我要了,没用是没用,我就天天看着心里也舒坦点。

从上午吃罢早饭开始,到半下午时,第五生产队院子里已经空荡荡的了。饲养员韩狗来牵了一头母牛,还搭了一辆平车和一口大锅、一个大锅盖和一把铡刀。他将矮小的母牛套上平车,把大锅等物件和他的铺盖卷放在平车里,吆喝着离开畜圈院子。张水明说,狗来爷哎,还是在这住着吧,没牲口喂了吧,单用你给咱看门就行。韩狗来说,啥也没了看个啥门哪,谁能把畜圈偷上走了哪?韩狗来搬走铺盖卷,炕火也熄灭了,但炕上还有暖暖的余温,炕席还亮汪汪的很干净。几位生产队干部坐在炕上,商量还有什么遗留问题。张水明说,最大的遗留问题就是这九间畜圈两间办公室了。韩新宝说,宋光明开会说了,各队固定财产不准动。张水明说,不准动留着叫干啥？韩新宝说，说是要大队统一处理的。张水明说，他们统一处理，处理了的钱归哪呢？韩新宝说，这你不用愁，小队不闹了，大队还得在的，大队也像小队没有了，那成什么了？再说了，大队的摊子还多呢，粮食加工厂，煤窑，粉坊油坊什么的。张水明说，大队作为一级政府是存在的，只不过不叫大队而叫村委了，但这些煤窑、加工厂什么的，按我对报纸上宣传的内容分析，恐怕也不会存在多久了。连虎儿还在为自己没抓到好骡子懊恼着，恶狠狠说，咱把咱的分光散尽管人家狼吃狐狸，狐狸吃狼呢，真是吃上萝卜淡操心。

一不小心吞下后悔药

　　已经是立夏了，华岩村才有了春天的色气，南北山绿了，沁河边的杨树林绿了，西饭市老槐树的枝干也罩在一天天稠密的绿叶里了。到了春种最忙的季节，来饭市上吃饭的人也少了，有的端了饭碗到了饭市也是匆匆地吃了就走，任何话题也讨论不起来了。

　　宋银禄装着一盒云冈烟到了西饭市，老槐树底下只蹲着宋拴喜和几个不干活的妇女。宋银禄很讨好地将手里捏着的一支烟向拴喜叔递过去，一边说，拴喜叔哎，下种完了吧？宋拴喜将碗筷搁在面前石板街上，侧目看一眼宋银禄一边接烟一边说，择上日子啦？宋银禄说，嗯，就下个月十三。宋拴喜说，不是孩们都不同意嘛。宋银禄歪了一下脑袋说，我说了算呢，还是他狗日的们说了算，我宋银禄号令不了华岩村人吧，还号令不了他们两个狗日的？宋拴喜呲呲吸着烟说，好孩儿，比他爹强，知道廉耻。宋银禄哼哼笑着说，拴喜叔哎，你也不要那样说，我愿她愿的，咱又不是抢亲也不是强奸，有啥廉耻不廉耻的哪。宋拴喜说，没廉耻人就是说的没廉耻话，你娶了凤仙子，你孩叫奶奶呀还是叫啥呢。宋银禄又哼哼哼笑了一顿说，拴喜叔真洋相你，都成了俺婆姨了我孩咋还能叫她奶奶呢，孩儿们想叫娘了叫娘，不想叫娘叫婶婶也行。拴喜叔我是跟你说，办事那天还得请你去给我撑撑门面的，你拴喜叔是咱姓宋的里最有威望的，你去啥也不用你做，你就往那里一坐，我宋银禄脸上就有光了。宋拴喜只顾低头吸了一会儿烟说，也许你也听说了，凤仙子可是又有人插手了。宋银禄说，早听说了，韩圪蛋他狗日的不想要脑袋了试试，一铁锹拍成他狗日的肉泥煎饼。宋拴喜说，放野话顶啥用，你问过凤仙子没有？宋银禄说，问过了，她光承认要了他的地，别的啥事也没有。宋拴喜说，韩圪蛋无缘无故就能给了她地？南凤仙无缘无故就能要他的地？宋银禄说，问了，她说是他不想种了，正好碰见她在见喜叔坟前哭嚎没男人做主被人欺负，分不上好地，觉得她恓惶就说把地给她了，她开始推辞说不要，后来看韩圪蛋也没恶意就要了。宋拴喜一连吸了老侄儿三支烟，说，总管我是不当，过去给你撑撑门面可以，建议你摊子不要大了，你结个二婚，弄几桌饭，叫上几个挨近点的亲戚朋友过个面子就是了。宋银禄临走又给了拴喜叔一支烟，说，那咱就这啊，到时候你可是过来啊。

　　宋银禄告别了拴喜叔往南凤仙家走，看见饭市上那几个婆姨都嘀嘀咕咕冲着他笑。段四虎婆姨朝他喊，嗨，啥时候请俺们喝你的喜酒呀？宋银禄说，下个月十三，到时候你们可都来啊。宋宝禄婆姨朝他喊，呀，俺们倒是想过去给你光脸，可在婶婶跟前俺们拘束，不敢跟人家开玩笑。宋银禄已经走进窄巷口了，又返出身子喊，叫啥婶婶呢，婆姨人没班辈，跟了爷爷是奶奶，跟了孙子是孙媳妇，洞房三天没大小，到时候你们相跟上都来哇。

　　南凤仙匆匆吃了饭正准备上地，可是扛了犁扛不了种子和粪笸箩，扛了种子和粪笸箩扛不了犁，见宋银禄进来，噘着嘴说，你来做啥呢。宋银禄皱了一下眉说，我来做啥，你说我来做啥，都这会儿了，你倒好，还消而八停地光管忙你的呢。南凤仙生气地说，是我光管我呢还是你光管你呢，这都快立夏了，就这也不能种大日月玉茭了。宋银禄说，该你种的不是都跟你种下了嘛，谁叫你收拾别人的地啦。南凤仙说，我收拾上我种就是了，你忙你的去哇。宋银禄说，啥忙我的哪，我这不是准备咱俩的事嘛。南凤仙说，准备个啥呢，到时候过去就行了嘛。南凤仙一边拿了粪筐箩和种子往街门外走，一边朝屋里喊，根花儿，乖乖在家耍啊。屋里传出孩子的声音，嗯。宋银禄把犁扛在肩膀上，一边嘟囔，不是不跟你种，是，是，是你说你要上人家的地这算啥哪，都惹出一世界闲话了，你听不见就是了。南凤仙说，闲话他闲话的，要是怕闲话还能跟你闹成个这唆？宋银禄突然盯住南凤仙提溜的粪筐箩问，不是没粪嘛，拿粪筐箩干啥？南凤仙头也不回地说，你是来跟我动弹呢，还是来盘查我的来三去四呢？

到了韩圪蛋给的那块地里，宋来喜已经等在地里了。宋来喜是来帮南凤仙耕种的，宋来喜家刚分的那头大犍牛，能够单独拉犁，不用找别人家搭档成一犋牛。他自家已经种完了，本家弟媳妇开了口要他帮一天忙，没有不帮的道理。南凤仙见来喜哥早早等在那里，感动得不行，硬把一盒云冈烟塞在来喜哥衣兜里。宋来喜一边往犁上套牛，一边问，你俩呢，听说下个月就办呀？南凤仙红着脸没回答。宋银禄哼了一声说，还不知咋呀呢。宋来喜将赶牛鞭一扬，口里吆喝，哒吗，那头牛就开始抬腿迈步了。虽然是单牛独犋，但是它拉得很从容。犁铧缓缓掀开一道土沟，南凤仙将金黄的玉米粒儿一步一撮地溜在土沟里，宋银禄再将粪筐箩里的粪一掬一掬地抓在种子上。背面是一派春色的南山，前面是哗哗的沁河，一级级梯田里是耕种的牛与人，还有牛的铃铛声和人的吆喝声，真是一幅优美的春耕图。宋银禄对如此优美的图景却一点也不赏识，在春种队伍里，抓粪是最费力气的，先弯腰把匀在地里粪堆上的粪挖在粪筐箩里，再把这七八十斤的一筐箩粪拤起来，跟在溜种子的人后面，然后一步一抛地将粪筐箩里的粪抓在土沟里种子上。宋银禄今天不知怎么了，就像跟粪有仇似的，每抛出一掬粪都是恶狠狠的。有一次宋来喜正吆喝牛掉头，宋银禄把一大把粪就撒在了宋来喜脚上。宋来喜磕掉鞋里的粪说，你这孩也是，操的啥心哪。宋银禄也没表示了一点歉意。南凤仙看不下去了，朝宋银禄扑闪扑闪眼皮说，你也是的，哪里的气嘛，往哪里撒哪，你还不如喊开喉咙骂人一顿哪，大丈夫男子汉的拿脸子吊人哪？宋银禄说，谁拿脸子吊人了？南凤仙说，你没吊你管我说谁哪。宋银禄说，吊也是吊这狗日的粪哪，这粪肯定是狗粪，要不咋能跟死人一样沉哪。南凤仙说，嫌粪沉了你不要抓。宋银禄说，不抓就不抓。宋来喜说，啊呀，你大男人家就不能少说一句啊，你俩这还能闹成个人家啊，这还没到一起过一天呢就是个这啊。

　　宋银禄吭哧吭哧抓了一天粪，脸一直恼着，吃午饭时只和来喜叔说话不和南凤仙说话，直到吃罢晚饭送走宋来喜，宋银禄才把憋了一天的话问出来，那粪是哪儿来的？啊，那天跟你种谷子你还说韩圪蛋那块地没粪，咋今天就有粪了？南凤仙说，低声点哇，吓醒孩子呢。宋银禄一肚子气话机关枪一样哒哒哒哒说个没完，说嘛，那粪是哪儿来的，是天兵天将给你送地里的，还是孙悟空给你变出来的？啊，给了你地你编了一堆鬼话糊弄我，啊，前面给了地还关心得不够，后面又给你把粪送地里了，你说哇，咋回事？南凤仙一边给刚刚睡觉的孩子盖被子，一边说，你要问我粪是哪儿来的，你奇怪，我也还奇怪呢，他说给我地时，就说过连粪一起给我了，可分粪那天我到东头他队里去担粪，他队里的人都那样看我，我就担上空筐子回来了。宋银禄问，对呀，这听你说过呀，你担上空筐子回来了，那一大堆粪咋就自己跑到你地里了？南凤仙说，告你说我也不知道嘛，我要见了他，我问问他，是不是他给我送地里的，可我又没见他。宋银禄顿了一下，换了一种腔调，嘿幺，你这一口一个他，他，他的，听你这口气，明明是在说你汉哪。南凤仙说，那天我说韩圪蛋名名，你说那名名从我口里说出来酸溜溜的，我不说名名了你还是有说的。

　　宋银禄回到家里，两个儿子一人凹着一张脸。他问，吃饭了没？二儿子金元说，俺们吃了，锅里给你剩着。宋银禄掀开锅盖，就水里泡着十几个玉茭面煮疙瘩。宋银禄一看就皱了眉说，这是啥饭呀。大儿子金宝说，猪食。宋银禄本来就一肚子憋屈，这又被儿子一激，一股怒火冲上脑门，一指头指着宋金宝就骂开了，啊，你倒嫌猪食啦？我日你个娘的，我说给你们找个做饭的吧，你咋横不行了竖不行，你当你爹我是想日婆姨想疯了？啊，你爹我改变主意了，这个婆姨我不娶了，不娶了，不娶了，咱就三条光棍熬，熬，熬，咱看谁熬草鸡呀。宋金宝盘腿坐在炕上，嘴巴抿得紧紧的，以示对待不说理的家伙最好的反击就是无语。宋银禄却将儿子的沉默当作是洗耳恭听，越说越来了劲儿，越说腔调越铿锵，越像对抗美援朝战士训话，啊，军队要打胜仗，就得听指挥，人家要闹好也得听指挥，啊，啊……宋金宝先是使劲屏蔽听觉，后来干脆一骨碌跳下地甩门而出。宋银禄一愣怔，发现炕上只剩下昏昏欲睡的金元了。金元没有明确反对给他娶后娘，但弟弟是哥哥的同盟军，金宝说所有遭了后娘的人都别想再好活，金元就点头认为哥说得对。金宝说咱们一定要团结一致抵制姓南的女人进家门，金元就说，行，咱弟兄俩一起抵制。但金元主意不坚定，再有人说家里没个婆姨人，人家闹不成。南凤仙是个贤惠婆姨，来了不会对你弟兄俩不好的，他就同意他爹娶南凤仙了。宋银禄当然知道说服了老大，老二自然就归顺过来了。正发挥得淋漓尽致的训导，说给这个小儿子意义不大。宋银禄朝金元瞪了半天眼睛，金元闭着眼都没有看见，等于把愤怒的表情也给白费了。

宋银禄止住说话，肚子里的恼火还在燃烧，一头栽倒在被卷上躺一会儿，一骨碌又翻身下了地，冲出家门，冲向东华岩村，冲向韩圪蛋家院子，一脚踹开门，把正在十瓦灯泡下看书的韩圪蛋吓了一跳。韩圪蛋正看到《呼延庆打擂》里奸臣陷害呼家最惨烈的地方，就因为看闲书，分给他的地都没时间种，饭都顾不得好好吃，白天看一天，黑夜看到后半夜，看得满脑袋里过电影，看得激起一肚子的家仇国恨。韩圪蛋一愣，发现家里杀进来一个人，双腿一翘鲤鱼打挺式地跳在地上，顺手从炕沿根抽起哨子棍。哨子棍是他家祖传的习武家伙，只是到他这里把传承中断了。五尺左右的棍棒两头各用铁环链着一尺来长一节短棍，一抖动就发出丁零当啷的响声，棍棒没打着人，声音倒先把人吓住了。韩圪蛋将哨子棍执在手里，双腿蹲成马步，做好开武的架势，大声喝道，哪路英雄报上姓名。一看是宋银禄，将哨子棍一头冲向来者胸口，使劲一抖，"嚓啦啦"一响，那节短棍就在宋银禄脸前晃了一圈，说，哈吧，原来是你这瓣腊八蒜，咋，要开打吗？来嘛，来开打。

宋银禄伸出脖子定睛看了看，以为这家伙神经有点不对了，一手抓住还在晃荡的那节短棍，一拽一推，韩圪蛋就朝后跌了个趔趄。要不是手快扶住炕沿，就四脚朝天倒地了。宋银禄看时，哨子棍已经握在自己手里了。宋银禄把哨子棍抖了抖，说，你是不是不正常了？韩圪蛋迅速站稳脚跟，捏紧拳头，怒目瞪住宋银禄。宋银禄把哨子棍叮啷一声插在瓮旮旯里，摸摸韩圪蛋的额头说，嗨，不咋发烧嘛，世上光棍汉一层哪，没个婆姨也不至于就神经不对了吧。韩圪蛋说，谁神经不对了，你才神经不对了，黑天半夜私闯民宅你打算干啥？宋银禄说，脑子还正常就好，那我问你，这个月我就要跟南凤仙办事了，这你知道吧？韩圪蛋说，你告我咋，让我给你送礼钱？宋银禄说，给我送礼钱，笑话，我宋银禄还缺你这么个捧场的哪，你去给我送礼把我的门庭也弄脏了。我就问你，你前面把地给了南凤仙还不够，为什么又把粪偷偷送到她地里？韩圪蛋愣了一下收起拳头说，你你你重说一遍，我没听明白。宋银禄说，你装什么装，你送南凤仙地说你是不想种了，地都不想种，你咋就想往地里送粪了？韩圪蛋越发奇怪道，你说啥呀，我往谁地里送粪了？我吃饱撑得有劲儿没使处了，我给谁送粪哪？宋银禄瞪着眼问，对呀，那她没担，你也没担，那粪自己就跑到那块地里了？韩圪蛋问，你是说我给南凤仙的那块地里，有人送地里粪了？宋银禄说，是呀，你装啥装，你给了她地又给她送地里粪，这不明明就是想跟南凤仙拉挂吗？韩圪蛋满脸讥讽地说，你说啥啥啥，我想拉挂南凤仙？切切切切切，脱了裤子朝天躺我炕上，我都一锹把她铲出去。宋银禄一听，语气缓和了一点，嘿嘿，这就日了怪了，那粪到底是谁送地里的？韩圪蛋说，你也不在东华岩打听打听，看看我韩圪蛋是不是担粪送粪的人，马金贵喊我分粪，我说谁愿要谁拿去。宋银禄问，那那那你的粪到底谁担走了？韩圪蛋说，我管他谁担走的，横竖我不要就是了。宋银禄问，谁要你的粪，问也不问你一声就担走了？韩圪蛋皱眉想了一顿说，记得邱粉娥问过我说想要我的粪，我说你随便担上去。宋银禄一听，眼睛瞪得滚圆，你说啥？你的粪给了邱粉娥了？韩圪蛋愣了一下，说，谁顾得操这闲心哪，啥地呀粪呀的，此等凡人杂事儿哪值得我韩圪蛋操心哪，书里的事儿都够折腾我了哪。宋银禄看韩圪蛋含糊其词的样子，突然问，是邱粉娥担了你的粪了？韩圪蛋把脸扭一边，不知道不知道，不要问我。宋银禄追问，是不是地也答应给过邱粉娥，要不他咋能无缘无故要你的粪哪？韩圪蛋越发模棱两可了，地横竖我是不种了，谁要谁不要，我才不管那么多哪。宋银禄连连摇着脑袋说，他娘的你一个闺女许两家，你可真真是个豁啦骗呀。韩圪蛋一边脱鞋上炕，一边说，你黑天半夜私闯民宅就来问这么个事儿呀，大俗人一个呀，去去去该去哪儿去哪儿哇，我跟你没法对话呀，快走吧你。宋银禄不但没有走了，反而盘腿坐到韩圪蛋身边低声问，我再问你个事儿，嗯，我就直说了哈，嗯，至你那天在她汉坟地见了南凤仙又见她来没见？韩圪蛋脑袋一歪说，我见她个屁呢，我见她哪，你见她是日她呢，我见她个屁呢，我日婆姨村里比她好的多的是，我还稀罕个烂寡妇哪，你看她是朵牡丹花，我看她是颗烂菜瓜。

　　韩圪蛋已经气定神闲地拿起《呼延庆打擂》，不屑地说，咋还不走哪，快走吧，走吧走吧你！宋银禄再也与文化人对不上话，只得摇摇头走出韩圪蛋家。

　　第二天一大早，宋银禄就直奔南凤仙家，进门就嚷嚷，世上糊涂人见多了也没见过你这样糊涂的。南凤仙问，又咋啦？宋银禄说，我说哪个人吃饱撑得不行往那块地里偷送粪哪，你倒也自己把自己当个人物哪，你也不想想，谁给你送了这个人情咋能不让你知道哪，你当咱华岩村真出了雷锋了，干好事不留名了呀，你倒好，看见地里有了粪也不问问周边动弹的人这粪是谁送来的，那么多粪往地里倒腾倒腾也不是一会儿半会儿的事。南凤仙说，我问了呀，连虎儿家的地就挨着那块地，那天连虎儿在他地里匀粪，问说韩圪蛋地里粪是谁送来的，连虎儿说韩圪蛋的地韩圪蛋不送谁给他送呢？我也寻思呢，韩圪蛋要能苦打实熬地送粪就不把地给人了。就又问连虎儿，你见他送来？他说，那懒人懒福的可要肯自己担挑的，是张三牛驴车送的。我又问，张三牛为啥给韩圪蛋送粪哪？连虎儿说，有力使力没力使钱哩吧。宋银禄又好气又好笑，一个劲摇着脑袋感叹，这可真是比戏里的故事还编得好哪，张三牛是邱粉娥家汉呀。南凤仙奇怪地问，他是邱粉娥家汉咋了？宋银禄叹口气说，韩圪蛋他娘的一个女儿许配两家人了，那天的地种下麻烦了呀，你真是糊涂呀，糊涂呀！

第 5 章

喜忧参半

农民的休息日

春雨贵如油是贵如油,但下种完的希望快下雨,没下种完的却还祷告老天爷等他种完再下也不迟。宋云飞可没有这些人自私,他是不管自己家种完没种完天天盼下雨,他在他爹的正确领导下已经胜利完成了家庭春播战役,但还是盼不来老天爷还是龙王爷的一点恩赐。宋云飞那倒运爹呢,大块责任田里的大玉茭、大谷子等大庄稼都种完了,又往口粮田里种了小玉茭、小谷子、山药蛋。口粮田都种完了,又往自己刨的山坡荒地里种了豆子种糜子,种了糜子又要种小豆。所有的山坡荒地都种完了,又吆喝上宋云飞开垦新的荒地了。宋云飞一边苦大仇深地刨地一边想,难怪要走集体化哪,这一单干连自己亲爹都和恶霸地主一样压榨人了。宋云飞终日怒视着爹宽大脊背愤愤地想,上班的、念书的、当官的人家都有礼拜天,万恶的地主周扒皮才不让长工休息哪。全世界荒坡多着哪,这刨刨刨,刨到哪年哪月是个够呀!也不是宋云飞对勤劳致富的老父亲有抵触,实在是腰酸腿疼得不行了呀。就在宋云飞最最期盼有个休息日的时候，还真奇了，后半夜就淅淅沥沥下起雨来了。

　　雨天的早晨里，宋云飞听着沙沙沙的雨声，身心舒舒坦坦地享受着黎明的暖被窝。睡是不睡了，这样闭着眼想想这想想那感觉很是惬意，他想了一会儿韩翠子，又想了一会儿宋二平，华岩村和他匹配度吻合的也就这两女孩了，其余的不是年龄大就是眉眼丑。也不知咋的了，后来就专心想韩翠子一个女孩了，想着想着，就觉得身体涌起一浪一浪的奇妙感觉……就在这个美妙时刻，那倒运爹一声巨吼，飞子，起。把个浮想联翩中的崭新农民顿时就惊魂出窍了。后来才知道是在喊他吃早饭哩。

　　好久好久一家人没有这样和和气气地坐在炕上吃饭了。宋宝禄一边呼噜呼噜喝着和子饭，一边美滋滋地望着窗外滴答滴答溜檐雨叹惋，到底是老天爷养活人哪，好雨呀。宋云飞这一回跟爹看法一致了，心里也在嘀咕，岂止是好雨呀，简直就是救命的雨呀。

　　吃完饭，雨下得更大了，宋云飞心里一股股地荡起幸福感，他侧眼看看那个满嘴胡茬的嘴巴不再可能发出要命的指令了，提在半虚空的心才算放下来。宋宝禄或许也累了，饭碗还在盘坐的腿上斜歪歪地放着，眼皮就一睁一闭地打起盹来了。宋云飞趁他爹迷糊的当儿，夹着尾巴溜出家门，彻底逃脱了监管圈。

　　宋云飞走出家门，在茫茫的雨中一路奔跑，一路嗷嗷嗷放声地叫喊着直奔老茂堂家。老茂堂家是他们的天堂，两间房子很大的炕，半新不旧的炕席暖暖的，满屋子光棍汉的汗腥味儿让人一下子有了家的感觉。老茂堂有时喜欢他们去，有时不喜欢他们去，但是房主人的难看脸色一点也抵御不了这些毫不知趣的入侵者。宋云飞们以及比这茬"七年制"们大的几茬人，没人顾忌老茂堂的情绪，两脚泥呱唧呱唧踩了一地，一蹬泥鞋就仰天八叉躺炕上了。老茂堂在大队办公室耳房里住着时，这些家伙们就去办公室耳房，老茂堂搬回自家两间老屋了，这又一窝蜂地来到老茂堂烧得暖暖的炕上了。

老茂堂是资深老光棍,老光棍的家永远是华岩村历代光棍的好去处。宋云飞这茬崭新光棍,并没人指引途径,就像有谁给统一了思想似的,齐刷刷地就都来到老茂堂这两间黑乎乎的屋子里了。上几茬老光棍们暂时还没有来,宋云飞们就成了大炕上的主流人群。宋云飞脱鞋就上炕,一家伙压倒在段世凯身上。段世凯被砸得呀了一声说,光说是相跟去二道河,光说嘴哪。宋云飞叹了一口气,肚子里的苦水没法控诉给小兄弟。说话间,宋向前、宋金宝们也来了,正好凑一圈人打扑克。可是宋云飞却说打扑克没意思,恰好西边的韩圪蛋也来了,他们几个人就让韩圪蛋讲《七侠五义》。韩圪蛋盘腿坐在大炕中央,抿嘴笑着,不说讲也不说不讲,才出世的毛孩子们也摸不透他啥心思,一直绷着脸的老茂堂才说,人家肚子里的书也是下了本钱才积攒下的,为啥说书人要卖关子哪。宋云飞用膝盖顶了顶宋向前说,拿钱拿钱。宋向前自知他承担着每一次活动经费的义务,很自觉地掏出五毛钱说,我出了钱可不跑腿。宋云飞朝段学东蹬一脚说,买烟去。

远处传来一片嚷嚷声,韩圪蛋很警觉地朝窗外支棱起耳朵听了一会儿,突然下地夺门而出。老茂堂说,孩们一会儿就买回烟来了,你咋走了。韩圪蛋头也不回地冲进灰蒙蒙的雨里。

段学东买烟回来时,正撞上宋云飞们冒雨往外跑,一边嚷嚷着,快快快,快看吵架去。

细雨蒙蒙的村街上有不少人朝后街跑,宋云飞们跟着人群跑进窄巷里,前面的人跑,他们跟着跑,前面的人站住,他们也站住。拥堵的人堆那边好像有两个女人在对骂,一个声音尖细,一个声音沙哑。一个骂,羞不羞,羞不羞。另一个骂,头顶笸箩手掂斗,自家不觉自家羞。一个骂,畜生也不如,畜生还晓得不跟母畜交配哪。另一个骂,俺愿意,俺愿意,你倒想呢朝天躺街上没人日。一个骂,婶婶勾引侄儿哪,好爷呀,咋能拉下脸来哪,是人咋能做出这事来哪。另一个骂,你尿上一窟窟尿照照自家再说人,自家半夜留门门,还笑话别家接客人。一个骂,没的事,没的事，狗屁嘴编上没人信，勾引侄儿子还不够，还要勾引外姓旁人哪。另一个骂，寒碜呢，肮脏呢，花儿引蜜蜂，狗屎惹苍蝇，你觉得他是香饽饽，我看他是臭狗粪。一个骂，嫌人家臭就有骨气些，就不要眼红人家那块地。另一个骂，寒碜不寒碜哪，也不说一块烂地，金子银子也是该要的俺才要哪……骂声突然终止了，窄巷里的人突然兀隆隆地拥向窄巷那头，宋云飞们跟着人群往里挤，段世凯、宋向前、段学东也跟着往里挤，宋金宝却站住了。宋云飞叫喊，金宝快来，打起来了。宋金宝依旧站着没有动。宋云飞们硬从人缝里挤进里面，看见茫茫雨丝里，宋银禄揪着邱粉娥的头发使劲地往地上按，围着的一圈人都使劲地往开拉，拉架的人里最使劲的是南凤仙，她一边撕扯着宋银禄的袖口拽，一边气喘吁吁地说，婆姨们淘气，你掺和啥哪，她寻我闹事，有我顶着哪，你这可搅和得是个啥哪。宋银禄还是死死抓着邱粉娥的头发不松手，嘴里骂着，他娘的你以为孤儿寡母好欺负？没人做主了？你狗日的睁开好眼吧，本来种了那块地是她婆姨人家没弄清瞎种了，你说韩圪蛋是给了你的，你来说清，地归了你就是了，全当她替你白种了。不想要她种下的，你翻耕另种了就是了，你来不来就寻上门来骂大街，你想闹事咱就闹，既然闹到这地步了，那咱就闹下去，那块地她南凤仙还就种定了。宋银禄只顾说，没觉得后脑袋猛然挨了一击。宋银禄松了手扭后头来，只看见张三牛气势汹汹地挥舞着一根木棒叫喊，日你娘的自古好男不跟女斗，你大男人欺负个婆姨，你算个啥东西。宋银禄一侧身子躲过张三牛的又一下击打。张三牛平时看上去绵绵善善的，不想打起人来可不来虚的，豆腐锅溢了，迷瞪汉恼了，谁能招架得了？木棒配合着骂人的节奏，一下一下朝着宋银禄的脑袋、肩膀、脊背打下去。宋银禄一边用胳膊招架，一边向人群里躲闪，等他跑到一边喘息时，已经满脸满胸脯都是血。张三牛见了血心也没软了一丝儿，还在挥舞着木棒追赶。就在这时，人群闪开一条道，宋银禄的两个儿子杀进来了，只见宋金宝提着一张铁锹，宋金元拿着一把镢头直直冲向张三牛。宋金元咬着牙，瞪着眼，一副不要命的杀人犯样子。说时迟那时快镢头就瞄着张三牛的脑袋刨下去了，那一刻，所有的人都吓坏了，张三牛也吓呆了，宋银禄更吓傻了。镢刃落处就要脑袋开花了，人命大案就要发生了，那可是真真正正千钧一发之际，谢天谢地人群里走出了宋光明。宋光明身体壮实，动作迅疾，他一下窜到宋金保身后，双臂从胳肢窝一插一抱，宋金保就双脚离了地，镢刃在接近脑袋一寸许的地方一颤，偏离了目标，跌落在一边。

宋光明一出现，就把场面镇住了。张三牛收拢了木棒，宋金宝、宋金元的锹镢也垂落地下。宋银禄呢，满脸的鲜血却不好意思展示给领导看，他越往人群后躲，宋光明偏直直朝他走过去，说，打吧，不是能打嘛，这把年纪了，跟个小孩儿一样动不动就脑子发热哪，还是党员哪，就是给孩儿们做的这榜样啊，领着孩子打群架，真是没点人样子了，快去包扎伤口吧。宋金宝和宋金元搀扶着他爹往卫生所走，宋云飞让段世凯和宋向前也跟去护送，他和段学东留下来关注后续情节。宋云飞目送他们走远的当儿，才发现视线里早没有了雨丝儿了。

张三牛没有躲，就那么偃悻悻戳在原地，等着宋光明跟他说三道四。宋光明看着张三牛和邱粉娥，吁了一口气，犀利的目光也减弱了一些儿。邱粉娥看在眼里，暖在心里，以为村领导心上的天平倾斜向了老同学，一肚子委屈一下子发泄出来了，话音儿还没出泪就下来了。老同学哎，你看看把我打的，我婆姨人家咋能打过人家五尺高后生呢。边说边用双手抚拢揪乱了的头发，一撮头发就掉了下来。邱粉娥紧紧捏住那撮头发，像是好不容易才搞到的铁的罪证。领导，你看，人们呀，你们看，你们看，这这这就是凶手残害我的证据呀，好爷呀，你们看，大家看啊。接着双眼一闭就哼哼哼地呻吟开了，呀呀呀，脑瓢子疼得不行，脑瓢子疼得不行。蹲在街门槛上的南凤仙，一看自家姓宋老侄孙正看他，满肚子委屈也涌上来了，光明子哎，你看看你奶奶恓惶的这可咋活呀，孤儿寡母没个做主的叫人欺负哪，光明子呀，你可得替你奶奶做主呀。邱粉娥呀，邱粉娥，是哪个狗先找上门来没事找事的，是哪个狗想霸占韩圪蛋那块地无理取闹的。

邱粉娥止住了呻吟拔高了腔调，老同学你听听，抢种了别人的地，还有理了哪，也不知是谁欺负谁哪，仗着有野汉子撑腰哪，不怕会说的就怕会听的哪，抢种人家的地又抢用了人家的粪，还说俺欺负你了哪。南凤仙一跃从门槛上跳起来，本来俺倒不种那块地了，种下玉茭子全当白种了，没想到邱粉娥疯狗一样咬上门来了，要是这样那块地我南凤仙要定了，咱找他韩圪蛋三照对面说清楚。

宋光明大喝一声，都给我悄悄的。邱粉娥气得胸脯耸动，南凤仙气得肩膀哆嗦，但都嘴唇紧咬不嚷嚷了。宋光明没理两妇女而走向了隐藏在人旮旯里的韩圪蛋。韩圪蛋对村领导的威慑倒也不在乎，宋光明皱眉觑住他，他也将一只眼睁大一只眼觑小，脑袋拧向一边，拿捏成一副痞子相。宋光明说，是你引起的？韩圪蛋耸了一下肩膀说，咋是我引起的，我的地跟粪横竖不要了，至于谁跟谁抢，我可管不了那么多。宋光明说，你个老百姓农业户不想要地算什么？这都不说了，你拿一块地许几家，这不都是你引起的？韩圪蛋说，谁家我也没许，我只知道我不要，至于他两家争成个啥，那是他两家的事跟我没关系。宋光明说，你不想要地就该退给村里，让村里统一调配，你咋可以自作处理。韩圪蛋说，可我听广播看报纸说这次承包土地是二十年不变，这二十年我想给谁就给谁，为啥要任由你们村干部随意调配？这地刚刚分到手还不到一个月，你们就说话不算话了？宋光明顿了一下说，既然二十年不变，那你为啥一天还没种就变了？国家规定二十年不变也是为了承包户土地相对稳定，有利于调动大家积极性，但你要知道，土地还是国家所有，不是私有财产，这是责任田，你要对这块土地负责任的，你自己种可以，拿起来送人就不行。韩圪蛋说，对呀，你二十年不变是为了承包户把地种好，可我种不好呀，我转让给能种好的人家，这也是为了亩产保增收呀。宋光明说，就按你说转让别人种也可以，可你这是咋样转让的，你这一个女儿许两家，你这是专门制造不安定因素哪。韩圪蛋说，说明女儿好呀，有人争着要娶呀。宋光明大喝一声，跟我回办公室。韩圪蛋到底被镇住了。宋光明大步走在前面，韩圪蛋双腿急急地跟在后面。

宋云飞也看得出，宋光明一来好戏就拦腰斩断了。吵的也不吵了，打的更不打了。宋光明把韩圪蛋一叫走，热闹的场面就彻底散伙了。要命的是淅淅沥沥的一场好雨不声不响就停了，还有更要命的，宋宝禄催命的叫喊声已经响彻窄巷里，飞子哎，飞子哎，走跟爹爹去种小豆唠——

为了那啥的聚会

办公室房顶的大喇叭好久没响了，一方面春播工作不需要宣传鼓动了，另一方面宋光明也叫自家的地累住了，尤其是把专门打扫办公室和负责按时播放喇叭的老茂堂打发了，华岩村就像缺失了什么动静，天也安静了，地也安静了。说也奇怪，没有村干部在大喇叭里叫喊督促，下种得比以往一年还快呢，小满还没过大部分人家就都种完了，往年都过了芒种了，大喇叭里春播大会战还叫喊得一片。

下午五点多了，大喇叭又发出宋光明的叫喊声，好多天没响的大喇叭像铁锈了一样，沙沙沙的很粗涩，喂喂喂，各小队队长们，现在到办公室开个小会，现在就往办公室走。

韩新宝操持了一个生产队的事情，再操持自己家里那点营生，像地球人到了月球上一样失重了，全身空落落的很不适应。所分的那点地三五天就种完了，他也不刨小片地，也不屑于种什么瓜菜萝卜，歇又歇不住，在院子里出来进去地转悠了好多天，婆姨说他没事了在炕上躺着睡觉哇，转悠得人脑晕呢。韩变玲倒是很理解他爹，娘你悄悄的吧，你以为世上的人都像你一样，躺倒就能睡着了啊。韩新宝朝女儿点点头，身悠心闲了，突然发现女儿长大了，女儿前途问题倏然涌上心头。韩新宝看着越发出挑得好看的女儿说，变玲，前街兆飞跟翠子都复习准备考试呢，咋不见你有什么动静呢？韩变玲说，那俩人是天生念书的料嘛，咱哪行呢。韩新宝说，行不行你得努力了才知道嘛。韩变玲说，行不行自己知道，努力也是白努力。韩新宝看把女儿说得低下头不好意思了，叹了口气说，这水明子也是，光管他自己复习呢，也不把你拉扯上。韩变玲吃了一惊问，爹你说啥？张水明也复习开了？韩新宝说，怎么，他没跟你说他复习？韩变玲就笑了，嘿嘿嘿，他复习考试？笑死人呢。韩新宝说，这有啥好笑的，这孩当会计都利利索索的，学习也赖不了。韩变玲撇嘴道，他就是会打个小算盘算个小账，在学校数学都考不及格，他要复习考上了，我头朝下见他呢。

听到大喇叭里又叫喊队长们开会，韩新宝心里还激动了一小会儿，啊，队长这个称呼现在听起来还有点暖暖的，自从分完地，分完队里牲口大农具等，一长溜十一间畜圈兼生产队办公室就彻底腾得空荡荡的了，他这个队长的名分也就彻底宣告终结了。唔，也许这是最后一回被人喊队长了吧。在往办公室走的路上碰上马金贵，两人很奇怪地觉得对方很亲切。马金贵说，你这些天做啥？韩新宝说，能做个啥，没干的。马金贵说，日了怪了，地分给各家咋觉得不够种了。韩新宝说，得想办法寻点营生干哪。马金贵说，寻啥营生呢，嘿，要不咱俩相跟上西山砍一车窑柱卖哇。韩新宝就笑了，你这两只眼窟窿也就是盯着个西山。马金贵想起上西山割蒿的事儿，脖根潮乎乎地发了一股热，岔开了话题，你说这世道可闹腾个啥呀，各家各户各干各的，这不明明就是单干了嘛。韩新宝就点住痛穴追问，咋的了，嫌那一大堆粪心疼了吧？马金贵苦笑道，呀呀，你们队那么厚实的家当还不心疼，一圪洞好粪有啥心疼的。走到办公室大门口，马金贵一把拉住韩新宝的胳膊惊叫，嘿，你看啊！韩新宝奇怪道，看什么呀？马金贵说，牌子，牌子换啦！韩新宝这才注意到，悬挂在大门左侧崭新的牌子亮汪汪地反着光，白漆底黑漆字写着——华岩村民委员会。宋光明说，这有啥奇怪的，早说要换了嘛。马金贵皱着眉说，"大队会"换成"村委会"，那不还是原班人马？韩新宝摇摇头说，唉，名名变了，肯定就里瓢瓢也变了，是咱不懂罢了。

办公室大炕上，西边三位队长躺卧得横七竖八，嘴里都叼着宋光明散发的纸烟，像世上所有的事情一样，先来为主，后来是客。韩新宝和马金贵脱鞋上了炕，横瞅竖瞅没个可躺卧的地方，三副公铺盖卷儿已经被三颗脑袋和脊背蛮横霸占，东边两位队长只得倚着窗台端坐着，坚硬而且与炕席垂直的窗台是不支持躺卧姿势的。

宋光明和段四虎、宋来喜、段志忠等几位班子成员不但没像以往开会那样很优先地在炕上抢占了好位置，连摆放在枣红大办公桌两边的椅子都不坐踏实，这个进来那个出去的，一人一副匆匆忙忙的样子，就像红白喜事上忙碌的主人。五位队长反倒像是被请来的客人。宋光明虽然不像其他几位那样出来进去地忙活，但也消停不下来，一会儿吩咐倒茶，一会儿吩咐散烟，生怕招待不好炕上的客人似的。宋光明屁股斜挂在炕沿上，很关切地问，都种下了吧。段建生带头答，嗯，都种下了。韩新宝答，昨天还见张三牛到处找粪箕箩说要种小玉茭呢。宋光明说，嗯，啥时也有邋遢人哪。段毛孩说，哼哼，集体就是便宜了这些黄腌瓜了，这可好，再日鬼就日鬼了自家了。宋全海抿着嘴说，跟《金光大道》电影里一样嘛，有些人离了集体活不了嘛。段志忠一边从墙根提溜起一颗大白菜，一边说，唉，生产队就是养活懒汉的窝子嘛。段建生从被卷上一下子坐直，你这孩学坏了，生产队咋就成了养懒汉窝子了？志忠子你沾得集体光还少吗？跟吃公家饭的干部一样，夏天凉凉的冬天暖暖的，坐在办公室扒拉算盘盘，这算不算养活懒汉哪？今年你家的地你不自己动弹不行了吧？咋说这话哪，还有瘸子拐子哪，七病八痛哪，以后咋活哪？段志忠朝他笑了笑，对呀，我说的生产队养活的懒汉也包括我和瘸子拐子呀，说着提溜着大白菜大步走出办公室。

五位队长嘴巴里的烟还都有多半截，宋光明就又从身上掏出烟盒逐个扔出一排。队长们捡起跌落在身边的烟，揣身上不好看，就都很一致地夹在耳朵后面。宋光明说，大家跟我干一回呢，都出了力了，华岩村凭啥年年公社县里拿奖哪，还不都是你们几位配合得好啊。全当你们几位帮我修房子完工了，犒劳犒劳的意思吧，唉，也算顿打锅饭吧，咱们在一起坐一坐，好好说道说道，在喇叭里只能按会议通知大家，其实不是开会。我当了这几年支书，觉得有些事儿开会还不如不开会，一形成会议，该说的话都不说了。真真像村里人们编的歌歌，开会没真话，会后没情况。当干部非得在私底下才能听到真话，甚至是越不正式的场合，了解的情况才越真实哪。咱今晚上海开吃，海开喝，海开说，我看这也是咱们聚会的最后一回了。宋光明说话的语气越来越低沉，坐在炕沿边直直的身板也随着话语声调缓缓弯下去，直至将腰身全部叠压在大腿上。

宋来喜跟宋光明耳语说，胡凤莲我看是不来了。宋光明说，大喇叭也叫喊了，志忠也去她家叫了嘛。宋来喜说，一年多会也不参加，啥事儿也不干，光来吃饭肯定不好意思来。胡凤莲是华岩村妇联主任，已经七十多了，换了几茬领导都没换掉她，是这个职位可有可无呢还是没人谋求这个位位哪？

饭菜是村里办事吃的四盘八碗。马金贵吃了第一口就嚷嚷，肯定是老茂堂的厨子。段四虎很是奇怪地说，日了怪了，咋能吃出来是老茂堂做的哪。马金贵说，不说这么口味重的宴席了，就是天天吃的和子饭，也是一家做出来一个味道。段建生说，这还用说，能分辨出味道来的人肯定是狗转生的。马金贵说，吃不出味道来的那肯定是猪转生的了。一桌人都被逗笑了，宋光明却没有笑，他只是一杯又一杯地带头碰酒，原说同干三杯，三杯完了又说要痛痛快快地干六杯。一人九杯干完了，他又说要坐庄挨个儿敬酒，班子成员和队长们只得依着他，一人三杯三杯过一轮，十多个人就是三十多杯酒。宋光明身子已经一晃一晃的了，还嚷嚷着要再进行一圈。段四虎说，你先歇歇，这酒庄也让大家伙轮着坐坐，不要光你一个人坐。宋光明愣了一下，瞪眼看着段四虎说，啊，你，你说什么，轮着坐？好啊，好好好啊，我这就交权，给你坐你坐，权，权是个啥家什什哪，就是个公章嘛。说着把酒杯翻转狠狠倒扣在桌子上，给给给你给你，他娘的有大队没小队，有上级没下级，这权还有个啥意思哪。宋来喜说，喝多了喝多了，别喝了啊。宋光明说，不多，一点也不多，酒量有多大，天地有多大，男人你没酒量，不如把那东西割得喂了狗，圪蹴下尿尿吧，来，喝。

马金贵嘀咕说，喝太猛了啊。韩新宝低声说，不就是权没以前大点嘛，至于这样猛酒灌脑子啊。马金贵戳戳韩新宝，嘿嘿嘿，将心比心啊。韩新宝端起酒杯说，来咱俩难兄难弟干一杯。东边两队长碰杯，引起西边队长们的一片叫喊，干啥呀干啥呀，有人钻在阴暗角落里搞小动作，这可是阶级斗争新动向啊，罚酒罚酒，一人六杯罚。西边队长们到底人多势众，有拧胳膊的，有捧脑袋的，有灌酒的，东边两位束手就范。马金贵大张嘴哈哈喷着酒气说，你们西边人厉害，厉害，俺们东边人永远活在你们手底下就是了。韩新宝的酒劲也上来了，嚷嚷道，世道变了，你们西边人别想再欺负我们东边人了，我们东边人活出来了呀，活出来了呀。宋光明脑袋伏在饭桌上老半天，突然抬起头来，眼光毒毒地盯住韩新宝，声音阴森森地说，你俩给我住嘴，什么东边的西边的，都是华岩生产大队，对了，现在该叫华岩村委会、华岩党支部。一片劝酒的嚷嚷声，一下子静踏踏的了。

就在这当儿，宋银禄进来了。宋银禄一脸红沸沸的喜色，进门就嚷嚷，啊呔，满街跑不如遇得巧，要找的人都在啊，你们几位大队领导，还有小队领导们，后天可一定来啊，后天记住了啊，谁不来捧场我记你一辈子啊。来来来，借花献佛来先敬各位一杯，来先从光明子开始，来，光明子，先喝你老叔一杯。段志忠盯着宋银禄脑袋上纱布看了看说，这么快呀，好歹也等把脑袋上白纱布解了再办吧。宋银禄乐呵呵说，没事没事，办事那天戴上顶帽子就遮住了。宋光明迷迷瞪瞪盯着宋银禄，只顾打嗝儿不说话。饭桌上只有段四虎清清醒醒端坐着，他满满斟了一杯端起说，你看都不行了，来我替他们吧，说吧，喝几杯。宋银禄收回高高擎起的酒杯说，不行不行，不能替，他们再喝多，我这杯酒也得喝，这是我的喜酒，都得喝,谁也替不了。宋光明端起面前的酒杯,说,喝,俺老叔的喜酒,我,我喝死也得喝,喝。宋光明开了头,其他几位也跟着喝了宋银禄的敬酒。都嚷嚷说,祝贺祝贺,祝你梅开二度,祝你再娶新欢,祝你鸳鸯和鸣。轮到段四虎,他要和宋银禄干六杯。宋银禄的酒性和他的人性一样,表面神武,实际稀松,十来杯酒就被灌得晕晕乎乎了。他看着段四虎讥讽的表情,一股恼火涌上脑门,大声喝道,喝就喝,东风吹,战鼓擂,现在华岩村究竟谁怕谁,六杯算个啥,十杯。段四虎呵呵笑着说,十杯,行。拿起一个茶杯,一连往里倒了十杯酒。宋银禄也跟老茂堂要了个茶杯,往里面数着倒够十杯酒,说,抗美援朝帝国主义都不怕,华岩村还有我宋银禄怕的吗?两个茶杯叮当一碰,同时底朝了天。段四虎轻轻放下酒杯问,咋说,再来十杯?看时,宋银禄身子已经软软地趴伏在炕沿上了,口里嘀嘀咕咕地说,小看人啊,光明子,你们小看人啊,你们大队干部是领导,小队干部是领导,我好歹也是华岩村煤矿领导,你们集中一起大吃大喝,大吃大喝呀,要在前两年,大字报给你狗日的们甩一墙,甩一墙啊。段四虎一边往炕上拖拽宋银禄一边说,说你不算不算吧,你还逞强哪,几杯酒就喝得脑瓢子搅糊了。宋银禄被段四虎搀扶到隔壁炕上,口里还是一个劲嘟囔,光明子,你小看人,小看你叔叔,你叔叔我要当了华岩村一把手,比你强,比你强一千倍一万倍。

  宋银禄醒过来时,大队办公室里就剩了他和老茂堂,屋顶的电棍蓝荧荧地亮着,一股难闻的酸腐臭味直扑鼻子。老茂堂将碗里倒了开水加了许多醋端在宋银禄跟前说,喝哇,解酒的。宋银禄说,哝,我咋在这呢。老茂堂说,你喝多了嘛,他们也喝多了嘛,可他们后来就都走了,就你睡得唤也唤不醒。宋银禄说,我是不是瞎说八道了。老茂堂说,嗯,你骂光明子了,骂得还不轻,不过光明子也喝多了,也不知听到耳朵里没有。宋银禄盘腿坐在炕上身子一晃一晃地半天不说话。老茂堂说,都快两点了,咱走吧。宋银禄提高嗓门说,日他个娘的,骂就骂了,他要咋咋。老茂堂立等在地上说,咱走吧,走吧,我要锁办公室哪。宋银禄一边慢吞吞下地一边问，宋光明不是把你打发了嘛，你咋还在给狗日的们打杂哪？老茂堂说，不在办公室住了吧，有事了还叫我来帮忙的。

二度梅开别样红

宋银禄回到家里，才想起要跟宋光明说的事情都没说，办事要唱蒲剧，唱蒲剧就得用村里的服装和乐器，服装乐器都在保管宋来喜手里保存着，宋来喜是个死抠，那几年五四青年节团委要演戏用服装乐器都得支书村长都签了字，团委书记写了损坏赔偿的保证才能借出来的。这还是样板戏用的现代服装，这一回要用古戏装，恐怕更难说话。存放古戏装的据说是两个樟木戏箱，放上绸缎之类东西不虫蛀。那是老地主马明煦家祖父那一辈人置办下的。早几年像这样的樟木戏箱有八个呢，后来就剩两个了，那六个哪里去了，老天爷也弄不清，光知道能卖很多钱的，不过那时候的保管还不是宋来喜，都过去好多年的事了，就不说是谁谁谁了吧。

宋银禄一大早就揣了两盒云冈烟到了宋光明家，他去时宋光明刚起了床洗了脸正呜噜呜噜地刷牙哩。宋银禄说，啊呀，昨晚上喝多了，喝得太急了，一下子就上脑子了，我也不知道我说了些啥。宋光明呜噜着没有答话。宋银禄说，我这人有嘴没心啊，喝了酒更是云来雾去的啊，你可不要跟你老叔我见怪啊。宋光明呜噜完了，用毛巾一下一下揩着嘴边的白沫说，酒后说的才是真话哪。宋银禄心里咯噔了一下，呀，你这样说你老叔我可是不对啊，你老叔我对你光明子可是除了佩服还是佩服啊，那年公社选你当支书，林汉星在党员会上考察你，我可是没少给你添话啊，我说在华岩村选干部俺光明子是最有能力最有魄力的啊。宋光明接过宋银禄递过来的云冈烟说，没事呀叔，华岩村这几个人谁还不知道谁呀，当干部你还能怕人说啊，咋，来就是说这事的？宋银禄依墙圪蹴在地上，完全萎缩成一副惝惶样子说，唉，不是为昨晚的事，是为明天的事来的。宋光明问，明天的事？唔，银禄叔的喜事嘛，需要啥你说。宋银禄说，唉，见了你们一高兴，就喝多了，今早上醒过来一想，把主要事给忘了说了，光明子我跟你商量，你老叔我跟你婶结婚时，就给你婶做了一件枣红洋布袄儿，被褥都是旧的，锣鼓家伙也没响嗒响嗒就娶过来了。这一回我想弄得排场点，人活一回你说图个啥哪。宋光明打断他的话说，你到底是要说啥吧？宋银禄顿了顿说，我想唱唱蒲剧，就咱村以前自乐班的人，那天韩新惠见了我就撺掇我要来给我响嗒响嗒哪。宋光明说，唱古戏，还能唱起来？宋银禄说，前几天我到东边看了，大本戏一下子开不了，折子戏是能唱起来的，《送女》《黄鹤楼》《斩单童》《法门寺》云来雾去地就在地上唱起来了。王步金的两只手都打满老茧了，可那一声板胡啊呀呀把你心肺都拉软了。宋光明有点不耐烦地说，你到底是要说啥吧？宋银禄又递给宋光明一支烟说，唱蒲剧不是得用用行头嘛，就怕来喜叔那人不好说话，还得你跟他说说，那些古戏装，多少年没用了，是不是虫虫蛀了，也该拿出来晾晒晾晒了。

前几年演样板戏时宋光明在《红灯记》里扮演过侯宪捕，虽然没一句唱腔，但也培养了对蒲剧的兴趣。小时候本村人唱蒲剧，他也混在一帮孩子里跑来跑去的满戏院里乱窜，虽然看不懂但那种曲调还是深深印在脑子里的。宋光明歪着脑袋盯着墙上的《红灯记》年画看了一顿，感叹道，要是再年轻几岁，也想上台台上活跃活跃哪，嗯，这是老叔你的好事嘛，想用啥去跟来喜叔拿就是了。宋银禄皱眉说，就知道俺光明子痛快嘛，可来喜叔那边还得你说句话。宋光明说，走，我跟你找他去。

宋来喜一听说要用古戏装，满脸的皮都皱起说，呀，恐怕用不成，这么多年没用，就怕开了箱子一见风就成碎片片了。宋银禄说，不是说樟木戏箱虫虫蛀不了嘛。宋光明说，到底能不能用总得看了才能知道，要真成了碎片片保存着也没用。在去往库房的路上，宋银禄偷偷给宋来喜衣兜里揣了一盒云冈烟，宋来喜稍稍拒绝了一下也就不再坚持了。

库房就在办公室楼上，木质的楼棚板被三双鞋底踩踏出兀隆兀隆的响声，像从远古传来的。樟木戏箱一打开，果然散发出一种淡淡的幽香。宋来喜很小心地提起一件戏服，并没有像他说的成了碎片片。宋银禄很高兴地说，好着哩嘛。宋来喜斜觑着宋银禄问，用哪几样哪？宋银禄把早攥在手里的纸片递过去，这是韩新惠开的单单。宋来喜一边小心翼翼地挑选戏服，一边嘟哝，按说你这是个人家办事，不能往出借的，这叠得挨挨贴贴的行头，叫你这一抖弄，没有一上午放不挨贴的。宋来喜将行头一件一件地从戏箱里提出，慢慢地抖开，慢慢地翻看，看了外面再看里面。宋银禄越急得脑门冒火，宋来喜却检点得越仔细越缓慢，一边检点，一边叨叨，银禄子你可看好了，按你单单上开的大大小小一共十三件，这四件是有点破损的，破在啥地方我都记着的，其他行头上可是好好的，你还给我好好的拿回来就行。宋银禄对宋光明说，你有事就先忙你的吧，我看这要办理妥得收倒秋哪。宋来喜倒也不恼火，腔调平平稳稳说，光明子这事是你让出借的，还得你在这单单上签个名名哪。宋光明在韩新惠开的单子上签了字临走说，来喜叔可真是红管家啊。

　　宋银禄直等得宋来喜把不用的一件件整理好，锁好戏箱，又在三联单据上和破损赔偿保证上签了字，才算把借物手续办理完毕。

　　宋银禄婚事那天，天气很好，太阳早早地就把整个村子照得亮汪汪的，南北山都浓绿了，庄稼地也泛绿了，沁河边的树也全绿了，沁河里的水流得哗哗哗哗的。宋银禄屋门街门都贴起红对联，前来帮忙的人忙忙碌碌的，贺喜的人进进出出的，半上午时蒲剧就咿咿呀呀地唱起来了。蒲剧马锣声传得很远，叮叮叮的一响就传遍全村了。人们早听说宋银禄家要唱蒲剧，都呼男唤女地嚷嚷着去看，急急火火地快走到宋银禄家院子时，想起来这蒲剧不是随便可看的，蒲剧场子就在宋银禄家院子里，去看蒲剧不送礼钱是不好意思的。送礼钱吧，眼看着他两个大儿子就要结婚了，给老子结二婚送了礼，赶儿子结婚又得送。再说了，你结两次婚给你送两次礼钱，你结十次婚哪，也给你送上十回礼钱啊？要像前几年一块钱的礼钱，写就写吧人也能忍了，可自过了年不知咋弄的，礼钱一涨再涨的这都涨成两块钱了，老天爷哎。邻家别舍的终于明白了，你个二婚闹这么大动静图个啥呀，不就是把锣鼓家伙敲打得轰隆轰隆的，等于告全村人我宋银禄结婚庆典了，大家都来送礼钱吧？切，华岩村人精明着哪，任你锣鼓敲得震破天，老主意拿得死死的，你唱个村里戏班子，你唱晋南闫逢春、王秀兰的正宗蒲剧团也糊弄不进你家院子里去的。

　　院子里看的人不多，院子周围倒是远远近近游走着不少人支棱着耳朵听。马来宝和张三牛圪蹴在宋银禄家不远处的碾盘上，咝咝地吸着烟，脖子歪歪地往耳朵上使着劲儿。马来宝说，还不赖的。张三牛说，不赖屁呢，七锤子转流水嘛，小锣迟了，吔吔，小锣又迟了，又迟了。马来宝说，你跟过班子能听懂了，俺管他流水不流水呢，好听就行，这地地道道的老南路腔自六几年不让唱古戏了还没再听过哪。张三牛朝地下吐了一口唾沫说，这板咋能打成个这哪，拖泥带水这咋能行哪，这这这小锣敲得更是尺寸没尺寸，分量没分量，这，这，这，简直是，啊呀呀。马来宝弯下脑袋瞅了瞅张三牛恼悻悻的脸色说，切，你是嫌人家没叫你哩吧。张三牛又一口唾沫狠狠吐向了宋银禄院子方向，我伺候他狗日的哪，韩新惠叫我几次了，八抬大轿来请他爹也不去伺候他狗日的。马来宝说，你是怕去了还得给送礼钱哩吧。张三牛越发恼了，你这人咋说个话哪，我张三牛欠什么都可以，就是不欠人情债。马来宝见张三牛恼了，低声嘀咕，悄悄地听戏哇，韩新惠的《破洪州》开了。张三牛愣了一下，立刻支棱起耳朵认真听起来。

　　这时街巷里又有人陆续走近宋银禄院子四周，相互转告着快去听韩新惠的《破洪州》。张三牛听着听着突然跳下碾盘，直奔宋银禄院子。马来宝在后面追着喊，嗨，八抬大轿还没去请你哪。张三牛像被鬼勾了魂似的，埋着头，觑着眼，直直走进宋银禄家院门，走到戏场子里，一把从段毛孩手里夺过小锣说，唉，当队长我不如你，敲小锣你这敲的是个啥。一边说话，一边撑起架势呔呔呔地敲起来，敲得不光点子准，轻重也准，敲得韩新惠、韩新柱、马明煦们都点头说，哈呀，这不就对了，叫你还不来呢，毛孩子哎，你听听三牛子是咋敲的。张三牛朝正屋拧一下脖子说，武场咋能敲打成个这哪，实在听不下去了嘛，蒲剧咋能这么糟蹋哪，我是为了咱村蒲剧来的，不是来伺候某某人的。韩新柱低声说，你把人家额头上打得喜日子还裹着白纱布哪。张三牛哪顾得理这些呢，早全身心深陷在铿锵高亢的音乐节奏里面了。只见他左手将小锣举到耳朵边，右手捏着敲板儿，胳膊架得高高地绷成圆弧状，嘴巴抿得紧紧的，眼睛觑成窄缝儿，脸绷得脑门上都出汗了，看那样子好像敲小锣比担粪还费力。张三牛的小锣像是给刚刚组建的乐队注入了新活力，武场敲打的人一下子都来劲儿了，文场拉弦的人也都来劲儿了，唱的人更来劲儿了，把院里院外听的人都激动得又拍手又尖叫好好好。

宋银禄听出院子里的器乐有了变化，从窗玻璃一眼就看见了张三牛，就冲当总管的段四虎说，谁叫他来了？段四虎说，来了咋，来了就对嘛，人家来给你助兴儿，你还把人家撵走啊。宋银禄说，给我撵走，我满院子的喜都叫他冲散了。宋银禄说着就从门旮旯抽出擀面杖要往外冲，段四虎、宋来喜、韩新宝们几个人才硬是把他给拉住。宋光明从隔壁过来说，好，你们放开，让他去撵去。拉扯的人松了手，宋银禄却立在那里不动了，只在口里嘟囔，他娘的脸皮子比脚后跟还厚哪。宋光明说，咋，不去撵了？宋银禄虽然还在嘟囔着，但声音小得什么也听不见了。宋光明说，大丈夫打架不隔三日仇嘛，有矛盾的正好在闹事上化解的，去，出去给上一盒烟，说句下情话，去呀。宋银禄从柜子里拿出一盒烟，给段四虎说，你去给他吧。宋光明说，不行，就你去给。宋银禄捏着一盒云冈烟走到张三牛跟前，硬从脸上挤出一层笑说，你来了，啊，好，今中午在哇，好好跟大家喝两盅啊。一边将烟盒塞在张三牛中山服衣兜里。张三牛虽然眯缝着眼陶醉在锣鼓节奏里，但也觉出衣兜里揣进友好的信号了，就也朝宋银禄使劲微笑了一下子。

本村娶本村的，又都是二婚，新娘那边的人都认识新郎官，新郎这边的人都认识新娘子。不像年轻人婚事那样引得一街两巷人出来看，村里红白喜事花钱费物的就是闹给人看的，没人看这事闹腾得就没面子。迎亲队伍从宋银禄家往南凤仙家走没人看。娶了南凤仙往回返还是没人看。前面锣鼓唢呐领着路，后面宋全海、段毛孩、连虎儿、段建生们都穿起过年的新衣裳，一人推着一辆自行车，车把上挽着大红绸，后支架上都驮着新铺盖新洗脸盆等等嫁妆，跟在音乐后面慢慢走，等于显摆在街心展示给大家看。娶亲队伍的最后面是宋银禄自行车驮着南凤仙，南凤仙尽管穿着新灿灿的大红棉袄，刚刚拉了汗毛的脸还很白很白的，说是新娘子但咋看咋不新。大姑娘坐轿头一回害羞，第二回了反而更害羞，脑袋歪来调去的老往宋银禄脊背后面躲。

迎亲迎到院子里，蒲剧正儿八经开了戏，唱的人都打起脸披挂起来，韩新柱一声"老周文……"一打半道街，院子里响起掌声，院子外面也响起掌声，段四虎站在街门外面叫喊，来吧，进院子里看吧，又不卖票呢，来吧来吧，不写礼钱也能进来看。他这一喊不但没把人喊进来，反而一嗓子把人都吓跑了。一眨眼工夫人群就像退潮一样消失在角落里了。

半老人的婚礼，也许就像过季的花儿，实在是没有观瞻价值了，捧场乱场的人也都活跃不起来。婚礼的议程倒是一项不短，一拜毛主席，二拜考妣牌位，三是夫妻对拜，逐项在宋光明的主持下进行着。大晌午的太阳红艳艳地挂在院子当空，蒲剧家伙敲打得隆咚咣隆咚咣的，可还是热闹不起来。看热闹看热闹嘛，看的人多了才热闹，热闹了才看的人多嘛。宋银禄一边按宋光明的主持完成议程，一边不住地观望街门口是不是有人涌进来。可议程都快结束了，街门洞还是空荡荡的，院子里更是空荡荡的，这让宋银禄很寒心。宋光明主持得也有点尴尬，完了嘀咕说，这事儿光靠唱个蒲剧也不行。

段四虎吆喝放炮开饭时，婚礼氛围一下子热闹了。人虽然还不多，但比人多还热闹，就在宋银禄盯着空荡荡门洞怀疑自己威信的当儿，林汉星等五位公社领导齐刷刷从街门进来了。

宋光明们热情迎上去，街门洞里也多了探头探脑的人。宋银禄就更激动得不行了。他满脸红光地与公社领导挨个儿握手，挨个儿叫唤着这书记，那主任。一个劲儿叨叨，太感谢了，太感激了，太感动了。林汉星说，嘿嘿嘿，该改口叫乡长啦，还主任主任的。宋银禄乐呵呵说，可不是嘛，叫习惯了嘛，这样叫着亲切嘛，啊呀呀，我说咋一股喜气扑进院子里了，敢情是书记乡长们来啦。宋银禄一边迎着乡领导，一边伸长脖子望望街门外面，他娘的，这还在乎人来多少吗？瞧瞧吧，乡领导整个班子都来啦，瞧瞧这规格，瞧瞧这场面，扯淡人再来多少不也扯淡吗？我多少年的企业领导还稀罕你们几个华岩村老百姓来捧场吗？你们不来才正好哪，领导们来捧场还得驱赶无礼围观的人群哪。

事前请不请乡领导，宋银禄还犯嘀咕，请吧，怕领导难为不赏脸；不请吧，又觉自己是全乡少有的几位企业领导，要是农村干部也划级别，应该跟支书村长们是平级的。翻来覆去想，还是没主意，就去跟宋光明商量，宋光明却说了句囫囵话，你觉得该请你就请，你觉得底气不足你就不要请。宋银禄想了想说，那就算了不请了，抱着孩子去当铺，人不当人自当人。宋光明果断说，不请就对了，第一领导政务繁忙，第二领导来了等于支持你大操大办。可是从宋光明家返回到自己家时，突然就拿定主意了，请，必须请，你宋光明要积极让我请，我还犹豫哪，你要不支持我请乡领导，我还偏偏地非请不可哪。我宋银禄堂堂企业领导，不请你几个村官肯定你们不高兴，不请乡领导人家能高兴吗？趁着思想愤慨情绪沸腾着，立刻写了大红请帖就直奔西匐乡，将五张请帖恭恭敬敬分别呈送给正副领导。大红请帖发出去，人家来不来在人家，咱不请可就礼短了。没想到林书记一行居然隆重登场了，狗眼看人低的华岩村人们啊，这才叫亮汪汪的有脸有面有尊严哪。

宋银禄高兴了，激动了，手中捏着一盒云冈烟刚刚发了一轮，领导们刚刚点燃吸了两口,第二轮就又递过去了。口中一个劲说,啊呀呀,我激动得心都蹦出来了,坐坐坐,抽烟抽烟,喝水喝水,啊呀呀,真是的……宋银禄感动得眼圈里泪汪汪的,雄赳赳气昂昂帝国主义都不怕的大嗓门,却结巴得连个利索话都说不好了。

宋光明把领导们领到邻居家一盘大炕上,炕上铺的绿油布反着光,枣红的炕桌反着光,茶杯也是借的村里最好的,这个家是专为乡领导准备的接待室。宋光明让领导们都上了炕,自己坐在边上陪客人。宋光明问,咋来的。乡长周明理说,乡里拖拉机去西山拉柴,正好顺脚捎过来的。宋光明长叹一声,唉,今年省心多了呀,也没开会动员,也没喇叭里鼓动,消消停停地就都种完了。林汉星说,咋,不闹情绪了?宋光明说,我闹啥情绪了。林汉星说,政策刚下来那段时间,你敢说你没闹情绪?咋,感觉到国家政策对头了吧?宋光明又叹一口气,唉,是呀,时势变得快嘛,咱山里人脑子转得慢,料不到呀,地是分了,各家都能种好各家的地,可多少年闹了这么大的摊子,粮食加工厂、粉坊、油坊什么的,还有煤窑,自过了年还一天也没动弹呢,领导们也都知道,煤窑要是一直停着不是塌毁,就是水占的。林汉星说,这是你看见的,问题多着哪,村委好歹也算一级政府,以后这一级政府以什么形式运作,村干部工资哪里开,民办教师保健站医生工资怎么发,村里的社会活动公益事业经费咋来的,这些问题你想到了没有啊。宋光明想了想说,这还去哪里来钱哪,以前各小队又是石灰窑,又是焦炭窑,又是砖瓦窑的,现在都停了,你们吃公家饭的旱涝保收啊,可老百姓不行呀,就种个地没个赚钱的营生不行啊,要是煤窑开了,起码可以让剩余劳力有个动弹挣钱的地方啊。林汉星说,瞧瞧,瞧瞧,听你这话就知道你不看报不学习,中央政策早明确了,报纸上外地经验多了,思想再解放一点,步子再快一点嘛,土地从集体过渡成个体,不能影响生产,村企业也一样不能让停滞。宋光明连连摇头说,不一样,不一样的啊,土地是老子养儿个个有份,企业可是狼多肉少啊,比如煤窑吧,我早知道要走承包这条路了,那可是块大肥肉啊,早有人盯上煤窑了啊，来找我说要承包煤窑的起码有十几个人了，可我一直压着没敢动，听说有的村子因为承包煤窑，都打官司打到县法院、市中院了，还有的闹到家族之间打群架的。宋光明朝窗玻璃外瞅了瞅说，咱这个户户，早就嚷嚷说煤窑只有承包给他才天经地义哪，可我觉得他有问题，这些年在集体煤窑负个责都管不好，把整座煤窑让他经营更有问题。东边的老窑主韩家人说起来更有理由，说现在南窑沟这座煤窑原来就是他们韩家祖父那一辈从马家手里买过来的，说煤层上几级下几级的，只有他们才懂得，一家子轮番着来跟我说，你说能承包给他家吗？真让他们承包了，煤窑又姓了韩，群众肯定不能接受的。林汉星皱眉思考一会儿说，你这思想还是滞后嘛，那你说煤窑姓了啥群众就没意见了？谁能把煤矿管理好，就承包给谁。不过，这事儿的确要慎重再慎重，承包条款制订要科学，操作过程要公平、公正、公开，首先一条，你是持刀切蛋糕的，不能参与分蛋糕，这个你懂吗？宋光明笑了笑，这个说法还是前几天县里开会听说的。

周乡长敲敲桌子，示意大家看窗玻璃外，原来是段四虎领着宋银禄和南凤仙进来敬酒了。宋光明给南凤仙一一介绍，这是林书记，这是周乡长，这是这领导那领导。南凤仙红着脸说，那几年下乡在俺家吃派饭都认得的。林书记说，啊呀，吃派饭人家多了呀，祝你俩新婚美满比翼双飞啊。周乡长分管全社企业，与宋银禄比较惯熟，酒杯擎得高高说，呵，老宋红彤彤的一脸喜色啊，你这可是梅开二度放春晖啊，嘿呀，该叫嫂子吧，还风韵犹存啊。林书记记不得你，我可是记得的，我让你就做便饭，你硬给我炒了个粉皮炸豆腐。南凤仙低着头说，我啥时候给你炒过粉皮炸豆腐呢？周乡长一拍脑袋说，嘿吆，搞混了，搞混了，也是个叫什么凤来的。宋光明说，你看你，没记住就是没记住，还不如像林书记老老实实承认没把平头百姓放在眼里就是嘛。林汉星一听不高兴了，嘿嘿嘿，说谁没把平头百姓放眼里呀，罚酒六杯。周乡长说，你们不要乱搞小插曲，先让人家新婚夫妻俩把酒敬完。宋银禄一个劲地说，光明子，你陪领导们吃好喝好啊。领导们却都把话题集中在新媳妇身上，新媳妇哎，你可找了个好女婿啊，老宋最大的特点是有英雄气概啊，又高大又英武的老小伙啊。嫂子哎，好好服侍我们老宋哥哈，老宋哥可是华岩村的中流砥柱啊。叫什么凤仙是吧，这就对了嘛，凤就得配凰嘛，有个戏叫什么凤求凰还是凰求凤来着？

宋银禄喝得满脸已经通红通红了，还一杯接着一杯喝，直喝得身子摇晃，说话结巴了，还嚷嚷领导的酒哪儿有不喝的，喝，喝，喝死也值了。宋光明给段四虎使了个眼色，段四虎才领着两人退了出去。

吃罢午饭，蒲剧班就披挂上场了，一阵儿紧锣密鼓后《黄鹤楼》人物出场了，乡领导们坐在正中宋光明安排的座位上，演周瑜的韩新惠比面对人山人海的观众还卖力，肩膀一耸，双眉一竖，哎呀一声叫板，那叫一个高亢沉宏，悠扬婉转：刘皇叔你不要假伤情，难道说本都督我内不明，想当年借我荆州地，你立约盟誓信又诚，今逾期多年无动静……院子外面的听众也都陆陆续续涌向街门，涌向院子，涌向戏场子周围，涌得整个院子都挤满了。哇呀，这才像是个婚庆喜事儿的样子，这才算得到了宋银禄想要的盛大排场。韩新惠唱完，扮演赵云的韩新柱和扮演刘备的马明煦唱，唱得满院的人又鼓掌又叫好。宋银禄一边朝观众们点头致笑，一边手持一条烟见人就分发。唱完《黄鹤楼》又开了《破洪州》直唱到日落云霞天光泛灰了，戏场子才算散了伙。宋光明、宋银禄把林书记一行送得上了拖拉机时，全村的灯已经亮起了。

晚饭前帮忙的和客人都走了，喜日子这就算落下帷幕了，屋子里就剩家里人了。只是今天的家里人不再是昨天的家里人，原来父子三现在又多了母女俩，上一辈成了夫妻，下一辈自然就该成兄妹了。可是这五口人待在一个屋子里实在是别扭。宋金宝、宋金元弟兄俩在炕上躺得仰天八叉，显示着自己的主人地位。宋根花怯生生地看着炕上的两个人，偎依在她娘身上低声说，咱回咱家哇。南凤仙拍拍女儿脊背说，慢慢就惯了，那个叫大哥，这个叫二哥呢。宋金元仰躺的造型丝毫没动，宋金宝则随着一声厚重的干咳嗽，身子来了个气吞山河的翻转，一条腿在黄黄的电灯光下划了一个弧，脚后跟使劲捣在炕上，发出"咚"的一声把根花儿吓了一跳。南凤仙朝那只释放怨恨的脚看了看，眼皮扑扇扑扇，鼻孔里轻轻哼了一声，冲宋银禄说，嗨，今晚的饭呢，就把盆里的剩菜热上吃了吧。宋银禄头也不抬地说，嗯，就那吧。宋银禄正在专心看礼账，一名一名地看完说，日他个娘的，我算看透华岩村人了，东边的人扯淡吧，西边这些狗日的也没几个好东西。南凤仙说，进来看见院里人稀稀拉拉的，就知道写礼的人不会多，不多不多哇，横竖是以后还得还礼的。宋银禄说，狗眼看人低嘛，煤窑要是还开着，我还是窑掌柜你看他狗日们是不是这态度。南凤仙说，不用把这放心上呀，事过了也就过了，好歹公社领导们都来了呢，人家一个人就顶他们几百几千人。宋银禄说，真是的呢，有水平的人才晓得抬举有水平的人哪。南凤仙歪歪地抿了一下嘴，自己说自己是有水平人真失笑人呢。宋银禄脖子扬得高高地左右拧了拧说，我要朝鲜回国后不惦记回来孝敬老人，这阵阵至少也是个团级干部啦。南凤仙撇了撇嘴说，人挑有用的交，话拣有用的说，话说三遍淡如水，废话说多了失威信呢。

南凤仙将盛好的五碗饭摆放在锅台说，吃饭哇。炕上的两位一动没动，南凤仙就将最小的饭碗端给女儿，一边说，根花儿吃饭哇，今中午乱哄哄的没吃成个饭。根花儿看看炕上的两位哥哥，看看宋银禄，迟迟慢慢地接过饭碗，小口小口地吃起来。宋金元兀隆坐起来说，今中午谁就吃成了？下地擎了一晚饭圪蹴在门槛上呼噜呼噜吃得惊天动地。宋银禄端起一碗饭说，他婶你也吃哇。南凤仙看看炕上的宋金宝说，金宝，起来吃饭哇。宋金宝狠狠一扭腰身，脸朝了墙根。南凤仙端起的碗又放下。宋银禄说，他可吃呀不吃，你吃你的吧。宋银禄端起饭碗硬塞给南凤仙，只管吃你的吧，吃了咱开个家庭会。

宋银禄呼噜呼噜吃了三碗饭，抹了嘴唇点上烟，说，金宝起来起来，咱开个会，嗯，是这，咱这个家就算撮合在一搭儿了，既然是一个家了就要像一个家的样子，家不和众人欺，一个国家要团结，一个家也要团结，你们念书都念过，一根筷子一崴就折了，捆成一把就崴不折了。根花还小，你弟兄俩要爱护她，根花呢也要尊敬你两个哥哥。嗯，现在主要说说你弟兄俩，自你娘死后就不成个人家，吃不是吃穿不是穿的，现在总算像个家了，顿顿能吃个现成的了，衣裳破了也有人缝缝补补了，你们以后要尊敬你婶婶，原想让你俩叫娘呢，估计你俩叫起来不得劲儿，叫婶婶就叫婶婶吧，娘跟婶婶都一样，不在乎叫啥，相处好了比叫啥都强。你弟兄俩要好好尊敬你婶婶，你们谁要跟她闹别扭，你爹我的拳脚可不是吃素的，咋，你当你婶婶是来享福的？人家是来伺候你父子们来的，是来吃苦受累的，俺孩们你们好好想想吧。听见了没有，啊，不是问你俩，听见了没有？宋金元瓮声瓮气嗯了一声，宋金宝却一翻身跳下地夺门而出了。南凤仙说，还没吃饭呢。宋银禄冲着门外的黑夜喊，管他哪，不吃节省下，哪怕他狗日的死在外面才好哪，拔了萝卜地皮宽。

奶奶降级成婶婶了

初夏的夜晚也不冷也不热，有一丝小风徐徐地吹着，天空还有将圆的月亮，这就算是太岳山乡村里很宜人的夜晚了。宋金宝很不好的心情也被这样的夜晚淡化了。他来到西饭市，西饭市人还很多，他远远听见吵吵嚷嚷的，他走进人圈里，说话声一下就停止了。他听出是骂他那个死爹的，愤愤想道，骂吧，好好地骂狗日的，越骂越解气，咋不骂了哪。

夜色黑魆魆的，一下子分辨不清谁是谁，他听出宋云飞捏着嗓子朝他喊，金宝哥，家里消停了？宋金宝恶狠狠说，我管他狗日们消停不消停哪。段四虎远远地朝他喊，乡领导走啦？宋金宝说，我管他狗日们走呀不走哪。段四虎说，你这孩咋这样说话哪。宋金宝纠正说，我不是说乡领导是狗日们。段四虎问，那你说谁呀，说你爹还是说你娘哪？宋金宝说，狗才叫她娘哪。远处有人在呵呵呵地笑，宋金宝听出是段建生。有人问，建生叔，你笑啥呀？段建生把笑声止住说，你们咋这么耍笑俺金宝哪，金宝，告给全村姓宋的，就说你参娶了婶婶把辈分提了一辈，以后叫哥哥的都得叫叔叔哪，叫叔叔的都得叫爷爷哪。段建生话还没说完就听见哈哈哈哈，呵呵呵呵，嘻嘻嘻嘻，老槐树底发出好一阵儿哄笑。只听远处角落里有人说，这话一点都不失笑人嘛，有个啥好笑的。段建生说，不好笑那你笑什么哪？就听见那人说，我笑的我知道，你笑的你知道。刚刚低下去的哄笑声又泛起一波高潮。

宋云飞拉起宋金宝走出西饭市，坐到一个碾盘上。段世凯、宋向前也都跟过来。宋金宝掏出烟一人打去一支，一会儿又来了东边的连志红和韩军儿。月色里一排儿六个烟头一闪一闪地发着红红的火星。宋云飞用膝盖碰了碰宋金宝，你咋是这人呢，倒像脑子不够数，他们取笑你，你咋还说那傻话哪。宋金宝低声说，怨他办上让人家笑话的事嘛。宋向前说，他们笑的不是那，是是是笑那哪。宋金宝问，到底是笑啥嘛？宋云飞说，不该你知道的你就不要问了。他这么一说，更吊起宋金宝胃口了。还是段世凯最后提醒他，前一段你家院墙上粉笔写的那些话，你知不知道？宋金宝这才恍然大悟说，啊，他们笑那些话啊，不就是写的姓宋人家和子饭，一家家把门子窜；侄儿去把婶婶干，咋有脸把儿子见吗？几个人都吃惊道，啊，你倒也还能念出口。宋金宝却说，这有个啥，他们才编了三句，最后一句还是我凑上的哪。宋云飞用拳头使劲顶了一下宋金宝，呀，你这脑子是不是被银禄叔气傻了呀。宋金宝声音倔倔地说，是呀，我就是要做个二百五，这个家我是横竖不能待了，我走呀，走得远远的。

只听见月色里响起脚步声，宋金宝听出是他爹的声音，起身要走，被宋云飞死死拽回硬按得坐在碾盘上。

沉重的脚步走近了，宋银禄说话了，想走走哇孩儿，就怕你没那本事哪，你心里再咋讨厌她，也得顾顾人家面子吧，人家是你爹我娶来的，人家也难哪，咋你这么不通情理哪，早就跟你说了嘛，咱父子们要能一起过，那敢情好，要是不能一起过，我跟南凤仙走，这行了吧？房子家家具具一物一件也不拿，都给你弟兄俩留下，要是金元愿意跟我们走，这个摊子就留给你一个人，这行哇？你宋金宝要是觉得还需要个这个家，需要个烧火做饭缝缝补补洗洗涮涮的，那你这就跟我回，说吧，是长是短给你爹个话。

宋金宝只顾抽烟不说话。宋云飞又用膝盖碰碰他，回去哇，回去悄悄地该吃饭吃饭，该动弹动弹，凤仙奶奶人不错的，不会亏待你们弟兄俩的。宋金宝还是不说话。

宋银禄等不下儿子的回答，长叹一声说，儿呀，你不说话你爹我就理解成你愿意我跟南凤仙走了，行，你爹我就是两手准备的，煤窑上我事前就安顿好了，明天我们仨就搬上铺盖走，行了吧？话音刚落，宋银禄就走了，沉重脚步声里多了几分决绝。

宋金宝突然哇哇哇地哭嚎起来了，还是我走哇，你跟南凤仙好好过你们的哇，哇哇哇，我走，我走，我走哇……

第6章
一走了之

聪明人的活法

韩圪蛋把地给了别人，像甩掉一个大包袱似的，又没队长破嗓子吆喝干活，悠哉悠哉好不消停。看完《呼延庆打擂》又开了《小五义》，可是他娘的《小五义》说是白玉堂大破铜网阵，一口气看完也还是没破，说要破铜网阵请看《续小五义》，为这本书专门跑了二道河书店，二道河书店没有又跑到县城书店，才买回了让他魂牵梦萦的《续小五义》来。倒是好，一开篇就把铜网阵破了，可是怪了，铜网阵破掉了，却破得没着没落的好多天，像没了人生目标似的空落落的。

韩圪蛋走出黑乎乎的屋子，眼睛还有点不适应日头红艳艳的大晴天。他走到街上，除了一些做针线活的妇女，没碰到一个男人。正在石塄边纳鞋底的邱粉娥远远地和他打招呼，呀，圪蛋子哎，全世界数你好活呢。韩圪蛋也大声说，眼热我，是吧，这好办，像我一样把地给了人不就也好活了。邱粉娥说，还说呢，种了你的那块地，吵了一顿架，惹了一顿人，地还是块白沙子地，误了那些工，费了那些粪，就是不起苗，看来地也是跟主子呢，跟了勤谨人地就好，跟了懒人地也懒了。韩圪蛋说，对嘛，地不好就是因为没跟了好人嘛。邱粉娥发觉自己打了自己嘴巴，急忙说，我看你就是嫌烂地才给人哩吧。韩圪蛋说，呀呀，还有这种人哪，要了人家的地还嫌地不好哪，嫌不好了还是给了西边的南凤仙。邱粉娥说，再跟我提那骚货婆姨的名字，我撕烂你的那张嘴。

韩圪蛋笑了笑，与邱粉娥擦肩而过，向西边走去。邱粉娥又朝他喊，嗨，圪蛋子哎，二郎沟俺姨家女婿死了，想把俺表妹介绍给你吧，看你这德行，庄稼也不种一苗，怕来了跟上你饿肚子呢。韩圪蛋头也不回地说，寡妇啊，寡妇我是不考虑要的。邱粉娥身边的婆姨都笑起来，嘻嘻嘻，哈哈哈，呀呀，人真是估不透啊，敢情圪蛋子还想娶人家黄花闺女哪，哈哈哈，嘻嘻嘻……

韩圪蛋虽然没把邱粉娥的话放在心上，但生存问题他还是一直在考虑的，地是坚决不种的，那么不种地咋活呀，而且还要活得很舒坦，要活舒坦是必须娶一房好婆姨的，那么要娶一房好婆姨那就必须先把生活搞舒坦才招人。韩圪蛋一边想问题，一边咳咳咳地吹着口哨就走到了金圪槽，走过了石板桥。供销社门口碰到老茂堂提着一瓶酒出来，就问，茂堂叔，我是大闲人吧，你咋也五黄六月天不锄苗子喝起酒来了？老茂堂说，一个人那点地，早收拾完了。老茂堂往家走，韩圪蛋也跟着走，眼睛紧紧盯着那瓶酒，说，茂堂叔，我想了个发财的门路，咱俩一起弄，肯定发大财。老茂堂生怕他跟进家共享他的美酒佳肴，赶紧加快了步伐。但韩圪蛋还是跟进了老茂堂的屋子，而且脱鞋上了炕，一边说，秀才不出门，便知天下闻，别看你老侄儿我天天在家窝着，天下事儿没我韩某人不知道的。

老茂堂炒了一盘土豆丝，斟了两盅酒，狠狠地说，有你这么厚的脸皮，讨吃要饭也行，坑蒙拐骗也行，横竖饿不死。嘿呀，真真的不怕人倒运就怕遇上倒运人，好久才买了一瓶酒，就碰上你这讨吃鬼，过来哇。韩圪蛋拿起筷子，大大地夹了一筷子土豆丝，歪了脑袋塞嘴巴里，一边咬嚼一边说，老叔，你知道咱俩这叫啥？看看，还说你是前知商汤后知千年的袁天罡、李淳风哪，这都不知道啊，咱这叫智者对饮，啥叫智者，就是文化人嘛，你老叔也算半个文化人嘛，麻衣相法、奇门遁甲、占卜择日都有研究嘛，咱俩是可以说得着的，人逢知己千杯少呀。老茂堂撇嘴说，嗯，我是半个，倒像你是一个囫囵的。

酒至微醺，韩圪蛋说出了他的致富良方，老叔，我那天到城里买书，在旅店住着，听到一个发财的门路，那个人跟我住一个家，说要买断城西冯家的"血光祭天"开膛剖肚和斧劈人头，冯家倒是想卖，可是县文化局不准卖，说要拿这个打造旅游表演项目。我当时也没在意，就是刚刚往西边走时，走着，走着，就在看见你老叔的那一刻，灵机一动，想到了这个好门路。

老茂堂两眼眨巴眨巴老半天，没弄明白这讨厌家伙说的是个啥，你这孩的话，从来也没个准儿，神听了神倒牌，鬼听了鬼倒灶，云来雾去的说的个啥呀。

韩圪蛋又耐心了一点说，是呀，这事儿你咋能一下子明白过来哪，你听我给你慢慢解释，是这，嗯，怎么跟你说哪，他们"血光祭天"能卖钱，但是上面不让卖，咱们的"血马子"也能卖钱呀，咱要卖可没人阻拦，但咱也不能让人知道，就咱父子俩，你拿七成，我拿三成就行。这个事儿你就啥也不用管，只等着数钱就是了。

老茂堂算是听懂了，盘腿坐得稳稳的身子，一个腾跃跳了起来，啊，那咋卖，啊，那咋卖，那都是天齐爷的事，天齐爷选了谁，谁就身子显灵，我个老百姓咋拿这卖钱哪，啊，你给说说，这咋卖钱哪？咋你是这么个倒运孩子哪，好好的地放着不种给了人，就是成天寻思的些不着边际的事儿。孩呀，你这是犯天条的呀，让天齐爷知道了要遭祸殃的。咋你是这么个倒运孩哪，还想喝就悄悄地喝，不想喝了就跌上走。

韩圪蛋再没敢提"血马子"的事儿，笑嘻嘻地把一瓶酒喝了个精光，才没羞没臊地离开老茂堂家。

韩圪蛋晕乎乎地走着，猛一抬头，已是五队畜圈兼办公室大院。原来牛吼马叫的院子，现在空荡荡静塌塌的了。平展展的院子都长满半人高的杂草了，只有通往原办公室的地方被人踩踏出了一条路径来，韩圪蛋使劲想，不办公的办公室为啥还有人来哪？顺着那条路径就往办公室走。脚踩在厚厚的草径上，一点响声也没有，走到办公室门口，韩圪蛋站住了，好像听见里面有咕咕哝哝的说话声，立刻就伸出脖子，把耳朵贴在窗户纸上，哇呀，是一男一女正在干那事儿哪。

韩圪蛋顿时就气炸了，他娘的，腾空的第五生产队办公室都成淫窝了，这还了得，光天化日的干这肮脏事儿，胸膛里机枪子弹一样发出一串词，捉奸，捉奸，捉奸，拿个双让全村人看看。韩圪蛋从腐烂的篱笆里抽出一根木棍，就要冲进屋里的一瞬间，脑袋瓜一转，改变了主意，就轻轻移步到办公室隔壁空荡荡的畜圈里，潜伏起来。

也不知是什么时辰了，畜圈窗框外面的天还那么灰蓝灰蓝的，也看不见日头西斜到哪儿了。好像远处有讨厌的鸡在叫，更远处又有妇女在喊孩子，这他娘的太干扰，隔壁有什么声音，往耳朵里使尽力也听不清。韩圪蛋自己是一点声音也不能弄出来的，腿站酸了，脚站疼了，支撑在土窗台上胳膊也困了……不过，韩圪蛋的酒劲儿也快过去了，精气神一阵儿比一阵儿清醒了。他像看一场悬疑剧一样等待着剧情的高潮，等待着意想不到的结局。简直比白玉堂破铜网阵还勾人魂魄哪……警惕，不能走神，绝不能让狗男女溜走，韩圪蛋全身心地侧耳听着隔壁，瞪眼盯着窗外……

终于，隔壁的门吱吱吱地响了，响得战战兢兢，响得鬼鬼祟祟。好了，有人走出来了，先出来的是女的。谁呀，好顺溜的后身儿呀，好顺溜的走势儿呀，谁呀谁呀……哇，是韩变玲，咋是韩变玲啊？接着就走出了男的，可这家伙没顺着草径走出篱笆墙，却朝畜圈这边走过来了，这家伙太他娘有警惕性，他要排除周边环境里可能隐藏的危险因素……很显然，韩圪蛋已经看清这家伙是谁了，嚯，张水明，敢情是张水明啊，是文文雅雅的张水明啊!

张水明好像已经觉察出这边的动静了……啊呀，这家伙直直向着韩圪蛋隐蔽的地方走来了……五大间的畜圈就一个门，退路是绝对没有了……去他娘的，一不做，二不休，韩圪蛋肌体里早积蓄了满腔的豪情侠气，说时迟，那时快，胸脯一挺，牙齿一咬，就迎了上去，说，嘿，水明子，你咋在这里？

张水明吓坏了，他查看隐蔽处，只是想确定一下安全性，让自己更加放心就是了，万万没想到，以为未必尽如所料的事情，居然就发生了，这个人居然还是最可怕的一个赖人啊！张水明简直魂飞魄散了，面对韩圪蛋的问话，张水明尽不知咋回答，嗯，嗯，韩叔你，你，你，我……

韩圪蛋走出畜圈，走进办公室，张水明跟进来。

韩圪蛋说，你叔我啥也没看见，啊，啥也没看见，孩你说，我啥也不说，是不是就等于啥也没看见？

张水明全身哆嗦着，你说哇，叔，我给你些钱，你看行不行。

韩圪蛋说，你把你叔我看成啥人了，你叔我可不财迷。你想嘛，种地的就数地值钱吧，你叔我都白白送人了，你叔我满脑子英雄侠气，你叔我视钱财如粪土啊，水明子。

张水明说，叔叔，你说咋弄哇，这事儿横竖让你知道了，只要你不跟任何人说，最最不能跟她爹说，你说啥我都能答应你。

韩圪蛋想了想说，咱这吧，谁让我碰上你们这事儿哪，老辈人说碰上这事儿会冲运气的，你叔我今年跟上遇了你们这个事，说不定要倒大运哪。韩圪蛋小眼睛左看看右看看说，这办公室收拾得干干净净的，孩你就一直在这睡哪？张水明说，嗯，新宝叔让我看着点门，不是库房还有些分剩下的东西嘛。韩圪蛋笑着说，好条件，好条件啊，你看这要被被有被被要褥褥有褥褥，又静塌塌的没个人打扰，女女又好，呀呀，你叔要像你能好活这么一阵阵，立马瞪了眼瞪了腿也值了。

张水明毕竟入世不久，面对韩圪蛋的云里雾里，不知咋样接茬儿，脑袋里乱哄哄的，整个儿人都懵了。见韩圪蛋看着他直笑，更不知该说什么了，叔，只要你跟谁也不说，我一辈子忘不了你的大恩大德。韩圪蛋哼哼笑着说，你叔我真不爱钱，你叔我成天就跟英雄侠气之人打交道，英雄侠气之人你知道吧，都不爱钱的，你再是江湖大侠，一爱钱，就不是英雄了。张水明急了，叔叔，那，那，那你说咋弄呀？韩圪蛋突然顿住不说话了。张水明就带了哭腔，叔叔，你，你好歹说个话嘛。韩圪蛋语气里突然带了一些儿阴森，你个七年制毕业生，好歹也算半个文化人嘛，那我问你，英雄不爱钱，你说爱啥？张水明说，爱国家，爱民族嘛。韩圪蛋小脑袋摇得拨浪鼓一样，不对，不对，不对的。张水明好像听出点话里掩藏的东西了，惊得脸色都青紫了，老韩叔，你的意思，意思，难道……韩圪蛋摇动的小脑袋一点，对了嘛，还是俺水明子呀，聪明孩儿呀。张水明盯着韩圪蛋阴森森的眼睛，吓傻了，老韩叔，你，你……韩圪蛋语调平平稳稳说，咱这吧，不用你花你一分一厘钱，就能把问题解决好。张水明惊恐地盯着韩圪蛋。韩圪蛋语调又转得和和气气说，就这暖暖的炕，你让变玲跟你叔我也睡一睡，咱父子们就啥事儿也没有了，肉长的个东西，又磨不了厚薄，倒是都是姓韩的，可早出了五服了，我跟新宝子都弄不清辈分大小了。这个事儿一点也不影响你俩继续相好，你叔叔就这一回，以后保证再不插你俩的旮旯子……咂咂咂，看看你吧，这么简单个事儿就把你难为成个那，没事的哈，你瞅个日子，把变玲叫在这里，我也来，我来带些油炸花生米跟酒，咱三人一起吃，吃完你就推个理由离开，剩下的你就不用管了，这不难办吧？张水明低声嘀咕，我可听饭市上人说过，你在韩家辈分可是小几辈哪。韩圪蛋不理这一茬，只管问，这不用你管，你就说能办不能办吧？

张水明懵懵懂懂地"啊"了一声，韩圪蛋问，你这算是答应了，是吧？张水明脑袋低垂在胸口窝，整个儿呆傻了。韩圪蛋边往门口走边说，水明子哎，这事儿你答应也得答应，不答应也得答应，就这吧，就近几天咱就把这事儿了结了，你要要了你老叔，你老叔我是啥人你可知道？张水明抬了抬头说，嗯。韩圪蛋又从门口返回问，那你说我韩圪蛋是啥人哪？张水明嘟囔，好人。韩圪蛋鬼脸皱得变了形，啊呀呀，你就这么小看你老叔啊，记住小子哎，你韩叔我是赖人，大赖人！

东西饭市空前一致

办公室屋顶大喇叭里正在播放承包村企业的条款，西饭市上人不吵国家大事了；东饭市的人也不说蒲剧了。

西饭市的老槐树叶已经长全了，像撑开的一把巨大的遮阳伞，给擎着大老碗吃早饭的人们罩起一大片阴凉。大喇叭里念条款的是村会计段志忠，一边念一边解释，他怕这些书面语大家听不懂。可是西饭市的人们还是听不明白，首先宋拴喜就听不明白，支棱起耳朵听了一顿，问段四虎，这念的是个啥？段四虎说，地不是都承包给个人了吗，企业不是一直闲着吗，也承包给个人呀。宋拴喜愣了一下，啥呀，村里企业？段四虎说，对，煤窑呀，粮食加工厂呀，油坊、粉坊呀。宋拴喜两眼里又喷发怒火了，问，这也是上面的政策？地是联产承包，这又叫啥？段四虎说，老宋叔哎，春天那会儿你是这思想，这会儿了你咋还是这思想，我看全中国也就你老宋叔一个人说这话了。宋拴喜两眼盯住段四虎，嘴巴一颤一颤的什么也没说。段四虎也盯着老宋叔看了一会儿说，该不是又要摔碗了吧。宋拴喜还是直瞪瞪着两眼不说话。段四虎说，对了，跟不上形势就反省反省吧，老宋叔哎，不要老觉得就你啥也对，你老革命也有不对的时候哪。这一回，宋拴喜很奇怪地哑然无语了，表情也木然了，将饭碗往身前石板街上一搁，也没再使力。他将装填了烟丝的烟锅伸给段四虎，段四虎划着火柴很恭敬地给老宋叔点上。

老槐树阴凉的另一侧，宋宝禄先是呼噜噜呼噜噜地喝着和子饭，喝完和子饭一抹嘴，一开口就扯到庄稼上，日了怪了，今年我的南瓜日了怪了，靠塄根底的就肯结，靠塄边的老不肯结，种子不对了还是咋的了？宋宝禄挑起季节的中心话题，却没人接话，眼睛眨巴眨巴，才发现都在支棱着耳朵听广播。即将承包给个体的企业，像锅里仅有的几块肉，热腾腾散发着香气，锅边涌满垂涎的饥人，争夺前的气氛紧张得空气都凝固了，却冒出如此不合时宜的话。段建生扭头瞪了宋宝禄一眼，没效果。宋宝禄越发提高了声音，继续关于庄稼的话题，你说粪也上得一样样的，哈吧，看来庄稼也跟人一样，一个锅里吃饭也有瘦的有肉的，哈哈真是日怪。段建生恶狠狠地说，宝禄叔，你能不能悄悄的。宋宝禄愣了一下，生气了，咋，这是饭市上嘛，你当还是在队里，光许你说啥是啥，老百姓没有发言权？段建生说，你听听大喇叭里念啥哪，满脑子就是个种地种地，光种个地你钱从哪来哪？宋宝禄更生气了，嗯，可不哪，俺娘养得俺就会种个地嘛，俺就是本本分分庄稼人嘛，老百姓嘛，没人家你娘养得你机敏嘛。段建生皱眉斜瞥一眼宋宝禄，继续支棱着耳朵听广播。

　　不爱在饭市上说话的宋二小突然插话了，墙上贴出的条条款款说得倒是好，其实承包给谁早就内定了。段四虎这个班子成员一听就恼了，这倒运孩儿，瞎说什么哪，要内定早内定了，还弄这么多条条款款图麻烦哪？宋二小吐了吐舌头，缩住脖子不说话了。宋宝禄接了话茬说，俺二小说得对，给谁谁发财的事儿，你们干部们肯给了谁哪，拴喜叔，你也当过支书，你在班子里遇上这类事儿是咋对付的？段四虎笑着说，这你问对了，老宋叔，你告告大家，你当村支书的那会儿是不是啥事也是早早就内定了？没想到宋拴喜却阵线很不清地眼斜着一向对他不尊敬的段四虎说，嗯，是的，那年让你四虎子进班子，定你四虎子县劳模，都是内定的，说白了就是我定的，就你那表现，开社员大会能选上你？话音刚落，就爆发出一阵儿嘻嘻哈哈的哄笑。宋拴喜获得了民意，索然无味的老脸也绽放出得意的微笑。

　　正听得专心的段建生大喝一声，别笑了，悄悄地听。大片的笑声终止了，只有宋二小的笑声还持续着，嘿嘿嘿……宋全海斜眼瞪住宋二小，笑，笑，笑个屁呀。宋二小嘴巴大张着顿住笑声，一愣怔，发觉段建生是在骂他，愤怒一下子爆发了，是的，我就是笑屁哪，笑你这个屁哪，你狗日们就是集体便宜占惯了，现在又眼睛红钻钻地盯着那几块肥肉想侵吞哪。这几个月没便宜占，不适应了是吧？宋二小的话把段建生、宋全海、段毛孩几位队长都触犯了，几个人站起来就围住宋二小质问，谁占集体便宜占惯了，啊，谁占集体便宜占惯了？宋二小拙嘴笨舌哪能对付了三位前队长。这时，宋拴喜出马救驾了，你们几个要咋，要把他吃了吗，二小子，本分人，当社员是好社员，分了地一心心种自家的地，也是好百姓，你们几位哪，谁看不出来眼红钻钻的，早就盯上集体那几块肥肉了，早就想把集体经济权柄儿弄到手了。啊，这成啥了，本本分分的好人不思谋占集体便宜反倒不合时宜了？你们几个红眼狼死盯着集体企业就是先进了？就是紧跟时势了？宋拴喜持饭碗的手又高高举起了，西饭市又将迎来一声惊天动地的"啪嚓"声了。

这时候，宋银禄的大嗓门又播放在巷子里了，这孩子可算是生下来了，三下五除二的个事儿，搞得这么费劲儿哪。说话间就走进西饭市阴凉里，拿出一盒云冈烟见人就递过去，一边说，咄，看你们还怪听得认真哪，几十条几十款哪，靠听还能弄明白啊，我昨晚上看到后半夜才弄得清清楚楚的，前天段志忠他们刚刚订出来，我就跟他要了一份，他们开会我都至根至梢参加了，这不是四虎子就知道嘛，光明子还赶我走，我说你不是口口声声公平呀公开呀什么的还怕人听啊，你们开你们的，我保证不插嘴，对哇，四虎子。

段四虎还困惑在刚才的尴尬里，对宋银禄的嚷嚷没在意。刚刚端着饭走进西饭市的宋来喜说话了，啊呀呀，我可是佩服死你银禄子了，班子成员开会，能坐着不走，哈哈哈哈，有句话叫不怕不成事，只要脸皮厚啊。

宋银禄说，你们把我说成狗屎也行，反正这煤窑要是包不给我宋银禄，只要他狗日们一家子不怕遭人命。

宋拴喜胸脯还在喘动着，乘着义愤的东风，老同志从老槐树根愤然站起，字字吐得掷地有声，对，就该包给咱银禄子这样的人，老党员，老军人，老贫农，觉悟高，包给这样的人，我举双手赞成。

宋银禄一听更激动，你们听听，你们大家听听，这可是老党员老领导说的话啊，这可是代表广大人民群众说的话啊，我在华岩村多少年了，比来比去，就数拴喜叔说话最在理了，拴喜叔，你侄儿我向你保证，肯定把华岩煤矿搞成先进企业，我承包了煤窑，雇你拴喜叔到煤窑上看场子，我给你开高工资。

段建生、宋全海、段毛孩们对半路上杀出的程咬金先是一愣，接着就明白过来，他们最大的阻力就是面前这个人。段毛孩愤愤说，喇叭里这不是正广播嘛，自愿报名，公开投标，打分排队，听你这话这些条条款款是用来日哄老百姓的？宋全海愤愤问，这承包条款里哪一条是优先大队煤矿原矿长，哪一条是优先党员军人贫农啦？段建生冷冷问，听你这话宋光明已经私下把煤矿承包给你了？要是这，我们现在就去找他宋光明，问问他这些条款是叫干啥的？

三位前队长又是一片嚷嚷声，突然一下子静下来了。原来是宋光明走进西饭市了。

段四虎说，老宋叔哎，说呀，把刚才的话重说一遍呀。

宋银禄看了看宋光明，拴喜叔，把你刚说的话对他们说一遍。

宋拴喜脑袋拧到一边说，说就说嘛，大队煤矿就是该包给咱银禄子这样的老党员、老军人、老贫农。

宋银禄紧接着话茬说，这是老领导、老党员、老贫农、代表人民群众的意见哈，煤窑包给我宋银禄是顺顺当当的事儿，说资格，说本事，谁能抵住我宋银禄。

段建生、宋全海、段毛孩们一齐围住宋光明嚷嚷得一片。宋光明只是路过西饭市，脚步稍稍停留了一小会儿，边走边说，都快半上午了，赶紧吃了饭，该干啥干啥哇。

宋来喜低声嘀咕宋银禄，银禄子哎，你这美帝国主义都不怕的人，也就是背地里放放冷枪还行。

宋银禄就冲着宋光明远去的背影喊，煤窑包不给我宋银禄，我让他狗日们一家子血染金圪槽，血溅沁河滩。

再看看东饭市上，韩新惠耳朵支棱着，韩新柱耳朵支棱着，马明煦虽然缩着脖子，但也眉头紧皱着，一副苦思冥想状。韩辰熙很少到饭市上吃饭，这个早晨也出现在了东饭市。

韩新柱拽拽韩新惠说，不用瞎操心了，包不给咱东边人。韩新惠说，咋，咱东边人不是人？他广播里不是说全体村民都可以报名吗，你当现在还要说成分？韩新柱说，成分是不说了，别看这么多条条款款，要照顾你那条也能挨得上，要不照顾你那条也能把你卡住。韩守义看着这些长辈们都蔫蔫的，插口说，这煤窑本来就姓韩嘛，入社后成了集体的，现在集体不闹了，就该咱韩家人承包嘛。韩新惠扭头瞪一眼韩守义，这孩你瞎说的是个啥，啥韩家人韩家人的。韩守义嘀咕道，就是嘛，这几天饭市上你们不天天这样说嘛。

马明煦在一边蹲着，对韩家兄弟的对话很难接受，说，这你们现在倒晓得韩家人韩家人的了，土改那会儿，煤窑已经卖你韩家一年多了，却硬说是俺爹欺哄你韩家了，当时煤窑要是算在你们韩家账上，地主帽子就该是你们韩家的，你们韩家人呀，一个比一个鬼，斗不过你们韩家人呀。

韩辰熙狠狠咳了一声嗽，吐了一口痰。马明煦朝韩辰熙看了看，终止了说话，但也狠狠吐了一口痰。这两人之前是华岩村的两个专政对象，批斗时并列站在高台上，亲不亲阶级分嘛，按说应该是同阶级的难兄难弟，可这两人却始终像仇人一样，见了面也不打招呼不说话。马明煦知道，这个老谋深算的家伙才是韩家真正拿主意的人。马明煦甚至想，宁愿自己继续管制着也不能把这只恶狼释放了蹄脚。

韩新惠往韩辰熙身边凑了凑，低声说，辰熙叔，你说这座窑是不是挖不了几年了？韩辰熙冷冷地说，这孩也是，你问个这要咋哪。韩新惠说，这不正在广播承包煤窑的条款吗，争的人多哪，我跟新柱已经跟宋光明说了几回了，我说要说闹窑，咱新宝子最有条件了，新宝子当掌柜，咱韩家这些人各把一关，干啥的都有。坐在偏远处的马金贵说，说得容易哪，闹窑供戏，自寻生气。韩新柱说，可以前，这两样事情韩家都弄成了呀。没想到这句话惹恼了马明煦，啥呀啥呀？你问问你们爷爷祖爷爷，问问他们闹煤窑供戏班子沾过边儿没沾过，真是的，你问清根根底底再说，华岩第一座煤窑就是俺太爷爷开始闹的，那会还是光绪年间哪；华岩第一个南路戏自乐班是俺爷爷开始闹的，那会儿还是民国二十几年哪，你韩家闹窑哪，供戏哪，满共也就一年多。韩新柱还要反击，韩新惠见马明煦真生气了，拍拍韩新柱说，不要说了，不要说了。东饭市静悄悄的了，只剩下大喇叭里段志忠的声音，第十三条，某村民如果条件都符合，被确定为承包方，须向村里交出本年度营销规划，财务细则表，一式三份，并随表预交承包费一万元人民币。韩新惠、韩新柱听得傻眼了，啊呀，这么多钱哪儿弄呀，这谁能拿得出呀。一直专心听的马金贵也愣了，一万哪，能不能将来卖了炭顶账呀？

韩辰熙眼光侧目看了看马明煦，马明煦并没被这个数目字震得又傻又愣了，那板滞的黑黄脸依然如故地板滞着，要么他压根儿没思谋包煤窑，要么这个数字对于他没难度？韩辰熙把眼光从马明煦平移到老侄儿，而后就凝望着南山微笑了。辰熙叔的笑很罕见，笑啥，侄儿们捉摸不透，却都莫名地心里踏实了。

不走咋有脸见人呀

张水明痛苦了好多天，才下定决心约见韩变玲。张水明潜伏在韩新宝院子篱笆墙外等啊等，直等得韩新宝屋子里熄了灯，才从篱笆缝隙里钻进院子，溜进韩变玲的房间里。

　　灯光下，韩变玲看到张水明脸色白刷刷的，像大病了一场。她问他，你这是咋啦，几天也不见一见，病啦？张水明脑袋低垂到胸口窝，不说话。韩变玲盯着张水明眼睛问，咱们的事有人知道啦？张水明震了一下，说，没有，怎么会呀。韩变玲说，那到底是咋啦？唔，是不是又背着我复习准备考试了，看你就是熬了眼了嘛！你考试就考试吧，你上你的学校吃供应，俺当俺的老百姓就是了嘛！真的呢，谁离了谁就不活了。张水明长叹一声说，唉，复习个啥哪，自从那天当着你的面把书收拾起，谁再思谋了复习谁就不是人。韩变玲说，那你是咋了嘛，病恹恹的，眼睛里都是红血丝了嘛。啊呀，你到底是咋了嘛，蔫巴巴的，像变了个人似的。张水明只是一个劲摇头叹气，不说话。韩变玲更急坏了，啊呀，好歹你说嘛，说嘛。

　　张水明怔怔盯着韩变玲说，变玲，跟你说个事，你可不要急。

　　韩变玲一怔，被张水明的神色吓住了。

　　张水明说，变玲，咱俩走哇，走得远远的。

　　韩变玲着着实实吃了一惊，啊，你，你咋突然说了个这呢，我跟你说了嘛，相好行，嫁是不嫁你的，我跟你走这算什么呀，私奔呀，不说华岩村了，整个西甸乡都能骂臭了呢，唾沫星子淹死人呢。

　　张水明说，你也不要问什么原因了，我翻腾了好多天才下了决心的，必须走，三十六计走为上计，一走了之啊。

　　韩变玲突然盯住张水明，是不是咱们那天有人知道了？

　　张水明说，你不要问了，咱走吧，走吧，现在都改革开放了，咱这是大山里，信息不灵通，你从收音机里，报纸上看，外出打工都成潮了，我想咱们肯定能活了，而且活得更好，过得还是城市生活，你在华岩村，过年穿了个城里买的窄点的裤子，还有人说长道短哪，咱到城市里，你穿再时髦的衣裳也没人说。其实，就是什么也不发生，也应该想到走出去的，变玲，我知道你性格跟了新宝叔，是个有主见的人，更是个有独立性格的人，不应该对这个问题接受不了的。

韩变玲侧耳听了听隔壁父亲发出微微的鼾声，轻轻拉上窗帘，说，这太突然了，你得让我考虑考虑，但是，你必须告诉我，到底是什么原因，如果那天的事的确是让人发现了，你就直说。

张水明深深点了一下头，是的，是的，别人发现了倒还没这么恐怖，可这是个赖人呀，什么话都能说得出来呀，什么事都能干得出来呀。你知道这人提什么要求吗？啊呀呀，我，我都说不出口呀。

张水明疙疙瘩瘩叙说完那天见韩圪蛋的过程，韩变玲却并没有被吓得惊慌失措，只是深深地点了两下头。

第7章

发包之惑

英雄汉端枪冲来了

段志忠将承包村企业报名户打分表递给宋光明，宋光明接了表认认真真往下看，一边问，韩新宝怎么排第一了？段志忠说，各条款都符合条件嘛，他那份营销规划和财务细则表做得最好，100分这项就占了40分呢，这和考试作文分数一样，占的比例大，不过也是个软分数，要是觉得不合适，可以把这个分数往下压一压。

宋光明大手掌狠狠拍着脑袋说，为啥把宋银禄排第四了？段志忠说，他哪项都不行嘛，关于煤田边沿界限，地质情况分析，安全措施那几栏，都填得稀里糊涂的嘛，分数肯定打不上去的。打分的人都是请全乡其他村参与过企业管理的人和当过煤矿技术员的，打分表名字又都是密封的，不存在照顾谁不照顾谁，整个打分过程我全程监督，如果分数的确算数，那咱绝对做到公开公正公平了。宋光明说，不管最后定了谁，交代了大部分群众就行了，至于个别人有意见，那是难免的。段志忠说，可不是哪，一个人家的事情都不可能谁都满意的。宋光明果断道，张榜公布吧。

办公室街门西侧的粉白围墙上，张贴出两张红纸黑字的公示表。一张表是《华岩村承包企业报名户分数排名表》：

第一名　韩新宝

第二名　段建生

第三名　宋全海

第四名　宋银禄

第五名　马金贵

第六名　韩新惠

第七名　连云礼

第八名　韩新柱

第九名　马明煦

……

另一张表是《华岩大队企业排名与承包户排名对应表》：

第一　华岩大队南窑沟煤矿

第二　华岩大队粮食加工厂

第三　华岩大队油料加工厂

第四　华岩大队西沟砖厂

第五　华岩大队淀粉加工厂

第六　华岩大队东井旁砖厂

第七　沁河滩南岸焦炭窑

第八　沁河滩北岸石灰窑

……

红榜底下很快聚集了越来越多的人，有低声嘀咕的，有愤愤不平的，有幸灾乐祸的，有麻木不仁的。有人急匆匆地从远处跑来了，有人突然冲出围观的人群一路狂奔着跑走了。但是人群里还没有关键性人物。

正是锄大苗季节，又是日头红艳艳的大晴天，除了宋宝禄这一类纯粹庄稼人，大部分社员或者村民们还是越来越多地聚集在这两张大红纸下了。有的是直接关心承包事项的，更多的则是在关注事态发展的，像看蒲剧一样，等着主角出场。宋云飞手里还提溜着锄头，也挤进人堆里面仰起脸品读起红纸上的内容来。他对谁承包什么不承包什么不感兴趣，却觉得这个排名很有意思。宋云飞每学期结束的时候也跟着同学们去看榜，没走到榜前他就知道自己是个不折不扣的榜尾生，他的班主任老师就说过他，如果将成绩榜倒过来看，那咱们宋云飞十拿九稳是第一，谁要想超过人家门儿也没有。宋云飞听得乐哈哈的，一点都不觉得羞愧。其他别说榜尾生了，就是排名靠后的走路都要绕开排名榜老远呢。可咱们宋云飞却没有那么脆弱，心理强大得可以面对任何羞愧事儿。屁颠屁颠地跑到榜前，对自己的名次做了进一步的确认，而后就气势汹汹地堵到也看榜的马兆飞面前，咋，你考个第一名牛个啥，你倒过来念你爹我不也是第一名吗？就把看榜的人都逗笑了。

宋云飞乐呵呵地看着榜，怪怪地想，倒也是第一名第二名地往下排，可再也不用担心糟践他这爹的名字了。考试成绩榜下人们都嚷嚷谁谁家孩子第一名，现在人们也在低声嘀咕着为啥谁谁就该第一名？为啥他就是第一名？有人声音更低得光看见嘴动弹，并用拇指食指捻了捻，几张碰在一起的脸就顿时恍然大悟状。人群里却有人捏着嗓门惊呼了，华岩村煤窑这不是又回到韩家了？宋宝禄站在人群边沿上，大声喊，飞子哎，咱走啦，走啦，今上午得把那块谷子锄完哪。宋云飞怒火中烧地退出人堆，将锄头狠狠地扛在肩膀上，跟了倒运爹怏怏地走，就听有人惊呼，宋银禄来了，宋银禄来了。只见宋银禄拿着七九步枪冲来了，步枪上还插着尖嗖嗖的刺刀啊！

宋银禄一路喊着，宋光明，宋光明，你王八蛋，我今天杀不了你王八蛋我宋银禄就不是人，宋光明，宋光明，你狗日的出来，出来，出来！

宋云飞就把已经扛在肩膀的锄头又放下，任他爹左喊叫右喊叫，不但没有踏着父亲的足迹走向庄稼地，反而与爹背道而驰挤到人堆的中央等着看宋银禄杀人了。

宋云飞一看，身边就是宋金宝，就用胳膊肘顶了一下说，可不敢叫银禄伯闯下乱子呀。宋金宝却说，听他瞎咋呼哪，等见了光明哥就成龟孙子了。

这当儿，宋银禄已经冲进人群里了，人群自动向周边扩散开，宋银禄就被剩在大圆形场子中心位置。宋银禄很规范地持着枪，冲着四周人群喊，宋光明，有本事你出来，出来，我操你个先人的，这个煤窑要是承包不给我宋银禄，我让你狗日的全家血光照天，血染沁河，宋光明，宋光明，宋光明，你狗日的有本事出来啊，宋光明，宋光明……

宋银禄在圆形场子里叫喊一顿，就端着枪冲进办公室院子里。人群也跟着宋银禄拥进去。宋银禄冲进办公室，人群都涌向了办公室，门口挤满了，就都爬到窗玻璃上，后面来的人急得团团转，就是啥也看不见，跳着往里看还是看不见，干脆就爬到前面人的后背上。宋云飞跑得快，占了个门口的好位置。

宋光明就在枣红办公桌一侧端坐着，段四虎、宋来喜、段志忠等班子成员都在场。宋银禄将上刺刀的步枪啪嚓一声搁在枣红办公桌上面，撕着嗓门喊，我操你个娘，老子朝鲜战场九死一生了，这条命是捡回来的，这二十多年里哪天死了都是便宜了，还怕今天就死吗？老子帝国主义都不怕，还怕你们几个官僚主义吗？说，凭啥把煤窑包给韩新宝？说，凭啥把我排在第四位，说，说不明白，老子我今天就是今天……

段志忠要解释，宋光明使了个眼神后说，让他把话说完。宋银禄的咋呼乍一听，有逻辑有气势有震慑力，再一听，却没有什么实质内容。说了一个章节，储备的话语就开始重复，重复着重复着，声腔就有点往下低了，气息也开始蔫吧了。

宋光明说，说嘛，好好想一想再说，说点新内容，不要动不动就朝鲜战场，朝鲜战场的。

宋银禄却只是喘气不说话了。段四虎把办公桌上带刺刀的枪拿起，说，呀呀，你这民兵干部保存的枪应该是保卫国家、保卫人民的呀，你咋能拿来对付人民哪？宋银禄脑袋拧了拧，没说话。段四虎把步枪翻来覆去地看着说，这是七九枪吧，你们朝鲜战场就是用的这枪跟美国人打啊？宋银禄脑袋继续拧转着，不说话。段四虎说，听说是村里的枪都收呀，早该收，要是不收了，你说你老宋哥动不动就拿枪弄刀的这可是不好呀，要有子弹老宋你该不会开了枪吧？宋银禄还是没说话。段四虎说，老宋哥哎，回哇，回去跟凤仙子好好闹人家哇，包不成煤窑就咋了，凭你老宋哥在哪里还养活不了那五口人，咋啦，听说跟孩子们另过了？孩们把你们赶出来了，还是你们甩下孩子不管了呢。这你可不对呀，赶紧回去跟孩们一起过吧，住在煤窑上算啥哪，就算把煤窑承包给你，也不能在煤窑上闹人家嘛。你想承包煤窑可以理解，我这不也想承包嘛，我也就是报了个名名，整个过程我也插不上手，打分都是在全乡请的懂煤窑的人，打分时名名还都密封着，按你说的，由光明子，由班子里人内定，我这不是手在胳膊头嘛，我是班子成员，我要承包能轮得上谁呀，可这不也打分打不上去嘛。我这说明白了吧老宋哥哎，听不明白我再给你说一遍，听明白了就回哇，呀呀，动不动就拿刀弄枪的像个孩孩一样，你这样人家凤仙婶子，不，凤仙嫂子咋看你哪，孩们咋看你哪，老宋哥，老宋哥，老宋哥哎，我的话你听见了吧，去回哇，回哇。段四虎说着把步枪递给段志忠，把这个先放库房吧，不要给他了。

宋金宝硬挤进办公室里，一把拉起宋银禄，走，回。宋银禄扯着身子不走，孩呀，人家欺负咱不能活呀。宋金宝使劲一拉，走吧，自己不欺负自己就行了。说着连拉带拽地把宋银禄拖出办公室。

目前的问题是没钱

虽然按照报名人打分排名和企业规模排名，对应哪项就承包哪项基本上就确定了,可是榜最底下还有一项附则,签合同日期以交付预交款之日执行。这就把那些排在名次里的人都卡住了。煤窑预交一万元,粮食加工厂预交三千元,其他企业以此类推,东西砖厂最低,还得交付一千块哪,老天爷。这倒不是华岩村领导苛刻,这么大一个摊子交给你,这也算对你的一个考验吧,你连这点钱都搞不来,说明你能耐不行,人气有限,魄力疲软,企业搞不出效益。集体多少年积攒起来个摊子,白白地就让给你个体户鼓捣了,你就是让土工承包全个猪圈还得付个订金哪。你要是个搞不来钱的人,企业咋敢承包给你哪。

韩新宝听到自己排在了第一名,只轻描淡写地"唔"了一声,好像他早已预料到大队煤窑要承包给个体户,在东西华岩村非他莫属似的。他的预估是有道理的,如果像大部分村子那样暗箱操作,那肯定轮不到他韩新宝的,有许多村干部干脆就自己或者亲戚成为承包户了,自己制订章程,自己执行,社员反应就反应,闹事就闹事,闹一闹也就不闹了。将自己领导下的集体企业变身为自己的,这比翻书页还容易,既便当又省事,而且这么干的村子已不在少数。多年执政的一村最高领导要人气有人气,要威望有威望,乡里县里相关部门一路通关。村干部本来就关系铁硬,成了企业家就更是坚不可摧了。但是韩新宝知道宋光明不会那样干,那家伙看得权比钱重要,他不会因为某一件事情处理不好招引得群众议论纷纷。韩新宝和宋光明为此事聊过几个通宵了,他看出宋光明迟迟不动,是在等着瞧先过河的先湿脚,有的村打得头破血流,有的村群众联名告状,这家伙硬是不知从哪里搞来一套方案,又根据华岩村情况做了一些调整就付诸实施了。

这一来,韩新宝当然心里有底了,只要真正做到他宋光明说的公开公正公平,他韩新宝就有百分之百命中率。就在宋银禄抢先拿了一份承包条款回家看的同时,韩新宝也拿到一份细细地做了研究,他还有个好军师韩辰熙。南窑沟煤矿还是他们韩家的时候,韩辰熙就是煤窑账房兼井下技术监管了。这座煤矿还姓马时,他就在马家煤窑井上井下都干过。据说马家煤窑改姓了韩就是这家伙撺掇的，他和马明煦结上疙瘩也和这事儿有一定干系。

韩辰熙一插手，这事儿就更加十拿九稳了。这家伙不光精通井上井下情况，还他娘的有文化，字还写得特好，在没有宋光明们这茬西荀初中生之前，西边东边的人要写对联、牌位什么的都得找这家伙哪。

韩变玲气喘吁吁地跑回家向韩新宝报告说，咱们家排在第一名时，韩新宝脸色依旧阴沉着，眉头依旧深皱着。这几天搞不到一万块，那个第一名屁用也没有，一万块哪，老天爷，钱的问题把个七尺男儿难住了，还真真的是一文钱逼倒英雄汉啊。就在韩新宝准备将房屋抵押贷款的那天，韩变玲又上气不接下气地跑回来说，马明煦拿着一万块要交村里，宋光明让他再等等排在前面的户主。韩新宝惊傻了，东西饭市又嚷嚷得一锅粥了，是老地主私藏元宝了，还是他云南高干哥给凑钱了？

马明煦虽然排在第九名，但最后起决定作用的是以拿来一万元为准啊，要不是宋光明让等等，这煤窑就又回到马家了呀。这下子，韩新宝着急了，韩辰熙却脸色阴阴地说，把马明煦拉过来，给他个四成份子，还和供戏一样，马家出钱，韩家出人。

韩新宝想了想说，行，我这就去找老马。

马明煦报名承包煤窑，就像买东西的人对某一件商品，本来没心思买，可看见眼前的人都纷纷挤向柜台，就被人潮感染裹挟了，好歹也碰碰运气，就稀里糊涂地报名了，而且还居然把他当个人物排在了第九位。第九位就第九位吧，横竖不参与就是了。偏偏那几天徐启程领着个外地人来了他家，说是要买骡子不进畜圈看牲口，却探头探脑地进了马明煦家里，不谈骡子的价钱却问有没有老古董。马明煦说一家子都扫地出门了，该清算的都被清算了哪能有老古董哪。那人又问，你外地亲戚多，有没有积攒的旧信封？马明煦从大木箱里拿出一摞信封让外地人看，外地人挑出两个信封让马明煦要个价，马明煦想一个破信封咋要价，他看外地人不像个好人，脱口就说了个一万块。马明煦本是随口跟外地人瞎扯淡，没想到外地人却当真了，说，老人家你不是开玩笑吧？马明煦鄙夷的眼光看着外地人，像看着一堆屎似的说，我可跟你开个啥玩笑哪，愿买买不愿买拉倒。徐启程插话说，老马叔，这可是真的买家呀，你想好了再说价啊。马明煦说，谁知道他真买哪假买哪，说是买骡子咋又鼓捣起这些了。外地人说，好了，老徐是中人，看你老人家也实在，再多给你一千块，咱这买卖就成交了。马明煦一震，嘴巴一张一张不会说话了，是不是吃大亏了？是不是被骗了？马明煦还在愣怔间，整整齐齐的一沓钱已经摆放在油光光的炕席上了。十多年以后，徐启程才告诉马明煦，那两个信封里有一张上面贴着的邮票叫"蓝军邮"，转手能卖几十倍哪。

马明煦的两只手，干农活干得又粗又笨，号码不乱的崭新票子很难点，一千一百张十元一张的票子，整整点了半上午才点清。送走徐启程和外地人，面对炕上的一沓钱，开始动心了，就是呀，第九名是第九名，可别人交不出钱咱能交出，咱马家的煤窑不就又回到咱马家了？偏偏这个时候有人送来这笔钱，也许是老天爷安排吧。他将一千块交给老婆，自己将一万整揣在斜襟衣服里。老婆说他，你还是给我把尾巴夹得紧紧的，规规矩矩给我待在家，下雨先烂出头椽的，以前受了的罪你还不伤心唉，云南咱哥跟孩们月月给寄钱，少你吃呢少你花呢，快你给我安安心心在家待着。马明煦想了想说，报已经报上了，名名也排上了，也就是去试试，估计也定不下咱。老婆又说，试试个啥呢，试试你摘帽地主还有人抬举？试试你马明煦在华岩村人家还当你个人？还嫌吃亏吃得少呢，还拿上那么多钱去显摆呢，给我回来，回来。老婆叫喊着叫喊着，这老倔头还是直着个脖颈出门了。

马明煦战战兢兢将一沓崭新票子放到枣红办公桌面上，问，真的是谁先交了钱，煤窑就包给谁了？一下子，把段志忠、段四虎、宋来喜几个人都看傻眼了，哇，这老地主果然有暗财没查尽哪。宋光明心里吃惊，脸上冷静着，是的，一切按公布的条款办，不过老马叔，这还不到规定的最后期限，如果到期限排在你前面的人拿不出款，我们再通知你来办理承包手续。宋来喜盯着马明煦问，是卖了银圆啦还是元宝啦？马明煦焦急地说，哪里哪，哪里哪，这是卖了两个信封子的钱。几位村领导都被逗笑了，啥呀，两个信封子能卖上这么多钱？哈哈哈哈，你要说成卖了骡子，也许能糊弄了人。马明煦脸噘得通红，真的嘛，不信你们去问徐启程嘛。宋光明朝几位摆摆手，你管人家钱从哪来的哪，老马叔，不要搭理他们，去先回吧，等到了规定日期，咱再说。把钱拿好哈，别弄丢了吧。马明煦才揣了钱点头哈腰地离开办公室。

马明煦交钱的事儿很快就嚷嚷得全村都知道了，马明煦发现，人们看他的眼光又不一样了。戴帽管制时人们是一样眼光，摘帽后人们换了一种眼光，现在拿出一万块钱，人们又换了一样眼光了。佩服的，羡慕的，质疑的，嫉妒的，经历了人生悲喜剧的人，对世人的眼光变化很敏感。东饭市上韩守明居然质问他，土改时隐瞒的暗财，到这会儿了才拿出来啊，你这暗财一定还藏得很多的，赶快拿出来分给大家吧，要不再一次运动，还得烧红铁锹烫屁股。老家伙非常非常后悔了，实在不该不听老婆的话来着。

这天黑夜，老婆将尿盆刚刚提溜回地下了，韩新宝就来了。马明煦怕影响儿子复习，就把韩新宝领到另外一个家。韩新宝开门见山说明来意，把个马明煦却难为坏了。合股干他怕斗不过韩家人，他知道韩家背后是那个潘仁美一样的韩辰熙。不合股干吧，这一万块也被这家伙瞄上了，就这样借给他吧，一旦煤窑闹不好赔了钱还不上，那，那，那不是把一沓钱白白地扔掉了？韩新宝说，你自己要承包，那我就不说了，我是想，你都这把年纪了，老大老二还都让你哥带出去当了兵，小儿子呢准备考学校。上阵要的是父子兵嘛，你光杆司令咋能行，像以前供戏一样，咱们两家合股干，钱放我手里能生钱，放你这里弄不好还可能贬值的。马明煦只是摇头，不知该咋回答。最后韩新宝说，这样吧，你好好想想，想通了告我一声。不想合股干，那这钱算我借你了，我按一分钱的利息明年年底还你。

马明煦像被烫了一下，两眼大瞪，嘴巴大张，啊，你说的是高利贷？不不不，钱我可以借给你，但我不要利息，不要利息的。韩新宝说，你看你，合股分成你不想，给你点利息你又怕成个这，那那那你说，不给你点利润我心里也过不去呀。马明煦低头想了半天说，利息我不要，借你一年保证你年见年到时候还我就是了。韩新宝说，这么多年了，你还不知道我韩新宝的为人啊。马明煦说，人随事变哪，撕契毁约的事多了呀，多了呀。马明煦看了看韩新宝说一不二的目光，想道，还不了就还不了了，那个破信封要是糟践了也就糟践了。最后咬咬牙说，新宝的为人我当然知道了，是个说话算话的人，你说个还钱日期吧。韩新宝当下就打了欠条，欠条上写了还钱日期，拿着一沓钱离了马明煦家。

计划赶不上变化

韩新宝手里有了一万元，心里也有了底，就要跟村里签合同了，却被韩辰熙拦住了。韩辰熙摇了一顿头，叹了一顿气，说，糟蹋了，把好好一大片煤层糟蹋了，巷不是巷，窝（采掘面）不是窝，弄成他娘的马蜂窝了。我就说嘛，靠那个二哄堂宋银禄能管理好个煤窑才怪哪。铺排得好好的窑，儿孙后代十辈子也挖不完的窑，糟蹋得我看连三年都不够挖了。嘿咃，幸亏进去看了看，要不稀里糊涂地承包上，等于捡了个烂包袱，嘿咃，就在主巷道周边就近瞎挖了，远处的煤根本没法采挖了。

韩新宝早听他这位本家叔说过，按南窑沟煤窑每天的出炭数目，就知道他们是在杀鸡取蛋，为了当天多卖煤，不往深处开挖巷道，只管在近处胡挖滥采得千疮百孔，够采挖几十年的煤层，只能永远地被埋没在地底下了。韩新宝当时听了并没放在心上，现在那座煤窑将和自己发生直接关系了，才知晓问题的严重性。韩新宝问，那咋办呀，就这样退出了？韩辰熙只是叹气，好好个煤窑，够华岩村老百姓吃几十年的煤窑，全糟蹋损了，糟蹋损了呀。韩新宝像在叹惋，又像在发问，那，那这合同签呀不签？

韩辰熙埋着脑袋想了半天，弯了半天的腰身，缓缓展起，不，该承包还承包，不过，这万把块投资可不够。

韩新宝眉毛一扬，咱另开个口子？

韩辰熙一副心谋意定的样子，签，立马就签，但咱签的是华岩村煤矿承包合同，华岩村煤矿里有南窑沟煤矿，但也不妨碍咱另找坑口。我从南窑沟煤窑出来，就翻过东圪梁，到了梨花台，记得小时候就听你太爷爷说过，梨花台能开个好口子，搞一个斜井深深地挖下去就吃住下六级煤层了，以前老辈人挖的都是上六级炭，南窑沟挖的也是上六级炭。

韩新宝问，下六级的炭能顶得住上六级的炭好吗？韩辰熙说，听你太爷爷说过，下六级的炭应该比上六级又高又粘（主焦煤质好），马家老辈人打竖井筒想挖下六级，可因为太深，一直也没挖到煤层上。地下的东西谁能说得准呢。韩新宝又问，煤质肯定比上六级的好？韩辰熙说，这只能是推测，按山崖断层估摸，应该是越下面煤层越高的。

韩新宝想了想说，不管它是粘炭（主焦煤）还是干炭（动力煤），也不管它煤层高不高，只要有煤就敢干。韩辰熙皱了半天眉说，这可是有风险的啊，你可得考虑好。

韩新宝想了半天，说，反正已经闹得惊天动地了，要是退出了，让华岩村人能笑死了。老辈人选煤窑口子，也没有看山底下的透视镜，也是估摸着干的，领兵打仗有胜有败，赌博有输有赢，做买卖的怕赔钱半步都走不出去！

韩新宝和韩辰熙坐在炕上，中间隔着一张炕桌，一人深沉着一张脸，像是刘备诸葛亮隆中对。即将铺开的可是一座采挖地下矿藏的煤矿啊，可不是一个以种地为主的生产队啊。庄稼地就在那里明摆着，是个人就能耕种了，煤田可是在地底下啊，看不见摸不着啊，你煤窑掌柜对地底下的事儿不清楚可不行啊，地底下的事儿韩辰熙说起来复杂着哪，还有过塄呀（煤层断层），过病呀（煤层夹杂乱石渣），遭水呀（煤层空区积水），乱顶呀（采煤工作面顶板不坚固）……两个毫无浪漫色彩对蒲剧艺术一点都没兴趣的家伙，说起个开挖煤窑倒是说个没完没了，一直说得韩变玲喊吃饭，才送走本家叔。

就在韩新宝将一万元揣怀里，准备去跟段志忠办理承包合同时，宋光明垂头丧气地走进院子里了。韩新宝一看，觉得不对劲，问道，咋了？宋光明一屁股跌坐到挨墙的太师椅里，一个劲摇头，合同你慢点签的，慢点签的，真真的计划赶不上变化，变化赶不上电话啊。韩新宝愣怔道，嗨，这，这又咋了，你们拒收马明煦的钱，说人家是排名在后面，我可是排名第一啊。宋光明伸出手向下按了按，煤窑承包给你韩新宝肯定是最让我放心的，但是你听我的话，你暂先缓一缓，缓一缓，唉，谁知道插出这么一杠子啊。

韩新宝直直盯住宋光明，怎么啦，你抖弄了这么一大圈子，敢情是耍我呀，你那一堆条款敢情是日哄老百姓的啊，害得我又借钱又准备资料的，稿纸还写了多半本哪，弄了半天都白搭了？咋，有人插手了？

宋光明缓缓站起身来，紧紧握住韩新宝的手，请你相信我，不要急，千万不要急，好事多磨好事多磨嘛，你现在什么也不要问，我会给你个满意答复的。

老战友是及时雨

华岩大队煤矿静悄悄地龟缩在南窑沟的沟壑里，五间平房用石灰粉刷得白通通的，宽敞的煤场子也被南凤仙打扫得干干净净。宋银禄婚礼第七天就从老房子搬出来，在华岩煤矿办公室里安了家，也不是按他对宋金宝承诺的什么都不拿，他为婚礼备办的两支半盖木箱两副崭新被褥，还有脸盆暖壶之类的还是一件不剩地都收拾到南窑沟了。房子是婚礼前一个多月就按婚房的标准拾掇好了，墙粉白粉白，纸糊的棚顶粉白粉白，脚地也用水泥抹得光溜溜的，崭新铺盖一展，一个温馨精致的小家庭物质环境就齐备了。将和和美美的三口之家置身于这样的环境中，该是咋样的舒心惬意呀。两个儿子虽然让当爹的牵挂，可这样谁也不见谁的牵挂，要比天天看着顿顿看着心情好得多。眼不见心不烦嘛，别别扭扭的簇在一起，不说牵记挂念了，弄不好还可能酿成怨恨哪。

这样的村郊山野小屋，这样的满眼丛绿山花，这样的贤惠媳妇可人的小女儿，再把煤矿承包了，就锦上添花完美无缺了。可是如此一点一滴筑垒起来的梦想高楼却轰然一声倒塌了，恒久担任华岩村煤矿矿长的前景设计就这么泡汤了。真他娘的一家人害了一家人，越是挨近的越怕别人比他强了，啥这条款那条件的，弄了一大堆还不就是要坑他这爹嘛。

煤窑看来是承包不成了，接下来的首要问题是不再当矿长，在华岩村还有啥脸面做人呀。南凤仙问他，人家不让你包煤窑，这房房是不是也占不成了？人家承包的人来了要撵咱走可咋办呀？

宋银禄就冲着沁河对岸的整个华岩村喊，这五间房是老子费心费力修起的，占碾磨还有先来后到哪，谁敢来撵他老子走，一刺刀前心口捅到他后心口。愤慨的叫喊正痛快淋漓发泄着，就看见韩辰熙脸色阴阴地走进了窑场子。面对华岩村煤窑不久后的接管者，宋银禄嚎叫得更凶了，哼，我宋银禄在华岩村怕过谁，你狗日们睁开狗眼吧，想撵你爹我起身，你试一试，只要你狗日们不怕全家老小人头落地血染沁河。

韩辰熙对如此振聋发聩又有针对性的喊话，却像压根儿没听见一样，直直地走到窑场中央，问他，银禄子，有能用的电石灯吧？宋银禄一下愣了，眼睛还瞪得滚圆，胳膊还挥动得起劲，满腔井喷一样的怒火只得暂时拉下开关断电了。愤愤说，一直不动弹，电石也没有。韩辰熙一边往屋里走，一边说，用不了几块电石，你去给我拿去哇。宋银禄气哼哼说，呀呀，听你这话倒是窑掌柜的口气嘛。韩辰熙没理他，径直走进屋子里。

韩辰熙走进屋里，南凤仙说，老韩叔你坐下哇。说着给韩辰熙又递烟又倒水。韩辰熙说，不行媳妇子，这不是闹人家的地方呀。南凤仙吓了一跳，老韩叔，你该不是撵俺们走哇。韩辰熙哼了一声说，村里好好正房不住，咋来这住南房哪，咋，是跟孩儿们一起过不得劲儿？

宋银禄提着一个电石灯进来说，已经给你调弄好了，给，老叔哎，你进窑里看看我也拦不住你，但这煤窑将来叫谁闹可说不定。

韩辰熙半上午提溜上电石灯下了矿井，中午时将电石灯给了宋银禄，就说了一句话，唉，即使这煤窑不是你自家的，也不能这样个糟蹋呀。宋银禄接了电石灯，愣住了，一下子答不上话来。等想好发作的话来时，韩辰熙已不知走到哪里了，但还是将想好的话，冲着远去的韩辰熙喊，哼，糟蹋得还轻，早知是这情况，炸药包炸了才对哪。

宋银禄梦也梦不到，突然间转机就来了。也就是韩辰熙考察了煤窑后的第三天上午，宋光明就接到乡秘书电话，说是有县武装部一位新任政委要到华岩村见一位老战友。宋光明问，要见的这位老战友是谁。乡秘书说，是参加过抗美援朝的宋什么。宋光明说，唔。而后就挂了电话，而后就眉头深深地皱起了。

说是赶十点左右到了，宋光明叫来老茂堂生着灶火，备办好饭菜，等啊等，直等到十二点多了，宋金元才气喘吁吁地跑来说，光明哥，光明哥，我爹叫你去哪，叫你去跟俺武云伯伯喝几盅哪。

宋光明一听就明白咋回事了，跟了宋金元一边走一边问，你这位武云伯伯跟你爹是战友？宋金元说，早就听俺爹说武云伯伯要不是俺爹他早没命了，抗美援朝时俺爹是班长武云伯伯才是个副班长，俺爹说他要不回来官比武云伯伯还大哪，俺武云伯伯现在是县武装部政委哪，还坐着小汽车哪，还答应俺弟兄俩当兵哪。宋光明一震，啊，答应你弟兄俩当兵？宋金元说，说是今年要有好兵种今年就能走。宋光明一边走着，一边深深点着头。

宋光明跟着宋金元走进将煤窑办公室铺排成私房的屋子里，就看见一位体魄肥硕的军官正与银禄老叔对饮着，正要上前打招呼，宋银禄就跳下地一把拉住宋光明，老战友啊，这就是我跟你说的村支书光明子，我侄儿，华岩村多少年来第一个好干部，来来来，光明子，我给你介绍介绍，我老战友，我的好老弟，跟我生死之交，现在是咱县武装部政委，姓周，周总理的周。宋光明落座后说，周政委呀，我在办公室也备办好接待了，可咋也等不来你呀，原来是先会你老战友了，看来你跟我叔关系就是不一般啊。

　　周政委只朝宋光明点了一下头，继续着他们的话题，我一来你们县第一个就打听你老家伙了，这不我来你们县上任才不到一个月，就急呵呵来看望这老家伙了，老家伙你知道吧，乡里要招待我，我不用，村里这不说也要招待我，我没去，为啥呀，就为见你这老家伙的呀。宋银禄你知道不知道，我一天价想啊，这老家伙现在成什么个样子了呀，农村人嘛，老百姓嘛，想象中老家伙一定是穷苦邋遢呀，破烂不堪呀，嘿，来了一看，老家伙活得还挺滋润的嘛，单这两大儿子就让我够眼热了，哎哟，还有更让我这县团级干部眼红嫉妒的呢，居然娶了这么年轻的小媳妇。老家伙还羡慕我当大官吃官粮哪，老家伙哎，咱俩赤条条地换，你来当我这县团级，我来你家接收你这小家庭，怎么样？

　　宋银禄频频点着头，嗯嗯地答应着，行呀行呀，换就换，就怕你是说嘴哩。宋光明也插不上话，只能听凭他一个人发挥。宋光明低声问宋银禄，周政委是不是喝多了。没想到这句话还是被周武云听到了，一愣怔说，谁说我喝多了，啊，谁说我喝多了。接着就盯住宋光明，唔，你说我喝多了？是不是？唔，你是华岩村支书是吧，你咋弄的呀，我们宋银禄，老党员，老军人，老功臣，老英雄，承包个大队煤矿咋就不够条件了？同志啊，咱要时时刻刻想着这权力是人民给你的啊，是我们这些人流血流汗夺过来的啊，干什么事情都不能忘了本啊，尤其涉及利益分配的事儿，一定要想到优先谁呀。嗯，咱这样，华岩村煤矿你承包给我老战友，有什么问题我给你顶着，西訚那边我去跟他们讲，好不好？村干部同志，你给我个答复？

宋银禄总算找了个空挡插话了，武云老弟，武云老弟，你可别忘了我跟你说的，咱侄儿的孩子跟你两个侄子是一茬儿的，他孩子也是咱孩子，征兵时你可记得关照俺两家孩子呀。

周武云端起酒杯，来来来，为久别重逢的老家伙干杯，为认识你这位村干部同志干杯，来来来，村干部，干杯，我周武云是啥人，这老家伙知道，我说到哪儿就一定要做到哪儿。一言九鼎，一诺千金，这些话就是形容我周武云的，孩子不就是当个兵嘛，咱这，你孩子当不了兵，算我说话放了屁。这老家伙承包不了煤矿，算你，啊，啊，啊，我拿你是问。

宋光明回到办公室，一根接一根吸烟，段四虎进来看了一下说，怎样，老战友那一关过不去吧？宋光明说，哼，这一杠子插得没法弄了。段四虎问，他娘的官大也不能干涉村里的事吧？宋光明只是叨叨，这一杠子插得没法弄了。段四虎说，顶不住了吗？宋光明还是叨叨，哼哼，这一杠子插得可咋弄呀？

半下午，军用吉普车就开到华岩村办公室大院里，周武云酒醒了好多，一见宋光明就表示抱歉，啊呀，是不是失态了，多少年不见老家伙了，多喝了几杯，你可别见怪哈，别见怪哈，不过话一句都没说错，嘴浑脑袋清着哪。

宋光明拉着周武云的手说，周政委一看就是仗义人，当了官不忘老战友啊。周武云刺啦撕开一盒云烟，宋光明、段四虎一人扔给一根，自己点了一根，烟盒啪一声甩在枣红色办公桌上，说，我这就告辞了，跟你说的事儿你可当回事儿，你的事我可是记在小本儿上了，名叫宋向前是吧？好了好了，别送，别送。

宋光明直望着军用吉普开上村前大道，又傻待了半天才一步一摇头地走回办公室，又一根接一根地吸了一顿烟，将烟头一捻，就决定顶住压力坚持原则，他不就是个武装部长嘛，他哪有这方面的权力呀。但过了一会儿就犹豫了，总觉得有点底气不足，像冲锋陷阵的战士还需要一些鼓号催征，就拿起电话拨通西訚乡党委书记办公室，林书记，我左考虑，右考虑，自己哇啦哇啦宣布的制度，不能由我自己废除了，公平公正公开是我这次承包大队企业铁的原则，决不动摇。宋光明说到这里，等着那边给他加油打气，可是林汉星却半天不说话。他又问，他不就是个武装部长嘛，他哪有这权力呀。那边咳嗽了一声，说话了，这个主意得你自己拿，因为不论你怎么处理，带来的直接后果都会应验到你宋光明身上，从内心里我是支持你坚持原则的，但是，我不能给你拿主意，因为，这样的话，弄不好等于害你啊。宋光明挂掉电话，愤愤说，啊，敢情大道理都是用来说道人的啊。

　　从来遇事不慌神闲气定的一个人，也被这么个事儿弄得脑袋耷拉了，脸也愁歪了。心里烦闷得不行，也没个可以说道的人，唯一排遣的方式就是一边吸烟，一边在办公室地上走来走去，走着走着，就走出办公室，走过了金圪槽石板桥，走进了韩新宝家院子里。千难万难地张了口，暂缓了韩新宝签订合同的时间，心头又重叠了一层内疚，这样做太对不起人家韩新宝了，全乡全村人吵得闹嚷嚷的事儿，又让人家暂缓了，这能暂缓到什么时候呀？宋光明从韩新宝家刚出来时，松了一口气。可是走着走着心情就来了个三百六十度大转折，不行，只有按既定程序处理，才能对得起全村人，才能对得起承包户韩新宝。

　　宋光明脚步坚定地走进办公室，拧开扩大器，就要对着麦克风喊韩新宝来签合同的当儿，韩新宝就出现在办公室门口了。

　　宋光明说，嘿么，还正要叫你，你就来了，嗯，是这，你说得对，我制订的制度不能由我撕毁，我刚才跟你说的话一笔勾掉就是了，南窑沟煤窑按规程，还承包给你韩新宝，你签合同吧。宋光明还要往下说，韩新宝伸出一只手朝宋光明摆了摆，不用解释了，我都知道了，你们西边都吵翻天了，我还蒙在鼓里哪，你不也说了嘛，计划赶不上变化，变化赶不上电话，电话赶不上领导变卦。宋光明也伸出一只手朝韩新宝摆了摆，不不不，你听我给你说，在华岩村你韩新宝是最应该理解我的一个人，我这人说到哪儿就要做到哪儿。要说我到你家的时候还有点摇摆，但是现在我决定了，把煤窑交给你我放心。

韩新宝斜着眼睛看了看宋光明，咋啦，该照顾哪边，该得罪哪边你权衡好了？宋光明皱眉说，你说的这是啥话，我只管坚持原则按规定办事，拖了这半年才制订出来的方案，天王老子也休想改变。韩新宝哈哈哈哈笑了一通说，你不改变，我改变了，煤窑我不承包了。

宋光明扎扎实实吃了一惊，啥呀啥呀你说啥呀？煤窑你不承包了？韩新宝果断说，对，我退出了，瞧你吃惊的那样子，这还不是把你解脱了。宋光明问，为啥呀？该不是为了解脱我你才退出的吧？韩新宝说，我可没有那么高尚，我只是退出南窑沟煤窑的承包了，我要签就签承包华岩大队煤矿。宋光明彻底愣怔了，啊，啥意思呀，我没听明白。韩新宝说，我想自己搞一座煤矿，我打听了，现在全县个体开煤矿的多了，我以韩新宝自己的名义开一座个体煤矿我想你一定会支持的。宋光明吃惊的表情持续着，唔，也就是说你不承包南窑沟这座煤窑，是你要自己新开个口子，可以彻底摆脱华岩村党支部领导了，是吧？韩新宝说，这可不像你宋光明说的话啊，搞个体户可是国家提倡的，这在外面已经不是啥稀罕事儿了，只是外面空气还没吹进咱山里，你这当领导的常在外面开会学习，咋你一听说个体户还吓成那样子哪？这允许搞个体企业也是党的政策，咋就能说个体户就摆脱华岩村党支部领导了呢？

宋光明低着头皱着眉考虑了半天，缓缓伸起腰，嗯，是的，你说得对，对个体户这个新事物支部应该大力扶持，县里还有个口号叫胆子再大一点，步子再快一点，还有个提法叫有水快流。只是咱这山村还感觉不到动静，看来你狗日的早就操这心了呀，啊呀呀，果然是韩信后代啊，心眼儿多着哪，好，你给咱开这个头，不光在咱华岩村，我看在西旬乡在全县也是领先的，我支持你，说吧，需要啥我尽力支持你，华岩村有两座煤矿，起码又可以解决不少劳动力有个挣钱地方的。

韩新宝说，嗯，这还像你宋光明说的话。宋光明连连摆手，别别别给我戴高帽子，我这人一听奉承话就恶心得想吐。韩新宝说，真不是戴高帽子，我听外面有些村干部可没你这么开明，不管村企承包还是搞个体多是照顾本家人，照顾关系的啊。宋光明却一下一下摇起头来了，那是因为我傻啊，坚持原则会付代价的呀。你退出了南窑沟煤窑，你以为就解除了我的难题了吗？按排名就轮到第二名段建生了呀。韩新宝说，行呀，那你就坚持原则，让段建生上呀。宋光明坚定了语气说，必须按原则办，按制度办！

韩新宝看着宋光明眉头又皱起，笑了笑，不行呀，我的领导哎，要不你真按你说的处理了试试，前几天还跟你拿刀弄杖的，这当领导的老战友一来，更有势可仗了，一级一级压下来，凭你这顶小纱帽抵挡不住的。宋光明说，那才扯淡呢，这小支书我也干累了，我宋光明可不是那种把权把儿看得那么重的人。韩新宝看着满脸愁云的宋光明，哼哼笑着，废话不用说了，我知道你是既不想得罪南窑沟那家伙，还不想落个说话不算数的坏名声，咱这样吧，你还按原来规定把南窑沟煤窑也承包给我，然后我再转包给宋银禄，这个人情还由你来周旋，我只架个名名。宋光明满脸愁云开始缓解了，那，那，那成什么了，那不是等于耍花招兜圈子吗？韩新宝问，咋，不同意？宋光明眉头缓缓泛开说，好，你承包的华岩大队煤矿里也包括南窑沟坑口，但你可以你的名义转包给任何人，包括宋银禄。韩新宝说，但有一条，南窑沟的预交款由他宋银禄交。宋光明说，那老战友已经答应借他了，这事不用你操心。

第8章
爱情资质

汗滴禾下土？这话不对

　　玉茭苗子长到半人高，就到了显露受苦把式的季节了，华岩村老百姓笃信锄板上定穷富，家有好锄，吃穿不愁。饭市上有的还在吃着饭，有的已扛了悬挂了一年的大锄到了饭市上，找个地方圪蹴下，拿块小瓦片一边吱呱吱呱磨生锈了的锄板儿，一边说，今年可是给自家锄哪，该耍真本事了哇。正在吃饭的宋宝禄连最后半碗饭也顾不得吃了，一跃身回家扛了新买的大锄与先前亮出来的几把锄摆放成并列状，把式过硬不过硬先看看工具好不好。宋宝禄看看左右比自己又窄又短的锄板儿，哼哼哼哼笑个不住，嗨哋，一看就是伺候农业社的烂工具。宋来喜虽然锄板儿窄小，却很看不上宋宝禄，也是哼哼哼地笑着说，宝禄子哎，你也就是一出手就是伺候农业社，日哄队长们了吧，像俺们那会儿给地主老财家锄苗子，像你这把式给人家拾脚后跟都不要你。曾经是宋来喜生产队长的段毛孩把脸凑到他脸上问，嘿，来喜爷，敢情你给咱队锄庄稼是日哄队长们哪，你这老贫协会主席原来是给地主老财家才用真本事哪？宋来喜倒是没被激恼火，语气还很调侃地说，可不是哪，伺候庄稼把式哪敢日鬼哪，伺候你这烂把式，用上真本事你也不晓得。仍然扛着伺候生产队秃刃锄的段林子说，不就是个锄地嘛，有啥真本事假本事哪。宋拴福侧目斜瞥住段林子，这屁孩你可见过个啥，凭一张锄吃饭哪，没两下子谁家雇你哪，告你们连听也没听过，展腰大换手，羝羊捧蛋锄，鹞子蹬空走，你叫来喜哥给你们鹞子蹬空走你看看，前面锄后面一个脚印印也没有。宋拴福的话把饭市上手执大锄准备上地的人们都惊得大瞪眼大张嘴，啊，前面锄，后面没脚印，那，那，那他是蹬空飞哪？段毛孩就把质疑的眼光盯住宋来喜，呀呀，来喜爷，咱一个生产队这么多年了，你有这样神的一手，咋就一丝丝也没露了露哪？宋来喜一脸鄙夷地看了看段毛孩，切，没有真本事能伺候上东边马家几十年？凭啥哪，马恩轩那老汉用人可眼馋哪，待工的人站一院子，先看粗壮，后看肚量，两大碗软米面黄蒸，十几个哪，让你吃吧，吃着吃着吃不下了，马恩轩老汉就看不上你了。段四虎吃惊道，啊，你说啥，老地主选长工是看你能多吃？你这不是给地主阶级涂脂抹粉吗？宋拴福紧接了宋来喜前面的话茬儿，来喜哥就凭受苦把式，才当了长工头，在老马家挣双份工资哪。段四虎用更高声音说，嘿，你俩这会儿的话，为啥跟以前不一样了，每次开忆苦会时一把鼻涕一把泪的，控诉满腔血泪仇嘛，可今天听你俩这话好像怪对老地主有感情哪。

  西饭市的嚷嚷声一点也引不起宋云飞的兴趣，但他还是愿意让他们多说一会儿话，他们多说一会儿他就可以迟上一会儿地。这受苦营生真没个好干的，担粪腿疼肩膀疼，刨地腰疼胳膊疼，这锄地更是浑身上下没个不疼的地方，加上玉茭叶子锯齿一样拉得人瘙痒难忍，还有更要命的是，当头的太阳火辣辣地暴晒，啊呀，那叫个热啊，热啊。那顶破草帽，不戴吧太阳烤得像热火炉，戴上吧捂得气都出不上来。七年级课本上念过锄禾日当午，汗滴禾下土，明明是汗流得满脑袋满脸满脊背满肚子，最后就都淤积在裤腰带与肚皮之间了。即使汗水淤积得再多，那也只能涌过裤腰带这一道堤坝，流下大腿，流过小腿，最后通过脚后跟才能渗入土里哪。脚后跟可是直接连接土地的，那汗水咋能叫"滴"哪？水从高处一滴一滴地往下掉，那才叫"滴"呀，从脚后跟流到土里，这咋能叫"滴"哪？再说了，满身热汗黏黏糊糊的都在身上黏着的，咋可能是汗滴禾下土哪？

宋云飞对古诗词的质疑还在苦苦思索着，西饭市话语中心的嚷嚷声还在进行着，宋宝禄的要命嗓子就叫喊开了，飞子哎，咱走啦。宋云飞只得扛了锄头，走进烤人的阳光下，钻入蒸锅一样的玉茭地，开始了对"锄禾日当午，汗滴禾下土"描写不确切的更深入验证了。

大概就在宋云飞被爹带领着锄庄稼的第六天，宋向前悄悄告了他个好消息，说是韩新宝新开的煤窑要招技术工了，还说新开的煤窑跟公家煤矿一样是铁轨煤箱绞车拉，不用人拉陀车了，也不用电石灯了。宋云飞听了一点也不激动，说，那不还是个大队煤窑嘛，咱们还是华岩村的老百姓嘛。宋向前仍然兴奋着，听说还要给工人发劳动布工作衣哪。宋云飞有点激动了，还要发劳动布工作服啊，跟二道河机械厂工作服一样啊？宋向前说，肯定一样的，听说是到城里订制哪。宋云飞更高兴了，好，下煤窑就下煤窑，他公家人穿上劳动布工作服牛，咱受苦人穿上劳动布工作服也一样牛嘛。宋向前说，不光能穿劳动布工作服，还不用受日头爷烤晒了，还按时上下班，听韩新宝跟我爹说，礼拜天还要像公家人一样放假哪，还说要修澡堂子哪。宋云飞说，好，咱都去下煤窑。宋向前说，韩新宝的煤窑不叫煤窑了，叫新辰煤矿了，招工还像公家煤矿一样要初中毕业哪，还说是要学技术哪。宋云飞说，不就是除了砍炭的就是拉炭的嘛，学啥技术哪。宋向前说，我也不知道，光听韩新宝说要招初中生，咱们七年制毕业的都够条件的。对了，还说要招女工人哪，宋二平家爹还让我爹跟韩新宝走关系让她去哪。宋云飞一听两眼放光了，啊，还要招女工人？宋向前说，技术工才招女的，七年制毕业的女的才招哪。宋云飞问，是不是还要招外村的女孩？宋向前说，韩新宝说是要在全乡招女孩哪，要不我就赶紧来告你哪，外村肯定有比宋二平跟韩翠子好看的女孩哪，咱们也能跟二道河机械厂工人一样跟女孩们相跟着上班下班了。宋云飞问，宋二平愿意去韩新宝煤窑上吗？宋向前说，不要再说煤窑煤窑了嘛，人家叫新辰煤矿嘛，我刚才就在宋二平家来，她一听不是去煤窑，而是去新辰煤矿就很愿意了，说是半年把脸都晒成黑蛋蛋了，到了窑矿上就不用风吹日晒了。宋云飞痛痛快快吐了一口气，哈咂，是哪是哪，无论如何先躲开这死日头爷再说，好，要去咱几个都去，这又能天天在一起了。宋向前说，只是金元跟金宝肯定不能跟咱们一起了，他去了他爹煤窑上了。宋云飞说，银禄叔的煤窑也动弹开了？宋向前说，嗯，已经出开炭了，银禄爷还找我爹说，他也要改成新设备哪。宋云飞越发满脸阳光灿烂了，拉起宋向前的手就飞奔起来了。

吃罢晚饭，宋向前将段世凯、段学东、韩军儿、连志红、宋二平几个"七年制"召集在金圪槽桥头上，听宋云飞做动员令，咱们都到新辰煤矿上班吧，要去咱都去，又能天天在一起，又不用日头晒，还能像公家人一样过礼拜天，还要像二道河机械厂工人一样发劳动布工作衣，对了还要招外村女孩哪，宋二平你笑啥，还要给你招外村男孩哪，总之是咱都去哈，咱这不是去下煤窑，咱这是去新辰煤矿上班哈，谁不去谁就不是人哈。

宋二平说，愿去不愿去让人家自己决定吧，你这不是强迫人家吗？宋云飞说，咋是强迫呢，这是好心劝导哩嘛，这么好的事还有不愿意去的吗？有吗？有不愿意去的吗？成天跟自家爹在一起干活，有啥意思呀？宋二平把目光斜瞥向韩军儿，其他人也都看住韩军儿。韩军儿见大家都看他，说，你们看我干什么，谁不愿意去了谁是狗家儿。段世凯说，你不是找上教书的地方了嘛。韩军儿说，那是什么教书的地方，就一个三户人家的庄子，四个孩子，四个年级，他们还嫌我教得不好哪，我才不稀罕干个那哪。宋云飞说，那就好，咱们七个人都去，齐刷刷上班下班，挣了钱咱们一人买一辆自行车，礼拜天咱七辆自行车噌嘟嘟嘟一路飞到二道河，轮着上馆子管饭，咱还不跟他二道河机械厂工人一样活吗？这多好，大家同意吧？几位"七年制"齐声说，同意。

生活里突然有了向往，锄地就越发不能专心了。宋云飞一边忍受着烈日烘烤，一边遐想着美好前景，想着想着就忘了身边监工的父亲，拄着锄把就站住了。倒运爹就又开骂了，看你腰软肚硬那份样子，人哄地皮，地哄肚皮，像你这伺候庄稼，迟早落个饿死鬼。宋云飞因为锄玉茭不知挨了他爹多少骂，锄浅了说他不想出力要骂，锄得深了又说伤了根了更要骂，锄得腰疼了站住展了展身子也要骂。前一段锄小苗一直得圪蹴着，一垄地半里多长，都要手动脚挪地从地这头挪腾到地那头，骂得比这还凶哪。一开始锄苗子他爹骂他，他还以为他爹是锄地的权威，骂得再凶也得乖乖地认错，自从在饭市上听老汉们对他爹庄稼把式多次取笑，对凶狠的责骂就多以低声嘀咕反诘，哼，自己尿泡尿照照自己是啥把式再说人，真真的脑袋上顶着烂菜瓜，自己不知自己脏。但是，今天宋云飞不再反诘了，毕竟苦日子快熬到头了，希望来临的时候是可以原谅任何欺凌压迫的。

可聊的事儿抗无聊

承包煤窑的事儿闹嚷嚷了好一阵子以后，西饭市一直也没有个引起大家兴趣的消息，平平淡淡地寂寞了好多天，才算爆出了蹊跷事儿。先是嚷嚷张三牛家的地还一锄也没动，后来传出邱粉娥因为张三牛不锄地两口子打架了。西饭市人们就嘀咕，锄板可是决定丰收欠收的关键啊，自己家的地，怎么可以不动锄板哪？要是这事儿发生在韩圪蛋身上，那一点都不奇怪，地都不要，更不用说锄地了。对了，韩圪蛋的地可是给了你张三牛呀，既然锄板儿都懒得动，你多要人家的地又图个啥呀？嘀咕探讨了几天都没结果，最后还是东边人传来了确切的消息，原来张三牛准备参加本年度招生考试了，也不管村街里的舆论哗然，也不管婆姨凹眉吊眼，横竖是铁了心要摆脱华岩村民户口了。消息一经证实，整个西饭市就炸了锅了。大家说完了笑，笑完了说，嘻嘻嘻嘻，哈哈哈哈，三十大几的人了，孩子都念书了，当爹的也要念书了，哈哈哈哈，大学敢情啥人也要呀，嘻嘻嘻嘻，要在前几年还差不多，电影《决裂》里那打铁的就凭两手老茧上了大学，可时势不比当年了呀，上大学得凭硬邦邦的分数了呀，你个老眉皱眼的受苦汉咋能跟马兆飞、韩翠子这些孩孩们掺和在一起呀？倒是听说老三届可以参加高考了，可那是县高中因为"文革"耽误了学业的一批人呀，你张三牛算哪一根葱哪一瓣蒜呀？西甸中学毕业后也十几年了呀。

这个消息还在嚷嚷的高潮中，忽然又传出韩新宝女儿韩变玲失踪的消息了。说是把个韩新宝婆姨气坏了，又找老茂堂占卦，又到景家寨问神婆，快把个精精干干的婆姨疯掉了。把个硬铮铮的汉子韩新宝也急坏了，新矿井正在掘进中，技术工人正在招聘中，刚拿到银行贷款到太原订购矿山设备刚走第二天，女儿就突然没影儿了。韩新宝又找省市报纸登寻人启事，又让县有线广播站广播找人，都没女儿一丝儿音信。紧接着又传出张水明也出走了，张水明老母亲天天坐在马家塄高台上嚎他儿子。这两条消息一对接，就更有意思了，一女一男同时走丢，这，这，这不是明摆着的事儿吗？这不明明就是私奔了吗？哇呀呀，文文雅雅一个小伙子，咋想也不像干出那种事情的人呀。这世上还有啥人可以相信哪，天天围着韩队长转啊转啊，这不把个女儿给转跑了？

接着又传出一个更怪的事儿，说是韩圪蛋把韩新宝的女儿韩变玲给干了。传得有时间有地点有细节，说还是韩变玲主动找韩圪蛋投怀送抱的，说是韩变玲本想以此了结个什么事，还让韩圪蛋签字画了押。可这签字画押的契约用来约束规矩人行，对于韩圪蛋这号人，这一纸字据反而带来灾祸了。契约一式两份韩变玲手执一份，另一份韩圪蛋收存起。谁知这份契约等于给了韩圪蛋要挟的把柄了，他收拾起裤子，拿起炕席上那张纸片儿，嘿嘿嘿嘿地就笑了，小女子看来咱们缘分还不能断，这个条条叔叔要好好收存，这也算你给叔叔留了个念想之物，叔叔有了这个念想之物，更证明咱俩这就算相好上了，一日夫妻还百日恩哪。说是韩变玲当时就吓坏了，哭闹着要跟韩圪蛋索要那张纸。韩圪蛋早把那纸片深深藏贴身衣服里了，一边嘿嘿嘿地笑着说，小女子哎，没事的呀，咱俩这就算开了头了，以后咱不要让人知道就是了。东边人传得很邪乎，倒像他们都是现场目击者。说是大白天的，韩圪蛋就在韩家旮旯拦住韩变玲，要挟韩变玲到他家，说是他家比牲口圈安全，要是等不来就把那张纸贴到大街上了。也就是那黑夜，韩变玲和张水明双双失踪了。

这些消息有的是韩圪蛋酒后像讲《七侠五义》一样很生动地讲给人们的，有些则是在口口相传的过程中被加工渲染趋于细节化的。西饭市的人们被这一连串的消息搞得又兴奋又懵懂，惊眉诧眼地奔走相告着，又鬼头鬼脑地头碰头嘀咕着，呀呀呀，这东边人是咋的啦，一桩又一桩地出事儿，是不是动着那些坍塌的古庙了？

接二连三的蹊跷事儿在一片吵吵嚷嚷嘀嘀咕咕中，被大家伙归纳并案成两出戏。受苦汉张三牛准备参加招考滑稽荒诞惹人大笑；韩变玲、张水明和韩圪蛋的事儿蹊跷悬疑引人深究。这横空出世的两出戏，让评论家们议论、研讨、探究、查访，无聊的日子填充得情趣满满。这两件事尤其高兴坏了一个人，这家伙从西饭市跑到东饭市，又从东饭市跑回西饭市，先把张三牛说一通，笑一通，再把韩新宝家女儿评论一番，讥笑一番。大家知道此人一定是咱宋银禄。韩新宝把煤窑转包给他，开始还很感激，但后来就明白是替韩新宝捡了个破烂包袱。捡包袱就捡包袱吧，自己仍然是南窑沟煤窑的主子，这也是他期盼的。要是华岩村就这一座煤窑，那他就是一家独大，就是企业大老板了，可韩新宝这家伙居然另起炉灶了，而且新坑口就开在东山梁那边梨花台，主巷道直直通向他这边，将来炮声隆隆的采挖面就在他屁股底下了。摆出的架势还比天大，又是新式管理呀，又是现代化采煤呀，又是安全措施呀，简易房子盖起来了，电缆线架过去了，掘进的炮声隆隆隆震得南山都哆嗦了，工人们还牛逼哄哄地穿起劳动布工作服，胸口还印上"新辰"两个字。这他娘的简直是成心跟他宋银禄较上劲儿了。宋银禄看着自己的工人穿着又脏又破的黑窑衣，头上顶着火苗闪闪的电石灯，推着四个小轮儿的荆条炭筐陀车儿，气就不打一处来，冲着山梁那边就大骂，你牛你娘的啥呀，老子就这小窟窿，一陀车一陀车地拉出来就是炭，就是钱，你呢，你倒是大煤箱，可拉出来的都是石头渣子。老子进坑不用百米就是炭，你巷道走不上一千米还不知见不了煤见不了，咱们秋天下来算了总账再见高低。

山梁那边轰隆隆的声音正搞得宋银禄心烦意乱坐卧不安的时候，老天爷眷顾弱势人了，两个被他恨的家伙都遭报应了，张三牛家出了可笑事儿且不说，偏偏牛逼家伙韩新宝后院也很及时地起火了。

宋银禄按捺不住满心里的激动，两个饭市宣讲罢就直奔韩圪蛋家里，一进家就嚷嚷，日你个娘的，你咋敢日人家韩矿长的女儿哪，韩新宝要告你强奸罪，你狗日的等着坐班房吧。

韩圪蛋自从干了韩变玲，《小五义》《续小五义》就失去了吸引力。躺着看不进去坐起来，坐起来还是看不进去。倒是一个字也不落地看了一页又一页，眼光里却老是韩变玲白通通的脸儿和白通通的肉身子。韩圪蛋干脆将书收拾起，闭了眼睛一心一意地回想韩变玲。越想心里越甜滋滋，越想越觉得这辈子实在是值了，三十大几快四十的人了，想也想不到美美地干了个年轻女女，虽然他娘的不让嘴对嘴亲，可将半边脸使劲儿蹭在那小脸儿上，也是美得不行呀……就在这当儿，宋银禄闯进了他的美梦里。韩圪蛋一骨碌坐起，两眼瞪住立在地下的讨厌家伙。讨厌家伙还在嚷，你狗日的奸淫少女，乱伦混交，简直畜生不如啊。韩新宝那家伙可不是饶人的，你小子简直太岁头上动土了哪，有你狗日好果子吃哪。

韩圪蛋倏然跌落到现实里，你说啥啥啥，我乱伦混交，你他娘的侄儿子不但日婶婶，还娶婶婶你说我乱伦混交哪。咋，他韩新宝告我也好揍我也好，我愿挨愿受，老丈人打女婿天经地义呀。你他娘的狗逮耗子多管闲事，你无缘无故跑我家里说个这，你到底想干啥？宋银禄听得哈哈哈大笑起来，哈呀，见过不要脸的没见过你这么不要脸的，能把韩新宝说成你老丈人，哈哈哈哈，世上果真有脸皮比脚后跟还厚的人哪。韩圪蛋一脸正经地说，是呀，韩新宝就是我老丈人呀，我日了谁家女女，谁就是俺老丈人呀，嗷，知道了，敢情你是眼红我相好上年轻女女，也眼红我家老丈人煤窑闹得比你好，是吧？老宋大叔哎，我能日了年轻女女是本事，我老丈人煤窑闹得热火朝天也是本事，这没办法，本事加运气，挡也挡不住。你也就是能日自家个婶婶，能闹大队个破煤窑了，哈哈哈哈哈。

宋银禄本想找个同心同德者叙谈叙谈，没想到遭遇的是个谈不成话的家伙，你跟他说东，他答西。你跟他说西，他又岔到东了，同仇敌忾的满肚子知心话是没法跟这个半脑子说了。啊呔，走错门了，走错门了，要去人的家，咋就走到狗窝里了哪，呸呸呸，还怕染上狗骚味哪。宋银禄且说且退，韩圪蛋跳下地又"嚓啦"一声抖出梢子棍，你说谁是狗，你说谁是狗，狗逮耗子才是真真的一条狗哪。宋银禄听见后面"嚓啦啦"的梢子棍铁环响，加快了脚步，头也不回地说，富不跟穷斗，人不跟狗斗，你狗日的等着公安局来戴铐子吧。实话告你狗日的，韩变玲不是失踪了，是去太原省高院告你狗日的去了。宋银禄且骂且逃地出了韩圪蛋院子，就看见四周矮墙上爬伏着许多脑袋，看见宋银禄出来，那些脑袋就都消失在矮墙后面了。

但是英雄的宋银禄并没有因之歇菜了，他继续为张、韩两家新闻暗暗激动着，美滋滋谈论着，不曾想宋银禄自己也成了最新的新闻了。这天午饭时，宋银禄刚进家，南凤仙就骂上了，好你个没脑子么，没脑子么，你吃多了去那个韩圪蛋家找死哪，满大街都嚷嚷得一锅粥啦，说你撺掇韩圪蛋破坏人家韩新宝的煤矿啦，还有更听不进耳朵的话哪，说你是去跟韩圪蛋吸取经验啦，让那赖人教你日搞年轻女孩啦，啊呀呀，越来越发觉你是个一点也不让人省心人呀。宋银禄一愣，听谁说的。南凤仙说，外面就是买炭的人嘛，你去听听人家咋说你这没脑子哪。

嫉妒是求爱的加油站

　　锄小苗期间，韩守仁婆姨突然病了，说是绝经都五六年了咋又走红的了，叫西匐村老中医按着手腕号了一顿脉，一边开药方，一边说老年经水复来，连吃三服药保准就好了。三服药吃完果然止住红了，韩守仁婆姨还跟着韩守仁到地里锄了两天玉茭苗儿，可是突然又犯病了，说是走开黄带了。东饭市妇女群落里就有人悄悄议论，说守仁家恐怕得的是不好的病。韩守仁领着婆姨到太原大医院看了几天回到村里说，不要紧，是宫颈糜烂，吃点药就好了。前去探望的婆姨们对韩守仁说的医检结果半信半疑，但韩守仁的关注点已经从婆姨身上转移到庄稼地里了。大部分人家小苗已经锄完了，他家地里的杂草比谷苗儿还高。韩守仁从早上锄到日头落山，一垄地还没锄出头。急是急，但坚决不再让婆姨上地干活儿了，没办法只好雇人了。

　　韩守仁雇的人有韩新惠、连虎儿、韩守民、张三牛，除张三牛以外，其他几人已都是韩新宝煤窑上的管理人员或者工人了，到新辰矿上一天班，每天一块二。给韩守仁锄地一分钱也不挣，只管中午晚上两顿饭。这几人都是好锄手，二亩多地的庄稼苗儿，两天一上午就锄完了。

　　那几天，张三牛穿着白洋布缝制的汗衫儿，其他几人则一人穿一件黄背心，上面还印着"新辰煤矿"几个字，牛逼哄哄的好像已经和纯庄稼汉不再有共同语言了，只顾他们头碰头地嘀咕煤矿上的事儿，像是专门显摆给张三牛看似的，把个张三牛搞得很孤立很卑微。中午吃饭时，几个人又没完没了说某某工人好，某某工人不好。张三牛一句嘴也插不上，只管擎着大碗一边呼溜呼溜吃面条，一边伸长脖子看韩翠子在炕上做数学题。韩翠子说，三牛叔你能懂得吗？张三牛说，嗯，前几年学过的，全忘了。韩翠子说，俺们倒是刚毕业，可就跟没学过一样，数学老师本来就扯淡，抓得还不紧，自打复习开天天得去马兆飞家问他呢，这不，刚刚问了，回来就忘得干干净净了。张三牛脖子又伸了伸说，哪道题？张三牛这句话不光震惊了韩翠子，尤其把那几位新辰煤矿工人同志惊坏了，几双眼睛齐刷刷瞄住脏眉黑眼的张三牛，吆，三牛子，该不会狐狸成精了吧？张三牛把吃剩的半碗饭推一边，把韩翠子的数学书拖到眼底，凝紧眉头看了起来。一边看，一边嘀咕，扔一边都十几年了呀，在西訇中学念书时，回回考试是头名二名。韩新惠说，饭冷了，赶紧吃了锄你的谷苗子哇。张三牛说，翠子，你拿来笔。韩翠子把笔递过去，大眼闪闪地看着张三牛在纸上写下，解，写下冒号，写下 x y z 一窜字母码子，最后写出了答案。韩翠子将答案与马兆飞的答案一对照，吃惊地叫起来，呀，三牛叔，你真不简单呀，这么难的题马兆飞还做了半天呢，你咋能做出来呢？张三牛端起所剩的半碗饭一边吃着，一边将脑袋探照灯一样拧过来拧过去，将几位新辰矿工人扫视一圈说，吃不了公家供应粮你再牛也是瞎牛哪，想活出个人样儿来了，得想办法混上个供应粮本本哪。韩新惠们齐声说，吆，一道题做得华岩村搁不下了。张三牛脑袋扬得高高的，嗯，华岩村搁不下还不容易，去新辰煤矿下煤窑就行了嘛。

给韩守仁锄完谷子的第二天，张三牛登着木梯上了楼，挂起小锄大锄，从蒙满灰尘的木箱里拿下西訇中学课本来，盘腿打坐在炕桌前，翻开代数课本扉页，深深呼吸一口气，正式启动了休眠多年的脑力，开始了悬梁刺股般的复习。

邱粉娥眼睁睁看着张三牛完成了这个动作系列，奇怪得眼珠子都掉出来了，嚷嚷道，嗨，你，你，你这是咋啦，大好晴天的打盘起腿腿，展开书书，当真是不上地干活摆起阵势念书书呀？张三牛已经专注在第一道数学题，将邱粉娥的叨叨使劲屏蔽掉。邱粉娥又嚷，有人家已经动开大锄了，你咋能在家里稳塌塌地坐住哪？张三牛则凝起眉毛，抿紧嘴巴，款款拧开水笔帽，开始做题了。邱粉娥恼了，张三牛，张三牛，啊呀呀，你这是打起排场念书呀，地里大苗子再不锄杂草就起来了，再下雨就草盖苗子了，你就眼睁睁看着庄稼叫草混呀？张三牛手中水笔沙沙沙地划拉着，多半张纸已经写满了xyz、abc。邱粉娥用手掌使劲将炕沿拍得"啪啪啪"响，张三牛我看你是不打算闹这人家了，是吧，你这是打算陈世美一样考状元招驸马呀，是吧？张三牛这回有应答了，笑了笑说，嗯，有可能。邱粉娥声音更高了，张三牛，我告诉你，西旬中学念书我也不比你学习差，你要是人家也不管，庄稼也不管，只顾埋着脑袋念你的书，那我也啥都不管了，我也摆起排场念书呀，咱看谁能拗过谁？张三牛的思路到底被打乱了，狠狠抬起头，呀，邱粉娥哎，你不闹好不好，你现在好好支持我，好歹我考上个好学校转了供应，成了公家人，你不就成了个干部家属了？邱粉娥气得没办法，撕心裂肺地哭喊开了，你光管你凉凉快快地坐家里享福，那地哪，地哪，地咋呀，老天爷，自家的二亩多，又收罗上韩圪蛋的一亩多，玉茭苗子都长至膝盖高了，咋呀，眼睁睁看着草混了不锄了？张三牛一骨碌下了地，收拾起书本就逃离了农村妇女的吵吵声。

张三牛夹着书捏着笔，伫立在东华岩马家塄最高处，愤愤想，这还真真的是整个华岩村放不下一张安静的书桌了，忧愤出诗人，忧愤也出秀才举人的。张三牛顿时就想到一个好去处，走下马家塄，跨过金圪槽，直奔向老茂堂家里。老茂堂一个人的地不够收拾，大多时间在家里磨蹭着，躺一会儿坐一会儿地打发时间，见有个人来陪伴，倒也不讨厌，只是有点奇怪，嘿，你们东边人可是日了怪了，韩圪蛋光看书不动弹，咋你也五黄六月的光看书不动弹啦？张三牛已经把书展在了炕桌上，翻到要做的那道题，深深皱起眉头寻找被邱粉娥打断的衔接点。听到老茂堂说话，一愣怔，急忙将一盒云冈烟扔炕上，摆摆下巴说，茂堂叔，吸烟吧，求求你不要说话了。

邱粉娥没办法，只好自己一个人扛着锄头去干活，顶着日头汗水淋淋地锄一天地，回家还得自己做饭，做熟饭还等不回张三牛。邱粉娥把锅碗都洗涮收拾了，张三牛才小学生一样放学回了家，低眉顺眼地只管端了饭碗，把脊背朝向农村妇女，任她怎么骂，横竖不还口。急慌慌把剩在锅里的饭三口大两口小地扒拉完，就夹着尾巴逃离闹心魔窟，奔向专心学习的好去处。

劳动布工作服真牛

韩翠子喘吁吁跑到马兆飞家说，嘿，马兆飞，你都解了半天的那道三元一次方程题，张三牛一会儿就解出来了，你说奇怪不奇怪。马明煦在院子里说，这有啥奇怪的，在西訇中学那会儿，头名二名就是我跟张三牛轮着当哪，我是死下苦工的，狗日的张三牛家里拖累一误课就是十天半月的，可赶考试去了，一考又在头。韩翠子说，明煦伯，那你现在也会解数学题？马明煦说，不行了，都忘了，有时拿起飞子的数学书看看，都一抹黑了。

马明煦扛着锄头上了地，韩翠子就和马兆飞合用一个炕桌，面对面地开始做起题来。半下午的时候，就听见连志红一路叫喊着进来，马兆飞马兆飞，走走走，咱们同学要聚一聚哪，有人请客哪，唔，韩翠子也在啊，正要去叫你哪，走走走快下地，下地。马兆飞正凝眉思考着一道题，厌恶地缓缓抬起头，看着满脸兴奋的连志红说，你们去吧，我，我不去。韩翠子看连志红急切的样子说，马兆飞，咱去吧，去跟同学们联络联络感情嘛，要不快活成孤家寡人了。马兆飞想，孤家寡人就孤家寡人吧，横竖考走就远离这些人了。口上却说，我又不会喝酒，我实在是不愿意去那种场合。连志红一把拉住马兆飞的手腕子，走走走吧，你就是考上走了也不能没有同学吧，他们还不乐意叫你的，是我硬说服了他们才同意的。

连志红领着马兆飞和韩翠子往金圪槽桥上走，远远地就看见一片土蓝色，走近了才看清，宋云飞、宋向前、韩军儿、段世凯、宋二平、段学东一人一身劳动布工作衣，左胸口印着"新矿"两个字，脑袋仰得高高的，表情绷得紧紧的，一个比一个牛。穿上劳动布工作衣的确很神气，华岩村年轻人都知道只有吃公家饭的工人阶级才能穿上劳动布工作衣，在他们见过的人里只有二道河机械厂工人和几个县煤矿的工人才能穿上这种衣裳。现在宋云飞们也穿上这种公家人才有的标志服，新灿灿地将人一包裹，荣耀感顿时就绽放在脸上了，想尽量矜持一点也不行。看着马兆飞和韩翠子向这边走过来，自豪感神气感越发膨胀到天上了，你能考个破学校分配个工作，我们不用费脑念书这不同样有工作了？

连志红看他们都穿起工作衣，惊眉诧眼地叫喊，呀，好美呀。宋云飞将一个塑料袋塞给连志红，给，穿上。连志红拿了塑料袋就钻到桥洞里，从桥洞里出来时，把个枯干瘦小的崭新农民伯伯连志红，一下子就变身成英姿飒爽的工人老大哥了。连志红低头看了看胸前的"新矿"两个字，双手插在前裤兜里，接着就发现后屁股一边一个竖口袋，就将双手从两侧平移到后裤兜里，对一边的马兆飞说，兆飞，你也参加我们新辰煤矿吧。马兆飞抿嘴笑了笑，对如此巨大的蜕变反应很木然。

宋云飞们兴致勃勃地走在华岩村大街上，宋二平拉着韩翠子说个没完没了。宋二平说，看人家你皮子还是白通通的，看我晒成个黑蛋蛋了。韩翠子说，俺参硬不让我动弹嘛，非让我复习考试呢。宋二平说，人家守仁叔是开明人，知道让孩们念书。韩翠子说，哪能复习到心里呢，俺娘一天比一天瘦了，看看俺娘病歪歪的样子心里就难受。宋二平说，守仁婶在太原检查不是说不要紧嘛。韩翠子嘴角就哆嗦得说不出话来了，就用袖子捂住眼睛哭起来了。

宋云飞扭后脑袋朝两位女同学喊，哝，你二位快点啊。宋二平拉着韩翠子追上去问，这才半下午嘛，早早地就把大家集中起，这是引俺们去哪儿呀？宋云飞说，你管去哪儿哪，有你吃的有你喝的就行哇。宋二平说，华岩村也没个饭店，该不是去二道河哇。宋云飞用豪迈的步态和轩昂的气势做了回答，像下乡检查工作的上级领导一样，走在队伍最前列的中间位置，被大家伙众星捧月似的簇拥着。"七年制"们呢，也像广大民众跟定举旗人一样相信他会带领大家走向福祉，毫无二心地追随在宋云飞左右。对前景持怀疑态度的只有马兆飞一个人，他走在男同学队伍的最后面，很被动地被裹挟着往前走，整个儿一个边沿人，只有韩翠子不时用眼色提醒他，要跟同学们打成一片嘛。

宋云飞领着大家走进了老茂堂那座古老的院落里，这个目的地，男同学们大都有预见，但两位女同学却失望了，云来雾去的还不知领俺们到什么好地方呢，就来了个这啊。宋云飞以决策者的语气说，对，就这里，炕大桌子大，茂堂爷又是好厨子。

进了老茂堂家，老茂堂很欢迎，但炕桌上学习的张三牛一看涌进来这伙浑小子，又有拿肉的，又有提酒的，眉眼鼻子都厌恶得移了位，看到其中还有马兆飞和韩翠子，恶狠狠说，你俩咋也跟这些人在一起。马兆飞和韩翠子没说话，宋云飞一手把炕桌上的书本推得散落了一炕，说，你说俺这些人是啥人，他俩跟俺这些人在一起就咋了？啊，他俩就高明俺们就是下三烂？你老眉皱眼的跟他俩一起就般配吗？真替你老人家脸红哪。张三牛收拾起书本往门外走，狠狠摔下一句话，下三烂，这可是你自己对号入座的。你俩听我一句话，赶紧考走，要不这辈子还得活在这些人手底哪。宋云飞冲着张三牛脊背喊，啥意思啊，谁活在谁手底了？回来说清楚你再走。张三牛赶紧加快了短腿迈动频率，屋里爆发出好一阵儿哄笑。

炕桌争夺战就这么快捷，赶走失败者，大家伙团团围坐在炕桌四周，你的膝盖压着我的大腿，我的胳膊肘蹭着他腰身，这样挨挨挤挤的，感觉比在学校教室里坐着亲密得多。脱掉劳动布外衣，露出了印有"新辰煤矿"字样的红背心，一张张青春的脸庞被映得红彤彤的。坐在首席位置的宋云飞说，同学关系就是最好的关系，没长幼，没高低，想说啥就能说啥，咱们一定要把咱们关系保持好，不管你以后当啥大官也不能忘了咱们同学情分，我主要是说你俩考大学的哪，听见了吧？韩翠子说，俺肯定考不上的。宋云飞说，我就说嘛，咱们一茬茬同学，都去新辰煤矿上班，热热火火多好哪，放光明大道你不走，偏要跟着某些人走独木桥。嘿，马兆飞，你也表个态嘛，咋，这些人不值得你交朋友是吧？马兆飞白刷刷的脸掬起一丝笑意，我这人是话少，其实我内心是很讲交情的。宋云飞说，嗯，这倒是，在学校那会儿，倒也没少让咱们照抄作业。

老茂堂按他们准备的原材料炒好了菜端上炕桌，宋云飞举起酒杯，来，共同祝咱同学情谊长长久久永永远远，干杯。同学们连干三杯。宋云飞又领着同学们下了地，茂堂爷，我们大家敬你一杯酒，感谢你为我们操劳。老茂堂接连喝下"七年制"们敬的三杯酒，拍着宋云飞脑袋说，行，能成事的都是赖小子。说着从宋云飞扫视到马兆飞，定定地看了一会儿，像要说什么，没有说。是不是要说，听话的孩子都成不了事？不知道。老茂堂会看相会算命，说不定从宋云飞和马兆飞相貌上看出二人日后命运了？"七年制"们嚷嚷着让老茂堂逐一说说每个人的命相，老茂堂用鼻子笑了笑，说，嗯，你这张脸就把各人的命数运数定死了，你再咋搏战也跑不出定数的，不过不能说，我说了，孩孩们知道各人日后是个啥样子了，就活得没信心了，就成提起了一条，放下一团了。我这人为啥无妻无后闹得这般凄凉，就是因为我早早就把自己的后果看透了，孩孩们刚活人芽芽哩，前景跟梦一样活着才有信心哪。老茂堂把大家伙的胃口越吊越高，菜也不吃了，酒也不喝了，一个劲儿求老茂堂给看相说命，老茂堂就将神秘兮兮的双眼挨个儿看了一圈，最后盯住宋云飞，嗯，你们这些孩孩里，日后有起色就看俺宝禄子家这孩孩了，这孩孩有个好天庭，天庭也叫官禄宫，火星、天中、司空都在这额头上，这孩孩五柱直入天穹，额中隆起厚而耸，命定为官爵禄升。老茂堂就让宋云飞坐端直了，拿起一根筷子，直直竖在面前，像土木工吊线一样闭着一只眼睛看了一顿，摇了摇头，人命天定，难防克运，只可惜鼻隆人中有些些偏了，不过不要紧，只偏了一些些，这就看你孩孩持控了。把个宋云飞听得又惊又愣，那，那，那鼻子歪了就咋了嘛，茂堂爷你说呀，说呀。老茂堂却说，赶紧吃菜，吃菜，看都冷得热气气也没了。

宋云飞被老茂堂说得蔫吧了一会儿，就又云腾雾罩地欢跃起来了，一杯接一杯地劝酒敬酒，一顿饭吃了三个多小时，直吃得亮起了灯，吃得老茂堂又打呵欠又伸懒腰了，宋云飞才宣布了散席号令。"七年制"们走出老茂堂家，连志红、韩军儿、马兆飞、韩翠子走向西边；宋云飞、段世凯、宋向前、段学东、宋二平走向东边。宋云飞们走过西饭市，各自走进通往各家的街巷里，窄巷里就剩了宋云飞和宋二平两个人。二人走着走着就放缓了速度，就站住了。宋二平说，咋站住了？宋云飞说，就是呀，咋站住了？宋二平说，明明是我看你站住，我才站住的嘛。宋云飞说，我看你越走越慢了，才站住的嘛。宋二平说，赶紧回家睡哇。宋云飞说，酒劲儿正上来了，不想睡嘛。宋二平说，不想睡也得睡嘛，还能在这里站一夜唉。宋云飞说，急啥哪，再跟我说说话哇。宋二平说，等上了班天天见哪，有多少话说不了哪。宋云飞说，天天见啥哪，听说你是去财务上呀，我们几个还不知让干啥哪。宋二平说，要说啥你快说哇。宋云飞说，唉，要说吧也没啥说的，你说没啥说的，又像想说说啥哪。宋二平说，你跟我能说个啥呢，除了淡话还是淡话，我知道你的心在哪儿呢。宋云飞说，在哪儿呢？宋二平顿了顿说，在哪儿呢，自己知道还故意问呢。宋云飞说，真不知道你说谁嘛。宋二平说，非要叫我给你说出来呀，你喜欢听是吧，那我就说了，东边的女同学，韩翠子，说对了吧？宋云飞说，哪里呐，人家都准备考大学了，跟咱不是一路人。宋二平鼻子哼了一声，哼，越不是一路人才越新奇有吸引力呢，看你一晚上眼珠子就没离开过韩翠子。宋云飞舌根软软地说，瞎说呢，哪有呢，我倒是想看人家哪，可人家不看咱。宋二平说，才不是呢，你看她，她也看你呢，你还从桌子底把腿伸过去，把脚插在人家大腿底下呢，不要以为别人都是瞎子傻子，要想人不知，除非己莫为。宋云飞半天不说话。宋二平又说，她还用手摩挲你的脚呢，一晚上享受美了哇。宋云飞笑了笑，你真能瞎说哪，我心里还是想你多，想韩翠子是捎带。宋二平说，啊呀，宋云飞呀，你可真坏呀，刚刚从学校出来在哪里学得这么坏呀，告韩翠子肯定说宋二平是捎带了吧。我这人可不行，你要跟我好就跟我好，要是三心二意的趁早跌得远远的。

宋云飞见宋二平已经挪步了，急忙赶到前面一下子把宋二平推到墙根，两只胳膊拦到两侧，与搂抱状态就差一颗山药蛋了，满嘴巴的酒气直直熏着宋二平。宋二平也应酬了几杯酒，对于熏天的酒臭不是很敏感，说，你这是要咋呢。宋云飞说，你说我要咋呢。宋二平说，你不能这样呀，村里人都说姓宋的没好人了，倒有侄儿娶婶婶的了，你这又勾搭姑姑了呀。宋云飞说，早出了三代五服了，你要能看上我就不要提这些，你提这些就是不想跟我好。宋二平就不说话了，只觉得呼吸一阵儿比一阵儿急促，宋云飞的嘴巴已经伸过来了，胳膊上稍稍一使劲，那一颗山药蛋距离顿时就趋于零了，说白了就是搂紧了，两片湿津津的舌头就疯狂地搅动在一起了。

宋云飞将手伸向对方裤带扣，宋二平立刻将宋云飞手掰开，不行，不行，这可不行的。只听得街巷里一阵儿脚步声，宋云飞一愣怔，黑洞洞的空间里只剩了他一个人。

终于活成上班人了

新辰煤矿占据的那个区域叫梨花台，传说唐朝时樊梨花曾在那里举兵点将，半山坡天生一片平展展的地方，左龙山右虎山地环抱着，还有一道小溪从右侧环绕着向东流入沁河，讲迷信的人说风水好，不讲迷信的人说风景好，饭市上人们说这地点一准是会看阴阳的韩辰熙选中的。

宋云飞们兴高采烈地走进叫作新辰煤矿的环境里，这里看看，那里看看，新鲜得不行。韩新惠大声喊，新来的工人们开会了。十几个身穿新辰矿劳动布工作服的年轻人，推推搡搡地涌进新搭建的临时木板房里，各自找块砖坐下来。给他们开会的是韩辰熙，这人一出场，新工人们脸上洋溢的幸福红晕，顿时就被冷却板滞了。

韩辰熙永远地黑着个脸，恶狠狠地鄙视着全世界。韩辰熙走进会场，在前面一个凳子上落了座，脑袋仰向斜上方，眼睛瞥向斜下方，挨个儿将每张脸盯一眼，都觉得那冷飕飕的目光像从前胸穿透后胸了，一下子就凝固了对人的印象了。宋云飞左后方坐着个外村女孩，皮肤白通通的，刘海斜斜地在额头飘拂着，不时用手往耳朵后面捋一捋，那细细的手指头也是白通通的。就捡了一小块土坷垃朝段世凯扔去。段世凯扭过头来，宋云飞示意左后侧那女孩，段世凯挤挤眼，意思是他早看见了。这个过程就全被韩辰熙看在眼里了，毒毒的目光在宋云飞脸上停留了足足五秒钟，接着就开腔了，嗯，是这样的，华岩村老祖先就流传了一句话，叫闹窑供戏，自寻生气，就是因为这两种人难管理，不是难管理，是因为早先的窑也小，人也少，就一个窑掌柜，几个下窑的。下窑的呢，脏了脸，瞪了眼，仗着自己淌险冒死的身子骨，跟主家得理不饶人。掌柜家哪，管起来碍着个乡里乡亲面子的，这也许就是老辈人说的难管理。我虽然是个地地道道老百姓，可我爱操心，知道一些外面的事情，要管好这么一摊子，必须踢开情面，必须撕破脸面。咱们新辰煤矿是按照大煤矿那一套运行的，有国家政策扶持，贷款政策支持，咱这采煤设备，井下运输设备，安全检测设备，瓦斯检测设备等等，都是按县营矿规格配置的。设备先进，咱们的管理制度也是韩新宝矿长在国营矿县营矿学习回来的，不怕你是孙悟空七十二变，这管理制度就是紧箍咒，就是如来佛的大手掌，不管你是外村的还是本村的，谁都得按制度来。你自愿报名应招，就等于你同意执行这些条款，你签订用工合同的同时就熟知了每条每款，熟知了就要执行，违背了哪条都有相应的惩罚，或扣款，或停工，违规多次就卷铺盖走人。面子是软的，可制度是硬的，你就不要拿软的碰硬的。嗯，我这里主要说说本村人，让你来并不因为你有多大能耐，都是碍着乡里乡亲的，要我就坚决按条件，可咱们矿长是菩萨心，说华岩的煤窑优先解决华岩人的劳务收入。那么好，你来是来了，来了不等于抓住铁饭碗，你违规操蛋可能就要丢饭碗。韩辰熙说到这里又朝宋云飞盯了一眼，然后拿起一摞小本儿让韩新惠发下去。接着说，这就是咱们新辰矿的管理制度，你签合同那会儿看的是个简章，这本本里可是细则。大家都是初中生，本本上内容都能看懂，光看懂不行，还得逐条逐款都记住，一个礼拜以后咱要组织一次考试，看你记住了没记住，光记住还不行，还得严格执行。

这样的见面会，本来该矿长唱主角，可是韩新宝却一直没露面。散会后宋云飞问韩军儿矿长为啥没讲话。韩军儿说是到外面找韩变玲去了。宋云飞指指走在前面的韩辰熙低声说，你们韩家这家伙好凶啊。韩军儿低声说，可不呢，我们韩家人都怕他哪，有说他是诸葛亮的，也有说他是潘仁美的。那几年还管制着时就看不起人，摘了帽子后更眼高了。宋云飞叹一口气说，真他娘的就这倒运命，在学校有个黑眉黑眼的班主任，家里有个黑眉黑眼的宋宝禄，这又遭遇了个更黑眉黑眼还黑心的韩辰熙。韩军儿说，咱管他呢，只要咱按时按点上班干好咱的，他也欺负不到咱头上。正说着，段世凯跑过来将宋云飞拉到一边低声说，那女的我打听好了，是西訇村的，叫方婷婷，也是西訇七年制毕业的，跟咱们是同一届。宋云飞问，你跟她说话了？段世凯说，说了，我问她找上住处了没有，她说是跟另外一个外村女的，暂时住在矿长家了，说让抽空陪韩变玲娘说话的。宋云飞狠狠在段世凯胸口砸一拳头，说，太美了。

第 9 章
容颜时差

好门面就是好脸面

宋银禄苦苦寻思了几天，想好了煤矿的名字，叫银生金矿，除有点铜臭与俗气，想得还是很不错的。第一，宋银禄生了宋金宝和宋金元，从字面上就很贴切。第二，金比银值钱，预示着煤矿效益将翻倍提升，也就是原来是元宝将来要换成金条的。华岩大队煤矿承包给了个人，宋银禄去经委煤管科更换手续时，办事的人员将圆珠笔点在表格空白处要写矿名，宋银禄却挖着脑袋说还没名名，把个办事员就惹恼了，把笔狠狠一搁说，开玩笑。现在好了，煤矿终于有正式名称了，银生金，这个名字让宋银禄越想越满意，煤矿名称只填写在表格里还不行，还得让所有人都知道华岩大队或者南窑沟煤窑这些俗名不用了，改名为银生金煤矿了。得搞一块宽大厚实亮汪汪的好牌匾，将简易门楼上那块早被雨淋日晒得又脏又破的老木牌撤换掉。牌子牌子嘛，一个单位的脸面嘛。可是哪，亮汪汪的牌子难道就挂在那个一横两竖的松木框架上吗？门面门面嘛，没个气势汹汹的大门,咋能配得上银生金煤矿这个名字呀?咋能配得上咱宋银禄矿长这个位位呀?牌子要换,门楼更要换,统统用粗钢管,用大角钢,用厚铁皮,新门楼要高大,要雄伟,要壮观,要,要,要……啊,要超过山梁那边那个门楼两倍高。

一个礼拜以后,高大雄伟壮观的门楼和硕大而且亮汪汪的木牌,就雄赳赳气昂昂地炫耀在通往南窑沟的路口了。

宋银禄伫立在不远不近处,脑袋歪歪地端详着崭新门楼与崭新木牌,心里美滋滋的,脸上乐呵呵的。山梁那边的梨花台哪,不就是一个野场子嘛,虽弄了个钢管门楼,不也才丈把高嘛,上面挂着的那是个啥木牌呀,就是块长条木板上写了几个毛笔字嘛,嘿嘿嘿嘿,宋银禄想着想着就发自内心地窃笑了。你腾云驾雾的又是大矿规模呀,又是现代化管理呀,他娘的你不就是个新挖的坑口嘛,将来见了炭见不了炭还说不定哪,你几万几万地投进去,一节一节地挖进去,见不了炭你韩新宝跟韩辰熙一前一后跳进附近的废井筒去吧。所以你不敢兴建高大门楼嘛,所以你畏畏缩缩不敢耍牛逼嘛。切,你以为我们银生金就换个门面换个牌匾吗?设备更换也在规划中哪,咱也换铁轨煤箱,咱也换充电头灯。宋银禄在华岩村啥时候落后过别人哪?玩贷款谁不会呀,换,立马就换,要换就换比山梁那边更好的。

可是宋银禄将想法说给南凤仙时,立刻就被否决了。南凤仙看着想问题一点都不着边际的宋银禄说,呀呀呀,你这是还叫人活呢不叫人活呢?多少年的老窑了,就这么闹着就是了,我听村里人说,人家韩家人不承包这座窑,是人家知道再往深处就没法挖了,不值得投资了,才转包给你的。韩辰熙韩新宝那些啥人呀,都是人精呀,卖得吃了你还帮着人家数钱呢。咱就把这个摊摊守好,十几个工人有头有序地动弹着,产的炭都能卖了,算下来还能挣一点,也就是了。啊呀呀,见人家骑驴驴你就想抬腿腿呢,哈巴狗儿撵狼呢,趁你跑呢趁你咬呢。还想贷款呢,是呢,公家鼓励贷款呢,光用到银行点钱呢,宋银禄呀宋银禄,去哇,去贷去哇,贷多少都得填了黑窟窿，真是的，宋银禄你给我安安的，换门楼子换也就换了，花不了多少钱，还想再给我瞎折腾呢。听见了吧，不是跟你说话，死眉瞪眼的，看你那份倒运样子吧，还想腾云驾雾呢。

英雄的宋银禄同志不怕帝国主义，不怕官僚主义，就是有点怕女权主义。南凤仙机关枪似的说着，他耷拉着脑袋眯缝着眼在炉灶旮旯圪蹴着，你弄不清他是在洗耳恭听呢还是在使劲屏蔽着噪音呢。宋银禄深深地吸了一口气，以为要反击了，谁知又把一口气长长地吁出去了。宋金宝和宋金元在场，南凤仙还收敛着点，这弟兄俩要不在场，南凤仙就越发信口开河了。南凤仙一开始是死活不同意宋金宝宋金元来上班的，宋银禄就以弟兄俩是廉价劳动力为由，才算把已然是银生金矿实际掌控者说服了。按说宋银禄身边有了金宝金元哼哈二将，上阵父子兵，应该团结一致对付刁婆娘的，可是不知怎么搞的，家庭会议上宋银禄灌输的筷子理论，在这个家庭与煤窑二合一的空间里，却难以践行。就这样，抗美英雄的战斗力就这样地日渐衰减了，后续婆姨的掌控力却日趋膨胀了。

南凤仙先是唠叨，宋银禄不作声，弟兄俩没抵触。南凤仙就升级为小骂，宋银禄不反诘，弟兄俩没反抗。南凤仙的责骂就越来越肆无忌惮了。骂宋银禄有时就指桑骂槐地捎带着弟兄俩，干看着吃饭时锅台边立马竖枪地虎一茬男人呢，啥事儿能靠上呢，真真的操碎心了呢，又得忙家里又得忙窑上的，啥也得我婆姨人操心哪。宋金宝最强烈的反抗就是端着碗躲到院子里。宋金元只有哥哥有了动静，才会紧跟着行动。哥哥端着饭碗远远地躲到崭新门楼根底，他也擎了饭碗圪蹴在哥哥跟前。哥哥低声说，咱爹就是个球势，就是敢喝叫咱弟兄俩，在南凤仙跟前孙子一样。弟弟嘀咕，邻家婆姨还说南凤仙是贤惠婆姨，敢情也是个母老虎。哥哥说，咱们在二道河看马戏表演，那个母老虎不照样听话呀。干脆咱弟兄俩按倒打狗日的一顿，看她还敢不敢发威呐。弟弟嘀咕，要不咱俩不在这破煤窑动弹了，还是回老房子吧。哥哥想了想说，就咱俩，灰家黑灶也不成个过活呀。弟弟嘀咕，那，那就只好受这压迫了？哥哥就低下脑袋。老半天也没想出个回答的话来。

　　金宝金元正圪蹴在新门楼附近吃着饭，就看见宋云飞、宋向前和段世凯们嘻嘻哈哈地从远处走来了。弟兄俩感到好亲切，就像被压迫人民终于找到组织了，远远地就朝宋云飞们飞奔过去。宋金元说，吆，你们新辰工人还知道来俺这里呀。宋金宝说，当了个新辰煤矿工人嘛，牛逼得都鼻窟窿朝了天了，俺弟兄俩在你们眼里还不如马兆飞呐。宋云飞愣了一下说，唔，你是说那次聚会吧？宋金宝说，咋，跟马兆飞相好了？段世凯解释说，不是的，那次光叫的是七年制我们那一届的嘛，要不还能不叫你俩？宋金元说，噢，一届咋，一届就都能说得着？宋金宝说，就是去了个新辰煤矿牛逼了嘛，不就是发了一身劳动布衣裳嘛，啧啧，衣裳上还印上个"新矿"，想学人家二道河机械厂工人呐，咋学也不像。宋向前说，开始也说要叫你俩来，就怕银禄爷不让你俩出来，你俩不是一个负责给买炭的装车，一个负责窑里抽水嘛，都离不开人嘛。宋金宝说，自家的煤窑，哪会想走就能走，有啥走不开的。宋云飞说，不是吧，听说你俩被管得可死呐，一点自由也没有嘛。弟兄俩相互看看，就红着脸不说话了。宋云飞一看说到弟兄俩痛处了，赶忙说，咱这样吧，欠了你俩一顿酒，赔三顿，咱今中午就落实。弟兄俩一听，激动得就要跟了宋云飞们走，就听见他爹破嗓子叫喊了，吃了饭，不赶紧换衣裳到班上，不看工人们都进坑了？天生的讨吃鬼，人叫上不跟，鬼诱上直跑，一天价跟上龙王吃贺雨，跟上王八捣了鼓，还不赶紧换衣裳到班上？

　　宋金宝和宋金元只得磨磨蹭蹭地走向换衣室，宋金宝走着走着站住了，宋金元就也站住了。宋金宝突然转身朝宋云飞们跑过去，宋金元就也紧跟着哥哥跑。宋银禄越发恼火了，急忙喊，不装车，不抽水你俩去哪死去呀？弟兄俩头也不回地越跑越快。宋银禄从窑场子提起一个木棍就朝弟兄俩追过去，宋金宝见爹杀气腾腾冲来了，就在路边捡起一块石头，喊，你就敢欺压俺弟兄俩，南凤仙骂得你狗血喷头，你也不敢拿棍子对付对付南凤仙，来嘛，你敢打我一下，我一石头砸死你狗日的。宋银禄抡圆的木棍就要抽过来了，宋金宝高举的石块就要扔过去了，说时迟那时快，宋云飞和宋向前赶紧拉住宋银禄，段世凯和段学东迅捷拉住宋金宝。宋银禄缓缓放下武器，摇了摇头叹气说，日他娘的，这是养儿哪，养狗养成狼了嘛。宋金宝气呼呼问，你可是说对了，谁是狼呀，你说谁是狼呀，饭市上人们都说你是娶婆姨娶上娘，养狗养成狼了，啊，到底谁是狼哪，南凤仙才是狼哪。宋金元说，哪是狼哪，是母老虎。宋银禄像被点了穴似的僵住了，一屁股跌坐在煤堆上，只顾吸烟气儿也不吭了。

宋云飞们硬是把宋金宝和宋金元推搡回换衣间里，直看着弟兄俩都换了又脏又破的上班衣服，才从银生金煤矿高大雄伟的新门楼撤离出来。

闲暇时光实在难熬

华岩村自从有了新辰煤矿，街上热闹多了，穿着新辰煤矿工作衣的陌生人，三人一团两人一伙地走在大街小巷里。天黑以后人更多了，都是离开家的人，年轻的没有父母管着，成年的没有婆姨管着，一天价听人说自由自由，也许这就是自由了？可这自由自在的日子像世上任何事情一样，新鲜劲儿只有几天，下班后再这样当街耗着，实在是无聊得不行。回到租住的房子里打扑克下象棋，有的房主家又嫌嚷嚷影响人家睡觉，再说了，爱玩这些的人可以，世上还有不爱玩这些的人哪。后来就听说有个人会说书，就都一窝蜂涌到那人家里请他说书给他们听。听说那个会说书的人叫韩圪蛋。

韩圪蛋光棍一人住着一个家，房子大，院子大。人少时先在屋子里，人多了就到院子里。天越来越热了，晚饭后山村里凉飕飕的，搬块砖坐在院子里听书，的确是个打发无聊的好去处。

一开始塞给一盒烟，韩圪蛋就美滋滋吸着别人送的烟开说了，后来那各种牌子的香烟越堆积越多了，韩圪蛋对烟的需求就不再迫切了，就关门谢客了，说你们下煤窑力气活是伤后天气，这摇唇鼓舌是伤元气，舌头是连着心的，给你们说一晚上，就觉得肚子里哗啦啦地往下掉肉哩。即刻就有直率人说，老哥，给你钱你说不说？韩圪蛋接口说，给钱？我韩某人一向崇狭尚义，从来视金钱如粪土，可看你们光棍单身黑夜睡个干褥子，连个搂的抱的也没有，夜罪难遭呀，好吧，那就给你们说吧。烟我是不要了，有了钱我自己想抽啥烟我自己会买的，咱这样吧，你们谁愿意来听我瞎谝你就来，一人一毛钱，不多吧。外地人都说，不多不多。

韩圪蛋这说书事业就这样开张了，院子里安了颗四十瓦特大灯泡，把个四四方方的院子照得亮汪汪的。正面摆了一张高腿方桌，只用把茶壶茶杯摆放好，就有听书的勤谨人给烧水倒水伺候着，好让他不要把正听得入迷的故事中断掉。韩圪蛋这家伙好记性，好口功，有起伏，有缓急，有节奏，有顿挫，听的人越来越多，后来本村人也在街门口探头探脑地侧耳偷听了，只是绝不用一毛钱来支持单凭动嘴片子就赚钱的赖人。不过韩圪蛋倒也不指望赚本村人的钱，院子里人少的时候，他就对街门外的人喊，回来听哇，回来听哇，我韩某人崇侠尚义，是走江湖吃四方之人，我咋能赚取乡人之财哪？可韩圪蛋尽管不挣华岩人的钱，本村人还是没有一个进院子的，也许是怕沾染韩圪蛋坏名声，也许是太君子，太自觉认为不付费听书不道德？

韩圪蛋的说书事业正掀得热热火火，一毛钱的收费完全具备升值为两毛钱的时候，韩圪蛋突然销声匿迹了。

这晚上，来听书的工人们正相互讨论着昨晚的悬念，急切地想知晓牵记了一天的下文，可是急匆匆赶往韩圪蛋院落时，远远就看见屋檐下悬挂的大灯泡没有亮着，接着就发现街门紧闭，敲了敲，也没反应，后来才发现街门搭扣挂着一把锁。外地人问附近溜达的本村人怎么回事，本村人都摇头说不知道。直到第二天上了班，才听说是韩新宝矿长带着一伙公安警察回来了，韩圪蛋可能是吓跑了。

好多天以后，华岩村人才知道跟着韩新宝进村的原来不是公安局警察，而是周政委派来的几位武装部干事，来替宋银禄交付承包抵押款的。韩新宝是乘着武装部的军用吉普车回村的。因为早有人反映宋银禄承包南窑沟煤矿不交钱，有人还把此事反映给林汉星。宋光明正为此事愁烦着，没想到老战友果然不食言送钱来了。这可算把宋光明心里的疙瘩解开了。

武装部吉普车从华岩村街上穿行着，军绿色的小车招引得人们都跑到大街上看。军用吉普进了办公室大院，有人也跟到办公室大院，就看见车子里走出的人都穿着绿军装戴着绿军帽，就嘀咕，韩新宝引回公安局警察了。这消息从办公室传到东西饭市，东西饭市又传遍大街小巷，最后传到韩圪蛋耳朵里。韩圪蛋又信又不信，探头探脑地进了办公室院子，正好就看到有穿绿军装的人从办公室正屋出来了，韩圪蛋一看，吓坏了，一口气颠回家，半下午时就从华岩村消失了。

求人就得厚着脸

韩新宝回到家，婆姨直瞪瞪望着他，等着他说出惊喜的消息，可是韩新宝长叹了一声说，这事不能急，眼下还没有啥线索，这么大的世界要找个人，不是那么容易，不过会找到的，已经在报纸上登了寻人启事了。你千万不要急，现在年轻人走出去闯荡的多了，这不算个啥事情，咱女儿走哪里都赖不了的。婆姨先是哭，后来就哇哇地嚎开了，就知道你在外面跑也是跑你煤窑上的事，孩子的事你就是不当回事呀。还说是你把公安局领回村里了，后来又说不是了，你咋不告公安局抓了狗日的韩圪蛋呢，叫公安局跟狗日的要人，给狗日的压压杠子，坐好汉床子，钉竹签子，又是一阵儿哭声……韩新宝只顾低了头吸烟，没法面对婆姨。

宋宝禄就在这最不恰当的时候找上门来了，还在门口就把一只手深深地探进大襟衣服里,摸出一盒云冈烟,干农活累粗了的手指头,笨拙得半天抠不开个烟盒封口。韩新宝早将一支烟递过去,吸我的吧,是这,老宋叔,我知道你的意思,不想叫云飞子进坑,我们尽量考虑,我还得跟宸熙叔商量,可坑外的营生毕竟少。宋宝禄接过韩新宝的烟,将自己的一支烟还是固执地塞到韩新宝手指间,完成了烟卷交换仪式。接着说,新宝呀,你比俺宋家那口子就不知强了多少哪,一样样的是闹煤窑的,山梁这厢山梁那厢差上十万八千里。你老叔我在华岩村佩服的人不多,俺孩你老叔我佩服,要不云飞子说是要报名到你们窑上,我就满口答应,去哇去哇,跟上东头新宝子赖不了。按说正是大锄季节,一年庄稼收不收就靠这几天哪,我寻思呢,一年庄稼荒就荒了嘛,荒了庄稼也不能不支持俺老侄儿。你说还得跟韩辰熙商量,这可不像你老侄儿说的话,你是矿长嘛,他韩辰熙再是诸葛亮也得听刘皇叔的。我就跟你们那韩辰熙不对劲儿,共同在华岩村活了多半辈子,一共也没跟他说过十句话。再说了,那几年斗争他时,我冲着他呼过口号,那时他就瞪着我,好像自那以后就跟我记上死仇了,见了我就凹下黑眉眼。老侄儿你的话就是金口玉言,他韩辰熙要是敢当你的家,那就是戏里的白脸奸臣,潘仁美嘛,韩辰熙就是个潘仁美嘛,老谋着九龙宝座哪。

宋宝禄只管说他的,韩新宝却一直皱着眉,看了看哭个没完的婆姨,说,告你不要急不要急嘛,孩子在外面错不了的,说不定能找个好营生哪,要是跟张水明那孩在一起,那更放心了嘛。宋宝禄一下子顿住说话,两眼扑闪扑闪,不知道韩新宝说的是个啥。宋宝禄身倔脖子直心眼子也没拐弯儿,进门就对着韩新宝只管机关枪一样说个没完,压根儿没看见韩新宝婆姨在抽泣,在擦泪。韩新宝朝宋宝禄点点头,示意他继续往下说。宋宝禄嘴巴张了张,一下子找不到说话的茬口了。韩新宝叹口气,唉,都怪我平时太不关心孩子了,一颗心全操在外面了。宋宝禄这才想起这几天饭市上嚷嚷的事儿,啊,你瞧我,啊呀呀光管说我的事哪,忘了问你孩子的事了,咋,没找到啊?张家那倒运孩子,平时看着绵绵善善的,咋能做出这种事哪，真真的绵圪针扎煞人啊，你瞧瞧这把人害的，啊呀呀，华岩村这么多年哪出过这种事哪，好好的女女，咋就招惹上那个大赖人韩圪蛋哪。唉，真能把人气死了哪。唉，你们俩也不要气，媳妇子哎，俺孩不敢气啊，气坏身子可咋弄呀。宋宝禄突然僵住了，这当儿韩辰熙进来了。

依墙摆着的八仙桌两边两把太师椅，按习惯韩新宝坐这边，那边就该是韩辰熙的座，可是宋宝禄一点让座的意识都没有。韩新宝只得站起坐到炕沿边。椅子空下了，韩辰熙却不乐意与没教养的老粗人呈对称状，就也挨韩新宝坐到炕沿边。看了看韩新宝，又斜眼看了一眼宋宝禄，意思是我们要商量企业大事了，局外人该知趣退场了。宋宝禄却气狠狠地唾了一口痰，气息一阵儿比一阵儿粗，要谈的事情眼看就谈出眉目了，却来了个丧门星，把个顺溜溜的谈话给打断了。被打断的谈话是必须继续的，宋宝禄身子一耸一耸地扭动着，等于用不耐烦的动作通牒入侵者快滚蛋。韩辰熙厌恶的眼珠滴溜滴溜地转动着，那是在用脸色驱赶厚脸皮的愚蠢家伙快离开。两个人就这样撑着，但是韩辰熙的招式在宋宝禄那边没作用，倒是宋宝禄的粗鲁让韩辰熙无奈了。韩辰熙恶狠狠地吁一口气，选择了战略转移，朝韩新宝摆摆头，二人前后脚跟地到了隔壁屋里。

屋子里就剩了韩新宝婆姨和宋宝禄。韩新宝婆姨止住了哭泣，只是一声声地叹着气。宋宝禄绷着个脸也没再说一句开导的话。光跟婆姨再说一千句安慰的话，韩新宝也听不见，这不等于白费嘴舌了吗。韩新宝婆姨带着哭腔长叹一声，老天爷，叫俺孩快点回来哇。宋宝禄也长叹一声，你看这求人难呀不难，难呀，难就咋啦，天下无难事只要肯麻缠，今上午就是今上午，他韩新宝不给个靠谱实话咱就耗着。可是不怕人倒运就怕遇了倒运人，院子里又有人进来了。宋宝禄一看是韩守仁，顿时就火了，满脸厌恶地说，你又来做啥？韩守仁进门就低垂着头，叹着气，看也没看宋宝禄一眼，就跌坐在对侧太师椅里。宋宝禄肩膀耸动得更厉害，恨不得一拳砸死讨厌鬼，刚刚除去一堆屎，这又来了一坨粪，昨黑夜真没梦上好梦。韩守仁看了看炕上正在唉声叹气的侄儿媳妇，低头嘀咕，唉，一家一个不好活呀。宋宝禄气哼哼问，你可有啥不好活。韩守仁只是摇头，一家不知一家呀。老大男人说着说着就哽咽了。这时院子里又有了动静，宋宝禄伸起脖子就往外瞅，韩辰熙那堆屎总算是滚蛋了，韩新宝这就进来了。宋宝禄心神绷得一阵儿比一阵儿紧，生怕韩守仁插了话，按排队也该他先说话了……可是韩新宝刚露脸，韩守仁就趁着一副恓惶样子带着哭腔抢过去话茬儿，新宝哎，你叔我求你了，你婶婶的病一天比一天加重了，天天疼得叫天喊地实在是看着难受呀，前一段去太原大医院医生说让烤电哪，我说看病不打针不吃药咋能烤电哪，就回来了，回来也一直中药西药吃着呀，可吃着吃着就加重了，这不又跟翠儿领着她到县医院看了，县医院的医生也说还是去太原烤电吧，他们说烤电并不是拿电烤，是一种什么照射，说是一照射就好了，可是照一下子就得四五百块哪，这事你可得帮帮你叔呀，我知道你煤窑是新开的还没见一块炭，可你瘦死的骆驼比马大，你不帮你叔我在华岩村就没路走了呀，就只能让你婶婶等死了呀。说着说着就又擤鼻涕又抹泪了。韩新宝摇摇头说，唉，可真是凑在一块儿了，这不第一个月工资还没着落呢，宸熙叔刚才就是说这事的，刚刚办了贷款手续。韩守仁的声音就哆嗦开了，那，那就只能等死了，草木之人的命，死了华岩村土地少养活一口人。韩新宝说，守仁叔你不要这么说，咱慢慢想办法。韩新宝刚皱住眉头想怎么办，宋宝禄就很及时地插入空档，新宝哎，我第一个就来了，能不能先说说你老叔我的事。韩新宝说，不是已经说了嘛。宋宝禄说，说是说了，可你没给你老叔一个实话呀。韩新宝没理宋宝禄，很同情地看住韩守仁，咱这吧，工资我先迟发几天，看病要紧，你先跟宸熙叔去拿上五百块，就说我说的。韩守仁激动得差点跪倒磕头了，好好好，就知道新宝侄儿是痛快人，你叔我什么时候也忘不了你救命之恩啊。韩新宝说，听宸熙叔说，你想叫翠子到矿上上班？韩守仁刚刚抬起的脑袋又耷拉了，翠子也复习不在心里，我也没那心思让她考了。韩新宝说，这不行，不要因为我婶的病耽搁孩子复习，守仁叔，不是我说你，你个大男人家，沉不住气可不行，你成天唉声叹气的，婆姨孩子就觉靠山倒了，我有空去劝一劝翠子，让她好好复习，她能考个好学校，我婶的病就能好一半。韩新宝婆姨突然又哭开了，嗯，你是男人，你能沉得住气，你是铁石心肠狼心狗肺，人家闺女不考学校，你倒是这么惦记着，自家孩子音讯儿也没有，你咋塌塌的呢，还说人家当不起男人，人家有情有义那才叫男人呢，孩子没个影儿，也挤不出你一点点泪来，唔唔唔……韩守仁抬了抬肩膀，像是要劝导，可韩新宝朝他摆摆手让他走，韩守仁千恩万谢地挪着小步走了出去，韩新宝婆姨却还在哭。宋宝禄实在是急了，也不管炕上婆姨哭得咋样伤心，就不管不顾地开腔了，新宝，我跟你说的事你看……韩新宝按捺不住一脸的不耐烦说，不就是不想叫云飞子进坑吗？行了吧？宋宝禄皱纹簇拥的老眼睁了睁，觉得这答复还不能让他把心放到肚子里，新宝你是说，这就分派他不进坑了是吧？韩新宝说，啊呀，是是是。宋宝禄缓缓从太师椅里站起来，这就好，这就好，我就把咱孩交给你了，我家孩也跟你家孩一样，把孩交代给你新宝子你老叔我这心就跌在肚里了。

好看女孩有时也不好看

宋宝禄气哼哼回到院子里，像以死朝谏的宰相归家似的，肩膀撑得滚圆滚圆，步子迈得叮咚叮咚，一进屋就一屁股盘腿坐炕上，将身子一左一右摇晃着。宋云飞见他爹进来，就夹住尾巴想溜。宋宝禄身子继续摇着说，又往哪死呀，你给我回来。宋云飞只得转身回来，圪蹴在地上。云飞娘一向支持丈夫教育儿子，帮着说，咋的啦，见你爹嘛，就像老鼠见了猫儿一样，你爹这不是光为你当个工人，舍脸克面的寻了你寻俺，不行呀，孩，就在本村煤窑下个窑，没你爹的面子人家还不要你哪，俺孩你凭你哪头哪？宋宝禄接话了，他要醒得个这那敢情好了，真真的人家也是养儿哪，咱家也是养儿哪，看人家金宝金元弟兄俩，一天班还不误哪，悄悄的就晓得动弹挣钱。宋云飞嘀咕，金宝金元家爹撑着座煤窑哪，你也给咱撑起一座煤窑。宋宝禄并不接这个话茬儿，也许是回避自己的能力缺陷，也许是只善于按着预备好的思路说，真真的生成的树不用修剪，咋的啦，你当我不知道煤窑上还没开工？啊呀呀，自打发了身衣裳，真真的狐狸成了精啦，天天一吃饭话也说不及就颠得没形影了，就不知道你爹我一个人锄谷子？再胡日鬼我，这煤窑你就不要去了。你当你去煤窑上是你有本事？人家是看了你爹我的面子才要你的。这不，刚刚的跟东边窑掌柜家说了，叫给你安插个轻松营生哪，人家答应了，你当你这身衣裳来得容易？都是你爹我这张老脸换回来的。别看你爹这张老脸不值钱，在村里当了多少年队长哪，也算有头有脸的人哪，不光让俺孩你去了窑上，还叫人家不让你下坑哪，哼，就你爹我这张脸，在华岩村告你说，他啥人也得给点面子哪。

宋宝禄机关枪一样往下说，宋云飞的耳朵里只是嗡嗡嗡地响，像把所有刺耳的字儿搅拌成了一锅粥。想不看可以把眼皮死死闭合住，想不听却难弄，掩了耳朵也能听得到嗡嗡嗡的说话声。宋云飞对付家里噪音自创了一种好办法，他爹在那边说，他在肚子里哼哼哼，这哼哼哼声虽然不能通过振动空气发出声音，却能很有效地将世界上最难听的声音搅拌成糊状。宋云飞本来就知道他们这茬"七年制"不用进坑，你人不当人自当人地老去麻烦人家，只能让人家越发把你当成个讨厌人。

宋向前蹑手蹑脚走进院子里朝他招招手，宋云飞向他眨眨眼。宋向前就会意，大声通知他，云飞叔，矿上通知开会去。宋云飞朝炕上的那位说一声，通知开会了。随说随就颠到院子里，迅速逃离了噪音区。到了街上，宋向前才告他，是韩翠子要找你说话呢。

宋向前领着宋云飞到了沁河边杨树林里，韩翠子已经等在那里了。宋云飞说，嘿，女秀才，咋想起来找大老粗说话了？韩翠子眼圈红红的。宋云飞懵懂了，嘿嘿，你这是咋了嘛？宋向前说，她娘病得厉害了，她说是看着她娘瘦伶伶的身子，听着她娘一天比一天弱的说话，就伤心得不行，就想哭，又不敢在她娘跟前哭，说是想找个人哭一哭，我一说是找你，她就点头同意了。宋云飞说，你咋不找马兆飞哭去呢？宋向前说，我也问她咋不找马兆飞，她说马兆飞是个白眼狼，不知道同情人。她告了马兆飞她娘的情况，马兆飞不但不同情，还皱起眉头嫌她啰嗦哪，生怕影响了他复习哪。宋云飞一听，很深沉地说，啊，这样啊，翠子哎，你这可认清人了吧，我在学校就跟你说了嘛，学习好的人都不好打交道，都是小心眼，没一个有情有义的。

韩翠子扭扭身子说，倒也不是宋向前说的那样，有时也劝我把悲伤化为动力好好复习呢，他还提着一包饼干看了俺娘一回呢，他就是看得学习太要紧了，也不能怪他，这不离考试只有二十来天了嘛。宋云飞说，他好也好，歹也罢，咱就不提那个马兆飞了。我知道你一肚子苦水想倒一倒哪，走，咱到沁河边找个地方坐下，你想哭就好好地哭，哭个痛痛快快。宋云飞拉起韩翠子的手，走到沁河边杨树林里，在一大块阴凉里坐下。宋向前也坐在近处一块石头上。韩翠子坐定后说，也不是想找个人哭，就是，就是，我也不知道该咋说，就是想见咱们同学呢，见了咱们同学就觉得可亲呢。自从俺娘病得厉害了，俺爹也快愁疯了，我就一下也复习不进去了，心里空落落的，见了你们就觉得踏实了。宋云飞说，说哇，需要同学们做啥？韩翠子说，你真能说大话呢，需要钱呢，同学们能拿来唵？宋云飞说，能呀，我让同学们凑一凑，没多有少吧。韩翠子，听俺爹说得五六百块呢。宋云飞吐了一下舌头，啊，五六百块哪？韩翠子说，五六百块还光是治疗费，住呢，吃呢，老百姓没粮票还得买高价粮票呢，听说还得给医生送礼呢。宋云飞嘴巴抿得紧紧的，两眼定定地看着远处，俨然就是一座扶贫济困的靠山了。

附近的树荫里好像有个脑袋晃动，宋向前问，谁哪？没有回答。宋云飞说，该不是有人屙屎吧，咱们躲开一点吧。那颗脑袋就从草丛里升起来了，原来是张三牛。韩翠子走到张三牛跟前问，三牛叔，你怎么来这里复习了？张三牛一看是韩翠子，说，翠子哎，你咋能不复习了哪，你要是坚持复习是能考个差不多学校的，不复习太可惜了，太可惜了呀，那两个孩孩是注定的老百姓了，你可不敢跟他们瞎混啊。韩翠子又问，你咋来这里复习了？张三牛说，老茂堂叫韩新宝雇去当厨子了，吃住都在饭店里，家门也锁了。我到二道河中学找了两道模拟题做了做，七八十分是没问题的。给你也做一做吧。韩翠子眼里就泪汪汪的了。

张三牛只顾和韩翠子说话，没提防，宋云飞和宋向前已经猫着腰迂回到他身后，把一堆书本一脚踢得飞了一地，有的已飞到沁河里了。

张三牛急坏了，大声骂，嗨，你俩干啥，我的书，我的书，我的书……宋云飞一边一本一本往沁河里扔，一边骂，你他娘就是念书的，俺俩就注定是老百姓了，俺俩这辈子老百姓，你狗日的也别想脱离老百姓……张三牛跳到河里，有的能捞起，有的已经漂向遥远的东方了。张三牛追着往下游捞书，宋云飞和宋向前拉了韩翠子往上游处走。韩翠子说，你俩真够损德的，自家不复习还搅扰人家复习，三牛叔脑袋瓜就是好呢，那么难的题都能做出来呢。宋云飞说，你说的所有的话都好听，就这几句话不好听。宋云飞们三人走到一处更茂密的杨树林里，韩翠子呆呆望着头顶杨树叶，宋云飞直直盯住韩翠子，突然觉得韩翠子不如以前好看了。见韩翠子还在发着呆，宋云飞就低声与宋向前说，心情不好咋弄得脸也不如以前好看了。宋向前盯着韩翠子看了一顿，说，我看比以前还好看哪，古代女的都是发起愁来才好看呢，主要是你眼里有方婷婷了。宋云飞一愣，嘿，有道理，有道理。

这时，段世凯和韩军儿一路喊着跑来了，叫我们好找啊，你们倒好，跑杨树林里谈情说爱来了。矿上通知开会哪，就要宣布咱们谁干啥呀。

越爱她越动不了手

夏天太阳快落山但还没有落尽的时候，华岩村的山山水水就有点诗情画意了。深绿色的南山，浅绿色的北山，中间稳稳当当摆放着个不大不小的老村落，有个会拍照的把这会儿的景色拍下来，一定是一张很不错的风景照。只可惜当时只有二道河有个一间房子大的照相馆，照相馆里有个三条腿支着的大方盒子照相机。宋云飞们就在这个美好的时辰下班了，那叫披着日落晚霞，迎着凉爽微风，踏着夕阳余晖，迈着欢快步伐。啊呀，那叫个幸福的生活多甜蜜呀，多甜蜜。宋云飞的工种不错，只用每天给上班的工人发头灯，跟下班的工人收头灯，顺便记下上班的人几点到。最大的好处还不是无需进坑，而是可以和那个负责充电的方婷婷天天在一起，因为都是白天一个班的。

宋云飞盯着简易桌子上的马蹄表，从上午九点熬到下午五点，等来下一班的工人接了班就可以下班了。其实宋云飞并不想下班，充电室里就他和方婷婷两个人，相隔不到两米远，不光可以不时朝方婷婷看一眼，还可以找一些话跟她说说。你说怪不怪，跟前坐了个好看女孩，心情咋就这般高兴呢。方婷婷态度虽然有点不冷不热的，可只要找话跟她搭讪，她还是微笑着回应的。第一天上班时，宋云飞一看跟方婷婷是一个班，简直高兴坏了，激动得按捺也按捺不住，满场子找"七年制"们报告好消息，我跟方婷婷一个班，方婷婷跟我一个班。奔走相告了一圈回到班上，眉毛眼睛还在飞扬着，一边喘息着，一边就找话说了，你是西訇的？方婷婷说，嗯。西訇村七年制哪届的？方婷婷说，我初中在外面念的。宋云飞说，唔，怪不得呢，我说在西訇没见过你。方婷婷说，我一直在云南俺姑姑家住着的。宋云飞说，我说看你就像城市里的人哪。接下来宋云飞就想不出该说什么话了，使劲想了一顿还是没想好，就拿了把扫帚扫脚地，脚地是土夯的，一扫反而荡了一屋子尘土。方婷婷急忙跑出充电室。宋云飞赶紧撵出去说，你先在外面躲一躲，等尘土落了再进来。方婷婷说，该先洒点水再扫嘛。宋云飞说，可不是哪，没有洒水就瞎扫地，真是瞎弄哪，对不起啊。空气里飞扬的尘土落定了，桌凳上却落了一层土。方婷婷看了看脏凳子，就依着充电架成稍息状站在那里。宋云飞赶紧从身上掏出手绢先把方婷婷的凳子抹了个一干二净，可是糟了，那块手绢脏得和抹布一样，一定被方婷婷看见了。宋云飞脑子一转，将错就错继续蘸了脏水抹啊抹，抹了凳子抹桌子，抹了桌子又抹窗台，那块手绢就彻底沦为抹布了。

第一天在班上说了不到十句话，第二天说了十多句，第三天说了多少句就记不清了，感觉不再那么别扭了，他已经响响亮亮喊她的名字了，方婷婷。方婷婷应声，哎。她也喊他的名字了，宋云飞。宋云飞应声，嗯。方婷婷应声的"哎"很好听，很动人。方婷婷喊的"宋云飞"也很好听，很动人。从那小嘴里发出的声音，都像一首奇妙的乐曲声，又钻心，又入肺，把宋云飞的身心抚弄得暖融融的。一开始他喊她方婷婷。后来就喊婷婷。喊名字不带姓，说明关系已经不寻常了，良好的开端就这样奠定了。

往一天宋云飞是不想下班的，下了班就和方婷婷各奔东西了，要见面得等到第二天上了班。今天却急火火地盼下班了，因为方婷婷答应跟他一起去饭馆共进晚餐了。下班的路上有诗情有画意，西天晚霞是那么的红，南北山梁是那么的绿，村子里炊烟袅袅地向上飘，沁河边杨树林里鸟儿在鸣叫。这样的背景里，一双青年男女并排走在大路上，宋云飞的心美醉了，美死了。街边老老少少男男女女都把眼睛睁得大大的。有人嘀咕这女女才来几天就叫这赖小子勾搭上了，世界上好女人都叫无赖糟蹋了。也有人感叹，这是咱华岩人的福分呀，新辰煤矿给咱村引进女孩了，以后华岩小伙子不愁娶婆姨了呀。宋云飞知道街边的人在眼红在嫉妒，腰板越发挺得直直的，脑袋瓜越发扬得高高的，不时朝看他的人群笑一笑，点点头。方婷婷也很大方，不羞涩，不怯场，眼光直直地平视着正前方，与宋云飞比肩并行着。方婷婷低声说，你们村的人就没见过个人吗？宋云飞低声说，见过人，但没见过你这样美丽的人呀。

从大路拐入村子岔路上，恰好宋二平上夜班迎面走来了。宋云飞稍稍尴尬了一会儿就镇定了。宋二平说，你俩下班了？宋云飞说，你要不是夜班，咱一起吃饭吧。宋二平撇撇嘴，哼，才不呢，俺插在中间算啥呢。宋云飞说，你看你说哪儿了，婷婷是外村的嘛，又跟我一个班嘛，还不该慰劳慰劳啊。宋二平说，外村的多呢，咋不都叫上呢。宋云飞笑了笑，没说话。宋二平撇了撇嘴，就与二人侧身而过了。

饭店就是原来的大队油料加工厂，现在被新辰矿租赁做饭店了。六间房子，一间做库房，一间做厨房，还有四间房可摆放八张方桌。韩新宝雇了老茂堂做厨子，上面来了人可以做接待，平时工人们想改膳也可有个馆子坐。宋云飞领着方婷婷进了饭店，八张饭桌都坐满了外地工人们。宋云飞就喊，茂堂爷，给安排个安静地方嘛。老茂堂就将他俩领到库房里，依墙根摆放了个长条几，将原来油坊两个木墩摆两边，基本就具备了对坐对饮的小格局。宋云飞将自己衣服铺在对面木墩上让方婷婷坐了，喊，茂堂爷，弄个粉皮煸肉片，弄个粉煎豆腐，散酒倒半斤。方婷婷说，半斤酒，你可是一个人喝啊。宋云飞等着老茂堂上菜，眼睛直瞪瞪看住方婷婷，呀，咋看你咋像城市人呀，不光是皮子白嫩，你那衣服也跟村里人不一样啊。方婷婷微微笑着，没有搭理宋云飞的胡扯。宋云飞的胡扯却继续着，听你说在你姑姑家住着来，你姑姑肯定是大城市里的吧？方婷婷点点头，嗯，叔叔、姑姑都在昆明呢，从十几岁就到姑姑家了，姑姑没女儿，可找了几个关系也没办通城市户口，只好回来了。宋云飞说，啊！方婷婷说，你啊个什么啊？宋云飞越发愣住了。方婷婷说，我知道你为啥。宋云飞说，为啥？方婷婷说，幸灾乐祸呗。宋云飞又是一声，啊？不过是带问号的。方婷婷说，一听说我办不通城市户口高兴了呗。宋云飞就微微笑了，嗯，还真是的哪，一听你可能又要飞走就泄气了，你真聪明啊，一下就看出来我想啥了。方婷婷脸色忧郁地叹了一声。宋云飞问，那，那要是你姑姑找上硬关系，给你办通户口哪？方婷婷说，那当然好啊，就等着那一天呢。宋云飞又失望以致绝望了，那你为啥还要来华岩个体户煤矿上班哪？方婷婷又叹了一口气，低垂了头，没回答。宋云飞又追问，那，那你不打算在新辰矿上长期干吗？方婷婷摇了摇头，头低得更低了。宋云飞说，就在新辰干哇，新辰啥也跟国营矿一样的，咱们的工资比二道河机械厂学徒工还高哪。

　　库房里除了四堵墙，就是堆放的蔬菜和面口袋，情调是没情调，可斯是陋室，有仙则灵，库房里坐了个大美女，四面墙都生动了，蔬菜和面口袋都有灵气了。好看的女孩忧愁起来更好看，过年家里贴的四幅美女屏就都这样地忧愁着，记得有一张是个叫西施的更是皱着个眉发愁哪。

　　菜端上来了，宋云飞说，咱吃吧。方婷婷一激灵，才从忧愁中走出来。宋云飞喝了几口酒，情绪又高涨起来了，一遍又一遍地说，吃粉皮吃粉皮，吃豆腐吃豆腐，华岩村的粉皮跟豆腐比哪的都好吃。方婷婷一小口一小口地吃着盘中菜，频频点着头，接受着宋云飞的关爱。宋云飞就沿着这个话题往下说，从粉皮和豆腐说到老茂堂手艺，不光会做四盘八碗席，年轻时还是好银匠，还会给蒲剧打马锣，还会算卦看面相，还有更奇怪的哪，村里人说没有他社火"血马子"就闹不成。方婷婷问，啥叫"血马子"，啊，知道了，就是你们村正月闹秧歌走在头里那个满脸血的人？宋云飞说，你也来看了？方婷婷说，呀，血淋淋的可吓人呢，那是真的把脑袋砍破流的血吗？宋云飞这下可有话说了，只要你在华岩村长住，稀奇事儿多着哪，单就这"血马子"，全世界只有华岩村有的，那是天齐爷显灵哪，外面好多家报纸都盯上啦。

　　盘子里的菜逐渐递减着，简直就是散席的倒计时。方婷婷吃菜很小口，嘴唇边沿蹭不上一点菜汤儿。宋云飞虽然吃着肉很香，也不敢放大嘴巴咀嚼出吧唧声。这样地吃着肉喝着酒，看着对面美人儿，别说心里有多么美滋滋的了，可是两盘菜转眼就到底了，半斤酒也倒尽最后一滴了。

　　走出饭店，黑魆魆的夜空已是满天星星。宋云飞要送方婷婷去住宿的地方，方婷婷没拒绝。二人走出饭店，走过金圪槽石板桥，走到东华岩韩家旮旯里，虽然方婷婷就并行在左侧，肩膀几乎就挨着肩膀了，擦脸油味儿一股股地扑入鼻孔里……宋云飞的心突突跳得一阵儿比一阵儿紧，酒劲儿一股股地奔涌着壮胆气助力量……多好的时机，多好的气氛，他想抱她，想亲她，可是不行，总觉得隔着十万八千里，横伸到纤细腰身的胳膊在仅剩最后一毫米的那一刻还是蔫吧了，而有限的路程已然接近终点了。

方婷婷说，送这就行了，你回哇。宋云飞说，那，那我回了。其实告别的时间和地点，也许正是奢望和勇气积蓄到最旺的火候点，可方婷婷并没有再用话语拖延时间，很迅疾地就转身进了院子，随之就听到街门"砰"地一声关上了。这一声"砰"响在静夜里，像狠狠往宋云飞的心里砸了一铁锤，砸得他心里隐隐地疼。

第10章

各谋前程

前程有个启程时

考试的日期就这样伴随着雨季到来了，韩守仁跟韩翠子说，这就好了，你去考试我就能领你娘上太原看病了。韩翠子看着瘦伶伶的娘说，娘你安心看病，我肯定要考上呢。韩翠子娘硬抖了抖精神，翠儿，俺孩专心考你的，娘让大医院看看就好了，你要是考不好娘心里更难受，是娘影响俺孩了。韩翠子把书包挂在肩膀上说，娘，我走了。说了走还是不走，直瞪瞪地看着她娘，看着看着就流下泪来了。翠子娘微笑着说，娘没事的，没事的，去大医院看了就好了，快去走哇，你不是让兆飞等着嘛。韩翠子就这样一步三回头地走出家门。

韩守仁带着婆姨从太原检查回来时，韩翠子看病历上写着宫颈癌二期，她就在新华字典里查那个"癌"字，字典里说读音是"yan"，与"岩"同音，下面还有关于这个字与病情的一些解释，但因为不是死症的"癌（ai）"，就没多在意。直到和爹领着娘到县医院做了检查，才听医生一脸惊恐地对她爹说，这女同志得的是恶性肿瘤宫颈癌，她才知道那个字就是癌症的"癌"，为什么国家出版的新华字典里怎么能把"癌"读作"yan"呢？是不是这本字典太旧了。爹说那本字典是他念小学时在二道河书店买的。韩翠子就埋怨她爹，就你这本字典把俺娘害了，宫颈癌二期还算早期，治愈率要高得多，到县里检查的结果已经是晚期了，说已经转移了。韩翠子背着爹娘跑到厕所里大哭了一场。但她娘还是看出她哭过的样子，问她，咋了，娘得了治不好的病了？韩翠子说，不是的，是刮风灰尘钻眼里了。她娘问这句话时，微微笑着，但那种笑让韩翠子更加钻心地痛。这还怎能复习在心里呢，可不复习娘又会以为她影响了孩子的心绪，还得假装硬撑着复习，装得没事人似的。母亲也硬撑着微笑着，尽量地做着力所能及的家务。

　　韩翠子走出家门，雨还在下着。东华岩街巷里只有韩翠子瘦小的身子和撑着的破伞，雨打在破伞上啪啪啦啦的，响的人好心烦。到了路边的停车点，雾蒙蒙的雨丝里只站着个张三牛。张三牛戴着顶又脏又破的草帽，背着一个毛巾缝制的口袋儿，看样子像是装着书和干粮。韩翠子问，三牛叔，马兆飞怎么还没来呢？张三牛朝雨雾里望了望说，他不肯误了班车的，误了这班车就把这辈子误了。

　　韩翠子不知道，这会儿马兆飞正在呼溜呼溜吃面条，面条很长很长，要不是案板有限制，这征兆考试顺利的面条就可能无限延长下去。长面条吃起来很费劲，筷子挑起塞嘴里，他娘还不让咬断，只能使劲地吸溜，结果面条与面条纠结在一起，吸溜这根就连带那根，那根又连带得整碗成了一团，不让咬断，这何时才能见了头啊。可是娘盯得死死的，无论如何不让咬断，这一口气几乎就吸溜得这一整碗面条见底了。碗底还剩了两个鸡蛋，对了，必须是两个。面条的作用有两个，一个是预祝考试进展顺溜，还有是代表100分前面的那个一，再加两个鸡蛋就凑成个100分了？马兆飞费了好大的劲儿吸溜完面条，就把碗往锅台一墩，不吃了，不吃了，车快来了。他娘急坏了，端起碗凑在他嘴边上，俺孩听话，俺孩听话，吃不了这两个鸡蛋把娘娘急死呀。马明煦看着也急了，呀呀，等吃完你这两个鸡蛋，就误了车了。马兆飞母亲就急哭了，俺孩拿上，一边走一边吃，非得给娘吃完不行。马兆飞只得一手捏了一个荷包蛋，一边走一边吃着，他爹在这边给撑着伞，他娘在那边给提溜着书包，像护送储君大太子一样来到停车点。韩翠子看了这一幕，眼里就又泪盈盈的了。马兆飞弯腰看了看伞底下的韩翠子，说，呀，咋又哭了，这情绪还能考成啊。韩翠子擦了擦眼睛，长长叹了口气，调整了一下情绪说，我不考是怕俺娘更难受呢，这还咋考呢。马兆飞就不说话了，韩翠子盈出眼眶的泪水也就止住了，眼泪诉说给只关心自己前程的人是没意义的。马兆飞母亲直看着儿子把两个鸡蛋都吃完，才满意地点了点头，嗯，俺孩吃了娘就高兴了，俺孩专心考你的试唉，不要叫别人影响了唉，俺孩能考个好学校就给马家光宗耀祖了唉……马明煦不说话，可很满意婆姨对孩子的励志宣言，一只手擎着雨伞，一只手抚摸着儿子的脊背。张三牛与两位年轻考生相隔一丈多远，佝偻着身子，瑟缩着脖子，裤子显然刚洗过，可没有经过叠压或者熨烫，不该有褶皱的地方全是褶皱，没有一点八十年代初考生的青春活力。张三牛很自觉地远离开同科考生，同科考生也远远与他拉开距离。

班车来了，张三牛刺溜一下钻到车里，韩翠子第二个上去，这样可以给马兆飞的被送别过程预留足够的时间。马兆飞的父母亲又是一个千叮咛万嘱咐的高潮，直看着儿子跨上班车门，又看着班车消失在雨幕里，才又释然又牵心地离开停车点。

搞庆典就是花钱叫别人乐

办公室附近的粮食加工厂突然爆出鞭炮声，噼里啪啦，咚啪……鞭炮声渐渐停了，又听见锣鼓声，原来是又唱蒲剧了。鞭炮声和蒲剧音乐响在这样的时候，是喜庆也算广告。这是段建生承包的粮食加工厂正式开业了。空荡荡的十大间机房里收拾得干干净净，石磙电碾、面粉机、碾谷机上都贴着红方联，系着大红绸。宽敞的院子里，搭建了一个小舞台，舞台下的人越聚越多，都嚷嚷说韩新惠要唱《破洪州》了。锣鼓声罢了引出一声板胡，像一缕青烟窜上云天，像一绺丝绸在风中柔滑飘摆，那叫个委婉清丽，那叫个细柔滑颤，把听的人心都酥了。马来宝凝神盯着舞台，脑袋跟着音乐一点一点，炫耀着他内行的鉴赏水准，口中念念有词，啊呀，一听就是王步金的板胡呀，祖传带胎教，血脉里自带的呀，受了成辈子了，手指头还没受笨啊。徐启程奇怪道，吱吱哇哇，这有啥好听的。马来宝斜了眼，像看住一堆屎似的皱起眉头，呀呀，你可咋呀，生来不懂戏，活上一百也扯淡。徐启程说，嗯，你倒是懂戏，也没见你比谁强到哪儿。马来保狠狠瞪一眼徐启程，悄的吧，新惠子《破洪州》开了。

　　观众里有搬小凳子坐前面的，有在后面站着的。距离舞台最佳位置摆放着一排靠椅，中间坐着宋光明、段四虎、宋来喜几位村干部，两边坐着宋全海、马金贵、段毛孩、韩新宝几位原生产队长。这是段建生请来的贵宾，也是华岩村的核心人物。最佳位置的人却不懂戏，不懂戏还不能像徐启程那样东瞧瞧西看看，更不能乱说话，端端正正坐着还不行，还得很专注地盯着台上看，有人鼓掌还得跟着拍手，有人叫好还得跟着叫好。只有韩新宝不跟着瞎起哄，他们闹腾他们的，他只是很深沉地皱着眉，一根接一根吸着烟。他在想煤窑上的事？想失踪的女儿？都不是的，他在其他场合还是无事人一样的，只有坐到看戏的观众里，脸色就严肃了。他一看到台上大呼小叫伸腿抬胳膊的人，眉头就皱起了。都说唱戏的是疯子，看戏的是傻子，他看不起疯子，也不愿意当傻子。段建生自从承包了粮食加工厂，咋也凑不够交村里的三千块钱，还是最后跟韩新宝借了四百块，才算签了合同开了业。开业庆典请他韩新宝，更得来为他捧场助兴，可想不到来了还得看戏。这样地端端正正坐戏台下看戏，还是头一回。没办法，那就看吧，这么多人喜欢看的东西，也许有点看头的，可是咋看也看不进去，红红绿绿的装束晃荡得一团，轰轰隆隆的家伙混响得一片，实在是精神折磨呀。挨他的宋全海看他心不在焉的样子，说，这个段建生也是的，开个业还唱个戏。韩新宝笑了笑，没说话。马金贵探过身子说，爱摆个排场吧，好好赖赖也算个企业家了嘛。宋全海说，要说企业家，咱们韩新宝矿长这才算得上企业家呢，那么大的摊子，开了一回业，也没这么腾云驾雾地搭台唱戏。

吃饭时，核心人物一桌，唱蒲剧的一桌。喝酒中间，马明煦就拉着韩新惠过来敬酒，韩矿长，以前咱村戏班子是俺马家供垫的，俺马家长辈当时也算绅士吧，爱好归爱好，可爱好不一定就舍得出钱供个戏班子，说到底也是想为村里办好事的，逢年过节唱唱戏，让父老乡亲乐呵乐呵。今天你新宝子是西匋乡最大的煤矿掌柜了，养个小小戏班子我看不是啥问题，哎，啥戏班子哪，就这几个人，给咱弄点行头、乐器、幕布什么的，给请来排戏的师父发点工资，就行了，也花不了你几个钱。韩新宝举着酒杯等着碰了酒，没说行也没拒绝。这是领导干部对付所提要求者最稳妥的答复方式。马明煦是薄脸皮人，看了看，就岔开话题，我是喝了酒瞎说哪，新宝子你可不敢当真啊。这时候宋光明说话了，怎么不可以当真哪，这正是我要跟韩矿长说的事儿。华岩村蒲剧由来已久，这个传统不能丢，前几年咱华岩的宣传队在西匋乡是数第一的，现在大家唱蒲剧积极性这么高，弄好了说不定还能创点收，刚才老马说的是呀，以前一个老财家都为村里供垫个戏班子哪，你韩新宝挖的地下资源可是华岩村大家伙的啊，你在西匋乡企业里，可是排头兵了，为大家负担个小戏班，也算给华岩老百姓一点回馈吧。要我说，戏班子不但要搞，还要搞得轰轰烈烈，搞成全县第一家，戏班子的人都到你矿上上个班，一齐一合的，下班后还可以排练。对了，前一段在县里开乡镇企业税费的会，就提到企业文化，还要搞企业篮球赛呀，企业文艺调演呀，你韩新宝搞个蒲剧班子，这不就搞在点子上了嘛。

宋光明见韩新宝脸板得平平的，横竖不接口。就追着问，怎么样嘛，你可不要对我说回去研究研究，这法儿在我这可不灵。韩新宝接话说，光开这会那会，就没有开个减轻企业负担的会？宋光明说，咋啦，让你为华岩群众文化出点血，就增加你负担了？这可不像你韩新宝啊。韩新宝微笑道，这算是党支部命令吗？宋光明说，算成我恳求，跪求，行吗？给个痛快话啊，行，还是不行？马明煦插话说，唉，这事儿说个爱好不爱好哪，爱好啥的人舍得出啥的钱，我要手里有钱，舍得往这上面花的，哎，对了，新宝你要是供垫了戏班子，我借你的一万块，只用你还我八千，那两千算我支持了戏班子。韩新宝突然收敛了微笑，说，错了你，本来我是打定主意搞这个小剧团的，一听你这话，我反悔了，啥意思呀，是想以这两千块刺激我吗？切，简直是糟践我的人格哪。马明煦一听，赶紧道歉，我，我不是这个意思，我是真心想为戏班子出这个钱的，你，你可不敢这样想你老叔啊。韩新宝即刻端了酒杯拉着马明煦走到唱戏的那一桌，高高举起酒杯说，大家是咱华岩村的人才，要放在国家，你们就跟样板戏剧团李玉和们那些人一样，起码该是个人大代表什么的，现在大家有这个积极性，这是好事，搞，我韩新宝这人就是，要么不搞，要搞就要搞好，我犹豫是看咱村唱蒲剧后续没人了呀，要搞，就得培养年轻人，我看咱这样，在座的都来我矿上，还有你步金老叔，你也来我矿上，给你安排个轻松事儿。还有，四邻八村凡是唱戏苗子，优先让来新辰上班。还没等韩新宝说完，一桌子人就都鼓起掌来了。宋光明也举着酒杯过来，好，咱这事就定了，来，大家共同敬韩矿长一杯酒。

段建生本来就拙嘴笨舌，眼看着这场面整个儿反客为主了，举起几次酒杯想显示主人地位，可都被蒲剧的话题湮没掉了。好容易等韩新宝、宋光明到了唱戏的那一桌，才又一次举起酒杯说，呀呀，我开业哪，都开成研究戏班子的会了，来来来，我敬大家一圈酒，我这粮食加工厂还得弟兄们扶持。段建生刚刚开了个话头，韩新惠、韩新柱、韩守义们就一窝蜂涌过来了，韩新惠带头嚷嚷，韩矿长这不已经答应搞小剧团了，你段厂长也得支持支持咱蒲剧班子吧。韩新惠还没说完，韩新柱就接上了，就是呀，只要你支持了咱戏班子，今天的出演就尽义务了。韩新柱还没发挥完，韩守义又插话了，可不是嘛，你建生哥当队长就当得好，你这加工厂一定能搞得更好，你看今天这人气蒸蒸的，以后一准财源滚滚啊。

第一个扛着大口袋来到加工厂的是宋银禄，他将口袋"咚"地一声放在秤磅上，用袖子擦了擦脑门上的汗喊，嗨，不是开业了嘛，咋没个人。接着就听见南房里嚷嚷成一片，到南房一看，愣了，他娘的，华岩村有头有脸的人这不都在这里吗？顿时脸上就挂了不高兴。段建生赶紧过来，银禄哥，来来来坐下跟大家喝几盅，昨晚才跟光明哥决定了的，就告了村干部和我们几个原来小队长，本来要去请你的可又要备办吃的，又要清理厂房，你那里又远，就，就，就没来得及……你正好来了，来来来坐下，坐下，三请不如一遇哪。

宋银禄就在段建生那把椅子上坐下了，一边说，你就是个扯淡人嘛，啥事儿不懂的，说到底还是眼里没我这个人嘛。说着拿起段建生刚用过的筷子狠狠地夹起一块红烧肉放嘴里。段建生只好又找了个凳子挤坐在宋银禄身边继续给赔情，银禄哥，是我不对，我向你道歉啊，你大人不计小人过啊。宋银禄一连吃掉三块红烧肉，说话时油腻从嘴角挤出来，道歉哪，道歉就是一句话的事儿？段建生说，是你老弟我的不对，认罚就是了，你罚我几杯就几杯。宋银禄说，说得容易哪，你自己家的酒罚你自己喝，那罚的是个屁呀。段建生说，那你说咋罚就咋罚。宋银禄说，你这不是才开业吗，我这可是第一家给你滚脏碾子的，也算是给你开张送来个开门业务吧。段建生连说，好好好，你第一个滚脏碾子，我不要钱，行了吧？宋银禄跟桌子上的人挨着碰酒，也不说话，只顾恶狠狠地倒酒喝酒，一点也不领免除加工费的情。宋光明和韩新宝从那一桌敬完酒过来，宋光明乐哈哈说，嘿，银禄叔，你可是迟到了，罚三杯。宋银禄紧绷的脸皮有点松动了，说，嗯，到底是俺老侄儿，会说话，不愧是当了干部的。宋银禄痛痛快快喝下宋光明的三杯酒，韩新宝的酒杯就举到他下巴底，呵，这还像个德高望重的老企业家，听说要搞戏班子了，主动来掏腰包的？

宋银禄愣怔一下，要搞戏班子？韩新宝说，是呀，今天虽然是段建生开业，但也要商量搞戏班子的事儿，段建生本来要请你的，可又想是出钱的事儿就没敢请。宋支书还因此批评段建生说,第一他对蒲剧爱得不行,第二他是个痛快人,嘿嘿,还真叫宋光明说对了,一听说出钱供垫戏班子,果然自己就来了。宋银禄喝掉韩新宝的酒,说吧,出多少?韩新宝说,咱这样,你给戏班子买器乐行头,一次性开资,我管工资。宋银禄想了想说,你管工资,是不是都在你那里上班啊?哈呀,韩新宝呀韩新宝,就你娘生得你精明,你那是上班的工资还是戏班子的工资哪?宋光明说,上班的工资是上班的工资,戏班子的工资是另外的。宋银禄脸上就浮出笑意了。宋银禄是不怕出钱的,怕的是不把他当人看,就痛痛快快说,行,买,买行头,买音乐家伙。韩新宝又跟宋银禄连碰三杯酒,说,瞧瞧,这气魄,这大方,到底是抗美援朝的英雄啊。

酒席过后,按照择定的时辰,要在加工厂房门口搞了个剪彩仪式,学校的老师领着十多个小学生,穿着白衬衫,系着红领巾,算是村级礼仪队伍了。那边舞台上锣鼓一响,这边孩子们就将一根红绸拉开,红绸正好拦在房门口。宋光明拿着剪刀将红绸从中间一剪两段,那大概寓意是剪断了企业发展的羁绊与阻碍。被剪断的两端断头向两边退缩飘飞,加工厂门轰然打开,鼓乐与鞭炮又一次响起,宋银禄肩扛大口袋在孩子们的簇拥下步入了厂门。墙上的几个电闸,分别由段四虎、宋来喜、韩新宝同时合上,几样设备就一齐转动起来,"隆隆"的响声像是起搏了久已停跳的心脏,给山村的脉搏注入了新的生命力。

人比人气死个人了

有个歌儿叫《看见你们格外亲》,一开唱就是,小河的水清悠悠,庄稼盖满了沟。这句歌词简直就像描写华岩村的。沁河峡谷可不就是一道沟哪,沁河要与黄河长江比可不就是小河哪,还非常的清,沁河的两岸全是庄稼,可不就是盖满了沟哪。嘿，不对，庄稼并没有盖满了沟，山的下半截一层层梯田里是庄稼，山的上半截可就是山林了，准确点说是庄稼和山林共同盖满了沟。

马金贵的庄稼的确比谁家的都好，他去年为生产队搞的大堆的粪，被他自己侵吞了不少，要算他个贪污也说得过去的。不管你什么理由，反正你多吃多占了，唔，不能说多吃的，呵呵。要说冤枉也真冤枉，这多得的粪并不是他有意多分的。分粪和分粮食不一样，不可能称了总斤数再按人口平均。不就是个粪嘛，说白了就是一堆土里面搅和了些沤烂的蒿草。大概按粪堆的体积估摸了一下，就一家几平车地扒拉开了。这样地把各家各户的分出去，也许分得没有后面人家的了，也许就分得剩下了。当然是分得剩下了，剩得还不少，再给各家各户分就不值得了，所剩下的不管多少吧，马金贵就全部据为己有了，比其他社员家按一平车一平车量着分的，肯定是多了不少。社员们倒也没意见，像韩圪蛋那样的户主，分给他还不要哪。再说了，好歹是他领导大家才搞出来那么大一堆绒沌沌的好粪，他多得就多得点吧，绝没有人因为多分了粪去状告纪检委的。倒是他家分得的土地，要比其他社员家的好。当一回队长，所分亩数一样样的，就是土质比大家好一点，这也没啥错吧？当时是有社员嘀咕过的，东饭市的人也嚷嚷过，但没有谁能将分地方案推翻重新洗了牌。后来就下种了，后来苗儿就长出来了，再后来就到这会儿了，夏天接近尾声了。

粪多，雨水充足，地还好，这庄稼长势实在是喜人，华岩人夸奖庄稼长得好就说，压塌堰了，还真是压塌堰了哪。马金贵看着这么喜人的庄稼，心里却并不怎么满意。作为华岩村也算很不错的生产队前队长，怎么可以仅仅满足于这么一块土地哪？在大队企业承包中没有分得一块蛋糕，横想竖想实在是有点憋气。煤窑他没敢想，但他看中了十大间房子和几千块设备的粮食加工厂。可按排名却让段建生占去了。剩下的就是油料加工厂和淀粉加工厂，说白了就是个油坊和粉坊嘛。榨油的麻籽等原材料没人种了，做淀粉的土豆各家种上刚够自家吃，这两项段四虎都看不上退出了，段四虎那么鬼精的人不接手,他马金贵当然也不能接手的,这样就剩下沁河滩几个土焦炉和两个砖瓦厂,可段四虎还是不承包,他马金贵当然也不傻。搞土焦炉得有主焦煤,可南窑沟煤窑的焦煤已经叫宋银禄搞得不能再往深处挖了,从去年采挖的就是夹岩层上面的动力煤了。新辰矿据说探的是主焦煤,可要出了煤还不知在哪年哪月呐。在远处拉煤烧焦又不合算。搞砖瓦厂倒是合算,可需要挖地里的土,以前地是集体的,地球上最不值钱的就是土,你想咋挖都可以,现在土地成了各家的了,两个瓦窑的占地都是有主有名的,要想承包砖瓦厂就得跟人家调换土地,不管是凭手段还是凭命运好不容易搞到手的一块好地,咋舍得跟人调换哪?一来二去的,马金贵就堕落成一个纯粹的庄稼人了。一位经营了几十户人家温饱问题且胸腔里依然激荡着宏大理想的堂堂一队之长,怎么可以就这么甘心认命哪?

一开始宋光明指定马金贵当生产队长时,他左推右推的还不想干,作为第四生产队的资深社员,他太了解这个最小王国里的小皇帝权柄儿的诸多好处了,华岩村社员再闹饥荒也没听说那位队长挨饿过。不用偷也不用抢,大瓮里的玉米谷子比谁家都多。咋弄的,很简单,秋天粮食分到社员家里一大堆,可等加工成颗粒,再晒透晾干上交队里后所剩就不多了。看谁家的粮食交没交,不在乎你吭哧吭哧把粮袋扛到小队库房里,而是看那交粮表上是不是打了勾,这个过程只要会计乐意就很简单,很便当。弄钱就更简单,更便当了。人民公社社员的工资先是发工票,而工票又是生产队长自己印上自己发,工票上盖的也是生产队长自己的章。这工票到年底将按工分值变成钱,这还不等于生产队长有权印钞票吗?这不等于中国人民银行行长吗?不对,人民币的发行还受市场影响,还受多个部门把控监督哪,而咱们的生产队长想给自个儿或者自己家人多弄点工票,那只需用拇指食指唾点唾沫从这一摞里点到那一摞里就完事儿了。这样的好差事儿觊觎的人多着哪,可是马金贵对此却从没动过心思。马金贵乐意的是与全体社员一起骂队长,有说周扒皮的,有说南霸天的,有说黄世仁的。在责骂队长的声浪里,马金贵是最激烈的参与者与发动者,如果要搞一场推翻小皇帝的造反行动，马金贵一定是组织者和举旗人。马金贵对前几任队长都很愤恨，很鄙视，自己当然不愿意立刻转身到对立面，而成为众手所指的不光彩角色。

可是有一天，宋光明带着一纸委任状来到马金贵家时，马金贵先是惊怪，而后是拒绝，口里说不行不行，咱是投机倒把分子，落后社员，不是当队长的料。心里话是我宁肯饿死也不想让唾沫星子淹死。但是宋光明没理他这个话茬儿，他所选中的几个队长一开始都要这么客套几句的。他将委任状搁炕上说，金贵你就不要扭捏了，准备准备接手吧，高粱地选枪杆哪，四队我选来选去觉得还是你可以。委任状就是油印的一块小纸片，盖着华岩党支部的章。在华岩村这就相当于组织部门的调令文件了。马金贵只得说，那就试试吧。结果像尝糖块儿一样，舌尖儿一舔，唔，好甜，就吸入唇舌间再也不想吐出来了。仕途这个玩意儿，只要一步入就像有了毒瘾一样，这辈子戒不掉了。生产队长这个官衔儿虽然不起眼，可在自己权力范围内，感受到的全是满满的敬意和尊重，满满的追捧和顺服。至于背后是不是也像他当初那样骂声如潮，横竖听不见就是了。你占有了便宜，你享受了荣光，人家骂骂你又咋了？不被人眼红嫉妒你还活得算个头面人吗？可是他娘的队长干得好好的，一大堆绒沌沌的好粪必将迎来一个特大丰收的更大荣光了，突然就将好端端的一个生产队解散了，即将迎来的光环也随之而消失了，原来见他就笑脸相迎的属下劳动力们，脸变得比翻烙饼还快，远远就掬出的笑容再也看不见了。马金贵感到无比的失落，这种和每一个纯庄稼汉同等身份的感觉实在是不好受。不行，无论如何得弄个头衔儿，马金贵的宏大理想就寄希望于能够将一个村企业弄到手了，可是眼巴巴地看着蛋糕一块块地分完了，再没他马金贵的一份儿了。

马金贵一边拿着镰刀刮垾，一边胡思乱想着。刮垾就是用镰刀将地堰上的杂草割掉，既可以使地堰干净整洁，又可以将割下来的杂草做沤粪的材料。从大锄完庄稼到收秋季节中间这段日子，就是刮垾割蒿沤粪的时日。去年背着韩新宝上西山割蒿就在这个季节里。马金贵是种庄稼一把好手，四季庄稼活都是把式，这也许是他被钦定为生产队长的一个原因。他一手搂握，一手拿镰刀割，刺啦，刺啦，刺啦……割过的地堰，像用铲子铲过一样干净。马金贵的前面杂草丛生可以藏雉匿兔，后面就寸草不留堰光坢净了。

"刺啦，刺啦"的声音里隐隐地听见有喊声，停下镰刀支棱起耳朵仔细听，真有人喊他，老马哎，老马哎，过来歇歇哇。马金贵站起身子朝塄底庄稼地那边望时，看见宋全海正向他招手。一看见承包中失利的难兄难弟，顿感一阵儿亲切，扔下镰刀就朝宋全海直奔过去。

两人各自从口袋里掏出烟盒，都是前几天段建生开业时给的红山茶牌的。本来要抢着给对方，结果一看都一样就各自吸各自的了。

宋全海看着指间夹的烟卷儿苦苦笑着说，牛吧。马金贵也苦苦笑着，以前就听说有纸烟自带嘴嘴的，才见稀罕哪。宋全海说，好烟就是不一样，吸嘴里绵绵的，一点不呛人。马金贵说，听说一盒一块多哪。宋全海愤愤说，人家朝里有人嘛。马金贵反驳道，你们宋家朝里的官更大呀。宋全海说，你不知道，宋光明光是说公平呐公道呐，他只管订规矩，县官不如现管，具体操作的是段四虎。年龄呀，家庭情况呀，掌握技术呀，这是硬杠杠；工作能力呀，管理能力呀，这不是他娘的由他们说吗？他段建生不就是当过两年电工吗？华岩村最开始接电那会儿，那些低压线都是我爬电杆安装的哪。

马金贵虽然很小口地吸着烟，但二寸多长的一支烟还是很快就燃烧到过滤嘴根部了。马金贵总结说，好烟不耐吸呀。说着从身上掏出一毛四一盒的迎泽烟，一支自己点燃，一支递给宋全海，来吧，要饱还是家常饭。宋全海吸了一口迎泽烟惊呼，呀呀，不行不行，刚刚吸了好的不能吸这倒运烟，呛煞人哪。马金贵说，看看，这一支烟就把个人搞得忘本了，先是看不起赖烟，再下来就看不起旧婆姨了，再就看不起朋友弟兄了，这还不叫段建生牛哪。宋全海说，你就盯着个段建生，韩新宝更牛，咋没见你骂他哪。该不是因为他是你们东边的就维护吧。马金贵一听恼了，啥东边西边哪，有钱有势的都看不起平民百姓。宋全海一巴掌拍到马金贵脊背上，而后抚摸来抚摸去，很感动地说，这话我爱听，算你马金贵有脑筋。马金贵满脸凝重地说，你说咱们咋弄哇？宋全海说，啥咋弄哇？马金贵说，你说咱就死心塌地种地哇？宋全海说，不种地咋活哪？马金贵不耐烦地说，咋给人家当队长哪，一点心胸也没有。宋全海就呵呵呵笑了，只有你马金贵看不懂我宋全海吧，还有我宋全海看不懂你马金贵的？你不就是眼红嫉妒人家韩新宝段建生嘛，也想挺胸凸肚地弄个老板当当，唱个蒲剧炫耀带嘴烟嘛，人不都说嘛，同类人眼红同类人嘛。马金贵倒也不否认，咋，你不眼红人家？宋全海说，不眼红，人比人气死人。马金贵眼睛斜瞭着宋全海，叹了一口气说，算了算了，跟这种说半句留半句的人说不着。说着一拍屁股就站起来，走回自家地堰上。

刺啦，刺啦，马金贵又圪蹴下身子手挥镰刀刮拌了，有人却朝他屁股踢了一脚，他知道还是宋全海，头也没回地说，老老实实刮你的拌哇，又来扑死啥呢。宋全海这一回认真了，又一次掏出红山茶，将仅剩的两支二人分享掉，说，叫你就是想跟你商量咱们合伙干个事儿嘛，咋你说着说着就走了哪。马金贵美滋滋吸着红山茶，有啥屁快放吧。宋全海将嘴巴凑到马金贵耳朵上嘀嘀咕咕，马金贵频频点头。两颗脑袋越挨越近，越挨越近，宋全海最后才把声音播放出来，你说咋样？马金贵很决断地说，行，咱干。

有人跳下深井了！

西天红彤彤的火烧云迎接回华岩村科考的学子们，马明煦两口子看着绽放胜利荣光的好儿子，又拉手又提包地把马兆飞接走了。韩翠子情绪很低沉，弄不清是因为母亲还是因为没考好。停车点游走的观众们最关心的是大龄考生张三牛，都想看一看这个可笑之人，是不是像所有人预测的那样真可笑。马兆飞下车走了，韩翠子下车也走了，还有一些到二道河赶集的乘客们也下车了，还是等不出张三牛，而班车已经启动了。最惊眉诧眼的是东边婆姨们，啊，三牛子咋的了？一定是考砸没脸回村了？是不是考好了不想再见婆姨了？婆姨们正横猜竖猜嚷嚷着，就见班车在金圪槽西边停住了，走下车的那不就是个张三牛嘛？果然是没脸见人呀，不过并没有因为没脸见人就彻底出走了，而是采取了迂回躲避的战术，你们簇拥了一堆人想看我难堪吗，休想，我到没人地方再下车，远远地躲开你们就是了。

东边婆姨们快步疾走奔向金圪槽西边停车点，仓惶跳下车的张三牛没往东边走，却顺着通往南山的路往南边跑了，跑得比兔子还飞快。有个婆姨喊，三牛哥哎，三牛哥哎，粉娥嫂子已经给你炒上粉皮煸肉咧，你往南边跑那是要去哪儿呀？张三牛还是头也不回地疾走着。这张三牛是咋的啦，要不想见人就华岩村也不要回来嘛，你跑南边就不见人啦？你你你难道是跑南山上白毛女一样当野人呀？任后面婆姨们追着喊，张三牛还是一路地跑，婆姨们追着追着就站住了，张三牛咋看不见了？啊呀呀，不好了，张三牛是不是要自寻无常了呀，啊呀呀，快赶紧告粉娥子哇，几个婆姨转身就向东边一路狂奔了。

张三牛婆姨邱粉娥虽然没有割肉买粉皮豆腐，但也把刚从自己地里摘的豆角掰得短短的，炒得香香的。把掺了榆皮面的玉茭面和得筋筋道道的，早早地就坐在炕沿边开始捻疙瘩了，这捻疙瘩就是后来人们叫的猫耳朵，不过猫耳朵是在案板上搓，捻疙瘩是在手上捻。对那个只管自己谋前途的陈世美来说，苦守寒窑的王宝钏做到这一步，也算是最隆重的欢迎仪式了。

邱粉娥坐在炕沿边，随着身子一下一下的晃动，一颗颗很细小的捻疙瘩从手心打个滚儿掉入盆中，这捻疙瘩捻得粗大还是细小，可以看出女主人对食者的态度，脸上恶狠狠的捻出疙瘩就又粗又大，表情笑嘻嘻的捻出来的疙瘩就又细又小。邱粉娥则介于这两者之间，脸上恶狠狠的，捻出的疙瘩却精致得像缩微工艺品。

邱粉娥停下捻疙瘩，拿火箸将灶火捅得得旺旺的，等死人回来煮下就现成了。可是突然有婆姨在院子外面叫喊了，粉娥嫂，粉娥嫂，三牛哥回来了。邱粉娥脸上依然恶狠狠着，说，他可回来呀不，哪怕死得他乡在外哪。却不由人地向窗外望了一下。隔了一会儿，又有人喊了，粉娥嫂，粉娥嫂，三牛哥下车了，咋不回家一直往南面跑了。邱粉娥捻疙瘩的动作一下子就顿住了。把面团使劲往盆里一扔，就跑到院子里。早有五六个说得着的婆姨惊眉诧眼地来通报消息说，三牛哥是咋的啦，这么些天不在，把嫂子一个人扔家里，回来也不赶紧往家走，为啥一个劲儿颠南边去啦。邱粉娥到底着急了，他往南边去了？你们看清楚了？几个婆姨七嘴八舌说，那还有个看不清楚的啊，就是三牛哥啊，看俺们喊他跑得更快啦。啊呀呀，就是没考上又咋的了，受苦人还要不活了哪。可不是嘛，你三牛哥还不彻根儿就是受苦人啊，考上更好，考不上还安安生生地当咱的老百姓嘛。呀呀，俺们三牛哥三牛哥地喊，越喊他跑得越快了，后来嘛，跑着跑着，就看不见啦？可也是哪，光管自己念书，把庄稼扔给嫂子一个人，考上还好，考不上可不就没脸见嫂子啦。不对呀，没脸见嫂子就不回村了嘛，回都回来了，咋就一个劲儿地跑南边了呀……

邱粉娥听着听着，突然啊呀了一声，拔腿也往南边跑了。半路上碰到下班的人就问，见没见张三牛了。下班的人都说没有见。邱粉娥更着急了，气喘吁吁地跑得更快了。煤场子里不知道什么时候搭建起那么多房子，房子多，门也多，邱粉娥见门就进就打听，得到的回答都是没有见，不知道，不认识。邱粉娥的腿一下子就软了，得到的消息越来越接近她的预感了，这一带山里有不知哪辈子开过的废弃竖井筒啊，这死鬼难道是，难道是，啊呀呀，越往下想越着怕吆，越着怕越不敢往下想了呀……之前常有想不开的人跑这一带跳井筒呀，华岩人出口骂人时就爱说活得不如跳了梨花台深井筒……啊呀呀，死鬼你考不好就考不好吧，你婆姨我又不埋怨你不数落你呀，你咋能扔下婆姨孩子走了绝路哪。邱粉娥在这一带砍柴时知道那个废井筒就在东边山崖根，没头苍蝇一样跌跌撞撞走出新辰矿煤场子，就直奔东边去，走到那个废井筒口上一头跪倒就号啕大哭起来了，他爹呀，他爹呀，你咋能走了这条绝路哪，你考不上就考不上吧，咱还是好好的人家呀，你走了扔下俺婆姨孩儿可咋活呀，呜呜呜，他爹呀……

邱粉娥往南边疾走的时候，后面就有几个婆姨远远跟着，远远跟着的婆姨后面又有婆姨更远远地跟着。邱粉娥进了新辰煤场子里，远远跟着的婆姨就站住了，更远远跟着的婆姨就小跑着过来了。过来就问，咋的啦？邱粉娥找见张三牛啦？被问的人或摇头或一脸茫然。问的人反而更来兴致了，啧啧惊叹着，相互揣测着，都眉目惊诧地想搞清越聚越浓的迷雾到底是个啥情由。眼尖的突然压着嗓门喊，快看，邱粉娥出来了。所有眼睛齐刷刷盯住邱粉娥，哇呀，不好了，邱粉娥咋往东崖那边跑去了？呀呀，不好了，东崖根有三四丈深的废井筒哪，东崖根有废井筒哪，快哇，快哇，粉娥嫂往废井筒那边跑啦！啊呀，去废井筒干啥去呀？是不是张三牛考砸了跳废井筒了呀？是呐是呐，肯定是煤窑上的人看见张三牛往废井筒跑啦。嘀嘀咕咕的婆姨们，突然就向着邱粉娥跑去的方向跑去了。前面又有消息传后来了，邱粉娥看不见了，邱粉娥看不见了。啊呀呀，男人跳下去了，婆姨也跟着跳下去了呀！长长的山路上撒满了人，像行军的队伍传口令似的，消息飞快地传递着，跳井了，跳井了，有人跳井了！

邱粉娥双膝跪地哭号得气吞声绝，孩儿他爹呀，孩儿他爹，你个要命的鬼呀，不叫你考吧你非要考，小苗子不锄了，大苗子也不管了，俺拗不过你老倔牛，呜呜呜，千不该万不该，俺不该说你考不上不要回来见全村人，考不上不要回来见婆姨孩，呜呜呜，把你死鬼呀，俺只是说说呀，你咋就当了真了呀，张三牛呀，张三牛啊……听见身后有脚步声嚷嚷声也无心扭头看一看是谁，反倒号啕得更感天动地了，张三牛你走了俺也不活了，你会跳井圪筒俺邱粉娥也会跳井圪筒，孩儿呀，娘也顾不得俺孩儿了，娘去见你那要命的爹了。哭喊着就往起站，很自然就成跳井的预备姿势了，只可惜胳膊早被相好的姐妹们架住了。几位婆姨架着邱粉娥胳膊往废井筒相反方向拖，她挣扎着往废井筒方向扑，好在两只胳膊搏斗不过十几只胳膊，一门心思跳井的努力到底白搭了。

邱粉娥大声哭号渐渐改为抽泣，相好的姐妹说，粉娥嫂你可不敢走那条路呀，你可得想开呀，三牛哥走了你再走了，扔下孩儿可咋活呀。粉娥嫂哎，你弄清了没弄清，三牛哥是不是跳井圪筒了呀？邱粉娥说，你们说他来南面了，煤场子的人都说没见他，南山上还有他惦记的啥呢，他不想见我咋不往北山上跑呢，跑南山可不就是来寻井圪筒找死呢。正说着，就看见一大群婆姨簇拥着宋光明、段四虎、宋来喜、段志忠几位村干部一路疾走着朝这边过来了，后面还跟着肩膀上挎着一圈大绳的徐启程和马来保。宋光明问，咋回事，张三牛跳井圪筒了？邱粉娥的抽泣就又转号啕了。宋光明喝叱，不要哭号了，你怎么知道张三牛是跳井了？邱粉娥一把鼻涕一把泪地说，是的是的是的呢，他不跳井，放好好的家不回，来这南边做啥呢？我已经做好饭等他回家吃呢，可左等右等不回来，姐妹们才说他没命地跑南山这边了呀。呜呜呜……宋光明摇着头说，这怎么可能哪，你搞清了没有呀？

　　围观的人越来越多，不光有新辰矿下班的人，山梁那边银生金煤矿的人也陆续过来了。宋光明已经安排徐启程下井看究竟了，马来保将大绳在附近一棵树上绕了一匝，而后死死拽住，另一头绑在徐启程腰上。新辰矿的人提供了很亮的充电头灯，一切就绪，徐启程这就伫立井口深深吸了口井筒外新鲜空气，就准备下井了。徐启程下到三四丈深的井筒里找死人，也不是他有多高尚，是下一次井宋光明给一条云冈烟一瓶高粱酒。但徐启程还是有点紧张了，这么深的井底躺着个把脑浆都摔一摊的死人，咋能不吓人呀。不能再没完没了地深呼吸了，好了，这就下吧，先把屁股坐在井口边，再把双腿向井里垂了下去……这时，人堆里走出了韩辰熙，他朝徐启程摆摆手，说，不要下了，张三牛没跳井。所有嘴巴都张大了，咋？张三牛没跳井？宋光明问，辰熙叔，你看到张三牛了？韩辰熙阴沉的黑脸永远阴沉着，但他还是朝宋光明松动了一下紧绷的脸说，反正没跳井。这就算此人最明确的回答了。邱粉娥追着韩辰熙又哭闹又求乞，问张三牛到底是咋样了。韩辰熙还是那句话，告你没跳井就是没跳井，我多少年又批又斗的还没跳井，好好的跳啥井。

第 11 章
夜色撩人

邪门歪道的神秘古巷

在红彤彤火烧云的映照下，张三牛直奔的方向逐渐明确了，瘦小的身子走进了新辰煤矿的简易大门里，走进了韩新宝的简易矿长室。韩新宝正和韩辰熙商量着什么，看见气喘吁吁的张三牛都奇怪地盯住他，三牛子回来啦，考得咋样？张三牛一把将韩新宝拉到外面，一边喘气一边说，变玲子，咱家变玲子，我，我，我看见了，昨晚上我在一个小巷子里一个饭摊摊上买豆腐脑吃，就看见变玲子也来买吃的，我就喊，变玲子，她看见我扭身就跑了，她跑我就撵，撵着撵着就看不见了。

韩新宝那么强硬的汉子也动情绪了，一把抓住张三牛胳膊，着急得话都说不好，你你你真见着咱女子了？你见她咋样的，哪个小巷子？张三牛说，小巷子记着的，叫啥旮旯子来着，对了，叫邪门街旮旯子，是的，是邪门街旮旯子，那个旮旯子又深又曲里拐弯的。韩新宝问，你能跟我再去一趟城里吗？张三牛痛快答应，等我回家吃了饭，你说哪会走就哪会走。

韩新宝说，这会儿就走，咱到西旬饭店吃，我让乡里拖拉机跟我跑一趟，走。韩新宝就领着张三牛从南山走山路直奔西旬乡了。

林汉星一听韩变玲有了线索，立刻就派出拖拉机。韩新宝要领张三牛到饭店买饭吃，张三牛说，已经过了肚饥劲儿了，咱赶紧去找孩子吧。韩新宝就买了两个烧饼塞给张三牛。西旬到县城四十多公里路，张三牛把两个烧饼刚吃完就到了。

邪门街旮旯子果然门都是斜开着，院挨院，门挤门，进了旮旯直走了没有十多步就拐弯了，一看像走到了尽头，没想到又有个豁口拐进了一个长长的巷道里，这个主巷道两侧又支出一个更窄小的旮旯子，像脊梁骨两边的肋支骨，这么多旮旯子该进哪个旮旯里找人哪？又该向哪个人打听哪？

邪门街旮旯后来就全拆掉建成什么新天新地娱乐城了，说这里在旧社会是花柳窑子街，拆了它等于彻底割除掉旧社会腐朽的尾巴了，再后来又说是拆坏了，说那是清中期建筑，都骂那个没文化的县领导把有文化的建筑给糟践了。这是后话了。

张三牛领着韩新宝和拖拉机司机从这个旮旯出来，又从那个旮旯进去，见人就拿着韩变玲照片问，见没见过这个人，有说没见过，有说好像见过的。好像见过的跟没见过的也一样，横竖不知道住哪里，张三牛不是也见过吗？这可去哪里找去呀？

旮旯两边的窗户都亮起灯，才知道天黑了。张三牛把他俩领到他那天吃豆腐脑的饭摊上，一边吃豆腐脑吃油条一边观察过往行人，好歹再碰上咱变玲来买吃的哪。后来看电视才知道这种行为叫蹲守，是的，是蹲守，行为和目的也像警察一样，嘴巴吃着豆腐脑，眼睛从碗边儿上盯着走来走去的人。盯女人，也盯男人，好歹看见那个狼心狗肺的张水明呢。但是他们的眼珠子盯女人毕竟比盯男人盯得紧，他们的行为反倒被人盯上了。饭摊边儿早就游走来一个人，不时向他们几个瞟一眼。张三牛低声说，那人好日怪。韩新宝说，吃你的饭，别看他。张三牛就低头吃豆腐脑了，吃着吃着，眼珠子还是不由人要朝那人瞟。那人就朝他招手了。张三牛看了看韩新宝，韩新宝说，别理他。但是张三牛还是朝那人走过去了。那人与张三牛嘀嘀咕咕了老半天，张三牛明显地对那人说的什么拒绝了，但那人却死死缠住了土老帽。后来好像是谈妥了，张三牛过来红着脸说，他问咱们住宿不住宿，我问多少钱，他说要两块。我说我那几天住才七毛钱。他说七毛钱的是大通铺，他家的店是单间独铺的，还说有啥要求尽管提。我说干净就行，能有啥要求哪。他说让我跟你们一说就知道提啥要求了。韩新宝看了看张三牛说，你那几天就是在这住着？张三牛说，嗯，跑了十多家都要两三块哪，就这旮儿里的旅馆便宜。韩新宝问，你咋不住个单间独铺的跟人家提一点要求哪？张三牛愣怔了一下，说，我也提要求了，我说被子太脏能不能给换换，那掌柜说换好被子要加两毛钱哪，我就没有换。拖拉机司机突然哈哈哈哈笑了。张三牛不解地问，笑啥呐你？拖拉机司机说，啊呀呀，我看你呀，几何代数都晓得，就是人间烟火不懂得。韩新宝拿手帕一擦嘴，迅速离开豆浆摊，离开那个盯梢的家伙。张三牛和拖拉机司机小跑着跟上韩新宝走出邪门街旮儿子。

　　知道女儿就在县城里，这让韩新宝稍稍放心了一些儿，这顿豆腐脑却吃得又让当爹的心紧紧地揪起了。女儿她为啥住在这个邪门歪道的旮儿子里呀？就为了住宿便宜吗？第二天，韩新宝打发走拖拉机，自己就将女儿的线索报告给了公安局。公安局接案的负责人说，那个邪门街旮儿很混乱，已有人报过同类的案了。那人将韩变玲的情况都做了登记，照片也留下，并答应立刻派人去侦查，让韩新宝安心抓生产，等待好消息。

　　韩新宝和张三牛坐着班车回到村里，才知道昨天发生了惊天动地的这么一出孟姜女盼夫哭夫戏。张三牛下车后听完婆姨们的叙说，感动坏了，急火火地直扑相隔多日的家。见婆姨眼底还残留着泪痕儿，十几年的婚姻这会儿一下子迸发出火花儿了，这之前对婆姨的称谓总是"喂""嗨""他娘哎"。也不知是哪股神经起了作用，突然就喊出婆姨名字了，粉娥哎，粉娥哎。地道受苦人能喊出婆姨名字来，简直比后来的我爱你，爱煞你的情感含金量都要高得多。而且是眼睛直直盯住婆姨喊的，粉娥哎，我啥都知道了，考不上咱还好好地闹人家，考上了我更要好好待遇你，我张三牛这辈子活得值就是因为娶了你，我张三牛要像你说的当了陈世美，那，那，那就是狗，就是猪，就是猪狗都不如。邱粉娥眼角又抛下了泪珠儿，脸色却悻悻地说，快悄悄的哇，听得人腿肚子都转了，饭在锅里哪，端上吃死食哇。

兄弟姐妹情深深

礼拜六下午发工资，宋云飞与韩军儿相跟着往矿上走，一路上又激动，又有点怪怪的，这他娘的就算挣钱了？他爹当社员倒是天天发工票，油印的长方形纸片盖个队长的名戳儿，领回家一大沓哩，可到年底才能变成钱还兑不了现。积攒了多年的长款，除用老黄牛和大农具抵了一些，还有成百块在往来账上挂着哪，生产队也没影儿了，那成百块长款就算白白扔掉了。宋云飞问韩军儿，这才一个月嘛，真的这就发钱了？韩军儿说，发工资可不就是月月发钱哪，这有啥奇怪的。宋云飞还是觉得怪怪的，呀，还真和二道河机械厂工人一样了。

管钱的韩辰熙脸凹得比平时还恶毒，抽屉里的钱硬铮铮的全是新票子，哗啦哗啦地经他一点就成了别人的。轮到了宋云飞时，韩辰熙觑着眼睛朝他狠狠盯了一下子。眼睛盯人不疼也不痒，想盯就让他尽管盯，人家出钱咱领钱嘛，盯你一下又咋啦。这不，钱已经在老家伙手里哗啦哗啦翻页儿了，硬铮铮的二十八块钱"啪嚓"一声摔在了桌子上，宋云飞很笨拙地将钱捏手里，成就感幸福感满满的一胸膛。

财务室里，除了点钱给人的韩辰熙恶着脸，其他将钱点完装兜里的人都是满脸生动地微笑着。宋向前、段世凯、段学东、连志红、韩军儿各自捏着各自的二十八块钱，反着看了正着看，像年轻母亲看着自己初生的婴儿一样甜一样美。钱装身上不光可以买东西，还能让人又高兴又觉得自己牛逼。几位"七年制"相互看着，相互提醒着，咱们有钱了，咱们有钱了。有了钱的人就有点把握不住自己了。宋向前号召说，咱们去二道河玩一天。段学东说，才去个二道河，要去就去县城里玩。段世凯说，不去县城，咱去太原玩。宋云飞笑着说，瞧瞧，瞧瞧，咱钱是有钱了，可也不能山沟沟里放不下了，去哪不去哪以后再说，今晚咱先在老茂堂那里吃一顿，咋样？其他几位齐声就喊起来，好，好——

这时宋二平也捏着钱从财务室出来了，宋云飞使个眼色，几个人就将她围住。段世凯说，今晚咱都去新辰矿饭店，你也去，咋啦，不去？瞧把你吓得脸都黑青了，不用你掏钱的，你们女的光用带嘴就行了。宋二平问，俺们女的？两人俩，三人仨，四人才成们呢，还有谁呀？正好方婷婷从财务室出来了，宋二平嘴角一翘说，想请谁你就请谁哇，还拉上个陪衬的，俺不去。宋二平扭身就要走，就被宋云飞拉住手狠狠一拽，顺着那股惯性劲儿把宋二平像圆规划圆一样悠了一圈，恰好把宋二平与方婷婷撞了个面对面。宋二平一把拉住方婷婷，婷婷哎，咱姊妹们也算认识一回了，今晚姐请你，就咱俩，躲臭男人远远的。方婷婷笑着点点头，被宋二平拉着突出包围圈，像两只挣脱羁绊的天鹅一样向着前方飘飞而去。

"七年制"们急了，宋向前喊，咋放跑了呀，快追回来呀。宋云飞抿着嘴笑道，跑哪里去哪，都成家鸟儿了飞一圈还得飞回来的。宋二平和方婷婷果然就站住了，朝他们喊，俺俩还要叫翠子呢，你们要是变成女的也来跟俺们一起哇。段世凯喊，嘿，这不正好吗，我们也要叫韩翠子一起吃饭哪。宋二平说，我们不叫翠子你们也不叫，见我们叫她你们也叫，就是能捣乱呢。段世凯说，我们早就说好要安慰安慰韩翠子呢，也算接风什么来着。宋二平说，人家回来都好几天了，你才给人家接风洗尘呢，过罢大年贴门神呢。段世凯说，这不是才有了钱嘛。宋向前说，咱把山那边弟兄俩也叫上吧。宋云飞说，走到山梁那边去。

银生金的牌楼就是好，又高大又粗壮，亮汪汪地耸立在夕阳下。上班的地方有个好牌楼就是牛啊。方婷婷头一回来这里，望着一侧方柱上的大牌匾说，呀，这边煤矿比咱那边正规吧？几位就都嘻嘻哈哈地笑得腰都弯了，段世凯笑得话都说不好，哈哈哈哈，正规，正规，可正规哪。说着笑着就走进银生金的窑场子里了。窑场子里有很大很大的煤堆，还有拉煤的大卡车。方婷婷噘嘴说，人家还有大卡车拉煤呢，怎么不正规呢？段世凯就又笑了，咱们的婷婷女士，不光美美的，还傻傻的，真是爱煞人了呢。方婷婷眼睛扑闪扑闪，怎么，我说得不对嘛？宋向前耐心地解释说，他们一天出的炭还不够一汽车拉哪，咱那边要是出了炭，一天能供几十汽车哪。方婷婷一看到低矮的坑口就惊叫起来了，呀，这就是坑口呀！正好就有工人四脚着地拉着驮车出来了，身穿的窑衣比叫花子穿的衣服还脏还破，好恐怖好恓惶呀，那拉的又是个什么车儿呀，烧饼一样的车轮儿，上面搁个大荆条筐，这这这也叫煤矿工人吗？方婷婷直直盯着拉驮车的工人眼睛里就泪汪汪的了。

正好宋矿长从屋子里出来了，一看见宋云飞们就恶狠狠说，你这孩是咋啦，发了身衣裳来显摆，发了个钱也来显摆，不显摆显摆就吃不下饭睡不了觉是咋的。宋云飞说，我们是来叫金宝金元一起吃饭的。宋银禄说，才拿了几个钱就呼朋唤友吃死食，真真的败家子，败家子，我告你爹揍不死你狗日的，去，赶紧回家把钱交给你爹。宋金宝正朝装煤的人指手画脚，看见宋云飞们就从煤堆上跑下来，正好宋金元也从坑下出来了。宋云飞迅疾转身往煤场子外走，将一只手朝后面招一下，大家伙就跟着宋云飞，金宝金元也从不同方向朝宋云飞们追去了。任宋银禄喊破嗓子，也没有回了一下头。

宋云飞们到了新辰饭店，所有饭桌已经坐满领了工资的工人们。宋云飞就让老茂堂炒了一大盆粉皮煸肉片，调了一小盆黄瓜，又到供销社买了一瓶酒，就直达韩翠子家了。

到了韩翠子家街门口，宋云飞让大家在门口等着，让宋二平先进去看看情况。宋二平进去老半天才出来，眼圈红红地说，翠子一见我就哭，可是恓惶呢，宋云飞你说咋弄呀。宋云飞想了想就独自一个人进去了。当时太阳已经落尽了，灯还没有亮，正是白天与黑夜衔接的黄昏时。院子里黑乎乎的，屋子里黑乎乎的，四面冷冰冰的墙壁里坐着个孤零零的瘦小身子，把个一腔豪侠气概的宋云飞也搞得喉咙里哽咽咽的。宋云飞挨着韩翠子侧身坐在炕沿边，深深叹了一口气，唉，你这样不行的，遇上啥事都得想开，你也弄下病可咋呀。韩翠子擦了擦眼睛说，二平说你们来了，咋不都进来呢。宋云飞说，你刚回来就想来看看你，硬是等发了钱才来了。韩翠子说，赶紧叫大家进来吧。

开了灯，屋子里也不亮堂，十几瓦的灯泡，灰黄黄地照着炕桌周围一小片。大家围坐在炕桌四周，很缓慢地吃着大盆和小盆里的菜，韩翠子被大家簇拥在正面席位上，她将筷子伸进大盆里夹起一片粉皮塞嘴里，嚼啊嚼，嚼个没完。挨她的宋二平很关切地说，翠子，你吃肉呀，吃肉呀。韩翠子又夹起一小块粉皮放嘴里，又是只管嚼个没完，嚼着嚼着眼睛里就又挂出泪花儿了。宋云飞连着灌下三大杯酒，也还是兴奋不起来。他给韩翠子倒了半杯酒，说，翠子，来，我代表咱弟兄姐妹们敬你这杯酒，一来祝你母亲早日康健，二来呢祝你考个好学校。就半杯，喝了也许能把心里的忧愁化解化解。韩翠子却说，倒满。宋云飞震了一下，好，倒满，来，干了。韩翠子把一杯酒喝了个干净，又拿起酒瓶要和大家过一轮。宋云飞赶紧夺过酒瓶说，不不不，就这一瓶酒，我们男人还不够喝呢，我这一杯就都代表了，对了，给你介绍个新姐妹，方婷婷，跟我在一个班上的，婷婷，来你俩认识认识，以后就都是好姐妹了。方婷婷坐在韩翠子另一侧，很同情地不时侧眼看看韩翠子。韩翠子一口菜嚼半天，她也一口菜嚼半天，韩翠子眼睛里含着泪，她眼睛里也挂出泪花儿。段世凯说，翠子、婷婷要不你俩碰上一杯吧。随说随就把两个酒杯倒满了酒。二人同时将酒杯擎起，方婷婷突然将韩翠子手中酒杯夺过去，一仰脖子，两个酒杯同时底朝了天。一圈男人都惊得面面相觑。宋云飞吃惊道，方婷婷，你不是不能喝酒吗？

方婷婷放下酒杯，轻轻将韩翠子脖子搂住，两张秀气的脸儿相偎在了一起。韩翠子也用一只胳膊将方婷婷的腰紧紧搂住，泪珠儿就从眼角淌下来了。方婷婷说，姐，咱俩虽然才见第一面，不知咋的，一见就觉得你恓惶，就觉得你可亲呢。宋二平说，我听俺娘说，觉得谁恓惶就是跟谁亲呢。方婷婷说，姐，我听宋云飞说你家境了，同病相怜，同命也相怜的。

一路上又蹦又跳又喊又叫的男人们，再也找不出什么话题说，只会举起酒杯说，来，喝。喝了搁下酒杯就又没话了。这些家伙只会在欢乐氛围里更欢乐，在这样凄凄切切的情境里嘴巴只剩下吃喝的功能了。但是两个盆子里的菜还是由多到少，由少渐至没有了，也该席终人散了。宋云飞看了看身边的弟兄们，看了看紧紧搂着韩翠子的方婷婷说，真感动，真的，我都几回差点流泪了，婷婷，你把咱弟兄们都感动了，你是个好妹子，好妹子，看得出婷婷你一定经历过啥事儿了，还说你脸高心冷哪，敢情你心肠软着哪。好，这就好，感谢你跟咱穷弟兄姐妹成一家人了，一家人了啊。嗯，今晚是这，咱们都是为咱翠子来的，连上婷婷，咱都是铁哥们了，不管谁有了啥困难事儿，咱都要诚心诚意帮助，嗯，咱这样吧，翠子情况大家都知道，娘得了重病，需要很多钱的。我看咱这，能帮多少帮多少，随心就是了。说着从身上掏出十元大钞放在桌子上，说，我捐十块。接着段世凯、宋向前、韩军儿、段学东、宋二平每人十块搁在桌子上。宋金宝、宋金元一看愣怔了，弟兄俩你看看我，我看看你，身上都没装着钱。宋云飞说，你俩没有就不用了，我们是刚发了工资。谁知宋金宝将一只手伸向宋云飞，另一只手伸向段世凯，一人借我十块。宋云飞和段世凯各自拿出十块给了宋金宝。宋金宝将二十块钱捻成扇状，往桌子上摔得比谁都响，哼，输什么也不能输了情，丢什么也不能丢了人。

方婷婷挨个儿看着大家摔扑克一样将钱摔在炕桌上，好感动，好感动，像她本人在接受大家捐赠似的，白白嫩嫩的小脸儿都泛得红彤彤的，水汪汪的眼睛扑闪扑闪着，像在表示浓浓的谢意。谁都没想到，方婷婷会为这次义举划下隆重的句号，她从衣兜里一下子掏出两张十元钞，轻轻叠压在那些钱最上面，说，我捐二十块，我是翠姐亲妹子，不能和大家一个水准，好了，大家什么也不要说了，我这里替我姐姐谢谢大家了，说着将盘腿坐姿调整为跪拜状，向大家深深磕了一个头。韩翠子也赶紧跪起朝大家磕了三个头。不知咋回事，三个女孩突然就抱在一起哭作一团，男人们也都一人挂下两行泪。

大家一边告辞，一边劝慰韩翠子要挺得住。韩翠子点头应承着，恋恋不舍地将大家送到街门口，直看着都相继消失在黑夜里。但她不放方婷婷走，她紧紧拉着方婷婷的手说，好妹子，姐不想让你走。方婷婷说，我不走，我在跟姐做伴说话儿。

半夜里走进鬼世界

成为一名煤矿工人，不但能月月发工钱，还能享受一个礼拜天，可是宋云飞却最发愁过的就是礼拜天。夏秋交接的季节里，家家都在刮坪清理塄堰，割蒿沤肥。宋云飞前几天就见他爹磨镰刀，磨完一把，又磨了一把。一边磨一边朝宋云飞念叨，今年农业社分粪哪，明年谁家老爷给你分粪哪，光地塄上刮下来的那些蒿草哪够哪，得多多地割些山蒿哪。过年的粪只能比今年多，不能比今年少，大大地沤上一堆粪，加上牛圈的粪，过年的庄稼不压塌堰才怪哪。等你下个礼拜吧，叫上你哥，咱父子三人，拉上三辆平车，到沁河头二郎沟，一人多高的蒿哪，美美地割上一天。宋云飞听得脑袋瓜都快爆炸了，他哥宋云茂却美滋滋地点着头应承，嗯，那得鸡叫就走哪。宋宝禄朝宋云飞叫喊，听见啦你？宋云飞用鼻孔哼了一下。

宋云飞从韩翠子家回来，进了院子就见三辆平车已经预备在院子里了，平车上除堆着一团绳子，还一字儿排放着三把镰刀，这可是太要命了，太要命了。昨晚从韩翠子家出来说好礼拜天到二道河耍一天的。宋云飞侧耳听了听，他爹和他哥屋里都鼾声呼呼了。宋云飞蹑着脚进了自己屋子，灯也不敢开，声音也不敢发出一丝儿，借着一点酒劲儿很快就睡着了。睡到后半夜突然就醒了，支棱起耳朵听时，院子里还没动静，谢天谢地潜逃还大有机会。

宋云飞轻手轻脚穿起衣服，蹑手蹑脚走到院子里。后半夜的月亮亮汪汪地照着那三辆平车和那三把镰刀。宋云飞最艰难的一关就是那两扇笨重的木板街门，只要稍稍一掀动就吱吱嘎嘎地响。宋云飞尽量地将门轴提起减少摩擦度，可掀开的缝隙还不到二寸宽，破门板的嘎嘎声就响彻夜空了。破门板是无论如何不能再动一动了，可是要破门而出还有啥办法？苍天眷顾急需人，宋云飞面对让他惊恐万状的平车，突然就产生灵感了。他将一辆平车推到街门根底，两手托着车辕一举，轻轻一靠，预备好拉蒿草的平车顿时就具有扶梯的功能了。平车的底盘部分一尺多距离就有一根横木，一脚一脚踩着横木就攀爬到了街门的顶端，直直伸向夜空的两根车辕，正好就成了两侧扶手，抓着扶手，跨过门楣，纵身一跃，就跳出苦海了。

宋云飞看看夜空，也没有看星象估计时间的经验，但可以断定距离天亮还早，整个村子还静踏踏的没一点动静，是不是起得太早了，巷子里黑洞洞的，白天热热闹闹的西饭市，空空荡荡的很寂静，老槐树上突然有什么鸟扑棱棱地飞上夜空，把宋云飞吓了一大跳。常听老茂堂说，白天是人的世界，黑夜是鬼的世界。鬼的世界就鬼的世界，宁跟鬼打道也不跟宋宝禄打道。宋云飞漫无目的地任两条腿随便走着，走出西饭市，走向村街大道，走向金圪槽。夜色里的村街道，乳白乳白的。宋云飞为了给自己壮胆，口里默念，鬼呀，你出来，你出来，让我看看你是啥模样。这样默念着就走上了金圪槽石桥上了。宋云飞突然想起老茂堂给他讲的一个鬼故事，顿时就觉得腿软了。故事讲的是真人真事，说是段四虎的爷爷年轻时半夜听房，屋里新婚小夫妻折腾了一次又一次，段四虎爷爷直听到后半夜屋里睡了觉才往家里走，走着走着就看见前面有个苗苗条条的女孩儿，女孩儿走快，他也走快；女孩儿走慢，他也走慢，女孩儿走到金圪槽石桥上，扭头朝他笑了笑就钻石板桥底下了，段四虎爷爷以为那女孩对他有意思，就也朝石板桥底钻进去，他朝那女孩伸出双臂就要搂，那女孩一扭脸，把个段四虎爷爷就吓昏过去了。回家后大病了一场，请来神婆下马跳大神，神婆头顶红布唱着问他看见啥了？他跪地下实实在在地答，看见满脸一张血红的嘴。

宋云飞走到石板桥当中，腿软得都不能走了，身上一股一股地发麻发冷颤。宋云飞扭头就往家里跑开了。跑着跑着，就看见前面突然有了个黑影，亮汪汪的月光下，看着不像是女孩，脊背很宽厚，步态很笨重，要是鬼也是个男鬼了。宋云飞一激灵，真的见鬼了，反倒不怎么害怕了。在西饭市听宋银禄说朝鲜打仗时，没打以前吓得直哆嗦，战斗打响就不怕了。那鬼看见他也开始奔逃了，鬼前面跑，宋云飞在后面追，一面追一面想，要能逮住一个鬼，用绳索拴住像耍猴一样耍还能卖钱哪。宋云飞放开腿追了一会儿就追上了，一把抓住后领口，一揪一拽就把个鬼弄得仰天八叉倒地下了。宋云飞定睛看时，原来是一身脏黑衣服的宋全海。宋云飞说，我还以为见了鬼哪。宋全海也说，我也以为是碰上鬼了哪。

人眉人眼的虽然不是鬼，可这行为动静还是很像个鬼。宋云飞问，全海爷，你这半夜三更的这是干什么呀？没想到宋全海也反问他，你这半夜三更的干啥哪？宋云飞说，我是起太早了嘛。宋全海也说，可不我也是起早了嘛。宋云飞细看时，宋全海手里拿着一把砍炭镢，越发奇怪了，全海爷，你也到银禄叔窑上了？宋全海一边匆匆地走一边搪塞，嗯嗯，可不是哪，到银禄子窑上挣点油盐钱吧，啊啊，我得赶紧去上班了。宋云飞又追着问，银禄叔窑上不也学新辰矿过礼拜了嘛，今天不是礼拜天嘛。宋全海步子更加快了，啊啊，我去抽水抽水的，你这孩实在能瞎打听哪，去去去该干啥干你的去哇。

宋云飞还是很疑惑，就远远地跟踪上，就见宋全海往南走了一会儿就又返到村前公路上，往东走了一段，而后又转往东井沟方向。静夜里，东井沟的溪水潺潺地流着，宋云飞一脚深一脚浅地盯着前面黑影走。黑影拐进东井沟西侧的又一道深沟里，宋云飞也跟进那道深沟里。黑影爬上山坡，宋云飞也跟着爬上山坡去。就看见不远处微微的一小片灯光在闪烁，宋全海就在那片灯光里停下了。宋云飞立刻隐蔽在一簇灌木后面，就听见宋全海那边有人在说话，接着就听到叮叮咚咚的声音。宋云飞想这些人一定是在干坏事，要不为啥要黑天半夜干哪？为啥要编造到宋银禄煤窑抽水哪？难道在盗古墓？是了，一定是盗古墓了。可是宋云飞已经不能再向那边靠近了，这时候豆青色天光已经泛白亮了。说好到二道河去玩也该到集中时间了。

潇洒走了一整天

宋云飞三步并作两步地跑回村，段世凯、宋向前、段学东、韩军儿、宋二平已经在金圪槽石桥上等他了。五辆自行车亮闪闪地一字儿排在石桥上，五位我们村里的年轻人一人一身劳动布工作服，左胸脯"新煤"两个字很显眼地闪耀着。看见宋云飞一脸疲惫两脚湿泥，就都奇怪地围上去问七问八。宋云飞一屁股跌坐在石桥墩上说，嘿吆，惊心动魄呀，波澜起伏呀，环环相扣呀，这方面还有什么好成语你们再往下接。宋云飞的表情和讲述把大家胃口一下吊到半虚空，都围过去支棱起耳朵准备好心惊魄动了，宋云飞却突然住了口，摇摇头说，等我想想看这事能说不能说。宋云飞双手掬着脑袋盯着宋向前想了一顿，说，不能说，不能说的，要说也不能跟你们说，走，杀向二道河。宋云飞夺过宋二平的自行车，说，来坐后支架上，我带你。

五辆自行车噌啷啷地一路响着飞奔在沙土公路上，领头的段世凯满脸绽放着幸福红光，双臂撑在车把上，双肩耸得高高的，脑袋左转转，右转转，憋闷的心情就像束缚好久的手脚，一下子释放开感觉好舒坦好舒坦。就情不自禁地叫喊开了，嗷，嗷，嗷——宋向前也跟着喊，嚎，嚎，嚎——韩军儿用铃声代替了嚎叫，右手一下一下按着车铃按钮，叮零零零，叮零零零——段学东则一弯腰，双腿一使劲，车子就咻溜一下子超越到最前面，破着喉咙就唱起来了，沿着社会主义大道哎，奔前方哎，嗨吆喂，嗨吆喂……宋云飞被抛得远远的，车子骑不快倒不是因为驮着宋二平，看那闷闷不乐的样子就知道是心里憋着啥不快活。宋云飞情绪调动不起来，车子速度飞快不起来，更大喊大叫不出来。宋二平一手搂着他的腰身，一手捶一下他的脊背说，吆，今天咋一下子像个大人了？宋云飞说，是嘛，要不说农村广阔天地教育人哪，学生娃娃这才几天就锻炼得跟老百姓一样稳重了。宋二平说，你这人是咋的啦，正月就嚷嚷着要到二道河玩呢，好不容易有了时间有了钱来玩了，你倒好，死眉不活眼的，把大家的兴致都扫没了。宋云飞说，不是吧，这不一样样的嘛。宋二平说，那好呀，那你撑上他们，也又叫又喊呀。宋云飞顿了顿说，你还别说，这会儿还就是叫喊不出来了呀，没朝气了呀，老了呀。宋二平说，昨天还孩子一样，咋过了一黑夜就一下子老了呢？宋云飞说，心里不好活，就是能一下子老了的。宋二平说，你可有啥不好活呢？宋云飞说，我啊，不好活的事多哪。宋二平说，唔，我知道你为啥不好活了。宋云飞说，为啥哪？宋二平说，为啥呢，你自己心里不好活，问我为啥呢，我问你个不该问的问题，你可得跟我说老实话。宋云飞说，我知道你问啥的，你肯定是说她俩吧？宋二平又用拳头使劲敲了一下宋云飞脊背，你瞧你瞧，这可是你自己说的哈，我可不是问你这啊，心里有鬼就有鬼。宋云飞解释说，这就是你要的答案嘛，昨晚本来要约她俩一起来二道河的，可你看那形势咋约哪。宋二平说，所以就心里不好活嘛，就一夜成熟稳重了嘛，就老了嘛。

突然，天地间爆出一个声音，宋云飞，宋云飞，听到广播赶快回家，听到广播赶快回家，家里人到处找你哪，别让家里人着急，赶快回家，赶快回家。宋云飞，宋云飞……这声音铺天盖地，震耳欲聋，宋云飞们已经远离华岩村四五里了，大喇叭的叫喊声还是把正在飘飞的"七年制"们吓坏了。宋二平问宋云飞，咋啦，家里人不知道你到二道河？宋云飞说，我想去哪儿就去哪儿，干吗让他们知道哪。宋二平问，是不是叫你动弹了？宋云飞说，叫我跟他们进山里割蒿哪，我不去。宋二平说，叫你割你就割吧，天天上班还不跟歇着一样啊。宋云飞说，所以你问我为啥一夜就老了呢，这才是心里不好活的真正原因哪。宋二平说，那你回哇，不要叫家里人急。宋云飞双腿一使劲，车子就迫前面了，一边扭头朝华岩村大喊，大喇叭，我操你娘。

华岩村距离二道河镇二十多华里，不到两个钟头就到了。在百货商店前寄放了车子，行走在宽敞的水泥街道上，街道宽敞心情也舒畅，阳光很灿烂，天色很蔚蓝，这样自由自在地走啊走，街东头走到街西头，又从街西头走回街东头。就这么个山旮旯里城不城乡不乡的一个二道河，其实也没个啥好去处。最大的百货商店已经进去三次了，就宋二平买了一小盒雪花膏。男人们沿着柜台走了几圈，也没个可买的。百货商店看厌烦了，还有两个大供销社可以看一看，就进去转了两圈也还是没个可买的，除了比华岩供销社柜台长货物多，再看不出啥趣味来。不转商店只能在街道上走来走去了，宽宽敞敞的二道河街道上，最可看的就是人。街上行走着各样的人，有的人值得看，有的人则不值得看。恰好就有一伙青年男女过来了，恰好跟他们一样一人一身劳动布工作服，左胸上都印有"二机"两个字。他们知道那是最牛的二道河机械厂工人。这两拨人像甲乙两站相向出发的两列车在某个站点相遇了。"新煤"人眼馋馋地看着"二机"人，"二机"人也在目光怪怪地看从哪儿冒出个"新煤"人。

宋二平却没怎么关注"二机"人，她早被迎面走来的几个身影吸引住了，哇，是烫发，烫发，额头刘海弯弯团团的，披到脊背上的长头发也弯弯团团的，以前只有电影里女特务才有这发型的呀，好好看呀。宋二平还在为满头烫发愣怔着，突然又被一个女孩的双腿惊呆了，那女孩裤子把屁股紧绷着，裤口却喇叭口一样张开了，宽宽的裤口呼喇呼喇随着双腿迈动飘摆着……宋二平不知不觉就跟在人家身后了，那几个女孩走，她也跟着走，不知不觉就脱离开劳动布队伍了。宋二平低头看了看自己这身劳动布工作服，又宽又肥又齷齪，这跟装满土豆的一墩大麻袋有啥区别呀。

听见宋云飞喊叫她，才从迷瞪中唤醒过来。二道河十字街口的"人民食堂"也改成了"美味饭店"，不光名叫美味，饭菜味道也真的很美了，盘子里的猪肉多了，碗里的面也是纯白面的了，还不用像以前赶会时那样在窗口挤啊挤，挤一顿买出来的还是白面掺和着窝头面。六个人围着一个桌子坐下来，只管吆喝叫菜就有人笑嘻嘻地把一盘一盘的菜端上来，饭店买饭不用拼命挤，还真有点奇怪呢。

吃罢饭往华岩村返，宋二平像有什么心思似的眼睛木木的不说话，宋云飞也一如既往地稳重着，其他几位也没人再叫喊。骑行了二十多里远，也没说了几句话。返回华岩村的路是一路上坡路，蹬不动就得推着走。像所有欢喜事儿一样，收尾时总不如发起时高兴。

快进村时，宋云飞把自行车给了宋二平，自己就溜到沁河滩杨树林里等太阳落，等天黑，直等到夜深人静了，宋云飞才悄悄地潜入自家院子里，平车还在原地，不过车盘里隐隐散发的蒿草味儿，像在诉说着一天的艰辛劳碌。宋云飞侧耳听着爹和大哥劳累人的鼾声想，没我宋云飞参加，这场举家动员的积肥运动，这不也在不知不觉中胜利凯旋了嘛。

第 12 章

起心动意

追女孩是个技术活

宋云飞提前到班一个多小时，把充电室里擦抹了个干干净净，用实际行动来迎接方婷婷。宋云飞只知道方婷婷眉眼好，身材好，不知道她心灵也这样好。在西饭市常听老汉们说看脸就知心，脸秀心多善，果然是这样的啊。正想着方婷婷就进来了，她朝他微笑着点点头，静静地坐在充电设备前。宋云飞问，吃饭了？方婷婷说，吃了，就和翠姐一起吃的。宋云飞又问，弟兄们都不理解，你咋和韩翠子刚见面就像亲姐妹一样呢？方婷婷轻轻叹了一声，不知道，和谁亲和谁疏，也许是天造定的，这就是缘分吧。宋云飞把屁股底凳子往方婷婷那边拖了拖，你说缘分真是天造定的？方婷婷摇摇头，不知道，但愿是吧。宋云飞探头看了看方婷婷表情，说，我想请老茂堂给我算一卦，看看我这辈子跟啥人能有缘分。方婷婷微笑道，那用算吗，缘分来了不用算也来了，缘分不来，算了也来不了。宋云飞说，那要是来了，你不知道，不争取，不是把来了的缘分也冷落走了？

方婷婷说，缘分来了，傻子也能知道，要是不知道，哪就是没有来。宋云飞说，不行，还是得算一算，要不缘分这东西实在是难捉摸，咱觉得是缘分，向人家表示了，结果人家才说不是那回事。方婷婷说，那就说明原本就不是那么回事。宋云飞说，啊。就不说话了，就把屁股底的凳子也拉回原处了。

整整一上午，宋云飞就那么呆坐着，恼悻悻的像是在生气。方婷婷也呆坐着，能听见微微的叹气声。宋云飞突然站起身，走出充电室，走近斜井坑口看了看，硕大的铁煤箱一车接一车地拉出来的都是青黑色石头渣。宋向前在他后背拍了一下，咋不守着美女哪。宋云飞苦笑道，我守她个屁哪。宋向前说，就数你好活呢，不用进坑还天天跟美女在一起，我跟段世凯虽然不用一天在坑下，可也得一天至少进坑两次哪。宋云飞说，还说便宜话哪，你们机电工，能学技术，我呢，就成天呆坐着。宋向前说，走吧，进坑下参观参观吧。宋云飞说，不敢了，韩辰熙快查岗了。

宋云飞回到充电室，方婷婷问他，你去哪儿了，老韩伯来你正好不在，我说你上茅房了，可他还是在你表格里打了叉叉了。宋云飞一听恼了，扭头就要去找韩辰熙，我尿尿的时间都没有啊，他娘的果然是地主阶级欺压人民啊，不行，我这就去找他狗日的。方婷婷迅速过来拽住宋云飞手腕说，你这人咋跟孩子一样，忍一忍就过去了嘛，人家管理的人也难呢，今天放松你，明天就没法对付其他人了嘛，快悄悄地坐下吧。宋云飞就悄悄地坐下了。坐是坐下了，但胸脯还在喘动着，表情还在愤怒着。其实他压根儿对韩辰熙查岗打叉没恼火，这之前也被韩辰熙查岗打过叉，可偏偏这会儿他就恼火了，积压了满胸腔的恼火一家伙就熊熊燃烧起来了，不行，人善了被人欺，马善被人骑，今天他欺负了我，明天就要欺负你，咱俩一个班，以后谁敢欺负充电室的人，我宋云飞为弟兄姐妹两肋插刀，好狗护三邻，好汉护三村，堂堂男子汉连自己班里的人都护不住，还叫啥大丈夫。方婷婷奇怪地看住宋云飞，人家没有欺负我呀？宋云飞一怔，咱俩一个班，欺负我就是欺负你，咱们必须团结一致对外的。方婷婷皱眉道，呀，宋云飞，你是不是看《水浒》了，咋学得跟李逵、鲁智深们一样呢，做人的学问可深呢，你咋不看看《红楼梦》呢，看看那里面各类人是咋样做人的。

宋云飞顿时就是一头雾水，《水浒》《红楼梦》他都看过小人书的，他知道这两本书说的是两个世界的人，一个尽粗人，一个尽细人。啊呀，方婷婷是不是在提醒他和她是这两个世界里的人呀？倏然间，宋云飞满胸膛的怒气就像破了的轮胎一样泄气了。叹了口气问，你咋懂得这么多？方婷婷说，你说什么呀，我还懂得多啊。宋云飞说，你的脑子可是复杂哪。方婷婷说，说明你人生道路顺畅啊，没遇到过坎坷嘛。宋云飞盯住方婷婷，你还有过啥坎坷呀？方婷婷转了话题，推荐你看看《红楼梦》吧，不过嘛，那书你这样的性格恐怕看不进去的。宋云飞说，唉，你说得对，我的确是个粗人呀。方婷婷说，我的意思是豪侠仗义的人，是不喜欢读《红楼梦》的。宋云飞问，豪侠仗义，不就跟李逵、鲁智深们一样嘛，李逵、鲁智深咋能有思谋人家林黛玉、薛宝钗的心思哪。方婷婷叹了口气说，你说得对，咱都是粗人，咱这么落后的山村里，怎能生出林黛玉、薛宝钗那样的人呢？宋云飞笑了笑，我是粗人，你不是粗人。方婷婷又深深嘘一口气，农民，老百姓，咱们都是粗人呀。

隔了老大一会儿，宋云飞突然说，我越来越觉得你可牛哪。方婷婷说，什么眼光呀，我才不牛呢。宋云飞说，不牛就好，那咱俩能不能相好哪？相好几天也行，你给我个话。方婷婷先是愣了一下，接着就嘿嘿嘿地笑了。宋云飞不管不顾地说，笑个啥呀，愿意不愿意就一句话嘛，看不上我拉倒就是了嘛。方婷婷还是止不住笑，宋云飞呀，你真是笑死人呢，我个外村人凭啥看不起你呢，是人家你看不起我吧。宋云飞这下抓住把柄了，方婷婷，我对你发誓了，我对你岂止是看得起，简直是崇拜了，是喜爱了，是，是，是爱了，你就给我个话，你对我啥态度吧？方婷婷一下止住了笑，你不要这样嘛，咱俩在一个科室里，这多不好意思呀。

这事正在政策边儿上

宋光明听了宋云飞结结巴巴的汇报，并没有十分惊奇，只是盯着宋云飞问，你半夜三更地跑那干啥呀？宋云飞只得实话实说了逃避割蒿的事儿。宋光明说，没想到你还很懂事，还知道不乱说。宋云飞说，我只觉得半夜三更的，肯定不是啥好事情，就忍了忍没说。宋光明说，这很好，以后也不要乱说哈。

宋云飞走后宋光明就一边吸着烟，一边在办公室地上踱步。前几天就有人反映宋全海和马金贵老往后井沟去，而且见人就躲躲闪闪的，云飞这孩子倒也说得对，一定是干坏事了。这两家伙难道果真是在盗古墓？从没听说后井沟山沟里有古墓呀？不行，必须弄清这两人到底在干啥呀。宋光明拧开扩大器，对着麦克风就喊全海爷，马金贵，现在就来办公室。

马金贵和宋全海一前一后地走进办公室。马金贵蹭着炕沿挂了半个屁股，宋全海倒是将整个儿身子坐进了宋光明对面的靠椅里，呃，光明哎，一段时间不见了，咋又瘦又黑了？

宋光明说，你俩知道我为啥叫你俩吧？

马金贵被问得低下脑袋，宋全海从云冈烟盒里抽出三支烟，一人分享了一支，说，不容易呀，光明哎，又是土地下户，又是企业承包，不掉你一圈肉才怪哪。平分土地还好说，地好地赖家家有份，可企业承包哪，狼多肉少呀，抢到嘴里的满意，抢不到的哪，也怪不得大家眼红嫉妒的，问题是光种个地没钱花呀，光明哎。唉，难办哩，我理解俺孩儿你呀，俺孩儿你算不赖呀，打分哪，排队哪，你就是再公道，也还是谁承包了谁就牛逼了。以前集体企业挣了钱是全体社员分着花哪，现在人家挣了钱就成了人家自己的了，你说你这公道来公道去的，不也还是不公道嘛。咱这些没沾上光的人，光种个地，这零花钱从哪来呀，油盐酱醋总得有点零花钱吧。

宋光明听着听着就皱起眉了，全海叔，你的意思不就是说，别人承包了企业，你没承包上嘛，你的零花钱没有来项，总归是你要想办法搞钱花，是吧？

马金贵插话说，你说吧，你要是不让俺俩搞，停了就是了，别人光种个地能活了，俺们也能活了。

宋光明问，先说说你们到底是在东井沟干啥吧，要是合法合政策的，我凭啥不让你们干哪？

马金贵还要说话，就被宋全海打断了，你不要来不来就停了停了，就是俺光明说的嘛，咱要是合法合政策，不说让停了还得领导支持哪，咱这是才试探着搞哪，要是搞大了，咱也跟俺银禄子新宝子们一样是华岩村带头致富的企业家嘛，有线广播里跟县报上天天说让搞活啦，让有水快流啦，还表彰这个那个万元户啦，咱华岩村多出几个万元户，俺光明子脸上也光彩嘛。

宋光明说，全海爷你还在绕啊，说了半天还没说你俩在东井沟是干啥呀？

宋全海继续着他绕行的思路，孩你听叔叔给你说嘛，你大队企业好的都被人家占了，剩下不好的都是赔钱摊子，油坊没人种麻籽了，砖瓦窑地调整不了，烧土焦吧咱银禄子把煤窑糟践得没主焦煤了，你说俺俩要硬找俺孩你非要争个长短，俺孩你也不好弄。就想哪，他韩新宝不是自己开了个煤窑吗，煤炭咱弄不起吧，咱不能弄个小摊子？正好二道河有了个烧铝矾土的厂子，俺俩去后井沟挖了一些去让人家化验了，人家说是可以收。就是这么个事儿。嗯，这事儿是我拉老马跟我一起干的，一切责任你叔我担着就是。俺孩你看这事儿咋弄吧。

宋光明凝神听着，一下一下点着头，唔，这啊。

马金贵还是有点紧张地说，俺俩这事儿你看要是不合适，那立马就停了。

宋全海斜眼觑住马金贵，你看你这人，来不来就停了停了的，咱俩不是上下村都打听了嘛，西訇村，杭村，石台村，程壁村都有人挖嘛，各村干部都没有不让干嘛，俺光明子比那几个村的干部更开明，咋会来不来就让停了哪。

宋光明看着宋全海笑了笑，啊呀，全海爷，我还从来不晓得你这么会说啊。

宋全海也笑了，这咋是会说哪，理在那里摆着哩。

宋光明说，各村都有挖铝矾土的，这事儿我知道。个体户要开煤窑，是有相关政策的，按说铝矾土也是国家资源，可眼下还没有这方面的文件，我呐，不支持但也不制止。

马金贵松了一口气，宋全海也从椅子上站起来准备告辞了，我就说嘛，俺光明子是个开明人嘛，咱这样吧，你看说着说着就大晌午了，走咱去叫你茂堂爷炒两个菜，咱爷爷孙子在一起说道说道。

宋光明的脸色却又严肃了，吃饭就免了，有个事儿还得弄清，既然你们知道上下村都有人挖铝矾土，为啥要黑天半夜地干哪？

马金贵吓了一跳。宋全海愣了一下，说，唉，实话告俺孩哪，是这么个事儿，头两天挖没经验嘛，挖着挖着就挖到树上了，你想啊，树根都挖断了嘛，树肯定是活不了嘛，就干脆砍倒了。唉，这事儿要怪全怪你叔我，不过再以后就不会了，避开树就是了。

宋光明问，哪些树哪？

宋全海露出愧色，唉，你想哪，又不敢告你，又不能老在那里摆着，就偷着卖给二道河正盖房子的人了，你叔我知道，铝矾土谁挖上谁卖，树可不让乱砍滥伐的啊。

宋光明问，一共毁了几棵树哪？

宋全海想了想说，六棵吧，不过两棵是大树，四棵最多能做椽子的。光明，咱这吧，反正卖已经卖了，你哪天去看看树根，估估价，俺俩该赔多少赔多少。罚个款也行，你爷爷我都接受。

宋光明思考了一会儿，摆摆手说，先就这样吧，但以后决不许再毁坏树木了。

又是个新闻密集期

西饭市好久好久没个说道的事儿了，庄稼青黄不接的季节算是庄稼人最消停的时日，东一句西一句地瞎扯的时间也最长。宋拴喜一手擎着大老碗，一手捏着大窝头，吃一大口窝头，呼噜噜喝一口和子饭，脸色始终如一地愤怒着，老眼睛骨碌骨碌地转动着，恰恰就看到南凤仙提溜着个簸箕朝着这边走来了。狠狠地咳了一声，并咳出一块痰，唾在了古老的石板街面上。南凤仙却直直走向了西饭市最德高望重的人，拴喜哥哎，你家见喜子的事儿还得你签个字哪。宋拴喜又狠狠地咳着连续嗽，脑袋拧得背向了南凤仙。西饭市的人这下又有看头了，都把注意力集中到戏剧的中心人物身上。

南凤仙赶紧礼节周全地微笑着向在坐的环视一圈，都在吃饭哪。有人回礼点头，有人却把额头埋在大老碗里。南凤仙干脆将簸箕靠在槐树根，与她拴喜哥并列坐在同一个石条上。宋拴喜却把脸彻底背向了乱伦内嫁的破鞋帮。南凤仙倒也不计较，声音软软地说，拴喜哥哎，光明子说是你手里的事嘛，让你签个字。随手将一张写好的证明材料伸给宋拴喜。宋拴喜继续吞咽着大窝头，吞咽完窝头又喝和子饭，看样子不打算搭理这个已经成为侄儿媳妇的弟媳妇。南凤仙只得声音更软绵地说，拴喜哥，你看看这个证明写得对不对，不对了让他重写，对了就在上面签上你的名名就行了。说着又把准备好的水笔递过去。段四虎看不下去了，说，拴喜叔，你就给签个字吧，毕竟是你手里的事儿嘛，你当初还答应人家按烈士对待哪，这是花公家的钱哪，这是老宋的老战友跟县民政局打了招呼，民政局说可以占个啥名额，人家才答应给办的。宋拴喜将大窝头与和子饭都吃完了，大老碗"叮"地一声搁面前石板街上，说，他就是中央让你占个啥名额也行，我就问你南凤仙算宋见喜的啥人哪？南凤仙说，银禄子到县里问了嘛，说死者的原配妻子就能享受嘛。宋拴喜又将眼睛看着天空说，原配妻子是原配妻子，可原配妻子另配别人了，他县民政局的人知道不知道？你已经嫁给宋银禄了，他宋银禄管你吃管你穿这没说的，你要沾俺宋见喜的光，我不管他公家政策咋订的，在咱宋氏家族这一关就过不了，见喜子恓惶的在地底下不会说话了，活着的人就得给自家人做这个主。南凤仙就快哭了，拴喜哥，咋你这么难说话哪，这又不花你的钱，又不花村里的钱，就请你签个字嘛，还说上这么一大摊。

段四虎又劝说，拴喜叔哎，针过去线也过去了，得饶人处且饶人，给签了吧。宋拴喜朝段四虎瞪一眼，这是我们宋家的事哈。段四虎说，啊呀，好你老人家哪，这么个简单的事儿让你搞得这么复杂，我知道你是前任支书，我不知道你还是你们宋家的族长啊。

宋拴喜脖筋又红鼓鼓地暴起了，我不是族长，可我有责任维护我们宋家的规矩。段四虎说，算了吧，你们宋家的这号事儿还少哪，你维护了个啥哪。宋拴喜的肩膀胸脯喘动得一阵儿比一阵儿厉害了，说不定又要摔碗了。段四虎继续说，当官的不说造福一方了，能做到在台上不坑人，下了台更不坑人就是好干部。宋拴喜这就愤怒到极点了，一指头指点住段四虎，你你你你说谁坑人，谁坑人？段四虎反问，让你签个字你不签，你说谁坑人？南凤仙赶紧拉住段四虎往一边拽，好你呢，四虎子，不要为这事争了，俺不签了，不签了。段四虎挣脱南凤仙，直逼到宋拴喜跟前，拴喜叔哎，该不是又要摔碗吧，摔吧，大家等着看哪，摔啊。只见宋拴喜胳膊一挥，"啪嚓"一声，好端端一个大老碗又在一声巨响中瓷片四溅了。

只听见巷道里一阵儿叮咚叮咚脚步声，就见宋银禄雄赳赳气昂昂地过来了，直直冲到宋拴喜跟前，咋，不给签？为啥不给签？南凤仙又使劲往一边推宋银禄，不签拉倒吧，咱不弄就是了。宋银禄一手指着气疯了的宋拴喜，叫你签个字是抬举你，你签了当然更顺畅，你不签也一样能办了，在时下没有我宋银禄办不了的事儿，有华岩村和西訇乡红章大印，缺你宋拴喜个臭名字啥事儿也马绊不了，还他娘的一家家呢，当你是个叔你是个叔，不当你是个叔你屁也不是，你他娘的在台上坑了多少人，当兵的，招工的，都叫你坑在村里出不去，下台这么多年了你还坑人。告你说吧，现在华岩村都认清你是个什么东西了，狗心眼，烂心眼，盼人不好，盼人倒灶，见穷人过年就不好受，好心才有好报的，像你这德性迟早要遭报应的。

只见宋拴喜眼睛一闭，身子摇晃了一下，就倒在地下抽搐开了。围观的人们都围过去，有搀扶的，有掐人中的，有跑去喊宋光明的，整个西饭市乱成一窝蜂了。宋家人都来了，杂姓人也来了。宋光明朝这个挥挥手，朝那个摆摆胳膊，担架扎好了，抬的人就绪了。四个后生抬着担架穿过华岩村街的时候，宋拴喜老人家被本家侄儿责骂气昏的事儿也随着担架的抬起向全村传播开了。

南凤仙吓坏了，你看你，你看你，老汉有个三长两短可咋呀？可咋呀？宋银禄冲着匆匆走远的担架喊，咋，死了？死了我顶命。

正在东饭市吃饭的人们远远地就望见有人抬着担架匆匆地向东走，当时他们正嚷嚷着多年前在霍县尉迟村唱蒲剧的事儿，说尉迟村里人隆重地杀猪宰羊在村口欢迎戏班子，结果一看是一伙受苦人模样的人，当下就把猪羊撤了，关了山门不让进戏院。这可咋办，灰溜溜地就这样回那才是真正的灰溜溜哪。带班的马明煦说，咱自敲锣鼓自己唱，不信震不了尉迟村这些人。韩圪蛋爹是从小学武的，也在戏班子里唱武生，一梢子棍打开山门，挂起幕布就开了戏。韩新惠的《破洪州》一嗓子就叫好了，又扔烟又打口哨，中午就是猪肉席。自那以后年年寒节会的戏都叫咱华岩班子唱。老家伙们一说起蒲剧就来精神了，啊呀，那会儿咱华岩戏班子，那真是没的说。哎呀，不光唱到晋南，有一年还唱过黄河到了陕南哪，要不是遇上日本人就唱到西安了哪。是不是真像他们说的那样神，反正全由他们说成啥就是啥，横竖没人见证了……

远处的一堆婆姨们正在嘀咕考试的事儿，三位考生都在西华岩，这几天正是通知书快下来的时候，说是这三人各自都估分了，按照预估的成绩三个人都能考中了。婆姨们听到这三人考得都好，不像是听到好消息，都吃惊得眼珠大瞪，嘴巴圆张了，啥呀啥呀，三个人都考上啦？不是吧，不是吧，三个人都考上啦？不可能不可能，那个死眉不活眼的张三牛也能考上了？韩守仁家那女子也能考上？她娘病成个那她咋能考上？正说着邱粉娥就端着饭碗出来了。有婆姨问，粉娥嫂哎，时来运转咧，成了状元太太咧。没想到招来了邱粉娥恶狠狠一句话，他张三牛要考上我吃他屙下的，自家给自家估上那么高的分，鬼才信哪。婆姨们大瞪的眼睛和圆张的嘴巴这就缓缓地合拢了。

就在这时，有人喊叫了，快看快看，路上抬担架的。嘿，真是的哎，担架上抬的是谁？唔，抬的后生都是宋家的人。跟着的有宋光明，有段四虎，一看就是有威望的人。恰好就有人从西边跑来了，远远就喘着气喊，宋银禄把宋拴喜骂栽倒了，像是中了风了。

就这样，男人们和女人们的话题就空前地一致了。有人问，中风厉害吗？有人问，是不是不省人事了？有人问，口吐白沫了没有啊？有人问，宋银禄骂他啥了呀，当了干部的人咋这么不经骂呀。有人问，是不是摔碗了呀？提出的问题一个接一个，就是没人作答，只有推测估计，啥，中风了？中风了可是要命的。要不了命也落个一只胳膊吊着，一条腿拖着的。但是最后的结论是，七十多的人中了风，那一准是死定了。

接着又有人叫喊了，你们看，徐启程的单套车又从后井沟出来了，这徐启程天天到后井沟拉啥呀？女人们还在预测宋拴喜的后续故事，男人们则齐刷刷站起来朝东井沟口观望了，后井沟有啥可拉的呀，是石头吗？是白沙吗？更不像是炭呀。

闹嚷嚷的一个话题接一个话题，不知不觉间太阳已经到半天上了，有人已经拿着镰刀准备上地了，可还是圪蹴在石塄上迟迟不启动，被一个个有趣消息吸引着。刮坪割蒿无需像春种秋收那样赶季节，粪沤少了地里少上些就是了，庄稼地上粪可跟人吃饭不一样，吃不饱就饿得难受。有人说巧耕巧种不如傻汉上粪；又有人说庄稼种在地收在天，人勤粪多是枉然。

迟迟不上地的人们，果然又等来新奇事儿了，只见一个身穿绿色衣服骑着绿色自行车的人，喤啷喤啷骑进了东饭市，从绿色包里取出一个大信封问，谁叫张三牛。邱粉娥表情一红一白地复杂着，我，我是张三牛家里的。邮递员微笑着递上一个信封儿，很大声地说，你家张三牛的通知，祝贺你啊嫂子哎，你这么年岁的嫂子，男人还能考上学校，真是奇迹啊。邱粉娥捏着大信封，却愣成木头人了。她不知该喜呢还是该悲呢。身后的婆姨们更是又惊又呆了，都瞪着邱粉娥啥话也不会说了。

邱粉娥捏着装通知书的信封回到家里，张三牛还在院子里磨镰刀，华岩村人有句话叫磨镰不误工，意思是镰刀磨快了就提高效率了。可张三牛磨镰却是专门为了误工的。从吃罢早饭一直磨到半上午了还在磨。听到邱粉娥从饭市上回来了，磨镰刀的节奏也加快了一些，沙沙沙沙的声音弄得既有节奏又响亮，就像是积肥运动的前奏曲。这会儿还在磨洋工，本该招来劈头盖脸一顿臭骂的，可是奇怪了，邱粉娥没有骂，只听怪怪地说，喃！华岩村说喃就是给的意思，张三牛一下就估摸出婆姨递来的是啥东西了。马兆飞前天就告诉他说通知书就这几天下来了。婆姨的声音很奇怪，早已习惯了的粗喉咙大嗓门，这会儿却清细得回到二十多岁了，喃，这下合了你逼心眼子了吧？

张三牛款款展起腰身，看了看婆姨手里的大信封儿，使劲矜持着，淡定着，不激动，不狂喜。张三牛可不是迂腐秀才范进。他还想将镰刀继续磨下去。婆姨又说话了，喃，可算合你逼心眼子了，去哇，去花花世界好活去哇。张三牛拆信封的时候，心跳得越快了，手也哆嗦开了。信封拆开，抽出通知，"长治地区师专"的字样一下子就撞到眼球了。咋能按捺住心里的呼喊哪，考上了，考上了，张三牛我考上大学了……双手越哆嗦越厉害了，呼吸也急促了，老泪也下来了。同样西匋中学毕业的邱粉娥，也学过《范进中举》那课书，很担心地盯着张三牛看了看，狠狠在张三牛后背捣了一拳头说，来我趁早狠狠地给你一下吧，等你痰迷心窍了，可没有杀猪的老丈人。很管用，张三牛从近乎幻觉迷瞪中立马就觉醒过来了。

进到屋子里，张三牛把通知书细细看了一遍，吆，九月十号就开学了，这快八月底了，呀呀，还得粜粮，还得转户口哪。邱粉娥叹了口气说，这成啥了，孩儿念书，你也念书，日怪事儿都出在咱家了。张三牛态度非常非常和蔼着，你说这事儿就赶成个这了，唉，让你一个人在家又照顾孩儿又闹庄稼，心里真过意不去。邱粉娥说，孩儿再有两年也毕业了，孩儿也学习好，不管中专师范考一个，也得出去念书了，家里就剩我老婆子一个人了，看别人家都红红火火的，可咱这人家成了个啥了哪。张三牛说，他们还眼热咱哪，他们倒想出去哪，没有门路的，一家老小人齐马壮的都堆家里，看着热闹，一窝老百姓，受苦人，现如今你成不了公家人，没人把你当人。好容易公家放开考试了，不光我考走，孩儿也让考走，你也复习复习明年考走。西旬中学那会儿你比我学习还好哪。邱粉娥双手掬着脸老半天才说，行，你走吧，走得远远的，我也得想我的活路哪，我不想守活寡。张三牛说，你看你，又说气话哪。邱粉娥说，不是气话，考试我连想也不敢想，书上那些东西早忘得一干二净了，我邱粉娥洗上一把脸，搽上雪花膏，好再风风光光嫁一回人。

张三牛接到通知的第三天，马兆飞的通知也来了。马兆飞报的是华北水利专科学校，马明煦捧着通知反面正面看了一顿，说这是中专嘛。马兆飞说，不是的，是大专。马明煦又把通知附带的细则看了半天，叨叨说，大专是不是大学？马兆飞迟疑片刻说，也算是大学的。马明煦问，也算是大学，是不是还有比这更高级的大学哪？马兆飞说，有是有的，叫本科，难考的，七年制毕业考上个这也不错了。马明煦说，听说张三牛考的还是正儿八经大学嘛。马兆飞说，那也是个专科，正儿八经大学叫师范学院，他这是师专，跟我一样都是专科，可他出来是教书的，我那学校出来就可以分配到机关单位的。马明煦说，不教书倒是也对，老百姓让人看不起，当个老师还是让人看不起。

正说着，韩翠子喘吁吁进来就问，马兆飞你的通知来了？马兆飞看韩翠子着急的样子，劝说道，有学校来得迟，有学校来得早，耐心等吧。韩翠子说，我报的是地区师范，我听说其他人的通知都接到了，我肯定不算了，考罢感觉就不好。马兆飞说，你不是估分也够师范分数了嘛。韩翠子说，咋估呢，硬分数好估，可像作文分咋估呢。韩翠子眼里又有泪了。马兆飞是压根儿不会安慰人的，就那么呆呆站着。马明煦老两口看着情绪低落的韩翠子，唉声叹气了一顿说，难哪孩，多少人里才考一个人嘛，哪能谁也考上哪。

咱爱上她就成功一半了

韩翠子回到家里，方婷婷刚好下班回来，激动地问她，通知来了？韩翠子说，哪有啊，马兆飞的来了，我肯定不算了。方婷婷问，不是说邮递员找你了吗？韩翠子说，是俺爹从太原医院寄回信来了，告我汇的款收到了，就是大家捐给我娘的钱。方婷婷说，伯母的病咋样了？韩翠子说，说是很好不要我担心。方婷婷说，考上更好，考不上也不要悲观啊。韩翠子说，我考学校不是像马兆飞一样想脱离农村，我是想让俺娘高兴的。方婷婷紧紧抓着韩翠子的手，怔怔看着韩翠子瘦弱的身子，不由人眼睛里也亮晶晶地挂出泪花儿。

这时院子里好像有脚步声，进来的是宋金宝，两人奇怪地盯住探头探脑的这个人。韩翠子很惊诧地问，好稀罕呀，进来坐吧。宋金宝一只手一下一下挖着胳肢窝，不稀罕哇，前几天晚上才在你家坐了一顿嘛。韩翠子问，咋啦，今天窑上没事呀？宋金宝的手继续挖着胳肢窝，嗯，我就负责装车的，今天没拉炭车，我就趁空儿跑出来了。宋金宝挖胳肢窝的手，换了一个位置伸进衣服里，掏出两张十块钱，动作很笨拙地伸给韩翠子，那晚上俺弟兄俩可是丢了人了，他们发了工资的都有钱，就俺弟兄俩可败兴哪，给，这是二十块，算俺弟兄俩给你的。韩翠子说，那晚你也捐了嘛，这叫你还人家吧。宋金宝说，他们的我都还了，那天这个妹子给了二十块，俺弟兄俩也一人给你二十。韩翠子很难为地看看方婷婷，方婷婷点点头，说，给你你就要上嘛，这么远专门送来的，不要就伤了他自尊了。

宋金宝把钱搁炕上就要走，方婷婷说，你等等，我跟你有话说。宋金宝转身蹲在地上，又开始挖胳肢窝了。方婷婷说，听说你爹有个武装部的老战友？宋金宝说，嗯，有哪。方婷婷说，你能不能问问他，今年征兵要不要女兵，要是要，你给俺俩走个后门。宋金宝这下可难住了，噘了个通红脸说，呀，这个事情我可是不知道咋弄，我得回去问问俺爹哪。方婷婷说，当然得问你爹嘛，你爹的老战友嘛，男兵到龄就都上站体检应征，女兵都是走后门的，俺俩都没关系啊，这事可就靠你了啊。把个宋金宝越发作难得不得了，又挖胳肢窝，又挖脑袋瓜，但他还是硬鼓起勇气使劲看了方婷婷一眼，说，这个事情我真不知道咋弄，我爹也是个倒运人，一阵儿一个样子，说不定哪股筋对劲了就咋也好说，哪股筋不对了咋也不行。方婷婷就笑了，逗你玩呢，看把你吓的。韩翠子说，宋金宝是个实诚人，就别逗他了，金宝，要不在跟俺俩一起吃饭吧。宋金宝连说，不吃了，不吃了。边说边退地走出门去。

宋金宝走出韩翠子院子，就有点后悔了，她俩留吃饭当然不能当真，但多待一会儿还是可以的。自从那晚上，方婷婷的眉眼就深深铭刻在宋金宝脑子里了，那眉眼真是太好看了，华岩村几茬年轻女子也没有过这样好看的眉眼，那细细的眉，亮汪汪的眼睛，棱铮铮的鼻子，嘟嘟的嘴唇儿，尖尖圆圆的小下巴，还有那齐齐整整的衣服，窄窄的裤子……那晚上回去，宋金宝就睡不着了，睁着眼是方婷婷，闭着眼还是方婷婷，还有更感动他的，她那么好心，那么大方，这样的女孩叫谁娶上做媳妇呀？

宋金宝和宋金元还睡在原来老房子的大炕上，宋金宝睡不着，宋金元也没睡着，听着他哥一直翻身一直叹气，就问，哥，是不是酒喝多了？宋金宝说，这点点酒咋能喝多了哪。宋金元问，那你咋的了，老翻身。宋金宝粗哼哼地嘘了一口气，像是准备睡了，可翻身翻得动静更大了，后来干脆坐起来，点了一支烟嘶嘶地吸起来。

宋金元又问，你是不是喜欢上韩翠子了，见人家心情不好你也心情不好了？宋金宝就笑了，哼哼哼哼，笑得不伦不类。宋金元从被窝探出赤膊身子，看了看宋金宝，嘿，哥，听你这哼哼哼的笑，像是还看不起人家韩翠子？宋金宝皱眉想了一顿说，倒也不是看不起，可一个村的见惯了，放不在心上了。宋金元说，放不在心上还又给人家送钱哪。宋金宝说，那你不也让多给了十块，你就把韩翠子放心上了？宋金元又盯着宋金宝笑眯眯的脸看了看，说，哥哎，你该不是看上人家方婷婷了吧？宋金宝笑眯眯的脸就绽放出欢笑了，他觉得弟弟这句话听着很受用，就问，你咋看出来的？宋金元兀愣坐起问，啊，难道你跟方婷婷真挂上钩了？宋金宝激奋得身子都摇晃开了，又掏出一支烟扔给弟弟说，起来起来吧，这咋能睡着呐。宋金元一个劲追问，不是吧，哥，你真跟方婷婷拉挂上了？宋金宝美滋滋微笑着问，我就奇怪你是咋看出来的？宋金元说，我不是看出来的，我是看你笑嘻嘻的那个样子瞎猜的，该不是你自我感觉的吧？宋金宝就有点不高兴了，算了算了，你毕竟小我两岁，咋能看出来哪，来我告你吧，那晚上她跟我溜眉眼了，我就也看她了，她就又看我了。宋金元说，就这啊？按你这说，方婷婷跟我也溜眉眼了哪，她看我看得更多哪。宋金宝生气了，说，啥呀啥呀，方婷婷也看你了？宋金元说，嗯，直直地老看我，老看我嘛。宋金宝气哼哼说，行呀，方婷婷看上你也行，你把方婷婷娶回家，我有这么个弟媳妇也高兴，那你就抓紧娶。宋金元撇嘴笑了笑，哥哎，你不听饭市上老年人说，你找媳妇先得把自家跟人家搁天平上称一称，两边相称了才能考虑哪，咱跟人家差远哪，咱弟兄俩趁早死了这心吧。宋金宝语气倔倔地说，那就好，你要想娶你娶，你要不敢寻思娶，你哥我就准备下手了。宋金元惊问，哥，你是认真的？宋金宝说，当然的。

去给韩翠子送钱是他想了好多个白天和黑夜终于想出来的好计谋，方婷婷女孩家捐出二十块，咱大男人也捐二十块，钱给了韩翠子，感动的却是方婷婷，还能挽回那晚上丢失的面子，更能合情合理地会见一次方婷婷。

宋金宝跟宋金元合谋向宋银禄讨要了五十元，还掉那晚外借的二十元，还有三十元的余头儿。揣了钱的宋金宝，心里充实，步子轻快，直奔东华岩，面见了方婷婷……可是，说是面见却没敢认真看了方婷婷一眼，就稀里糊涂地出来了。宋金宝一边往银生金煤矿走，一边骂自己太笨拙，太窝囊，太没出息。宋金宝迷迷瞪瞪地只管走，就听见宋金元远远地朝他喊，回来了哥？宋金元在银生金高大门楼前迎接回宋金宝。宋金元问，情况咋样？宋金宝笑嘻嘻地说，她硬留我吃饭哪，我硬是推了，看她很留恋不舍的。宋金元问，是韩翠子留你还是方婷婷留你哪？宋金宝说，她俩都留哪，但方婷婷更舍不得我走。宋金元又问，跟方婷婷说了些什么话？宋金宝高兴得眉目全打开，她让我跟武装部伯伯给她走后门，说是想当女兵哪，还说她俩要参军就一起参哪。宋金元急忙问，哪你咋说的？宋金宝说，我告他俩说这事得问我爹哪。宋金元急了，你咋这么死相哪，你答应下就行了嘛。宋金宝说，我答应了咱爹不答应咋办哪。宋金元急得直跺脚，呀，咋你这么不会说话哪，管他办成办不成，你先答应了嘛，咱爹也会答应的，你给他娶回那么好的儿媳妇，他能高兴坏的。哥哎，你太死相，太死相了呀。宋金宝后悔了半天，突然说，这事不好弄，咱爹跟武装部伯伯说了，让她去当了女兵，更不会嫁给咱这受苦人了呀。宋金元更急坏了，呀呀，哥你没救了，这都是以后的事儿了，你先跟她好上再说，你把她都娶成你婆姨，都成了农村妇女了，还当啥女兵哪，再说了，武装部伯伯要能帮她当了女兵，更能帮咱弟兄俩当了男兵，等咱当了兵，还有比她方婷婷更好看的哪。宋金宝直瞪瞪看住宋金元，觉得这个傻不拉几的弟弟，怎么一下子就这么鬼精了？

第13章

生死之间

越简单的事儿越复杂

东饭市这几天的话题就围绕着张三牛上学的事儿,家里主要劳力去念书了,那么多地让谁来种?邱粉娥守活寡能守住守不住?最最要命的是,张三牛考上学校吃了供应粮会不会不要邱粉娥了?从邮递员送来通知那一天,邱粉娥的未来命运就成了饭市研究的中心问题,这都十多天过去了,这话题说起来还是有争议,有预测,有立论,有否决,像所有的学术问题一样,越研讨分支越多,但又渐渐向终结答案靠拢——邱粉娥又是孩儿又是庄稼,受苦受累的越活越邋遢;张三牛又清闲又舒服的越活越滋润。张三牛忙哄哄的能扔下庄稼活说不管就不管,肯定也能把粉娥子说不要就不要了。会唱蒲剧的就唱起秦香莲的"十告状"了,十七岁来十五年,三十二岁秦香莲,一告你抛弃双父母,二告你丁忧的官儿穿红袍,三告你不把亲来认,四告你杀妻灭子罪难饶……

突然有人叫喊了,快,担架担架。东饭市的婆姨们先涌到塄边,接着男人们也跟进过去，果然看见有人抬着担架匆匆地走，但不是往村外走而是走进村里了。抬的谁呀？宋拴喜吗？治好了吗？该不是死了吧？原本揣测的消息传着传着就被确定了，宋拴喜死了。已经有婆姨一个劲儿叹惜，啧啧，活活的一个人咋说死就死了呢。这会儿的男人们则已都是一脸愤怒了，这事儿不管可不行，道路不平众人踩，该站出来时就得挺身站出来，死了的人怎么可以进村哪？活着当村干部你特殊，死了你还这样特殊吗？就可以破坏老辈子的规矩吗？

韩新惠盯着疾行的担架怒吼道，华岩村人都死了吗，咋没人出来管管哪，就这么眼睁睁看着把死人抬进村里吗？韩新柱说，不行，得先拦下。韩新惠说，对，先拦下再说。韩新柱说，叫谁去拦呀？韩新惠也说，是呀，叫谁去拦呀？身后的人都嚷嚷开了，不能让死人进村，不能让死人进村。又有人嚷，找他宋光明问问去。韩新惠问身后的人们，光是喊叫哪，谁去得罪这个人呀？眼尖的人就喊起来了，担架后面跟着的那不是宋光明吗？大家伙定睛看了一会儿说，是的是的，跟在担架最后面的是宋光明。有人喊，走，咱去问他宋光明，你们姓宋的死人就可以进村吗？又有人嚷，问个屁哪，那不已经进村了呀，进村了呀，孤魂野鬼进村了呀。只可惜，能够拿主意的韩新宝和韩辰熙这会儿都不在场，韩新惠看了一下想，一辈子光在戏里当将帅了，好歹也真的挂上一回帅，胳膊一抡说，走，问问他宋光明去，怕什么！

韩新惠领着东边男人们追到金圪槽石板桥上，一把拉住宋光明低声问，老汉家这，这，这是咋了？宋光明说，出了院了。韩新惠问，不是脑出血嘛，咋才几天就出院了？宋光明说，脑出血跟脑出血也不一样吧，医生通知让出院，也许就是病好了吧。韩新惠望着宋光明急匆匆地走远去，越发觉得不对劲儿，就对身后的人说，病好了通知出院，病死了也一样通知出院啊。韩新柱对事态更加确定了，看宋光明吞吞吐吐的样子，一定是死了不敢说，脑出血要是没死了，起码得住十几二十天医院的。身后的人又都嚷嚷开了，要是病好了，被子里的人咋一动不动呀？华岩村得了脑出血抬到二道河的人哪有活着回村的？他宋光明本来就向着宋家人，又是培养他入党当干部的人，他舍得让把恩人的灵堂设在野河滩吗？到西边探听了消息的连虎儿喘吁吁返回来说，是死了，是死了，宋来喜跟宋拴福已经在张罗宋家的人安排丧事了。石板桥上聚的人越来越多，不光有东边人，还掺合进了西边人。一边倒的声音里冒出了不和谐的质问声，你们咋就知道老汉家死了哪，你们东边人是不是盼老汉家死哪。韩新惠望着一脸麻木的西边人叹惋道，这是乡规民约呀，这是维护村人安全呀，死人带魂进村这样的大事儿你们咋如此漠不关心呀？西边人反驳说，宋拴喜要是死了，城里的儿女咋能不跟回来呀？韩新惠的叹惋就提升成惊呼了，他们要把死人抬进村，让儿女都跟着不就让人看出来了吗？这是在麻痹老百姓嘛，这是为了蒙混进村嘛。韩新惠登上石板桥墩上，号召说，大家军心不要被动摇，必须维护乡规，必须阻止死人带魂进村。说罢跳下桥墩，率领大家冲向宋拴喜院子。

担架越接近宋拴喜院子，宋家帮忙的人越簇拥越多。只有大事儿才能唤起偌大家族的凝聚力。在东边人看来，院子里动静越大，丧事的态势就越确定了。必须行动了，必须让把死人赶快抬出村。韩新柱就要率领东边人驱赶死人出村时，韩新惠眼珠一转，说，驱赶死人，我看难，弄不好还怕打起来，我看这样也好，咱赶他出村是为村里驱灾免祸，他死人进村是把厄运带进村里了，咱要闹就明天大闹灵堂，宋家人这是触犯大忌，触动众怒了。必须让全村人知道，宋拴喜仗着权势把孤魂野鬼带进村，不散的阴魂就行走在各家院子里，屋子里，街巷里，害人野鬼可不管你是东边人西边人，游魂进谁家门谁家就遭殃了呀，这可是人神共愤的事儿呀，全村人要同仇敌忾呀。告给全村人，死人带魂进村，这可是华岩村由来已久第一桩啊，到时候，不说咱东边人，就是西边人也会砸灵堂砸棺材的啊。

韩新惠和韩新柱头碰头嘀咕一会儿，做了战斗部署，并向西边派出卧底。卧底选中了韩军儿和连志红，这两年轻人对东、西阵营的观念很淡漠，甚至与西边同龄人是哥们儿，很有条件打入内部。太阳快落山时，韩新惠、韩新柱们目送着两青年很自然地融入到宋云飞、宋向前们的队伍里。

韩新惠带领着队伍返回东边聚集在马家垴上，从黄昏等到天黑，从天黑等到吃罢晚饭了，韩军儿和连志红才跑回来报告说，宋拴喜那个家，门紧闭着，窗帘遮得严严的，不让人看。韩新惠问，你没问问你那一茬孩子，宋拴喜是死是活？韩军儿说，问了，都说不知道。韩新惠问，宋拴喜城里的儿女回来了没有？韩军儿说，听说是早上就回来了。韩新惠问，宋拴喜老婆哭号了没有？韩军儿说，没听见有人哭号声。韩新惠问，出出进进那么多人，是不是请去办理丧事的人？韩军儿说，不知道是不是办丧事，只见宋家许多人都去吃大锅烩菜了。韩新柱分析说，做了大锅烩菜，那不就是办丧事了？韩新柱说，可要是真死了，咋能没人哭嚎哪，儿女没回来老婆子也该哭嚎呀。韩新惠嘀咕说，难道真没死？韩新柱一个劲摇头说，既然没死，拥了一堆宋家人去干啥呀？消息不确切，韩军儿连志红只得重返西边继续侦测。

熄灯时分，韩军儿和连志红又回来报告了，说他俩爬上围墙外的老榆树，死死盯着院子里，宋拴喜老婆虽没哭嚎，可是听见屋里有人说话了，还以为是宋拴喜老婆跟鬼说话哪，后来鬼就出来了，鬼还咳嗽，还上了厕所，还给牛添草，鬼还大声骂老婆牛没喂好。韩新惠和韩新柱同声惊叹，啊，没死？怎么可能没死哪，脑出血怎么可以不死哪？

聚集在马家垴的人们，一时还转不过弯儿来。就像被冲锋号鼓起勇气的兵士正准备战斗，却突然宣布敌人投降了，总觉得有点儿空落落的不是滋味。但是转念一想，没死这不就对了嘛，盼的就是没死呀，宋拴喜没死这不是他好咱好全村人都好嘛。

大家伙散去的时候已经下半夜了，马家垴只剩下韩新惠和韩新柱，远远望着静塌塌的西华岩。弟兄俩消散了斗志，却又泛起疑团，既然没有死，那这家人神神秘秘兜了这么大一个圈子，到底唱的一出什么戏呀？

其实，这出戏很简单，就是宋拴喜要求宋银禄赔偿巨款，宋银禄不赔，宋拴喜就秘密编排了这么一出戏。

可是简单的事儿却被人搞得很复杂。宋拴喜当时是不是真的突发心脑血管病，别说村人们，即使宋家人也不一定能搞清楚，医院当然是清楚的，但眼下尚属保密阶段，据抬担架的几位宋家年轻人说，他们抬到医院走廊里，宋拴喜儿子就等在那里了，宋光明就领着他们回村了。要出院了，宋光明又领着他们到医院抬了担架就往村里走，担架抬进屋子里交代给宋来喜，他几位放下担架就到院子里了，至于宋拴喜是死是活，他们也许知道，也许不知道，因为担架上的宋拴喜叫被子捂得严严实实的，抬担架的职责是只管出力，谁也没权揭开被子检验一下老汉家是不是还在呼吸着。矛盾的双方又都是宋家人，是非之事还是不闻不问的好，这两人哪家都得罪不起的。

可是咋就谣传成老汉家死了哪？也许是东边的风吹到西边了，也许是西边人依据脑中风住院的死亡率判断是死了。宋光明领着担架进院后交代了宋来喜，自己就回家了。宋来喜指挥担架抬进屋里，指挥把门闭上，把窗帘拉上。看这动静就是给死人穿送老衣了。姓宋一大家子这就行动起来了，有砌垒临时灶火的，有扛来大锅和案板的，宋拴福自动挑起丧事总指挥，站在当院吆五喝六指挥这个干这，指挥那个干那，自己就先登梯上了楼，一看墙根堆着大堆粉条，就想，我这哥也是的，你掌一回权弄点啥不行，咋弄了一大堆粉条哪。狠狠地抱起两捆就扔下楼去，吆喝道，熬烩菜，熬烩菜。宋家小辈宋云飞见长辈上了楼，自己就下窖挖土豆。院里大灶火熊熊的火焰燃起来了，大案板叮叮当当响起来了。天傍黑时，香喷喷的烩菜味道就弥散在院子里了。宋来喜主动执起长柄勺把儿，吆喝道，开饭来。谁家有了红白喜事，宋家族人们都是这样闻风而动，听说老汉被抬回来了，就都一窝蜂涌来很自觉地各司其职了。

宋拴喜老婆呢，也不知道老汉病情咋样，见老汉被担架抬在地上，吓坏了，急忙揭开被子看时，老汉眼睛深深挤着，嘴巴紧紧闭着，一下子闷住了。宋来喜指挥关房门拉窗帘，她更以为是死了，正要哭嚎时，宋拴喜突然坐起，迅速上了炕又躺得直挺挺的，又把眼睛深深挤住了。老婆傻愣愣问，来喜子，你哥他……宋来喜竖起食指摆了摆说，嫂，你悄悄的就是。

这老婆就悄悄的了，只得听来喜子摆布了。听到院子里动静越弄越大，又低声问宋来喜，这些人是你叫来的？宋来喜也低声说，拴喜哥安排我的，嫂你啥也不要管。直等到大锅烩菜熟了，宋来喜到院里吆喝吃饭，也就是东边卧底离开的那一阵子，宋拴喜老婆从屋里出来了。她一看院子里全是擎着大碗吃饭的人，就恼火了，一把将站当院吆喝的宋拴福拽一边问，你咋把事情弄成个这？宋拴福奇怪地问，弄成个啥？你是嫌浪费还是嫌人多？拴喜哥当领导一回，来的人越多说明俺哥越有威望呀，嫂子你精精明明的人，咋说这小家子气的话？宋拴喜老婆越急越不知该咋说了，我，我，我不是嫌人多吃多，不是嫌你拴福子张罗事儿，嫂嫂晓得你拴福子是热心人，可，可，可这事儿跟你咋说哪，你哥他，他，他……啊呀，拴福子，今晚的饭吃了也就吃了，明天就不要闹腾了。宋拴福瞪大眼睛问，咋，不要闹腾了？来喜子让闹腾呀。宋拴喜老婆嘴唇都急成青紫的了，就，就，就算他赔上几个钱，还不够这顿饭钱哪，拴福哥，这事你也不要问了，再不要闹腾就是了。宋拴福大瞪的眼睛就觑小了，唉，你看看，你看看这事闹腾的是个啥？宋拴喜老婆见吃饭的人都围过来了，急忙一闪身进了屋里。

宋拴福这下发了愁了，吃罢饭人们都要跟他讨明天的营生做，这可咋跟大家说哪，又不能公开宣布说宋拴喜压根没有死。思来想去没办法，趁大家只顾低头吃烩菜的当儿，就将预先放在街门板后的一整捆粉条提溜起，一闪身消失在了傍晚的窄巷里。

  第二天一大早，昨晚吃了大锅烩菜的人要来履职时，却发现街门关着，支棱起耳朵听了听，没动静；敲了敲门，还是没动静。迟来的人问早来的人咋回事，人堆外的人问人堆里的人咋回事，街门口的人越涌越多，揣测的，武断的，疑惑的，惊诧的，有说死了的，有说没死的，直到早饭时，越堆积越浓的迷雾才算真相大白了，大家才弄清楚宋拴喜同志并没有活在华岩人民心里，而是继续活在华岩村的土地上和空气里。

  担架队伍里的宋二小，嘴巴不算稳，常跟人叨叨要不是宋拴喜坑了他，他早是二道河机械厂的工人阶级了。说是给了华岩村三个指标，他和其他两个宋家小伙子听说这事后，就跟宋拴喜恳求说，爷爷，这三个指标给俺三个人吧，你让俺们去当了工人，俺们这辈子也忘不了爷爷的恩情。三个人还凑钱买了一盒烟，恭恭敬敬把烟盒摆放在爷爷跟前。爷爷却看都不看那盒烟，脸凹得黑沉沉地说，都去了外面享清闲，地谁来种呀，社员谁来当呀？看你们就是一个比一个懒死鬼，难怪公家叫劳动改造哪，就得好好劳动劳动才能改造好哪。当时三个小家伙就哭了，哭得还很恓惶，说是，爷爷，俺们都到结婚年龄了，当社员娶不上婆姨呀，哪怕俺们去了二道河机械厂，等娶了婆姨再回来当社员哪。三个小家伙就齐刷刷给他们共同的爷爷跪下了，说，爷爷，你不答应俺们就不起来。宋拴喜老婆也劝宋拴喜，看孩们恓惶的，就让他们去哇，顺顺地送个人情嘛，孩孩们都是你宋家孙子辈的，社员多一个少一个啥也影响不了嘛，孩孩们去了工厂也是建设新社会哩嘛。宋拴喜绷着的脸虽然没松动，但是放话了，去哇，去哇，看你们这一段时间在队里表现得咋样吧。三个小家伙蹦着跳着离开爷爷家，回到生产队拼着命要把那一段时间表现好，可是，这一段时间到底是多少长的一段啊，十多天过去了，一个月过去了，两个月过去了，这一段时间还没完，后来就听说西笥公社其他村应招的人早到二道河机械厂上班了，他们才知道这个"一段时间"可能是这一辈子了。

　　被坑了前程的人自然是期盼坑他的人死掉的，宋二小昨晚擎着大碗吸溜粉条的时候，同样擎着大碗的宋云飞悄悄凑到他跟前问，咱拴喜爷是不是还活着？宋二小一愣，悬挂在下巴的粉条就停止吸溜了。宋云飞说，抬了一路还不知道抬的是个死人还是活人？我看拴喜爷不是死人，你倒真真的是个死人哪。宋二小慢慢将嘴巴外的粉条吸溜完，奇怪道，咋，老汉没有死？宋云飞说，有好戏看哪。宋二小说，那把这么多人叫去吃大锅烩菜是为啥哪？宋云飞说，我看来喜爷跟拴喜爷耍的一个鬼，就是为了讹银禄伯。宋二小一拍大腿说，你看看，你看看，你说咱这拴喜爷做的是个啥事情，老了老了也不敞敞亮亮做一回人呀。

宋二小得知宋拴喜没死，吃了第一碗又舀上第二碗，吃了第二碗又擎出第三碗，实在咽不下去了，但又盛出第四碗，狠狠一扬，将一大碗烩菜成扇面播撒到门口麻地里。他娘的，你坑了我一辈子，我干掉你四大碗烩菜，很是解气的。宋光明派他去抬人时，来喜爷拴福爷都说是中风活不了的，咋就又活过来了哪，这倒运老汉咋就这么耐实哪。这他娘的二十多里路算是白抬了，要知道他死不了，别说是宋光明喊他，就是老天爷喊他也不去抬那老狗的。一想到都快四十的人了还没婆姨，还跟爹娘一锅里搅稀稠，气就不打一处来。光棍睡觉歇了身子歇不了心，翻肠倒肚了一夜，心生出一计，第二天早饭一抹嘴，就往银生金煤窑上跑，见了宋银禄就像见了领导穷人翻身的大救星，银禄叔，银禄叔，我悄悄告你个事儿，你可不要告任何人说是我告你的，我悄悄地告给你，你知道就是了。昨晚村里闹嚷嚷的给拴喜爷办丧事，全是假的，拴喜老汉根本就没有死。

宋二小报告完，等着宋银禄大吃一惊，等着宋银禄感谢他，没想到宋银禄却很木然地只管自己吸着烟，也不给他递一支。宋二小很奇怪，银禄叔，难道你知道拴喜爷没死了？宋银禄哼哼一声，鼻孔里喷出浓浓的两股烟，我早打发人到医院了解了，老狗彻根儿就是假装的。宋二小一时不知该说什么了，就见南凤仙从隔壁过来接过话茬儿，想讹宋银禄哪，讹哇，宋银禄是大老板嘛，宋银禄有的是钱嘛，讹来哇，真是的呢，宋光明还叫出二百块呢，一分钱也不用寻思，一分钱的个角角脑脑也掰不走，哼，宋光明，算是看透了，还一碗水端平哪，真真的棺材里伸出手来了，死要钱呢，俺家宋银禄哪句话说错了，他宋拴喜该签名不给签，是他宋拴喜的错还是俺家宋银禄的错。宋银禄皱皱眉，唉，你婆姨人家不要提溜起笸箩连带斗动弹，宋拴喜是宋拴喜，宋光明是宋光明，证明的事儿最后还不是人家宋光明给办了嘛。南凤仙还不收嘴，办了咋，落得是乡里县里多跑了几趟嘛，他宋光明要不往宋拴喜那里推，不是顺顺的一次就办了嘛。

宋二小插不上话，走也不是，在也不是，处境很尴尬。宋银禄不理南凤仙的叨叨，一把拉起宋二小就走出高大门楼，走向宋拴喜院子。见街门关着，举起拳头就砸街门，咚咚咚的声音惊动了整个西华岩，已经散去的人们又纷纷向宋拴喜院子涌过去。宋银禄敲打街门的劲儿更足了，咚咚咚响成了铛铛铛。街门到底打开了，出来的却是宋光明和宋来喜。宋光明一见宋银禄，眉头就皱起了，银禄叔，你这又咋了？宋银禄理直气壮道，我要看看他宋拴喜是死的是活的，然后咱再说一截儿。宋光明说，都同宗同姓的一家人，有个啥闹腾头呀，好歹是咱长辈嘛，你跟他说个啥理哪，跟你说了大半夜的，不就是二百块钱嘛，咋又反悔了哪？宋银禄说，不行，他宋拴喜要是真病了，我可以赔他，要是死了，枪崩我也行，可他没病装病，没死装死，这就是讹人，对讹人的人是没道理让我赔钱的。宋光明问，你听谁说是装死装病啦？宋银禄说，这儿有证人，二小你给他们说说，昨晚是咋样掫饬丧事的，不是装死掫饬丧事干啥呀？咱二小可是二道河来回都抬了担架的，最知道底细的。这下子把个宋二小吓坏了，使劲想挣脱宋银禄的手，可是挣不脱，所有的眼光都看住他，整个脑袋全被汹涌的汗水覆盖了，我，我，我……银禄叔你咋是这人哪，明明是你说你已经派人到医院了解了，拴喜爷根本没有病嘛，咋又说是我说的哪。宋银禄死死拽着宋二小胳膊说，嘿吆你这孩，一大早跑我家你是干啥呀，不就是跟我说宋拴喜是装死吗，想讹我宋银禄吗？二小子你咋这么胆小怕事呀，不怕的，你叔我替你撑腰着哪。是的，医院我也了解了宋拴喜啥事儿也没有，可装死假办丧事，你可是亲眼见的呀。光明子，我可以给他宋拴喜二百块，但这要说明白，我这是赔的他装死钱，我还要叫县报社、县有线广播站来采访，只要你宋拴喜不怕丢人，咱就奉陪到底。二小，不要怕，咱占理着哪，准备准备，记者来了人家咋问，你咋说，就跟你告我一样地说就行。

宋光明看着眼前这个宋银禄，一下一下摇着头，这个人什么时候都是他的理，跟这种人是讲不成个道理的。围观的人越聚越多了，东边的人也成批地涌来了，这该怎么收场哪。正好看见宋二小还在一下一下挣扎着，就盯着二小问，二小，是你告你银禄叔说你拴喜爷装死的吗？宋二小红着脸说，不是的，我是告银禄叔说是拴喜爷活着的。宋光明说，银禄叔哎，二小告的你是拴喜爷活着的，那是因为昨晚吃大锅烩菜都以为是办丧事了，其实那锅烩菜是叫抬担架的人吃的，可见拴喜叔回来了，咱姓宋一家子都去关心老人身体，正好是晚饭时，拴喜叔就让留大家吃饭了。就这么个事儿，咋就能传成是办丧事了？二小告你拴喜爷活着，这不等于告你误会该解除了吗？你咋能说二小告你拴喜爷是装死哪？你一口咬定宋拴喜是装死，那么好，请你拿出证据来。宋银禄一下子大张嘴没说的了。宋光明乘胜追击，银禄叔呀，银禄叔，第一咱是大男人，第二咱是老党员老军人，第三咱是西匐乡的名企业家，二百块钱就把你出得脑筋错乱了？他不给咱签字有他的道理，你责骂他也责骂了，尽管不是中风，但也是气昏了嘛，拴喜爷七十多岁的人了嘛，在医院还昏厥着，抢救了半天才缓过来的，好在不是中风，这你银禄叔得感谢老天爷哪，要真是中风，不说是死了，就是落个半身不遂你也难逃干系的。按说你听二小告你老人没有死，你庆幸才对哪，你倒好，拉着给你报告消息的人来给你作证了，你这不是让二小难堪吗？是的，宋拴喜没有中风，但七十多的老骨头昏倒摔了一下，头上有伤，腿也伤着了，给他二百块就咋了，全当赔个情道个歉，全当小的孝敬老的，全当你窑主家帮扶一下老百姓，从前马家韩家闹窑的那会儿，穷人去窑上担炭还不要钱哪，还晓得辅助穷人哪。啊，新禄哥那天在医院可气坏了，立马就要回村找你为他爹出气的，是我硬把他劝回城里的，新禄哥在县里可是关系多着哪，人家又会写又会说，把事情告到法院，就你那水平，还想赢官司？切，二百块，给你判个一千两千都是可能的。

看着宋银禄松动了表情，低下脑袋，宋光明也换了语气，来，跟我进来，给老汉家说个好话，身上装着钱不？宋银禄摸摸衣服口袋说，装着的。宋光明又问，够二百不够？宋银禄说，够了。宋光明说，跟我进来吧，态度好点，人人吃的是顺气丸，能做到吗？宋银禄点点头，就跟着宋光明进了宋拴喜家院子里。

街门又闭上了，院子内的事儿就看不到也听不到了，有人将大睁的眼睛对准门缝儿，有人将支棱的耳朵紧贴在门板上，一会儿就很失望地离开了，说是动静不大,像是没吵架。第二拨人就又将一排脑袋凑近门缝儿,发布的消息跟第一拨人一样,人们就陆续走散了。好好的一场戏,开场铺垫了一堆悬念,结局却实在是不够有意思。

人生这一遭不知走到哪

　　天上的云越堆越厚,沉闷的雷声隆隆地越响越远,也许是这年最末的雷声了。大班车早晨将马兆飞送走,黄昏时将韩守仁和婆姨载回了村子里。

　　车还不知在那里,韩翠子已是满脸的泪水,方婷婷也眼含泪花,宋云飞、段世凯、宋向前、宋二平、段学东、韩军儿们簇拥在韩翠子和方婷婷身后,给韩翠子组成一个颇具规模的迎亲队伍。

　　韩守仁倒是很从容地微笑着,他一手搀扶着婆姨,一手伸向女儿抚摸着,你看你这孩儿,来不来就哭个啥哪,信里不是告你说你娘好了嘛。韩翠子用袖口擦了擦泪说,谁说我哭啦,我是高兴嘛。翠子娘一边胳膊被女儿搀着,另一边胳膊被方婷婷搀着。翠子娘问,这女女就是你在信里说的婷婷呀?韩翠子说,是呀,看我妹妹长得漂亮吧?翠子娘歪了脑袋看着方婷婷说,呀,这女女可咋生来哪,咋就这么好看哪。方婷婷也看着翠子娘说,婶婶的气色很好的嘛。韩守仁说,嗯,在那些病人里,都被烤电烤得又恶心又呕吐,就你婶婶咋也不咋,一点也不影响治疗。

　　宋云飞们帮助拿着东西,跟着进了韩翠子家,已经有邻居婆姨们站了一地,有的帮着捅火,有的帮着和面。翠子娘感激得不行,她婶,不用不用,让翠子做哇,又麻烦你们哪。她婶们直到把一顿迎宾饭安顿好才告辞,守仁嫂,你可是啥心也不要操,安安心心养你的病就是了,看咱翠子多懂事哪,你病好了比啥都强。翠子娘一边点着头应承,一边又暗暗地流泪了。

　　宋云飞们告辞时,方婷婷跟出院子后低声说,我看婶婶眼神总是直直的,笑得也很勉强。宋云飞说，是不是啊，我咋没看出来哪。方婷婷说，婶婶的病恐怕有问题，西訚村就有过一个到太原看病也是烤电的，刚回来好好的，可是没几天就过世了。宋云飞皱起眉说，不会吧，那不活生生的嘛，咋能往不好处想哪。方婷婷摇摇头，唉，这方面你还真是个男人啊。宋云飞愣了一会儿说，啊，我就是个粗人嘛，那，那咋弄呀？方婷婷说，有啥办法呢，我担心翠子会承受不住的。

屋里就剩了翠子一家人和方婷婷，翠子爹脸上的笑也没有了，翠子娘的脸色更板滞了，两眼直直地发着呆，翠子眼里含着泪，一边舀饭一边侧目看着娘。四碗饭都舀起放在锅台上，也没人端着吃。方婷婷将一碗饭端给翠子娘说，婶婶，趁热吃哇。翠子娘将饭碗接了，轻轻地喝了两口汤，就又把饭碗放炕上了。方婷婷又说，婶婶，可得吃上饭哪，吃上饭才能有抵抗力。翠子娘说，俺孩也吃吧。韩守仁看了一下，又浮起笑容，大声地说，吃饭吃饭，翠子招呼这女女吃饭嘛，她娘你也吃嘛，吃嘛，咱都吃嘛。说着自己端了碗带头吃起来。

方婷婷把韩翠子叫到院子里低声说，你这样不行，你凄凄哀哀的，会影响婶婶情绪的，病人情绪可要紧呢，叔叔撑着，你更得撑着，再说了，婶婶气色那么好，病情肯定是很乐观的，你高兴起来，婶婶才能抖起精神呢。翠姐，听话啊，我走后千万要高兴啊，叔叔婶婶回来了，我也该走了，我会常常来看婶婶的。韩翠子一边听着，一边点着头。可一听婷婷要离开了，就又哭成泪人儿了。死死拉着方婷婷的手，我不想让你走，我不想让你走嘛。方婷婷自己也泪水盈眶了，我住的地方离你家这么近，有什么你随时叫我，赶紧把泪擦得干干净净，别让婶婶看到你这个样子啊。

方婷婷一步三回头地与韩翠子告别后，钻进街边一块庄稼地里，朝着西訚方向一下子跪倒在地，积蓄的眼泪夺眶而出，娘啊，娘啊，娘啊，女儿好想你呀，好想你呀……方婷婷说的西訚那个烤电而死的就是她的亲娘，得的病跟翠子娘的病一样，也是绝经后又来血红，也是太原烤电见了效果，可烤电回来不到一个月就复发了，不仅崩漏带下，还疼得撕心裂肺，疼得整夜整夜不能入睡，最后连杜冷丁都止不住疼，在一个凄凉的后半夜里，娘疼痛的叫喊突然中止了，娘的生命也在那一刻中止了。方婷婷突然间就没有母亲了。没有母亲后的日子是多么不可想象的日子啊！

方婷婷的爹是个后爹，要是这个后爹跟娘有感情，早点到大医院治疗，娘也许还可以治好的。方婷婷听说娘这种病治好的并不少，可是这个后爹对娘很冷漠，娘病了后更是成天凹着个脸，骂娘嫁他是为了讹他看病的。要不是方婷婷舅舅们上门闹腾，那家伙压根儿不会在娘身上花钱看病的。但是到肿瘤医院已经是晚期了，所有的治疗都已无力回天了。娘没了，爹又不是亲爹，这个家一天也维持不下去了，那个后爹成天找人给她说媒，还掐算着方婷婷和母亲共花了他的多少钱，彩礼钱也要等价的钱。方婷婷给姑姑写信诉苦，要姑姑再收留她，可姑姑来信说两个表哥都娶媳妇占了他们原来的房子，姑姑与姑父都被撵在地下室里了。姑姑没办法只得给侄女找了个人家当保姆，没想到那个男主人是个色狼，眼睛老直直地盯她，趁她睡觉的时候还把手伸进被子里，方婷婷一气之下才跑回来，幸好赶上新辰矿招聘工人，才算找了个落脚的地方。

方婷婷止住哭泣，心中还是一声声地呼唤，娘啊，娘啊，娘啊……她又看见娘病歪歪的样子，又听到娘的声音，俺孩去外面耍去，去外面耍去，不要在娘跟前，娘不想看俺孩儿恓惶的样子，也不想让俺孩儿看娘这个样子，出去耍，去哇。娘疼得满头冒汗，撕心裂肺地呻吟着，让周边的人心都碎了。她知道陪伴娘的时日在一秒秒地减少，那个后爹好多天都不回家了，女儿要走开就剩娘孤零零的一个人了，娘太恓惶了，太可怜了。方婷婷不敢想象下一秒钟娘就会离她而去。方婷婷陪伴娘最后的日子，就是眼睁睁看着娘病情一阵阵地加重，身子也一天天地憔悴，气息也一阵阵地衰弱……眼睁睁看着娘慢慢走向死亡的过程，一定是世上最撕心裂肺的疼痛了，像刀子一点点地在心上剜割，像锥子一丝丝地往心上刺扎，尤其是娘断气的那一刻……方婷婷每每想到那一刻，就不敢再往下想……可是，可是，翠子姐，她即将面临自己经历的这整个过程，这个眼睁睁看着她母亲慢慢死去的过程。她那脆弱的心灵咋能经得起与亲人的生离死别啊！像是冥冥中的安排一样，让方婷婷与韩翠子这两个相同命运的人相逢相惜，那天晚上第一次见了韩翠子，就觉得像见着亲姐姐一样，见了翠姐的娘也像见了自己亲娘一样。

方婷婷擦干脸上的泪痕，走出庄稼地时，天已黑了。方婷婷在韩翠子门口犹豫了一会儿，振作了精神，就脚步坚定地进了韩翠子的家里。

从生到死中间有座桥

又是一个充满诗意的黄昏时刻，办公室那边又响起蒲剧音乐，而且用屋顶大喇叭播放出来，真真的叫响彻云霄了，再形象一点就是音乐声把整个南北山之间都塞满了。全村爱听蒲剧的人都支棱起耳朵听，不爱听的不支棱耳朵也听见了。都知道这是新辰矿蒲剧班子又在排戏了。宋光明痛快答应韩新宝，让戏班子占用办公室西厢房。西厢房五间大的房子，除了三面墙壁一面窗户外什么杂物也没有，墙是粉刷过的，地板是青砖墁了的，将新置办的八个戏箱依墙摆放好，十几把折叠靠椅摆放好，戏班子的阵容就齐备了。戏班子里打板的是最牛的，打的拉的唱的全得听他的。韩守义打板把式不咋样，可架子倒是撑得圆圆的，面孔板得严严的，胳膊举得高高的，只听"哒哒"一声，锣鼓家伙一起，板胡二胡就跟着启奏了。那里一起板，韩新柱就脸色动容，撑起架势开唱了，郿邬县在马上心神不定，几日来为凶犯死里求生。劝世人若居官勿求晋升，你看我断错案浑也不浑……

韩新柱的《法门寺·路悔》也算拿手戏，正唱得起劲儿，新请的蒲剧师傅就进来了，蒲剧师傅姓蔺，艺名河东红，以前就在华岩村打过戏。韩新惠们都挨过他的教鞭抽，请他也是韩新惠们给韩新宝推荐的。蔺师傅年轻时是晋南很有名的须生演员，文戏武功都叫座，文场武场都精通。《法门寺》里这个唱段正是蔺师傅的名段，韩新柱一见师傅赶紧就止住不敢唱了。蔺师傅虽然年过七十的人了，但精神矍铄，脸色红润，声腔洪钟一样。蔺师傅朝大家点点头，就往正面摆放的椅子上坐定。

蔺师傅朝韩新惠指指，你，领他们几个走走圆场，韩新惠就一手叉在腰间，一手向一侧圆圆地撑出，将一条腿一撩，就开始在地上迈步行走开了。后面跟着的有宋云飞、韩军儿、宋二小、宋金元、宋向前、段世凯、段学东、韩二明等十多位华岩村新一代。宋云飞跟韩军儿嘀咕说，不是说学唱戏嘛，咋学开走路了。韩军儿低声说，饭市上听新惠伯他们说，就学这个转圈儿一个冬天都没学成哪。一排人跟着韩新惠走了几圈，蔺师傅就让他们停了，说，不行不行，这几个孩子腰腿太僵硬，恐怕打不开。韩新惠就作难了，说，这还是在全村挑的最精干的年轻人哪，再换人还不如他们几个哪。韩新惠用商量的语气说，蔺师傅，您看咱试着培养几个女学徒行不行，现在公家戏班里女演员已经普遍啦。蔺师傅双眉一竖，你咋也说这话了，它公家戏班是它公家戏班子，咱这村社自乐班里要上个女的，那成啥摊子了？不行，你要想培养女徒弟就另请高明。韩新惠赶紧赔不是，我，我，我只是看这几个孩笨拙拙的，寻思换女孩也许学得快一些，蔺师傅，我向您发誓，在我手里蒲剧班子规矩决不会坏了的。

蔺师傅走进西厢房时手里就晃着一根细细的棍儿了，指着宋云飞说，来，你先走。宋云飞挖挖脑袋，红着脸迈出艰难的第一步，细棍儿差点就抽过来了，你这是逛大街哪，还是走圆场哪，新惠，你一步一步教他。韩新惠又撑起架势，你看啊，步子要小哈，不能脚板吧嗒吧嗒地像走路一样哈，得脚后跟先轻轻着地，然后脚心，然后脚梢哈，像车轮碾地一样哈，你看我的脚是咋样的哈。宋云飞频频点着头，意思是看明白了。那就开走吧，结果一跨腿，步子还是迈了二尺多远，脚板落地还是吧嗒吧嗒地响。蔺师傅的细棍儿照着宋云飞小腿就是一下子。宋云飞咬咬牙挺住了。蔺师傅挥了一下细棍儿让他继续走。宋云飞试着放轻脚步缩小步子，却忘记胳膊得撑起来了，冷不防的，细棍儿就敲在手背上了。宋云飞这才发现自己属于笨人一类了，一边揣摩着往规范走，一边羞答答地微笑着，任蔺师傅怎么敲打都无怨无悔。

前面有了宋云飞这个反面教材，后面的人就汲取了经验，还未上场就暗暗尝试，暗暗揣摩，轮到各自的时候，比起宋云飞就有模有样了。韩新惠鼓励说，还行吧，一阵儿比一阵儿强一点，刚学嘛，慢慢就寻着门道了。蔺师傅却还是一个劲地摇头对韩新惠说，记得刚接手你们那茬儿人时，也是这么年轻，就比这些人灵巧得多。韩新惠说，唉，那一茬儿都是俺韩家人嘛，俺韩家人天传胎教自会三分，唱戏这种事儿，天生一多半哪。蔺师傅就指着韩军儿和韩二明说，这两个孩儿是你们韩家人吧？韩新惠点点头。蔺师傅说，这两孩子还可以当个苗子培养培养。宋云飞冒冒失失地问，蔺师傅，那俺们就都登不了台了吧？蔺师傅狠狠瞪了宋云飞一眼。韩新惠低声说，不要灰心，登台是能登的，戏里要用各种角色哪，站班的，跑流程的，宫娥才女的都用得着的。

正在这时，连志红气喘吁吁地进来说，新惠伯、新柱叔，守仁婶子死了，守仁叔叫我请你俩哪。正在旋转的圈儿一下子就顿住了，宋云飞们圈儿里的人也全愣住了。

宋云飞、韩军儿、宋金元、宋向前、段世凯、韩二明们气喘吁吁地往东华岩赶，快走近韩翠子家时就听到韩翠子的哭嚎了，娘呀，娘呀，好恓惶的娘呀，娘呀……进了院子里，早有韩家人出出进进地操持丧事了。在韩新宝的统一指挥下，有搭灵棚的，有砌垒野灶火的，有往棺木里粘贴红纸的，有往引魂幌上挂纸钱的，有婆姨们提溜着菜刀进来帮着切菜的。宋云飞们这里站站，那里立立，不知道该干点啥，韩新宝也不给他们分派营生，姓韩的一大家子人手众多干啥的都有。宋云飞们就剩下专门陪伴韩翠子了。韩翠子只是嚎啊，嚎啊。嚎得昏厥了两次都被婆姨们掐鼻根儿掐醒过来，醒过来一看炕上静静躺着的娘，一下子扑到娘身上，紧紧攥着娘的手，就又娘，娘，娘地嚎开了。韩翠子嚎，方婷婷也跟着嚎，宋二平也喂喂喂地哭泣开了，把宋云飞们几个愣后生也都一人挂着两行泪。

韩守仁请示宋光明想用最高的规格发丧，想用用多年不用的八抬灵仪。宋光明想了想说，呀呀，自从"文革"那会儿不叫用了还没再用过哪，还在办公室楼上放着哪。韩守仁又跟韩新宝要求，想让蒲剧班子来吹打吹打。韩新宝满口答应，行，咱自家的戏班子，钱不用你出一分。韩守仁感动得泪眼婆娑地说了许多感激的话。

有韩新宝这样的丧事总管，韩守仁自然就踏实多了。对于韩守仁千难万难的事儿，在韩新宝几句话就安排妥了。有能力有权力，就有凝聚力，就有跑前跑后的人按你说的办。村里不能没有这样的人，一个家族不能没有这样的人。韩新宝是韩家的主心骨，对韩家所有的事儿就跟自家的事儿一样负责，一样担当。

黄昏入殓前，二道河知名阴阳就被请来了。那人一边往棺材里安放七星钱，五色石，一边念念有词，尖尖细细的声音像从另一个世界传来的。阴阳是丧事的最高指挥，像选墓地，择出殡时日，棺木起落等都得听他的。阴阳对韩新宝也是这个那个地吆喝着。阴阳说这样贤惠的婆姨是积了阴德的，是可以超度免袪阴灾的，是可以直接升入阿修罗道的。韩守仁战战兢兢问，既然她积了阴德，咋还得了这样的病哪？阴阳说阳寿的事儿他管不着，他管的是从阳间到阴间过渡的这个通道道，比如超度，就是包死者躲过阴司审判，不怕下了地狱道、饿鬼道、畜生道，就入阿修罗道了。韩守仁频频点着头说，超度，超度，一定给她好好地超度超度，她恓惶跟我没好活，不能让她在那边再遭罪了。阴阳就开始布置超度法事了。三个八仙桌并排在灵堂前，八仙桌四周都用黄纸贴了，阴阳在黄纸上写着弯弯曲曲不知是什么字。八仙桌的两端都安放了条几和小凳儿，可以当作台阶让祈祷超度的亲人从这边上去，从那边下来。华岩村老辈人都知道这叫过银桥金桥，说从这个银桥金桥过去，就不怕把人锯两半和下油锅了。

出殡前，院子里、围墙外涌满看出殡的。时辰一到，阴阳就穿着黄袍像戏里的人一样登场了，一边念念有词，一边晃动着一个像驴尾巴一样的东西绕场一周。蒲剧班子就跟着阴阳的步子节奏，奏起将帅走圆场的音乐。阴阳走着走着突然站定吆喝，我不是唱戏的，咋用这音乐哪？韩新惠问，该用啥音乐？阴阳说，该奏谢土音乐嘛。韩新惠说，俺们不会谢土音乐呀。阴阳无奈地想了想说，唉咹咹，这咋弄哪，过银桥金桥得佛道音乐嘛，咋弄个戏班子哪，这可咋弄哪，那就唱戏吧，唱个哀嚎死者的戏吧。挤在灵棚跟前的马来宝就喊，唱《祭灵》唱《祭灵》。韩新惠难为地说，《祭灵》以前是唱过，试过几回都想不起来了。这当儿，韩新柱就搀扶着蔺师傅进了院子，只见蔺师傅举起右手，五指一捏，韩守义会意，立刻起板，蔺师傅的《祭灵》就开唱了，汉刘备行军帐痛哭号啕，思想起关张弟孤好心焦，我弟兄桃园结盟成生死交，关张刘三姓人亲如同胞，进灵堂孤王把二弟来叫，咱弟兄桃园跪拜来把心表，曾许下扶汉业不扶曹操……这当儿，过银桥金桥的仪式也在进行着。阴阳挥舞着驴尾巴，口里念叨着就开始上"桥"了。韩守仁弓腰垂首跟着过，韩翠子手拄哭棒跪着过。韩守仁没孝子，就让韩翠子顶替孝子。韩翠子拄着哭棒十分虔诚地一下一下挪动双膝，一下一下跪上台阶，一下一下跪过桥面，又一下一下跪下台阶。韩翠子流着泪，咬着牙，忍着痛，也许女儿越疼痛越能够免去娘在那边受罪，越疼痛越能够把娘的灵魂超度到福祥的世界里。过了银桥金桥，阴阳又用驴尾巴在韩翠子头上晃了几圈，说，亡者音容永在，德行永存，此桥一过，超凡度圣，死者亡灵再转善道，阳间所积阴德托福生者，孩你日后将迎祥接福鸿运当头了。韩翠子却又撕心裂肺地哭嚎开了，娘啊，娘啊，你贤惠善良积上的德行，娘还是带上哇，女儿享受了娘的福分心里更难受呀，娘啊，娘……

可是这个隆重的超度亡灵过程，却被人们忽略了，人们的视觉听觉全被蔺师傅的嗓子给镇住了，院里的人，围墙上爬着的人，全像施了定身法一样全就地僵住了，有的瞪着眼睛，有的张着嘴巴。华岩村人会唱蒲剧的不多，可会看的内行欣赏家很多，无论哪里的戏班子来华岩唱戏都有点战战兢兢，常常是台上一句一句地唱，台下一句一句地跟着哼哼，一句唱错了，砖头瓦片就扔上台去了。但是只要是唱得好，立刻就又是掌声又是口哨，一整盒一整盒的香烟就扔上台了。此刻蔺师傅一开腔，也算遇上了内行欣赏家，遇上铁杆票友了。先是震傻了，而后就听得全身酥麻骨软三分了，而后三魂七魄飘飞云里雾里了。要不是因为这是丧事，掌声口哨声整盒香烟早扔过去了。韩新惠、韩新柱们倒是唱得好，可与这蔺师傅相比就差一大截哪。蔺师傅唱完后，转身走出院子，等欣赏家们从戏里缓过神来时，银桥金桥已经过完了。

接下来就该出殡了。韩启明手持斧头，在灵前磕了头，一阵儿叮叮哨哨的捶捣，七颗特大铁钉一寸一寸地钉入棺木。韩翠子听得像将铁钉钉入她脆弱的心里。阴阳喊了一声，起灵唠。韩家人们一窝蜂地涌向棺材，棺材被抬出灵棚，抬出院子。那一刻，韩翠子的心像撕裂了一样疼，娘这就彻底走了，走了，走了呀。韩翠子狂喊一声，娘——就又昏厥过去了。

韩翠子被掐鼻根儿醒来后，隆重的启灵仪式才再次启动。送行的队伍在村街上缓缓行进着。行走在前面的是韩军儿扛着的引魂幌，长长的纸幡在风中哗哗飘摆着，后面是高举金斗、银斗、童男、童女、花圈、挽联的队伍，再后面是承载着死者的灵仪。八个壮实后生步伐整齐地抬着灵仪，一晃一晃地走出村子，走向人的最后归宿。

发丧的过程将悲恸撕扯成几个片段，突然死去让人悲痛欲绝；将死者放入棺材里让人痛不欲生；叮叮哨哨地将棺盖钉死，将再看亲人一面的需求彻底断绝，让人撕心裂肺；最后一个环节就是亲人的灵柩被无情地抬出院子，埋入墓地。韩翠子的哭嚎声撕扯着每一个围观者的心，娘呀，娘呀，娘呀，好恓惶的娘呀，娘呀……又加了个方婷婷也娘呀娘呀地哭嚎让人心都碎了。

宋云飞也是抬灵仪的一位，他往肩膀上使着劲，把脚步放慢再放慢，心情沉重着，脚步也沉重着。同样是肩膀的负重，和以往挑担子的感觉大不一样啊。现在肩负着的是一个曾经的生命，是一个刚刚离世的母亲，是翠子再也见不到的亲娘。其他抬灵仪的人也和宋云飞一样，都是满脸的悲伤，都是满眼的泪花。

灵仪前行得很慢很慢，人们多想让棺木中的人在人世间再多逗留一阵儿时间。韩翠子哭喊，娘呀，娘呀，你不要走，你不要走嘛，女儿不想你走嘛……风刮得更大了，唢呐声在野地里响得更哀婉凄厉。有位韩家最年长的老人一路撒着白色纸钱，人间的仕途得用金钱铺道，难道阴间见阎王也得孔方兄铺道啊。送葬队伍踏着白色纸钱铺就的道路走过村街，走过山间道路，走到了死者最后归宿的墓地。在那位阴阳的指挥下，棺木被七手八脚地推进土塄新挖的墓穴里，又在七手八脚的掩埋中，有限的人生最终堆积成一个永恒的土堆。韩翠子一下子扑倒在土堆上，娘，娘，娘啊，娘啊，女儿再也见不到娘啊——

第14章

天性使然

风把秋天吹来了

不知不觉间，盖满沟的庄稼就开始泛黄了，不时刮过的风也凉飕飕的了，太阳的颜色也呈淡黄淡黄的不再烤人了。好快吆，迷迷瞪瞪的，秋天就到了啊，难怪人的心情无缘无故地就发起愁来了啊。

韩守义对自家的庄稼地很是看不上，像讨了个又丑又矮又肉的婆姨一样，要多厌恶有多厌恶，苗儿不高不壮果实还不丰满，偏偏周边人家庄稼长得怪好，看上去就像一伙大帅哥在围观侏儒似的，实在是玉茭谷子不长心眼儿，要是长了心眼儿早气死了。韩守义愤愤地想，他娘的这人欺负人，地也欺负人，不就是一样样的春种夏锄吗，不就是一样样的天降雨水吗？这茬狗日的庄稼咋就这么不争气哪？想来想去，最后归结到地不好。分上干沙地，当时找宋光明让调整也没调整了，这结下的苦果子到头来还得自己吃。

韩守义越想越气，从地堰上扑腾跳起就直奔村委办公室，一巴掌拍到宋光明面前的枣红桌面上，俺一家人要是饿死了谁负责？宋光明缓缓抬起头问，你这又是咋啦？韩守义质问，你去看看你们家地里庄稼，再看看俺家地里的庄稼，春天那会儿让你给我调换，你横说横不能，竖说竖不能，这下见了底了吧，这点收成，俺一家子不饿死等啥呀。宋光明问，就是你家的庄稼是那样吗？韩守义说，是呀，就是我家的地是干沙地呀。宋光明问，是不是全村就数你这块地最不好？韩守义说，当然呀，庄稼最不好就是因为地最不好呀。宋光明说，庄稼不好也许是地不好，还有可能是人不好，那块地在生产队里的时候，玉茭子谷子都种过，收成都不算赖呀，地到了别人手里都比队里长势好，咋到了你手里还不如在队里收成好哪？韩守义被问得没话说了，只是黑沉沉地恼着脸。宋光明问，你地里上了多少粪？韩守义没说话。宋光明又问，你锄了几锄？韩守义还没说话。宋光明说，你软腰折胯的春天不上粪，夏天不锄地，一亩地上了五六袋碳铵，没把小苗子全烧死算你命大哪。韩守义靠着墙根圪蹴下，只把脑袋拧得一愣一愣的，反正你们得解决我吃粮问题，明年没吃的就把一家老小领到你们家炕上去。宋光明扔给韩守义一支烟说，赶紧想办法挣钱吧，现在二道河卖面卖米的都有，你当还是前几年满世界没个卖粮的。韩守义说，挣钱哪，说得容易，去哪儿挣哪？宋光明说，钱在地上堆着还得你去弯腰捡哪，华岩村南边两座煤窑哪，去你韩新宝矿上，他还不给个营生干？韩守义愤愤说，切，穷逼无聊才下了煤窑哪。宋光明说，嗷，这就对了嘛，说明你韩守义还没有穷逼无聊嘛。

　　韩守义走出办公室，一路走一路想，劝我下煤窑哪，宋光明你咋不去下煤窑哪，四块石板夹着一块肉，猪狗一样四脚爬着地钻在黑窟窿里，简直就是万恶的旧社会。哼，好汉不挣份子钱，伺候人的事儿绝不干，不过钱倒是得抓紧挣的。咋挣哪？去哪儿挣呐？走着走着，想起了马金贵和宋全海，饭市上人说这俩家伙一天能挣一二十块哪，咱韩守义哪点不比这两人强哪。他俩一天能挣二十块，咱韩守义起码挣它五十块。挣了大钱，破地不种了，玉茭面不吃了，拿钱买白面买大米买猪肉买好酒……幸福的日子已然在向信心满满的韩守义招手了。

第二天一大早,韩守义扛了一把尖头锨,跟婆姨拿了两个窝头,就直奔后井沟了。后井沟还真是个偷着搞钱的好地方,沟面很宽敞,沟口却很窄,沟里面闹腾得翻天覆地了,沟外面都不知道。要是打起仗来,这里也是一夫当关万夫莫开的战略之地。现在虽不打仗,可一旦有公家人来查非法事儿,这儿搞个站岗的,山头搞棵消息树,发现情况就将树按倒,沟里的人就可以迅速撤离了。韩守义很奇怪,笨拙拙的宋全海、马金贵还晓得找这么一块好地方哪。

韩守义伫立高坡很宏观地望向远处,秋初的太阳普照着东坡和西坡,东坡全是灌木丛,西坡多是大树木。有的树叶已开始发黄发红了,看上去红红绿绿的很好看。这些树木不光是好看,还可以起到隐蔽作用。韩守义观望半天了,还没发现马金贵和宋全海在哪儿发暗财。啊,树丛里听出动静了,叮叮咚咚地响了一声又一声,这可是挖钱的声音啊,每响一声就是一张钱啊。沟底就是直通挖钱洞窟的路,韩守义循着声音渐渐接近了实现宏大目标的目的地。

韩守义穿过一片树林就看见马金贵的挖钱洞窟了,就一个半人高的大土坑,两个外地雇工,一个在里面刨挖,一个在外面装车。马金贵则坐着小马扎,吸着香烟,喝着茶叶水,整个儿一个不劳而获的地主资本家。马金贵听见有人走来,一扭头就看见树丛里鬼一样的韩守义,我说是谁呀,鬼鬼祟祟的,是你这根狗骨头啊,你来这深沟里寻死来啦。韩守义一脸的坏笑,不理马金贵,只管这里瞧瞧,那里看看,发现土坑外停着一辆崭新的小马车,使劲在轮胎上蹬一脚问,嚯,你买的新马车?马金贵向韩守义扔去一支烟,咋啦,闲得腿痒痒得不行,出来游山玩水哪?韩守义说,到底是违法乱纪发财快啊,才几个月就车马齐备了。正说着,就看见韩狗小收拾着裤子从树丛里走出来了。接着说,狗小哥,你给这地主资本家赶车了,小心他欺压你啊。韩狗小说,给我自己赶哪。韩守义吃惊道,啊,这车是你的?韩狗小说,咋了,我就买不起一辆车?韩守义说,你要能买起这辆车，我吃你屙下的哪。韩狗小就朝马金贵喊，听见了吧，你把这辆车赊给我，慢慢在我工钱里扣，这堆屎非得让俺守义子吃了不行。韩守义说，行，地主家要舍得把这车赊给你，你屙下我热腾腾地就吃了，马地主，赊给俺狗小哥吧。马金贵只管眯缝着眼睛打盹儿，韩狗小也只管拿铁锹吭哧吭哧装车，把个韩守义就激恼了，在马金贵肩膀上狠狠拍一巴掌，牛你娘的啥哪，钱裹得腰粗了是吧，不想搭理穷人了是吧？马金贵懒洋洋地抬了一下头说，说啥呐你，草鸡得不行行嘛，起床在后半夜，睡觉在前半夜，一天睡两三个时辰，叫你来受上几天试试，就这都赔得血淋淋的了，还钱裹腰粗哪。马金贵朝沟后摆摆下巴，钱裹粗腰的人在那边哪，人家撞上好铝矾土窝道了，足足一丈多高，矿质还好，我跟人家可没法比，铝矿就这三四尺，还乱渣多。行呀，你要眼热那转卖给你。韩守义眼珠滴溜溜一转，转卖我？多少钱？马金贵想了想说，我这投进去也几千块了，你要真有心思，谁叫咱俩一个生产队滚战了多少年哪，我是草鸡了，利利索索处理了就歇心了，我也不跟你多要，赶了我投资就算了，一口价，你出个囫囵数儿。韩守义盯着马金贵伸出的一个指头说，一千？马金贵连连摇头，去去去去去，你这就不是诚心买。韩守义吃惊道，一万？你这才不是诚心卖哪，大队煤窑承包才出一万抵押金，你这么一个土圪洞就卖一万，不就是个铝矾土嘛，后井沟那儿挖开都是的。我今天就是来寻新口子的，切，我这人闹是不闹，要闹就大闹，南有韩新宝，北有咱韩守义，切。马金贵一听，把一口茶叶水就笑喷了，哈哈哈，行行行，你韩守义行，你们韩家人行啊，南一个北一个，哈哈哈哈，行了，行了，哈哈哈哈……

韩守义想，你就笑吧，有你笑不出来时候哪。离开马金贵就找到宋全海那里，除过比马金贵的坑洞大几倍外，其余啥都差不多，场子不是场子，道路不是道路，还说找到好窝道了哪，这哪像个现代采矿场。韩守义朝挥舞铁镐刨挖的宋全海喊，吆，躲这里发大财啦。宋全海擦了擦汗头也不回地说，还发大财哪，老婆孩子都快赔上了。韩守义说，切切切，罢哭穷哇，老年人早说了，买卖人凡说是赔钱的都挣了，说是挣了的反倒是赔了钱的哪。老宋你可真会找啊，一下就找了个好窝道，你告告我哪里还能找个像你这样的好窝道。宋全海很认真地说，这不就是些灰颜色土嘛，满山都是呀，遍地是黄金，只等有福人呀。韩守义一听高兴了，是啦是啦，满山都是黄金，可全华岩村就这么几个有头脑的，傻子才只知道种那二亩三分地哪。宋全海停下刨挖说，呀呀，这满山的铝矾土让你韩守义知道了可不得了呀，你要是用机器来开采，那可就没我们的活路了呀。韩守义越发眉飞色舞了，我韩守义当然是要么不搞，要搞就大搞，绝不像你们这倒是挣了几个钱，挣钱不就是为了好活吗，像你这土牛木马的我可不干。

韩守义揣着一腔雄心，挥舞着尖头镢在后井沟东坡挖了又去西坡挖，有的挖了五六尺深都见不到铝矾土，有的挖几下就见到铝矿层了，就像望见取不尽的钱财一样激动万分，信心满满地就继续往下挖，挖着挖着就又到石层了。韩守义辛苦劳碌地挖了四天，几乎快把东井沟山坡挖遍了，还是光见黑土黄土就是没有变钱的那种灰颜色土。就找到宋全海埋怨，老宋你咋骗我呀，你不说是遍地是黄金嘛，咋我就咋也找不到哪？宋全海严肃了脸说，是呀，我是说遍地是黄金，可我也说只等有福人呀，俺俩刚开的那几天，村里来找的人多了，煤炭是几百里几千里的煤层，可这铝矿是一窝一窝的呀，没那福分，你就是找不到呀。

韩守义就决定不再挖下去了，切，挖个铝矾土不就是为了挣钱嘛，挣钱不就是为了好活嘛，像宋全海、马金贵那样起五更睡半夜又吃苦又遭罪的，图的是个啥呀？韩守义这就又决定回归田园了，庄稼人你不闹庄稼那就是不务正业嘛，那就是邪门歪道嘛。只可惜刮垈割蒿沤肥季节耽误了，沤不下好粪明年庄稼还是成问题，就又想，明年的事儿明年再说吧，愁一愁白了头，好活不如会活，现在就为明年的庄稼发愁，那才叫个不会活呀。

这算文化娱乐还是腐朽没落

　　山村的夜晚突然间就凉飕飕的了，也许这就是书里形容的秋高气爽，比起闷热的暑天还真是好出气多了。新辰矿的工人们吃过晚饭游走在华岩的村街上，这里一团那里一伙的，看看天上的月亮或者星星，说说天南地北的事儿。虽然已经入住华岩几个月了，但还是难以融入饭市沙龙，像是外族移民一样游离在主流人群的边缘，不能共享根祖文化的群聊。正在他们急切需要一种快餐式消遣的时候，恰恰就有满足这种需求的精神食粮应运而生了。一阵儿交头接耳的信息传递以后，这一团人一拍屁股就往一个地方颠去，很快，另一伙人也被潜流消息牵动着奔向同一目标——夜销魂投影院。

　　外地工人们像参加地下组织一样，低声说着话，蹑脚走着路，尽量绕开村里的人，来到一个门板上用粉笔写着夜销魂投影院的院落里。嘿，这不就是夏天听故事的那个院子吗？在门口收钱的不也是那个韩圪蛋吗？是的，就是那个叫韩圪蛋的人，只是头发长至耳根了，裤子也是喇叭口的了，皮子也比夏天那会儿白了。这人一边收钱，一边探头向外看看。收钱倒也不贵，每人一毛钱。大约进了二十多个人，就把街门关了。

　　就在那个三大间房子的家里，窗户本来就是糊着麻纸，还又用毯子单子遮上，未开演前，屋顶的灯泡还用报纸围了个喇叭筒儿，防止灯光照到窗户上。只见韩圪蛋将一个长方形东西摆弄了一会儿，屋顶的灯泡一熄，对面的白墙上就开了电影了。后来才知道那不叫电影而叫投影，炕上的长方形机器也不用像办公室院里演电影一样上片换片，一束光就直射到对面墙上，就出来五颜六色的图像了。片名是《疯狂的玫瑰》，一开场就是一片美女的大腿，接着就整个人都出来了，接着就许多人都出来了，许多人出来后接着就又向后退到光剩一个女人的大腿了，大腿下面是红色的高跟鞋……炕上盘腿坐着的，地下砖头上坐着的都是年轻人，对这种小资做派倒也不反感不反对，都看得美滋滋乐呵呵的，脖子越伸越长，嘴巴越张越大……哇，那个露腿女人和男人抱上了。哇，露腿女人跟男人亲嘴了，还亲了老半天。哇，那个男人的手伸到那女人露着的大腿上了，哇，那只手又沿着大腿向屁股方向攀爬了呀……

大约不到两个小时，投影就播放完了，屋顶的电灯又亮了。怔怔的观众们还沉浸在男女故事里。韩圪蛋问大家，好看不好看。大家都说，好看好看。韩圪蛋一边收拾长方形机器，一边说，这算个啥，可有好看的哪，我这是才在村里试哪，要是能行，咱就往下干，要是不行，就收拾起。有人着急了，这有啥不行的，你收钱，俺愿出嘛，谁能管得着。韩圪蛋说，这事儿在大地方早不稀罕了，可村里人一听说我买回投影机，都吓得吐舌头，我都回来第四天了，一直心里没底，还是问了村里最有文化的韩新惠，他一听是播放香港的东西，就说我是瞎干，说那边的内容都是腐朽没落的。我说你们蒲剧帝王将相的戏都能唱了，这投影小电影咋就不能演了？他说他唱的戏都是正儿八经的，说香港那边的电影都是露胳膊露腿的。他还说村里人知道了会砸了你摊子，村干部知道了会没收了你的东西。唉，还说是除了我韩圪蛋就数他韩新惠有点文化哪，可还是这么不开窍。我这都是为了给你们服务偷着干的，让那些没文化人知道了还不知咋整治我哪。

这样招揽观众的事儿咋能偷着干了哪，夜销魂投影院大约操持了五六天，村领导就都知道了。这天吃罢早饭，办公室大喇叭就叫喊开了，韩圪蛋，韩圪蛋，听到广播赶快到办公室，韩圪蛋，韩圪蛋，听到广播赶快到办公室。全村人一下全愣住了，啊！韩圪蛋在世啊？韩圪蛋是从天而降啊？有的自己问自己，有的问身边的人。都奇怪这个人鬼一样地就消失了，又鬼一样地出现了。

韩圪蛋从家里往办公室走，宽大的喇叭裤口唰唰地扫刷过华岩村大街道，把一街两巷的老少男女都惊得嘴巴扯到耳根了，都在心灵的震撼和眉目的动荡中呆愣了。呆愣以后方调整了情绪详细观赏，哇呀呀，几乎是除了脸盘那一小块面积还能找到韩圪蛋的一丝影儿，其余全身就整个儿颠覆更新了，即使那一小块脸盘也很难辨认了，原来多黑呀，生的就黑，又不洗脸，十光棍九邋遢嘛。爹娘遗传敲定了的脸色咋能捯饬得如此白净啊？鬓角都长到嘴角了，后脑勺头发都长到脖根了。本来就是人不人鬼不鬼的一个人，越发跟鬼一样了。但这家伙满能沉得住气，一边走着，一边和路边人打招呼，吃啦你们？消停着呐你们？被问的人一边愣着，一边嗯嗯啊啊地应答着，直望着韩圪蛋远远地消失掉才泛过神来。

即使见多识广的宋光明，第一眼瞥见韩圪蛋也还是扎扎实实发了一愣，哇呀，看俺圪蛋子，落窝鸡换凤凰毛了，差点认不出来了啊。韩圪蛋从屁股口袋里掏出一盒硬包装烟盒，抽出两支带嘴烟的，给宋光明一支，将一支叼在嘴角，嘴巴一下一下蠕动着，烟卷就从这边嘴角平移到那边嘴角了。宋光明直看着这支烟完成了平移程序，又发了一愣怔，吆，长本事了啊，跟流氓们学的吧？韩圪蛋任烟卷在嘴角悬挂着说，光明哥哎，古书里有句话叫士别三日当刮目相看，我给你解释解释是啥意思，就是说有文化的人隔三天不见都变得叫你另眼相看了，何况隔了三个月哪，大地方的人是往前飞哪，山沟沟里的人是往后退哪，瞧你这少见多怪的样子吧，还说你走京出外的比他们开明哪，不行不行呀，你这样咋领导全村人改革开放哪，你这也太保守僵化了呀，太愚昧落后了呀。

宋光明冷静了一下，又将华岩新人从头至尾地看了一遍，说，啊呀，怪不得叫花花世界是大染缸哪，连咱们华岩村里最邋遢的人，搁里面这么转了一遭哗嚓一下就变成个这哪。宋光明瞥着韩圪蛋调侃，韩圪蛋看着宋光明皱眉，对呀，土哩巴气的颜色就得染一染呀，不染一染像你这愚昧落后的咋能跟上时势呀？咱这吧，你要还在华岩村当头头，必须出去染一染，说是染一染，其实就是到先进地方学习学习嘛，咱们山里人就是太落后啦，你瞧你都落后成这样，难怪底下老百姓简直山气土气小气得让我看着都憋气人哪。

宋光明不理他这个话茬，就开门见山了，说说你这几天黑夜播放的是些什么东西吧。

韩圪蛋一听眉头皱得更紧巴了，瞧瞧，瞧瞧，标标准准的保守型干部，还把脸板得怕哄哄的，你越这样越叫我看不起了，你说我能播放什么东西哪，我买的设备都是人家淘汰不用了的二手货，我播放的带子也都是人家播放了不知多少次的，播放得没人看了的我才收拾下，我这样跟你说吧，我在的那地方也是中国的，咱华岩村也是中国的，你给我说说同样是咱中国嘛，咋在人家别的地方就没事，咋咱们华岩村就不行哪？你说这是不是文化娱乐吧？其他村没有的咱华岩村有呀，这是咱华岩改革开放走在前面呀，就拿蒲剧那些旧戏吧，前几年不是一律不能唱吗？现在不是能唱了吗？为啥能唱了，改革开放了嘛。前几年香港的东西能让在国内播放吗？现在不是都进来了吗？今年正月大喇叭里播放的《甜蜜蜜》就是港台歌曲嘛。你这叫保守僵化呀，太闭塞了呀，听说是县有线广播也不响了，大喇叭也不怎么广播了，大地方电视机都普及了，咱这连个收音机都没有呀，电视里早演开台湾跟香港的电视剧了呀。啊呀，难怪连你都理解问题这样狭隘哪。啊呀，难怪啊，太闭塞了呀，太落后了呀。

宋光明打断韩圪蛋云里雾里的神侃，说，看过的人说你播放的内容乌七八糟嘛。

韩圪蛋问，咋就乌七八糟了，黄色的带子我绝对不播放的，不信的话，今晚你也来，我放给你看看哪有什么乌七八糟内容哪。

宋光明说，还不承认你，看过的人都说了，说有露大腿的，有亲嘴的，说还有男女在床上滚来滚去的内容哪。

韩圪蛋哈哈哈哈地笑了三四波，哈哈哈哈哈，哈呀呀呀，好俺的宋支书哎，就露个大腿，就亲个嘴就算乌七八糟了？是的，是有床上的内容，可都在公家允许的范围内哪，根本算不上黄色的，没开了眼界你压根儿不知道黄色是个啥东西，不行不行哪，为了华岩村今后的发展，我也得带你出去见见世面哪，叫你看看啥叫个黄色的，你就知道咱这是很正儿八经的内容了。

宋光明就不说话了，说实在的，他的确也弄不清这些事情，哪些算是开放的，哪些算是禁止的，哪些算是文化娱乐的，哪些算是腐朽没落的。他承认时势发展得飞快，外面的世界发展得更快，堵夹在太岳山旮旯里的华岩村人咋能弄清这些事儿哪。宋光明歪着脑袋看着眼前这个怪人想，难道这样装扮的家伙还有好人吗？这样的人能带给村里先进文化艺术吗？宋光明摇了摇头微笑着说，咱这样吧，你放的那些东西我是不会去看的，看了我也弄不清是对是错的，的确是老干部遇到新问题了，我得问问乡里林书记，问问县里文化部门，看这事儿该咋处理。你说哪？

韩圪蛋说，咱两将就吧，我这里先放着，你呢，给我该问啥部门你赶紧问，问了咱该办啥手续一定办。我这里是不能停的，连续剧嘛，都看上瘾了，你不给他们播放，都急得吃不是吃睡不是睡的，满大街乱窜偷鸡摸狗非赌即嫖的，治安都不稳了哪。你想想，宁叫都来我这里看投影，还是宁让黑夜出上个治安问题哪？

宋光明想了想说，行，你先演着，可有一条啊，不能太晚了啊，影响了第二天动弹可不行哈。

宋光明被韩圪蛋奚落一顿，倒也没恼火，也在寻思自己是不是真的跟不上时势，是不是真的太保守太落后了。前几天在县里开会，专门讲胆子再大一点，步子再快一点。大会的会标就叫弗瑞县经济工作促进会，还组织到外县参观了几个村，人家是比西甸这些村放得开，满山沟里都是小煤窑，满河滩都是土焦炉，人家介绍经验是有条件就能上，是不是符合政策，先干起来再说，叫做解放思想放开手脚。人家那些地方就是那样放手让干了，还被树为有水快流的先进典型。这经验敢在华岩村推广吗？谁有条件就到南山开煤窑，到沁河滩搞土焦炉，到黄土地里开砖瓦厂……那，那，那不乱了套了嘛？大队企业承包后，不只马金贵和宋全海要自己搞一套，不少人都提过要求要干这干那的，可硬是把人家给劝住了。林书记的态度也是让先稳着，走一步看一步，这种时势下，跟着跑不掉队就是了，成了领跑队员虽然一时成为出头鸟，可谁知道日后会不会挨枪子儿哪？宋全海和马金贵的事儿，到现在还没敢让林书记知道哪。好在都隐藏在深沟里，动静也不大，只能让他俩就那样先干着了。可是像韩圪蛋搞的这种事儿，不说是隐瞒不让人知道了，反而是专门招揽人去观看的，很快就嚷嚷得全西匋乡都知道了的呀。再说了，在外参观了一大遭，也没有一家放小电影这样的先例呀？

宋光明想来想去的一天多，还是拿不准，只得打电话请示林书记了，喂，林书记呀，林子大了啥鸟都有啊，华岩村出怪事儿了，有个村里人在大城市里闯荡了一段时间，回村后带回一套演小电影的设备，晚上给外地工人放小电影，收点钱倒也不算贵，我就想问问，像这种事儿符合不符合当下文化方面的政策？村里是该制止呢还是该支持呢？林书记没回答宋光明的话，好像在跟身边人咨询，华岩村有个人在村里演小电影，可能是录像呀投影呀什么的，这个符合不符合当前文化政策？身边的人呜哩哇啦说的什么听不清。林书记哼哼哈哈答应一顿，对宋光明说，这个事儿是这样的，按政策要求，得到文化局办个许可证，不过听乡文化员说，这在弗瑞县也是新鲜事儿，恐怕县里这些职能部门也摸不准的。不过有刚从外地出差回来的人说，南面省份像这类事儿就管得比较松。我看这样吧，这个事儿你说大也不大，你说小也不小，你要问到我这里，我的意见是有政策依据的你可以放开让干，暂时还没有政策依据的，就让他先别干。宋光明问，就这吗？林汉星说，嗯，就这。宋光明说，我可以把你的话理解成是不让干吗，因为没有政策依据呀。林汉星说，听你这口气，好像把我看成保守分子了，我林汉星可是充分理解改革开放的啊。宋光明说，林书记呀，今年以来我发现你变了一个人似的，原来那么果断干脆的一个人，咋在啥问题上都是模棱两可黏黏糊糊的了。我就要你一句话，这事儿咋弄？老半天林汉星回过话来，行，那你就按我说的，别让这人瞎干。

宋光明挂断电话，就在大喇叭里喊段四虎。段四虎喘吁吁跑到办公室，宋光明就告他，你去告韩圪蛋，第一把街门板上夜销魂投影院的字擦掉，第二把播放小电影的设备收拾起，不许再在村里传播不健康内容了。段四虎说，早就该制止了，他娘的那狗日的尽带进村里一些破东西，一肚子坏水的人能干出啥好事儿哪，夏天说书，说的是帝王将相故事，这又播放开资本主义的东西了，我这就去告他歇菜。宋光明还告段四虎，你告他，这可是乡党委书记的命令啊。段四虎说，还用那么高的命令哪，我的命令就能让狗日的收拾了摊子。

可是段四虎气势汹汹地到了韩圪蛋家，宣布了停止营业的禁令之后，韩圪蛋却不尿他，说，你说是乡党委书记的命令，是吧，那请你拿出来我看看。段四虎说，林书记电话里说的。韩圪蛋说，好，那我现在就去西匋乡，问问他姓林的这是哪里的条款，他要是说出个行行道道，咱立马收拾，他要是说不出个行行道道，我就跟他没完。段四虎属于钦差大臣，手里拿着尚方宝剑，说，韩圪蛋哎，叫你停你停了就是了，你要是不服气想闹腾，恐怕吃亏的还是你韩圪蛋，别以为现在不让戴帽管制了，村里要治理你有的是办法。韩圪蛋说，一听你这就是没文化人说的话，咋，就因为我放小电影，你把我戴帽管制起？我的村干部哎，阶级斗争都不提了，戴帽管制的制度都取消了，大队干部随便捆人斗人都不允许了，你咋连个这都不知道哪？用不用我给你学习学习改革开放新政策哪？段四虎被呛住了，大眼扑闪扑闪，就是接不上话。韩圪蛋一甩长至脖根的头发，我干啥不干啥，都是研究了当下政策的，不说他乡党委，就是县党委也拿不出终止我的条款的。段干部哎，今晚我照放不误，想阻止就拿出政策条文来。段四虎一家伙恼了，大声吆喝，让你停你就停，不停就走着瞧。韩圪蛋说，不停就咋，就批斗？就游街？就管制？哼哼，想吓唬我韩圪蛋啊，有公家法律说理了，不是你们几个大队干部一嘀咕要斗谁就可以斗谁了。段干部哎，别看我离开华岩村几个月，这几个月胜读十年书，我只要不犯法牛王爷马王爷我也不怕他，就你那几下还想来吓唬我韩圪蛋啊，去吓唬瓮旮旯里的老鼠去哇。

韩圪蛋虽然是这么说，但是到晚上，还是收拾起设备说是人家村干部不让播放了。挤了一地的外地工人就嚷嚷开了，看个电影咋就不让看了，难道让我们业余时间"爬三""打麻将"就对了嘛？韩圪蛋看着满屋子人嚷嚷得一片，反而故意将四方放映机器一下子搬起，放进大纸箱里，而且凹着脸驱赶逐渐涌来的人，走吧走吧，人家村干部不让播了，村干部权大着哪，不光管天管地还管让你看什么不让你看什么哪。好歹你们也算是工人阶级嘛，工人阶级不是最齐心嘛，不是说最有凝聚力嘛，想接着看下一集，最好你们去找找村领导。经韩圪蛋这么一煽动，满屋子的人就越嚷嚷越激奋了，有人一呼喊，走，找村干部说理去。就一窝蜂地涌到宋光明家里了，把宋光明家的屋子都快吵塌了，宋支书，为啥不叫放小电影了，俺们看个小电影还犯错误吗？宋支书，你就让那个人放放小电影吧，俺们上白班的晚上实在是没啥干的呀，要是没个小电影看俺们就都赌博了呀，你说赌博风气好，还是看个小电影风气好？那些小电影也没啥嘛，就算有点啥都是过来人嘛，看个小电影就把人看坏了？没小电影看俺们可就满村里找小两口住处听窗呀。那里的事儿可比小电影里酸多了。就是呀，十几岁就在村里跟着大人们听窗了，也没见把谁就听窗听坏呀？要不是那几年听窗学了本事，恐怕到现在也不知道娶上婆姨叫干那事儿哪。

宋光明看着这一地陌生面孔，连连摆摆手说，去去去让韩圪蛋给你们放吧，但是有一条，必须是放健康的东西哈。

等这些外地工人吵吵嚷嚷地返回到韩圪蛋院子时，屋顶的电灯泡下，四方的投影机已经摆放好了。韩圪蛋脑袋一歪一歪地嘀咕，就你几个没文化人想跟文化人玩心思，差远了你们哪。说着一下子关掉屋顶的电灯泡，接着前一晚上的情节就在对面白墙上演出了。

山里人就是这样追女孩

看小电影的人是越来越多了，家里根本放不下了，韩圪蛋就在院里扯起小银幕。偷偷摸摸的事儿渐渐地也就半遮半掩地公开了，人也越来越多了，韩圪蛋一个人顾不过来，还雇了韩狗来给他收门票。韩狗来属于任何人都信得过的人，以往生产队饲养员人选比队长人选还标准高，光会喂牲口还不行，还得非常实诚和没有私心。你想嘛，把一个队的几十头牲口交给你，等于把全队一半多的家当交你了。尤其那几十头牲口的几万斤饲料，不说用大口袋半夜往家里扛了，即使是衣服小口袋里衣服补丁里装一点儿，一天三顿饭往家里挪腾多少啊，一年三百六十天又是多少啊。一个生产队饲养员不用说有意破坏集体财产了，即使根红苗正爱社如家的人，稍稍产生一点饥饿感，都难免将喂牲口的饲料喂到自己嘴巴里啊。前几年有家眉户剧团来西訇演过一个叫《一颗红心》的戏，主要人物就是个一心为公的饲养员，发现了阶级敌人往草里混杂了有毒的草，抓出坏人的。看看这个饲养员多不容易啊，除了一心为公，还得火眼金睛啊。但是东边的韩狗来就在这样苛刻遴选中脱颖而出了，而且是三任生产队长统领期的三朝资深饲养员。韩新宝担任第五生产队长时，虽然也有人嘀咕说韩狗来一定往家里倒腾饲料了，要不他家为啥五黄六月天还有窝头吃，但韩新宝把全队社员扳着人头过了一遍，最后还是选定了韩狗来。

韩圪蛋要找的不是收票人，准确点应该叫守门人。收票人收的是卖出去的门票，守门人收的则是揣身上就可以买东西的钱啊，将收了的钱偷偷装口袋里几张，你咋办？韩圪蛋也不可能每天将院子里的人挨个儿数一遍，而后再按人头跟守门的结算呀。所以这个守门人必须是实诚人里最实诚的了，于是韩圪蛋就选中了他的本家爷爷韩狗来。

韩狗来对本家侄孙的重用很是当回事，每晚早早地就候立在韩圪蛋街门口，外地人一点儿也不用顾虑情面，低着脑袋板着脸，只盯着交钱的手，收了钱放人走。放进的人是啥眉眼，他压根儿不看，偶尔扫一眼也不管他谁是谁。可是渐渐地陌生脑袋里就夹杂了熟面孔，第一个让他难为的人是韩守义。都是韩家人，而且都在韩家旮旯住着，而且老远就掬着笑容甜丝丝地叫哥了。韩狗来一愣，抬起头就看到这个本家老弟，两只手却空摆着。老实人办事丁是丁卯是卯，边收钱边数人头，最后算账人数钱数都要吻合。现在放进你韩守义，最后算账不是人多了，就是钱少了，虽然韩圪蛋不跟自己清点人头，可人生在世一本良心账，送人情的事儿无论如何不能办啊。韩狗来急出了一头汗，不知该咋办，只把一只胳膊长长地伸出去像栏杆一样把本家老弟拦在门框外。说，守义呀，我放你进去交代不了主家呀。

韩守义又甜甜地喊了一声，哥哥哎，没事呀，来我进去跟圪蛋子说说，外村人收钱可以，本村人你好意思收个钱？还想不想在华岩村活了呀。说着一手将韩狗来胳膊一抓，一抬，一闪身子就进院子了。接下来又有三个不出钱的要进，咋啦，你们姓韩的进去就不要钱，俺们就得出钱？又一个说，你老老实实的一个人，咋也学得看人下菜碟儿哪。边说边就狠狠地一撞进去了。

小电影演完交账时，韩狗来满脸愁容地说，圪蛋子哎，这事儿你爷爷干不了，干不了，你爷爷我实在是跟咱村人逼不过面子的呀，今晚进了四个人都不出钱，这钱你在我工资里扣了吧。韩圪蛋思考了半天说，这样吧，外村的收成一毛五，本村的一毛。韩狗来说，不行不行，一分钱我也没法子跟他们收，你爷爷我实在是心软面子也软呀。韩圪蛋又想了一顿说，这事你看着办吧，能收就收上，跟那些赖皮们就睁一只眼闭一只眼吧。韩狗来说，这不太合适吧，放过了耍赖皮的，反倒跟不耍赖皮的过不去？韩圪蛋想了半天说，那外村的还按一毛，本村的就都不用收钱了，多几个人看也少不了银幕一个角角。韩狗来说，就是怕让白看了，全村人都来了，怕把咱这院子挤塌哪。

可是奇了怪了，放开让本村人白看了，来蹭看的人却并不多。难道是因为韩圪蛋名声不好怕受了玷污，还是因为播放不健康内容怕把人看坏了，或者是因为饭市上疯传的那些镜头与下辈人一起看羞得抬不起头？

成年人不来还真是对，银幕上演亲嘴，儿子也在爹也在那可是难堪透顶了。他们看他们的蒲剧就是了，就凭"夜销魂"这个名名也不是叔叔大爷们来的地方呀。就在韩圪蛋将小电影从屋子里扩展到院子里的后十多天，夜销魂投影院迎来了华岩人民的下一代，宋云飞、宋向前、段世凯、段学东、韩军儿、连志红们来了，宋金宝、宋金元弟兄俩也来了，后来宋二平也来了，最最关键的是韩翠子和方婷婷也手拉着手来了。

宋云飞们兴冲冲撞入院子占了个好位子。宋云飞们心中的好位子不在乎能看好小电影，只在乎能挨上那位好女孩。宋云飞个儿高大，脑袋高出众人半个头，不用踮脚就可以将满院子观众尽收眼底，稍稍一扫描，就从一片平庸的脸孔中寻出了亮丽脱俗艳盖众生的方婷婷。宋云飞以胳膊肘尖作为钻挤人间缝隙的锐利武器，连挤带推三下五除二就直达目标了。左胸脯的前侧方已然就是那个激动人心的后脊背了。这时小电影刚放开了，亮亮的光柱底下就是一片黑咕隆咚。宋云飞一阵儿比一阵儿激动着，却一阵儿比一阵儿紧张了。他与方婷婷虽然天天在充电室里见面，而且面对面吃过多次饭，而且在月色下的沁河沿溜达过，可是一丝儿肌肤接触也没有过。每次单独见面都想好要拥抱要亲吻，可是哪一次都没有实现了。那么这算不算身体接触了？宋云飞又朝前面挤了挤，也算强化了肌体间亲密度，也算传递了信息让其知觉。但是，方婷婷还没发现身后这一款伟岸体魄，她还在跟韩翠子低声说着话，她们好像在说电影里的事儿哪。宋云飞这才把眼光专注在银幕上。电影里有一男一女在追着跑，追着追着女的就跌倒了，男的就也跌倒了，两个人就抱着在草地上翻滚了，突然不翻滚了，男的恰好就把女的抱住了，抱住就亲嘴了……宋云飞全身的热血似乎开始沸腾了……在二道河看电影就与陌生女孩握过手，之前的经验即将再次践行了……可是不妙，宋云飞这才看到方婷婷的左侧挨着个宋金元。这这这咋回事呀？方婷婷怎么可以紧挨着宋金元？宋金元怎么可以紧挨着方婷婷？你个屁孩子也来这里蹭个啥呀。宋云飞乘着涌动的热血与勇气，将左手尝试向细细的腰身那边横着穿过去，沿着腰线，顺着浑圆，向着间隙深处缠绕探进……她没感觉吗？是感觉出了没抵触吗？再稍稍延伸一点儿就圆满实现搂腰这个拥抱的半包围前奏动作了。可是这当儿，方婷婷与宋金元说话了，而且是低声说话了，而且是头碰头地低声说话了。宋云飞震惊了，震惊得心都炸碎了，眼眶都瞪裂了。这，这，这可能吗？宋金元和方婷婷在头碰头说悄悄话啊！宋云飞不敢再往下想了，横亘在纤细腰线上的臂膀一下子就软软地耷拉下去了，全身的热血瞬间就冰凉冰凉的了。但是，宋云飞恼火了，愤怒了，这场景实在看不下去了，即刻就想扭身撤离了。但他没撤离，他必须搞清楚这到底是怎么一回事。希望破灭了，包袱放下了，心智也正常了，就大咧咧说，嘿，翠子、婷婷是你俩啊？方婷婷扭后脸来笑了笑说，宋云飞是你呀？韩翠子朝他看了一下说，鬼一样呢，什么时候就来身边了。宋云飞右侧的段世凯，逗韩翠子说，俺这两大块站身后热熏熏的你俩也感觉不到啊？韩翠子扭后头看了一下段世凯说，这哪热熏熏的啊，还是冰凉冰凉的嘛。段世凯说，你的感觉都在后脊背左边吧，咋能觉得右边的温度哪。韩翠子又扭后头看了看背后左侧宋云飞说，眼里有的人才能觉得着呢。方婷婷也扭后头说，宋云飞你可听见了吧。这当儿，宋金元也扭后头来，朝宋云飞礼貌性地笑了笑，叫了一声，云飞哥。宋云飞也朝宋金元用鼻孔笑了笑，没说话。

小电影散场后，"七年制"们又集中到金圪槽石板桥上谈体会。这黑夜最没收获的就数宋云飞了，不但没收获，还接收了一肚子窝囊气。看小电影的有不少外地女孩，都成了这些家伙的谋求目标。宋向前说他挨上了机电室的陈秋云，人样儿虽然不如方婷婷，可白通通的脸儿笑起来甜甜的。段世凯问宋向前握手了没有。宋向前说，你就知道黑咕隆咚偷着握手，咱要正儿八经搞对象谈爱情哪。宋云飞问段世凯，今晚你哪？段世凯说，我也想正儿八经跟翠子相好哪，偷着握手都是一次性就了结了。段世凯反问宋云飞，说说你吧，俺们可是全都给你留着方婷婷哪。宋云飞仰起脑袋望了一顿星星，长叹一声说，饭市上老汉们总结得好，世间好女人都叫狗糟蹋了！

宋云飞突然跟韩新宝提出要调换工种，说是他嫌充电室太轻闲。韩新宝说，这不是你爹一再要求的嘛，他不想让你进坑嘛，原来想让你干电工，可电工每个班都得进坑呀。宋云飞说，进坑就进坑，横竖我不想在充电室了。韩新宝看了看宋云飞恼悻悻的脸色问，咋啦，看你这样子像在闹情绪嘛。宋云飞苦笑着摇摇头说，咱这人哪有资格跟人闹情绪哪，臭狗屎一堆。韩新宝盯着宋云飞看了一会儿说，唔，该不是因为跟你一个班的那个女孩吧？嘿，那可是个好女孩，变玲刚走失后我怕你婶子苦闷，让新招的几个女孩跟你婶子做个伴，也能说说话帮她开开心，听你婶说，就跟你一个班那女孩会说话，后来那女孩跟翠子去作伴了，其他女孩都不如那女孩会安抚人。宋云飞愤愤说，好什么好，狗眼看人低。韩新宝就笑了，啊哈哈哈，敢情这小子真跟那女孩搞上了，行，我支持你，你要能把那女孩娶成华岩村户口，婚庆喜宴我包了。宋云飞越发气得脸都发紫了，我不要她，我不吃剩饭，更不吃狗糟蹋了的。韩新宝边笑边点头，这鬼孩子有两手嘛，几天就把那么好的闺女搞到手了，嗨，可不许玩弄人家啊，我给你个任务，必须把那女孩娶成你婆姨，等于你给华岩村留住个人才。咱这里就怕招进那些串营盘货，东山看着西山高，咱刚培养好了一拍屁股走了。我看她不像能在咱这呆长久的人，就没派她技术活。看来我是错看这女孩了，就是嘛，有你这么亮汪汪的小伙子，又在一个班，你必须给我搞定，这是给你的硬任务，要想调离充电室，等你跟她谈成了再考虑。宋云飞脸凹得黢黑黢黑的，牙齿咬得咯噔咯噔的。看那态势别说恋爱加温了，像是要和方婷婷决裂了。韩新宝说，搞对象闹别扭很正常，闹一回别扭感情加深一回，别扭该闹闹，对象该搞搞，越闹别扭越不能调离充电室。宋云飞愤然站起身子一挥拳头说，好，我向你发誓了，拼下死命也要把方婷婷娶成我婆姨，娶到华岩村户口册里，娶成新辰矿的长期工人，干不过他个龌龊汉我就跳南山崖废井筒。

韩新宝目送宋云飞走出新辰矿办公室，突然又把宋云飞喊回来，嗨，刚才听你说你要干过什么龌龊汉？是不是已经有人插手那女孩了？这下子戳到宋云飞痛处了，依着墙壁一出溜就圪蹴成一堆，双手撅住脑袋说着说着就带了哭腔，方婷婷啥也长得好，就是眼睛没长好，你说她看上谁了呀，就是华岩村一般女孩也看不上他啊。韩新宝问，这人是谁？宋云飞哽咽着说，宋金元。韩新宝一听愣怔了，啊，就是宋银禄家那个老二？宋云飞说，除了他还能是谁，新宝哥你把我跟他放天平上称称，他哪点能抵得过我。韩新宝摇了摇头，又点了点头，孩呀，你可不能那样说，现在的女孩不光看对象，还看爹哪。宋云飞也点了点头，又摇了摇头，就站起身准备走了。韩新宝把宋云飞送至门口，说，我看不一定，也许那小子哪一点触动女孩的心了，以前听韩圪蛋说过一个故事，说是有个全城最美的女子，有钱有势公子哥们都争着想要那女子，可那女的偏偏嫁给一个卖油的。女孩的心，冰上的糜子，难拿捏哪。嗯，我看这样吧，既然说到这了，那你听你哥我一句话，你这孩子要说长得彪悍也彪悍，要说精干也精干，可是咋说哪，你得让女孩觉得你是个这辈子靠得住的人哪。宋云飞愣怔了一会儿，缓缓站起身子走出临时搭建的矿长室。

宋云飞蔫蔫地走回充电室，方婷婷已将室内打扫干净，正在给上下班的工人调换头灯。宋云飞恼悻悻地一屁股跌坐在椅子上，给自己点了一支烟，深深地吸一口，嘘嘘地吐出来。方婷婷喊他，上班的人正多呢，快来换灯呀。宋云飞没搭理。方婷婷又喊，嗨，宋云飞，不看我忙不过来吗？宋云飞越发把身子扭一边。方婷婷有点生气了，怎么了呀，韩矿长训你了吗？宋云飞拧拧脖子说，韩矿长没训我，但是笑话我了。方婷婷只顾给工人换头灯，没顾上回答他。宋云飞把嘴巴捏扁成饺子状嘟囔道，你咋不问问韩矿长笑话我啥了？方婷婷将下班工人的头灯收回放置在灯架上，把灯架上充满电的头灯递给上班工人，忙不迭地从窗口跑到灯架，再从灯架跑向窗口，听见宋云飞在说话，顺便问道，啊，你说什么呀？宋云飞更生气了，哼，难怪嘛，我这一大块，说了这一堆话，你都没个正眼儿看我一下啊，敢情我在你眼里就是个可有可无的人呀？方婷婷额头都沁出汗水了，生气地瞪了宋云飞一眼，低声说，你倒也能看得下去，心真硬呀。宋云飞恶狠狠地想，是的，让你也感觉感觉，这颗心也硬起来让你尝一尝。

方婷婷忙完坐在椅子上，一边擦着额头的汗，一边问，宋云飞，你今天是咋啦，凹下个脸子给谁看呢。宋云飞愤愤说，咱能给人家谁看哪，臭狗屎一堆呀。方婷婷凑近宋云飞脸上盯着看了看，吆，还真是受了气了呢，是不是因为那几次查岗你不在啊？宋云飞呼吸越急促了。方婷婷又问，是因为缺岗扣了钱跟人家生气啦，还是你又犯上什么错误啦？宋云飞一下一下拧着脖子，说，哼，哼哼，宋云飞在别人眼里就是个李逵、鲁智深啊，只会犯错误啊，难怪人家看不起啊。方婷婷不解道，谁看不起你了呀，韩矿长？宋云飞愤愤站起身，从窗口走到灯架，又从灯架走到窗口，说，这一来一回地走着也挺累的是吧？这以前可从来没见你出过这气力啊，嘿嘿，今天还累得出了汗，出点汗珠儿好啊，治感冒哪。

方婷婷就微微地笑了，也许她一早就看出宋云飞气恼的原因了，只是故意逗他就是了。看着宋云飞一支接一支地吸烟，劝说道，行了，别吸了，你这不是自己糟践自己吗，不要这样了，你是很好的人，在华岩村年轻人里很有号召力，大家都佩服你的，有人更佩服你的，但你太粗心了，太不把女孩的表现当回事儿了。宋云飞紧绷了半天的脸色一下子冰雪消融了，狠狠将烟头一捻说，这也太曲里拐弯了吧，我是个直肠直肚子的人，我就是个粗人，爹娘生就的粗人，揣摩不了女孩子的心思。你就直说吧，这个人是不是你吧……你笑笑笑笑的个啥呀，是你吗？不是吗？你快告我这个人是谁呀，算我求你了。方婷婷继续微笑着，女孩的心就像神秘的谜底，就是供你猜的，说出来就没意思了，你慢慢地体会吧。

这家伙云一股雨一股

　　一夜霜冻把个充满生机的世界搞得如此萧条冷落了，满眼长势旺盛的庄稼，昨天还是葱绿葱绿，顷刻间就没了生命迹象了。玉茭苗儿，谷子，大豆，荞麦叶片儿全死蔫蔫地耷拉了。老天爷一下子就把秋收逼近了。

　　庄稼地一派萧瑟，饭市上也一派萧瑟。太阳淡红淡红的不晒人了，天空淡蓝淡蓝的很冷清了。匆匆吃过早饭的人，腋窝里夹了一把镰刀来到饭市，这里圪蹴一个，那里圪蹴一个，像是为了把这个秋天装点得更像秋天似的，不光宋拴喜穿上了破棉袄，宋宝禄外面也套了件破绒衣，像古时候打仗前的兵将披盔挂甲一样，为了防止干叶片磨衣服，收割庄稼的人都穿出家里最破旧的衣服，收秋战役的帷幕这就算正式拉开了。但是并不着急，上阵前先在饭市上说道说道，像新辰矿工人的班前会，也像冲向战场前的一次心理预备。往年秋收大战役总是伴随着办公室屋顶大喇叭的喊叫到来的，今年则是一场霜冻就把各家推到秋收的门槛了，感觉还有点怪怪的。西饭市的人越来越多了，纯种地的和兼种地的都披挂登场了，承包粮食加工厂的段建生，偷挖铝矾土的宋全海都提溜着镰刀参与到饭市上的嚷嚷中。宋全海很谦虚地问宋拴喜，拴喜爷，是不是今年霜冻得比往一年早？宋拴喜自从经历生死以后，说话气息绵弱了许多，但绵弱里还是藏针带刺的，唔，全海子啊，你还能看得起地里那点东西啊，都说你几天卖的钱就顶种地的忙活一年啊。宋全海嘻嘻地笑着说，拴喜爷你听他们瞎说哪，真要像他们说的那样挣了钱，还用我惦记地里这点东西哪，赔得血淋淋的呀。段毛孩插话道，这可真是瘦猪也哼哼肥猪也哼哼，越发了暗财的越爱哭穷，真真亏了本才不想告人亏本哪。宋全海很和蔼地微笑着，一家不知一家呀，要能挣了钱毛孩子你也去挖嘛。段毛孩说，不行呀，咱没人家那鬼点子。段四虎很同情地看着段毛孩说，毛孩叔哎，啥时也是老实人吃不开呀，看你们几位当队长的，都各人有各人的摊子了，就你老老实实种地了。段毛孩说，唉，世上就这吧，有吃人的人，就有被吃的。段建生接话道，这毛孩叔也是的，各家闹各家的，一个羊子一片片草，谁又能吃了谁呀。宋拴喜声音弱弱地问，建生子我问你，你加工厂雇着人不雇着？段建生说，雇着的呀，俺一家人咋能顾过来哪。宋拴喜声音高了一点，以前划成分有个硬杠杠，你雇了人就是剥削，最少也算你个富裕中农，闪滑闪滑就闪在富农里了。段建生愤愤地说道，我用的还是大队那会儿那几个人，我开的工资比大队给的还多嘛，唔，大队那会儿就不是剥削，我就是剥削了？宋拴喜嘴巴一张一张回答不出，宋来喜替本家哥解释说，集体的有啥剥削不剥削，加工厂挣上的钱都在集体账上，你这挣了钱都搁你家柜子里了，可不就是剥削了。宋全海眼睛一眨一眨地听着，突然插话说，按你这说，说不定哪一天还要把挣了钱的划成地主富农哪？宋拴喜声音偏偏地说，哼，公家不会让穷的穷富的富的。宋全海问，那那那公家不是让一部分人先富起来嘛，按你这说公家是日哄人哪？

　　这时巷道里又响起宋银禄的嚷嚷声了，宋拴喜支棱起耳朵确定了一下，倏地站起身子就走出西饭市。宋拴喜是真病是假病谁也弄不清，总归是窝在家里一个多月没在饭市上露过面，脸色黄呛呛的也不知是在家捂的还是病态，说话也不像以前那样手握真理绝对正确，眼光也不像以往覆盖群众一大片，声腔弱弱的间杂着费力的喘息。全饭市的人先把眼光投向愤恨疾走的宋拴喜，而后又看住兴冲冲杀来的宋银禄，仿佛等待了很久的且听下回分解，好容易才盼来了下回书，都把眼睛睁得大大的，等着看这场戏咋样往下演。宋银禄身后还跟着四个人，一边两个像戏里的王朝马汉，直直的袖管里明明藏着短棍什么的，还都那么气势汹汹的，二百块钱把个人出得一口气憋胸里，此刻这口气就要喷发了。只可惜，宋拴喜及时撤离了，等于不战而自认败局，把一场戏里最激烈的矛盾冲突就这样给淡化了。

　　宋银禄朝西饭市各位宏观地点个头，就冲宋拴喜大声喊，喂，拴喜叔，

拴喜叔，不要走不要走。宋拴喜一听身后叫喊，脚步走得更快了。老汉家被这蛮横家伙吓怕了，弄不好这老面子又该被撕毁一回了。宋银禄脚步也加快了，拴喜叔，拴喜叔，你等等，我跟你说个事儿，你看你这老叔，你跑个啥呀跑，跟你说个事儿嘛。恰恰这时，宋光明从对面走来了。宋拴喜差点一脑袋撞上自己的接班人。宋光明问，拴喜爷割玉茭哪？宋拴喜一边埋头走着，一边说了声，嗯。宋光明觉得这老人家今天是咋了，连句话都说不迭了，就看见宋银禄雄赳赳气昂昂地追来了，急忙问，银禄叔，你这是又咋啦？宋银禄就喊，光明子你给我拦住你拴喜爷，我跟他有话说嘛。宋光明就把宋拴喜给拽住说，拴喜爷，银禄叔跟你要说啥。宋拴喜挣扎了一下没挣脱，黄呛呛的脸色都成白呛呛的了，也不知是气的还是被吓的，我，我，我不跟赖人多说，你告他狗日的，我宋拴喜大人与小人没二话。这当儿宋银禄就领着人马围过来了，西饭市的人们也都远远地跟过来了。爷爷辈的宋拴喜在那边，叔叔辈的宋银禄在这边，孙子辈的宋光明夹在中间，像一个平衡器一样权衡着两端轻与重。宋光明说，银禄叔你有话好说哈，可不要再生事啊。宋银禄稳了稳情绪，朝身后的王朝马汉们挥了一下手。王朝马汉们哧溜一下子就从袖管里滑出了镰刀，宋银禄的镰刀已然在手里晃动了。把个宋拴喜简直吓坏了，看热闹的人一下子涌了过来，宋光明却并没有做出挡架的姿态，反而扭转身朝拴喜爷笑了。宋光明到底是宋光明，脑子比庸人俗人转得快。宋光明说，拴喜爷，银禄叔看来是要将功补过的嘛，是你老误会了。宋银禄已经走到宋拴喜跟前，咱都一个宋字管着哪，打破脑袋打不破心，你看这，谁能想到一下子就霜成个这，拴喜叔不是病着哩嘛，孩子们又都不在身边，拴喜叔肯定为收庄稼着急哪，我手下有的是人马，咋能看着拴喜叔收秋没人手不管不顾哪，走，拴喜叔，你要收哪块地，把我们领到地里就是了，不用你动一个手指头。宋拴喜愣了，不知道该说什么了。围观的人也愣了，这样的故事结局可是谁也想不到的。宋光明说，拴喜爷，你看我说对了吧，都咱一家家的，能有啥解不开的疙瘩哪，你看这多好，银禄叔，你可不要表现表现就没事了，要帮就一帮到底，玉茭子谷子都收割完才算交代了哈。宋拴喜苍老的脑袋瓜一下子转不过弯儿来，不知该说句什么话。宋光明抬头看看太阳，说，拴喜爷，赶紧领他们去哇。宋拴喜白呛呛的脸色有点泛红了，但也没说话，只管扭身朝地里走了，宋银禄摆一下脑袋，一队人马就紧跟着宋拴喜进发了。

宋光明望着拴喜爷与银禄叔们走向远处，掉过头来看时，围观的人群已经没影儿了。宋光明胳肢窝也夹着镰刀，他家地里的庄稼也得他这个大支书自己去收割了。

第15章

收获季节

劫富济贫大行动

　　华岩村街上突然响起轰隆隆的马达声，街边院子里的人就纷纷跑出来观看了，原来是马金贵买回摩托车了。马金贵不知怎么就会骑了，骑着从东边飞到西边，再从西边飞到东边。说真的，马金贵真不是显摆，不但不显摆，昨天刚刚推回家还怕村里人知道了扎眼哪。可是总得练习练习呀，这家伙与骑自行车有点一样，但又不一样，笨悻悻的没有自行车那么轻便，可是不用人使劲就可以跑得飞快飞快，快得人一下还适应不了，不多练练怎么行呀。

　　可是全村人已经嚷嚷得一锅粥了，你又不是邮电局送信送报的，又不是电影里的日本人，你个华岩老百姓怎么可以骑个摩托车？

　　有人低声责骂，也有人羡慕得流口水。马金贵把摩托车停在金圪槽石板桥上，宋云飞们一家伙就围上，嚷嚷得一片，呀，真美呀。哇，真牛呀。嘿，车轮子这么壮实啊。宋云飞双手握在车把手上，一抬腿就跨了上去。

问道，老马叔，咋弄呀？马金贵心疼得脸都变形了，惊叫道，你这孩可真是的，看鞋，鞋，鞋蹭住挡板的漆了，呀呀呀，你这孩可真是的。宋云飞继续追问，告告我咋弄嘛，我给你弄不坏呀。马金贵龇牙咧嘴地叫喊，下来吧，下来吧，呀呀咋你是这么个孩哪，下来下来嘛。宋云飞骑得死死的就是不下来。段学东看了一下说，和城里他表哥的摩托一个牌子，而后就凑到宋云飞耳朵上一边嘀咕，一边指指点点地握这里转那里地讲述一会儿，宋云飞频频点了一会儿头说，唔，简单嘛。说着一扭钥匙就蹦蹦蹦地发动了，又扭动一下，摩托车就跑起来了，跑下石板桥，一直向西华岩村街飞驰而去。把个马金贵吓得魂儿都出窍了，一路追一路喊，停下停下停下啊，你这孩不要命了呀，快停下停下啊，老天爷呀，你可给我闯下乱子呀……宋云飞先是兴奋，而后是激奋，最后就有点着怕了，想停时咋也停不下了。段学东叫喊着告他车停的方法，宋云飞也顾不得听，他得专心把握方向，专心盯着前方，既然停不下就只得任其飞奔。宋云飞骑着摩托从西边飞到东边，又从东边返到西边。路两边看的人叫喊得一片，嗨，那不是宋宝禄家老二嘛，啥时学会骑摩托车了。好，好，好，骑得好……任路边人们怎么惊呼，横竖顾不得听，他从段学东身边飞驰而过几次，段学东教停车的话被拉成一长串啥也没听清。他从马金贵身边穿越而过，马金贵叫喊得嗓门都沙哑了，握刹车赶紧握刹车呀，咋你是这么个孩呀，好爷爷呀，你给我弄坏呀，看看看，看看看，开哪里了，开哪里了呀……就在马金贵叫喊到极限的当儿，宋向前、段世凯、韩军儿们齐声喊，下麻地，下麻地，下麻地。宋云飞灵机一动，选好了飞车的着陆点，街边就是长势茂盛的麻地，麻秆不光可以阻拦飞驰的车身，还可以缓冲致命的撞击。宋云飞说时迟那时快，哧溜一下子，就朝着麻地腾空射出，而后就在一片麻秆齐刷刷倒地的一瞬间着陆了。

  等大家跑过去看时，摩托车倒在一边，宋云飞一条腿还在摩托车底压着，宋向前、段世凯、段学东、韩军儿们又搬车又扶人地忙乱一阵儿才把宋云飞弄出来。宋云飞一脸苦笑着说，没事，死不了的。只是把个马金贵急坏了吓坏了。宋云飞是死是活他哪顾得了，他直瞪瞪看着崭新摩托车心疼得快要休克了，看看看，看看看前轮挡板歪成个啥了，呀呀呀，这地方绿油油的漆皮也蹭成个啥了，咋你是这么个大胆孩哪，你不要命吧，我还要我的车哪，这这这你说咋弄哇，我这就到二道河修车地方叫检查，检查出坏了哪里你可得给我修理哪，花多少钱你得给我出哪。宋云飞一边拍打身上的土，一边说，行行行，老马叔，你说咋赔就咋赔吧。马金贵呲牙咧嘴地一个劲叨叨，你你你说你咋是这么个孩哪，新灿灿的车呀，来不来就修理上一顿呀，真真的倒运呀，遇上你这么个倒运孩，新灿灿的车呀。宋云飞拍打了身上的土彻底恢复了原状，走到马金贵跟前说，老马叔，要不咱这样吧，你说是一修就不值钱了是吧？那你干脆把这车作价给我吧，你再重买一辆新的，要不这车在你手里是一块心病，心病长了还怕弄下大病哪，说吧，多少钱？

宋云飞拍打身上土的时候，马金贵也仔仔细细擦抹摩托车上的土，越擦干净发现擦碰的地方越多，越心疼得不行。见宋云飞说要他把摩托车作价给他，先是愣了一会儿，而后寻思了半天说，孩呀，你能主了你爹的事啊？宋云飞说，他是他，我是我，我又不花他的钱。马金贵连连摇头，说不成，说不成的，你个才出世的人芽芽，你不花你爹的钱花谁的钱。段世凯们嚷嚷说，俺们都在新辰矿上班哪，都月月发工资哪。马金贵叨叨说，没一个省心的，都没成家没立户，你们挣了钱不交家里就你们花？你只把修车钱给我打点好就是了，二道河你得跟我一起去，花多花少你亲眼看着。宋云飞说，不，我还是那句话，你把车作价给我就是了。段世凯们都跟着嚷嚷，就是呀，你把这车处理掉，眼不见心不烦，再买一辆新灿灿的车不是很好嘛。马金贵动摇了，行，但必须是原价。宋云飞说，行，多少钱？马金贵说，一千二百八十六，一分不跟你多要，随后我给你发票。宋云飞说，好，买卖是一句话哈，当着这么多人说的话可不许反悔哈。而后朝段学东摆摆下巴，段学东会意，动作娴熟地跨上了摩托车，就要发动时，马金贵一愣，发觉不对劲儿，赶紧拔掉钥匙喊，你们这是买吗，你们这是抢呐呀。宋云飞说，一分钱也少不了你的，这个月发了工资就给你。马金贵使劲从段学东手中夺过车把，一边发动一边骂，一伙土匪呀，华岩村咋出了一伙土匪呀。

宋云飞们眼馋馋地望着摩托车消失在拐弯处，异口同声地叹了一口气。宋云飞说，一个月还挣不到三十块，攒够一千块不吃不喝还得三年多。段学东说，等攒够三年就又涨价了，俺表哥买时还不到一千块哪。段世凯说，饭市上老汉们不是说嘛，人从正路来，钱从邪路来嘛，靠这点工资买辆自行车也费劲哪。韩军儿说，咱们也去挖铝矾土嘛。宋向前说，他们挖铝矾土是没政策的，他们还把毁坏了的树木偷着卖了哪。宋云飞一挥胳膊说，华岩村地下的东西，他们挖出来就是他们的？这得跟他们说个长短。段世凯就喊，走，去东井沟。宋云飞一甩脑袋，说，走。像揭竿而起的起义军一样，个个咬着牙齿，瞪着眼睛，挥动着拳头，脚步叮咚叮咚就冲向了东井沟。

刚进沟口就看见徐启程和韩狗小的车一前一后地过来了。宋云飞摆了一下胳膊，起义军就站住了。走在前面的徐启程坐在满满的铝矿上，摇摇晃晃地唱着沁河谷地的古老曲调儿，正月里来有空空，我去你家串门门；你有心来我有意，哎吆吆咱们两个阁伙计。阁伙计来倒是可以，就是怕你那男人回来碰住；碰住他也不敢说甚，哎吆吆他要说甚咱就私奔。二月来来龙抬头，我给你买了一瓶抿头油……徐启程正唱得美不滋滋，就看见前面横出一排人马拦住了去路，急忙拽住缰绳停了马车，吁——徐启程问，嘿，小伙子们，你们这是要咋啦？段世凯一手叉在腰间，一手横在马前，表情严肃地说，马金贵宋全海发得可以了，华岩村地下的东西，俺们大家都有份儿。其他人跟着喊，对，俺们大家都有份的。徐启程问，你们到底要咋吧？宋向前说，他们这是抢挖资源，必须立马停止，等有了政策才能挖的。徐启程跳下车，冲着宋向前问，咋，是你爹派你们这样干的？段世凯说，与村干部没干系，俺们是代表华岩村人民群众利益的。徐启程问，你们到底要咋吧？俺们是赶车的，只管给人家赶脚，你们拦着不让走，这又是车又是马的，窝了工你们能负起责？后面的韩狗小也过来，诚惶诚恐地问，这是咋的啦？这时候远处看热闹的人渐渐的都围了过来，有的眉飞色舞地看事态发展，有的凑在起义军耳边打气，对着哪，就应该跟狗日的们操蛋操蛋。韩狗小一副对雇主不负责任的样子，彻底混入到围观大众里。倒是徐启程突然不见了。

宋云飞两条胳膊交叉在胸前，样子很彪悍，很威严，像一尊雕像一样矗立在波涛汹涌的浪尖儿上，用英武态势鼓舞着兵士们。

谁知刚刚拉开战幕，敌方就退却了，徐启程没影儿了，韩狗小投向了正义一方，没有了争斗目标，鼓得足足的士气眼看就懈怠了。宋云飞看了看身后义军，又看了看外围的支持者，说，全村群众支持咱们，正义在咱们这一边的。围观的人群喊，我们大家支持俺孩们，俺孩们做得对，做得好。群众的呼声像战前的隆隆战鼓和哒哒的冲锋号，义军们的热血沸腾到极点了。这时，就看见徐启程领着马金贵和宋全海怒气冲冲地冲过来了，后面还跟着五六个外地工人，一人手里拿着一根长木棍。段世凯低声问宋云飞，咋办？宋云飞大声喊，拿石头。起义军们纷纷在地下找石头。木棒石头虽然都属于冷兵器，但石头是可以远投的，木棒则只能近击，没等木棒靠近，石块儿就瞄着脑袋飞过去了。

战斗的阵势一下子就摆开了，那边是马金贵、宋全海、徐启程和几位外地工人，手里晃着长木棍。这边是宋云飞、段世凯、宋向前、段学东、韩军儿等，后面又来了宋金宝、宋金元、连志红们援兵加入进来。围观的人群一下子撤出战场，形成一个半合围的观赏圈。

马金贵先开口了，你这孩是要咋吧？糟践了我崭新的摩托车，我没让你赔，反倒跟我过不去了？宋全海也说，云飞子，你这算是咋回事，听老徐说你们拦着马车不让走？还说地下矿藏是华岩村的，人人有份？沁河里的水也是人人有份的，咋你担在你家水瓮里就是你家的了？太岳山里的党参、黄芪、蘑菇、木耳也是人人有份的，不也是谁挖得卖了钱就是谁家的？宋云飞嘴巴张了张，一时没话说，现在已经是新辰煤矿会计的董厚德正好躲在宋云飞身后面，捏着嗓子对他喊，这不一样，党参、黄芪、蘑菇、木耳年年生长的，地下矿藏是不能再生的，是国家限制开采的，你们挖了就把留给子孙后代的家底透支了。宋云飞一听就茅塞顿开自由发挥了，不能挖就是不能挖，土地是按人口分，铝土也得像土地一样分到户，各家只能挖各家的，现在你们挖得卖了钱，这钱就得大家分。以前你们发了也就发了，从今天起，一车一车过磅，除了你们的工钱，其余钱全华岩村按人口平分。马金贵喊，你们就拦个马车呀，咋不去拦南边的汽车呀，挖了那么一点点铝土你们就眼红得不行了，南边地底下几千亩大的煤层哪，那也该人人有份的呀？咋不去南边闹腾去？宋云飞说，韩新宝、宋银禄都有县里手续的，有手续就是合法的，你们没手续就是非法的。马金贵说，是违法，是犯法，那也该公安局来管呀，轮不着你们几个毛孩子来捣乱呀，嫌不忿你去告呀，告到法院该俺坐大牢俺坐大牢呀。宋全海皱眉看着宋云飞，呀呀，俺宝禄哥诚诚实实的嘛，这孩你咋学成个这呀，孩呀，要说犯法，你们这才是犯法哪，你这是拦路抢劫呀，阻碍交通运输呀，破坏生产呀，这可是判刑的呀云飞子哎。宋云飞又卡壳儿了，董厚德又在老杨树后面提词儿，宋云飞又有了底气，私挖乱采国家资源就跟在银行里偷钱一样，是盗窃犯，俺们是代表华岩村人民群众采取革命行动的，是跟违法乱纪分子斗争的。马金贵不理宋云飞这一茬，大声喊，什么资源呀，法律呀，小孩蛋子你懂个屁，我就问你让走不让走吧？宋云飞喊，从今天起，过一辆车交出十块钱，就可以走。马金贵朝徐启程一挥手，赶车走，谁敢挡车，马踏死车碾死不管。徐启程一手拉缰绳，一手甩鞭子，"啪——"地一声响，随口喊一声，驾——那匹马鬃毛一抖就起步了。宋云飞们横排的队伍即刻就被撞开豁口。宋云飞们有的拽笼头，有的使劲拽马车，但根本没有用。徐启程又一个劲儿加鞭子，马车眼看就突出围堵了，段世凯急中生智，从路边搬起一块石头塞车轮底下，马车咯噔一下顿住了。也就在同一时间，外地工人手中的木棍就晃动着寻找袭击目标了。段世凯背部先就挨了一下，宋金宝脑袋上也着了一闷棍，好在他跑出窑场子时没来得及摘下安全帽。宋云飞当然是首要击打目标，冲他过去的恰好是个山东大汉，据说还有武功，也许是学过武功的人讲究武德，他没有像其他人一样搞偷袭，一手晃动着木棍，一下一下敲打着另一只手掌，直逼到宋云飞面前问，是你领的头？宋云飞也晃动着手中石头，毫无惧色地答，是。山东大汉点了点头，可以，是条汉子。宋云飞说，你可知道你是剥削阶级的走狗吗？山东大汉笑了笑，哼哼，是的，吃了谁家的饭，就是谁家的人，你说狗就狗，狗就是忠臣呀，小子唉，就你这小不点点，不够我小指头戳一下。宋云飞说，华岩村的事儿，你没有发言权。这当儿，手攥石头的义士们都围过来了，手持木棍的家丁们也围过来了，围观的人们也都围过来了。攥石头的和持木棍的形成对峙状，几乎就是那种剑拔弩张的程度了，石头砸谁身上都受不了，木棍揍谁脑袋上也受不了，像古代战场一样，兵对兵，将对将，一场恶战就要开始了，只等着双方将领首先出手了。就在这时，宋云飞觉得身后有人拽他，扭过身来看时，韩翠子眼睛直直地盯着他低声说，放下石头，让他们也放下石头，跟我走。宋云飞犹豫的当儿，就与韩翠子的眼光碰撞了。那眼光里含着担心，含着惊惧，含着挚诚，含着关爱。也就是在那一刻，宋云飞从那双水汪汪的眼睛里发现了什么，发现了他从来没有发现过的东西，那眼光是那么的让他心动，让他乖乖地听话，让他乖乖地服从。在宋云飞没有表示退却的间隙，那双眼睛就那么直直地盯着他，等着他发出撤离的指令。在这样目光的逼视下、抚慰下、恳求下，宋云飞强悍的心瞬间柔软了，融化了。宋云飞向韩翠子点了点头，向兵士们摆了摆头，下了撤离的命令。这边微妙变化使得对方也消减了斗志，横着的棍棒都耷拉下了。一直站在外围的宋全海朝宋云飞摆摆脑袋，云飞子，俺孩可再不敢学成个这，俺孩学成个这连个媳妇子也娶不上，你问问你身边守仁家那女女，讨厌不讨厌你这个德行。徐启程又一次甩响鞭子，启动了马车。韩狗小也从人圈里回到马车跟前，朝退败的宋云飞们望了望，又朝管控他的主人望了望，啪，啪地甩响鞭子，向前面的徐启程追去。这一场稚嫩而短促的义举行动就这样毫无结局地结束了。

宋云飞们随着散去的人流走，人们有对他们失望的，也有劝年轻人再不敢蛮干的。宋云飞像是西楚霸王没脸见江东父老似的一直闷闷地低着头，好在战败的义士们始终不离不弃簇拥着他，紧随着他。宋云飞突然觉得手心里一阵儿暖暖的，绵绵的，他知道是韩翠子的手，宋云飞一下子将那只小手握得紧紧的，紧紧的。走在前侧方的方婷婷扭后脸来，朝宋云飞甜甜地笑着点了点头。

两块田地两重天

　　新辰煤矿工人都是庄稼人，都要收秋的，韩新宝韩辰熙也要收秋的，韩新宝就决定干脆放三天假，让各自回家抓紧收完秋再回矿里上班。宋云飞一听说放假就发愁了，而且还是整整三天的煎熬啊。宋云飞问方婷婷，你也回家收秋吗？方婷婷说，我回什么家，我帮翠姐家收秋呀。宋云飞这就来劲儿了，兴奋地说，我也跟你一起去吧？方婷婷说，你是帮我呢还是帮翠姐呢？宋云飞连说，帮你翠姐帮你翠姐，行了吧？

　　宋云飞在新辰矿回村的路上就联系好宋向前和段学东一起帮助韩翠子家收秋。宋向前家帮忙的人多着哪，根本不用他添手。段学东家弟兄姊妹多，压根儿没把他当个劳动力。

　　早饭时，宋云飞像闪电一样将三碗饭吞咽完毕，就闪电一样地逃离家院，绝不留给家里任何成员说话的机会，绝不让问到矿上放假的事儿。

　　宋云飞、宋向前、段学东三位大男人，又间杂了两个大美女，这是多么气派的一支收秋队伍啊。韩守仁看着这么多年轻人帮他收割庄稼，感激得不知说啥好，上地时装着香烟提溜着暖壶，水和烟都搁在地塄边，让年轻人们随便倒上喝，随便拿上吸。

　　一队人马从地塄边摆开阵势，六把镰刀此起彼落，嚓、嚓、嚓……走在最前面的是宋云飞，他割得卖力，割得用心，割得飞快。在华岩村任何群落里宋云飞都是表率，在这么个小团队里更是领头雁了。他身后是宋向前和段学东，再后面是韩翠子和方婷婷，最后收尾的是韩守仁。斜斜地一字儿排开，跟雁阵一样向着地的那端推进。宋云飞擦了擦额头的汗珠儿，回头望望身后的追随者，满满的都是幸福感，成就感。

　　一字儿雁阵从这边推进到那边，再从那边返回到这边，这样地往返了两个来回，一亩多的谷子就全部收割完了。韩守仁感激地说，这就好了，只剩下玉茭地就好说了。这就意味着这个小团队将面临解体了。吃晚饭时，宋云飞问韩守仁，叔叔，要不明天帮你把玉茭子和其他庄稼都收拾了吧？韩守仁感激地说，不了不了，割了谷子就帮我解决大问题了，其他庄稼都不怕风磨了。宋云飞就低声问韩翠子，那明天哪？韩翠子眼睛水汪汪地盯住宋云飞的眼睛说，明天咋，明天会更好吧。方婷婷在一旁说，翠姐，你回答得真好。

　　宋云飞的明天其实很不好，凌晨的时候，磨镰刀的沙沙声里就夹杂了他爹的责骂声。提溜着镰刀跟着爹和哥哥上了地，耳边的责骂声也没停息，日你娘的，家里的谷子风磨着，咱这里求爷爷告奶奶地找人帮咱收秋，你倒好，放自家的秋不管不顾，跟别人家动弹去了，真真的喂狗喂成狼了。日你娘的，矿上放了假，气气也不吭一吭，吃饭都吃不及就颠没影儿了，跟别人家动弹看你怪积极的，跟家里动弹倒像拉你进杀猪房哪，嘿吧吧，精明，精明，真真的养下精明儿了。宋云飞一边使劲屏蔽着爹重复了又重复的责骂，一边咬着牙熬啊，熬，总算熬完了度日如年的整整两个劳动日，才算回到神清气爽的"解放区"。

秋天收割了浪漫

　　这天傍晚，办公室屋顶的大喇叭又在叫喊了，喂，喂，接西县气象局天气预警，后天要刮六级大风了，大家要抓紧收秋，抓紧收秋，风磨一时辰，好谷减三成，庄稼长得好不等于收得好，粮食收到囤子里才算收了哪，各家各户抓紧割谷子。虽然不再是鼓动三秋（秋收、秋耕、秋种）大会战，可叫喊得比吆喝社员收割还气氛紧张。

那几年三秋大会战广播时，大喇叭里总爱说个丰收在望。在望不在望，丰收的庄稼光在望是不行的，得收拾在粮囤里才能算是实实在在的丰"收"了。今年的谷子，要说在望还真真的是在望了，谁家地里的谷穗都是沉甸甸地把谷脖子压得弯弯的，有个歌儿唱得好，黄澄澄的谷穗就像是狼尾巴，这话虽有点夸张，谷穗子哪有狼尾巴那么粗哪，可比往年的确长得粗壮。这么好的谷子让大风磨了可就大减产了。邱粉娥在家里一听大喇叭里广播越发急了，收秋时节别人家地里都是人齐马众的，新辰煤矿、银生金煤矿、学校都放了假让跟家里收秋嘛，她家张三牛这个学校咋就不晓得放个秋假哪。邱粉娥孤零零的一个人弯腰崛背地割了几天了，玉茭子还没割完呢，谷子又得上紧了，这这这可咋办呀，咋办呀？

张三牛一拍屁股上学后，就刚开学一个礼拜给她来过一封信，说他吃得好，住得好，学习生活都好，让婆姨放心好了。放个屁的心呢，越听男人在外面这也好那也好心里越是不放心。你轻闲自在的吃好睡好坐教室，把婆姨扔在家里活受罪，连个关心问候的话儿都没有。这都三个多月了，还没来第二封信呢，也不问问邱粉娥是死是活。锄苗子一个人也就一个人了，刮垟沤粪一个人也就一个人了，推碾子推磨的一个人也就一个人了，可现在这是龙口夺食的收秋啊！张三牛，你那学校就算不放秋假，难道就不能请几天假吗？又是玉茭子又是山药蛋又是大豆谷子的，你张三牛咋就忍心让你婆姨一个人收拾哪？

邱粉娥拿着镰刀一边走，一边想心事，就听见身后有人喊，嗨，邱粉娥，等等嘛。邱粉娥转过身来，见韩守仁扛着镢头在后面走，说，吆，韩守仁，咋倒扛起镢头来了，镰刀已经刀枪入库了？韩守仁说着就撵上来了，很有点得意地说，翠子的一帮朋友吧，就说不用不用，可孩子们硬是要帮我哪，一亩多谷子一天就收拾了个一干二净，它老天爷再刮死人风咱也歇心了，你哪，收割得差不多了吧？邱粉娥撇撇嘴，哼，人家你有好女儿，好人缘嘛，不用不用还要硬帮你收拾哪，俺倒是求爷爷告奶奶的想叫有人来帮哪，可是，身上就像抹上狗屎了，人都躲得远远的了。韩守仁撵上邱粉娥说，你看你，需要帮忙你说话嘛，我就剩下山药蛋、萝卜这些菜蔬了，不怕风磨的。需要帮助你就说话嘛，你不说咱也不能主动寻上去给你收秋吧，人活世上谁能不用谁哪，何况翠子复习那会儿你家老汉子也帮过俺孩哪。邱粉娥看了看一阵儿比一阵儿紧的老西风，呀呀，这天还真的要起风了，大喇叭里广播的敢情准着哪。韩守仁说，这还用天气预报哪，寒露七天晴，必定起大风，翠子朋友帮我收秋，我就让先把谷子割倒了，等它天气预报就啥也耽误了。咋，你谷子没割倒？邱粉娥更焦急地说，没有呀，还一镰也没割呀。韩守仁啧啧叹道，你看你，你看你，秋至霜来早，先把谷割倒，老祖宗的教训嘛。邱粉娥突然掉转身走入岔道，口里嘀嘀咕咕，得先割谷子了，得先割谷子了。韩守仁即刻站住喊，邱粉娥，你这到底是用帮忙不用哪？邱粉娥只顾加快脚步疾走，呼呼的风中，没听清身后的人说了句什么话。韩守仁犹豫了一会儿，就返身回家放下镢头，将已经悬挂在墙头的镰刀又拿了下来。韩翠子见爹又拿起镰刀，问道，又拿镰刀干什么呀？韩守仁说，我去帮你三牛婶割割谷子吧，她恓惶的就一个人。韩翠子说，那我也跟你一起去吧？韩守仁说，不用不用，俺孩在家做饭哇，我一个人去就行了。

邱粉娥站在地边望着大片的谷子就发了愁了，这一根一根地割到哪年哪月呀。一边发愁一边弯了腰割起第一根谷子，第二根，第三根……割谷子不能像割莜麦荞麦那样一抓一大把，一割一大片，割谷子只能这样一根一根地抓着割。邱粉娥干两下庄稼活还是挺利索的，拉开弓步弓下腰，远处看去只见谷子唰啦唰啦被割倒，看不见人。邱粉娥挥镰收割的当儿，就听见地角那边也发出唰啦唰啦的声音，伸起腰就看见黄澄澄的谷穗波浪里，有一个弯躬的脊背在晃动着，不用问，定是韩守仁了。邱粉娥好感动，但她没说话，仍然继续弯下腰割谷子。倒是韩守仁先说话了，你这谷子长得比我的还好哪。邱粉娥微笑着朝韩守仁点点头，不是吧，孩子是自家的亲，庄稼是人家的好啊。韩守仁说，就是比我家的谷子好，跟上照顾她娘病，二锄大锄都没锄呀。邱粉娥说，就俺个婆姨人家，锄也是瞎锄哪。韩守仁说，张三牛那人，哼，有老主意哪，管你世上人说三道四哪，我想咋就咋，人能做到这一步不容易呀，人家做对了呀，脱离受苦人了，你也跟上沾光吧，转眼就成了公家人的家属了，等着哇，等老汉子念出书来分配了就回来引你呀，到大城市住排房吃自来水，提溜上篮篮街上买菜吧。邱粉娥趁着伸腰的当儿说，沾光个屁哪，把这个家扔给我一个人，都快受得死下呀，还沾光哪。邱粉娥嘴上在诉苦，脸上却挂着几分矜持得意。

风越刮越大了，谷穗像波浪一样推涌着，翻滚着，谷粒儿沙沙沙地落地下一层。邱粉娥看着心疼得不行，一个劲儿叨叨，啧啧，可惜的，看看可惜。韩守仁安慰她，唉，还是磨了的没有收了的多，好端端的人还死了哪，这不算个啥呀。邱粉娥叹口气说，啥是啥嘛，人咋能跟谷子比哪，不是你家的你不心疼就是了。韩守仁说，咋跟你说哪，你要经历过生离死别就啥也看淡了。邱粉娥说，你倒是经历生离死别了，那你也不舍得叫把谷子风磨了。

一边说话一边干活，不知不觉就到晌午了。邱粉娥说，俺可是草鸡了，今中午俺可是不管你的饭，俺跟孩儿还得吃剩饭哪，给你开工资就是了。韩守仁说，看你说哪了，帮你就是帮你嘛，管啥饭开啥工资哪，要不你也到俺家吃吧，俺家有翠子做饭哪。邱粉娥说，你跟我割了谷子，我再到你家吃饭，那成啥人了哪，早上就连晌午饭做下了，热一热就能吃的。韩守仁想了想说，要不咱都不用回家吃饭了，横竖你是让孩吃剩饭，我回去拿点干粮跟水，就在地里将就一顿算了，回去吃一顿饭又耽搁大半天，我叫翠子把你孩儿叫我家里吃点，这风刮得一阵儿是一阵儿的，耽搁不起啊。邱粉娥眼睛亮汪汪地说，那敢情好了，那，那我就不回了。韩守仁说，我也快，一根烟工夫就来了。说罢扔下镰刀，一纵身跳下地塄快速走向村子。邱粉娥一直望着韩守仁拐了弯，怔怔的半天，摇了摇头，长长地叹了口气，又弯腰继续割谷子。

韩守仁的腿脚快，一会儿就一手拿着毛巾包裹的鏊糕，一手提溜着暖壶进到谷地里了。谷地里不能坐，满是尖尖的谷茬，韩守仁就将风中的午餐地点选择在边的一片草滩上。毛巾铺开，鏊糕和喝水的碗摆放在上面，韩守仁在毛巾这边坐定后，邱粉娥就坐在毛巾那边。鏊糕是一种玉茭面烧烤的类似饼子一样的干粮。新玉茭面做的鏊糕很甜很甜，邱粉娥吃了一口问，不赖嘛，汉手汉脚的，鏊糕做得这么好吃哪。韩守仁叹口气说，哪里呐，邻居婆姨们帮忙做的，唉，把个婆姨一下子没了，不是个活呀。

两个人面对面坐着，吃着甜甜的鏊糕，喝着滚烫的白开水，相互说着话儿，真有一种说不出来的味道。难怪电影里青年男女放家里有桌子有板凳的不在家里吃饭，偏偏要跑到野外草坪上吃面包喝饮料呢，果然是比在四堵墙围着的屋子里有情调啊。是呀，四面如诗如画的背景的确能给边吃边聊的二人世界增添美妙情趣啊。虽然是鏊糕，虽然是白开水，可还是让两位纯庄稼人品尝到了一种不一样的感觉了。恰好正午饭时风又小了许多，秋天的中午时分，风一小立刻就暖洋洋的了。邱粉娥咀嚼着鏊糕，望着远处团团簇簇的红叶说，只要不嫌我做得不好，有啥需要做的叫翠子喊我一声就是了。韩守仁说，一定一定，你也有啥出力营生叫我就行，不要客气哈，你们婆姨们就是爱客气，以后跟我可不要客气了，越客气越见外的。

大约也是一亩多的谷子地，韩守仁跟邱粉娥整整割了两天算是所剩不多了。收工时，太阳已经落尽了。二人快进村口时，邱粉娥说，你先走吧，我等一阵儿再走。韩守仁说，怕啥了，帮你动弹嘛，正正当当的关系怕啥哪。邱粉娥说，要不我先走，你等一会儿再走。韩守仁说，咋也不咋嘛，走吧走吧。正说着就有一伙人也收工回来了，这些人里还有几个婆姨，几个婆姨里还有邱粉娥的两个相好。见二人这状况，就都惊眉诧眼地相互使眼色了，其中一个捏着嗓门说，唔，你俩这是……唔，守仁哥帮三牛嫂收秋哪。另一个相好说，俺几个还说明天就跟三牛嫂收秋哪，敢情有人帮着哪，这就好，这就好。那伙人使着鬼脸，嘀咕着走进村巷，黄昏里就剩了邱粉娥跟韩守仁。邱粉娥埋怨道，你看你，叫你先走先走就要磨蹭哪，你看这弄得叫个啥哪。

韩守仁说，行了，我先走就我先走。邱粉娥说，嗯，先走是先走，可不要回了你家啊。韩守仁说，行了，就到你家。

邱粉娥炒了一个粉皮煸肉片，一个炒鸡蛋，还在供销社买了一个鱼罐头倒了半斤酒。韩守仁酒量很差，喝了几盅就话多了，呀呀，光说我帮你干活哪，叫你家张三牛知道了还要杀了我哪。邱粉娥说，不会的，虽说是帮我动弹，也是帮他动弹哪，他感谢你还来不及哪。韩守仁说，那就好，那就好，粉娥子，张三牛娶了你真是他的福气呀，东华岩村我瞅来瞅去，就你粉娥子是个好婆姨啊。张三牛呀，一个大男人，家里的顶梁柱呀，嘿嘿，不管你婆姨呀、孩子呀、庄稼呀，一拍屁股就走了，舒舒服服地坐教室念书了。要是别的婆姨哪能接受了，可你粉娥子绵绵善善地就接受了，不赖呀，好婆姨呀，那么多地扔给你一个婆姨人家，你都苦苦地忍了，真真的好婆姨呀，好婆姨呀。邱粉娥看韩守仁脸也泛红了，话也说得不着边际了，赶紧把酒瓶收起说，守仁哥，咱吃饭哇，你尝尝我做的汤面味道咋样，吃了赶紧回哇，小心翠子一个人害怕。韩守仁激灵了一下，看出邱粉娥是怕他喝多了，赶紧呼噜呼噜地喝了一碗汤面就告辞了。

这也是包裹在石头里的玉

韩新宝突然收到一封信，信封上的字一看就是韩变玲写的，只可惜落款处没写寄信地址。不过韩新宝还是很高兴，婆姨更是激动得哭起来了，不管怎么样吧，总算有了女儿的消息了。信里的内容倒是没什么，只说了女儿这也好那也好，希望二老不要为她操心，还说等挣了更多的钱一定回家看爹娘。韩新宝拆开信还没看完，婆姨就一把夺过去了。到底是婆姨比男人细心，还没看抬头称谓就先看到信纸上有泪滴儿了，眼里泪蒙蒙的就看不成文字了。正好方婷婷也在旁边，帮着把信念了一遍，劝慰道，婶婶，我姐很好的，你不要为她担心了，国家改革开放了，出去闯荡的人可多了，肯定会比窝在村里发展得好呢。韩新宝婆姨还是要哭，光管你自家闯荡呢，也不管你爹你娘咋想你呢，夏天那会儿张三牛说还在城关见了呢，这是又跑到哪里了呀，现在这世道乱哄哄的，一夜一夜地做噩梦，老梦见俺孩从悬崖上叫人推下去了。婶婶这半年真真的不是个活法呀。方婷婷一手轻轻抚摸着婶婶的肩背，一手紧紧地拉着婶婶的手，说，我让西甸村后街姚铁嘴算了一卦，那人说玲姐年前年后一定回来的。婶婶问，这个姚铁嘴算卦灵吗？方婷婷说，听人们说是很灵的呢。

只听得院子里一阵儿脚步声，就见张水明的娘唠唠叨叨地进来了，听说你女子有信了呀，跟不跟俺水明子在一起呀？韩新宝婆姨一下子将信和信封收拾起，一扭身子进了里屋，一边嘀咕，俺还没跟你要人呢，你到来摇笸箩抖簸箕了哪。张水明娘已是七十多岁的人了，耳朵听不清，眼睛也看不清了。方婷婷给她让座，她倒把个方婷婷牢骚住了，啊呀啊呀，你家女子回来了啊，还说是光回来信了哪，敢情你家女子回来了啊，女子哎，俺家水明子是跟你在一搭儿吗？俺家水明子咋也不咋哇，女子哎，咋你回来俺家水明子不跟你一搭儿回来哪？方婷婷只得说，你家儿子会回来的，一定会回来的。那老婆婆一听高兴了，啥时回来哪，俺家水明子啥时回来哪，他咋不跟你一搭儿回来哪？韩新宝低声说，别搭理她，跟她说得越多越麻烦，缠着你脱不了身。方婷婷倒是有耐心，搀扶着老婆婆说，老奶奶，我不是变玲姐，我是新辰矿上的工人，在韩矿长家住着的，不过老奶奶你放心吧，变玲姐的信里说她很好的，你家儿子是男人家更没事的，走吧，老奶奶，咱回家吧。

方婷婷搀扶着张水明娘往出走，韩辰熙就满脸喜色地进来了，这张阴沉几十年的脸，突然浮现出如此的笑意，把个韩新宝吓了一跳。但是韩新宝立马就知道是咋回事了，问道，见了炭了？韩辰熙满脸喜色地深深点着头，可算见炭了，可算见炭了，悬在半天上的这颗心可算落肚子里了。韩新宝说，你辰熙叔选的点哪有见不了炭的可能哪。韩辰熙连连摆着手说，不不不，我是硬撑着不让你们看出来，其实我一直担着心哪。山底下的情况复杂得多哪，相隔一丈远，这边就是好炭，这边就是乱渣石，早以前老辈人采挖的是上六级炭层，咱们采挖的是下六级炭层，还从来没挖过的，我真悬着一颗心哪，一旦见不了炭，我这老脸丢尽不说，你投进去的那么多钱也白白填了黑窟窿了呀。韩辰熙把提溜的包儿往桌子上一放，发出叮当一声响。韩新宝问，咋，你敢喝了？韩辰熙说，把该叫的都叫上，西边那几个脑袋瓜子也叫上，新柱子、新惠子，把马明煦也叫上，对了还有宋银禄那个二吊子也叫上。韩新宝说，但是我们喝，你这老胃病就不要喝了。韩辰熙说，喝，该不喝的时候滴酒不沾，该喝的时候千杯不拒。韩新宝说，好，白天都忙哄哄的，那就今晚上吧，让老茂堂做八大盘八大碗。韩辰熙将放在桌子上的包儿摇了摇，包里酒瓶碰撞出叮哨的声响，说，这是我攒了快二十年的老汾酒呀。韩新宝提溜出一瓶看了看，惊呼，吆，一九六四年的酒啊，你可真舍得啊。韩辰熙说，老酒总有开瓶一天的，看来就是等这一天的。

新辰矿饭店又扩建了，原来只占了油坊五间房，因吃饭的人多，后又把隔壁的五间粉坊也改作餐厅了。做饭的人手也增加了，老茂堂是主厨师傅，下面还雇了四个贴厨兼跑堂的。生意很红火，三班倒，上下班的工人出出进进地一波接一波。新辰矿职工买饭不用现金而用饭票，虽然月底发工资时花掉多少饭票就要扣掉等额的钱，可花起小块纸片儿来就比花钱大方得多。到晚上餐厅里更热闹，打杠子论输赢的，划拳行酒令的，吵吵嚷嚷的一直到后半夜人都不散。有一种西訚地区流行的唱拳，更是如歌如吟声韵铿锵，一盅过五行呀，二盅你水生金。三盅照七星、嗯哼哼哼开呀，四盅五盅你八字好生辰二哼。词曲唱到这里即刻停住，改为韵白，满——堂——全佛手兆三星。这就开拳定输赢，吟唱中间的"嗯哼哼哼开呀"虽然也开一次拳，但是不算输赢，只是最终输赢前的一次预演，或者是为了专让对方误判设置的一种心理干扰。唱得声调嘈呛，说得有板有眼，这种形式是不是可以申报非物质文化遗产啊，值得探究。

韩新宝、宋光明、宋银禄、段四虎、段志忠、宋来喜、韩新惠、韩新柱们已经围着看了半天了，这些外地工人也顾不得身后站的是一村之长还是一矿之长，个个红着脸、瞪着眼，袖子挽到半胳膊，有的将脚蹬在椅子上。直到老茂堂过来催撵了几次，正喝到兴头上的人们才意犹未尽地散伙了。

两大桌人坐齐时已经快十点了，屋顶一百瓦的大灯泡把屋子里照得亮汪汪的跟白天一样。没一个人想起窗户外面已是黑魆魆的夜晚。两个大圆桌两圈人，人挨人地团团围坐着，相互问候着收成情况，问候着家庭情况，问候着孩子们的情况，这叫个济济一堂，叫个智者云集。是的，是智者云集，这两桌人可是华岩村的精英啊。这是政策开放以来华岩村政界、企业界的一次大聚会啊，唔，连段建生、马金贵、宋全海们也都被请来了啊。坐在最醒目位置上的是老革命、老领导、老一辈宋拴喜老人家，他端坐在宋光明与韩新宝之间，刚坐定时，先伸手握了握韩新宝，又伸手握了握宋光明，可以理解为一手抓物质一手抓精神，两手都不落下，两手都要坚硬。老人家坐这位置也算德可配位、名至实归，一开场就干了一件感动所有人的事儿。老人家缓缓站起来，眼光习惯性地覆盖了整个场面，虽然没文化，但他会讲话，咳咳哼，他先咳了一声，吵哄哄的场面就静下来了。他说，先要感谢新宝、辰熙还没忘了我这个老不死哈，感谢他俩把大家聚在一起哈，你们可是华岩村的希望哈，你看这多好，大家热热闹闹地团聚在一起，好啊，真的好啊，嗯，是这，有个事儿一直在我心里是个疙瘩。嗯，这事儿实在是我做得不好，我这人你们也知道，脾性不好，动不动就暴脾气。嗯，光能别人听我的，听不进别人的，更接受不了别人对我顶嘴，谁一顶嘴，就气爆了。我也不知道我这倒运性格是咋弄成的，是当干部当得时间长了，还是生就的骨头长就的肉哪。有时候我也回想哪，俺爹俺娘都绵绵善善的好脾气呀，咋我就这德性哪？不好呀，不是有句话说人快死时候都变恓惶了嘛，咋说哪，嗯，长话短说吧。说着从身上抠抠索索捏出十块一张的一沓钱，颤颤抖抖地说，银禄老侄儿，你叔把这二百块钱还给你，还给你……两桌人眼睛都瞪大了，与韩新宝挨着的宋银禄也震惊了，说，叔你这是啥意思，帮你收割庄稼就是帮你嘛，你给钱就没意思了哈。宋拴喜捏钱的手颤抖得更厉害了，话音还有点哽咽，银禄老侄哎，你啥也不要问，这钱你叔我还不了你这心里疙瘩就化不了。宋光明说，啊呀，这事已经过去这么长时间了，就当他孝敬你也该着嘛，这事是我说合的，听我的，别给他，他宋银禄也不在乎这二百块钱，别给他，别给他嘛。宋拴喜固执地说，不，我宋拴喜在华岩村活了一辈子，不能临死了落下个讹人的名儿，这个事儿了结不了，这一疙瘩会闷出病来的。宋拴喜探出胳膊把一沓钱轻轻地放在宋银禄面前，而后稳稳坐下，松松爽爽舒了一口气。两个桌子的人突然爆发出一阵儿掌声。这当儿下酒菜就端上来了，酒盅里也倒满了酒。宋银禄高高举起酒杯，叔哎，你老侄儿也是个暴脾气，我才真正对不起老叔你的，来，叔，我先敬您一杯，我再自罚三杯，说着咕咚咕咚连喝下四杯酒。

　　这晚，韩辰熙算是脸色最平和的了，但宋拴喜说那一番话的时候，那张老黑脸就又回复成一幅恶毒样子了。宋拴喜哩哩啦啦地说着，韩辰熙嘴巴一歪一歪地撕动着。宋拴喜眼光的覆盖面好像也没把他囊括在内。韩辰熙铁树开花似的喜色也绝不示好给宋拴喜。当宋拴喜捏着一沓钱哆嗦的时候，韩辰熙撕动的嘴巴彻底捏扁成饺子状，笑死人了，这算是悔过吗？这是想趁这个机会把龌龊事儿一笔勾销吗？你宋拴喜什么秉性华岩村老百姓早透视机一样把你照得透透的了。讹人就是讹人了，臭名声出来是收不回去的，退了钱威信也重新树不起来的，盗窃犯退了赃物一样得判罪坐班房。韩辰熙讨厌拿龙捉虎的官架子，尤其反感拿腔拿调的报告腔，对全村人开会这种腔调，对这几个人说话也这种腔调。韩辰熙现在听得想吐，以前可是一听就恐惧的。前几年每当这个腔调在大喇叭里哇啦哇啦震耳欲聋之时，就是韩辰熙们那几个管制分子心惊胆战之日。其他管制分子都可以做到点头哈腰一副洗耳恭听状，只有这个韩辰熙腰板挺得更直，脑袋扬得更高，即使按脑袋的人使劲按下去，一松手就弹簧一样弹起来。谁领头喊口号，他就眼睛毒毒地瞪着谁。那两只眼好像狼眼一样让人发瘆。那时候宋拴喜虽然大权在握，可他在路上遭遇了韩辰熙也发愁，挺胸凸肚的宋拴喜，一看到那双瘆人的毒眼就浑身不自在，打招呼也不是，不打招呼也不是，窘迫的脸都不知朝哪搁，眼都不知往哪儿看，不自觉地就咴咴咴咴地吹起口哨，一直吹到与韩辰熙侧身而过，再背靠背拉开一丈余远，方能身心放松了。韩辰熙并不是恨宋拴喜，他是看不起宋拴喜，在台上看不起，都下台几年了更加看不起。今晚韩辰熙本来不同意请这个人，可韩新宝坚持请，他也只得同意了，请就请吧，这种人成事不足败事有余的。

宋拴喜说的话很忏悔，神态却依然固执着，脸向上高仰着，眼睛向下斜瞅着，这多年的姿势好像已经固化了，今天能做到这一步也算是谦恭得够可以了啊。

宋银禄喝下第四杯酒，宋拴喜老人家就又咳嗽了一声，像准备另起一个话题了。韩辰熙立刻站起身用更高亢的咳嗽声音将讨厌的声音淹没掉，用新辰矿东道主的底气与做派将过气的老家伙余威彻底覆盖掉。沉默寡言的韩辰熙居然要讲话了，两桌人都齐刷刷盯住韩辰熙。韩辰熙果然跟人不一样，端了酒杯，离开饭桌，走到两个圆桌并列处又折身向外迈出两步，再转身过来朝向了所有客人，深深向大家鞠了个九十度的躬，说，时来天地皆同力，运去英雄不自由。这个诗句我要把它调过来念，运去英雄不自由，时来天地皆同力。韩辰熙有今天，也算运交华盖了，时运所致吧，别的就不说了，不说大家也清楚，今天的主题是新辰煤矿见炭了，这不容易，这是新辰煤矿的喜，更是我韩辰熙的喜。选坑口跟选璞玉一样的，和氏璧听说过吧，噢，没听说过。韩辰熙说到这里，摇了一下头，抿嘴笑了笑接着说，玉总该知道吧，玉可是包裹在石头里的，璞就是包裹玉的石头，卞和就拿着块包裹玉的石头去献楚王的，楚王不识货，就把卞和的腿砍了，一块石头啊，要看出里面有玉没玉，全靠凡胎肉眼看哪，给煤矿选坑口跟拿块石头献人一样啊，锯开石头里面没有玉，比砍了腿都难受啊。我是不喝酒的，但今天这杯酒得喝，说着一仰脖子，将一杯酒喝下去。

韩辰熙的话也太阴阳怪气了，说是没懂又像是懂了点，说是懂了又像是不大懂。只有马明煦一下一下点着头，一边低声给挨他的段建生讲解，卞和是个死心眼啊，因为献块璞玉叫楚厉王砍了左脚，还不死心，又叫楚武王砍了右脚，冤枉死了，伤心死了，眼泪哭干又哭出血来了，还说不是哭他的脚，是哭好玉不被人识得，忠心反被当欺君，后来尽管楚文王剖开那块石头见了玉，识了玉也识了人了，可你那两只脚再也长不出来了。段建生听了说，唔，古代人就是傻啊，现在的人绝不会这么死心眼，你明知是块值钱东西自己藏着就是了，传给儿子孙子传到现在该多值钱啊，因为个这还叫砍了脚，恐怕连个婆姨也娶不上，弄不好就断子绝孙啦，啊呀呀，太傻了，实在是太傻了呀。马明煦说，古代人就是没有现在人精明呀。段建生说，可不是嘛，社会就是在进步嘛。这二人只管嘀咕他们的，没觉得宋光明已经把简短的祝贺话儿说完了，韩新宝表态的话也说到半中间了。韩新宝说新辰矿虽然是他个体户的矿，可更是华岩村的矿，说是不光能让村里人有个活儿干，有个挣钱地儿，发展好了还要给村里建新学校，建新戏台。韩新宝好像还要往下说，宋银禄就抢过话茬儿了，说他要发展了，要给村里建幼儿园、养老院，还要把街道铺成水泥的，说还要在沁河上修一座大桥……大家都知道宋银禄是喝多了，专门和韩新宝较劲儿，但还是都为他鼓了一会儿掌。韩新宝等宋银禄没话说了，刚要接口将自己被打断的话进行完，就见马金贵胳膊一挥，也咋呼开了，行了行了，你们的话我可是都记下了，这可是当着这么多人说的哈，不管你啥新辰矿，银生金矿，咱可是要一项一项兑现的，咱华岩村还真有希望了哪，切，云中摸月的事情，这话俺也会说，俺要发展好了，还要给全村老百姓盖洋楼哪。马金贵正说着，猛不防被宋全海拉得跌坐在椅子里，训斥道，悄悄地坐下哇，说你不能喝不能喝你还硬撑哪，这才喝了几杯，就这德性了。

　　餐厅房子小声音高，嚷嚷得谁都听不清谁说的啥了。一开始两个桌子两个话题，后来就一个桌子也好几个话题了。这几个人还在嘀咕这边煤窑工资没有那边煤窑工资高，那几个人又说起排练蒲剧这个还可以用那个实在是不行。桌子那边正争吵今年农业税提留款问题，桌子这边却在交头接耳地说起韩守仁跟邱粉娥这个那个了。宋拴喜和宋光明则说到主流话题了，宋拴喜看了看周边人都在各说各话，低声问宋光明，今年哪，没听说各村干部要换人吧？宋光明摇了摇头耳语道，说不准，也许林汉星一拍脑袋想起来要换谁就换谁了吧。宋拴喜说，你抽空和林书记坐坐，必须跟他坐坐，每年这个时候这事儿可得上紧了。宋拴喜眼光朝韩新宝那边瞥了瞥，说，小心别人跑在你前头了。宋光明微微笑了笑，无所谓的，我也想歇歇了，这会儿的事儿比以前难弄多了。宋拴喜恶狠狠说，退却思想要不得，你搞挣钱的事儿不行，你当干部谁也比不过你，这是生下的本事，别人学不会的，你也学不会别人的，好好当你的干部，把村里的事儿给我干好。啥现在的事儿比以前难干了，比以前好干多了，跟你要产量了，还是要你搞这运动那运动了？听你老叔的话，这支书给我好好当着，稳稳当着，这时势你没个企业摊子，再不当个干部，以后咋在华岩村做人哪？这事儿可得抓紧，抓紧，林汉星的眼光也会变的。宋光明摇了一下头，点了两下头。

第 16 章
秋日私语

这边有戏那边就没戏了

　　从村子里就望到新辰煤矿红旺旺的一片了，走近了才看出是房顶上，简易门楼上，山坡上都插了红旗。窑场边的两棵树之间还扯了一幅红布标语，上面是黄纸剪的字，内容是，祝贺新辰煤矿主巷道短距离探达优质煤层。场子南面搭起大戏台，但只有到下午才叫用来唱戏的，上午是叫召开全体工人会议开会用的，应该先叫主席台才对。

　　宋云飞在秋阳的照耀下正走向新辰矿，望着红旺旺的场面心情很是激动。早听工人们嘀咕要是见不了炭，新辰矿就得关闭，工人们就得散伙了。见了炭就好了，这就可以在矿上长久上班了。昨天下班时，挂在简易门楼的小黑板上就通知，明天召开全体工人会议，所有人员都要穿上矿上发的工作服。宋云飞的工作服已经发灰了，那是他硬用刷子刷得褪了色的，褪了色的劳动布才更像二道河机械厂工人哪。

　　这是矿上召开的第一次全体工人大会，整个会场里蓝汪汪的一片劳动布。宋云飞、段世凯的职责是专门放炮，工人们都在会场里蹲着，他俩则在会场边站着，高人一等地望着大片开会的人，各自都把重心压一条腿上，另一条腿成稍息状一弹一弹地晃动着，手指间夹着用来点炮的烟卷儿，嘶嘶嘶吸一口，嘘嘘嘘吹向会场里。段世凯向会场右前端摆摆下巴，宋云飞耳语说，早看到了。

戏台上摆了两溜长桌子，长桌子后面都坐满了人。前排的人除了宋光明和宋拴喜，其余人宋云飞和段世凯都不认得。就问负责发炮的董厚德都是些谁。董厚德大有点哀其不幸、恨其不争地说，啊呀，堂堂乡党委书记林汉星跟乡长周明理，你们咋连他俩都不认得，你西匐乡百姓认不得父母官怎么行呀，不说书记乡长啦，两边坐着的副书记副乡长都得认识哪，你俩看哈，挨林汉星的副书记名字叫，叫，叫啥来……我想想。宋云飞说行了行了不用想了，叫得来认识的就行了，叫不来的说明都扯淡。董厚德连说不不不，别看都是副的，各人把着一关哪，县官不如现管呀，别看现在坐台上笑嘻嘻的，你有事去求他们去，嘿哒，脸翘得比天还高哪。宋云飞就逗他，可不是嘛，厚德哥在矿上也是把着一关哪，来来来，吸烟吸烟，得罪上俺厚德哥也了不得呀。宋云飞从身上掏出一盒迎泽烟给董厚德打去一支。段世凯看了看自己的炮比宋云飞的少，说，厚德哥真是看人做事哪，给云飞哥的就比给我的多一捆哪。董厚德笑着说，好骡子好马人都待见嘛，更不用说人了嘛。段世凯说，我跟云飞哥差在哪了呀？董厚德说，当然差一截了呀，人家宋云飞就是放炮组的负责人，你段世凯就是放炮组一般人呀。段世凯伸直脖子看了看台上说，厚德哥哎，是不是你也该在台台上有个位位哪，你看人家副矿长技术主管们都端端正正在主席台二排坐着，你咋端着个纸箱给人发炮呀？董厚德苦笑了一下，朝主席台上做了个鄙视表情，切，没啥意思，比庙里的泥塑像多出的一口气，还省得人搬动。段世凯讥讽道，说是那样说，但能看得出你口里吃不着葡萄心里酸酸的，堂堂新辰矿大会计嘛，端个纸箱发炮，实在是丢面子的呀。董厚德就有点愤愤然了，狠狠地从纸箱里拿出两捆二踢脚炮，给了段世凯，给，放吧，多多地放吧，放得越多越喜庆。

会议的司仪是村会计段志忠，他从主席台二排走到前台喊，第一项，鸣炮奏乐。宋云飞第一个点燃了炮捻子，接着就咚——啪——两响炮从地下蹿到天空，再接着就又是鞭又是炮地响作一片，鞭炮声中锣鼓唢呐也吹奏起来了。吱吱哇哇的《将军令》《夹山腔》响彻南北山间，响彻天地间。这两个唢呐曲高亢、古朴、苍凉，据说是随唢呐流入中原的古代西域老曲子，只是其他地方都被一波又一波时调淹没掉了，而围堵着弗瑞县的群山，则像一圈高墙一样把山外时尚声腔挡着进不来，也堵住了山里的遗存流不出去，这才使得这两个古曲得以存续。这两个古曲调说来也怪，娶媳妇时听上去喜庆，发丧时听起来却悲怆，现在作为开会奏乐，你仔细听，也满能烘托喜庆气氛。《将军令》《夹山腔》这两首唢呐曲比蒲剧流入弗瑞县要古久得多，也许因其历史久远而积淀固化的缘故吧，但凡隆重场合，委婉优雅的蒲剧曲牌眼下还取代不了这两首古曲。矿上自家的戏班子庆贺自家的喜事儿，文场武场的人都很卖力，敲鼓的眉目飞扬，拍镲的张牙舞爪，敲锣的手舞足蹈，吹唢呐的更是脸红脖子粗地不要命了，一直吹奏到鞭炮声渐渐弱了才停下来。

接下来就正式开会了，这也就进入了喜庆文章的中心部分了。中心部分却实在也没啥可说的，和所有的大小会议一样，按照议程表上的内容这个讲了那个讲，讲的内容也都八九不离十，祝贺新辰煤矿喜见煤层，祝贺新辰煤矿越办越好。哇啦哇啦念了好几页，归纳起来也就这两句话。内容差不多，轻重却不一样。段志忠报林汉星书记讲话时，就说是热烈欢迎林书记作重要讲话，报其余人就不带"热烈"和"重要"了。司仪的说法倒是很重要，段志忠没说"热烈"两个字的讲话，掌声果然就不怎么热烈了。

台下的煤矿工人，其实都是附近村里的庄稼人，对讲话内容不感兴趣，但这么一排排坐着听讲话还是都很乐意的，不用进坑出力还能挣工资，天天开会都没意见。年岁大点的工人木木地端坐着，看上去蛮像个认真开会的。可年岁轻的坐一会儿就坚持不住了，有的仰天看着蓝蓝天上白云飘，有的双臂一伸大张开嘴巴打着呵欠，有的交头接耳嘀咕台上这个跟那个啥关系，有的鬼眼睛则穿过人头旮旯盯瞅开女孩子了。方婷婷就坐在靠右侧第一排，虽然穿着一样样的劳动布工作服，可宽大的衣服也遮盖不了瘦俏的后腰身。年轻工人们的眼睛几乎是齐刷刷地看向了右前方。那安安静静的后背很妖娆地扭动了扭动，这些年轻家伙们被撩拨得心旌摇荡；那俏丽的脸儿突然转过来朝大片眼睛扫了一眼，那些眼睛的主人就都自我感觉良好地接受秋波沐浴了。其实方婷婷还是很认真开会的，她一直很专心地盯着主席台，紧挨她的韩翠子用胳膊肘戳戳方婷婷，示意她身陷一片眼睛的海洋里。方婷婷浮起一丝微微的笑。韩翠子是收完秋才来到矿上的，刚领的工作服还是崭新的，在一大片已经褪色的工作服海洋里，像一小块新鲜的点缀色，也很吸引人的眼球的。但韩翠子眼光则一直没离开站在外围那几个刚刚完成了放炮任务的人，是的，你猜对了，韩翠子眼光一瞟一瞟的目标就是宋云飞。宋云飞鸣炮奏乐后本可以坐回会场行列里了，但他依然站立着，依然持续着高人一等的态势。他在接受着韩翠子眼光的抚慰，同时居高临下地鸟瞰着会场里矮人一截的听众们。

　　但是段志忠已经宣布会议结束了，建构起来的眼光网络像蜘蛛丝儿一样随着与会者纷纷四散而被撕碎了。年轻工人们只得恋恋不舍地与盯牢的目标遗憾割舍，渐行渐远了。

　　与会者都走出会场了，段志忠又宣布说，下午要唱蒲剧《蝴蝶杯》，欢迎大家踊跃观看。年轻人们即刻就站住了，就又激动起来了，虽然不知道《蝴蝶杯》是个啥东西，可它唱它的《蝴蝶杯》，咱瞅咱的花蝴蝶就是了。外地工人里自然有脸皮厚胆子大的，在散会后乱纷纷的人流里，有几个家伙死死盯着方婷婷、韩翠子就追上来了，大咧咧地问，嘿，下午的戏你们看不看？方婷婷、韩翠子、陈秋云、张眉烨们回头看了一下，是个陌生人，齐声说，不看。宋二平见那胆大鬼吃了钉子却不脸红，觉得很奇怪，反问道，你看不看哪？胆大鬼说，你们去看，我们也去看，要不就问你们哪。宋二平说，你咋不问人家懂戏的人们哪？胆大鬼看了看身后的几个撺掇鬼，说，这还不明白吗，想跟你们一起看嘛。宋二平说，蒲剧俺们都不喜欢看嘛。胆大鬼说，嗷，是的是的，那，那下午咋弄呀？宋二平说，啥咋弄呀，歇着还不好吗？胆大鬼身后几个嬉皮笑脸地等着胆大鬼的好结果。胆大鬼又大声说，那下午跟俺们打牌哇，行不行啊？宋二平说，谁知道你们在哪里打牌呢？胆大鬼一下子来信心了，俺们住的房子是原来三队畜圈，房子虽然不好，可是自由自在，吵翻天也影响不了周边老百姓。宋二平还要说话，已经走了老远的方婷婷们都朝她叫喊开了，二平姐，快点来哇，咋啦，你看上人家啦？宋二平朝前跑了几步，又回头喊了一句，行，有时间去找你们，你叫啥呀？胆大鬼激动地喊，张亮孩，张飞的张，亮堂堂的亮，孩子的孩，那就等你们了哈。张亮孩支棱着耳朵等了半天，也没等到宋二平的回答。但是张亮孩的兴奋却一丝也没有消减，豪情万丈地对身后伙伴们说，走，今中午我做东。

宋云飞正要追撵方婷婷韩翠子们，却被韩新惠喊住了。蒲剧蔺师傅打了几天戏走了，韩新惠就成了蒲剧资深师傅，跟学戏的孩儿们就拿起架势了，走啥走，没听见喊下午唱戏吗？哪也别去，戏班的人就在矿上吃午饭，已经派人到饭店里担饭去了，烩菜馍馍，赶紧吃了化妆哈。宋云飞、段世凯、段学东、宋向前、韩军儿、韩二明等七八个学戏的，一排儿站成立正姿势，像站在老师面前一样，等着训话。韩新惠频频晃着右手食指，真担心你，你，你，你四个帅府家丁，站不是站，跪不是跪的，今下午可咋败兴呀！去吧，快吃饭吧。

下午戏开了，装扮起来的帅府家丁们，看看戏台上除他们几个全是老男人，看看台下一色的年老观众，再相互看看涂红抹黑的脸觉得很笑人。听村里老蒲剧们说他们年轻时简直就跟现在的明星们一样，方圆百里的女孩们争着抢着要嫁给蒲剧角儿们的，可现在看这阵势，别说是跑龙套跑流程的了，就是学成韩新惠、韩新柱、马明煦那样的蒲剧把式，也招引不来年轻女孩追捧青睐了呀，要是戏迷票友或追星族粉丝什么的都是些老婆老汉们，学这个蒲剧还有个啥意思呀。

晚上本来说好要跟韩翠子、方婷婷、宋二平们一起去夜销魂看小电影的，可唱完《蝴蝶杯》韩新惠又宣布晚上唱《打銮驾》，宋云飞、段世凯、段学东、宋向前又得演王朝、马汉、张龙、赵虎，就越发不想学戏了，就各人编了各人的理由分别去跟韩新宝请假。韩新宝说，我看你们是嫌学唱戏苦是吧，行，不想学戏就不要来上班了。几个人被灰溜溜训出来，赶紧吃饭准备晚上化妆上台了。都唉声叹气地嘀咕，唉，这边唱戏那边就没戏了。

一次关于权力的深聊

宋光明留住林汉星在自己家里住了一宿，下午看完《蝴蝶杯》林汉星本来要跟其他乡领导一起坐拖拉机回西訚村的，可在村领导和矿领导欢送乡领导走向拖拉机的当儿，宋光明拽了拽林汉星的衣袖，并使了个眼色。林汉星急忙摇头拒绝，但宋光明死死握着手，挽留的态度很强硬，没有商量余地。林汉星望着其他乡领导向拖拉机拖斗攀爬，自己却被强行拉入欢送的队伍里，也向着拖车斗里的乡领导们挥动着手说，你们先回，我明天再了解了解华岩村秋耕进展情况。

宋光明让婆姨给林书记炒了几个菜，从柜子里拿出存放了十多年的两瓶汾酒。林汉星说，不是说留我看夜戏嘛，喝酒多浪费时间啊。宋光明说，戏班子是咱自家的，你哪会儿想看专门给你去唱，对了，说起唱戏来了，西訚乡以后赶会唱戏就唱咱戏班子的戏哈，你可别看不起咱这土剧团，以前去晋南戏窝子里唱戏都往台上扔哈德门烟哪。林汉星早已脱鞋上炕盘腿坐稳稳的了，好吧，多半年了没有好好朗嗒朗嗒呢，对你家的炕都有点生疏了。宋光明说，你看看，老百姓离了你们指挥也会种地吧？我看今年庄稼比哪一年都好哪。林汉星说，嘿，到底是事实教育人啊，年初三干活那会儿不是还有情绪吗？宋光明说，这多半年老百姓活得很轻松的，庄稼人嘛，就该是这样个活法的。林汉星说，所以中央才要改革嘛，农民种个地，春种秋收、修塄垫地啥都得听上面指手画脚，不是个事儿呀。宋光明说，还常常是瞎指挥嘛。林汉星深深叹了口气，突然问，宋光明啊，你敢说你没有过瞎指挥毛病吗？宋光明想了想说，没有呀。林汉星说，你刚当支书那年春天，你村各生产队都种晋单1号玉茭，是谁强行让种的？宋光明一怔，啊，那年主要是霜来得太早了嘛，要像往年那种子肯定丰收的，那是我经过反复调查才选定的好种子啊。林汉星笑了笑说，一样的啊，都是好心办成坏事啊。

亮汪汪的灯光下，促膝对饮的乡书记和村支书，是上级与下级，是官员与百姓，是组织与个体，更是赏识与感恩。来者也不客气也不见外，主人也不拘谨也不恭维，像挚友哥儿之间一样从容自然无话不谈。这样地说着喝着，喝着说着。宋光明问，这酒怎么样？林汉星说，好酒啊，以前在你家吃多少次饭了，为啥现在才往出拿啊？宋光明说，以前舍不得嘛，今天舍得了嘛。林汉星问，奇了怪了，为啥今天就舍得了？嘿，有啥难为我的事儿趁早别提啊。宋光明说，你咋这么看人哪，拿出好酒让你喝反倒怀疑我有事相求了。林汉星说，没啥要求是吧？宋光明说，没有嘛。林汉星说，那就好，来，喝。二人干掉一杯酒。宋光明说，我说我不想干了，这算要求吗？林汉星一边往酒杯里倒酒，一边哼哼哼笑着，你不想干了？宋光明说，左想右想，我还是给人家腾出这个位位吧。林汉星问，为啥？宋光明说，也不为啥，就是不想干了嘛，草鸡了嘛。林汉星点了点头说，草鸡了，想歇歇是吧？宋光明顿了顿，嗯，你选我当支书时是想让我带领社员搞好集体经济，现在都这样了，各家干各家的，用得着谁带领呀，想来想去，我还是摘掉这个紧箍咒吧。林汉星问，不干支书了，打算干什么？宋光明说，咱能干啥哪，就我家三口人的几亩地，种好就是了，我可没人家韩新宝那样的本事。林汉星说，就想纯粹歇歇，是吧？宋光明说，嗯，当个纯粹的庄稼人多好，开了门屙了尿，关了门吃了睡，管他世上云来雨去的哪。林汉星盯着宋光明看了看，该不是跟我闹情绪吧。宋光明说，我可闹个啥情绪哪，没有没有的。林汉星深沉了语气说，那好吧，你这么隆重挽留我喝了你藏存的好酒，就提这么个要求，我能不答应你吗？但我还是要确定一下，宋光明你真想好了吗？宋光明说，咋老问个没完没了哪，我宋光明说话从来是一句顶一句的。林汉星点点头，嗯，看来你是铁了心了，实在不想干，也不能硬逼你，嗯，那我就考虑换人了哈，可换谁合适呀？宋光明很不自然地笑了一下，老半天说，你看中谁换谁就是了嘛。林汉星又一通哈哈大笑，宋光明呀，宋光明，你这说话水平实在是差劲儿，你这绕来绕去的越绕越偏离目标了呀。宋光明不好意思地说，咋偏离目标了，就是不想干了嘛。

林汉星连喝几盅酒，看看宋光明表情；又喝几盅酒，又看看宋光明表情。宋光明一杯杯陪着书记喝，脸色怪怪的。林汉星就把叙谈绕回到家常话，你的庄稼今年咋样？宋光明说，很好的。林汉星说，山药蛋丰收不丰收？宋光明说，不管丰收不丰收，你家吃的山药蛋我包了。林汉星说，行，不过我给你钱。宋光明说，给钱你就到别处买去，我可不是卖山药蛋的。林汉星说，那多不好意思啊。宋光明说，虚伪，你们公家人就是虚伪，你林书记命令说，宋光明给我装一袋山药蛋，老百姓才越觉得你当咱是自家人哪。林汉星说，宋光明你可真会瞎揣摩啊，我问你山药蛋丰收不丰收，你怎么就揣摩到我是想要你山药蛋哪？宋光明说，我没揣摩你想要我的山药蛋呀，是我要给你山药蛋呀。林汉星连连摆手说，山药蛋我不要的，我有山药蛋的。宋光明说，唔，是的是的，你林书记咋会缺几颗山药蛋哪。

其实林汉星询问山药蛋只是为了往开绕话题，却被村领导揣想成家里缺山药蛋吃，即使家常话也句句得提防着，现在的人为啥都这么思考问题呀。二人又喝了十多杯酒，林汉星一直也不往起挑话题。宋光明耐不住了，就问，明年正月三干会还评模范不评啊？林汉星说，你横竖已经不干了，还关心这事儿干啥呀？宋光明愣了一下，啊，哈哈哈，你看我真是咸吃萝卜淡操心哪，就是嘛，咱都不干了，管人家这事干哪。林汉星顿了顿，突然问，想好接班人了没有啊？宋光明又愣了，啥接班人？林汉星说，你既然准备不干，咋能不瞅摸好接班人哪？宋光明想了想说，咱不干了，管人家谁干谁不干哪。林汉星就又笑了，宋光明呀，宋光明，别人不了解你，我林汉星还不了解你呀，你一晚上跟我绕绕绕的，不就是想试探试探我的口气吗？从你开始留我就知道你要说什么的，你看这酒也快喝完了，我就给你吃个定心丸，只要还没实行村民一人一票选，只要选村干部的权还在乡党委手里，你宋光明是我从你们华岩村一千多口人里选中的，你干得也给我很争气，我相信我的眼光的，不会选错人的，就眼下来说，在你们华岩村我还没有发现可以取代你的人，你才四十岁出头嘛，正是干事业的时候嘛，好好干吧，集体那阵子有那阵子的干法，联产承包有联产承包干法嘛，你这土地下户，企业承包，都是全乡的榜样，你大胆放手干起全乡第一家个体户煤矿，也干在点子上了，县里正让乡里报这方面典型呢，我正让秘书整理华岩村创建村办企业先进经验哪，前一段因为没见了炭，还有点犹豫，今天这个疑惑也消除了，我们必须大树特树韩新宝这样的典型，我看韩新宝那家伙是个干才……

　　林汉星趁着酒劲儿说啊说，虽然是酒后的话，但每句话都很靠谱，宋光明越听心里越踏实越高兴，但是突然，宋光明震了一下，脸色就阴沉了，刚刚平稳了的心就又悬起了。林汉星呜哩哇啦地发挥完，定了定神，发现宋光明脸色有点异样，问道，怎么了，还有啥要求，咱弟兄俩有啥不好说的，说呀。宋光明深深叹了一口气，说，韩新宝的确是棵好苗子啊，你看是不是把华岩村交给他更有起色，那家伙的能耐更适合现在这个时势啊。林汉星一激灵，使自己热烘烘的情绪镇静了一下，嘿，宋光明，是不是哪句话惹你生气了？宋光明连说，没有没有的，怎么会哪。林汉星一下拖过宋光明的手腕像老中医号脉一样按了按，说，唔，你这脉我一摸就准，你就放心塌塌地睡觉吧，西訇乡里各个村的头面人物，在我心里排着队哪。宋光明还要说什么，林汉星抢过话茬儿，告你放心塌塌地睡觉就是了嘛，这么聪明的脑袋瓜，还让我非得说透说彻了才懂啊？宋光明脸色就微微泛出笑容，好，睡觉。

爱河在偷偷流淌

南边咚咚哐哐的蒲剧家伙一阵阵地随风传进村子里，传进夜销魂投影院子里，但并不影响小电影播放。这夜新辰矿取消了夜班，除了到南边看戏的，来看小电影的把院子挤得满满的。韩圪蛋越发神气了，端个罐头瓶小口地喝着茶叶水，笑嘻嘻看着纷涌而来的观众们。张亮孩们等了一下午女孩子们光临住处都没等到，就决定到夜销魂投影院找宋二平算账了。晚上又喝了酒，又探知宋云飞们都在南边唱戏，胆子都壮壮的，大呼小叫地就直奔夜销魂投影院了。张亮孩将硬铮铮的两块钱大票子甩给韩狗来说，零头不用找。韩狗来扳着胳膊挨个儿点了一下，八个人，捏出该找的四毛钱看时，都已经钻进人堆里了。

张亮孩们一进院就将方婷婷们的退路堵死了，方婷婷右侧挨个儿是宋二平、韩翠子、陈秋云、张眉烨。女孩们都感觉到身后大兵压境了，相互用眼色提醒，提高警惕抵御侵犯啊。几位就臂挽臂手挽手构筑起了血肉长城。宋二平知道是她招惹来的祸，低声对陈秋云嘀咕说，好心真不能使，看他们尴尬才给他们个台阶下呢，谁知道他们倒黏上了呀。陈秋云说，这些杂牌军也就是强盗走了耍枪呢，强盗来了筛糠呢，你们村那些护花兵将要在，那晚上他们不是龟孙子一样呢。陈秋云和张眉烨都是外乡人，是新辰矿前不久在其他乡镇新招的高中生，算是机电室的技术人才。她俩加上宋二平、韩翠子、方婷婷五个女孩，先由生疏很快就熟悉了，常常一下班就勾肩搭背相跟着走在村街上，成了华岩村一道风景线，一来二去的就被叫成新辰矿五朵金花了。五朵金花听了都美滋滋地默认，也按金花的高标准要求自己。张眉烨呢，一来就给新辰矿带来新时尚，装扮得跟二道河机械厂女工们一样样的，裤子上衣都跟所有华岩人反着来，裤子是上面窄下面宽，衣裳是窄小得刚刚遮住裤腰带。张眉烨第一天刚进矿，首先就把宋二平给迷住了，直瞪瞪地盯着闪动的两条腿一直跟进报到处。没出一个礼拜宋二平就跟张眉烨成好姊妹了。宋二平又拉张眉烨住她家里，张眉烨又把陈秋云也拉来一起住。没多久张眉烨就买了一条喇叭裤送她二平姐了。又没多久，五朵金花就齐刷刷一人一条喇叭裤了。又都到二道河将辫梢烫成弯弯团团的花儿，刘海也烫成弯弯团团的花儿，五朵金花就亮汪汪的更像五朵金花了。

这晚的小电影恰恰叫《五朵血玫瑰》，小电影刚刚播放，张亮孩宽大的后背就推进到方婷婷身后了，粗哼哼的气息已经将方婷婷的头发丝吹得飘动了。方婷婷正处在血肉长城的末端，是堡垒最容易攻破的环节。紧挨方婷婷的宋二平拽了拽方婷婷的手，示意她不要怕。方婷婷点点头。这当儿方婷婷就看见宋金元挤夹在人堆里，也向她这边使力气了。方婷婷又朝宋金元点了点头，宋金元向这边钻挤的力度就更大了。

张亮孩的酒劲儿一阵儿比一阵儿往头上涌，不知咋的突然就说话了，嘿，美女们哎，咋就那么脸高哪，跟俺们说说话就咋了嘛，能把你们身价降低了呀，就问你们晚上看戏不看嘛，吓得你们跑得还怕丢了鞋哪。宋二平说，我不是跟你说话了嘛。张亮孩说，别说你说话吧，就因为你说了那话，害得俺们把住的地方打扫得干干净净等了一下午，耍笑人也不能这样耍笑吧。宋二平说，不是的，本来是想去你们那来的，可正好有银生金煤矿的拉炭车呢，就坐车到了二道河了嘛，这不才回来连晚饭还没吃嘛。张亮孩说，真啊，那散了电影请你们吃饭。宋二平说，谁都不认识谁，咋来不来就请俺们吃饭呢？张亮孩说，你说为啥哪，为了跟你们相好吧。

银幕上出现了五个女人的镜头，那五个女人只穿着黑皮奶罩和黑皮裤衩，正围着一个壮实的男人转圈儿，转着转着其中一个女的就跌坐在那男人怀抱了。镜头很动人，可张亮孩的眼光盯着银幕，心却在前面女孩身上。恰好身后一股人潮涌动，张亮孩稍稍借力就直达目标了，正前方已然就是宋二平了。

宋二平当然也感觉到身后热烘烘的推挤了，低声说了句，哎呀，挤啥呢挤。

并用胳膊肘往后戳了戳。张亮孩却把前面的掣肘理解为暗示了，就越发往前使了一下劲儿。低声说，是后面往前挤嘛，看电影还怕挤哪。宋二平没有搭腔，只听陈秋云低声说，二平姐，咱们到后面看吧，这里太挤了。张亮孩一听急坏了，但是宋二平没有走，并且低声说，就在这看吧，后面怕看不见呢。张亮孩不但放了心，而且信心倍增了。张亮孩看了看伙伴们依然紧紧地簇拥在他身后，得意地笑了笑，意思是你们就看我的了。轻轻地，两手就同时启动了。轻轻地，两手就同时触摸到紧紧裹腰的衣服了。轻轻地，两手就向前穿插了……两手像两股力量从两侧迂回包围最后在某个点上结集会师了。是的，没遭遇堵截，没遭遇遏止，简直是想象不到的顺利啊……对方的整个儿腰身已经被紧紧箍住了，软绵绵的后背已经紧贴在硕大的胸脯上了……张亮孩觉得有颗心突突突跳得一阵儿比一阵儿紧，一阵儿比一阵儿快，也不知这颗狂跳的心是自己的还是前面的。银幕上五个女孩又凑齐了，一人一身紧绷绷的黑衣服，五个女孩明明就向着这边走来了，走着走着就只剩下腿了，又走着走着就没有了……张亮孩眼睛木木地瞟着银幕，全身心却整个儿浸泡在无比的美妙中，定格了一样一动不动固化着无间的黏合。

原以为宋二平是血肉长城最坚硬的部分，不想却轻而易举被攻克了。不知不觉间电影就演完了，观众四散的当儿，张亮孩看到五个女孩还臂挽着臂手挽着手。他想跟宋二平再说说话，确定一下这一瞬间的温存可不可以成为美好的起点。可宋二平的手被两边的手紧拉着，身子像链条上的一个环扣一样由不得自己，就那样地被拉走了。张亮孩只得眼睁睁看着目标融入走散的观众群里。

一次关于求爱的秘笈交流

宋金元和方婷婷已经拉第七次手了，都在同一时间同一地点，也就是夜销魂投影院播放小电影的这个时刻。宋金元承认在一片外地观众里第一次与方婷婷身体接触，的确不是靠了拥挤外力的，是他使劲挤到方婷婷身边的。据宋金元向宋云飞交代，先是胳膊肘挨着了，刚刚挨着像触电了。宋金元说原以为方婷婷不知道是他的胳膊肘，还胆大一点。谁知方婷婷却掉过头来了，还羞羞地看了他一下，并低声问他，你也来看啦，并用那个胳膊肘朝他摆了摆。宋金元说他越发紧张得不行了，身子也哆嗦了，心也哆嗦了，嗓子眼也哆嗦了，话都说不利索了。这就到了宋云飞最关心的节骨眼了，问道，是方婷婷主动握你的手？宋金元想了想说，也不是的，人家那样的人咋会主动握我哪。宋云飞问，那是你主动握她的？宋金元说，也不是的，咱这样的人咋敢主动握人家哪。宋云飞急了，啊呀，自己做了的事情都说不清啊，那你俩到底是怎么就把手握在一起了哪？这也太日怪了，我在她身上下了那么多工夫，俺俩又在一个班里，我还请她吃了几顿饭，不是我说你金元不如我，不怕不识货就怕货比货嘛，你不要嫌我说得不好听，这是明摆着的嘛，把你和我摆在一起让大家评评嘛，谁敢说我不如你宋金元呀，她咋就跟你握手了哪？宋金元摇摇头，我也有点日怪的。宋云飞眼睛毒毒地盯住宋金元，是你不肯说实话吧，一定是你主动的，你死皮赖脸握住她的手，她那人我知道，心可软了，看是你握的也就不好意思甩脱了，权当是救济个叫花子，照顾你个恓惶人，是的，她那人我太知道了，你越是装上一副恓惶样子，她就越同情你，我推测得对吧？宋金元摇了一顿头说，就算是吧。

　　宋云飞眉棱骨间的疙瘩稍稍泛开一点，说，还就算是吧，除了这个不可能有第二种缘由。但是过了一会儿，宋云飞眉棱骨又皱起了，咋，看你这动静，我说得不对吗？你看你，既然我说得不对，那你就说嘛，说得详详细细的，说嘛说嘛。宋金元深呼吸了一下，说，嗯，细寻思当时的情由，还真是方婷婷稍稍主动的。宋云飞两眼一下子瞪得牛眼一样，啊，是吗？说，细细往下说。宋金元说，俺俩先是胳膊肘挨着了。宋云飞满脸又打起皱了，啥你俩你俩，不就是你跟她嘛。宋金元怔了一下说，啊，嗯嗯，先是我跟她的胳膊肘挨住了，是的，是我主动挤到她跟前的，但是说话是她先跟我说话的，她还用胳膊肘碰我的胳膊肘，碰了三四下哪，我的胳膊也碰了她的胳膊一下，就觉得我的手挨着一个手，我知道是她的手，挨着是挨着了，但我不敢握，挨着和握着差着十万八千里哪，不瞒云飞哥你说，我是想握住那只手的，可是越想越紧张得不行，越发抖得不行，就觉得有两个指头轻轻伸到我手心里了，我脑袋一下子彻底懵了，懵得啥也不顾了，一下子就把那两个指头握住了，后来就把整个手握住了，先是掌心对掌心握着，后来就十指相扣握着一直到散了电影，第一次就是这样的了，你说你看见俺俩，嗯，看见她跟我说话的那一回，已经是第三次握手了。

宋云飞脑袋耷拉在胸口半天，说，真真的日了怪了，金元子你身上哪块肉值钱哪？宋金元憨憨地说，我也不知道。宋云飞问，这以前没在她身上下过工夫？宋金元红着脸说，下过的。宋云飞又急了，快说说。宋金元说，嗯，就是自从给韩翠子捐款那晚上，就看着她实在好哪，人样儿也好，心也那么好，俺弟兄俩就又给了韩翠子二十块钱。要说下工夫，俺哥比我还下得多哪。后来给那二十块就是俺哥去给的，他去给也是想跟她见一面，俺哥见那一面后回家就睡不着，我就知道他是想人家婷婷哪。婷婷很替韩翠子感激俺弟兄俩的。俺哥后来又去过几次，但是俺哥告我说他看出婷婷不喜欢他，我就试着去了韩翠子家几次，就觉得婷婷对我好，那晚上看小电影就挤到她跟前，就是这样的了。宋云飞脑袋拧得一愣一愣的，呀呀呀，一声一个婷婷，婷婷，你都快把你哥说得吐了哪，啊呀呀，世上真是啥人也有啊，就捐了个钱和人家说了几句感谢的话，就敢一回一回地上门找人家。啊呀，人不可貌相啊，叫谁都看不透俺金元子这么没皮没脸啊。就几句礼貌话就能理解成是对你好，啊呀呀，金元子哎，你哥我可是服气你了呀，人真真的是看不透呀。宋金元说，嗯，云飞哥你说得也对，脸皮要不厚一点还真是不行的，也不敢去找人家，更不敢往人家身边挤，更不要说握手了哪。我也想哪，谈恋爱谈恋爱嘛，可咱不会说话，握手可顶事哪，比说话管用。宋云飞又急了，咋样个顶事，咋样个管用，听你这话，握了手顶了个啥事，亲了嘴了，还是干那事了？宋金元说，都没有。宋云飞眉头就皱起了，那你还说顶事哪，嘴也没亲，那事也没干，你，你，你这不是瞎扯淡嘛。宋金元低头寻思了一顿，说，俺哥也说嘛，手让你握了，其他事就啥也可以干了，可，可是不行。晚上握了手了，第二天我去找她，她态度又跟以前一样样的了，她在韩翠子家住着时，我去了她给我让座倒水喝。她住回韩新宝家，我去了她住的那个家，就俺俩，嗯，就我跟她，她也是让座倒水喝，态度平平常常的。宋云飞问，握手以后一共去了几次？宋金元想了想说，五六次了。宋云飞问，五六次都是平平常常的？宋金元说，嗯。宋云飞问，都没一点进展？宋金元说，嗯。宋云飞眉宇间的疙瘩就缓缓地泛开了，去了五六次了都是这样的，那你再去上一百次也就是这样了，我看你也就是能偷偷摸摸握一下手罢了，那也算小兄弟你占大便宜了，就那打住吧，俺孩你没戏了。宋金元半天不说话，像是快哭了。宋云飞说，要叫我哈，只要握一次手，嘴也早亲了，该干的早干了。宋金元嘟嘟囔囔说，那，那，你是咋弄哪，教教我嘛。宋云飞说，切，教你，教的曲儿唱不得，有这学校那学校，就没听说有搞女孩学校，就那吧，那么好看的女孩，握握手也算兄弟你福分不浅啊。好好握吧，多握一回是一回。宋金元却说，那可握得叫个啥呢。宋云飞吃惊道，哈呀，那你还想咋哪，就你这窝窝囊囊的劲儿啊，这也就走到尽头儿上了。

第 17 章

各领风骚

干透了的柴会自燃

韩翠子去看小电影了，韩守仁一个人在电灯下坐了一会儿，躺了一会儿，还是觉得空落落的。听说马金贵买回电视机了，锁了街门就去了马金贵家里。一看已经满满的一院人，都是东华岩左邻右舍的人们。马金贵倒也大方，电视机搬在院子窗台上，让大家伙尽管看。韩守仁进去的时候，徐启程正嚷嚷，呀呀，你这电视机里的人人是黑的，流出来的血咋也是黑的。马金贵有点不高兴了，嫌黑白电视不好看你去看韩圪蛋的小电影去，人家小电影可是五颜六色的。徐启程也没觉得自己的话对电视机主人有点不礼貌，继续说，就是嘛，演的又都是小人国，人人还没有五寸高，公家也是的，要造你造得大一点嘛。马金贵更生气了，老徐哎，老徐哎，嫌不好看你去去去，不要看了，山汉喉咙高的影响别人也看不成。徐启程也被说恼了，一边气哼哼地往出走，一边骂骂咧咧，还没他娘的窗口口大哪，摆上十盘八碗请我也不来看。

就在人们都把眼光集中向徐启程的当儿，韩守仁就看见邱粉娥也提溜着个小马扎进来悄悄地坐在最后面。那时候韩守仁正站在后面左看看右看看，想找个好位置。恰好邱粉娥就坐在了他右侧不远处。韩守仁向右横跨到邱粉娥跟前，狠狠在邱粉娥后脊背拍了一下，低声说，你也来看了？邱粉娥一坐定后两眼就直直盯住电视屏幕看了，听见有人说话，扭过头来看是韩守仁，问，演的是个啥哪？韩守仁说，我也是刚刚来，像是打仗的。邱粉娥有点失望，打仗的啊，打仗的不好看。韩守仁问，你喜欢看啥的哪？邱粉娥说，反正不想看打打杀杀的，人的命就不是个命，抿虱子一样就死了。韩守仁问，不爱看打打杀杀的，爱看男男女女的？邱粉娥说，这死人烂嘴的，不跟你说了，悄悄地看哇。韩守仁就在墙根搬了个劈柴木墩挨邱粉娥坐下了。

　　电视剧到底演的是个啥，韩守仁看了半天也不知道，反正是打打杀杀的，拳来脚去的不是这个把那个打得跌倒在地，就是那个把这个打得鼻青脸肿。还真是不咋好看的，有啥好看不好看哪，人家这不都在看着嘛，邱粉娥这不也两眼直瞪瞪地在看着嘛。就低声对邱粉娥说，你不是说打打杀杀不好看嘛，看你看得还怪认真哪。邱粉娥说，瞎看吧。韩守仁声音更低地说，还不如暖暖地坐家里说说话哪。邱粉娥说，回去跟谁说话哪，跟墙头？韩守仁嘴巴凑到邱粉娥耳朵边上了，跟我说嘛。邱粉娥耳朵被吹痒痒了，说，跌得你远远的哇，蹬着鼻子爬上脸了哪。这时候，前面有人掉后头来说，你俩要说话回你们家里说去。邱粉娥突然提溜了小马扎就走出院子了。韩守仁悄悄地看了一会儿，还是看不进去，就也转身离开了马金贵院子。

　　韩守仁回到家里，韩翠子看小电影还没回来，屋顶的十五瓦灯泡黄黄地照着，屋里越发空荡荡的。韩守仁在炕上躺了一会儿又坐起来；坐了一会儿又躺下，突然一骨碌下了地，走出屋子，走出院子，走到黑乎乎的村巷里，又走向马金贵的院子去，走着走着，突然又折身往回返，走着走着就走到邱粉娥家门前了。邱粉娥屋里亮着灯，窗户映出女人的影子。那女人还坐着的，好像在做针线活。韩守仁犹豫一会儿，一狠心就把门敲响了，里面就说话了，谁呀，门开着哪。随着两扇门轻轻地推开，韩守仁就笑嘻嘻地出现在脚地上，说，唉，你说这是咋了，倒像是鬼引着哪，不知咋的就走到你家了。邱粉娥头也不抬地说，坐下哇。韩守仁就在炕沿边挂着半个屁股坐下了，唉，活得实在是没情由。邱粉娥说，有你吃的有你喝的就行哇，要啥情由哪？韩守仁把另外半个屁股往稳当坐了坐，唉，你说这人活得是个啥哪，吃了睡，睡了吃，就是个这？邱粉娥看了看炕尾熟睡的孩子，说，低声点，小心惊了孩儿觉呀。韩守仁哈下身子双手掬住脸，低低地唉了一声，就不说话了。

邱粉娥只顾做针线活，韩守仁只顾掬着脸叹气，二人就那么静悄悄地僵着。孩子翻了一下身子，邱粉娥给孩子捂了捂被子。又过了大半天，邱粉娥说，还是现在好哈，收倒秋就轻闲了，像以前都数九寒天了还吆喝上人们挖土垫地哪。韩守仁说，挖土垫地那算好的哪，有几年都年尽腊月了，还雪地里掰玉茭子哪。邱粉娥说，嗯，可不是哪，记得那一年都正月了还打莜麦哪。韩守仁说，日了怪了，地也还是这些地，人也还是这些人嘛。邱粉娥嗯了一声，二人又没话说了。

邱粉娥收拾起针线活，下地上了一趟厕所，门口叮咚响了一声，听得出是把尿盆暂放门口了。韩守仁伸了伸懒腰也准备回家了，说，唉，不早了，回呀。说着就慢吞吞地从炕沿边往下挪屁股。这当儿，邱粉娥却屁股蹭着炕沿挨韩守仁坐稳了，说，着急啥哪，不是说睡不着嘛？韩守仁挪腾出来的屁股就又挪了回去，斜眼看了看邱粉娥，全身就一股股地发热发麻了，一只手就像乌龟一样沿着炕沿向那边爬蜒了，一直爬蜒到那条大腿根部，像遇到一堵堤坝一样只得止步了。韩守仁却一阵儿比一阵儿紧张了，又斜了眼看邱粉娥时，邱粉娥脑袋低垂着，两手相互捏着手指头……也不知是哪来的勇气，那只螃蟹一样的手一下子就攀爬上那条大腿上，并且轻轻按了按。邱粉娥低声说，小心有人呀。韩守仁立刻就热血沸腾了，另一只手就也横过来了，随即跳下地整个身子就向邱粉娥合围过去，顺势儿一扑就将邱粉娥按倒在炕上了。邱粉娥使劲将韩守仁推开，朝熟睡的孩子摆了摆下巴，死人，惊醒孩儿呀。说着就下地朝门口走，低声说，走，过那厢。

隔壁房子是用来做饭的，炕上烧得暖暖的。邱粉娥开门进来就脱鞋上炕，就脱衣服，并低声告韩守仁，快点哇你。韩守仁就赶紧解裤带，裤子褪下半腿，就爬上炕去，爬上肉肉的身子……

战斗很快就结束了，邱粉娥一边扣衣服一边说，咱可是说好唉，就这一回唉，叫村里人知道了可没法活了。韩守仁已经收拾好衣服，爬窗台朝窗纸窟窿瞅了瞅，一闪身子就窜入暗夜里了。

说是就那一回，可这种事情只要开了头哪能像徐启程赶的马车一样一拉刹车皮带车就停住呢。韩守仁一遍遍追想着那次的细情，越追想越切盼再品尝一下那美妙感觉，可韩守仁把邱粉娥的最后告诫当了真了，没勇气再设施行动了。可是那一天，邱粉娥却来借筛面的细罗子了。一进院就喊，嗨，韩守仁哎，用用你家的细罗子，吃得没玉荌面了，大前天就跟段建生排上队了，排到今后晌了，咋啦，就你一个人啊，翠子哪？韩守仁说，翠子到矿上上班了嘛。答话的当儿就紧张得嗓子发干了。邱粉娥往屋里走，他往街门外走，朝南北巷口看了看没有人，迅速退回院子，就把街门关上了。进屋后问邱粉娥，你来时碰上人了没有？邱粉娥却卖起了关子，你这人是咋啦，借你家个筛面罗子嘛，还怕见人哪？你家的筛面罗子是偷的还是抢的哪？邱粉娥的话还没说完，韩守仁就把邱粉娥按到炕上了。虽然是第二次的实战演练，但双方动作配合已然娴熟顺畅。大约前后不到二十分钟就结束程序了。韩守仁喘息着说，切，还一本正经地告我就一回，就一回，咋啦，忍耐不住了吧？邱粉娥说，说一回就是一回嘛，我来借筛面罗子，谁知道你是个儿马叫驴子哪，你这是强奸俺哪。韩守仁怪怪地斜眼看着邱粉娥，我的家伙好还是张三牛的家伙好？邱粉娥已经站到门口，快点给我拿罗子吧。韩守仁从隔壁给邱粉娥拿过罗子，鬼眨着眼问，后晌我跟你去电碾上帮忙吧。邱粉娥说，跌得你远远的吧，收秋用你还用得后悔死了哪，你韩守仁跟稀鼻涕一样一沾手就甩也甩不掉了。韩守仁说，算了吧，婆姨们都是狗心，谁日就跟谁亲。邱粉娥一边往出走，一边笑着说，这死人吆，嘿嘿嘿嘿，这死人吆，嘿嘿嘿嘿嘿嘿……

妙计其实并不妙

韩圪蛋每天神气十足地端个罐头瓶充当的茶杯，在街上走过来走过去，大翻领西装大开着怀，喇叭裤忽闪忽闪，头发长至后脖根部。韩圪蛋边走边朝街两边的人点头微笑。有年轻的婆姨们就朝他喊，嘿，西洋人，今晚演啥小电影呀？韩圪蛋美滋滋地说，你来看了不就知道啦。又有人逗他，圪蛋子哎，你们韩家祖祖辈辈都正正经经的，咋到了你这里就变种了哪？韩圪蛋回击说，是呀，人在社会上跟山药蛋煮锅里一样，锅开了山药蛋就熟了，社会变了你人不变，就跟锅里煮了块石头蛋一样啊，跟上时势的都是文化人呀。韩圪蛋白天过得优哉游哉逍遥无忧；到黑夜更过得充实殷实财源滚滚。华岩村饭市上流行一句话叫马有膘鬼大，人有钱叽喳。大概意思是说，钱袋子撑满就把人也撑得哪儿都放不下了。每晚上到新辰饭店里，一荤一素一壶酒，而后酒气醺醺地打开街门等着观众们来送钱。韩圪蛋已经不再亲自放投影机了，他调教了个韩家小侄儿给他放小电影，自己就端着装茶水的罐头瓶这里站站那里走走，别人看小电影，他看看小电影的人，看看小电影的女孩们。五朵金花当然是最吸引他的，那时尚的打扮首先就很入他法眼，单说上窄下宽的喇叭裤就是他们之间的共同点，按他这文化人的说法叫审美趣味相投。于是就想在这五位里选定一位压院夫人。古书里写的女人都柔美还心好爱嫁念书之人，刘月娥爱上吕蒙正，王宝钏爱上薛平贵，可是华岩村这些女孩们呢，压根儿不懂得来爱他这样的文化人。为啥呀，没文化嘛。不就念了个七年制嘛，一满就学了薄薄的几本语文书，撂起来不足半尺厚，看看咱家有多少书啊，窗台上小木箱里满满的一箱书哪，这就是文化呀，咱家又搞起文化事业，又有了钱，衣着装扮又这般都市化，这些都是吸引女孩的资本呀。

韩圪蛋最满意的是张眉烨，张眉烨名字洋气，人长得也洋气，打扮得更洋气，在五朵金花里应该排名第一位。华岩土著们认为最好看的是方婷婷，其实不然的，方婷婷虽然长了张好看脸蛋儿，但是土气没有脱尽，缺乏城市女孩身上那种气质。尽管穿了喇叭裤也还是鼓捣不出那种气质来。气质这种东西还真是日怪了，张眉烨那家伙身上就有，其他女孩身上就没有。方婷婷没气质还他娘的脸高，切，你还板着个脸不搭理我哪，我还压根儿不考虑你哪。

韩圪蛋经过一段时间试探，发现张眉烨很难弄，又试着搭讪陈秋云，也还是对他爱理不答的，只得退而求其次，最后将目标锁定了西华岩女孩宋二平。首先是宋二平好说话，你问她啥她就跟你说啥，你朝她笑嘻嘻，她就也朝你笑嘻嘻。那次看小电影，宋二平来早了，韩圪蛋就请她进家里坐一坐。她一点也没像其他女孩一样生怕沾染上他韩圪蛋的臭名声。

一切都在韩圪蛋的预谋之中进行着，恰好那个外村家伙张亮孩那晚上与宋二平干那事儿了。像写作者老爱重复使用惯用的词语，老中医老爱重复使用惯用的中药一样，韩圪蛋又用上了老计策。也可以说是成功经验，也可以说是中年光棍唯一可设施的手段吧。那黑夜，小电影一散，他就全副武装进入作战状态了。像《七侠五义》里展昭一样，穿起了夜行的黑衣黑裤，穿了软底的球鞋，戴了个遮掩面目的大檐帽子，手持着手电筒先就混入到四散的观众群里。观众群一小股一小股地分流进入岔道，大街上人越来越少了。渐渐地，视野里就仅剩死盯的两个人影了。那两个人影突然转身往东边返，韩圪蛋匆忙闪入一堵矮墙后面，一眨眼间，那两个人影就看不见了。唔，眼前的地形地貌唯一可掩藏污男秽女的只能是金圪槽石板桥洞里了。

韩圪蛋蹑着脚迂回到桥洞南侧，身子紧贴桥墩侧耳细听，桥洞里就发出低语，女的说，不敢不敢呀，怕有了可咋办呀。男的说，不怕的，我在二道河买套子了。女的说，啥套子呢？男的说，就是干的时候戴的，戴上就不怕有了。又过了老大一阵子，女的说，呀，你这人可赖呢，咋啥也知道呢。男的说，男的要是不赖，可咋娶婆姨哪。女的说，呀，真要有了在华岩可咋活呀。男的说，你也是的，你不是答应嫁给我嘛，赶紧结了婚有了不是正好吗。女的说，咋呢，你让俺带上肚子嫁你啊，丢死人了呢。男的说，不说了不说了，咱先干哇，我这就戴上。就听不见说话只听见一阵儿窸窸窣窣的裤带环响，接着就是急促的喘息声与一种奇妙节奏声的交互配合了……

韩圪蛋也不知是紧张还是激奋，觉得身子一阵儿发紧，立刻攥紧手电筒，大拇指按在电门上，只需轻轻一按，桥洞里的一切就照个透亮了。但是韩圪蛋还是控制住了，他不是来捉奸的，走在时代前列的文化人对捉奸那种行为是嗤之以鼻的。桥洞里又听到裤带环儿响了，韩圪蛋立刻撤离石板桥洞，撤离金圪槽，潜伏在宋二平必经的西华岩村那个窄巷子里。

已经听到脚步声了，不好，是两个人的脚步，那家伙送宋二平回家了。韩圪蛋想，那家伙要把宋二平一直送家里可就完了，咋办呀？还好，脚步声止住了，一阵儿耳语之后，就听到较重的脚步声走向远处，较轻的脚步声就走近了，走近了……韩圪蛋深呼吸了一口气，鼓起了最后的勇气，大拇指稍稍一按，整个窄巷就照得亮汪汪的了，远处不再有那家伙的身影，近处呢，宋二平已经在眼前了。

宋二平惊叫，谁呀？韩圪蛋说，低声点。手电光熄灭后，宋二平定了定睛说，鬼一样在这做啥呢？韩圪蛋说，在等你哪。宋二平说，等我，等我做啥呀？韩圪蛋说，妹子哎，你刚才金圪槽桥洞里我可是啥也听到了，我要把你俩捉奸拿双了明天全华岩甚至全西訚都嚷翻天了，那样的话你在华岩可就抬不起头了呀，那样的话妹子你还怎么嫁人哪，谁还愿意要你个跟野男人干过那事的女子哪。宋二平说，就这呀，我不怕的，别人不要我,他张亮孩要我的。韩圪蛋说,是吗?你当真不怕吗,好,你们的声音我可是都录下了,明晚放录像前,我就先把你们的声音放出去。宋二平这下子吓坏了,啊,你录音了,瞎咋呼吧?韩圪蛋说,要是白天,我连像都录了,录音算个啥,好了,妹子,明天你就等着轰动全乡的好消息吧。宋二平迟疑片刻,说,咋你是这么个寒碜人呢,说吧,你到底要咋吧?韩圪蛋说,很简单,也很容易,你跟哥也干一下,哥就啥也不说了。宋二平很痛快地说,行,在哪里?韩圪蛋说,你看,我就知道俺妹子好脑筋,那玩意儿又磨不了厚薄,活一回人多尝尝几个又咋了。宋二平说,在这里行不行吧?韩圪蛋惊喜,行了行了。宋二平问,可说好,就这一次啊。韩圪蛋说,嗯,就这一次。就在韩圪蛋哆哆嗦嗦弯腰将裤子褪下半腿的当儿,宋二平从身上摸出袖珍剪刀。韩圪蛋兴奋坏了,妹子真好,妹子真亲,妹子,妹子,念叨着就朝宋二平扑了过去。宋二平很顺从地配合着,就在韩圪蛋云里雾里忘乎所以的当儿,从韩圪蛋背心上偷偷地剪下一小块三角。

后婆姨后娘后来居上

穿沟风呼呼呼地刮着,黄尘铺天盖地,沁河沿的杨柳树叶先是黄了,后来就枯干了,再后来就落尽了。这时候的华岩村就像村里生过几个孩子的婆姨们,脸也黑黄了,头发也半白了,衣襟上沾满饭滴也不在乎了,裤子穿成皱巴巴的面袋子也不管不顾了。不光是不好看了,性格也变得常是恶狠狠的一点也不贤惠了。站在银生金大煤堆上望华岩村,那心情还真和看着南凤仙一样犯愁一样厌恶哪。

宋银禄不吃早饭,只顾一根接一根地吸烟。南凤仙喊他,你又是咋啦,凹下那份死人眉眼,饭都冷了倒锅里热了两回了,还不回来吃死食来啊。宋银禄拧拧脖子,狠狠一口口吐着痰,狠狠一口口抽着烟。这是宋银禄正在进行的斗争方式，不吃饭就是不吃饭，你越喊越不吃，急死你。南凤仙又喊了，嗨，热了饭也又冷啦嘛，要死要活好歹吃了饭哩吧。宋银禄双腿圪蹴酸痛了，脚板也蹲得麻木了，但他坚持纹丝不动，像雕像一样凝固着，姿势一松动就意味着心理防线松弛了。这时办公室大喇叭里又叫喊了，现在广播通知，现在广播通知，各家各户注意了，新辰煤矿为了感谢乡里乡亲对煤矿的支持，决定给每户发炭700斤，为了不影响矿上正常生产，只限今天最后一天领取，还没来领炭的户户，赶快到新辰矿领炭。宋银禄越听越窝火，越听越愤怒。宋银禄不是愤怒韩新宝，他是愤怒南凤仙这狗婆姨，不精明，半脑子，不懂世事还他娘的怪能管事。韩新宝给老百姓发煤炭，人家这是会来事，这是讨好老百姓，这是放长线钓大鱼。地下的煤层是华岩村的，是人人有份的，你捞了稠的也得给老百姓喝点汤呀。你当你经管的还是集体煤窑啊，集体煤窑老百姓不眼红，个体户煤窑老百姓个个眼红得喷火哪。那伙鬼孩子们闹腾东井沟都是有人挑唆的，口口声声叫喊是代表老百姓利益的。南凤仙呀，南凤仙，你就知道拾到竹篮里就是菜，装到包包里就是钱，整个儿一个铁公鸡一毛不拔只进不出呀。韩新宝要不给咱来这一下子还好，那边大张旗鼓地又是回报呀又是感谢呀地叫喊得一片，你南凤仙这铁石心肠咋就石锤也砸不开哪？整整一晚上左说了右说，横说了竖说，他娘的就是不松口，就是不让发。你说这婆姨咋就变成个这哪，没嫁过来时满是贤贤惠惠的嘛，满是通情达理的嘛，嘿嘿，一节儿一节儿地就变成个慈禧老佛爷了呀，这银生金矿长都成宣统儿皇帝了呀。这这这不行，堂堂银生金矿长连他娘的这点儿事都主不了，这还了得，当矿长就是为了主事嘛，主不了事这当的是个啥矿长呀。

　　大喇叭又叫喊还没到新辰矿领炭的户名了，宋哲明、宋拴福、连志恩、韩守信、宋银禄……宋银禄的闷气一下子就憋涨到极限了，堂堂一矿之长都成煤炭福利户了，这张老脸还往哪里搁。宋银禄将嘴里夹着的烟头狠狠一吐，愤然跃身而起，冲进屋里，端起饭碗呼噜噜几口喝个净光，而后狠狠把饭碗往锅台一搁，说，听见啦吧你，啊，听见啦吧你，叫喊我到那边领炭哪，听得我都害羞哪，我要真推着平车到那边领炭，村里人能笑死我。他娘的这明明就是在羞臊我宋银禄嘛，韩新宝你发每人700斤，我宋银禄发每人1000斤，我宋银禄不落你韩新宝后。就这，谁也别想阻止我，谁要阻止了我，我，我一锹拍死他狗日的，谁要活得不耐烦了就来阻止我，他娘的。南凤仙也不理他，只管劝女儿要好好念书，念不好书就得像两个哥哥一样下煤窑。宋银禄的呼喊没得到遏止，胆子就嗖嗖嗖地壮大了，就用命令的口气说，从明天开始分炭，我这就去告宋光明，每人1000斤，立马广播通知人。南凤仙头也不抬地说，你这是咋啦，不想闹这个人家啦？宋银禄说，你说咋就咋，散伙了这个人家，掀掉压我宋银禄头顶一块大石板，我宋银禄才能在华岩村展起腰，我宋银禄谢天谢地啦。南凤仙绵绵地说，说话算话吧？宋银禄愤愤地说，算话。南凤仙就站起来开始收拾东西，将所穿的衣服打了个包，拉着女儿说，走，根花儿，走咱娘俩回咱家。宋银禄一看，到底有点急了，但却说，你走走走，走得越快越好，我庆祝赶走美帝侵略者，你走，走你。南凤仙提溜着包裹，拉着女儿，脸色平平地走出屋子，走出雄伟大门楼。宋银禄继续在后面喊，走走走，滚上走，走得越快越好，走，走，走。南凤仙像是合着这走走走的节奏，一步步地走远了，一步步地走过沁河滩。宋银禄突然愣怔了，嘿，这狗婆姨敢情真走了？哈吔，财务大权还被南凤仙掌管着哪。宋银禄急忙转身进了财务室兼办公室兼家庭的屋子里，存放账本和现金的柜子抽屉全锁着，他这位大矿长却打不开，钥匙都在南凤仙身上哪。宋银禄这下可真真的急坏了，就训斥正走进门的宋金宝，眼睁睁看着你婶婶走了，就不晓得去给撵回来？去，快去给我撵回来。宋金宝嘀咕，她走了才好哪，早该滚上走，她不走咱父子仨谁也活不出来的。宋银禄大喊，把你个傻子呀，账目钱财全她锁着哪。宋金宝说，锁着怕啥，我一锤子就砸开了。宋银禄大喊，砸开咋，砸开那一堆条条据据你懂得啥是啥，她弄的账本你懂得啥是啥？宋金宝嘟囔，你再把权交给她。宋银禄急得团团转，还愣着还愣着，赶紧去给我撵回来。宋金宝一边往外走，一边说，哼，你这要了个啥婆姨哪，这明明就是个潜伏进来的女特务嘛。宋银禄声音更大地喊，赶紧去撵呀，快去撵呀。

宋金宝拉了宋金元没命地往村里追，追得进村了还没看见南凤仙的影儿。问街上的人见没见那个姓南的婆姨了，街上的人说，见拉着她女儿往西华岩走了。弟兄俩就知道是回她先前的家了。弟兄俩气冲冲跑到那个家，宋金宝一脚踹开街门，推开屋门，大喝一声，要么跟俺俩回矿上，要么交出钥匙来。

南凤仙正在打扫铺满灰尘的屋子，朝弟兄俩说，你看这半年多没住人了，灰塌塌的，没法让你俩坐。宋金宝说，不坐了，走跟俺俩回矿上，人不回就交出钥匙来。南凤仙说，回是不回去了，交钥匙可以。说着就从身上掏出一串钥匙，给。宋金宝接了钥匙扭头就往出走，南凤仙说，我这就算跟银生金交割清了哈，以后账面上出了啥事，钱财出了啥亏空，可是跟俺无关了哈，回去告给你爹，经济上出了啥差错俺南凤仙一丝丝责任也不担。你俩等等，来咱立个字据，要不空口无凭，这可不是件小事情。这字据是我写呀，还是你弟兄俩谁写呀。咋，不会写，啊呀呀，七年制毕业连个交割手续也写不了，还不如你婶婶我个完小生呢，怪不得你爹怕把会计交给你俩不放心呢。来还是婶婶写吧，你俩先坐地下凳子上吧，凳子我抹干净了。

南凤仙找出纸和笔，趴在炕上写字据。宋金元朝宋金宝使眼色，意思是你手里拿着的是经济责任，是陷阱圈套呀。宋金宝却把钥匙攥得紧紧的，像是攥着好不容易夺回来的权柄儿，无论如何不肯再松手。宋金元看哥哥对他的暗示不理解，就动手将那紧攥的手掰开，将钥匙一下摔在炕上，婶婶，还是跟俺俩回吧，钥匙你还拿着。南凤仙缓缓从炕上爬起身子，说，俺孩们听你婶婶跟你俩说，我跟你爹虽然是后续夫妻，可过在一起就是一家人了，一家人就要像一家人的样子，你婶婶我人过去就心也过去了，就是一心心地为咱这个家，为咱这个煤窑了。喂个猫猫狗狗还喂得有了感情呢，更不用说人了呢，你看根花儿就跟她两个哥哥可亲呢。是不是花儿？坐在炕头的根花儿微微笑着说，嗯，大哥二哥都对俺好呢。南凤仙接着说，是哩嘛，人心换人心嘛。孩们呀，你听听你婶婶我是为咱这个家呢，还是你那二百五爹是为咱这个家呢。昨晚上你俩也听见了，你爹硬要学人家那边煤窑给村里人分炭呢，你婶婶我就是不同意。人家韩新宝多大的摊子，你宋银禄才多大一点摊子。人家那边铁轨道大煤箱，一天轰隆隆轰隆隆出多少炭，人家那边底子就是按大煤窑弄的，咱这边呢，还是人工拉个小陀陀车，吭哧吭哧出十车，也顶不了人家一煤箱。俺孩们都是精明人，不用婶婶说俺孩们也清楚。人家是打算几十年几百年地干呢，要收买人心呢。咱这煤窑呢，挖煤的人说，顶多能支撑几年就挖不成了。你说你哈巴狗撵狼呢，趁你跑呢趁你咬呢。还每人1000斤呢，那堆煤俺孩们也看见了，跟县化肥厂签了合同的煤，还怕供不上人家呢，你说化肥厂的汽车来了你让人家放空车呀？再说了，那堆煤够一千多口人一人1000斤分了不够。你说你那爹咋就是那么个没脑子呢。俺孩们评评理，你婶婶我说的哪句话错了，俺孩们看你婶婶我是不是为咱这个煤窑为咱这个家呢。俺孩们呢，转眼就要娶媳妇了，婶婶跟你爹在煤窑上将就着闹人家可以，不能叫俺孩们也把新媳妇娶在煤窑上吧，婶婶也不能看着俺孩们把新媳妇娶到村里那破房子里，这些实实在在的事儿，你爹一丝丝也不考虑，成天就是云来雾去的不知寻思的是些啥，俺孩们好好想一想，看婶婶说得对不对。

南凤仙这一气数说，把弟兄俩都说得低下了脑袋。宋金元朝宋金宝摆摆下巴，宋金宝明白是收兵的意思，可就这样回去完成不了任务爹又骂个没完了。大半天才噘着红脸说，钥匙俺俩不拿了，但婶婶你得跟俺们回去，你不回去俺俩交代不了俺爹呀。南凤仙说，哎，你爹那人，你们还不了解啊，夹脑疯上来了谁也驳不了他的，可那股疯劲儿过去，立马就蔫了。俺孩们回去告给你爹，就说婶婶说了，只要他硬要分炭，婶婶就不回去。婶婶这是为了咱煤窑，为了咱人家，说白了是为了你们弟兄俩，这煤窑跟这个家到头来是谁的呢，根花儿总有出嫁的一天呢，这摊子迟早是俺孩们的。俺孩们跟根花儿亲，婶婶也跟俺孩们亲哪，在婶婶心里你弟兄俩跟根花儿一样样的。俺孩们比你那夹脑疯爹强，婶婶这一说俺孩们就解下了。

宋金宝临走，拉小根花的手晃了晃，根花，跟哥哥回南边哇。根花儿说，大哥二哥你俩先回哇。弟兄俩还没走出街门，南凤仙就撵到院子里喊，俺孩们等等，你俩帮婶婶办个事儿。宋金宝说，啥事？南凤仙说，婶婶得在这里住几天，可一点炭也没有了，你俩能不能给婶婶送来一点炭。宋金宝挖着咯吱窝说，呀，俺俩送炭倒是行，可，可就怕俺那二百五爹不让拿的。南凤仙说，喇叭里不是一直喊你爹的名名让去分炭嘛，你俩就去新辰那边煤窑上把分给咱的炭领回来就是嘛。咱家煤场子的炭都是面子，人家那边分的都是块炭。宋金宝又挖着咯吱窝说，呀，咱这边闹着煤窑，去人家那边分人家的炭，这，这，这实在是丢人呀。南凤仙说，不丢人的，你们嫌丢人，婶婶领着你俩去，咱还跟他们得理不饶人呢，不来分你们的炭吧，一个劲喊喊喊，俺自家闹着窑，哪缺你们这点臭炭哪，不来领了你们这点炭，非把宋银禄那点威望喊得丢得干干净净你们才能作罢呢。走，婶婶领俺孩们去。宋金元说，不用了，婶婶真会说，俺俩去就按你刚才教的说就是了。南凤仙说，俺孩们拉回炭来，就在这里吃饭，婶婶给俺孩们炒几个菜吃。

分炭啦，分炭啦！

宋金宝和宋金元推着平车往新辰矿走，像去偷人东西似的，低着头，躲避着人们的各种眼光。去新辰矿路上分炭的人们穿梭一样来来往往，见银生金矿主儿子来新辰矿分炭，都惊得眼眶都睁裂了。有大声叫喊的，嘿，闹煤窑的也来分炭啦。分了不出钱的炭，省下自家的炭又能卖钱啊。更多的是低声嘀嘀咕咕，自家的炭不给老百姓分，反倒来这边分炭来了。一个是供全村人烧，不出钱炭，一个是放自家大堆上的炭舍不得烧，来这边分人家的炭来了。宋金宝就想往回返了，宋金元说，咱把平车藏地塄底，你在这里等着，我到矿里叫出云飞哥来，让他给咱出出主意。

宋金元走进新辰矿，见来领炭的人吵吵嚷嚷涌满煤场子，等着下一趟煤箱拉出巷道。一煤箱装载1400斤，两口人正好一煤箱，一口人半煤箱，场子里早有人将一煤箱炭一分为二。管分炭的董厚德在手中本本上看了看，喊，下一户，宋拴福七口人，4900斤。也就是三整箱另外加半煤箱。一溜十个煤箱被绞车钢丝绳缓缓拉出坑口，宋拴福守候在坑口，眼睛红突突盯着一个个煤箱从眼前经过，突然一跃身爬上第四个煤箱，并挥动着胳膊喊，这三箱是我家的，这三箱是我家的。这时候董厚德又喊，下一户，韩守义四口人，2800斤。韩守义却不动弹。董厚德又喊，韩守义，该你家了。韩守义故意问，该我家吗？董厚德说，该你家了。韩守义也一纵身爬到第四个煤箱上，喊，这第四第五个煤箱该我家的。这当儿煤箱已到终点停住了。第四个煤箱上爬着的两个人却吵上了。宋拴福大声嚷，占碾磨还有先来后到嘛，这四五六箱是我家的嘛。韩守义声音怪怪地说，这第四五箱该是我家的，前面第一二三箱才该是你家的。宋拴福更大声嚷，咋就遇了这么个倒运人哪，这几箱明明就该我家的嘛。韩守义公鸡打鸣一样叫喊，你是看着这几箱块炭多吧，我看你是集体分东西占便宜占习惯了吧，这不是集体分东西，这是人家新辰煤矿感恩老百姓的，拴福伯你赶紧把你前面几箱拿了吧，这一箱你是拿不走一块炭的。宋金元看了一会儿，等不到这两人争吵的最后结果，他只急着找宋云飞，人旮儿里没有，就跑到充电室找。宋金元冒冒失失地进充电室就喊，云飞哥，云飞哥。谁知道没有看到云飞哥，却看到了婷婷姐。顿时就愣住了，婷婷，你在这儿上班呀？方婷婷一看是宋金元，也很奇怪，金元你这是……来分炭了？宋金元倏地就脸红了，嗯，嗯，他们一直喊得不行嘛，其实俺家是不稀罕这点炭的。方婷婷说，没事的，你只是个执行者罢了。你不好意思去，就让宋云飞帮你去领吧。等等吧，他给他家里送炭去了。宋金元满脸通红地说，婷婷，太谢谢你了。方婷婷给宋金元倒了一杯水说，坐下等会儿吧，宋云飞回来，我告他给你领炭去。

说话间宋云飞就回来了，一看宋金元在，愣了一下问，你也是来领炭？宋金元就又脸红了。方婷婷说，你看把个人羞成啥了，不去领吧，交代不了家人，领吧，实在不好意思，你说这叫咋弄呀？宋云飞看了看宋金元，又看了看方婷婷，问，你说叫咋弄吧？方婷婷说，我要知道还问你呀，你不是顶天立地的男儿嘛。宋云飞眼睛眨巴眨巴，朝方婷婷努努嘴，瞧瞧，瞧瞧，还没过门就啥都替你考虑了。方婷婷说，快点去报个名吧，这么多人轮到咱早着呢，金宝哥还在半道上等着呢。宋云飞又眨巴了一下眼，好，我这就去，金元，你在这里好好陪俺婷婷妹子说说话。

快晌午时，宋云飞将宋银禄家分得的两煤箱半炭领出，并继续"劫持"韩狗小的马车给送炭。韩狗小欲哭无泪地说，我只是给人家赶车的呀，让马金贵知道了人家不用我赶车了，刚刚给你家送炭耽搁了半天，不敢再耽搁了呀。宋云飞说，你告他马金贵，就说是我宋云飞要你送的。韩狗小没法，只得将3500斤炭装车里，跟着宋金宝宋金元将炭送到南凤仙原来的家。

南凤仙挽留弟兄俩吃饭，弟兄俩帮着卸了炭就急慌慌地回到南边交差。矿长兼爹的宋银禄倒也没咋责骂他俩，但再也没提要给全村人分炭的事儿。

宋宝禄刚问了徐启程的马车要拉备冬炭，就听到新辰矿要给老百姓发炭了。宋宝禄先是不信，以为这跟生产队发东西一样，当时看着不出钱，随后就都记到往来账上了。个人煤矿不要钱给各家各户发炭，告鬼都不相信，说不定是个圈套哪。喇叭里又喊到他的名字的时候，他就朝着大喇叭骂，喊喊喊个屁哪，喊死你爹也不去上你狗日们的当，谁能鬼过你们韩家人哪。喇叭里越叫喊得紧，宋宝禄越以为自己分析得准，越拿定了主意不去受骗。就在宋宝禄为自己的精明洋洋得意的时候，韩狗小的马车拉着一车炭进来了，后面跟着同样洋洋得意的宋云飞。未经爹下命令就很自觉地把分得的炭拉回家，这该是多大的丰功伟绩呀，爹这一回可该破天荒地赞扬儿子一次了吧。谁知，宋宝禄却牛眼一瞪就叫喊开了，你在哪里拉的给我还送回哪里去，这便宜谁爱占谁占去，咱家不稀罕这点炭。宋云飞愣了，说，这炭不出钱的。宋宝禄说，嘿吔吔，说你傻你还不信服，你当这是个便宜？

这明明就是个黑窟窿等着让你往里钻嘛，你也不寻思寻思一脑袋就钻进去了？宋云飞说，全村人都去领嘛。宋宝禄摇晃着绝顶精明的脑袋说，哼哼，都去领，都去领，他们领他们的，咱家不稀罕。宋云飞问，那，那，那这车炭咋弄呀？宋宝禄朝街门外扇扇手，在哪里拉的还拉回哪里去。宋云飞就朝韩狗小狠狠一摆下巴，走，调车。

宋云飞指挥韩狗小把炭拉到韩翠子院里，韩守仁又感激又难为情地说，孩呀，这不合适，不合适，一冬天的炭哪，咋能都给我哪。宋云飞也不理韩守仁的絮叨，只顾和韩狗小汗水涔涔地把炭卸完，说，守仁叔，你放心塌塌地烧就是了。

第二天，宋宝禄到了饭市上，才知道并不像他精明脑袋揣测的那样，各家各户都在眉飞色舞地谈论领炭的经过。就瞪着眼问身边的段志忠，领了炭真的不过往来账？段志忠说，新辰矿哪有村里人的往来账呀。宋宝禄又问，那他白发炭给老百姓图的是个啥？段志忠说，说的是要回报乡里乡亲哩吧。圪蹴在老槐树底的宋来喜就冲宋宝禄喊，这有啥稀罕的，从前马家韩家闹煤窑那会儿，年年冬天都要给各家几担白烧炭哪。宋宝禄问，来喜叔你说啥，马家韩家给老百姓白烧炭？宋来喜说，可不是嘛，他韩新宝这也是学他韩家老辈的做法的。宋宝禄又问，那那那这一人几百斤炭就白烧了？一圈人七嘴八舌地说，白给的可不就白烧了。宋宝禄脸色一下子就白刷刷的了，半碗饭还没吃完，就一路喊着跑回家，飞子，飞子，走走走跟我去把分给咱的炭领回来。宋云飞说，领回来你不要嘛，又去领啥哪。宋宝禄说话间已把平车推到街门口，走走走，过了今天就结束了。宋云飞说，你说是不要，我已经倒在沁河里了。宋宝禄牛眼一瞪，啊，你说啥？宋云飞随说随往街门外走，都倒在沁河里了。

宋云飞快步逃出院子，就听见爹在后面推着平车一路喊着追来，飞子飞子哎，你倒在哪地方了，领我去拉回来。宋云飞头也不回地说，倒沁河里了嘛，都被河水冲涮得没影儿了。

宋宝禄推着平车沿着沁河边找了几个来回，也没发现有黑炭的一丝儿痕迹。以为宋云飞把炭退给韩新宝了，就推着平车到了新辰矿。煤场子里已经没了管分炭的和来分炭的人，正发愣着，恰好董厚德从财务室出来朝他喊，宝禄哥，还想再买点炭啊？宋宝禄犹豫了一下，说，俺家飞子昨天是不是把炭又退给你们了？董厚德眼皮眨巴眨巴，宝禄哥你说啥呀？宋宝禄也眨巴眨巴眼，推起平车就走出炭场子了。

邱粉娥自己借了个平车拉回两口人的炭，一边将倒在院子里的炭往西耳房里倒腾，一边嘀咕，两口人的炭也是一灶火，三口人的炭也是一灶火，死人要在就能分三口人的炭哪，这点炭哪够过冬哪，还得再买一些哪。邱粉娥正嘟囔着，就见韩守仁吭哧吭哧地拉着一平车炭进院了。邱粉娥奇怪地问，俺家的炭俺倒领了嘛。韩守仁将平车车尾一下子顶到邱粉娥还没倒腾完的炭堆上，将车辕一举，"唰"地一声，满满一车炭就与院子里的炭堆混合到一起了。韩守仁放下平车辕杆，缓了口气低声说，这是我给你的，你那一千多斤炭怕不够过冬的。邱粉娥说，你也是两口人的炭嘛，给了我，你不是不够烧了嘛。韩守仁急慌慌地把街门合上，朝门缝外望了半天，连连摆手摇头，意思是街上有人走动，他不能走出去。邱粉娥翘翘下巴，韩守仁会意，就快步走进正屋里。

邱粉娥将洗脸盆里倒了热水，韩守仁脱掉衣服将脑袋脖子半个胸脯洗了个洗。他洗的时候，邱粉娥在一旁守候着，随时给他递肥皂，递毛巾。洗脏了一盆黑水，又给他换了一盆清水。男人洗脑袋洗身子，身边有个女人关照着，而且一点也不生分，不别扭，感觉怪舒坦怪温馨的。人跟人到了这份儿上，这跟相守了半辈子的老夫老妻有啥区别？韩守仁一边吱嘎吱嘎搓身子，一边调侃，呀呀，光洗了上边，觉得下边也粘腻腻的不得劲儿了。邱粉娥只是笑没说话。韩守仁说，要不你出去，我把下边也洗洗吧。邱粉娥说，我出去谁给你换水哪，你那东西又不是没见过，有啥遮羞盖脸的哪。韩守仁说，那我就脱呀哈。邱粉娥还是笑着没说话。韩守仁就将裤子脱掉了。邱粉娥说，后脊背你手探不到，来我给你搓吧。韩守仁伏下身子，就觉得毛巾团在脊背上搓动了，搓着搓着就搓到屁股蛋上了。韩守仁的下面就有感觉了，说，呀，不行了不行了，你看你弄得前面有动静了。邱粉娥在肥硕的屁股蛋上狠狠扇一巴掌，这死人就不能正经点。

这时，街门突然被敲响了，而且伴随着叫喊，邱粉娥，邱粉娥，是邱粉娥家吧？

韩守仁吓坏了，大惊失色问，谁？邱粉娥还算冷静，支棱起耳朵听了听，说，你赶紧穿起衣服，上楼去。华岩村的木楼梯都在室内炕上支着，韩守仁收拾起衣服就上了楼。邱粉娥慌忙地去开街门，原来是邮递员送来张三牛的信了。

邱粉娥接了信，进了屋里，拆开信封抽出信纸，两手一个劲儿哆嗦着。信里抬头两个字就把个邱粉娥看得泪水流下来了，娥子。听听有多肉麻。上一封信称谓还是粉娥，隔了两个多月就成娥子了。邱粉娥泪眼蒙眬地往下看，越看越来情绪，越看越泪水婆娑。信的大意是，离开时间越长，越思念得厉害，什么白天想黑夜想上课想下课想，前半夜想你吹不熄灯，后半夜想你翻不转身等等，把华岩老辈人正月唱的老民歌词都用上了。邱粉娥粗粗看完一遍，又从头细细地看起来，把个躲在楼上的人就彻底忘了。龟缩在楼上的韩守仁，哆嗦得越厉害了，先是吓得发抖，再就是冷得打战。都秋冬之交了，赤裸裸地冻在四面透风的楼上，衣服还在怀里抱着，楼上满是灰土，没个地方坐下来穿戴齐整。韩守仁支棱起耳朵听外面动静，明明听着街门合上了，听着邱粉娥也进屋了，以为这就可以下楼穿衣服了。谁知楼下的人却没动静了。弄不清咋回事，也不敢下楼去，等啊等，直等得鼻子酸酸的流起清鼻涕打起喷嚏了，轻轻将楼门揭起个缝儿往下看，就看见邱粉娥捧着一张信纸在哭泣。不用说，一定是张三牛回信了，就愤然地下了楼，咋啦，他不要你啦？看看，饭市上人们说对了吧，就知道是个狼心狗肺的陈世美嘛。邱粉娥却一抹泪眼，喊，快你回哇，回哇你，把你的炭也拉走哇。

韩守仁一震，傻了，赶紧慌慌忙忙地穿起衣服，推着平车离开邱粉娥家。

第 18 章

天冷心焦

赖人也不该害了呀

这一年快下来了，宋光明才发现联产承包以后的工作不但不省心，反而比集体经营时难搞得多。当初是钱粮都是咱管着，社员花钱吃粮都是咱给他们发放。现在呢，村里一切事儿，动辄就得花钱，村办学校开支，民办教师和卫生所医生工资，村干部按政策应得补贴，都是花钱的事儿，可钱从哪儿来哪？要不是南边两座煤矿，要不是马金贵、宋全海、段建生几个带头致富的，村里要办点啥事儿还真是没辙了。老百姓啊，你给他们发东西，都高兴都拥护，你要让他们从家里往出拿东西了，那可是难上加难了啊。这不，这一年最头痛的事儿这就来了，要按时按量完成上交任务粮了，把个宋光明愁坏了，大喇叭里喊了一遍又一遍，交粮的就几个实在的、听话的。刚刚旋在当院一杆又一杆的玉茭棒子，高悬悬的，黄澄澄的，像一年心血凝结成的艺术品一样，彰显着丰收，预示着温饱，咋能舍得立马就拆下来打成颗粒，一口袋一口袋地交出去哪？尤其西边姓宋的一大家子，更是拿定主意不动摇，任你喊破喉咙我就是舍不得把黄澄澄的颗粒儿扛到办公室大院去。宋光明本来想谁交了任务粮，给谁家分炭，可韩新宝不配合，说我要是配合了你坑群众，好事也办成坏事了。

在西荀乡催交任务粮的会上，宋光明和几位村干部都受到林汉星批评了。挨批评是挨批评，但也学了一些好经验。再在大喇叭里叫喊时，就有了新内容：还没交任务粮的户主注意了，最后交粮时间截止十月底，赶这天还交不了，将受到如下惩处。一是不许入党入团；二是征兵招工没你的事儿；三是考上学校不给转户口；四是要结婚的不给你开证明；五是国家下拨的化肥种子没有你的份儿；六是明年将把你家的任务田收回另转其他户主种……这一招很灵验，没交粮的立马就在规定时间内完成任务了。没上交的只有几家老弱病残的确没能力把地种好的。最后就剩韩圪蛋、韩守义、宋拴福三个特殊户了。韩圪蛋和韩守义虽难缠，可跟这两家伙完全可以撕破脸皮动真的碰硬的。最难弄的就这个拴福爷，让宋光明很头疼。

没办法，宋光明只好对着麦克风点名叫字了，韩圪蛋、韩守义、宋拴福，还没有交任务粮的，就剩你三家了，今天是最后一天了，赶今天晚饭前交不来，就别怪我跟你们不客气了。

在大喇叭一再叫喊催促下，宋拴福这就来到办公室了，他来时紧紧捂着肚子皱着眉头，鼻孔里哼哼哼哼个不停。宋光明问，拴福爷你这是咋了？宋拴福艰难地龃龉着，嗯哼哼，你爷爷我不行了，见不上俺孩们了，嗯哼哼哼，爷爷，唉，你看这，俺孩当着干部，给俺孩争不出这口气，爷爷得看病哩，哪来钱哪，这一年除收了几亩玉茭子，一分钱来项也没有。爷爷跟俺孩商量，爷爷先把玉茭子粜了，卖上点钱，给爷爷看病，要不爷爷就真见不上俺孩们了。宋光明半信半疑问，你是啥病呀？让医生看了没有？宋拴福继续哼哼着说，爷爷得噎隔症了，吃上就吐，吃上就吐，前天才在二道河医院透视了，医生说是胃瘤子，咱土话说就是噎隔症。宋光明这下信了，关心地说，那你赶快叫孩们领你到太原大医院看看吧，越早越好，交粮的事就先别操心了。宋拴福就哼哼着，一步三回头地道谢，俺孩就是好干部，俺孩对爷爷的好，爷爷啥时也记得，爷爷看好病忘不了俺孩的，爷爷就先把粮弄了啊，俺孩担待爷爷啊。

宋拴福前脚走，韩守义后脚就也进办公室了，也是一个劲儿哼哼着，与宋拴福不同的是进来就脱鞋上了炕，一横身子仰躺好，眼睛闭得死死地问，你们问问他公家要人不要，要是要人把我送去顶了，我是一颗粮食也没有了，全家都饿好多天了，老兄弟你看咋弄哇？宋光明一看就皱起眉头了，你这是讹人哩吧。韩守义吃力地睁了一下眼睛说，嗯，任凭你说成啥吧，我是一丝丝气息也没有了，都饿了六天七夜了，我怕死家里婆姨孩打发不起我，想来想去，还是死在公家地盘吧，死在公家地盘总不能让把尸体烂在这里吧。

宋光明正和段四虎、宋来喜、段志忠商量对这样的刁民该怎么处理，韩圪蛋就甩着喇叭裤进来了，段四虎撇嘴笑着说，圪蛋子哎，你老叔已经占东炕了，西炕还给你留着哪。韩圪蛋侧目看了看横躺在东炕上的韩守义，摇摇头说，没文化不懂政策呀，任务粮也是爱国粮呀，不说不交了，还得积极缴纳的，嗨，守义叔哎，不能这样哈，爱国粮可得积极交纳哈。韩守义眼睛嘴巴紧闭着，一副行将就木的样子。韩圪蛋说，干部们哎，你们跟我要粮是没道理的，我的地都给邱粉娥了嘛，这任务粮该跟她邱粉娥要嘛。段志忠说，地要是通过村委调整过户了，任务粮就该新户主交，现在地亩簿子上还是你韩圪蛋的名字呀，要她交粮也得你跟她说去。韩圪蛋掏出带嘴香烟发散一圈，并将一根烟塞在韩守义嘴巴里，给点上。韩守义继续死死闭着眼，直竖在嘴巴上的香烟却一闪一闪地开始燃烧了。韩圪蛋说，算球了吧，我跟她要啥哪，不是可以折成钱吗，算一算该多少钱，我把钱搁这儿行了吧？几位领导头碰头商量了一会儿说，可以的。段志忠开了个玉米折算金额的单据给了韩圪蛋。韩圪蛋接了单据摸了摸身上说，呀，刚换了衣服，忘带钱了，我这就回家拿钱去。段四虎说，该不会放没尾巴鹰了吧。韩圪蛋皱起眉说，咋，不信我？切，豪侠之人办事，你们就一万个放心吧。

突然一辆警车开进院子里，几位警察进来问谁是村支书。一屋子人都惊呆了，韩守义眯缝开眼一看是气势汹汹的警察，一骨碌爬起屁滚尿流地跑没影儿了。警察负责人与宋光明嘀咕一会儿，宋光明惊得脸色骤变。宋光明又拧开扩大器，对着麦克风喊，韩圪蛋，韩圪蛋，听到广播马上到办公室。一会儿，韩圪蛋就喘吁吁地来了，进门就说，瞧你们还是不信任我，我韩圪蛋豪侠之士，说到做到，给。韩圪蛋手中的钱还没交付出去，明晃晃的手铐就套进手腕了。警察负责人随即就宣读了逮捕证，大意是说韩圪蛋因犯胁迫奸淫妇女罪，于某月某日执行逮捕。韩圪蛋吓坏了，瞳孔扩大，满脸淌汗。韩圪蛋被推上一辆大卡车，一边一名警察架着胳膊。街道上早涌满了人，撵着大卡车看韩圪蛋。韩圪蛋后来好像冷静了一点，还朝看的人点头致意，后来被警察狠狠将脑袋按在驾驶室顶上才老实了。大卡车刚刚过了金圪槽就一下子开快了，公路上荡起一大股尘土，那尘土就跟着大卡车越走越远，越走越远了。

　　韩圪蛋就这样瞬间从华岩村地面上消失了，家里也没个人，宋光明就派人将院门用一根粗铁丝拧得死死的。

　　山村里只要不搞挖土垫地冬天就可以歇着了，有打麻将的，有打扑克的，有丢色子的。到了晚上本来还可以看小电影的，可现在没得看了，外地工人们和本村年轻人们就都念叨起韩圪蛋了，这韩圪蛋是招惹着啥女人了，这么狠心哪。这女人咋这么傻呀，告倒他你又能得到啥好处哪。肯定是半脑子货嘛，你不告还悄悄的谁也不知道，你这一告，抓了他你的名声不也坏了嘛。张亮孩听着工人们的责骂，就心里犯嘀咕，宋二平呀宋二平，看你绵绵善善开开朗朗的，咋能干出这种事儿呀，那狗人强行搞你是不对，咱让他赔你些钱就行了嘛，要不我找几个弟兄教训狗日的一顿，咋能阴阴地就把人告了哪，你这可是把个人害了呀。宋二平你实在是不该呀，你看人家的小电影多少回了你出过一分钱吗，这不连个小电影也看不成了嘛。

　　张亮孩又气又急得不行，就约宋二平在沁河滩见面了。这时候的沁河滩一点诗情画意都没有了，岸边的杂草全枯黄了，杨柳树的树梢全枯干了，穿沟风一个劲刮着，卷起一阵阵黄尘和杂叶。宋二平说，把我叫到这野河滩做啥呀？张亮孩说，咱以前不也在这里见面的嘛。宋二平说，以前是啥季节嘛，现在是啥季节。张亮孩就直奔主题了，我就是想问你，为啥要把韩圪蛋告倒？宋二平吃了一惊，反问，谁告倒韩圪蛋了，你怀疑我？张亮孩说，他不是强迫干了你嘛，这可是你告我的嘛，你告我时不是气得一行鼻涕两行泪的，也嚷嚷着说要告他嘛。宋二平说，我说是要告他，可我一直也没去告呀，这你也知道嘛，天天上着班，哪有时间去县里告他呀，再说了，过了一段日子，心里也就淡化了嘛，那天听说韩圪蛋被公安局抓走了，我还奇怪得不行嘛。张亮孩死死盯着宋二平眼睛看了半天，宋二平也将眼睛敞亮着让张亮孩尽管看，让他从眼睛看到她肠子肚子里。皮肤接触算是有线通讯，眼光对接就是无线传输信息了，情人之间，心里藏匿了什么，眼睛里是能看穿的。张亮孩一胳膊将宋二平搂怀里，平子，我相信你，我就知道不是你告的。宋二平却将张亮孩推开，是不是你听谁说什么了？张亮孩说，没有，没有的。宋二平说，不对，我看出你眼睛里有鬼。张亮孩急急巴巴说，没事的，除了跟我一起住的人，谁也不知道的。宋二平一听更急了，啊，跟你一起住的人？张亮孩说，我只说我要杀了韩圪蛋，其他啥也没说。宋二平说，你咋是这么个没脑子，烂嘴子呀，你这还不跟把事儿告了人家一样吗。张亮孩赌咒发誓说，他们肯定不会怀疑你告韩圪蛋的，肯定的。宋二平就急哭了，他们一听你要杀韩圪蛋，就啥也猜到了，他们肯定会怀疑我告的，你都怀疑是我，更不用说他们了，我在人们眼里成啥人了呀，我不成了害人精了嘛，我不成了烂心眼人了嘛，我在华岩村还咋活呀。我没告他，我没告他，我在他背心上剪的那个三角还在的，我要告了那证据就给公安局了，我没告他的。张亮孩彻底傻掉了，嘴巴一张一张一句话也说不出。

宋二平回到家，又被她爹宋来喜劈头盖脸训了一顿，啊呀呀，我这张老脸可是没搁处了，啊呀呀，我可是班子里的人啊，是说人道人的人啊，我这张老脸这下丢尽了呀，丢尽了呀，前面走后面指指戳戳把我后脑壳也戳烂了呀。我咋养下你这么个要命鬼哪，你招惹得没招惹的了，咋招惹了那么个无赖鬼呀，招惹了也就招惹了，你告他做啥呀，这不是，满世界都知道华岩村抓了一个人，是因为你宋二平呀。因为你告了他呀，还，还，还因为他把你啊呀呀，你参我这老脸可往哪里搁呀。看看你姐，长了那么大省省心心的没让大人操过一天心呀，嫁到婆家七八年了，婆家人见了都是一个劲夸呀，夸呀，到你身上咋就给我出上这么个事儿呀。

宋二平一扭身子跑出家门，气哼哼地就往南边走，在金圪槽石板桥上就被宋云飞们围堵住了，一圈人七嘴八舌地问，为啥都嚷嚷韩圪蛋是你告法院的？宋二平只是扑落扑落掉眼泪，一句话也说不出。宋云飞关切地问，我们都不相信是你告的，我们都知道你不是那样的人，你也不要急，只要不是咱告的，事情迟早会水落石出的。宋二平将泪一擦，深深叹了口气说，我不气，气啥呢，不气，不气的，嗯，我到矿上拿个东西，你们在吧。说着就转身离开了宋云飞们。宋云飞朝着宋二平背影喊，二平，礼拜天去二道河玩哈，你可得去哈。宋二平回了一下头，脚步迈得一阵儿比一阵儿快。

宋二平快到新辰矿时，迎面遇上张眉烨和陈秋云。张眉烨一把拉住宋二平的手，不是没你的班嘛，去矿上干啥呀。宋二平很不自然地笑着说，我去矿上拿个东西。张眉烨说，啥重要东西呢，明天上班还不能拿嘛，走咱回村里打一会儿扑克吧。宋二平说，你们先去吧，我，我去矿上绕一匝就去了。说着挣脱张眉烨的手，就朝矿上大步流星地走去了。

张眉烨和陈秋云往北边走，宋二平往南边走，相背而行的距离渐渐就拉远了。张眉烨低声对陈秋云说，怎么看着二平姐脸色不对劲儿呀。陈秋云说，是呀，乐呵呵的一个人咋心事重重的了呀。二人说着就转过身往南边张望，却望见宋二平并没有走进新辰矿简易大门内，而是朝着偏东方向的山崖去了。张眉烨说，嘿，二平姐怎么往那边走了？陈秋云惊呼，呀，不对劲，二平姐到那边干什么呀，咱们赶紧去看看吧。二人转身就朝着宋二平的方向追过去。张眉烨一边追，一边气喘吁吁地说，是不是跟这两天嚷嚷的那事儿有关呀？陈秋云说，那算个啥事呀，强奸犯就该告发呀。张眉烨说，可村里的人会认为这是害了人呀，人们不光嚷嚷你告状的事儿，还嚷嚷你跟那样个人发生关系呢。陈秋云突然站住说，二平姐怎么看不见了？陈秋云朝那边山崖望了一下说，呀，就是望不见了呀！

张眉烨和陈秋云顺着山道追上去，就看见面前一个黑乎乎的大窟窿。这下子可把两个女孩急坏了，也吓坏了，没命地喊，二平姐，二平姐……黑乎乎的窟窿里，却一点声音也没有。张眉烨突然觉醒过来，快，快，快回去喊人救人，救人，救人啊！

其实这黑窟窿就是邱粉娥误以为张三牛跳入的那个废井筒。陈秋云就近喊来新辰矿的人，韩新宝领着矿工们及时赶来设施了营救。当宋云飞领着宋向前、段世凯、段学东、韩军儿、方婷婷、韩翠子们赶到时，宋二平已经躺在临时担架上了。方婷婷和韩翠子一下子扑倒在宋二平身上，就哭喊开了，二平姐，二平姐，你怎么能走这条路呀。张眉烨和陈秋云也跟着哭起来了。宋二平眼睛紧闭着，眼角缓缓地淌下一行泪。几个女孩爬到宋二平身上哭嚎得仰天拍地，二平姐，二平姐呀。这边的号哭还没劝住，就听见呼呼的风声里一个沧桑的老嗓门嚎吼着走近了，二平呀，二平呀，爹爹不该那样说俺孩呀，俺孩咋能往绝路上走呀，俺孩走了绝路，爹爹也跟俺孩一起去哇，啊……

宋云飞们抬着担架在宋光明和韩新宝的带领下，一路小跑地到了二道河医院，又拍照又透视地折腾了一顿，得出的结论是，腰椎骨折，截瘫的可能性很大。几个女孩就又哭成一团了。

"谈话"这个词很敏感

林汉星突然将韩新宝叫到西甸乡一天多，中午也在乡里吃的饭。董厚德悄悄把这消息告了宋光明，宋光明暗暗一震，但表情依然坦荡着，这有啥，了解企业上事情嘛。董厚德声音更低地说，听说是叫去谈话的，这一回叫的都是下一年各村新班子人选。宋光明就有点沉不住气了，怪怪地说了句，这也对，打麻将还轮着坐庄嘛，人家能给老百姓发炭，咱哪有那本事。

宋光明使劲地告诫自己，村一把手也不能老让你们宋家人当着，就你宋光明也干了将近六年了嘛，于情于理也该换一换了嘛，当个纯纯粹粹的老百姓又咋了，无所谓的呀，真的无所谓的呀……这样心里一遍又一遍地念叨着，念叨着，不知怎么就走到拴喜爷家了。一屁股坐在宋拴喜家炕上，却只是抽烟不说话。宋拴喜却已经看出他心思了，说，咋的，林汉星果真要换人了？你看看，你看看，我说啥了嘛，就让你赶紧跟姓林的好好坐坐嘛。宋光明苦笑着说，坐了嘛，顶啥事呀，这跟选媳妇一样，人家要另看上别人了，那就把你揉成细面粉粉也进不了人家眼里了。宋拴喜说，你这孩呀，叫你坐坐你就真的坐了坐啊，呀呀，你这孩呀，这一点你可是比你爷爷我幼稚呀。听爷爷的话，赶紧补救，这可是一年里最关键的时候，别的工作迟慢可以，这事儿可<u>一丝丝</u>也迟慢不得。嗯，姓林的是哪天跟韩新宝谈的话？宋光明说，好像是大前天吧。宋拴喜越发急了，大前天？啊呀呀，你看你这孩，这都过了几天了才告我呀。要是前几年，爷爷就一点都不担心，俺孩你干他十年二十年都是可能的，爷爷能看住俺孩的，可现在时势不一样了呀，选干部的标准也不一样了呀，早听说有些地方专门选搞企业的当村干部哪，因为人家能拿出钱，能给老百姓办事。哇呀呀，难怪狗日的给老百姓发炭哪，早谋求上这个位位了呀。哇呀呀，已经叫谈话了呀，按爷爷多年的经验，叫谈话就是人已经定了。

宋光明无奈地笑了笑，他定了就定了吧，我也就干得草鸡了，也想歇歇了。宋拴喜眼睛一瞪，咋你是这么个孩哪，你爷爷这些年可是看错你了呀，咋成了个扶不起的刘阿斗了哪。你要不好意思去跟姓林的说，来爷爷去给俺孩说去，多少年的老支书、老党员他姓林的不看僧面还得看佛面哪，俺家宋光明哪点工作给你拉下了，你凭啥要换人哪。嗷，敢情这党员两个字不顶事了？没有银圆两个字起作用了？我吃了饭就去找他姓林的去。

宋光明赶紧劝说拴喜爷，不行不行，你可无论如何不能去啊，不能去啊，你去了反而坏事了。姓林的那人我知道，定了的事儿绝对不改变的。再说，谈话呀，换村干部呀，这都是猜测的，涉及人事这类事儿，不说是村里了，就是乡里副职们也不让知道的。拴喜爷，你可无论如何不能去找姓林的啊。

宋光明没再去找林汉星坐一坐，倒是林汉星又坐到他炕上了。婆姨炒好了菜，宋光明拿出春天在韩析宝家"没收"的那瓶茅台。林汉星吃惊道，嚯，国宴酒，你怎么能有这酒？宋光明说，咋？老百姓不配有这酒？林汉星深深点了一下头说，唔，酒比上次的好，看来重视程度也比上次高，难怪这么心事重重的。宋光明一震，啊，没有呀。林汉星说，怎么没有，一向精溜溜的眼睛咋木呆呆的了。宋光明连说，没有没有的，是你林书记看人的眼光跟以前不一样了吧？林汉星就哈哈哈哈一通大笑，看看，终于暴露心里顾虑了吧，宋光明呀，宋光明，我不来华岩村见你就知道你这几天心里想啥，你的疑虑不是没道理的。嗯，这事儿是这样的，县里刚开了会，会上说咱们山里步子太慢了，强调要进一步开放搞活，要各乡镇把能够带头致富人才选进班子里，你们华岩村呢，当然你已经知道是谁了，这不用我林汉星选，让华岩村老百姓投票选也会选韩新宝的，叫你给我推荐，你也会将韩新宝排在第一位的。你说我说得对不对？

宋光明尴尬地笑着，频频点着头，对，很对很对。要说带头致富，我宋光明真的不够格呀。林书记你也不用绕了，我理解你的意思了，我不是把权柄儿看得很重的人，选村干部就是要选出能带领华岩村达小康的人，我真怀疑我达不到时势要求了，这个位位就应该让给能搞来钱的人。林书记，我能想得通，能想得通的。

林汉星看着宋光明的表情微微笑着，瞧瞧，这不就是满肚子情绪嘛，还想得通想得通呢。我上次给你的定心丸并没有失去效力嘛，只是给你安排个得力助手嘛。韩新宝又不是党员，要入党还得过了你华岩党支部这一关。

咋就跟孩子一样，闹起情绪来了呀，别闹情绪哈，告你放心塌塌的你放心塌塌的就是了嘛。

宋光明继续生硬地笑着，先是点了点头，接着又摇了摇头，并没有按林书记劝慰的放心塌塌的了。林书记所说的助手，说白了就是村主任，就是二把手。是的，宋光明也承认韩新宝有能力有魄力，可这人作为生产队长人选，那没说的，可真正要安排在班子里协助自己干事儿，怎么越寻思越觉得不对劲儿呀。经历过"文革"的人自然而然就会联想到，这不等于身边躺了个赫鲁晓夫吗？再往深想想，比自己年轻的主任也就是支书人选嘛，现在不是党员最终会成为党员的呀！宋光明微笑着送走林书记，就又到拴喜爷家诉说衷肠了，拴喜爷，韩新宝是被定成村主任了。宋拴喜问，已经铁板钉钉了？韩新宝说，我想是的。宋拴喜说，要是没定了就好说，你给他推荐咱的人。宋光明说，我是想推荐咱的人，可已经这样了，我再提人选，这不等于和姓林的对着干嘛。宋拴喜说，要不我就说你太迟慢嘛，早就该推举咱的人嘛。宋光明顿了顿说，推举谁呀，就咱家那货？唉！太没威信了呀。宋拴喜说，一个打下手的，要啥威信哪，他威信高了，就把你遮荫凉凉里了，要有威信的，那就叫人家选韩新宝就是了嘛。俺孩你这样，你不要出面，你叫咱家那货去跑，咱家那货，别的本事没有，去找领导闹腾，也敢说也会说，他姓林的不是推荐企业家嘛，咱家那货也是企业家呀，又是老军人老党员，对了，叫他那武装部老战友给乡领导打个招呼，一准灵的。宋光明很佩服地望着本家爷爷，第一次发现老长辈这方面的能耐比自己强多了呀。

宋光明依着爷爷的指点在银生金煤矿嘀咕了一晚上，第三天林汉星就打来电话了，说主任人选可能有变，要在韩新宝和宋银禄之间二选一，让华岩党支部斟酌遴选。华岩党支部班子经过一晚上认真讨论研究决定，主任人选为宋银禄，副主任人选为韩新宝。

韩新宝听说把他定成副主任人选，鼻孔里哼哼哼地笑了一顿，就找到宋光明说，我现在光煤矿还忙不过来哪，哪有时间管村里的事呀，趁早不要考虑我在你们班子里凑数数啊。宋光明也用鼻孔笑了笑说，啥凑数数哪，你这话可是不对啊，我是极力推举你协助我工作的，可是唉，谁知道他这老战友会插了这么一杠子哪，银禄叔是啥人呀，咋能让他进班子呀，啊呀，云一股雨一股的那劲儿，唉，林书记也是说一套做一套呀，口口声声说要把能人选到班子里，我和他一致推举你嘛，啊，敢情他也挡不住老战友打招呼啊。韩新宝说，嗯，世上的事儿真的假不了，假的也真不了，你也不用解释这么多，我自动退出这次班子调整，对谁都好，你说呢？宋光明很惋惜地说，新宝啊，你堂堂五尺高的汉子，咋也这么婆婆妈妈的了，再不许跟我提退出啊，选生产队长我就看好你了，选承包大队企业的人我也看好你，今天选班子里的人我更看好你嘛，日后接我班子的，在华岩村也只有你新宝子够格的。韩新宝连说，不不不，我韩新宝可不是谋权的人，真的，我退出大家都省心，我退出，我退出。宋光明说，你看你，这么不听劝哪，要退，你去跟乡领导说去。韩新宝说，哪用我去跟乡领导说哪，这种事儿乡干部也是听村干部的嘛。宋光明愣了一下，说，哪里呐，乡干部咋能听村干部的，要听村干部的咋能弄成个这呀。

韩新宝回到家里，见韩辰熙在，摇了摇头说，我跟宋光明说我要退出了。韩辰熙说，为啥自己去退哪，咱等着看看他们咋样把你拿掉嘛，你这不是瞌睡给他们个枕头嘛。韩新宝，姓林的叫我谈话，我就推说我不能干嘛，他还给我做思想工作，让我勇于挑重担呀什么的，嘿嘿，说了的话热气还没散了就变卦了。韩辰熙说，听说还是那个老战友给打招呼了？韩新宝说，我也听人说了，还听说他给了西訇乡几个特招兵指标。韩辰熙说，啥特招兵？韩新宝说，我也不知道，好像是军队内部招的兵，反正跟每年冬季征兵不是一回事。

韩辰熙低垂着脑袋阴沉着脸思考半天说，新宝你说心里话，这村干部你真不想干？韩新宝也皱了一会儿眉说，要说把华岩村干出个样子来，我也有一些想法的，南山北山咋弄，沁河滩咋弄，学校卫生所咋弄，还想搞养老院幼儿园什么的，哈哈哈，太不实际了，太不实际了。韩辰熙深深点着头，嗯，我能看出来俺新宝子是有大想法的人，俺新宝子是当一把手的料啊，给他们当下手，屈才啊。韩新宝突然震了一下，不不不，我是瞎说，瞎说啊，辰熙叔你可别当真啊，人家宋光明干得很好的，我很佩服他的，你看今年土地下户呀、企业承包呀，几项项都干得不错，都受到乡里县里表彰了。韩辰熙很果断地说，宋光明倒也是个料子，比宋拴喜不知强了多少倍，不过华岩村在他手里，难有大起色。宋光明是个只会当干部用权力的人，想好点子吆喝群众干，这是他的特长，可要他搞投资闯市场，他不行，宋光明不适应时势了，他是个不会挣钱的人。俺孩不要急，让他再抖弄几年，搞不出啥新花样，本事也就抖尽了，上面就要考虑换人了。哼，俺孩是有真本事的，要是实行老百姓一人一票选，老百姓当然会选能让他们过好日子的人的。韩新宝哈哈哈哈大笑一通，辰熙叔，瞧你说哪儿了，咱一门心思管好咱的煤窑就是了。

这时候，韩新宝突然听到婆姨在院子里惊叫起来，水明子啊，敢情是水明子啊，都认不出来了呀，你啥时回来呀，变玲咋没跟你一起回来呀？韩新宝一下蹦出院子，一把揪住西装革履的张水明，俺变玲呢？你把俺变玲骗到哪了？韩新宝婆姨急切要听到张水明回答，把韩新宝拉一边说，你把他打死也不顶事的，你让水明子好好说，把俺变玲领哪里了呀。张水明一脸内疚，不知怎样说才好，我，我对不起叔叔婶婶，实在对不起了，当时也是情况所逼，唉，可能你们也许知道了，也许还不知道，就不细说了，当时的情况是非走不行了。我错了，错了。说着一下就跪倒了。韩新宝婆姨赶紧把他拉起来说，你也不要这样了，赶紧告我变玲现在咋样了。张水明坐在椅子上，脑袋低垂在胸口，眼睛也不敢往起抬，缓缓从身上掏出一个厚沓沓的信封说，这是变玲让给你们的，她上班很紧，暂时回不来。变玲很好的，不用为她担心。变玲娘就哭了，俺们不要钱，俺们要她回来，你咋不让她跟你一起回来哪。张水明说，变玲现在不跟我在一起。韩新宝惊问，啊，变玲不跟你在一起？张水明说，就在县城那一段时间在一起，后来听说你们去找，就离开县城了，去深圳后俺俩就分开了。她很好的，很好的。张水明一边叨叨着，一边脚步沉重地走出屋子。

韩新宝从信封里抽出硬铮铮的一叠钱，点了点，整整一万块。韩新宝两口子见了钱不但没高兴，担着的心反而越发揪起来了。新辰矿五六十个人，自从见了炭后快三个月了也就赚了纯利润三万多块，女儿一个人几个月咋就赚了这么多呀？韩新宝突然想起县城那个邪门街的疑虑，心里越发不是滋味了，就一遍一遍地揣测，这孩子到底是干个啥工作呀？

这算爱情的考验吗

宋二平在医院一转眼就一个多月了，爹娘都六十多岁的人了，在医院陪伺了五天就也成了病人了，不但伺候不好女儿，还又是哭又是气的影响宋二平情绪。正在为难之间幸好有了个张亮孩。张亮孩进了病房，望着病床上的宋二平，说，你不要气啊，该咋咋吧，让伯伯姆姆回吧，我来照顾你吧。宋二平眼光木木地瞪着病房的屋顶说，你伺候我，你算什么人呀？张亮孩笑着说，反正你也下不了地，赶不走我了，我就死皮赖脸地伺候你了。我跟医生了解了，只有我伺候你才能让你站起来，伯伯姆姆恐怕不行，别人更不行。宋二平狠狠瞪了张亮孩一眼，你就是个死皮赖脸嘛。张亮孩说，对着哪，所以你才能让我伺候你嘛，这也是老天爷考验我的。

经得起考验经不起考验，还不光是指伺候得无微不至呀关怀备至呀，最最难得的是当得知宋二平可能截瘫的时候，张亮孩没有放弃，没有逃避，反而与宋二平贴得更近了。宋二平哭，他也不会劝慰，只是一下一下抚摸或者拍打脊背。宋二平发疯似的叫喊着捶打自己，他就爬到宋二平身上让捶打他。宋二平满肚子怨恨不知道往哪打发，就哭喊着骂他，都是因为你，都是因为你，要不是你那晚也不会有这事，我不想看见你，你滚上走，滚上走。张亮孩就憨憨笑着全部吸纳，嗯，嗯，嗯，是因为我，所以我得将功折罪嘛，你要我滚上走也得等你好了吧,我走了谁伺候你呀,伯伯姆姆能伺候了你吗,你姐姐能扔下家来伺候你吗?

　　这天宋二平心情比较好,望着病房窗户外的天空默默念叨,真有老天爷吗?要是真有老天爷,咋就这么不长眼呢,咋就这么跟我宋二平过不去呢。张亮孩搭腔说,哪有啥老天爷哪,要是真有老天爷恓惶人就都活好了。宋二平依旧望着天空叨叨,老天爷,叫我好了吧,叫我站起来吧。张亮孩就附和,能站起来的,肯定能站起来的,但是你得听医生的,这一百来天里绝不能动弹,必须死死躺着。

　　听到外面一阵儿叽叽喳喳的声音,宋云飞、段世凯、段学东、韩军儿、韩翠子、张眉烨、陈秋云们就进来了,又是鸡蛋又是挂面的一人提溜着一大包,七嘴八舌地把个病房嚷嚷得一团糟。几个女孩二平姐二平姐地问了这问那,腿还是没知觉吗?还插着尿管子吗?小肚子还疼吗?黑夜还睡不着吗?吃饭可以了吗?把几个大男人全排挤在边沿地带。宋云飞与宋二平搭不上话,就像大领导一样检点开张亮孩的服务情况了,说,张亮孩呀张亮孩,你听听,女人们问的一项一项都是问题,这么长时间了两条腿为啥还没知觉呀,说明你伺候得不好嘛,我们华岩下煤窑砸折腿的都能有知觉,腿好好的咋就老是没知觉哪。张亮孩囫囵吞枣地解释说,医生说虽然腿上没骨折了,可腰上伤着了呀。宋云飞说,去去去,腰上伤着咋能腿没知觉哪。张亮孩突然冲到床边惊叫起来,不许动,一丝丝也不许动。几个女孩又要给宋二平洗头发,又要给换洗衣服,却被张亮孩给吆喝住了,医生说了,一丝丝也不许动的,哪怕叫虱子爬满身子也不敢叫动一动的。韩翠子惊叫道,啊,这么多天就这么一动不动躺着呀,那那那多难受呀。宋二平叫喊说,我全身痒得厉害,我要换洗衣服。张亮孩两眼大瞪,双眉倒竖,像蒲剧里花脸一样大声叫喊,不许动的,难受死也不许动的,哪里痒痒我给你挖。张眉烨已经伸到衣扣上的手,缓缓缩回来说,二平姐,听医生的,听亮孩哥的。姐,你有这么一尊守护神,好让俺们几个羡慕呀。段世凯不屑地说,切,守护神,守护守护是可以,想娶我们华岩女孩做婆姨门都没有,我们华岩这茬女孩是不出村的。张亮孩说，谁说让你们村女孩出村了，我来你们华岩行了吧？段世凯说，那我们还得替我同学把好关。张亮孩一脸严肃地举起拳头，我向老天爷宣誓，我这辈子就是为宋二平活的，不管她身体咋样了，我都伺候她一辈子。宋云飞倒背着双手，绕张亮孩转了一圈，说，嗯，就身子的高度粗度是合格的，但对你的内瓤子还需要考验的。张亮孩继续举着右手说，好，张亮孩随时接受宋二平护花保卫队考验。

　　宋二平逐个地瞅了一圈问道，怎么不见婷婷和向前呢？几个人你看看我，我看看你，谁也不说话了。宋二平焦急地问，他俩怎么了呀？韩翠子低声说，他俩是好事儿，都去城里参加特招兵体检去了。宋二平疑惑，啥特招兵？宋云飞说，就是在每年征兵以外征的兵吧，咱华岩就去了三个人哪，还有宋金元哪。宋二平轻轻叹了一声，唔。

第 19 章
年头岁尾

这个包文正有点不对劲

天气干冷干冷的好多天，说是生雪了，果然就纷纷扬扬下起雪来了。这个冬天本来就闲得没事干，现在又下了雪，正好心安理得地排戏。戏班子准备开排的戏叫《秦香莲撤诉》，是弗瑞县文化馆馆长编的新古装戏，宋光明拿回这个本子对韩新惠说，给咱排得好好的，争取明年正月十五县里汇演拿个一等奖。韩新惠跟韩新柱轮番把剧本看了一顿说，呀呀，包公咋能劝秦香莲理解陈世美哪，还要劝说陈世美给两个孩子找工作，并给秦香莲一大笔钱，这这这不是瞎弄嘛。宋光明说，馆长说这叫创新，你不懂不要瞎说，汇演是馆长负责的，你只管排好就是了，对了，你转告韩新宝让给馆长送去一拖拉机炭。韩新惠又说，咱这戏班子旦角不行，不敢接旦角戏呀。宋光明说，矿上招来那么多女孩，咋能缺个唱旦哪。韩新惠只是摇头，没法跟领导讲清女孩跟旦角之间相差十万八千里，只得接了剧本安排角色，现在班子里勉强唱过旦角的只有韩守仁，扮演秦香莲的只能是他了。

韩守仁之前扮演过《法门寺》里的刘媒婆，虽然与秦香莲相差很远，但也只好这样了。韩守仁接了剧本就天天背诵：我有心状告那无情郎君，他斩妻杀子负义忘恩。我将他状告包拯大人，包相爷接状纸将我同情。我只想报怨仇将贼命断送，谁曾想包大人将我劝醒。将世美治死罪你虽解恨，可剩下你母子仨如何活命。你不如撤诉状私了公案，他必定感念你饶命之恩。薄情夫他可是国戚皇亲，可保你母子仨富贵尊荣……韩翠子听着听着就笑了，爹，你这戏里包公怎么倒像个调解主任。韩守仁说，嗯，以前那个包公比这个傻，还是这个包公近人情。

排练室里大火炉捅得很旺很旺，自己煤窑上有的是大块的炭。韩守仁吃罢早饭第一个就蹲在大火炉旁背诵开唱词了。韩新惠在一旁听着听着就皱起眉头，说，你这不行，你这是小学生背书哪，把道白都咽肚子了，你得打起调来，带上人物情感的。陈世美偷着接见你嘛，陈大老爷——这句叫板心情是很复杂的，又有怨恨又有讽刺还得表现出对陈世美的感激之情哪。韩守仁就很谦虚地接受，并让韩新惠一句一句地教他。

可是都半上午了，打板的韩守义还没到。宋光明在喇叭里喊了几次也不见来。段四虎说，总是在麻将摊子下不来。宋光明问，在哪里打，我去叫他。段四虎说，今年冬天打麻将简直成风了，全村二十多个麻将桌哪。宋光明问，韩守义肯在哪里打？段四虎说，恐怕在段毛孩家哪，段毛孩家六间房子炕上地下五个麻将桌，还雇着专人做饭哪。宋光明惊问，搞营业性赌博？段四虎说，可以理解吧，四位生产队长都各有各的挣钱摊子，就他光种个地。宋光明又对着麦克风喊了半天韩守义，还是没来，就和段四虎直冲段毛孩家了。

段毛孩家街门关着，但能听到院内哗啦哗啦的洗牌声音。段四虎将街门敲得咚咚咚响了半天，才听见门缝里段毛孩捏着嗓子问，谁？段四虎说，快开门哇，你四虎叔。段毛孩领着宋光明和段四虎往院子里走，一边解释，上个月我在城里女儿家住了几天，见有些街巷里有棋牌室，我问人家这合法不合法，人家说不合法还敢往大街上挂广告牌？我呢，寻思了多半年也寻思不出个好干的，就想试一试。宋光明没有制止也没有支持，只问韩守义在不在你家。段毛孩说，正输着哪，你在大喇叭里喊他，我也催促他，可就是头也不抬一下。段毛孩把宋光明段四虎领到一个屋子，两个麻将桌的人面对全村一把手的光临都不抬一下头，韩守义更是眼睛发红，脸色发紫，右手紧捏着一块麻将牌，高高举起要往出打，突然又缩回胳膊反而捏得更紧了。段毛孩在他脊背上拍一巴掌说，大支书亲自请你了，还不快去啊。韩守义脑袋往后扭了扭说，啊，啊，快了快了。段四虎又催，那么多人就等你一个人啊。韩守义身子突然站起，是嘛，那走走走。说着一下子把桌子上的麻将扒拉乱，起身就往外走。其他几个人急了，喊着让他还输掉的钱。韩守义早一溜烟消失在飘满天的雪花里了。段四虎只得替韩守义还了十七块钱的赌债。

宋光明和段四虎回到排练室，韩守义已经端坐在司鼓位置，很感激地朝宋光明和段四虎微笑着。宋光明环视一圈所有演职员，说，咱先开个会，是这样的，第一，这是政治任务，是为明年正月县里汇演搞的节目，谁影响了排练，咱有的是惩治办法。第二，纪律是打胜仗的保证，排戏也一样，说几点到就是几点到，按时按点签到，谁迟到扣发排练补贴。第三，戏班子有戏班子规矩，打板的是戏班子核心，以前韩辰鼎老人打板时，人家往那里一坐，威风凛凛啊，满场子都听人家的啊。你韩守义，不光学好打板，更得学人家那做派。韩守义微微笑着，频频点头，嗯，嗯，好好学，好好学。宋光明接着讲话，实在不像话，就到外村请人，西旬村纷纷打电话要参加咱们戏班子的人多了，哪个行当调皮捣蛋，坚决替换，决不能因为个别人影响了排练。

韩守义这一回将领导的话当话了，脸色凹下，眉头皱起，俨然一副威严司鼓架势，说，我韩守义是啥人？我韩守义不干是不干，要干就要干出名堂，我韩守义别的营生不喜欢干，可蒲剧我喜欢，给蒲剧打板我更喜欢，我韩守义绝不给我辰鼎老师傅丢脸，要是咱这个《秦香莲撤诉》因我误了事，我韩守义就不是人，就是个狗。倏忽之间，韩守义就做作得人模人样了，一手挂鸳鸯板，一手将板笺高高一举一落，哒哒一声，像对千军万马喊出的口令一样，文场武场演员就在他的指挥下运动起来了。

满世界没个搞爱地方

又是风又是雪的，满世界没一个谈情说爱的地方，沁河滩不行，山坡上更不行，大树小树没了绿叶，像大地上没了青春容颜，不能给人个好心情。只得找个家了，找个炕暖暖的家，可是很不好找。宋金元把村里有空房的家挨个寻思一遍，都不行。宋金元村里的那个家，因弟兄俩都在煤窑上住，一直没生火。方婷婷住的韩新宝家，人来人往的眼杂嘴更杂，这手寒脚冷的严冬真不是个搞恋爱的季节。宋金元要在参军走之前，与方婷婷尝试一下思谋了许久的二人世界，可是在东华岩高塄上站了半天了，头发上肩膀上都落一层雪花了，还是想不出个理想地方。宋金元干着急没办法，一会儿左手挖右胳肢窝，一会儿右手挖左胳肢窝。方婷婷说，这半天你也想不出个好地方，还是到翠姐家吧。宋金元说，翠子家是不是他爹在呀？方婷婷说，守仁伯排戏去了。宋金元说，韩翠子是不是听说你要当兵走，不高兴了？方婷婷叹气道，可不呢，亲姐妹一样就要离别了嘛。宋金元说，那咱还是另找个地方吧。方婷婷说，没事的，就到翠姐家吧。

雪越下越大了，整个街巷里都被稠密的雪花塞满了。好处是街上没人，宋金元就和方婷婷手拉起手来了，而后就手拉着手在飞雪里小跑起来。二人小跑着进了韩翠子家院子，挂在睫毛上的雪花阻挡了视线，推门进了屋子，擦掉睫毛上的雪花，才看见宋云飞和韩翠子正慌张地从炕上往地下挪腾。炕上的男女和地下的男女先是一震，而后是尴尬，而后是羞赧，而后就释然了。韩翠子指着宋云飞埋怨，进来咋不关上街门，幸亏是他俩，要是俺爹回来可咋弄呀。宋云飞一边下地穿鞋，一边说，你俩可真是的，迟不来早不来，最不该来的时候你俩蹦出来了。宋金元说，那俺俩走吧，你俩继续吧，继续吧。宋云飞说，这还继续个啥哪，你俩咋，找不上个亲嘴的地方？方婷婷说，是说话的地方。宋云飞说，都到这一步了还是说话说话，光靠说个话能有了感情？金元你就说句实话，你俩要是亲嘴或者干那事儿，我跟翠子就给你俩腾地方，要是光说个话，那咱四人都在说哇。宋金元又挖着胳肢窝，红脸笑着，呀呀，云飞哥，你咋把个话说得透彻彻的哪。宋云飞说，要干啥赶紧干哇，到了部队上还不知分在天南海北哪，就是在一起，部队上也不让搞男女的。翠子，走走走咱到外面走走哇。方婷婷不好意思地说，外面雪下得可大呢，还是我们走吧。韩翠子说，你都快远走高飞了，想留你再在俺家还不知在啥时候呢。说着向宋云飞使个眼色，一闪身子钻入雪幕里。

　　屋子里就剩宋金元和方婷婷两个人了，街门也被宋云飞和韩翠子从外面反锁了，窗玻璃外雪花飞舞得越稠了，屋子暖融融的，炕暖融融的，多舒心的环境啊，多浪漫的环境啊，可是宋金元却紧张得不行了。方婷婷侧着身子靠在炕沿边，一条腿垂悬着，另一条腿斜斜地伸向前面。宋金元也斜靠在炕沿上，人坐不踏实，心也踏实不了。宋金元说，这雪下的。方婷婷朝他笑了笑，喉咙里轻轻哼了一声。宋金元稍稍向方婷婷那边挪了挪，但二人之间距离还在一米以上，这一米的距离要是跨过去，也就跨过了所有阻隔在男女之间的千沟万壑了。宋金元使劲厚了一下脸皮，横了一下心，向那边启动了大胆的跨越行动，动作是极其简单的，只要身子向着目标平移，屁股下的炕沿就像煤箱轮下的轨道，把控着方向直抵目标，这次平行移动几乎就是整个爱情过程的升华与跨越，完成了这个动作，就达到情感的巅峰了。可是战战兢兢的宋金元却又说话了，嘴巴一张，就把积蓄的勇气、底气、心气统统释放掉了。宋金元说，咱们还能在村里十二天了，哪天我请大家一起热闹热闹。方婷婷说，嗯，你安排吧。宋金元说，你不回西訾家里打点打点了吗？方婷婷说，前天不是已经回了嘛，该打点的都打点了。宋金元说，嗯，这就好。宋金元侧目看了看方婷婷，方婷婷表情平平的，眼睛向正前方平视着。没有小电影院里观众的推挤，没有黑咕隆咚里放大的胆量与加厚的脸皮，这珠穆朗玛峰登顶的最后一步眼看就迈不上去了呀，宋金元身子颤抖得越厉害了，心也颤抖得越厉害了。

方婷婷看着宋金元紧张羞怯的样子，微微笑了，也许这正是她喜欢的呢。她理解这情态背后是钟爱，是仰慕，是神秘，是崇拜。是怕莽撞的动作伤害了对方美姿，也伤害了自己形象，可是可怜人啊，爱有时候是需要莽撞需要野性的呀，为什么女孩容易被赖小子得逞，就因为女孩自己永远是被动的，永远是等待的呀。尊严和矜持如果变成一个自我束缚的躯壳，那这最后的一步还怎么迈得过去啊！方婷婷只得给可怜人开导了，金元，怎么了你？宋金元说，我啊，没怎么呀。方婷婷说，你爱我吗？宋金元说，嗯，爱的，天天醒着睡着眼前都是你。方婷婷说，其实，我的毛病多了，你要真正与我走近了，就会发现我并没那么可爱的。宋金元说，不会的，你一点毛病也没有，一点也没有的。方婷婷说，你要明白，你爱的是个人，不是神，可不能把你爱的人太当个人物了，你不听人说嘛，男人不赖，女孩不爱嘛。

宋金元完全听出方婷婷是在启发他了，低垂的脑袋轻轻抬起来，将眼光直直向那边看过去。方婷婷也歪着头水汪汪地看着他，那是在鼓励他，在呼唤他，可怜人一下子热血奔涌了，一下子就将方婷婷抱紧了，不知怎么就滚在炕上了，嘴唇也紧贴到一起了……宋金元低声嗫嚅，婷婷，我幸福死了。方婷婷说，嗯，我也是。宋金元说，婷婷，到了部队你可不能不跟我好啊。方婷婷说，不要说话，说话分心的。宋金元说，嗯，可是我老想叫婷婷。方婷婷说，嗯，只许叫婷婷，别的不要说。宋金元就一个劲叫婷婷，婷婷，婷婷……

冬末的云不带雨

虽然特招兵参军没搞敲锣打鼓的欢送新兵仪式，但宋云飞们还是凑钱搞了一次欢送宴。宋向前、宋金元、方婷婷三位坐在正席位置，接受着大家的祝贺。宋云飞第一个举起酒杯，呀呀，真想象不出你们三个穿起军装是个啥样子，又是领章又是帽徽的，一定很牛的。牛了就看不起老朋友了，走了就跟我们这些老百姓寡淡了。段世凯说，国家正式征的兵，到时候大多退伍的，特招的兵都是有靠山的，是退伍不了的。韩军儿说，退伍不了就提拔成军官了，成了军官就越回不了农村了。段世凯说，嗯，还能带家属哪，到时候，回村里娶媳妇，想娶谁就娶谁，娶了谁就彻底脱离农村了，就成军官太太了，女子们争着抢着跟哪。宋云飞又朝方婷婷端起一杯酒，婷婷哎，你来俺华岩村可是来对了，不光找上男人，还当了兵，俺家金元要升了军官，你还能跟着沾光，当军官太太哪。张眉烨抢过宋云飞的话茬儿，说不定人家婷婷提拔在你家宋金元前头哪，到时候就你宋金元这德行，更不配当我们方婷婷女军官的丈夫了呢。

宋金元微微笑着，接受着大家的敬酒和祝贺，哪里哪里，不会忘记大家的，永远不会忘记大家的。宋向前满脸愧疚地不时摇着头，好像是办了一件背信弃义的事儿，很对不起大家，一个劲儿叹着气说，唉，当兵是很想当的，可是一想到离开你们，这心里就不好受。方婷婷更是不说话，不吃菜，只是喝酒，两眼含着泪。韩翠子低声劝她，你高兴点嘛，高兴点嘛，跟大家说道说道嘛，咱们再这样热热闹闹坐在一起，还不知哪年哪月呢。谁知韩翠子这句话反而把方婷婷说哭了，一下子伏在韩翠子身上，翠姐，我不走了，不走了，我走了会想翠姐的，会想弟兄姐妹们的。陈秋云急忙接话，婷婷，婷婷，别这样啊，你这样的好姊妹到了哪里都会有朋友的，有了新朋友慢慢就不想老朋友了。方婷婷还是哭着说，不会的，你们是我在最难活的时候结识的，是我的第一茬朋友，永远忘不了的，忘不了的。

这个场景里只有宋金元满脸绽放着未来军人的荣光，乐呵呵的，笑嘻嘻的，对大家伙的羡慕与赞颂默默承受着。看着方婷婷又是伤感又是哭泣，伸出一只手按在方婷婷肩膀上，一下一下抚摸着说，不敢哭，不敢哭，哭肿眼睛让带兵的看了，以为你不愿意参军哪，不哭了不哭了哈。方婷婷却狠狠拧了一下肩膀，甩脱那只笨拙的手。这个动作把细心的女孩子们都看愣了，相互传递着同样疑问的眼神，这两人这是怎么了？难道闹别扭了？宋金元那只手并没有彻底收拢回去，第二次又轻轻拍在抽泣的后背上，又被狠狠地甩开了。这一次男人们也都看在眼里了，都奇怪得眼珠子都掉出来了。

宋云飞把追问的眼神投向宋金元，宋金元依然乐呵呵笑嘻嘻的，继续陶醉在羡慕的眼光中。宋云飞就问挨着的宋向前这二人是怎么啦？宋向前耳语说，方婷婷一开始听带兵的说是好兵种，又是好地方，可后来听说又变了，兵种和地方都不如以前的好，只是跟金元叔离得近了，她可能怀疑银禄爷让老战友给调换了。宋云飞嘀咕说，这方婷婷也是，当了兵就是了嘛，穿的军装不都一样样的嘛，有啥挑肥拣瘦的。

三位新兵临走的那天，宋云飞们早早就集中在金圪槽石板桥上，要很隆重地欢送一下子，几个女孩还做了几个彩色纸三角旗，让送别时高高举着挥动。可是等到日头两杆高了也没动静，多半上午了才听人说他三人一大早就被吉普车接走了，走时华岩村还沉睡在浓浓的晨雾里呢。宋云飞们站在石板桥上向公路的远方眺望，车的影儿都没有，只有远处积了过冬雪的山，还有东边天空淡淡的浮云。

年的味道从豆腐开始

旧历的年底毕竟最像年底，村镇上不必说，就在天空中也显出将到新年的气象来。灰白色的沉重的晚云中间时时发出闪光，接着一声钝响，是送灶的爆竹……是的，年底就是这个样子，我想浓墨重彩地渲染一下华岩村的年底，可是搜索枯肠绞尽脑汁也还是渲染不好，干脆，就把近代小说中对年底描述最经典的段落拖来一用吧，鲁迅本人不也不反感拿来主义嘛。

年头岁尾是玩赌的黄金季节，段毛孩的麻将摊子又扩大了规模，打麻将的人多了，打到后半夜需要吃饭，吃饭是需要付钱的，这就催生了卖饭的事业，卖饭是需要豆腐的，可是豆腐还得到二道河买，很不方便的，这一来，卖饭事业又激发出做豆腐的谋略。自己用不了，剩下的还可以卖，转眼正月了，走亲戚待客人，谁家离了豆腐能行哪？

段毛孩的爷爷和爹都做过豆腐，一直到割资本主义尾巴那几年才被禁封掉，做豆腐的工具还在楼上尘封着，洗涮洗涮就能用的。南边一间柴炭房一收拾，大灶火一砌垒，豆腐磨一安放，豆腐坊的全部功能就具备了。就在蒲剧《秦香莲撤诉》彩排的那几天，豆腐坊里热腾腾的水汽就飘荡到华岩村空气里了，豆腐的淡淡香味也从西华岩弥散到了东华岩。

段毛孩将做出的第一笼豆腐，留了四分之一，其余都拿到戏台附近试卖，不想一会儿就卖光了。临过年嘛，谁家都是七斤八斤地割。就这还是人口多的都自己家里做哪。试卖成功了，段毛孩当晚就做出两笼，第二天挑到戏台根，半上午就卖了个精光。卖完豆腐，还可以进戏院里看看彩排的蒲剧新剧目。卖了四上午豆腐，看了四天《秦香莲撤诉》的后半截，就奇怪地问身边的马来宝，怎么天天唱的是个这戏哪？马来宝很不屑地斜眼瞅着蒲剧盲恶狠狠说，悄悄地看。段毛孩固执地追问，咋不换一个戏哪？马来宝说，这是彩排哪，彩排知道吗？彩排是让领导跟懂戏的人看了提意见的，我正寻思完了提个啥意见哪。这个戏明年要到县里演的，不多彩排几次能行吗。段毛孩这才注意到观众正中间位置端坐着新一届华岩村领导班子，宋光明、宋银禄、韩新宝、段四虎、段志忠、韩翠子，都那么像模像样地盯着台上看。段毛孩对新班子人选倒是早有耳闻，来赌博的人嚷嚷，西饭市的人嚷嚷，新闻早嚷成旧闻了。木头人宋来喜退出了，三十多年的老妇联胡凤莲更该退出了，快七十的老婆子班子里大事小事都不闻不问了。大家伙对退出的很满意，可对进来的都有看法有说法。有说韩新宝不是党员怎么可以进班子。有说韩翠子那么年轻咋看咋不像个妇联主任。更多议论纷纷的是宋拴喜跟宋光明说的咱那货宋银禄，怎么弄进个云一股雨一股的人呀？好端端的煤窑都被他糟践得不成样子了，好端端的华岩村怎么敢让这人来糊弄呀。打麻将的交头接耳地议论新一届干部，段毛孩一开始并没兴趣听，村干部选好选赖横竖与老百姓收入无关了，谁当上也影响不了各家的一亩三分地。后来又听打麻将的人嘀咕，班子里怎么进了个夹脑疯，他把本家老领导老长辈都能骂趴下，对其他人更不顾面子呀。段毛孩就有点担心了，割资本主义尾巴时就是宋银禄领着民兵来宣布勒令不准他家再卖豆腐的，还把点豆腐的卤水罐儿"啪嚓"一声摔到院子里。段毛孩想到这里，就探头看了看班子成员里的宋银禄，恰好就看见宋银禄也一眼一眼地瞅他。段毛孩赶紧把肩膀上的豆腐挑子隐藏到身后边。

《秦香莲撤诉》演完了，韩琪把秦香莲母子三人领到京城郊区一个院落里，扮演韩琪的韩守明唱了老长一段，段毛孩虽不懂戏，但也能大概听懂是吩咐秦香莲好好活着，吃穿用度不用发愁，他会按时偷偷地送钱送物过来的。秦香莲很感激地唱了更长的一段，大意是劝世人得饶人处且饶人，饶人的人会有好报，记仇的人都没好下场。最后是一双儿女和韩琪跟着一起唱了几句，唢呐就哇哇地吹响了，《秦香莲撤诉》就演完了。韩新惠就从台上跳下来，点头哈腰地走到新班子跟前，听取领导点评了。

宋光明朝韩新宝摆摆下巴，你说说哇。韩新宝摇摇头，我可是外行啊，还是你说吧。宋光明正思考说点什么，坐在中间的宋银禄却声如洪钟地开始点评了，嗯，还是我来说吧，要说对蒲剧了解，我不敢跟老韩比，可在班子里就我还懂点，嗯，是这，这个戏整体是不错的，但问题还是不少，我先说说这个戏的主演吧，秦香莲嘛，就先不说你笨拙拙的腰不是腰，腿不是腿了，你唱出来前先得看起来像个女人嘛，嗨吔吔，整个儿一个破锣嗓子，听得我腿肚子都转前面了。还有你那表情，咱以前也看过秦香莲的戏，人家都是恓恓惶惶的嘛，哭哭啼啼的嘛，你咋就一直笑嘻嘻的哪……韩新惠恭恭敬敬听着，唯唯诺诺地说，这，这是蔺师傅让这样演的，蔺师傅说咱这个秦香莲跟以往秦香莲不一样的。宋银禄声音更高了，老韩老韩老韩哎，我只是个意见嘛，你是导演嘛，觉得对，你听，觉得不对，你不要听嘛。宋光明声音压得稳稳地说，我们几个都是看热闹的，内行才能看出门道来。老韩你是导演，一切听你的就是了。接着，班子新成员韩翠子说话了，是的，老宋伯说得对，我的意见是，换人，要想县里拿奖，必须把秦香莲换掉。宋银禄一愣，探头看了看坐在新班子最边沿的韩翠子，放低声音说，要说守仁兄弟演秦香莲，在华岩村除了他别人还不行，这我知道的，这离明年正月十五还有二十多天哪，只要认真排练，一定可以演好的。韩翠子却说，我看着我爹演秦香莲也难受，最好是考虑换成女演员，咱村也太封建了，唱个蒲剧怎么就不可以用女演员呢。韩新惠眉头皱了一下说，咱村戏班子从没用过女旦，这是老规矩了。几位村级领导有的点头，有的皱眉。宋银禄脖子一伸说，老韩说得对，村里个戏班子，用女演员像什么话，老辈人传下来的规矩，不能在咱们手里坏了。韩新惠却看着宋光明和韩新宝，等着他俩拿意见。

段毛孩对领导的点评听不进耳朵里去，就扛着豆腐挑子准备回家了。还没走出戏院，就看见全戏院的人一下子都一窝蜂地涌向后面，段毛孩就也跟了过去，簇拥的人已里三层外三层地挤成堆了，伸长脖子看了一顿也弄不清人堆里发生了啥事儿。这时新班子一行人就走过来了，人堆一层层地散开，露出了笑嘻嘻的韩圪蛋。

宋光明朝韩圪蛋走过去，很关切地问，不是大前天就该回来嘛？韩圪蛋说，从里面出来后，又在县宾馆里住了两天，美美地洗了个澡，饭馆里美美地改善了几顿，昨天晚上才回来。段四虎问，咋，没事了？宋光明低声说，原告撤诉了。宋银禄把韩圪蛋上上下下打量一顿说，看来监狱教育人最管用，这才几天就淘涮得像个人了。韩新惠挤过来，嘿，圪蛋子，咱们戏里还缺个毡帽三花脸的店掌柜，一直是我顶着，你这不正好嘛。韩圪蛋一愣说，啊，这角色倒是适合我，不过，不过，我不想抛头露脸了，不想抛头露脸了。宋银禄惊问，咋，一下就有廉耻心了？韩圪蛋就有点羞惭地，渐渐退出人圈。

段毛孩扛着豆腐挑子跟随在散伙的人流里，正思谋要抓住年前的好行情，要把两毛钱涨到三毛钱，两小笼做到四大笼。就听见身后有人喊，毛孩哎，毛孩哎。段毛孩转过身来，看见宋银禄正朝他走过来。段毛孩就心里发毛了，这个夹脑疯是不是又发布勒令不准搞麻将摊子了。走到跟前的宋银禄却微笑着吆喝，毛孩你给我做一笼豆腐，我要黑豆豆腐，给我点得嫩嫩的，我要给我老战友送，你可给我做得好好的哈。段毛孩松了一口气，连连说，行了行了，给你老宋叔做，一定把家传本事全使上。

第20章
梦随春归

跨年只须半个夜晚

宋云飞们天天在《秦香莲撤诉》里扮演包公身边的王朝马汉和皇姑身边的宫娥才女，韩新惠一会儿叫他们威风凛凛，一会儿又叫他们柔弱纤纤。把几个"七年制"男生都快调教成不男不女的二刈子了。宋云飞们就撺掇已经是妇联主任的韩翠子，让替换女演员。韩翠子就领着他们找已经是副主任的韩矿长建议，都啥年代了，还这么古板啊，咱村前几年演小节目不也用女演员吗？韩新宝立刻就召集班子成员开会商量，让韩新惠也参加了会议。韩新宝说矿上顺溜溜的女孩不用，用几个笨拙拙的男的扮演小旦，实在是难看，就凭这一点也评不上奖。第一个反对的首先是宋银禄，他说不行不行，男扮女这是咱华岩蒲剧班子老规矩，京剧里不也是梅兰芳尚小云们扮小旦嘛，村里的一个戏班子弄些年轻女子进去，又是一伙年轻小子，那不弄成一锅粥了才怪哪。宋银禄一个劲儿嚷嚷着，韩新宝却把眼睛只对着宋光明和段四虎说，你俩说呢，我虽然不懂，可也看着男人扮个女人愣悻悻的实在是不好看，我的意见，要想拿奖，必须换。宋光明和段四虎嘀咕了一会儿说，行了，秦香莲换来不及了，宫娥才女都换成女孩吧。韩新宝问，新惠哥，你说呢。韩新惠有点难为地说，只要蔺师傅不来，咱就敢换。宋银禄看这些人总是把他的发言不当回事，恼悻悻地说，不行，不能换，不能换就是不能换。韩新惠却笑盈盈地盯住了韩翠子，翠子，我能看出俺翠子是个好苗子，你就顶上你爹吧。班子里人的眼睛齐刷刷看住韩翠子，韩翠子连说，不行不行，我一点基础也没有嘛。宋光明说，我就说嘛，早听我的话用起女的来，哪用到这会儿了才考虑换人哪。段四虎也说，翠子行了行了，平时走路还俏飒飒的小旦一样嘛，脑子又灵，你爹天天背的那些话话，你早听会了，再没基础也比你爹强。韩新惠说，把你爹抽出来扮了毡帽三花脸，你顶了秦香莲，咱这戏就更能演好。宋银禄气得肩膀一下一下耸动着，你们要一定让班子里进女的，那，那，那我把我买的行头都拿走。宋光明最后说，银禄叔，那天彩排你不也说翠子爹腰不是腰腿不是腿嘛。就这了哈，不要总跟大家拧着来嘛。

韩翠子一试戏，果然有模有样，韩新惠堵在胸口的一块心病可算落地了，你看嘛，我这眼光能看错个人吗，到底是俺韩家人啊。张眉烨、陈秋云们几个女孩扮了皇姑身边的宫娥才女，虽没一天训练，可也比宋云飞们几个笨鳖强了不知多少倍。只是一换人，又得像新排练一样从头来了，白天排黑夜排，就大年那天休息了一天，从初二就又开始排练了。新任的班子领导轮番到排练室观看，还请来编剧的文化馆馆长来指导，馆长看到自己剧本中人物被演成活生生的形象，脸上红彤彤地绽放着成就感，频频点着头说，不错不错，一个农村戏班子演成这样子，实在是出乎我的预想啊。

领导换了届，总是能给人带来新希望。正月的华岩村的确比往一年更热闹了，汇演节目紧锣密鼓地排练着，元宵节社火也在吵吵嚷嚷中进行着前期准备。新辰煤矿只放了一个礼拜年假，初五就统统上班参与闹社火了。韩新宝在大喇叭里叫喊了这又叫喊了那，开了这伙人的会又开了那伙人的会。新辰矿工人要比村里人好吆喝得多，几乎是韩新宝随喊随到。敲锣打鼓的，蹦跳扭彩的，逗笼舞狮的，妆丑逗趣的啥人都有。但是社火规模再宏大，"血马子"不出山，那就跟满身金鳞的虬龙没了眼睛一样，跟一出好戏没有高潮一样没有看头，可是要"血马子"出山，可不是村干部吆喝一声就能办得了事的，谁负责闹社火，谁就得去叩问老茂堂。韩新宝到了老光棍黑乎乎的屋子里，给正面供奉的一个神牌上了香磕了头，老茂堂拿出一本脏兮兮的线装书，翻看了半天说，"血马子"今年能出山。韩新宝找老茂堂的那天是初三，初四老茂堂就没了踪影，饭店当然只得关门了。但"血马子"的消息还是嚷嚷得乡里县里都知道了，县宣传部文化局都要派人来，省市电视台记者也要来。宋光明在电话里跟林汉星说，社火可以让记者随便采访，但是绝不许靠近老茂堂和"血马子"本人。

天齐庙废墟土墩上又搭起临时庙宇了，不过去年是用木头椽子檩条和破篷布搭建的，今年是用钢管角钢和纤维墙板组装的，远远地看去跟大庙一样。新班子领导一行去看了都很满意，韩新宝则一个劲摇头说，得想办法把这庙修复起来。宋光明看了看雄心勃勃的副职领导，说，好啊，新宝就是心大啊。韩新宝说，咋，你不同意？还没等宋光明说话，宋银禄就接话了，我不同意，有钱修庙，咋不考虑修学校哪。韩新宝说，当然得先修学校了。宋光明表情怪怪地说，新宝的心就是大啊！韩新宝并没在意这句话，只将眼光冷冷地望着远方。

宋二平在二道河医院住了三个多月，回村那天正好是初七。

宋云飞、段学东、段学忠、韩翠子、宋金宝、韩军儿、张眉烨、陈秋云们早早就等在停车点。宋二平被张亮孩搀扶着下了车，先就是一通鞭炮声。宋二平说，这又是宋云飞的鬼点子。宋云飞像模像样地致欢迎词，第一，欢迎二平同志康复归来；第二，庆祝二平朋友站了起来；第三嘛，感谢张亮孩同志伺候二平有功；第四嘛……韩翠子接过话茬儿说，啥语文水平啊，一共四条，还有两条内容重叠，一条没有下文。张眉烨盯着宋二平的腿说，二平姐，腰椎骨折，功能能恢复到这程度，真是奇迹啊。张亮孩得意地说，医生都奇怪哪，第一是煤矿工人们抢救时有经验，没造成二次创伤。第二全靠我强制她一动不动，一动就可能骨折处错位，压迫脊髓，终身残疾。宋二平说，别贫嘴了，赶紧回家吧。大家簇拥着宋二平往家走，满大街是准备社火的人，都关切地过来打招呼。

办公室屋顶的大喇叭又叫喊开了，喂，喂，明天参加舞龙的，抬扛妆的，打风搅雪锣鼓家伙的人赶快来办公室排练，赶快来办公室排练。明天天齐庙执事的人，到位了……宋二平奇怪地问，这说话的不像光明哥啊。段世凯说，自从换了新班子，大喇叭里叫喊的咋老是韩矿长啊？宋云飞说，村领导班子调整了，银禄叔、韩矿长，还有咱们韩翠子同学，都是班子成员了。宋二平惊叹道，哎呀，几个月光景，像隔了几个世纪了。

在金圪槽石板桥上，看见了从供销社出来的韩圪蛋，长头发剪掉了，喇叭裤脱掉了，一副寻常百姓样子。可是奇了怪了，人们像纷纷地躲他，又像在撑着他看。韩圪蛋像个醉汉一样，东倒西歪把不住方向。宋二平惊问，那狗东西怎么回来了？韩翠子低声说，听说是原告撤诉了。宋二平叹了口气问，这个原告到底是谁呀？宋云飞说，公安局的案子，老天爷也知道不了。张亮孩愤愤说，你这会儿撤诉了，那你当初就不要告嘛，你要不告哪有这麻烦。正说着韩圪蛋就走近了，看见被大家簇拥的宋二平，一下子愣住了，满脸通红，两眼怪异，但能看出通红的脸上重叠着羞臊与尴尬。宋二平目光定定地盯住韩圪蛋，没有怒视，没有鄙视，只是脸色平平地点了一下头。她想用这样的表情告诉他，尽管你是个龌龊人，我宋二平干不出告黑状那种龌龊事儿。韩圪蛋喉咙里发出咕咕的怪声，像锅里炖了猪肉的声音。大家伙都看呆了。只见韩圪蛋身子激灵了一下，像醉酒后突然醒了，将身子正正对准宋二平，作了个揖，深深鞠了一躬，说，妹子，我将迎刃谢罪，以血灌顶，揖请妹子见证了。说完就像一片人形剪纸一样随风飘走了。

宋二平问大家这狗人是不是在看守所里关疯了？大家七嘴八舌说，腊月见他还好好的，怎么突然就疯疯癫癫的了，一定是顿顿灌酒了。宋云飞盯着跌跌撞撞远去的韩圪蛋，疑惑道，难道是今年的"血马子"？

到底今年的"血马子"是谁，这个谜底只有到了正月十五那天才能揭晓。

"血马子"之谜还是无解

可是华岩村正月十五大闹的社火，戏班子的人却看不上了，因为全县文艺汇演也在元宵节那天。正月十四下午，西匋乡两辆拖拉机就载着全体演职人员浩浩荡荡开赴弗瑞县城了。街上的人朝他们喊，祝你们演出成功。车斗里的人也朝街上的人喊，祝咱村社火办好。拖拉机拖斗两侧贴着大红纸标语，一侧是，西匋乡文艺代表队，一侧是，华岩村赴县演出团。两个头衔都让每个演员又自豪又荣光。拖拉机在沙土路上一下一下颠簸着，演员们就在车斗里一颠一颠摇晃着。摇晃一下，就是一阵儿尖叫。拖斗的边缘很危险，男演员们就把女孩们围到中间，宋云飞紧紧搂着韩翠子，这叫呵护，叫关爱。张眉烨和陈秋云也被段世凯、段学东、韩军儿、韩二明们围挡在最安全的位置。随着大幅度的颠簸，男演员们就难免趴伏在女演员身上。女演员们倒也对男演员的身体撞击一点都不讨厌，只是被挤压得咯咯咯地一阵儿欢笑。

前面那辆拖拉机里不光拥挤着年长的演职员，还裹挟着所有领导班子成员，除宋光明、段四虎在村里坐镇指挥闹社火外，宋银禄、韩新宝、段志忠都挤压在演员的身体夹缝里。当时的村级领导是没办法与普通百姓拉开距离的。拖拉机拖斗里，还不能像在戏院看彩排那样，在观众中间摆放一排椅子让领导端端正正坐好，拖斗小人多，还必须是站着的，村百姓站着，村领导也站着，站还不能站得端端正正，领导的身子此起彼伏地被颠簸得东倒西歪，又被村百姓坚硬的躯体无情推拥撞击着。但是村领导们一点厌恶表情也没有，任其咋样被扭曲变形都很宽容地美滋滋微笑着。有几辆解放牌卡车从一侧超越过去，将两辆拖拉机湮没在冲天的尘土里。韩新宝唾了唾落在嘴角的灰尘说，啥时候村里有辆大卡车就好了。这一回宋银禄不拧巴了，将胳膊高高举起在周边人脑袋上面说，华岩第一辆汽车就靠你韩大老板了呀，赶紧买，赶紧买吧，争取明年再来汇演时，再不用坐乡里拖拉机。

一眨眼工夫，就到县城里了。两辆拖拉机气吞山河地开进大礼堂大院里，突突突突的轰响声，就像行进军阵的进行曲，鼓舞着士兵的勃勃士气，震撼着观者的煜煜热情。演员们用各种姿势着陆，立刻就涌来一圈人惊叹，西訇的蒲剧来啦，华岩的戏班来啦。文化馆长早等在那里，眉目飞扬地给韩新宝和韩新惠报喜，咱们的戏是今年元宵节系列文艺活动里的重点节目，所以安排在今晚演出，县领导们都要来看哪。韩新宝问，怎么不见其他参加汇演的人哪？文化馆长低声说，各乡镇参加汇演的都是些小节目，都在政府小礼堂集中呢，咱这个大本戏没法跟他们放一起比。韩新惠担心地问，那咋跟人家排名次哪？文化馆长说，咱这戏要选送到市里参加群众文艺调演哪，还稀罕县里个名次啊，今晚演了，就留下来请市里导演给你们排练呀。演员们都激动得欢欣相庆，领导们更是荣耀得脸放红光。

下午要在大礼堂走台，韩新惠严厉强调，虽然不着装，但是跟正式演出一样要求哈。宋银禄也板起脸训话，听见了吧，听见了吧你们，要参加市里调演哪，今晚是参加小战斗，市里可是大战役呀，我的同志们哎，这是政治任务，只许胜利，不许失败，咱不管你是敲锣的打鼓的，唱旦的还是唱黑的，谁给我影响了演出，回村里咱跟你算总账。韩新惠看宋银禄说个没完，跟韩新宝耳语，得抓紧走台哪，走完台还要吃饭化妆哪。韩新宝才打断宋银禄，行了行了，赶紧让走台吧。

虽然是清装走台，但台下也来了不少观众。第一场是陈世美和皇姑婚典的大场面戏，马明煦客串的包公，韩新柱的陈世美，都没问题，就是韩守明男扮女的皇姑，看上去像个黄脸婆，坐在台下的文化馆长对身边的韩新柱说，到市里演出，这个角色必须换掉。韩新柱说，村里再找不出人来了。文化馆长说，这就不用村里操心了，我们会重点打造的。

　　随着二道幕徐徐拉住，秦香莲就拉着华岩小学五年级的一个男孩一个女孩出场了，随着板胡哀婉凄切的前奏，韩翠子就唱着走出，你爹爹上京考已过三春，香莲我望断北雁全无讯音。二爹娘相继离世灵前无子，两儿女唤爹爹眼泪纷纷。携儿女我上京城把郎君找寻，忽听得驸马郎与世美同姓同名……韩翠子突然顿住了，音乐也只得停下来。韩新惠从幕条后探出头来问，怎么了，翠子？韩翠子像是被点穴了一样僵了几秒钟，突然就跳下戏台，直直冲向观众席后面。戏台上一下子乱成一窝蜂了，着装的不着装的都从幕后涌到台前，一片惊怪的眼光跟着韩翠子身影望向一个目标……戏台一侧的宋云飞突然叫喊起来了，方婷婷，方婷婷。张眉烨、陈秋云们也叫喊起来了，是的是的，是婷婷，是婷婷。台口簇拥的人们像飞泻的瀑布一样，忽隆隆跳下戏台，向着韩翠子奔去的方向潮水一样涌了过去……韩翠子已跟方婷婷紧紧抱在一起哭作一团，其他女孩也都扑上去抱作一堆。台上的戏一下子就转移到台下了，戏班子里老的年轻的都围过来了，韩新宝过来，人堆让开一个位置，韩新宝问，婷婷，怎么回事？方婷婷擦擦眼泪，哽咽着说，我，我不好意思回去见你们。韩新宝问，那你就没参了军？方婷婷摇摇头。韩新宝问，是部队上不要你了？方婷婷看到人堆外的宋银禄，欲言又止，叔叔你不要问了。韩新宝问，那你这一段就一直在城里住着？方婷婷说，嗯。韩新宝像是生气了，这孩子，去不了部队，就回咱矿上嘛，回咱家嘛，社会上乱纷纷的，你个女孩家一个人，多让人操心呀。翠子、眉烨、秋云，婷婷就交给你们了哈，给我照顾好哈，赶紧排练赶紧排练吧。韩新惠却眼睛直直盯着方婷婷问，这女孩嗓子好不好。几个女孩嚷嚷说，婷婷唱得可好呢。韩新惠说，好，给咱把皇姑顶起来。方婷婷说，我哪会唱蒲剧呀。韩新宝命令说，行，这么灵动的女孩，一学就会的，到市里演出，全用咱自家人。

　　台上继续走台，韩新宝问宋银禄，方婷婷没当了兵，你知道不知道？

宋银禄嘴巴喷了几下，说，俺那战友也是瞎吹牛哪，他说了他的话了，部队上的事儿哪能全由了他哪。

事后方婷婷才悄悄告了韩翠子，宋银禄老战友让把她调整到宋金元一个部队，可带兵的不同意，老战友赌气说不答应调整就不让带她走，一来二去就耽搁了。

元宵夜的演出很成功，演出完后县领导们还上台跟演员们一一握了手。领导们走后，文化馆长还给演员们开会鼓励，说书记县长宣传部长看了都满意，不过是动力也是压力，你们来县城仅仅代表你们西旬乡，咱们赴市里可是代表弗瑞县农村文化艺术水准啊。宣传部长说了，让大家住好吃好，但必须把节目搞好。县宾馆已经给大家安排好了，吃住都在那里，排练就在这礼堂舞台，后天市群艺馆导演就来了，明天大家好好休息一天，养精蓄锐以战斗状态进入排练。

第二天演职人员吃了早饭，走出宾馆餐厅，就见韩新宝婆姨满脸惊喜地来了，一见韩新宝就泪眼婆娑地说，玲子回来了，咱家玲子回来了，西旬总机打到村里办公室电话，说咱家玲子回来了，十点四十的火车，走走走去接玲子，接玲子。把个韩新宝听得傻子一样愣在那里，是啊，真的啊。韩翠子、方婷婷早激动得不行了，叫喊得一片，走去接玲姐，去接玲姐。一伙人吵吵嚷嚷地奔赴火车站时，还不到十点，等啊等，直等得火车吭哧吭哧进站了，客人们这就从出站口走出来了，正月十六这个时日乘火车的人不多，稀稀拉拉的大半天走出一个来……韩新宝激动得有点哆嗦，韩新宝婆姨眼眶里含着泪花儿，宋云飞韩翠子们也都不知道是兴奋还是紧张，都紧绷着脸，眼睁睁地盯着一个个旅客从面前走过……直等到最后一个旅客走出站口，也没有看到韩变玲的影子。韩新宝婆姨又急得哭开了，韩新宝硬铮铮的汉子也有点沉不住气了，这，这，这是怎么回事呀。电话是在太原上火车前打的呀，说是打了电话就上火车了，那就是回来了呀，咋又没见着个人影儿哪？难道是坐过站了吗？或者是上一站就下车了吗？除了这还能把个大活人哪儿去了呀？

  半下午时，到县城关照戏班子的宋光明才带来好消息，说韩变玲晌午就乘班车回村了。韩新宝奇怪地说，这鬼女子是从天上飞的啊，我们死盯着一个个出站的嘛，自家女儿咋能认不出来呀。宋光明说，哼哼，就怕站在你们两口子跟前也认不出来了，眉眉眼眼衣衣裳裳都变得叫你俩认不出来了。韩新宝婆姨说，俺们认不出女子来，女子也该认出俺们来呀。宋光明说，她认出你们来了，还在你们跟前站了一会儿，可你们还是死死地盯着出站口，就到汽车站坐班车回村了，变玲说看见接她的人那么多，就悄悄地从你们身边走开了。韩新宝说，你大地方都呆了，还怕自家村几个人呀。宋光明说，排戏的事我先招呼着，你两口子赶紧回家跟孩子团聚吧，我是坐乡里拖拉机来的，你俩就坐拖拉机回去吧，我让拖拉机等你俩的。

  送走韩新宝两口子，宋云飞们就围着宋光明问今年"血马子"是谁。宋光明却说起社火是咋样的热闹，看社火的人是咋样的人山人海了。宋云飞们还是不住地追问，那，那，那"血马子"到底是谁呀？宋光明还是继续着自己的思路说，省电视台的那几个记者，简直跟特务一样，你怕他到哪里，他偏偏就到哪里了。宋云飞们急了，那今年"血马子"是不是韩圪蛋呀？宋光明却岔开话题了，咱们村的社火闹好了，这两天的山西报纸就登出来了。咱们到市里的戏更要演好，也争取上了报纸，这才叫个开门红哪，这预兆着咱们村以后啥都要好哪。宋云飞们越发急得捶胸顿足了，光明哥光明哥，就一个"血马子"是谁，这都舍不得告我们啊。宋光明脸色很神秘地说，我哪知道是谁呀，所有看了的人都没看出"血马子"是谁，血比去年"血马子"流得可多了，血把整个眉眼都遮盖了，谁能认得出呀。省电视台记者还在村里藏着哪，人们要是都知道是谁了，记者们早寻到他家了。不要瞎打听了哈，认认真真演好你们的戏，争取得个什么奖，给咱县里乡里争光，给咱华岩村争光哈。